Franck Thilliez

Né en 1973 à Annecy, Franck Thilliez, ancien ingénieur en nouvelles technologies, vit actuellement dans le Pas-de-Calais. Il est l'auteur de *Train d'enfer pour Ange rouge* (2003), *La Chambre des morts* (2005), *Deuils de miel* (2006), *La Forêt des ombres* (2006), *La Mémoire fantôme* (2007), *L'Anneau de Moebius* (2008) et *Fractures* (2009). *La Chambre des morts*, adapté au cinéma en 2007, a reçu le prix des lecteurs Quais du Polar 2006 et le prix SNCF du polar français 2007.

Franck Thilliez a publié *Le Syndrome [E]* (2010), *[Gataca]* (2011) et *Atom[ka]* (2012) – trois enquêtes réunissant à nouveau Franck Sharko et Lucie Henebelle – ainsi que *Vertige* (2011), *Puzzle* (2013), *[Angor]* (2014), *Pandemia* (2015), *REVƎ* (2016) et son dernier roman *Sharko* (2017), tous parus chez Fleuve Éditions et traduits dans le monde entier. L'ensemble de ses titres, salués par la critique, se sont classés à leur sortie dans la liste des meilleures ventes.

Retrouvez l'auteur sur sa page Facebook :
https://fr-fr.facebook.com/Franck.Thilliez.Officiel

LA CHAMBRE
DES MORTS

SUIVIE DE

LA MÉMOIRE
FANTÔME

DU MÊME AUTEUR
CHEZ POCKET

FRANCK THILLIEZ

LA CHAMBRE
DES MORTS

SUIVIE DE

LA MÉMOIRE
FANTÔME

POCKET

MIXTE
Papier issu de
sources responsables
FSC® C003309

Pocket, une marque d'Univers Poche,
est un éditeur qui s'engage pour la préservation
de son environnement et qui utilise du papier fabriqué
à partir de bois provenant de forêts gérées
de manière responsable.

La Chambre des morts
© 2005, Le Passage Paris-New York Éditions

La Mémoire fantôme
© 2007, Le Passage Paris-New York Éditions

© 2014, Pocket, un département d'Univers Poche
pour la présente édition
ISBN : 978-2-266-25268-3

Sommaire

LA CHAMBRE
DES MORTS

À Valérie, qui me fait avancer, chaque jour...

« Éveille-toi, toi qui dors, lève-toi d'entre
les morts… »

Épître aux Éphésiens (5.14)

« Ce malheur, dites-vous, est le bien d'un
autre être.
De mon corps tout sanglant mille insectes
vont naître. »

Voltaire, *Poème sur le désastre de Lisbonne*

Prologue
Août 1987
Nord de la France

Depuis la nuit dernière, l'odeur avait encore empiré. L'infection ne se contentait plus d'imprégner les draps ou les taies d'oreiller, elle se diluait dans toute la chambre, tenace et nauséeuse. Une fois son tee-shirt ôté, la fillette l'avait écrasé sur son nez avant de nouer les extrémités autour de sa tête. Stratagème inefficace. Malgré la barrière de tissu, les molécules olfactives distribuaient leur poison invisible. Il est des fois où l'on ne peut rien contre plus petit que soi.

À travers les fenêtres verrouillées, l'été déversait une moiteur grasse, les mouches bourdonnaient, agglutinées en losanges émeraude sur un trognon de pomme pourri. De plus en plus, l'enfant se sentait impuissante face aux hordes ailées. Les insectes se multipliaient à une vitesse prodigieuse et fondaient sur le lit, trompes en avant, chaque fois que la petite relâchait son attention. Bientôt, épuisée, affamée, elle serait forcée de capituler.

Même pas neuf ans et pourtant, déjà, l'envie de mourir.

Sa gorge brûlait, sa langue gonflait, son organisme se liguait contre elle en un arc douloureux. Il fallait boire, absolument. Ce qui impliquait quitter la couche, s'éloigner de la chambre et foncer jusqu'à la salle de bains.

Oh non !

Des facettes d'yeux la disséquaient par dizaines, des ailes se déployaient, parées à arracher de terre les petits corps velus.

Ça ne prendra qu'une minute ! Une seule minute ! Ces sales bêtes n'auront pas le temps de...

La gamine laissa flotter une main le long des couvertures sans lâcher du regard ses ennemis répugnants. Une forte envie d'uriner la torturait depuis plusieurs heures. Dans la salle d'eau, elle en profiterait pour se soulager dans le lavabo, comme elle le faisait depuis trois jours. Pas question de descendre au rez-de-chaussée.

Son front, ses membres, marbrés de bleus, luisaient de sueur. Pas un murmure d'air. Oxygène brûlant. Températures caniculaires même ici, dans le poumon lugubre de la forêt. À chaque inspiration, l'impression d'inhaler des lames de rasoir. Quand le calvaire cesserait-il ?

La fillette terrorisée serra sa peluche, un singe miniature, avant de regrouper ses pieds sur la moquette, prête à courir. Un craquement d'escalier brisa son élan. Ça y est. Son tour arrivait.

Elle se rua sur la porte, tourna le verrou, plongea sur le matelas pour étreindre son trésor de chair.

Ils ne te prendront pas, je te le promets. Jamais !

Des coups éprouvèrent le vieux bois. Si violents que la petite rentra la tête entre les épaules, recroquevillée au possible. Sa vessie creva, diluant une chaleur d'or entre ses cuisses.

L'homme en uniforme maîtrisa de justesse son estomac quand il affronta les odeurs de putréfaction pour soulever les draps. Les deux seuls mots qui se suspendirent à ses lèvres furent :

— Seigneur Dieu !

Chapitre premier

Dix-sept ans plus tard

— Donne-moi encore une bombe !

Vigo sortit avec précaution l'engin de son sac de sport.

— C'est la dernière. Dépêche-toi ! Je meurs de froid !

Sylvain contourna l'aile ouest de Vignys Industries. Un mélange de plaisir malsain et de haine fermentée portait son corps à ébullition. Au cœur de la nuit, l'heure de régler les comptes avait sonné.

Son pouce engourdi pressa le vaporisateur de peinture. Les insultes jaillirent. Vigo le rejoignit après quelques minutes.

— Alors ? Tu as terminé ?

— Oui. Ces abrutis n'échapperont pas à une bonne séance de nettoyage. Propos bas de gamme et bassesses syndicalistes, selon tes instructions.

— Parfait ! Dire que l'intérieur regorge d'alarmes, mais qu'il suffit de franchir une barrière minable pour toucher l'image de la société en plein cœur !

— Ils doivent payer ! « On va veiller à votre

réinsertion professionnelle. » Les salauds ! Ça fait six mois qu'on s'enlise dans le chômage !

Vigo admira une dernière fois leur œuvre sous l'œil de sa lampe torche. Les locaux commerciaux d'une aciérie tagués façon arrêt de bus. Une déchirure morale pour les grisonnants aux doigts manucurés et aux salaires à six chiffres.

Sa poitrine se figea quand le faisceau accrocha l'issue de secours.

— *Boidin t'es un homme mort !* Sylvain ! T'aurais dû signer tant qu'à faire ! Tu t'en prends au directeur informatique de l'agence ! Tu vas porter directement les soupçons sur nous !

— Attends, on habite à quatre-vingt-dix bornes de Dunkerque ! Avec toutes les personnes virées, ils vont…

— Efface ça, et vite !

— T'es vraiment parano ! J'ai plus de peinture !

— Pousse-toi !

Des fonds de bombes suffirent à dissimuler les propos compromettants.

— Réparé ! souffla Vigo. Trop en colère pour te retenir ?

— Je hais ce type ! Si je pouvais lui faire avaler sa cravate, je m'en priverais pas ! J'en ai marre des entretiens. Chaque fois, c'est une vingtaine de requins qui se bousculent pour un seul poste ! Ça colle jamais !

— On connaîtra des jours meilleurs, mais en attendant, il faut subir. Allez ! On disparaît !

Ils escaladèrent la grille d'entrée en un souffle. Dans l'habitacle de la 306, Vigo décapsula deux canettes de bière.

— C'est triste d'en arriver là, mais bon, trinquons à ce semblant de victoire…

Un silence tranchant les confina dans les souvenirs amers. Licenciés pour raisons économiques, avec un minimum d'indemnités. Livrés aux mâchoires carnassières d'un monde sans couleur. Noël s'annonçait terne cette année, avec ses bagues en toc et ses imitations de cigares. Faute de grives…

Après une large inspiration, Vigo proposa :

— Tiens ! Si on allait se faire un dernier trip dans le champ d'éoliennes ? Histoire d'évacuer ce goudron cérébral et de se rappeler le bon vieux temps ?

— Pas trop d'accord… J'ai jamais aimé faire ça…

— Allez ! Pour nous prouver qu'à vingt-sept ans, on n'est pas morts ! Laisse-moi le volant ! J'ai envie d'ouvrir le bal !

La zone industrielle de Dunkerque déroulait ses tentacules lumineux à perte de vue sous la coupole nocturne. Le long des voies désertes, les cheminées des raffineries tendaient leurs gueules noirâtres sous les ténèbres de décembre.

— On dirait l'Étoile Noire dans *La Guerre des étoiles*, constata Sylvain avec appréhension. Pas une âme sur des kilomètres de tôle et de béton. Et ce grondement permanent. Même avec les années, ce monstre de métal me fiche toujours autant la trouille.

— Dunkerque dans toute sa splendeur, nécropole de boulons vissés et de plaques soudées. On y arrive…

Le véhicule obliqua vers l'usine d'Air Liquide avant de s'engager sur une voie sans issue, bordée de veilleuses vertes et jaunes rasant le sol. Vigo coupa les phares. Autour, sous les attaques du vent, des dizaines d'éoliennes géantes. Elles hurlaient…

— Notre piste de décollage ! Au diable la limitation de vitesse ! À la trappe nos vies formatées, préfabriquées ! J'emmerde les lois et règles de ce monde ! Combien ? Combien tu dis à la dernière lampe ?

— J'aime pas ce genre de trip ! Allume les phares !

— Tous feux éteints pour un max de frissons ! Je te parie un cent soixante ! Un putain de cent soixante ! Tu crois que ton cœur va tenir ? Accroche-toi !

Le moteur cabra ses chevaux. Très vite, les rangées de veilleuses ne formèrent plus que deux lignes absorbées par la vitesse. La sensation de voler, la morsure de l'adrénaline.

Le choc fut d'une violence inouïe…

Chapitre deux

Chez les Papous, il y a des Papous et des pas Papous. Chez les Papous, il y a des Papous papas et des Papous pas papas...

Mélodie marmonnait sa comptine préférée sans discontinuer. Quand elle chantait, des sons riants dansaient dans sa tête et chassaient les mauvaises idées. Son estomac lui paraissait moins douloureux aussi. Si elle ne criait plus, le Monstre lui avait promis qu'elle retrouverait son papa, sa maman et Claquette aussi, sa chienne toujours joyeuse. Elle serra sa poupée contre son petit cœur sans cesser de chantonner.

Ne pense pas aux grognements... Ils n'existent pas... J'ai froid... J'ai faim...

La douleur lancinante accrochée au fond de sa gorge ne la lâchait plus. Une gêne impalpable qui la forçait à tousser, lui donnait envie de se gratter le palais jusqu'à transpercer la voûte de chair. Elle avait beau boire, cracher, rien ne sortait, hormis des rouleaux de feu.

Depuis leur arrivée dans la caverne humide, le Monstre rugissait de colère. Mélodie percevait, dans sa façon de battre le sol, le reflet d'une méchanceté intérieure. Parfois, la Bête rôdait autour d'elle et un souffle tiède frappait son visage d'enfant en pulsations dégoûtantes. Pourtant, elle lui avait obéi. Elle s'était laissé faire, sans bouger. Alors pourquoi son papa ne venait-il pas la chercher ? Pourquoi le Monstre ne tenait-il pas sa promesse ?

Parce que les monstres sont méchants. Les monstres ne disent jamais la vérité.

La gamine frigorifiée devinait dans l'épaisseur de l'air la tension d'un orage sur le point d'éclater. Elle sentait certaines choses plus que n'importe quel autre enfant, un surplus de sensibilité qui lui permettait de voir à l'intérieur des êtres, de ressentir la chaleur de leur aura ou le salpêtre de leur rage. Et ce qu'elle découvrit dans l'âme du Monstre l'ébranla. Elle réprima un sanglot, s'empressa d'essuyer la perle qui roulait sur sa joue, tout en repliant ses jambes contre sa poitrine. Trop tard. Une gifle la projeta sur le sol.

— Arrête de gémir ! Et n'abîme pas ta poupée ! Ne l'abîme surtout pas !

La morsure de la douleur, le cuivre du sang sur les lèvres et la respiration qui tressaute.

La comptine qui la rassurait tant ne trouvait plus le chemin de son esprit. Mélodie plissa les paupières, chercha dans son for intérieur des chaleurs de parfums, des rires éclatants, les hennissements gais de Pastille le miniponey. Mais plus rien n'affluait. La nuit éternelle coulait des parois de son crâne et ne tarderait pas à l'ensevelir. Pour toujours.

Dès qu'elle s'enfouirait dans les bras de papa, elle ne manquerait pas de tout raconter. De dire que le Monstre lui avait fait mal aux mains et l'avait empêchée de crier en collant du sparadrap sur sa bouche. Qu'il l'avait forcée à sourire, à rester immobile dans cette puanteur de cuir alors qu'il lui brossait les cheveux. Si fort et si longtemps qu'il lui semblait avoir saigné du crâne.

Oui, elle dévoilerait tout, sans oublier le moindre détail. Ces odeurs à vomir, ces hurlements inhumains, ces choses sur le sol, molles et craquantes. Entassées par centaines. Par milliers.

L'haleine rance du fauve glissait à présent le long de sa nuque. Une vague tiède et pénétrante, à l'odeur de savane. Si près d'elle ! Ses pas – *des sabots*, pensa Mélodie – ne claquaient plus dans la pièce, comme tout à l'heure. Preuve qu'il la disséquait méticuleusement du regard, là, juste au-dessus d'elle. À quoi pouvait-il bien ressembler ? Il devait avoir des dents pointues, des touffes de poils sur le museau, des yeux gigantesques.

Jamais elle n'avait pu voir sa silhouette, ni celle des autres présences, plus étranges encore. Alors comment décrirait-elle avec précision le Monstre ? Elle raconterait son histoire à ses camarades de l'institut spécialisé, mais jamais ils ne l'écouteraient. Si jeune, elle savait déjà que la plupart des humains ne croyaient qu'en ce qu'ils voyaient. Une perception de la réalité qui n'avait aucun sens pour elle. Qui n'en aurait jamais.

Mélodie puisa dans la chaleur de son corps la force de ne pas hurler. Ses doigts, ses bras, ses jambes s'engourdissaient, léchés par la glace. Ses dents claquaient, sa chair devenait pierre. Pourquoi la Bête lui avait-elle ôté son blouson ? Elle ordonna à ses cordes vocales de vibrer, de supplier une couverture, un nid de plumes au creux duquel elle pourrait s'enfouir. Mais même là, en elle, le désordre s'installait. Son organisme ne lui obéissait plus.

Elle entendit un petit déclic au bord de son oreille,

puis sentit une violence de givre lui caresser la joue. Le Monstre acérait ses griffes d'acier.

Elle sut à ce moment que tout allait se terminer.

Des hurlements de pneus surgis de l'extérieur éloignèrent soudain la Bête, qui fit vibrer la vitre d'une fenêtre lorsqu'elle y plaqua son front.

De l'agitation, dehors. Peut-être papa arrivait-il enfin...

Chapitre trois

La 306 stoppa sa course dans une déchirure de gomme.

— Bon Dieu Vigo ! C'était quoi ?

Vigo ne répondit pas immédiatement, liquéfié sous sa parka. D'une main tremblante, il réveilla les phares et fixa son rétroviseur.

— Je... j'en sais rien ! On aurait dit... un animal !

Sylvain Coutteure l'empoigna fermement.

— Non ! Pas un animal ! Ça... ça a tamponné le phare, le capot, le pare-brise ! Une bête... aurait été expulsée vers l'avant ou écrabouillée ! Fais... fais marche arrière !

Vigo contracta les mâchoires. Les réactions vitales de son organisme – suées, gorge sèche, poils hérissés et glandes hyperactives – hurlaient avec une certitude chimique ce que son esprit n'osait admettre : ils avaient percuté une forme longiligne, un paquet de chair bourré d'organes, une banque du sang. Ils avaient défoncé la carcasse moelleuse d'un être humain, en pleine nuit, dans un désert de pales bourdonnantes.

Une masse sombre, immobile, émergea dans la lueur des feux arrière.

— Va... va voir ! s'écria Vigo.

— Faut... faut appeler une ambulance ! Les secours !

— Va voir d'abord ! Dépêche-toi, bordel !

Sylvain obtempéra. Les éoliennes gémissaient comme autant de moteurs, le vent du nord projetait ses aiguilles de glace. Au loin, sur le bitume, la forme molle se précisait. Un homme... serré dans des vêtements noirs... le crâne luisant sous la langue rouge des feux.

Les lèvres pincées, Sylvain bascula le corps sur le dos. Rien ne différenciait le visage inconnu d'une coulée de lave. Ses yeux fixaient le néant, les jambes décrivaient des angles impossibles.

— Vi... Vigo ! Viens ! Je crois que ce... ce type est... mort ! Il est mort putain !

Vigo coupa les phares – ahurissant comme l'instinct fixe ses priorités –, s'empara de sa lampe torche et se jeta sur l'asphalte. Index et majeur s'élancèrent à la recherche d'un battement, d'une onde de vie sur la gorge immobile.

— Merde ! C'est... c'est pas possible !

— Vigo... Faut... les flics...

Vigo palpa la carotide, le poignet, plaqua une oreille sur la poitrine. Aucun son, hormis ceux surgis de son imagination : sirènes hurlantes et cliquetis de menottes.

D'un coup, il se releva. Autour, des éoliennes folles, un entrepôt abandonné. Par-delà, ténèbres figées, poinçonnées de pustules phosphorescentes. L'anonymat de la nuit. L'absence de témoins. La simplicité d'un coup d'accélérateur pour distiller le cauchemar.

— Attends ! Il faut envisager toutes les possibilités !

— Quelles possibilités ? Ce type est raide ! On doit prévenir la police ! Donne ton portable !

Vigo s'approcha d'un sac de sport, à deux mètres du pantin. Ses mots moururent sur le bord de ses lèvres lorsqu'il écarta les flancs de nylon.

Des billets. Des montagnes de billets.

Cette fois, plus d'hésitation. Ordre du cerveau, neuro-transmission, influx propagé jusqu'aux quatre mille terminaisons nerveuses du pouce. Contraction musculaire. Bouton pressé. Torche qui s'éteint.

— Pourquoi t'as éteint ! Allume cette putain de torche !

— Dans… dans le sac ! Il y a… une espèce de poignard et…

— Quoi !

— Des… des tonnes de billets ! Des coupures de cent euros !

Tout allait trop vite. Sylvain s'accrocha à sa seule idée avec entêtement.

— On rend ce sac à la police… Il faut appeler…

— Réfléchis ! On a bu au moins quatre bières ! On roulait feux éteints, à cent vingt dans une zone limitée à cinquante ! Ces traces de freinage ne tromperont pas les flics ! Mon frère travaille dans la police scientifique, j'suis au courant, merde ! On va finir nos jours en prison si on les appelle, tu piges ?

— On… ne peut pas fuir ! Je refuse, t'entends !

Le gouffre entre les physionomies – à taille équivalente, soixante-six kilos pour Vigo contre quatre-vingt-dix-sept pour Sylvain – n'empêcha pas l'ingénieur de secouer violemment son compagnon.

— Tu n'étais pas au volant toi ! Alors on va dire que tu étais au volant ! D'accord ?

Agrippement réciproque des cols. Les nerfs contre la force. Sylvain parvint à s'emparer du portable et propulsa Vigo sur le sol.

— Sylvain ! Je t'en prie ! Ne les appelle pas ! Ils vont nous enfermer !

Agir ! Sauver sa peau ! Coûte que coûte ! Vigo fonça vers le véhicule, plongea côté passager, ferma la porte, retint sa respiration et se fracassa l'arcade droite sur la vitre. Le verre vibra.

Sylvain se précipita.

— Mais t'es cinglé !

Vigo se massa la tempe. Sous la peau, une bulle de sang gonflait déjà.

— Ça fait mal ! Suite… aïe… au coup de frein, je me suis cogné la tête sur la vitre passager. S'ils débarquent, ils en déduiront… que tu conduisais !

— Espèce de…

Vigo lui arracha le téléphone des mains.

— Je cherche à nous protéger, tu ne comprends pas ? Personne ne sait que nous sommes à quatre-vingt-dix bornes de chez nous. Nous sommes… censés jouer aux échecs sur internet. On a graffité les murs loin d'ici, ils ne feront jamais le rapprochement. On… on embarque l'argent et on fait disparaître le cadavre !

Sylvain se tamponna le front du plat de la main.

— Je… je peux pas… T'es malade ! T'es un vrai malade !

— Allez ! Aide-moi à le transporter ! Pense à ta femme, ta fille ! Elles t'attendent ! Tu peux encore les rejoindre en homme libre ! Après, il sera trop tard !

Visions d'horreurs pour Sylvain. Des hommes en combinaison verte, enchaînés les uns aux autres. Des cours avec des miradors. Des chairs humides sous la douche.

Non ! Stopper le cauchemar, au plus vite. Disparaître dans les brumes d'asphalte.

— Je... je veux bien te suivre mais... mes mains... ne se tacheront pas de son sang... On le laisse ici...

— Ah oui ! Nos empreintes sur ses vêtements, t'en fais quoi ? Et les éclats de phare, les traces de pneus ? On l'abandonne ici et demain, tous les flics du coin débarquent. Avec leurs techniques de recherche, il suffit que tu paumes un cheveu, une goutte de sueur, pour qu'ils aient ton profil génétique ! Pas de corps, pas d'enquête. Il suffit de le balancer dans les marais de Saint-Omer !

Sylvain s'en prit cette fois aux boucles de sa chevelure foncée. Tout tournait. Une toupie dans une centrifugeuse.

— Quarante bornes avec un type refroidi dans le coffre ! Mais arrête ton délire ! Il y a de l'eau partout ici ! Il suffit de le balancer dans... dans le bassin maritime !

— Non ! Faut limiter les risques. Si sa disparition est signalée, des plongeurs vont draguer les environs. Ils le retrouvent et on est cuits ! Écoute, cette route, on se l'est avalée des milliers de fois. On n'a jamais vu un flic après dix-neuf heures. On passe par les départementales, dans les bleds paumés. On se débarrasse de ce... bandit et l'argent nous appartient ! Imagine ! Imagine notre avenir avec une fortune pareille ! C'est la providence divine ! Une chance inespérée ! Finis les entretiens, les factures, les serrages de ceinture ! Pense à ça !

Une bourrasque glaciale paralysa Sylvain. La présence maléfique de l'argent bouleversait l'ordre logique des événements. Après tout, pourquoi s'immoler intentionnellement ? Les flics se fichent des états d'âme. Vigo avait raison, accepter le destin, le seul fautif.

Ne plus réfléchir. Agir au mieux pour eux. Fuir.

— Il n'y a pas d'autre solution... J'ai une famille que j'aime plus que tout... Je... je ne veux pas voir ma fille grandir au travers de barreaux.

— Dans ce cas, dépêchons-nous !

Vigo se pencha au-dessus du corps.

— Son arcade a pissé. On va lui enfoncer la tête dans des sacs plastique.

L'accident se mua en crime. Les complices rangèrent le macchabée empaqueté au côté du magot.

Toujours personne. Aucune voiture, pas de mouvances lumineuses. L'oreille de Sylvain frémit subitement.

— Tu... tu as entendu ?

— Quoi ?

Sylvain pointa un cube de tôle.

— On aurait dit... un bruit de métal ! Ça... ça venait de là-bas !

Sous le seul rai de sa lampe, Vigo explora les fenêtres d'un entrepôt, à une dizaine de mètres dans les hautes herbes. Vitres crasseuses, parois branlantes.

— Tu déconnes ! Ce truc est abandonné depuis des lustres et va s'écrouler ! T'as vu le boucan que font le vent et les éoliennes ? Tu te fais des films ! Allez, va dans la voiture ! J'arrive !

Vigo inspecta rapidement les alentours du véhicule. Il collecta les morceaux de phare, absorba le sang sur l'asphalte avec un chiffon, grimaça devant l'état du capot avant de fondre dans l'habitacle.

La nuit engloutit le véhicule.

Vigo chercha ses mots un instant avant de confier :

— Tout à l'heure, ma menace de raconter aux flics que tu étais au volant... Il fallait t'empêcher de faire une bêtise et protéger ta famille...

Sans relever, Sylvain tourna la tête vers la vitre passager, pressant dans sa main un petit médaillon qui berçait la photo de sa femme. Autour, des écharpes lumineuses enrubannaient la ville métallique, décochant des clins d'œil incisifs. Comme des sentinelles témoins d'une abomination...

Chapitre quatre

Des gyrophares. Des éclaboussures bleutées sur la toile de l'obscurité. La police. Le déclic des menottes qui se referment…

Dingue comme le mal asservit les esprits de ceux qui se rangent sous son aile, altère la réalité au point de rendre paranoïaque. On soupçonne les gens de se dissimuler derrière leurs fenêtres, à vous observer, à deviner la présence d'un cadavre dans votre coffre. On pense que les chauffeurs des voitures croisées au hasard de la nuit vont relever votre numéro d'immatriculation. Chaque mètre de chaque kilomètre revêt le visage d'un calvaire abominable. On imagine la police partout, au détour d'un virage, au fond d'une forêt ou au milieu des champs, même quand sévissent froid, nuit et isolement.

Sous l'aile feuillue des bois, les marécages de Clairmarais déroulaient leurs langues oblongues de nénuphars et d'eau croupie. La ville, sillonnée de veines d'eau, de surfaces fangeuses, flanquée d'imitations de bayous, suggérait une petite Louisiane nordique. D'ordinaire, pour Vigo, ces marécages ravivaient le souvenir des chasses à la grenouille de son enfance. Ce soir, ils serviraient de fosse à cadavres.

La 306 s'était engagée le long d'une voie bitumée, vite relayée par un terrain impraticable. Il régnait dans l'antre de chlorophylle une atmosphère de film à carnage. À observer les squelettes d'écorce qui l'encerclaient, Sylvain pensa à la forêt cabalistique dans *Massacre à la tronçonneuse*.

Les feux de croisement endormis, les deux informaticiens claquèrent les portières avant de porter leur attention sur le contenu du coffre.

— Le sol est gelé, on ne laissera aucune empreinte, murmura Vigo. Pas de lune non plus… C'est de la folie, tous les éléments nous encouragent. On bazarde le corps dans le marais à deux cents mètres d'ici. Prends le bidon vide.

— On n'y voit que dalle. J'ai les boules ! Tu es sûr que…

— On a fait le plus dur ! Allez, on y va.

La torche éventra les épaisseurs d'aulnes et d'herbes sauvages. Sylvain tenait le cadavre par les chevilles, Vigo par les poignets. La jambe gauche flottait sans gêne dans la charpente refroidie, comme heureuse d'être enfin libre.

Un Barbapapa, songea Sylvain. *Dis-toi que tu transportes un Barbapapa…*

— Ses muscles sont déjà tout durs, dit-il finalement dans l'unique but de rompre le silence.

— La rigidité cadavérique qui commence. Il aura bientôt la souplesse du pantin et la dureté de son bois…

— Je… Je n'arrive pas à me débarrasser de son regard. Quand je l'ai retourné, ses yeux ont plongé dans les miens. J'y ai vu la Mort. Je sais à quoi elle ressemble maintenant. J'ai peur de ne plus jamais dormir tranquille.

— N'oublie pas qu'il s'agissait d'un accident, un concours de circonstances qui fait que… On… Comment agir autrement ? T'imagines un flic appeler ta femme, lui signaler que tu viens d'écraser un type ? Que tu ne rentreras plus jamais chez toi ?

— Non…

Un marécage déploya sa gueule putride.

— Je peux m'en occuper seul, confia Vigo. Tu n'es pas obligé…

— Je reste… Je veux m'assurer qu'il emporte notre secret…

Rien ne respirait ici, ni la flore, ni la faune. L'asphyxie des choses mortes.

— On devrait fouiller son portefeuille… vérifier son identité… Il mérite au moins ça…

Vigo plongea une main sous le blouson du macchabée.

— À quoi bon ? Pas de nom, pas d'identité. Un fardeau de moins à supporter. Un visage vide s'efface plus facilement de la mémoire qu'un nom… Je garde ses papiers pour les brûler en rentrant chez moi… Remplis le bidon d'eau… Et arrache un roseau… La majeure partie des personnes décédées par mort violente et jetées à l'eau flottent – les femmes la poitrine vers les fonds, les hommes vers le ciel –, à cause de ce que l'on appelle un spasme laryngé initial maintenu. Leur épiglotte – un clapet de cartilage – se referme par réflexe dans le dernier souffle et interdit l'entrée d'eau dans les poumons. Pour que le corps coule, il faut « aider » le passage de liquide dans les voies aériennes.

Vigo remercia son frère de sans cesse étaler sa

science. Stanislas Nowak travaillait au laboratoire régional de police scientifique de Lille. Vigo craqua les sacs plastique et fit apparaître un menton éraflé, des lèvres déchirées où croûtaient des caillots de sang. Sylvain détourna la tête et s'éloigna.

— Désolé... Je peux pas...

— Je vais me débrouiller...

Il fallut forcer pour décoincer la bouche crispée. Vigo dut s'y prendre à deux mains, tirant à pleins doigts les mâchoires. Des os craquèrent. Le chaume empala la gorge inerte.

— Ça va lui bousiller l'épiglotte et libérer la glotte. Comme ça, l'eau pourra s'engouffrer.

— Rien à foutre de tes commentaires ! On dirait que tu dégorges une truite ! Finissons-en, et vite !

Une saleté nocturne prit son envol dans un bruissement de papier. Sylvain pensait que tous ses organes allaient se liquéfier. Comment l'autre réussissait-il à conserver tant de sang-froid, à faire preuve d'une telle organisation face à l'impossible ?

Vigo déversa l'eau saumâtre jusqu'à ce que, sept litres plus tard, la cavité béante du larynx régurgite le surplus de liquide.

— Terminé ! Le corps va se décomposer hypervite dans l'eau. Presque aussi efficace que l'incinération. D'ici deux mois, les seuls moyens de l'identifier seront les tests ADN ou les empreintes dentaires.

Vigo se frotta les mains sur son jean. L'illusion d'une purge, d'une absolution.

— Et maintenant on le jette à l'eau le plus loin possible. Tu le prends par les jambes, moi par les bras. Je compte jusqu'à trois...

La masse frappa l'eau avant que, lentement, les

lentilles dérangées ne regagnent leur place. Le mort s'enfouissait vers les abysses, emportant un secret scellé par la peur, le dégoût... l'argent...

Dernières bulles d'air qui éclatent à la surface. Ultimes clins d'œil d'un père de famille. Au revoir aquatique. Puis plus rien...

La voiture s'éloigna vers les faisceaux brasillant de la route nationale.

Des contractions musculaires, infimes, glissèrent sur le contour des lèvres de Vigo pour en tirer un ersatz de sourire.

— Le magot ! Le magot est à nous Sylvain ! T'imagines ?

— Non, pas encore...

— Écoute bien ce que je vais te dire. Cet argent, on ne va pas pouvoir y toucher tout de suite. Le temps que les choses se tassent, que nos esprits y voient clair. Ta femme ne doit rien savoir. Pas de sous-entendus, d'allusions qui aiguiseraient ses soupçons, OK ?

Sylvain passa une main sur son visage, comme s'il cherchait à décoller un masque de terreur.

— Tu crois que j'ai envie qu'elle sache ?

— On a juste agi logiquement, d'accord ?

Sylvain acquiesça sans conviction.

— Ne change rien à tes habitudes. Poursuis ta recherche d'emploi et continue à nourrir tes poules. Demain j'ai un entretien d'embauche, je m'y présenterai, comme si de rien n'était. Nous ne sommes *jamais* allés à Dunkerque cette nuit. On jouait chez moi aux échecs sur internet, comme tous les jeudis soir.

— Et mon capot démoli, mon phare explosé ?

— Tu achètes un phare chez un détaillant automobile et tu le changes toi-même. Paie en liquide.

Tu connais un carrossier qui peut réparer ta voiture au black ?

— Je vais souvent à la casse de Lens. J'ai un contact là-bas.

— *A priori*, la tôle n'est pas pliée. Il devrait réussir à te réparer ça sans laisser trop de traces. Je te fais confiance pour baratiner ta femme sur l'origine du coup. Dans tous les cas, n'appelle jamais ton assurance !

— Et le magot ?

— Je le garde chez moi, au grenier. Aucun ris...

— Pas question ! Pourquoi je ne le garderais pas, moi ?

— Pour que ta femme tombe dessus ? Moi je suis célibataire ! Personne ne viendra fourrer son nez dans mon grenier !

— Dans ce cas, on ne le cachera ni chez toi ni chez moi. J'ai déjà ma petite idée... Et ce fric, je veux le compter avec toi...

— La confiance règne ! À t'entendre, on dirait qu'on se connaît depuis hier !

— Ce n'est pas la question, mais... Je ne voudrais pas avoir fait tout ça pour rien... Ce type dans les marécages...

Il agita ses doigts comme pour palper l'air.

— On doit tout faire disparaître si ça tourne au vinaigre. Promets-moi que si les flics se branchent sur le coup, on brûle ces billets. Je te garantis que je le ferai, avec ou sans ton accord !

Vigo se força à garder un ton convaincant.

— Je te le jure. À la moindre entourloupe, on efface les preuves. Mais on ne rencontrera pas de problèmes. Tout était trop... parfait...

— Comment tu peux dire une chose pareille ?

— Mais ! Parce que rien n'était prémédité ! Pas de mobile, aucun témoin ! Même pas de corps !

Vigo empoigna le bras gauche de Sylvain.

— Tu ne peux pas savoir à quel point j'en ai rêvé ! Le fric qui tombe du ciel ! Pourquoi j'avais la certitude que ça se passerait un jour, hein ? Pourquoi ? Bientôt, on ne sera plus les esclaves de personne !

Dans la tête de Sylvain, tout s'embrouillait. Un mot, un simple mot, traversait régulièrement son esprit.

Criminels.

Chapitre cinq

Trois heures du matin. Une lueur diffuse dans le séjour de la fermette. Les parasites chevrotants d'un tube cathodique usé, l'engourdissement d'un monde de songes. Et le givre accroché à chaque expiration.

Chaudière en panne... Sylvain se mordit l'intérieur des joues.

Une rivière blonde coulait sous des couvertures dans le clic-clac du salon. Nathalie somnolait en position fœtale, réflexe inné d'un corps en quête de chaleur. Sylvain éteignit le téléviseur, frôla son épouse du bout des doigts, avant de disparaître dans la chambre d'Éloïse. Le bébé dormait, la frimousse éclairée par l'incandescence feutrée d'un chauffage d'appoint.

Des pans d'inquiétude obscurcissaient le visage du jeune papa. Désormais, ce bonheur pouvait s'arrêter à tout moment. Un jour, demain peut-être, les uniformes débarqueraient, le braqueraient, lui écraseraient un revolver sur la tempe. On l'enlèverait à ses chéries pour une éternité de repentir.

***

L'âme souterraine du Monstre bouillonnait de tensions contradictoires, de courants incompréhensibles. Un cataclysme avait bouleversé son organisme jusqu'à le soulever de terre, le porter sur des oasis célestes. Il se sentait bien, trop bien. Mieux que jamais. Comme si une bulle venait de crever à la surface après une interminable remontée des fonds abyssaux.

Il pila devant un feu tricolore, obnubilé par la petite gorge battante, ses doigts qui arrachent la vie, le dernier murmure.

Sous la lueur du feu rouge, il considéra ses mains, leurs phalanges tourmentées, presque brûlées jusqu'à l'os. Les pensées récurrentes l'assaillirent. La douleur des acides, qui le violentait chaque soir... Le crissement de la scie électrique sur les chairs... Puis les oiseaux qui essaient de fuir, encore et toujours... Le singe blotti en haut d'un arbre, pétrifié... La louve menaçante, le museau braqué au ciel...

Un quotidien si difficile à porter, à vivre, à subir...

La Bête secoua la tête. Le feu passa à nouveau à l'orange, puis au rouge. Dans le rétroviseur, personne. La ville dormait. Au vert, elle démarra prudemment, prit une départementale et quitta la cité métallique.

À présent, elle ne pensait plus qu'à une chose : recommencer...

***

— C'est la chaudière chéri, souffla Nathalie Coutteure, à moitié endormie. Panne définitive cette fois, et il faut que ça arrive quand les températures chutent. Quelle poisse ! J'ai l'impression de vivre dans un congélateur !

Elle se tortilla dans une couverture avant de se

lover contre son mari. Des battements ralentis somnolaient dans la poitrine féline, une radiance d'amour qui poussa des larmes sous les paupières de Sylvain.

— J'ai essayé d'appeler sur le portable de Vigo pour que tu rentres plus tôt, confia la jeune femme, toute grelottante. Pas de réponse, messagerie…

— Il avait certainement coupé. Tu sais, quand on joue aux échecs…

Le reptile du mensonge qui s'insinue dans les paroles, accompagné de ses flashes subliminaux. Le craquement des mâchoires, le roseau dans la trachée, la masse qui sombre.

— À la première heure j'appelle Depann'gaz, déclara Sylvain en s'avançant dans le salon. Ça ne peut plus durer. S'il faut remplacer cette satanée chaudière, on la remplacera !

— Je demanderai de l'argent à mes parents. Cette fois, nous devons accepter leur aide. Tous les malheurs du monde nous tombent dessus, le gouffre financier s'élargit lentement sous nos pieds…

Sylvain serra les poings. Seuls les lions déchus ravalent leur fierté. S'il capitulait, on le prendrait pour un père de famille incapable d'assurer, un plaisantin pas fichu de rembourser ses mensualités.

Ses muscles se détendirent. Deux millions d'euros à se partager. Il voyait encore la forêt de zéros, la texture parfumée des billets. Des éternités de labeur comprimées dans un sac de sport bleu roi.

En nouveau riche, il posa un doigt sur les lèvres de son épouse.

— Chut… N'implique pas tes parents. On traverse juste une mauvaise passe mais je suis persuadé que la chance finira par tourner.

— Une mauvaise passe ? Ça fait plus d'un trimestre qu'on vit sur la pointe des pieds, que le moindre écart nous plombe jusqu'à la fin du mois ! Combien de temps tu penses pouvoir tenir avec mon salaire de prof et tes Assedics minables ? On a un prêt de vingt-cinq ans à rembourser !

Sylvain lui agrippa le poignet et la contraignit à faire volte-face. L'envie de la traîner chez Vigo, de la confronter à l'opium vert, lui brûlait la gorge.

— Tu dois me faire confiance ! Avec Vigo, on a consulté des sites sur l'emploi. Le marché de l'informatique repart, des postes se créent sur Lille, les entretiens d'embauche vont se multiplier. Ne préviens pas tes parents, OK ? On va rallumer le poêle à charbon, le temps que je règle l'affaire.

— Il est HS ! Le tuyau d'évacuation est déchiré ! C'est bien trop dangereux ! Et puis, ça change quoi ? Tu mets de la pommade sur une jambe de bois ! On ne résout pas les problèmes comme ça !

— Écoute, demain soir c'est le réveillon et l'anniversaire de notre petite fille… Rien ni personne ne viendra gâcher une fête pareille ! Pas cette fois !

Nathalie se réfugia dans les bras de son homme. Trouver une solution ? Laquelle ? Voilà deux ans qu'ils avaient arraché le prêt de justesse pour se payer la flamande de leurs rêves, en proche campagne de Lens. Le grand jardin, les dépendances, le tournis des volumes intérieurs. À l'époque, la bulle internet avait porté les informaticiens au rang de demi-dieux. Elle voyait encore Sylvain, cravate entre les doigts, dans les bureaux de la banque. *Prendre une assurance chômage ? Vous m'avez bien regardé ? L'informatique contrôle vos ordinateurs, ferme et ouvre vos coffres.*

Et ça ne fait que commencer. Si nous sommes au chômage, la Terre s'arrête de tourner !

Mais une bulle finit toujours par éclater. Aujourd'hui, une start-up fermait chaque heure dans le monde. Les grands groupes industriels, à la chasse aux pertes, s'allégeaient de leurs agences régionales, regroupant les activités sur Paris. Air Littoral, Alcatel, France Télécom... Les Taïwanais qui fabriquaient hier les vêtements concevaient aujourd'hui les programmes informatiques à moindre coût.

Que restait-il à présent ? Des mensualités de mille quatre cents euros à rembourser. Les deux tiers de leurs revenus. Soixante-six pour cent d'endettement.

Sylvain réprima un sanglot. Un vent rugissant balayait toutes ses convictions, son honnêteté, l'ensemble des qualités qui l'avaient formaté en un mouton de la société.

Terminée la vie par procuration.

Peu importait ce qu'il venait de faire. Seul l'argent comptait.

Le sommeil n'emporta pas Sylvain, cette nuit-là. Des rêves à la saveur du réel trottaient dans sa tête. Des mers turquoise, des soleils rouges, des sables blancs.

Dans quelques jours, le velours des billets embaumerait le cadavre et diluerait son visage. La cicatrice se refermerait comme elle s'était ouverte.

Il en avait la certitude...

***

Attentif au moindre battement de lumière, le Monstre s'engagea sur l'océan campagnard avant de disparaître sous des frondaisons menaçantes.

Une forêt, épaisse et infiniment noire.

Il comprenait tout juste ce qui venait de se produire au cœur de la zone industrielle. Une surtension d'événements qui allait changer le cours de son existence, crever l'abcès qui pourrissait depuis des années au fond de son cerveau.

Toute cette douleur, cette haine, cette souffrance. Cette passion inaccessible.

Les deux types à la 306 n'avaient été que le catalyseur d'une évidence inconsciente.

Un cri d'instinct et de joie mêlés claqua dans l'habitacle.

La Bête ne songeait plus à la rançon, même si elle comptait la récupérer rapidement. Ses valeurs s'étaient brusquement renversées. Elle saisissait soudainement la véritable raison qui l'avait poussée à accomplir la tâche finale.

Pas l'argent. Pas la soumission. Pas l'amour.

L'impensable.

Le véhicule s'enfonça dans un hangar aux poutres branlantes, à la tôle cariée de rouille. Loin des lumières du monde, dans une gorge où aucun fou n'oserait s'aventurer. Le moteur stoppa son ronronnement, une ombre se détacha sur le mur, posa le pied au sol et se dirigea vers l'habitation d'avant-guerre, attenante au hangar. Sous la pierre froide, un sous-sol labyrinthique, des caves voûtées et humides dont quelques-unes renfermaient ses ateliers de travail. Les forges de l'enfer…

La silhouette réveilla la cheminée. Des baisers bleutés, des langues de diables affamés tourbillonnèrent en un ballet infernal. Autour, les visages intrigants des poupées anciennes, *Beauty Eaton* ou *Helen Kish*, se lissaient d'une pellicule rougeoyante. Leurs yeux grands ouverts ne reflétaient plus qu'un voile de terreur...

Le Monstre se dirigea vers le fond de la pièce, dans une obscurité permanente où s'amoncelaient des masques en latex, des mâchoires aux dents arrachées, des crânes perforés. Là, il déverrouilla une porte, alluma la lumière, s'enfonça dans un escalier en colimaçon puis bifurqua dans un tunnel où se succédaient des portes cadenassées.

Des grattements, derrière le vieux bois... Ses femelles avaient faim. La Bête entrebâilla légèrement la porte. De petites mains jaillirent et arrachèrent violemment les morceaux de salade pourrie qu'on leur tendait. De l'autre côté du mur, la colère, la peur, la rage grimpèrent, dans un seul et même hurlement désespéré. Il était temps de refermer...

Le Monstre se rendit dans une autre cave. Sa langue décrivit de belles ellipses de satisfaction sur ses lèvres. Dans un angle, le matelas délabré qui enflait d'humidité ferait l'affaire. Sa prochaine victime ne vivrait pas assez longtemps pour s'en plaindre.

Cette salle voûtée était parfaite. Il restait juste à ôter la poignée intérieure de la porte parce que, demain, la première chose qu'essaierait de faire sa nouvelle matière première serait de fuir. Évidemment...

La Bête s'enferma finalement dans un atelier souterrain et fit gémir des instruments électriques jusqu'à l'aube. Il fallait s'entraîner, progresser, encore et encore...

Dans les profondeurs de la forêt, la nuit fut horrible. Bien pire que celle imaginée par les esprits les plus tortueux...

Chapitre six

Un véritable cauchemar. Une mission quasiment impossible. Travailler plus de vingt heures d'affilée sans avoir fermé l'œil depuis deux nuits...

Devant le commissariat central de Dunkerque, le brigadier Henebelle jeta un regard vers le ciel avant d'enjamber les marches. Il allait neiger, ce matin. Elle soupira. Pas de réveillon cette année. Juste une interminable garde nocturne, le soir de tous les privilèges. Aucun policier au bas de l'échelle n'échappait au châtiment. Mais de quel droit privait-on une jeune maman du premier Noël avec ses bébés ?

Lucie déboutonna son trois-quarts en s'engouffrant dans le bâtiment, quai des Hollandais. Bref salut à l'emploi jeune de l'accueil ainsi qu'à deux ou trois collègues de la brigade des mœurs. Couloirs déserts, calme de catastrophe post-nucléaire. La majeure partie des bureaux s'était vidée à l'approche des fêtes, congés et ponts obligent. Au comptoir des mains courantes, une plaignante. Jeune, pantalon moulant, maquillage à outrance. À l'étage de la criminelle, Lucie ôta son bonnet et libéra une cascade de cheveux blonds à peine coiffés. Le chauffage poussé à son maximum rendit à ses joues creusées un teint moins cadavérique.

Elle s'installa devant son ordinateur, face à la chaise vide d'un collègue en vacances.

Salut chaise ! Comment vas-tu ? Moi ? Un peu crevée. Carrément naze, à vrai dire !

Les jumelles rivalisaient d'ingéniosité pour blanchir les nuits de Lucie, ne lui autorisant que le repos minimal nécessaire à la survie. Un sommeil inversé qui pouvait durer jusqu'à un an, avait signalé le pédiatre. Un véritable calvaire. Condamnée à somnoler le jour pour subir, la nuit, les appétits de vie des nouveau-nés.

Sans bras masculins pour la soutenir.

Aussi la reprise de son job, voilà une semaine, gravait-elle en lettres de feu *la* question qui la taraudait depuis l'accouchement : comment réussirait-elle à concilier le tout ? Les jumelles, la maison, le travail ? Et le repos ? Quand pourrait-elle enfin s'occuper d'elle, se maquiller, brûler les kilos superflus à renfort de footings ?

Quand la femme chasserait-elle le fantôme ?

Lucie s'enfonçait dans la paperasse informatique, quand le lieutenant Pierre Norman fit son apparition. Le visage ombragé par la paille rousse de ses cheveux, la peau ivoirine mouchetée de poussière de feu. Pas spécialement beau, le Norman, mais hypnotique, intriguant. Sûrement ses grands yeux d'un bleu très pâle, au mystère infini.

Son excellent classement au concours national de Lieutenant de Police lui avait ouvert les portes du SRPJ de Versailles, pourtant il avait refusé l'opportunité pour rester ici, dans les profondeurs nordiques. Piégé par l'odeur du pavé humide, les silhouettes suspectes dans les ports, les traques sur l'une des plaques tournantes des trafics entre l'Angleterre, les Pays-Bas et la France. Le quotidien idéal d'un flic d'action.

— J'ai appris pour ta garde de ce soir, concéda-t-il. Désolé.

— Il faut bien sacrifier une brebis pour faire traverser le troupeau...

Norman plaqua ses mains – deux sacs d'os tachetés – sur le bureau. Il désigna du menton un livre de Pierre Leclair, *Cinq Profils*.

— Toujours plongée dans tes bouquins de psychologie ? Celui-ci parle de *profilers* ?

— Le terme à la mode est analyste comportemental...

Les âmes noires qui tourbillonnent, l'adrénaline des scènes de crime, le coup de fouet de l'hémoglobine... Des livres que Lucie dévorait depuis l'adolescence, cantonnée dans sa chambre, au temps des sorties en boîte et des premières cigarettes.

— Je me serais bien vue dans la peau d'un de ces spécialistes du comportement, confia-t-elle en effleurant le livre. S'infiltrer par la pensée dans la peau d'un assassin, comprendre la source du traumatisme.

— Tu n'as que vingt-neuf ans, si c'est vraiment ton truc, tu peux encore foncer.

Lucie esquissa un sourire.

— Il est plus difficile de devenir psychocriminologue que président dans ce fichu pays !

Norman haussa les épaules.

— On n'a rien sans rien. Prépare-toi déjà au concours de lieutenant, ce sera un bon début.

La jeune femme leva les yeux au plafond.

— Tu me parles de concours ! Les jumelles me

pompent toute mon énergie ! Et elles sont ma priorité. Peut-être demain… Qui sait ?

— Tu ne l'as jamais revu ?

Gorge serrée.

— Fermons la parenthèse, veux-tu ? Je suppose que tu n'es pas venu pour me parler de ça.

— Non… Une sale affaire vient de nous tomber dessus. La femme du professeur Cunar, un chirurgien traumatologiste renommé, a appelé cette nuit. Leur fillette a été enlevée, il y a quatre jours. Ils n'ont pas prévenu la police tout de suite…

Lucie se cala au fond de son siège, l'oreille attentive.

— Jamais facile de savoir ce qui est le mieux pour la vie de l'enfant dans ce genre de situation.

— Délicat, en effet. Cunar part payer la rançon aux alentours de minuit, deux millions d'euros…

— Wouah !

— Ce type est une pointure. Il habite au Touquet et opère régulièrement en Angleterre, dans les plus grands hôpitaux. Rarement chez lui. Quant à sa femme, elle vend et achète des entreprises. Une poigne de fer, paraît-il. Ces deux-là doivent gagner une vie de nos salaires en un mois… Bref, Cunar n'est jamais revenu. Envolé…

— Et la fillette ?

— Assassinée à proximité du champ d'éoliennes de Grande-Synthe, dans un entrepôt. Le commissaire et le capitaine Raviez sont sur les lieux depuis quatre heures du matin.

Lucie frissonna, élevant une pensée pour Clara et Juliette. Leurs bouches rondes et pleines, leurs yeux malicieux. Quand on donne la vie, il s'opère une transition, un accouchement cérébral qui transforme l'enfant en entité sacrée. Un avant où l'on compatissait avec les mères victimes, et un après où l'on devient ces mères, où la douleur de l'être perdu, même inconnu, vous brûle la gorge et vous arrache les tripes...

— Lucie ?

La jeune femme secoua la tête, serra les lèvres. Les endormissements instantanés la frappaient de plus en plus souvent, n'importe quand. Et les comprimés de vitamine C n'y changeaient rien. Combien de temps tiendrait-elle à ce rythme ?

— Je... Oui... Excuse-moi. J'ai très mal dormi cette nuit, pour ne pas faillir à la tradition...

Norman tapota du bout des ongles sur l'ordinateur. Ses doigts secs ressemblaient à des pattes de mantes religieuses.

— Valet va constituer une équipe. Il veut t'y intégrer. Avec tous les flics en vacances, il puise dans les ressources disponibles avant de rappeler les gars. Qu'est-ce que t'en penses ? Enfin je veux dire... comme tu es jeune maman et pas très en forme, il s'agit peut-être d'une opportunité empoisonnée... Je peux m'arranger pour que...

Lucie s'arracha de son siège.

— Ne pense pas à ma place s'il te plaît ! Je sais parfaitement que mes journées risquent de s'allonger comme des semaines à cause de la paperasse ! Mais si le commissaire m'accorde sa confiance, je ne peux pas me permettre de le décevoir. J'ai beau avoir certaines priorités pour le moment, je ne souhaite pas rester dans l'ombre toute ma vie. Tu comprends ?

Norman lui posa une main sur l'épaule.

— Cent pour cent d'accord avec toi... Tu m'accompagnes en attendant ? Une entreprise porte plainte et nous devons aller constater. Ses murs ont été tagués.

— Passionnant... Mais... tu n'es pas bientôt en vacances ?

— Direction les Alpes après-demain... Normalement...

— Normalement, c'est ça ! Dix contre un que tu vas encore annuler !

Elle engloutit un carré de chocolat.

— Un tic de femme enceinte dont je n'arrive pas à me débarrasser... Je ne peux plus sortir sans ma plaque de choco... T'imagines le flic ringard ? La carte tricolore, le Beretta et la plaque de chocolat ?

— Pense aux patchs si tu veux arrêter...

Dehors, des notes souples et déliées se décrochaient du ciel. Décembre soufflait ses premiers flocons.

Chapitre sept

Comprimés entre quatre murs, les cinq candidats souffraient en silence. Les tortures qu'on leur infligeait n'avaient rien d'humain.

Dix-septième étage de la tour Lille Europe, le toit du Nord. Neuf heures tapantes.

Trente minutes de calvaire mental dans une pièce aveugle. Pour commencer.

Des types endimanchés bataillaient du stylo dans des grésillements de mines. Face à eux, les cent vingt-six questions implacables du PAPI-N, le test de personnalité vedette des ressources humaines.

Parmi les cinq, Vigo Nowak portait le masque pâle de sa nuit blanche. Les torrents de la douche n'avaient suffi à dégonfler ni l'hématome sur son arcade, ni les cernes arqués sous ses yeux noisette. Ses cheveux noirs, brossés vers l'arrière, amplifiaient le contraste avec sa peau naturellement mate, dénonçant avec brutalité les ridules qui, les jours de fatigue, se démultipliaient en serpentins criants. Pour un entretien d'embauche, on ne pouvait pas dire qu'il se trouvait au meilleur de sa forme. Et pourtant, il brûlait de bonheur.

Après vingt minutes, il n'avait pas répondu au tiers

des questions. Comment se concentrer avec le coup magistral de la veille ? Le magot dissimulé dans sa remise à charbon aspirait toutes ses pensées. Le bruissement des billets qu'on froisse investissait son esprit à la manière d'un virus sournois. Et, fort heureusement, il n'y avait aucun vaccin pour ce genre d'infection.

En route pour Lille, il s'était branché sur France Bleue Nord, à l'affût des nouvelles régionales. On ne parlait ni de graffitis, ni d'accident, ni de disparition. Un bon point de ce côté-là.

Il pinça son stylo et cocha n'importe quoi, histoire d'exciter sa parcelle de chance, de profiter de la loi des séries qui rythme la sinusoïde des destinées.

Face à lui, le quatuor de chômeurs s'étripait des yeux. Ces pauvres types disputaient ici leur avenir, une promesse de jours ensoleillés. Lécher des bottes pour pouvoir nourrir sa famille. Aujourd'hui, Vigo crachait sur ces bottes.

Il desserra le nœud de sa cravate, en proie à des bouffées de chaleur. Dues non à l'angoisse, mais plutôt à l'envie d'exploser de joie, de crier à tue-tête, de se rouler nu dans la neige. Il secoua la tête. Que faisait-il dans cet aquarium, à barboter pour un poste qui n'en valait pas la peine ? Combien ? Trente-cinq mille euros annuels ? Une poussière d'étoile ! Il cachait au fond d'un sac plus d'une vie de salaire ! Net et non imposable !

Comment envisager un seul instant de continuer à jouer les esclaves ?

Il s'apprêtait à déguerpir quand un type aussi souriant qu'une tête de mort entra, empila les tests et le pria de le suivre. Un chauve à lunettes qui avait perdu ses cheveux à force de stress et de réunions, une machine à broyer de l'humain. La logique du jeune informaticien, sa volonté de ne rien laisser transparaître lui ordonnèrent d'obtempérer.

Porte 12. Vaste bureau, style intérieur de morgue. Pas une feuille de travers. Poubelles vides. Stylos capuchonnés. L'illusion d'une réussite.

Le directeur des ressources humaines invita Vigo à s'asseoir, s'attarda sur la boule violacée de son arcade, avant d'annoncer froidement :

— Je reviens, je vais passer votre test dans la machine.

Il réapparut avant même de disparaître. La magie des gens pressés.

— Vos résultats sont assez impressionnants, mais maintenant, donnez-moi l'envie de vous choisir parmi la vingtaine de candidats que nous rencontrons pour ce poste.

Amusé devant ce déversement de chance, Vigo posa son CV devant lui et présenta son cursus. L'homme à la tête d'œuf l'interrompit d'emblée.

— Mal parti, monsieur Nowak ! Rangez-moi votre CV ! J'espère que vous avez la tête suffisamment bien faite pour vous souvenir de votre parcours, tout de même !

Vigo hésita et finit par s'exécuter. Il l'avait signalé à Sylvain : en aucun cas l'argent ne devait modifier leurs habitudes. Mais il sentait qu'une cire brûlante pouvait à tout moment jaillir de ses lèvres et exploser à la face de l'Œuf.

Après une inspiration exagérée, il s'enfonça dans un ressac de mensonges et de vérité, récita des phrases types sur la motivation, l'envie de réussir, le *mana-*

gement. Les trois défauts, les trois qualités... Un art dans lequel, au fil des entretiens, il excellait.

— Intéressant, monsieur Nowak. Quels sont vos objectifs de carrière ? Comment vous voyez-vous dans dix ans ?

Et patati, et patata... Comment je me vois ? Riche, ducon ! Réponse formatée qui sembla plaire au robot. L'homme exhibait une dentition à faire pâlir un grand requin blanc.

— Vous avez noté sur la fiche de renseignements un salaire indicatif de quarante mille euros bruts annuels, poursuivit le rapace. Combien gagniez-vous dans votre ancienne entreprise ?

— Trente-huit mille, mentit Vigo.

Toujours gonfler de quinze pour cent. Par principe, pour anticiper les baisses systématiques.

— Cela me paraît beaucoup, à la vue de vos compétences. Les marchés sont très tendus en ce moment. Je pense que vous en êtes conscient.

Ben ouais, sinon je ne serais pas ici, dans ta boîte de crétins ! Dents blanches lâcha un rire de mafieux.

— Nos clients baissent sans cesse les coûts de nos prestations. Qui dit chute des prix dit régression des salaires, forcément ! Vous n'aurez pas mieux que trente-deux mille euros si vous venez chez nous... Non négociables...

Le couteau sous la gorge. Le prétexte de la crise pour lui proposer des revenus minables. Le DRH s'écrasa en vainqueur dans son siège à roulettes, bras croisés.

— Alors ? s'impatienta-t-il.

Coup de bluff.

— Il… J'ai d'autres entretiens dans la semaine. Il faut que je réfléchisse.

— On ne la joue pas au rabais chez MediaTech ! Vous n'aurez guère plus si vous venez chez nous. Avec les tensions économiques actuelles, il ne faut pas vous attendre au miracle, ici comme ailleurs. C'est triste à dire, mais les recruteurs le savent.

— Mais vous me proposez un salaire de débutant ! J'ai plus de quatre années d'expérience !

— Ils vous donneront tous la même chose. Nous n'avons que l'embarras du choix parmi les candidats. Si l'un refuse, un autre acceptera. En temps de guerre, ce ne sont pas les fusils qui manquent !

Vigo ne put contenir une éruption de lave. Hier, il aurait accepté la proposition. Mais aujourd'hui…

— Et vous, si on vous baissait votre salaire ? Demain je vous dis : Charles (vous n'avez pas une tête à vous appeler Charles mais faisons comme si) Charles, il nous faut baisser votre salaire de trente pour cent ! C'est primordial pour la survie de l'entreprise !

L'homme se cabra. Un iguane qui déploie sa collerette pour effrayer ses adversaires.

— Pardon ?

— Oui Charles, vous m'avez bien compris. Trente pour cent. Vous allez devoir faire l'impasse sur votre Mercedes bas de gamme, vos ersatz de costumes grandes marques et vos fausses chemises Lacoste.

Vigo se leva et s'approcha de la baie vitrée, mains dans le dos à la manière d'un P-DG. Il se sentait à l'aise ici, finalement. En bas, le boulevard périphérique se saturait de gomme et de métal. Les axes vers Dunkerque et Paris n'étaient plus qu'une mélasse incandescente. Vigo amplifia le malaise. Le DRH hallucinait.

— Charles, vous êtes préformaté, conditionné, un pur produit de la société de consommation. Au début du siècle, les chevaux qui descendaient dans la mine ne remontaient que morts. On leur crevait les yeux pour leur faire oublier l'enfer où ils se trouvaient. Aujourd'hui, on fait pareil avec les humains. Rien n'a évolué. Boulot-métro-dodo je parie ? Une femme, deux enfants, un chien ? Un labrador qui s'appelle Médor peut-être ? Quand vous rentrez, vous ne voyez pas vos gosses, et votre femme dort sur le canapé du salon, lasse de vous attendre. Vous vivez dans la lumière de votre société et dans l'ombre de votre famille. Vos allers-retours sur Paris vous cassent en deux, mais vous ne dites rien, vous subissez ! Je me trompe ?

La tête d'œuf vira au rouge. De petites veines saillaient sur son cou.

— Vous êtes… Dehors !

Vigo jubilait. Cette sensation de pouvoir le portait au nirvana.

— Mais avec plaisir mon cher Charles ! Continuez à faire le pitre dans vos catacombes de verre. Ces vingt mètres carrés sont votre cercueil, vous êtes un emmuré vivant et vous ne vous en apercevez même pas. Moi je vais profiter de la société et de mes Assedics. Indirectement, je vous vole votre argent. Du pur bonheur !

Un poing qui claque sur le bureau. Des joues qui vibrent. Une corde de violon qui pète au fond du larynx.

— Vous êtes grillé, Nowak ! J'ai le bras long ! Plus une seule société de la région ne voudra de vous ! Ne fichez plus jamais les pieds dans notre entreprise !

Vigo lui tourna le dos.

— Pas de risque. Ces corps qui se putréfient sous

mes yeux me répugnent… Ha ! Au fait Charles, il faudra faire des efforts au point de vue vestimentaire. Votre cravate est très laide. Je n'en voudrais même pas pour me pendre.

Échec et mat. Le roi est mort.

Vigo abandonna la Vieille Bourse et l'Opéra avant de s'envoler en direction de la Grand'Place, les mains dans les poches de son caban. Sa cravate croupissait au fond d'une poubelle. Il se sentait léger, soulagé, enfin libéré. Les ordres, les exigences, pour gagner des pousses de pissenlits. Terminé ! À partir d'aujourd'hui, il tenait la barre. Hisse et haut !

Lui et ce fantastique coup de pouce divin.

Il poussa un rugissement à la Mick Jagger, ce qui fit sourire quelques bonnets.

Il acheta deux croissants et s'installa sur les marches qui dévalaient du siège social de *La Voix du Nord*. Déjà à cette heure, des silhouettes capuchonnées s'engouffraient rue de Béthune pour un safari-cadeaux de dernière minute. Au centre de la place, devant le théâtre du Nord, la grande roue décochait des murmures féeriques, lançant aux cieux une poignée de touristes anglais. La capitale européenne de la culture bouillonnait de vie.

Vigo roula l'emballage de ses croissants, le jeta au bas des marches puis observa les passants qui déviaient pour éviter le maigre obstacle. Amusante cette manière d'agir sur les courbes de vies sans le moindre effort. Là, cette femme avec son sac rouge. Hop ! Un pas de travers à cause de la boulette. Une demi-seconde dérobée à sa matinée. Une action qui allait se répercuter sur des milliers de gens, des milliards d'atomes. Elle allait

croiser d'autres personnes que celles initialement prévues – prévues par qui ? –, influer inconsciemment sur
leurs rythmes, leurs comportements. L'air se déplace-
rait d'une façon différente, les odeurs aussi, de timides
molécules olfactives donneraient soudain l'envie au
buraliste du coin de fumer et donc de servir un client
cinq secondes plus tard. Pressé, plus nerveux, l'homme
roulerait un peu plus vite au retour. Pas grand-chose,
peut-être un kilomètre par heure supplémentaire. Son
attitude jouerait sur une infinité de trajectoires, de
comportements, qui eux-mêmes... Tellement anodin.
Il croiserait les doux rebonds d'un ballon d'enfant,
freinerait, mais trop tard. Appellerait la mort. Pleurs,
enterrements. Suicides peut-être. Et ainsi de suite.

À l'origine ? Une boulette de papier...

Vigo sauvait et arrachait des vies sans que personne ne s'en aperçoive. Le pouvoir caché des êtres
intelligents.

À nouveau à flâner, il dévora les façades enguir-
landées, les vitrines aguichantes. Tout lui appartenait,
virtuellement. Qu'est-ce qui l'empêchait d'entrer,
d'acheter à gogo et de lâcher quelques billets fleuris
de son chapeau de magicien ?

Il voulut tenter une expérience anodine. Palper de
plus près cette sensation – une réalité – de richesse.
Il traversa en diagonale la place du Général de Gaulle
et bifurqua dans la rue Nationale. Au numéro 107, il
entra. Il crut alors s'aventurer sur les terres humides de
Cuba, s'enfoncer dans un champ au tabac d'exception.
Plus de deux cents références de cigares étaient présen-
tés dans leurs plumiers en cèdre ou en aulne massif.
Des Amerinos, Regalias, Coronas et autres Panatelas,
drapés dans leurs capes sombres. Vigo ne connaissait

des cigares que les José L. Piédra soldés par fagots de vingt-cinq, ou comment donner aux pauvres une illusion de richesse.

Il se fit accompagner au déambulatoire obscur et exigu, une caverne d'arômes, une gorge de saveurs tapissée d'histoire et d'exotisme. On s'occupait de lui et il adorait ça.

— Je veux la perle rare, poussa-t-il d'une voix de ténor. Qu'il me procure l'excitation de l'allumette entre les mains du pyromane.

Les yeux du vendeur prirent la texture brun-rouge des feuilles de tabac.

— Dans ce cas, je vous conseille le Salomon. L'ex-dictateur cubain Batista les faisait fabriquer pour les offrir à ses hôtes de marque : présidents, ministres ou ambassadeurs.

— Alors… Cela vaut peut-être la peine que je l'essaie ! Mais… ne me décevez pas…

L'homme lui récita un baratin destiné aux riches, parlant de tripe, de sous-cape, de vitole.

Quarante-cinq euros la pièce. Une pacotille. Vigo sortit cinq billets de sa poche.

Cinq billets de cent euros.

Il salua le vendeur et fondit dans les rues serrées du Vieux Lille. La neige avait déjà cessé de tomber, ayant abandonné sur les pavés une transparence de calque. *Fausse alerte*, songea-t-il en portant le cellulaire à l'oreille. Sylvain décrocha au bout de deux sonneries.

— Nathalie n'est pas à côté de toi ? jeta Vigo d'emblée.

— Non, elle habille Éloïse. Bonjour à toi aussi…

— Et la voiture ?

— J'ai changé le phare. Pour la carrosserie, le type

de la casse va pouvoir jeter un œil, mais pas avant trois jours.

— Nathalie a vu quelque chose ?

— Évidemment !

— Qu'est-ce que tu lui as raconté ?

— Tout est arrangé, ne t'inquiète pas. En gros, un type a foncé avec sa mobylette dans mon pare-chocs hier soir, alors qu'on était chez toi, et il s'est enfui. Comme la voiture n'est assurée qu'au tiers, inutile d'appeler l'assurance...

— Très bien. Tu tiens le coup ?

— Je n'ai pas fermé l'œil. J'ai les boules ! Le téléphone a sonné à trois reprises ce matin, chaque fois j'ai cru...

Il baissa la voix.

— C'est stupide mais j'ai cru qu'il s'agissait des flics ! J'ai peur qu'ils débarquent !

Vigo serra le poing. Ses craintes se matérialisaient.

— Arrête tes bêtises ou Nat va s'apercevoir de quelque chose ! Tu dois te contrôler ! Il le faut, tu m'entends ? Les flics ne viendront jamais, comment veux-tu qu'ils remontent jusqu'à nous ? On est en sécurité, compris ?

— Oui...

Sylvain se racla la voix.

— Écoute, j'ai un gros problème. Un technicien de Depann'gaz est venu. Ma chaudière est morte et nous sommes obligés d'utiliser le vieux feu à charbon avec le conduit rafistolé à l'adhésif. Autant te dire que ça craint ! Il y en a pour trois mille euros. J'ai besoin d'argent. J'ai pensé que je pourrais...

— Hors de question ! On ne touche à rien pour le moment ! Bon sang, t'es taré ou quoi ?

Face aux regards étonnés d'une poignée de passants, Vigo s'engonça dans son caban et bifurqua dans un boyau écrasé de boutiques ésotériques et d'antiquaires.

— Fais un prêt à la consommation ! Ils prêtent du blé à tout ce qui a deux jambes et deux bras. Le temps qu'on réfléchisse…

— Impossible, vu notre endettement ! C'est débile ! Il faudra bien qu'il serve cet argent ! Je suis vraiment dans la merde.

Un éclair frappa les pupilles de Vigo.

— Attends ! En fait, je crois que j'ai la solution ! Laisse-moi le temps d'acheter une valise rigide pour les billets et je passe chez toi, OK ?

— Quelle solution ?

— Tu verras ! Tu refuses toujours de cacher le trésor chez moi ? Il serait plus en…

— Pas question ! Il nous appartient à tous les deux. Ce n'est pas que je manque de confiance, mais je préfère le savoir dans un endroit neutre. Imagine, si ta maison venait à brûler ? J'ai la planque parfaite. Je t'attends en fin de journée avec le magot…

Espèce d'abruti, pensa Vigo.

Il raccrocha, un pli mauvais sur les lèvres. Obéir à un type aussi peu organisé que Sylvain lui arrachait des pans d'amour-propre.

Avant de regagner sa voiture, il entra dans une boutique de jeux, au cœur d'Euralille, et acheta cash l'ordinateur d'échecs le plus perfectionné ainsi que quatre jeux vidéo. Acheter, acheter et encore acheter. Anonyme et divin.

Il se procura aussi une boîte de somnifères, des Donormyl, dans une pharmacie.

Au volant de sa voiture, le Salomon entre les dents à la manière d'un prince arabe, il savait que le rêve pouvait virer au cauchemar d'un instant à l'autre.

S'il ne rassurait pas Sylvain.

S'il ne contrôlait pas leur secret...

Chapitre huit

À l'aide d'un appareil numérique, Lucie Henebelle photographiait les façades de l'entreprise taguée. Des hommes – haut placés vu leurs costumes et leurs grosses berlines – discutaient devant l'entrée avec le lieutenant Pierre Norman, les gestes vifs et le ton dur. Dans la cohorte des costumes sombres, la chevelure rousse du policier flashait comme un départ d'incendie.

Lucie pestait en silence devant l'inutilité de sa tâche. Elle qui rêvait depuis longtemps d'enquêtes dans des caves sombres, d'assassins intelligents, ne récoltait que des miettes. Pourquoi les enfants de parents ordinaires – mère sans emploi, père ouvrier – ont-ils un destin ordinaire ?

Norman s'approcha.

— Pas tendres les costards ! À les écouter, c'est de notre faute ! Alors ?

— Rien de spécial. Deux écritures différentes, donc deux tagueurs. Des propos pas très inspirés en tout cas.

— Ça tombe le jour de la visite de la direction parisienne. Tu peux noter que cent vingt-sept personnes ont été licenciées de l'aciérie voilà six mois. Des ouvriers et des informaticiens. Une purge propre et ordonnée.

Nous avons affaire à une stupide vengeance, à tous les coups. S'il fallait creuser, on s'orienterait d'emblée vers les ouvriers. D'après les cravates, les informaticiens n'ont pas la « culture » syndicat, ces propos ne leur collent pas...

Norman fit tinter les clés au fond de sa poche.

— Mettons-nous en route. La petite Cunar a été assassinée à dix kilomètres d'ici et j'aimerais aller jeter un œil.

— Tu ne récupères pas la liste du personnel licencié ?

— Ils vont nous la faxer. Et on a bien plus urgent que ces conneries !

— Étrange, souligna Lucie en lâchant une œillade sur l'issue de secours. Les inscriptions ont été effacées sur cette porte. Comme s'il fallait absolument masquer la phrase.

Norman glissa une main sur le graffiti.

— Une signature qu'ils ont voulu dissimuler ? Un sursaut de lucidité ? Allez, on y va cette fois !

Le jeune brigadier ferma son carnet, sceptique. La signification de ces ratures l'intriguait.

Lucie ressentit une forme d'excitation nouvelle lorsqu'ils arrivèrent à destination. L'absence de la plupart des officiers lui offrait enfin la possibilité de côtoyer le lieu d'un crime autrement que par photos interposées. Le capitaine Raviez n'apprécierait pas sa présence mais, après tout, elle ne faisait qu'obéir à Norman, son supérieur direct.

La voiture s'arrêta derrière une Mégane et un Scénic, au cœur du cimetière de pales géantes. Autour, les usines saturaient l'atmosphère d'une noirceur de lignite.

Lucie salua brièvement un brigadier relégué au rôle de planton et accompagna Norman vers un technicien de la police scientifique. Pas de blouse blanche, de masque en coton, ni même de parka avec l'inscription « Police scientifique ». Juste un type avec un brassard fluorescent, aux mains violettes, à la respiration douloureuse, dévoré par un froid de vingt-quatre décembre.

— Attention où vous mettez les pieds ! signala-t-il en tendant un bras. Encore quelques minutes, le temps que j'en finisse avec ces empreintes de pneus !

Norman pointa le menton en direction d'un cube de tôle, planté à une dizaine de mètres au milieu de longues friches. La salle d'exécution...

— Un rapport avec le crime de la fillette ?

Le technicien désigna de petits sachets transparents étalés sur le dos d'une mallette.

— Plutôt, oui. Ces fragments de phare gauche, prélevés à cinq mètres du début des traces de ripage, prouvent qu'il y a eu choc. J'ai aussi retrouvé une paire de lunettes en très mauvais état, identifiée par l'épouse comme appartenant à Cunar.

— Il aurait été renversé ?

— Renversé et embarqué, puisque son corps a disparu. Le luminol a révélé la présence de sang à plus de neuf mètres du point d'impact, derrière vous.

Lucie se retourna et plissa les yeux.

Neuf mètres ? Sacré vol plané.

— Le plus troublant, c'est qu'on a essayé d'effacer ces traces de sang ! Des microfibres, piégées dans les rugosités de l'asphalte, prouvent qu'elles ont été essuyées.

— Essuyées ? À… à quelle vitesse s'est produit le choc ?

Le technicien se redressa, retira ses gants en latex et enfila ceux en laine.

— J'ai relevé trois traces nettes sur quatre, ce qui induit que les freins ont fonctionné à soixante-quinze pour cent. De tête, mais il faudra que je vérifie sur des abaques au labo, on obtient une vitesse approximative de cent kilomètres heure pour cette largeur de pneus. Quant à la déviance initiale des traces, elle caractérise l'acte non prémédité. Le chauffard a tenté d'éviter l'obstacle, trop tard malheureusement.

Norman s'accroupit au niveau des traces de gomme tandis que Lucie sortait son calepin pour y gribouiller quelques notes.

— Le choc entre un véhicule roulant à cette allure et un humain n'aurait pas causé plus de dégâts au véhicule ? demanda-t-elle, stylo entre les doigts. Genre pare-brise qui explose ?

— Aucunement. Le piéton a été fauché comme un brin de blé. Pour quelqu'un de la taille et du poids de Cunar, l'impact se produit principalement sur le haut du capot. La tête percute la tôle qui absorbe la majeure partie du choc, le corps roule sur le pare-brise avant d'être éjecté vers l'arrière, parfois à plusieurs mètres de hauteur. Contrairement aux idées reçues, lors de ce type de frontal, les dommages occasionnés sur le véhicule sont minimes. Par contre, l'humain meurt sur le coup.

Norman opéra un tour complet sur lui-même et écarta les bras.

— Je ne comprends pas bien pourquoi Cunar n'a pas cherché à éviter le véhicule. Cette route est parfaitement droite. Comment manquer l'arrivée d'un bolide ?

Le technicien leva le doigt.

— Parce que la voiture roulait phares éteints, tout simplement. Et j'en ai la preuve !

Il se plaça au bord de la route, à l'endroit où luisaient encore d'infimes éclats de phare.

— La voiture de Cunar a été retrouvée de l'autre côté du champ d'éoliennes, dans le parfait alignement entre l'endroit où nous nous trouvons et l'entrepôt. Il a donc traversé par ce terrain pour gagner le lieu de rendez-vous et s'est fait percuter de profil, ici même.

— De profil ?

— La branche droite des lunettes était complètement pliée vers l'intérieur et la vis reliant la branche à la monture portait des fragments de peau. La tête a donc percuté la tôle de façon latérale, au niveau de la tempe droite. Cunar marchait vers son objectif, sans faire face au véhicule. Il ne l'a pas vu.

— Oui, mais le bruit du moteur ? demanda Lucie.

— Cette nuit, le vent soufflait fort. Les tracés audiométriques fournis par les exploitants des éoliennes indiquent des pointes de bruits jusqu'à soixante-dix décibels. Combinés avec le souffle du vent, ils se confondent parfaitement avec le ronflement d'un moteur qui tourne à très bon régime. L'ouïe et la vue ont trahi Cunar, ainsi qu'une sacrée part de malchance…

L'homme dont la jeunesse fleurissait au travers d'une acné tenace rangea délicatement les sachets dans sa mallette.

— Mon rapport détaillé et le bilan préliminaire de la bio arriveront sur le bureau de votre capitaine avant la fin de journée, mais sachez aussi que les quatre cinquièmes du phare ont disparu. J'ai fouiné partout sur vingt mètres, rien hormis ces débris ridicules.

— Possible que seule une partie du phare ait été brisée ! conclut hâtivement Lucie.

— Non ! Les dessins et la concavité des éclats indiquent qu'ils proviennent d'extrémités différentes d'un phare gauche. Ces morceaux ont bel et bien disparu ! Un chauffard qui prend la peine de gommer avec tant d'attention les traces de son passage et d'embarquer un cadavre, vous ne trouvez pas ça audacieux vous ?

Il jeta un coup d'œil à sa montre.

— Bon ! Excusez-moi mais je file ! J'ai encore quatre-vingts kilomètres à me farcir avant de rédiger le rapport. Et, comme tout le monde, j'aimerais pouvoir profiter de mon réveillon !

Vingt secondes plus tard, il disparaissait dans un crissement de pneus alors que le capitaine Raviez sortait de l'entrepôt. Moustache sombre sur visage fermé.

— Allons rejoindre le chef, proposa Norman.

Lucie marqua un temps d'hésitation.

— Il risque de tiquer en me voyant. Tu ne crois pas que je devrais rester sagement dans la voiture ?

Norman haussa les épaules avant de fondre dans sa veste de cuir. Des tourbillons invisibles frappèrent les éoliennes, leur arrachant des hurlements sinistres...

Chapitre neuf

Le capitaine Raviez arborait une moustache gigantesque. La proéminence poilue d'un brun terreux mangeait la totalité de sa lèvre supérieure et s'étirait en pointes de fouet entretenues avec une laque spéciale. L'élégance d'Hercule Poirot sur la carcasse de Clint Eastwood.

Raviez se revendiquait Dunkerquois pur et dur, friand de bière et de carnaval. Mais une fois ses cent kilos comprimés sous son uniforme de flic, il dégageait la froideur d'une falaise. Le genre de type à éviter, si possible…

Il grillait une roulée à l'entrée du confinement qui abritait la Mort. Comme à son habitude, il brilla d'éloquence.

— Je vous ai vu interroger le Lillois. Qu'est-ce que tu fiches ici, Henebelle ?

— C'est moi qui l'ai amenée, capitaine. Une entreprise a été taguée à une dizaine de kilomètres d'ici, alors on a fait un petit détour… Vous êtes seul ?

— J'attends les collègues de la brigade canine. Le commissaire est parti pour l'autopsie de la fillette et

Colin interroge la mère. On a lancé l'enquête de proximité. Sale affaire pour une veille de Noël !

Il écrasa sa cigarette à peine entamée sous sa botte de cuir. Ses doigts tremblaient. De froid ou de nervosité ?

— Qu'est-ce qu'on a ? osa Norman. D'après le technicien de la scientifique, Cunar aurait été renversé ?

Le capitaine hésita, releva le col de sa veste polaire et lança :

— Reste dehors Henebelle ! Norman et moi allons…

— Capitaine ! Je ne l'ai pas amenée ici pour qu'elle fasse le piquet ! Elle va travailler sur l'affaire.

Raviez déshabilla Lucie d'une onde visuelle.

— Tu sais pertinemment que l'accès aux scènes de crime est réservé aux officiers de police judiciaire, n'est-ce pas, Henebelle ?

— Oui, mais je sais aussi que trois cerveaux carburent mieux que deux…

Raviez agita la bouche de droite à gauche comme pour un rinçage de dents.

— Une chance pour toi qu'il n'y ait plus grand monde. Bon, suivez-moi ! Les Lillois ont terminé la cartographie et leurs relevés depuis l'aube, mais marchez quand même sur les planches.

Henebelle et Norman échangèrent un regard crispé au moment où l'attaque d'halogènes à batterie leur écorcha les rétines. Des diamants de poussière vibraient dans l'air en une pluie désordonnée. Le bâtiment résonnait comme une carcasse meurtrie, une tombe muette abandonnée aux ravages du temps. Norman frissonnait, à l'opposé de Lucie qui bouillait intérieurement.

— On a retrouvé le corps de la petite ici, sous cette fenêtre, commenta le capitaine.

Il se posta à proximité d'une silhouette en craie. L'esquisse d'une vie arrachée.

— Marques quasi invisibles de strangulation. Aucune trace de pénétration ou de sévices particuliers. Avec les variations de températures nocturnes, le légiste a peiné pour estimer l'heure de la mort. Entre minuit et trois heures du matin, selon lui. La porte d'entrée n'était pas verrouillée. Ce bâtiment doit être abattu, il servait à stocker des bobines de câbles. La mère a appelé au commissariat à trois heures du matin, inquiétée par l'absence de nouvelles de son mari. Le couple devait remettre une rançon deux heures plus tôt, à cet endroit précis.

Raviez se pencha vers la fenêtre. Ses traits se crispèrent sous les aplats de lumière.

— La femme de Cunar achète et vend des entreprises dans le textile, elle a licencié plus de cent dix employés en moins d'un an. On la prétend froide comme la mort, sans pitié pour l'emploi. Elle et son mari reçoivent sans cesse des lettres de menaces, des appels à n'importe quel moment de la journée ou de la nuit. Hommes, femmes, même des enfants ! Un bon point, ça nous oriente vers des premières pistes de recherche.

— Que donnent les prélèvements de la Scientifique ? demanda Norman.

Raviez contracta les mâchoires.

— C'est plus que louche, du jamais vu. Des tonnes d'empreintes digitales, mais aucune exploitable.

— Comment ça ?

— Les traces sur la vitre, le sol et la poignée d'entrée ont été aspergées de cyanoacrylate de méthyle. Le colorant fluorescent a réagi, ce qui prouve la présence de graisses et que, par conséquent, l'assassin ne portait pas de gants. Et pourtant, l'empreinte résultante ne possède aucune crête papillaire ! Il n'y a que… le contour des phalanges, partout. Comme les marques d'un fantôme.

Norman se rapprocha de la vitre crasseuse, l'air abasourdi.

— À quoi ça rime ? À ma connaissance, il est impossible de ne pas posséder de sillons digitaux ! Ils nous suivent de la naissance à longtemps après la mort ! Sauf si…

— L'assassin a les mains brûlées ou un truc du genre, compléta Lucie.

Raviez acquiesça.

— Ce n'est pas la seule bizarrerie, ajouta-t-il. On nage en plein délire…

Au travers des filets de poussière, Henebelle et Norman se mirent d'accord d'un mouvement de sourcil : le capitaine n'était pas dans son assiette.

— Le corps était disposé d'une façon… comment dire… étrange. La fillette était assise sur le sol, les jambes légèrement écartées et les mains entre les cuisses. Les cheveux parfaitement coiffés, avec une raie au milieu. Malgré le froid, elle ne portait pas de blouson, juste une robe de chambre fine comme de la cellophane… Sa peau, ses vêtements puaient le cuir. Une odeur imprégnée, tenace. Quand je suis arrivé…

Secoué d'un frisson qu'on pouvait aisément imputer au froid, Raviez compléta :

— … j'ai eu l'impression que la petite était vivante ! Elle… elle souriait, les yeux grands ouverts et la tête tournée dans ma direction… comme un pantin effrayant !

Le cœur de Lucie s'emballa. Il y avait dans cette scène de crime une dimension qu'on ne pouvait pas trouver dans les livres : le ressenti, cette sensation d'extrême froideur qui vient vous comprimer les poumons. Et, par-dessus tout, la douloureuse impression d'arriver trop tard.

Elle baissa les paupières.

Un sourire, une raie sur les cheveux... Tu as donc pris la peine de créer un impact fort. Tuer ne t'a pas suffi, il fallait que tu rajoutes ta petite touche personnelle. Tu...

— Vous saviez que l'enfant était aveugle de naissance ? reprit Raviez. Une... dysplasie-septo-optique... Moins de quatre cents cas dans le monde, d'après le légiste. Une méchante maladie orpheline...

La jeune femme glissa le menton sous le col de sa parka, tandis que Norman explosait.

— Une enfant handicapée ! Il s'en est pris à une enfant handicapée ! Elle n'aurait jamais pu l'identifier ! C'était gratuit, putain !

Le capitaine Raviez se lissa la moustache du bout des doigts pour en chasser les gouttes de condensation.

— La colère, la vengeance, voilà ce qui a poussé ce monstre à agir ! Envers Cunar, à cause de l'échec ! Imaginez un peu. Vous êtes à deux doigts de réussir. Cet argent frissonne déjà entre vos doigts. Et là se produit l'impossible : l'homme censé vous remettre la rançon se fait renverser. La suite est simple à imaginer. À ton avis, Henebelle ?

Lucie s'intercala entre les deux hommes.

— Deux solutions s'offrent au chauffard... Ou fuir, ou s'arrêter... Sa conscience lui ordonne de sortir de son véhicule... Le type sur le sol est salement amoché, peut-être mort... Même si le conducteur se décide à appeler une ambulance ou la police, un élément va remettre en cause sa façon de penser : le magot qu'il découvre à proximité du corps... Les dés sont jetés, plus d'hésitation : il ne prévient pas la police et prend la fuite... À ce moment, le ravisseur voit rouge, ses rêves s'écroulent d'un coup... Plus d'avenir... Alors il s'approche de la petite et lui serre la gorge...

— Quelle est ta théorie sur la disparition du corps de Cunar ?

— Je... n'en sais rien... Qui l'a embarqué ? Le tueur ? Le chauffard ? Trop risqué. Dans ce genre de situation, à mon avis, on prend l'argent et on fuit le plus loin possible sans se retourner...

Norman intervint.

— Le type de la Scientifique assure que le sang de Cunar a été essuyé, que des morceaux de phare ont disparu. Les optiques, même à l'état de débris, permettent d'identifier un type ou une marque de véhicule, et notre chauffard devait le savoir. Il a voulu limiter les risques d'identification, décidant alors d'effacer les traces de son passage. Il emporte aussi le corps pour s'en débarrasser plus loin, le tout au nez et à la barbe du ravisseur.

— C'est aussi mon point de vue, appuya Raviez. Quant aux lunettes, elles ont atterri loin du lieu d'impact et il ne les a pas vues. Je dirais que notre chauffard est réfléchi, organisé, et franchement culotté. Quant au fait qu'il roulait feux éteints à grande vitesse sur une voie sans issue... Je ne vois pas d'autre solution que la course-poursuite...

— Ou alors un type qui veut impressionner sa nana et qui vient tester ici la puissance de sa voiture, ajouta

Lucie. Ou un chauffeur pressé avec des phares hors d'usage, paumé dans la zone industrielle. Les raisons peuvent être multiples.

— Un beau merdier, en tout cas ! s'exclama Raviez.

Des aboiements de chien claquèrent.

— La brigade canine, fit-il en oscillant entre les planches. Les truffes vont retracer le chemin emprunté par Cunar et nous confirmer la théorie du corps embarqué. Norman ! Il faut contacter la gendarmerie et solliciter leurs plongeurs de la brigade nautique. Si le chauffard voulait se débarrasser du corps, il a dû l'abandonner dans le lac du Puythouck ou le bassin maritime. Henebelle, prends la voiture et rentre au commissariat. Appelle les assurances et les garages des environs. Relève l'identité des personnes qui ont signalé un véhicule endommagé sur l'avant. Tu me travailles aussi les types de la Scientifique pour qu'ils m'envoient par fax leurs premières conclusions, même des esquisses, le plus vite possible.

Il désigna une camionnette plantée le long d'une voie perpendiculaire.

— La presse est déjà au courant. Pas un mot surtout ! Et préparez-vous à allonger vos journées. Dans moins d'une heure, des préfets, des ministres, des divinités parisiennes vont nous tomber sur le dos parce qu'il s'agit d'un meurtre d'enfant ! Il faudra assurer ! C'est parti !

Lucie gratifia le capitaine du mouvement de menton réglementaire, récupéra les clés et les papiers du véhicule avant de disparaître. Elle bouillait intérieurement. Sa première scène de crime et des responsabilités la même journée. Des lectures théoriques qui se matérialisaient. L'appel du sang. Un meurtre tordu. Avait-on exaucé ses prières ?

Elle s'injuria mentalement. Comment pouvait-elle, à cet instant précis, ressentir une forme de plaisir alors qu'une enfant handicapée venait d'être assassinée ? Alors qu'elle sortait de l'arène de sa mise à mort ?

En route pour les brumes perpétuelles de Dunkerque, elle se concentra sur les prémices de l'enquête. Elle devinait déjà les manchettes des journaux. « Meurtre sauvage d'une petite aveugle... » ; « Strangulation... » ; « Le commissariat de Dunkerque en ébullition ».

La colère... Selon Raviez, la colère avait contraint le meurtrier à frapper, à poser ses doigts déterminés sur la gorge tendre.

Elle souriait, les yeux grands ouverts.

Pourquoi avoir placé le corps contre le mur, dans une position propre, ordonnée ? Pourquoi ce sourire sur les lèvres d'une fillette emportée par la souffrance ?

Lucie pressa son volant avec amertume. Il manquait les photos de la scène, le rapport d'autopsie, les analyses biologiques, toxicologiques qui tomberaient bientôt. Des éléments essentiels auxquels elle n'aurait pas accès à cause de la barrière du grade.

Mais rien ne pouvait lui enlever de la tête que le raisonnement de Raviez clochait. Le meurtre n'avait rien de désorganisé. Elle poussa un carré de chocolat sur sa langue.

Tu te fais trop de films. Qui se mutilerait le bout des doigts pour éviter de laisser des empreintes digitales ? Mais alors, cette absence de sillons digitaux ? Ce...

D'un coup, elle écrasa la pédale de frein et opéra un demi-tour serré. Un courant glacial lui courait le long de l'échine. Glacial mais agréable.

Le capitaine se détacha d'un groupe de gendarmes lorsqu'il vit la torpille blonde accourir dans sa direction.

— Henebelle ! Qu'est-ce que tu fiches encore ici ?

Lucie chercha son oxygène.

— Vous disiez que… la petite souriait… n'est-ce pas ? Quel type… de sourire ? Discret ? Bouche… ouverte ? Lèvres serrées ? Montrez-moi !

— À quoi tu joues ?

— Montrez-moi… capitaine !

— Tu m'agaces, je te dis que c'est un sourire. Qu'est-ce que tu veux avec ça ?

— Lorsque votre cerveau ne contrôle plus vos muscles zygomatiques, pendant le sommeil par exemple, votre bouche se distord naturellement… Mais le fait de sourire impose un effort prolongé de nombreux muscles, qui ne peut être maintenu lorsqu'une personne est morte.

— Je sais bien ! Il est clair que notre assassin a placé les lèvres de cette façon juste après la mort, et que la rigidité cadavérique a fait le reste.

— Dans ce cas, on devrait éliminer l'hypothèse de la colère. La colère est une pulsion brève et incontrôlée. Une fois celle-ci dissipée, les assassins regrettent très souvent leurs actes, ils cherchent à tout prix à fuir, à se débarrasser de ces images de violence qui leur hantent l'esprit.

Le capitaine fit signe au lieutenant-colonel de gendarmerie de patienter.

— Arrête ton baratin de bouquins avec moi. Colère et vengeance ! Rien d'autre ! Volonté de choquer, de blesser plus encore suite à un accès de rage !

— Ce que vous dites est contraire au…

— Assez ! Retourne au commissariat et fais ce que je t'ai dit !

Lucie ne se laissa pas impressionner. Il fallait aller au bout.

— À vos ordres capitaine. Mais vous savez que la rigidité cadavérique débute au minimum une heure après la mort. Une heure capitaine ! Il lui a maintenu la bouche pendant une heure dans le plus grand calme, alors qu'un chauffard s'envolait avec son argent. Soixante minutes, nez à nez avec un cadavre de fillette aux yeux grands ouverts !

Chapitre dix

Le long d'une rue de Dunkerque parallèle au port de plaisance, une Fiat au bout du rouleau stoppa dans un étranglement de freins.

— S'il te plaît !

Des torsades claires évadées d'un bonnet en laine voletaient dans l'air salin. Sous cette blondeur clair-semée, seuls deux petits yeux s'échappaient d'une écharpe serrée par les soins d'une main protectrice. Une main de maman soucieuse.

— Oui madame ?

La conductrice montra par la fenêtre ouverte un sac bondé de jouets.

— Je compte amener tous ces cadeaux à l'hôpital Herbeaux pour le Noël des enfants, mais je suis complètement perdue dans cette grande ville. Je viens de loin ! Tu pourrais m'indiquer la route ?

Éléonore, treize ans, ajusta la bretelle de son sac à dos et s'approcha au bord du trottoir. À peine seize heures vingt et la nuit tombait déjà. Au retour de la pharmacie, il lui faudrait accélérer pour ne pas inquiéter la famille.

— C'est pas très loin d'ici, mais je sais pas trop

comment vous expliquer. Il faut reprendre la direction du centre-ville, longer le port et après je crois que c'est indiqué. Vous savez, j'y vais souvent à l'hôpital. Les enfants vont être contents pour les jouets !

Le sourire franc de la femme disparut brusquement derrière une carte lorsqu'un couple enlacé parvint à sa hauteur. Elle dit, le souffle court :

— Les plans routiers, je n'y comprends absolument rien ! A25, RN252, du chinois ! Et puis tu sais, mes yeux ne sont plus tout jeunes ! On fait un pacte ? Tu grimpes dans la voiture, tu m'indiques où se trouve l'hôpital, je cours déposer ces superbes jouets à l'accueil et après je t'emmène à bon port. En cadeau, pour te remercier, je t'offre le gros Marsupilami qui est dans mon coffre. Tu es un peu grande pour la peluche, mais tu as bien un petit frère ou une petite sœur ? Cela ferait un très joli cadeau pour son Noël !

Éléonore s'écarta du flanc de la voiture. À l'école comme à la maison, on répétait qu'il ne fallait jamais monter avec des inconnus. Que les étrangers se drapent d'une fausse gentillesse, offrent des bonbons, savent convaincre les enfants. Chaque année, au carnaval, on lui interdisait de sortir seule. La mer drainait encore les cicatrices de quatre adolescentes violées puis assassinées sauvagement. Mais devait-elle craindre cette vieille femme ridée avec ses cheveux gris, son gros cache-nez rouge et ses mains abîmées ? Éléonore s'étira le bout des gants avec les dents.

Mince ! Fallait que ça tombe sur moi !

— Je peux pas monter, m'dame. Ma mère m'a interdit !

La femme agita un sachet de porte-clés jaune poussin. Des *Bart Simpson* en miniature.

— Ceux-là, c'est pour les petits leucémiques. Je leur ai promis avant seize heures trente, vois-tu ? Je ne suis pas la Mère Noël, cependant je connais l'importance que revêt une promesse à leurs yeux. Des gens m'ont déjà expliqué pour la route. Mais la débrouillardise n'est pas ma plus grande qualité ! Allez, s'il te plaît ! Je n'ai plus beaucoup de temps ! Mes enfants, mes petits-enfants m'attendent pour le réveillon !

Éléonore sautilla, pieds joints. Que faire ? Désobéir à maman ? Jamais ! Oui, mais c'était pour le bien des enfants. Des malades, comme elle. Et puis, on disait de ne pas accompagner des messieurs. La règle ne s'appliquait pas aux vieilles dames au cœur tendre !

— D'accord, répondit-elle. Mais ensuite vous me déposerez à la pharmacie ? Je ne dois surtout pas arriver en retard à la maison ! Ou maman va me tuer !

— Tape là ! Monte derrière. Mais fais attention aux poupées. Je ne voudrais pas que tu les abîmes.

La fille à la frimousse camouflée par une écharpe, à la physionomie noyée dans des vêtements épais, méconnaissable en définitive, se glissa parmi les poupées des sièges arrière. De grands yeux au teint de nacre la fixaient. Les narines d'Éléonore battirent, une odeur entêtante de cuir comprimait l'air.

— Tu peux ôter ton bonnet jeune fille ! Il ne risque pas de neiger dans la voiture !

L'enfant s'exécuta. Des rivières blondes se répandirent par-dessus ses épaules.

Magnifique... pensa la femme. *Superbe... Superbe...*

— Elles sont très belles vos poupées. On dirait presque de vrais visages !

— Je les confectionne moi-même avec d'excellents

matériaux. Tu sais, il faut plus de cinquante heures pour en fabriquer une.

Éléonore tiqua. Le ton de la femme avait subitement mué. Moins grésillant que tout à l'heure. Plus dur. Beaucoup plus dur. L'enfant posa ses mains sur ses genoux et se tut.

Personne ne prêta attention à la scène. Les occupants des rares voitures circulant dans la rue étaient trop absorbés par le caractère féerique et anesthésiant du réveillon.

Aussi anesthésiant que le tampon d'éther qui, plus loin sur un parking désert, s'écrasa sur le nez d'Éléonore et l'abandonna sur les frontières vacillantes de la folie...

Chapitre onze

La sonnerie du fax arracha Lucie au monde des songes. Il lui fallut une bonne dizaine de secondes pour comprendre qu'elle s'était endormie assise, la tête rejetée sur le côté, devant les photons crépitants de son écran d'ordinateur. L'horloge digitale indiquait seize heures trente. Vingt minutes d'un sommeil féroce en plein dans l'exercice de ses fonctions. Elle chercha sa salive, le temps de s'apercevoir que les persiennes des bureaux voisins étaient abaissées. Un voile synthétique qui l'avait préservée des regards extérieurs.

Combien de temps traverserait-elle les mailles du filet sans se faire pincer ?

Elle jeta un œil dans le couloir et se rassura à la vue des espaces vides et des bureaux inoccupés. Quelques collègues dans l'*open space* du fond, mais *a priori*, personne ne l'avait vue.

Si ça continue, tu vas t'endormir en marchant !

Lucie se faufila jusqu'au bureau de Raviez. Derrière la porte, le fax du capitaine soufflait les premiers résultats de la police scientifique. Après un regard à droite, à gauche, la jeune femme tourna la poignée…

Les gonds grincèrent, libérant des rubans olfactifs de tabac.

Si on te surprend ici, tu diras que le fax hurlait par manque de papier... Oui, c'est ça. Le moustachu voulait à tout prix ses rapports en rentrant, alors tu es venue remettre du papier dans la machine...

Gorge serrée, elle s'empara des premiers feuillets confidentiels. Elle hésita un instant, prise de suées tenaces, rabattit légèrement la porte et remonta un peu les persiennes. Elle risquait gros à fouler le territoire du capitaine. Mais les truites sont curieuses par nature, l'enquête l'avait ferrée.

Ce n'est pas de la fiction ni l'un de tes bouquins théoriques, idiote ! Tu tiens entre les mains le destin volé d'une handicapée. C'est ça qui te fait vibrer ?

Tais-toi ! Laisse-la faire ! Elle exerce juste son métier !

Faute de temps, la jeune femme ne s'intéressa qu'aux termes soulignés, aux conclusions de fins de sections et annotations manuelles rajoutées après l'impression, laissant de côté le baratin scientifique.

Les premières pages, rédigées par Stanislas Nowak, le technicien, concernaient l'accident et confirmaient les déductions établies sur place. Les débris de phare n'avaient pas permis d'identifier le type de véhicule. La largeur des traces ainsi que le dessin des pneus, des plus communs, altéraient très peu le large spectre des possibilités. En bref, aux courbes et termes techniques près – énergie cinétique, coefficient de frottement, constante gravitationnelle – une voiture sans ABS, aux pneus moyennement usés, avec le frein arrière droit défectueux, avait percuté un obstacle de façon non intentionnelle, à une vitesse avoisinant les cent dix kilomètres par heure. Quant à l'analyse du sang sur l'asphalte et des morceaux de chair sur les lunettes, on n'en parlait pas dans ce rapport.

Elle cueillit les deux feuillets suivants, les mains moites. Le rapport biologique allait révéler l'aura du meurtre, cette radiance d'éléments invisibles oubliés autour du cadavre.

Elle survola le paragraphe traitant des empreintes de pas prélevées dans l'entrepôt. Rien de bien déterminant, là non plus. Son oreille frissonnait à chaque sonnerie de téléphone ou élévation de voix portés par les murs du couloir.

Si ça continue, tu vas succomber à une crise cardiaque ! Retourne à ton bureau affronter ta routine !

Le fax vomissait avec une lenteur exagérée ses rectangles de connaissance. Parfois il s'interrompait et reprenait, la mémoire interne saturée.

Dépêche-toi bon sang !

Le corps en ébullition, elle pinça la feuille encore chaude, chassa d'un souffle une mèche torsadée et dévora les lignes. On y parlait de poil et d'analyse ADN.

Quel poil ?

De nombreux termes soulignés, écrits en gras, en italique. Lucie entreprit de lire la page avec plus d'attention. Le tic-tac de sa montre lui porta les nerfs à fleur de peau. Ils allaient débarquer, d'un instant à l'autre.

« Nous avons analysé le poil prélevé par le légiste au fond de l'œsophage de Mélodie Cunar. »

Le brigadier plissa les paupières. Le terme « confidentiel » lui rappelait amèrement qu'elle outrepassait ses droits, ce qui mit le feu à sa lecture.

« La portion de graine à la base, la racine ouverte et le bulbe creux prouvent que ce poil provient d'un être vivant ou décédé sous une cinquantaine de jours… L'examen microscopique a révélé un indice médullaire de 0,54, ce qui est beaucoup trop important pour un être humain… traités à l'acide nitrique ont révélé la présence de moelle… séquençage de l'ADN mitochondrial par amplification génétique PCR… L'autoradiographie obtenue a été transmise au département des Sciences Animales de l'INA P-G, à Paris… Grâce à leur banque de données génétiques des races animales, ils ont pu mener une étude comparative avec les caryotypes enregistrés… »

Une porte qui claque. Le cœur qui s'emballe. Fausse alerte.

« Le résultat vient de nous être retourné, voilà à peine une heure, sous… sont formels à 99,99 %. Le poil prélevé au fond de l'œsophage est un poil de canidé… *Canis lupus*... Un poil de loup… »

Lucie tressauta, remonta le paragraphe pour en réabsorber les vagues d'encre. Avait-elle bien lu ?

Un poil de loup avait été prélevé dans la gorge de la fillette.

La jeune femme se jeta sur la suite, désormais trop absorbée par sa lecture pour percevoir les claquements de semelles, à l'extérieur.

« La sous-espèce reste à définir. Ce poil a été envoyé au Laboratoire de biologie des populations d'altitude de Grenoble qui participe au programme de recensement des espèces de loups, le programme *Trace Loup*... Réponse pour vendredi… difficilement expliquer la présence de ce poil. Ingestion volontaire ou forcée ? »

Fin de page. Le meilleur restait à venir. Lucie se

rongeait les ongles, les doigts avec. Le fax clignotait, les données transitaient sur la ligne dans un murmure électronique. Comment une machine si perfectionnée pouvait-elle être si lente ?

Cette fois, des éclats de voix s'élevèrent. La cavalerie bleue débarquait !

L'appareil déplia sans se presser sa langue blanche. Impossible de rester plus longtemps ! La jeune femme pesta et se faufila dans l'embrasure, prenant à peine le temps de rabattre la porte. Puis se jeta sur sa chaise à roulettes, foudroyée par la panique. Trop tard peut-être. Ses joues brûlaient d'un rouge volcanique au moment où le capitaine Raviez lui pressa l'épaule d'une main ferme…

Chapitre douze

Nathalie Coutteure accueillit Vigo Nowak avec une mine ravagée par des cernes à la Guy Bedos. Sa mince silhouette, pressée dans un pantalon côtelé et un pull à col roulé, renforçait encore l'impression de fatigue et de lassitude dégagée par la jeune femme. Vigo s'était toujours demandé comment cette fine fleur résistait aux coups de reins sauvages d'un marteau-piqueur qui avoisinait le quintal.

— Sale tête Nathalie !

— *Idem* pour toi… Pas jolie jolie ton arcade…

— Oh ! Un battant de porte en pleine figure. Ça ne fait pas du bien.

Dans un recoin du séjour, un sapin naturel plus large que haut se perdait sous un feu d'artifice de couleurs. Le poids des boules et des anges en plastique arquait ses branches en une grimace de chlorophylle.

Typique du cache-misère, s'amusa Vigo. *Moins on a d'argent et plus on décore le sapin de Noël.*

Il s'installa dans un vieux fauteuil et désigna le feu à charbon rougeoyant.

— Pas trop risqué d'utiliser cette épave ? Je croyais que l'installation n'était plus aux normes.

Il se leva, fit le tour de la bête.

— Oh là ! Avec un conduit d'aération dans cet état, tu devrais te méfier ! Tu sais combien de personnes meurent intoxiquées au monoxyde de carbone rien que dans la région ?

— Ma mère me l'a déjà dit, ne remue pas le couteau dans la plaie. Mais la chaudière a rendu l'âme et ce n'est pas avec notre chauffage électrique qu'on va s'en sortir. Cette solution temporaire nous évitera juste de ne pas geler le soir de Noël ! Avec du bon scotch tissé, le conduit tiendra le temps qu'il faudra.

— En parlant de bon scotch, tu m'en verses un petit ? J'ai besoin de me réchauffer.

Nathalie le servit et promena ses mains au-dessus du volcan de charbon.

— Je regrette que Sylvain t'ait parlé de nos soucis, confia-t-elle à voix basse.

— Je ne suis pas votre ami que pour partager les bons moments.

— Ces bons moments sont devenus bien rares ces derniers temps. Dans moins de trois heures, le réveillon débute, et je ne me suis pas encore apprêtée pour plaire à mon homme. Avec ce qui nous tombe dessus, ce Noël n'entrera certainement pas dans le catalogue de nos meilleurs souvenirs ! Nous sommes poursuivis par la poisse !

Vigo se cala dans l'épave de cuir et croisa les jambes.

— La poisse ? Tu connais Jean-François Daraud, un coureur cycliste ? Durant sa carrière, il a eu trente-cinq accidents, quarante fractures et trois comas, ce qui lui a valu de rester presque deux mille jours à l'hôpital. Le tout sans que ce soit jamais de sa faute ! Il roulait tranquille, et des gens, des animaux venaient le percuter, comme si l'aimant de son destin attirait le malheur sans échappatoire possible. Un autre exemple ? Ray Sullivan, garde forestier américain, frappé sept fois par la foudre. Certains destins attirent le bonheur, d'autres le malheur. Vous êtes loin de ces cas de figure Sylvain et toi, non ? Alors pourquoi tu parles de poisse ?

Devant le désarroi de la jeune femme, il lissa ses cheveux vers l'arrière et demanda :

— Le réparateur est passé pour la chaudière ?

— Heu… Oui, il nous a établi un devis…

— Quand compte-t-il la changer ?

— Dans trois jours…

Vigo la vit déglutir.

— Combien ?

— Trop… Beaucoup trop…

Sylvain apparut sous l'arche donnant accès au salon. Pas rasé, en survêtement. Il arbora un large sourire.

— La petite s'est endormie… Salut Vigo !

— Sly ! Tu devrais te changer, tu sais ! Encore une heure avant que la banque ne ferme !

Nathalie leva un sourcil interrogateur en fixant son mari.

— De quoi il parle ?

Sylvain haussa les épaules en guise de réponse.

— Je possède huit mille euros à l'abri sur un PEL, expliqua Vigo. Vous me donnez le montant du chèque dont vous avez besoin et on règle l'affaire.

Avant que Nathalie ne réagisse, il s'arracha du fauteuil pour lui appliquer un index sur les lèvres.

— Tu te tais, Nat ! Cet argent dort sur un compte, il profite à des investisseurs, des banquiers qui trament leurs coups en douce, dans notre dos. J'en ai assez de

93

donner de la confiture aux cochons ! On nous force à épargner, à souscrire à des produits financiers inutiles. Et si je meurs demain, à quoi m'aura servi tout cet argent ? *Carpe diem*, disait l'autre ! Ce chèque, vous allez l'accepter !

Nathalie bascula sur le côté et toisa son mari d'un œil mauvais.

— Dis quelque chose grand benêt, au lieu d'écouter ! On ne peut pas accepter !

Mais le pli sur les lèvres de Sylvain ne désépaississait pas. Finalement, le plan de Vigo était astucieux et les mettait définitivement à l'abri des soupçons. « On ne s'embête pas à racler les fonds de tiroir lorsqu'on possède deux millions d'euros. » Voilà ce que déduiraient les flics si, par on ne sait quel miracle, ils remontaient la piste des billets.

— Vous me cachez des choses vous deux ! s'énerva Nathalie. Je connais mon mari. Chaque fois que ses yeux brillent comme des lingots, c'est qu'il a des nouvelles à m'annoncer ! Tu étais au courant Sylvain, avoue !

— Absolument pas chérie ! Je te le jure !

Il lui posa un baiser sur la bouche avant d'ajouter, tout en glissant vers la salle de bains :

— En ce moment, le sort s'acharne sur nous. Même les marins les plus aguerris envoient un SOS au cœur d'une tempête dévastatrice !

— T'as sorti ça tout seul ?

Le temps que Sylvain se change, Vigo cuisina Nathalie avec sa maîtrise de baratineur et la convainquit d'accepter son aide.

Lorsque les hommes s'éloignèrent, les yeux brillant

de secrets, la jeune femme voulut verrouiller la porte d'entrée avant d'aller se préparer.

Mais la clé avait disparu. Nathalie était pourtant certaine de…

Lasse de ces interrogations et parce que approchait l'heure de tous les excès, elle se rendit dans la salle de bains.

Ce soir, elle voulait remonter l'onde du temps et s'embellir comme au premier jour.

Pour une dernière danse… Sa toute dernière danse…

Chapitre treize

Les félicitations du capitaine Raviez ! Lucie, Pinot simple flic, n'en revenait pas encore. L'autopsie avait confirmé ses affirmations. Les lividités – des taches sombres qui apparaissent sur les morts aux endroits où le corps est en contact avec une surface – prouvaient le déplacement du cadavre au moins trois quarts d'heure après le dernier souffle. Ce qui impliquait que l'assassin était resté sur place après son office, longtemps, très longtemps, afin de figer ce sourire effroyable sur les lèvres de l'enfant.

Le moustachu, d'un commun accord avec le commissaire, la plaçait officiellement sur l'enquête, sous les ordres directs du lieutenant Norman. Pas de tâche vraiment définie. Une espèce d'électron libre à la fois observateur, preneur de notes et donneur de coups de téléphone. Bref, des mains en plus pour palier le manque d'effectifs.

Une clé des champs qui lui valut le droit, contre toute attente, d'assister à la première réunion de *debriefing*. La magie de Noël pénétrait-elle les esprits de ses supérieurs ?

Pour le moment, l'excitation surpassait l'appel de

l'oreiller. La plongée dans les méandres de l'enquête criminelle s'érigeait en une forme nouvelle de défi, un accouchement cérébral après ces années de paperasse, d'opérations répétitives et transparentes. Elle vivait enfin sa passion, matérialisait en quelque sorte ses lectures, ses explorations abyssales et s'en réjouissait.

Ce n'est pas un jeu Lucie, ni une chasse au trésor. Il n'y a que mort et désolation au bout du chemin. Es-tu consciente de cela au moins ?

Elle le prend comme un jeu si elle le veut. Avec ou sans règles. Si le seul moyen qu'elle ait pour s'épanouir passe par la voie du sang... Ainsi soit-il !

Alors qu'elle gagnait la salle de réunion, le spectre tenace de sa garde nocturne lui ôta son sourire. Elle devrait, sous peu, affronter les plaintes, les voisins râleurs, les tordus de la bouteille. Exercer sa réelle fonction, en définitive. Elle se prit à rêver du lit moelleux qui l'accueillerait à l'aube. Comment tiendrait-elle une nuit complète sans s'endormir ?

— *Start !* jeta le commissaire Valet comme s'il annonçait le départ d'un tiercé.

Valet. Un masque de glace sur un corps en ébullition. Le ton sec comme un chardon. Meneur d'hommes et d'idées.

Dans la salle de réunion, à ses côtés, les lieutenants Colin et Norman, Raviez, Henebelle, un lieutenant-colonel de la gendarmerie et Clément Marceau, le responsable de la cellule de dactyloscopie. Des feuilles dans tous les coins. Des cartes de la région. Flandres, Audomarois, Boulonnais, Calaisis. Des faciès croqués par la fatigue et des bâillements discrets.

— Le lieutenant-colonel de gendarmerie Michiels, ici présent, pilote les opérations de recherche du corps de Bertrand Cunar, attaqua le commissaire. Notre étroite collaboration permettra de coordonner les différentes lignes d'investigation et de pallier le manque de ressources. Je ne vous présente plus Clément Marceau, notre pro de l'empreinte. J'ai insisté pour qu'il soit à nos côtés, vous allez comprendre pourquoi. Bon ! Raviez, tu résumes la situation ? Très brièvement s'il te plaît !

Clic de souris. Une photo de la fillette, prise sur la scène du crime. Une lourdeur malsaine balaya la pièce, creusa les visages. Lucie retenait sa salive alors que Raviez, impassible, se mettait à relater les faits.

Il détailla les découvertes dans l'entrepôt, confirma que le sang découvert sur l'asphalte appartenait bien à Cunar et que les chiens de la brigade canine avaient perdu la trace du chirurgien au niveau des marques de pneus, ce qui induisait l'embarquement de son corps…

— Très bien, dit le commissaire. Les éléments de l'enquête à présent. Lieutenant Colin ? Qu'a donné l'interrogatoire de la mère ?

Colin. Quarante-deux ans, des airs de fossile. Rongé par les soucis, l'envie de bien faire. Sacrifié sur la croix du travail.

— Très choquée psychologiquement, difficile à interroger. Suivie à l'hôpital Herbeaux. La petite fille a été enlevée la nuit du dix-neuf décembre, alors que le père opérait à Londres et que la mère était en congés. En cette période de l'année, Le Touquet ressemble à une ville fantôme. Boutiques fermées, quasiment aucun résident, plages désertes. Des alarmes veillent sur la majeure partie des villas inhabitées mais les Cunar la branchent uniquement quand ils s'absentent. Le ravisseur s'est infiltré à l'arrière de leur jardin, a brisé la vitre en cognant sur de l'adhésif pour éviter le bruit. Il s'est payé le luxe d'emmener des tas de vêtements et des chaussures pour la petite. Une fois réveillée, la mère a trouvé une lettre dans le lit vide, signalant qu'il ne fallait en aucun cas prévenir la police, ni avant ni après la remise de rançon, au risque de représailles. Le ou les ravisseurs réclamaient deux millions d'euros... Le mari est rentré d'urgence. Durant trois jours, d'autres lettres, postées de Dunkerque, Petite-Synthe et autres patelins du coin ont suivi, indiquant aux Cunar la marche à suivre pour récupérer Mélodie. Le mari a puisé dans un compte en Belgique, billets non marqués, en coupures de cent euros. Vous connaissez la suite.

— Les Cunar habitent au Touquet toute l'année ? interrogea Raviez.

— Il s'agit juste d'un port d'attache. Les parents s'absentaient très souvent, le père ne rentrait que le week-end. Ils confiaient leur fille à Martine Cliquenois, à la fois infirmière, femme de ménage, seconde maman, dévouée à Mélodie jour et nuit. Elle skiait dans les Alpes au moment du rapt... Les Cunar possédaient aussi une chienne, Claquette, un yorkshire...

— Tuée ?

— Évaporée.

Le lieutenant Colin trempa ses lèvres dans un café brûlant, avant de continuer.

— Des tonnes d'empreintes ont été relevées sur place, mais la scène hypercontaminée risque de les rendre inutiles ou inexploitables. J'ai sous la main la liste des cent dix employés que madame Cunar a licenciés dans l'année 2003, ainsi que la copie des lettres d'insultes qu'elle et son mari ont reçues. Certaines manuscrites, d'autres réalisées à l'aide de coupures de magazines. Nous allons orienter en priorité nos recherches vers la piste des licenciés. Le labo travaille à cent pour cent sur l'étude des lettres. Avec les prélèvements ADN de ces employés et les traces que nous relèverons sur les papiers ou enveloppes, il sera facile, par comparaison, de savoir si notre meurtrier fait partie du lot. Il...

Le capitaine Raviez le coupa, des feuilles volantes plein les mains.

— Je pense qu'on peut faire une croix dessus ! Il y a une demi-heure, j'ai reçu les premiers résultats du labo...

Lucie glissa discrètement une main devant son visage, sentant que ses joues s'empourpraient. Ces conclusions, elle les connaissait en partie, parce qu'elle avait volé de l'information confidentielle. Le lieutenant Norman nota son embarras avant de détourner la tête.

Raviez poursuivit.

— Les timbres des lettres envoyées par le ravisseur ont simplement été collés avec un produit de grande surface. L'ESDA[1], quant à lui, est resté muet. Je crains donc que la piste des lettres ne nous mène pas très loin. Nous avons plus de chances en recherchant les anciens employés au contact d'un loup...

— Pardon ? s'étonna Valet.

— Commissaire, vous avez assisté à l'autopsie et savez que le légiste a trouvé un poil collé au fond du larynx, immédiatement envoyé au labo. J'ai les résultats...

---

1. *Electro Static Document Analyser*. Appareil capable de révéler les impressions involontaires, invisibles à l'œil nu, marquées sur une feuille de papier.

— Alors ! s'énerva le chef.

— Ils sont formels. Il s'agit d'un poil de loup ! Vivant ou mort dans les deux mois !

Le commissaire glissa ses deux mains ouvertes sur sa face de roche avant d'annoncer :

— De la pure folie ! Qu'est-ce qu'un… Passons, nous verrons après. Clément, embraye sur les empreintes digitales s'il te plaît. Restons dans cette atmosphère de fiction ! Ouvrez grandes vos oreilles !

Clément Marceau, monsieur Empreintes. Cheveux en brosse, lunettes rondes métalliques devant deux yeux pénétrants comme des rayons X.

— Un cas troublant, ma foi. Les empreintes digitales existent grâce aux orifices des glandes sudoripares, ouverts aux sommets des crêtes constituant le labyrinthe digital. Normalement, je dis bien normalement, les crêtes papillaires subsistent même dans les conditions les plus défavorables. Tirage de peau, pression sur le doigt, déformations. Qu'on se brûle superficiellement, se coupe, qu'on ait des ampoules ou des verrues, les détails papillaires se reconstituent sans cesse à l'identique. De la vie intra-utérine à longtemps après la mort, nous conservons toujours les mêmes empreintes ! Et elles sont indélébiles ! Il…

— Et pourtant notre individu n'en possède pas ! abrégea le commissaire.

— Exact, pas au moment où il a agi en tout cas. Des groupes de travail d'Interpol spécialisés dans le domaine de la dactyloscopie ont dressé un inventaire des cas possibles d'« invisibilité digitale » permanente ou temporaire. J'ai ici une liste des principaux produits chimiques qui détériorent à plus ou moins long terme le derme et effacent ainsi l'identité. Des acides, des bases fortes, un tas de dérivés. On trouve aussi les brûlures par le feu, les plus destructrices. Un procédé plus doux, bien connu des esthéticiens, est ce qu'on appelle la microdermabrasion à microcristaux pulsés. Il s'agit d'appareils spécialisés qui lissent la peau et peuvent, à leur puissance maximale, effacer temporairement les crêtes. Pour les autres possibilités, il en va de l'imagination de chacun des tarés qui peuplent notre planète. Certains vont se frotter les doigts sur du papier de verre pendant des heures, d'autres vont se trancher la peau avec une lame de rasoir. Ce n'est pas du baratin, ça s'est déjà vu avec des tueurs en série américains, bien plus informés sur les techniques de la police scientifique que la plupart d'entre nous. Comme vous voyez, l'éventail des possibilités est large !

Le capitaine Raviez roula les pointes de sa moustache avant d'intervenir.

— À mon avis, l'invisibilité digitale de notre ravisseur est involontaire. Pourquoi se serait-il mutilé les doigts alors qu'il lui suffisait de porter des gants ? En plus, il faisait extrêmement froid la nuit dernière. Les gants de laine étaient de mise.

— Vous avez raison, répondit le technicien. Les cas de mutilation volontaire se retrouvent à quatre-vingt-dix-huit pour cent chez les tueurs sadiques très méticuleux, qui éprouvent le besoin de toucher leurs victimes et les objets qui les entourent. Cela ne semble pas le cas ici, étant donné que la petite n'a pas subi de sévices sexuels.

— D'autant plus qu'il aurait effacé ses traces de pas s'il avait été aussi méticuleux, intervint le commissaire. Pour résumer, nous recherchons quelqu'un aux doigts brûlés ou rongés par l'acide ?

— À peu près, sauf que nous ne disposons que de traces de pouce et d'index, embraya l'expert. Et les marques de brûlures, surtout chimiques, peuvent être difficiles à déceler si l'on n'a pas le nez sur la zone touchée. Bref, il ne faut pas vous attendre à tomber sur Elephant Man. Quant au fait qu'il ne portait pas de gants… Ses mains seraient devenues insensibles au froid ?

— Mouais… On n'a plus qu'à interroger tous les employés des usines chimiques du coin… Merci pour les infos Clément. Tu es libre si tu le souhaites…

L'homme ne se fit pas prier. Il disparut avec un « Joyeux Noël » discret au bord des lèvres. Le commissaire poursuivit.

— Intéressons-nous un peu au chauffard… Henebelle, à toi ! Tu as appelé les assurances, les garages du coin ?

Lucie décrocha ses yeux de l'image projetée sur l'écran. Un chatouillement inconscient l'interpellait dans ce cliché, sans qu'elle pût en capturer la substance. Quoi exactement ? La position du corps ? La couleur de la robe de chambre ? Le sourire effrayant ?

Elle poussa une liste au milieu de la table.

— Euh… Cette nuit, des accidents ont été signalés aux assurances, mais les constats ne sont pas encore remontés jusqu'aux agences. J'ai demandé une copie dès qu'ils les recevront. Quant aux différents réparateurs automobiles des environs, rien qui corresponde à ce que nous recherchons. Des voitures amochées sont arrivées, mais les accidents ont eu lieu bien avant cette nuit. De toute façon, si notre chauffard a eu l'intelligence de gommer les traces de son passage, il ne se serait pas dénoncé de cette manière.

— Peu importe, il faudra quand même les rappeler !
On ne doit écarter aucune piste. Tu t'en chargeras !

— Bien commissaire…

Bien chef. Oui chef. À vos ordres chef...

— Messieurs, les résultats de l'autopsie à présent,
de façon très succincte et simplifiée. La strangulation
a causé la mort aux alentours de minuit. D'après le
légiste, la pression autour de la gorge était extrêmement faible. Les lésions vasculaires et, je cite, vertébro-
médullaires sont peu nombreuses alors que les enfants
marquent plus facilement que les adultes. Le praticien
a été particulièrement surpris, affirmant que l'assassin a juste mis la force nécessaire pour la tuer, sans
aucun acharnement, ce qui tendrait à exclure l'acte de
rage précipité. Comme l'avait fort justement remarqué
Henebelle, le tueur s'est attardé au moins trois quarts
d'heure après la mort pour fixer le sourire et disposer
le corps – il orienta un stylo vers la photo – de cette
façon. Ensuite – il piqua du nez dans ses feuillets –, ah
oui, le poil de… loup… Je n'en reparlerai pas puisque
Raviez l'a fait… L'estomac vide et les aires ganglion-
naires légèrement atrophiées impliquent une carence
en nourriture de plusieurs jours… Le cuir chevelu
présentait de nombreuses lésions superficielles, apparemment provoquées, vu le parallélisme des marques,
par un brossage intensif des cheveux… très intensif,
presque à sang…

— Pourq… voulut intervenir Norman.

— Laissez-moi juste terminer, trancha le commissaire en agitant la main. Dernier point. On a trouvé un
indice intéressant durant le déshabillage. Des microfibres, piégées dans les sillons des semelles. D'après

les analyses, il s'agirait de fibres issues de l'écorce de résineux.

— Le tueur habiterait à proximité d'une forêt de pins ? avança le lieutenant-colonel de gendarmerie.

— Pas forcément. Les experts ont comparé les prélèvements avec les pins de la région et les structures organiques ne coïncident pas. Les recherches sont en cours – il sortit un paquet de cigarettes. OK ! On planche une demi-heure sur les éléments dont on dispose. Lisez en diagonale les copies des différents rapports, imprégnez-vous-en. Formulez vos questions. Après on dresse un bilan des idées au tableau. En route !

Les nez s'écrasèrent sur les feuillets. Six cerveaux bouillonnants à la poursuite d'un tueur.

Le dernier regard que lança Lucie sur l'écran la priva subitement d'air. Elle serra les poings en cachette sous la table.

L'image de cette enfant aveugle qui souriait, bien coiffée, avec ses chaussettes blanches, sa robe de chambre beige ornée d'un ruban rouge lui apparut soudain comme un symbole évident.

Un symbole que seule une femme pouvait déceler.

Un frisson lui hérissa tous les poils...

Chapitre quatorze

Sous la voûte nocturne, les deux plus hauts terrils d'Europe – cent cinquante millions de tonnes de charbon – s'érigeaient tels les mamelons terrifiants d'un poitrail démoniaque. Vigo gara sa voiture au pied d'un pont abandonné, dans un renfoncement mangé par les herbes sauvages et le macadam torturé.

— Les terrils ? Tu as bien choisi, confia-t-il.

— Hormis les chasseurs au printemps et quelques botanistes courageux, personne ne s'aventure ici. Le site est envahi de bosquets quasiment infranchissables, de murs de ronces effarants. J'ai noirci mon enfance dans le charbon, je connais le coin comme ma poche. Tu as du matériel pour creuser ?

— De quoi enterrer Godzilla. Allez, en route.

Vigo ouvrit le coffre sous la palpitation d'un faisceau discret. Au fond de l'espace clos, des couvertures, des cordes, des pelles, un amas de choses inutiles. Et au milieu du chahut, la douceur métallique d'un futur en fleurs.

— Tu veux vérifier ? demanda Vigo avec un clin d'œil malicieux.

— Laisse-moi les contempler une dernière fois. Je les aime déjà ces petits, tu sais ?

Vigo plongea la clé dans le cadenas et dévoila la mer d'espoirs.

— Devoir les enterrer, c'est comme si je creusais ma propre tombe ! plaisanta Sylvain. On se prend un ou deux billets ? Allez, cinq cents euros chacun ! Ça ne se verra pas ! De quoi passer un joyeux Noël !

— Pas question ! Goûte au fruit défendu et tu succomberas à la tentation !

Sylvain gratifia une roue arrière d'un violent coup de pied.

— Arrête avec tes phrases à coucher dehors ! Ce magot m'appartient autant qu'à toi ! Si je veux me servir, je…

— On ne touche pas j'ai dit ! menaça Vigo en brandissant la lampe. À ce que je vois, tu as plutôt bien encaissé le choc d'hier soir !

Sylvain grimaça et déplaça une liasse sous laquelle jaillit un reflet bleuté.

— Et ce couteau ? Tu le laisses dedans ?

— Bah ! Disons qu'il s'agit du gardien du trésor ! Allez, en route !

Pelle et pioche sur l'épaule, Sylvain s'enfonça dans les mousselines du soir tombé, suivi de Vigo qui veilla à claquer doucement le capot arrière. Ils escaladèrent une grille avant de pénétrer sur les terres magnétiques des terrils onze et dix-neuf.

Au pied des titans assoupis, la flore se déployait en remparts de verdure. Les acolytes contournèrent le terril du onze et s'enfoncèrent au milieu des branchages. Sylvain stoppa un instant. Pas un son… Juste leurs halètements… Et pourtant, il lui semblait percevoir des raclements, des morsures de métal. À tendre l'oreille, on entendait encore des fantômes dévorer à coups de pioche les boyaux de minerais. Les âmes des gueules noires poursuivaient leur labeur dans l'éternité des ténèbres...

Sylvain frissonna, engoncé dans son blouson.

— Il y a une zone avec moins d'arbres à quelques mètres d'ici, fit-il. On pourra y cacher la valise en toute sécurité.

— J'hallucine. J'habite à quatre cents mètres et je dois t'avouer que je n'ai jamais mis les pieds ici !

— J'adore cet endroit. L'été, je m'y aventure presque tous les week-ends pour observer le coucher du soleil. Une immense boule de feu qui embrase une mer de champs. Tu sais, quand tu grimpes au sommet de ces terrils, sur ces montagnes de charbon, tu prends la réelle mesure de ce qu'ont pu endurer nos grands-parents, au fond des mines. Trouve-moi une seule région capable de mêler la douleur de son histoire à la beauté de sa géographie avec une telle intensité.

— Tu aurais dû jouer dans *Les Feux de l'amour* ! Bon, dépêchons-nous ! La famille m'attend pour Noël !

La couche superficielle du sol, en partie gelée, opposa une résistance farouche au mordant de l'acier, puis l'argile souterraine retrouva sa mollesse sous les assauts décidés de la pioche. Les deux hommes prirent soin de creuser plus que nécessaire avant d'enfouir la valise hermétique.

— Ces terres qui ont enseveli nos grands-parents voient renaître leurs petits-fils sous les mêmes coups de pioche, envoya Vigo. Ainsi soit-il ! Allez, rebouchons !

Des pelletées de terre engloutirent le trésor sous une cape brune.

— Voilà, souffla Sylvain. On écrase avec les pieds pour tasser la terre, quelques branchages et le gel fera le reste. Très bonne opération de chirurgie esthétique ! Plaie quasiment invisible !

— Déguerpissons maintenant ! Ta femme va se douter de quelque chose !

Sylvain ne bougeait pas. Il dessinait des huit sur le sol avec le faisceau de sa lampe.

— Tu es bien pressé... Pourquoi tu garderais la clé du cadenas ? Tu as forcément un double, alors tu peux me donner celle-là. Une clé chacun, il n'y a pas de raison que...

D'un bras, Vigo lui coinça la tête.

— Sly ! Mon Sly chéri ! Qui pourrait te protéger de toi-même si je ne le faisais pas ? Je te laisse la clé et demain tu viens piocher dans le magot ! L'instant d'après ta femme, tout le quartier et le président de la République sont au courant. Tu me prends pour un idiot ou quoi ? Tu as intérêt à te maîtriser !

Sylvain se redressa et arracha Vigo de terre.

— Tu m'agaces sérieusement à ne pas me faire confiance ! Si je te dis que...

— Lâche-moi bon sang ! Tu ne sens pas ta force !

À présent, Sylvain maintenait Vigo écrasé contre sa poitrine, façon sardine à l'huile.

— La clé j'ai dit ! Une clé chacun !

— Pauvre... taré... C'est de cette façon... qu'on remercie un ami... qui vient de te sortir du pétrin pour ta chaudière ?

— Ça t'arrange aussi ! Tu te mets à l'abri des soupçons !

Une poussée brusque propulsa Vigo contre des mâchoires d'épines.

— J'ai partagé *ton* accident ! s'offusqua Sylvain. Tu pourrais au moins avoir la décence de nous mettre à pied d'égalité !

Vigo éteignit la lampe puis se figea en un totem inquiétant.

— Tiens... Prends cette putain de clé... Mais tu as tout intérêt à ne jamais toucher à cet argent avant qu'on le décide ensemble...

— Sinon quoi ?

Sylvain s'empara de la pièce de métal et s'éloigna sans se retourner. Son cœur battait jusque dans sa gorge. Le jeu de la lumière avait maquillé Vigo de reflets démoniaques. Qui savait de quoi ce type était capable ? L'épisode de l'hématome sur l'arcade témoignait assez de sa folie.

Pas un mot ne perturba le trajet du retour. Juste des tensions oculaires et de la salive lourde.

Vigo déposa Sylvain, l'œil brillant. Une fois seul, il sortit de la boîte à gants la clé d'entrée qu'il avait dérobée et la fourra dans sa poche...

Chapitre quinze

Valet écrasa son troisième mégot avant de décapuchonner un marqueur. Le commissaire était une statue élancée aux lignes grecques, un athlète antique avec, parfait anachronisme, une cigarette pendue en permanence à la main droite. Du beau gâchis quoi.

Il divisa d'un trait vertical le tableau, notant d'un côté « Chauffard » et de l'autre « Ravisseur ».

— Nous allons énumérer les idées qui nous semblent importantes. Je vous demanderais aussi d'énoncer des axes de recherche possibles.

Valet, malgré son expérience de terrain, appliquait encore l'une des méthodes apprises à l'école des commissaires, censée faire jaillir différentes pistes par la croisée des cerveaux. Tout le monde connaissait le topo, sauf Lucie. Phrases courtes et efficaces. Pas de baratin inutile. Du brut de brut.

La moustache Raviez ouvrit le feu.

— Ravisseur : vétérinaire, reporter animalier ou peut travailler dans un zoo. Au contact d'un loup.

Le commissaire inscrivit « loup Interroger zoos », et ajouta « Vérifier activité anciens employés de Mme Cunar ».

Colin prit la parole.

— Ravisseur : enlèvement au Touquet, rançon à Dunkerque. Poste des lettres de différentes villes autour de Dunkerque. A-t-il agi seul ou avec un complice ?

— Chauffard : sang-froid, lucidité, annonça le lieutenant-colonel de gendarmerie. Un minimum instruit sur les techniques d'identification…

Raviez leva un bras gourmand.

— Doucement ! Doucement ! tempéra le commissaire. Vas-y Raviez…

— L'assassin s'est attardé sur les lieux du crime, ce qui prouve son absence de remords, de dégoût. Ajoutons sa mise en scène sordide à notre intention, cette manière d'agencer le corps. Je résumerais par « Rituel ou défi ? »

Quel voleur d'idées ! grinça Lucie en contractant les orteils. *Tu pensais tout le contraire ce matin !*

Valet hésita avant de noter la remarque. Il ajouta « Maîtrise ses sensations » puis se tourna vers l'assemblée, en attente de suggestions.

— L'invisibilité digitale proviendrait-elle de la manipulation de produits dangereux ? questionna Colin. On peut inscrire « chimiste/scientifique/esthéticien ou en rapport » et aussi « Voir usines chimiques ZI de Grande-Synthe ou Dunkerque ».

— Très bien, apprécia le commissaire. Ajoutons aussi « cordonnier/tanneur/marchand de cuir » à cause de la forte odeur de cuir imprégnée sur la victime. Quoi d'autre ? Lieutenant Norman ?

Les idées jaillissaient de partout. Lucie constata l'efficacité de la méthode. Les mots importants écrits au tableau dressaient une espèce de profil, mettaient en valeur des voies d'investigation privilégiées. Mais le brigadier n'osait toujours pas intervenir. Et si elle se plantait ? La honte !

— Oui commissaire ! répliqua Norman. Notez que le tueur est capable d'identifier le chauffard. D'après les rapports, l'entrepôt et le lieu de l'accident sont séparés de même pas quinze mètres. L'accident s'est déroulé devant les yeux du tueur. Protégé par la nuit, il pouvait observer dans l'anonymat et donc relever le numéro d'immatriculation pour récupérer l'argent plus tard. À mon avis, notre ou nos chauffards risquent de rencontrer quelques soucis.

— Nos chauffards ?

— Pourquoi pas ? Le tueur, probablement armé, n'est pas intervenu. Pourquoi ? Peut-être par manque de cran face au surnombre. Tuer une gamine sans défense est plus dans ses cordes que d'affronter un, deux ou plusieurs gaillards !

— Bonnes déductions. Notons « Plusieurs chauffards ? » ; « Assassin a vu plaque immatriculation ».

Le commissaire recula de trois pas pour observer le tumulte cérébral éclaté sur le tableau.

— Pas mal... D'autres idées ?

— Moi j'ai quelque chose... osa Lucie d'une voix timide.

— Nos oreilles vibrent d'impatience de t'écouter, Henebelle !

La jeune femme déglutit avant de se lancer.

— Nous avons tous constaté la position très intrigante de la victime. Vous pouvez allumer à nouveau le rétroprojecteur, capitaine ? Montrez-nous la photo présentant la petite de face, s'il vous plaît.

Raviez s'exécuta avec des gestes retenus, peu habitué à recevoir des ordres d'en bas. Lucie s'adressa à Colin.

— La mère est-elle venue constater l'identité du corps ?

— Oui. Je l'ai accompagnée à l'institut médico-légal.

— Et elle n'a vu que le visage de sa fille ?

— Bien sûr ! On évite de montrer le corps dans sa totalité, tous les psychologues te le diront.

— Je sais. Quels vêtements le ravisseur a-t-il emportés, le soir de l'enlèvement ?

— J'ai la liste. Cette robe de chambre et ces chaussures que tu vois sur la photo en font partie, si c'est ce que tu voulais savoir. Pourquoi ces questions ?

Le brigadier se décrocha de son siège.

— Connaissez-vous les poupées *Beauty Eaton* ?

Le commissaire haussa les épaules et ventousa ses mains sur son bureau en signe d'impatience. Lucie chercha sa salive avant de poursuivre.

— Évidemment... Il s'agit de poupées d'origine canadienne, très à la mode dans les années soixante-dix et quatre-vingt. Elles ont bercé mon enfance et celle des femmes de ma génération. Des poupées en vinyle à la coiffe soignée, avec une raie au milieu. Un joli sourire, de grands yeux. Habillées en robe de soirée ou de chambre soyeuses. Toutes portaient des chaussettes blanches, rabattues sur les chevilles, comme Mélodie...

— Et alors ? grogna le capitaine Raviez. Tu veux nous faire croire que l'assassin s'est inspiré d'une poupée, simplement parce que la victime porte des chaussettes blanches et sourit ?

— Vous demanderez à la mère, mais je suis persuadée que la petite ne dormait pas en robe de chambre. L'hiver, on s'attendrait plus à un pyjama chaud. Alors pourquoi lui troquer son pyjama pour cette tenue plutôt estivale ? Pourquoi tant de considération alors qu'il ne l'a pas nourrie pendant trois ou quatre jours, ni même vêtue d'un blouson en dépit de la température ?

Raviez battit le vent en signe de désapprobation. Lucie ne lâcha pas le morceau, malgré les claquements d'ongles du commissaire.

— Observez ce petit ruban rouge, au niveau du col…

Cinq têtes se tournèrent vers la photo avant de se rabattre vers la jeune femme.

— Le signe ne trompe pas. Toutes les *Beauty Eaton* portent un ruban rigoureusement identique, disposé de la même façon. Un ruban rouge à l'emplacement du cœur…

Cette fois, les bouches fondirent sur les visages pétrifiés.

Le commissaire s'empara du marqueur noir et nota, en plus gros que tout le reste, côté ravisseur : « Victime = poupée. *Beauty Eaton* ! » Il s'enflamma :

— Colin, avant de partir, tu appelles l'hôpital pour vérifier les dires d'Henebelle ! Demande à la mère ou à la nourrice si la petite possédait une robe de chambre beige à ruban rouge !

Colin hocha la tête et envoya un clin d'œil admiratif à Lucie.

— Si tu as raison Henebelle, continua le commissaire, on est tombés sur un sacré allumé aux doigts rabotés, fan de loups et de poupées. J'avoue que ça me fiche un peu la frousse. Plus on avance, plus le profil de notre tueur s'oriente vers celui d'un… psychopathe. Jamais nous n'avons parlé du magot en lui-même, comme si cela nous paraissait secondaire… Regardez la colonne du chauffard, presque vide !

Il porta une nouvelle sucette à cancer entre les lèvres avant de conclure.

— Bonnes pistes de départ, séance intéressante… Je serai là demain pour fouiner dans le STIC, afin de chercher l'existence de signatures de crimes identiques. Je dois aussi dresser un premier rapport pour le juge d'instruction. Les volontaires pour m'aider seront les bienvenus. S'agissant d'un crime d'enfant, on me met la pression de partout, on n'a pas le droit de foirer !

— J'ai bloqué une équipe pour les recherches de demain, confirma le gendarme. Une partie du lac du Puythouck doit encore être scannée avec la technique de recherche en bande. Pour le bassin maritime, on compte utiliser, dès le jour levé, le sonar d'une des vedettes de la brigade. Les corps sont plus difficiles à repérer que les véhicules, mais la zone est plate et on devrait s'en sortir. Par contre, si le cadavre a été entraîné au large, on ne le retrouvera pas de sitôt.

Valet hocha la tête. Le lieutenant Norman enfila son duffle-coat en annonçant :

— J'ai déjà annulé ma réservation au ski et je serai à vos côtés demain, commissaire. Histoire d'interroger les fichiers, de faire émerger les affaires en rapport avec des animaux, genre trafic, disparition, plaintes diverses. Ce poil de loup me laisse perplexe.

— Est-ce qu'on arrivera un jour à te faire partir en vacances ? OK pour demain ! Henebelle, je t'ordonne de rentrer chez toi immédiatement après ta garde ! Tu as la tête d'une gonzesse qui s'est chopé une maladie tropicale ! Profite de ton Noël pour te reposer ! Vendredi, on ouvre grandes les portes de l'enfer. Bon travail !

Lucie acquiesça avec un sourire contenu. Colin parut presque désolé d'annoncer :

— Je ne serai à vos côtés qu'après-demain. Je descends à Paris voir mes parents. C'est prév...

— *Idem*, glissa Raviez. Pas Paris mais...

— Ne vous justifiez pas. La journée a été longue, alors fichez-moi tous le camp ! Et bon réveillon !

Lucie appréciait l'homme. Dur mais humain. Séduisant par-dessus tout...

Le gendarme Michiels s'isola pour répondre à un appel téléphonique alors que la salle de réunion se vidait. Le commissaire Valet s'appesantit sur le tableau, scanna chaque idée, les conséquences qu'elle impliquait en terme d'hommes, de délais. Il buta sur les mots soulignés comme *Beauty Eaton* et *rituel*. Ça y est... Il s'en était chopé un... Un frappé du ciboulot qui risquait de lui donner du fil à retordre. L'absence d'empreintes digitales, le poil de loup dans la gorge, la forte odeur de cuir... Des éléments qui sortaient du cadre habituel des enquêtes qu'il dirigeait... Un moyen, peut-être, de frapper un grand coup. À condition de ne pas faillir. En clair ? L'attraper le plus vite possible...

Il porta une cigarette entre ses lèvres, mi-soucieux, mi-satisfait.

Au fond de la pièce, le lieutenant-colonel de gendarmerie se décomposait. Il restait là, hagard, le téléphone à la main.

— Quelque chose qui cloche ? s'enquit le commissaire en faisant rouler la pierre de son briquet.

Le gendarme piocha une cigarette dans le paquet de Valet et la piégea entre ses dents.

— J'ai arrêté de fumer voilà une semaine, mais j'ai très mal choisi la période...

Des volutes claires le bâillonnèrent quelques secondes. Puis il annonça, d'une voix goudronnée :

— Une femme vient de débarquer à la gendarmerie, en pleurs. Elle affirme que sa fille de treize ans, Éléonore, a disparu dans les rues de Dunkerque…

Chapitre seize

Vigo Nowak habitait à moins d'un kilomètre de chez ses parents, à la périphérie de Lens, dans une maison des Mines identique en tout point aux milliers de clones perchés sur les interminables rues parallèles. La plupart des habitants de ces anciens corons se chauffaient encore au feu à charbon et buvaient de la soupe le soir. Dans moins de dix ans, les dernières gueules noires, lampistes ou porions, s'éteindraient dans l'anonymat, les yeux rivés vers cet horizon de sueur et ces vitres teintées de houille qui résumaient si bien l'histoire de leur vie.

L'ambiance des alentours, voies désertes, terrils endormis et treuils hors d'usage, suggérait celle d'un mouroir, mais le loyer dérisoire et le coin d'un calme aquatique attiraient les plus récalcitrants. En définitive, on se sentait ici dans un lieu hors du temps, épargné par les affres de la grande civilisation.

Chargé de paquets emballés, Vigo remonta une allée de caillasse et entra sans frapper chez ses parents. Le mobilier s'affichait à l'image du lieu, sobre, sans fioritures. Par-ci une lampe de sûreté Davy, par-là un chevalement en allumettes. Au-dessus d'un vaisselier, la piste de 421 usée, le tapis de belote enroulé. La mine avait causé tellement de dégâts qu'elle continuait, des années plus tard, à empoisonner les lieux d'une symbolique douloureuse.

— Les hostilités ont déjà commencé à ce que je vois ! s'écria-t-il en posant ses présents au pied du sapin synthétique.

— Retard, *Gaillette*[1] ! sourit France, sa mère, en lui tendant une flûte de champagne. Ton frère et ton père traînent dans le *patio*. Ils discutent tiercé, pour ne rien changer ! Mais... Qu'est-ce que tu t'es fait au front ?

— Un coin de porte, rien de bien grave. Tu es sublime maman... Elle te va à ravir !

France décrivit une arabesque élégante.

— Ton père a grogné quand il m'a vu revenir avec cette robe. L'un des rares plaisirs que je me fais dans l'année, et il réussit à me le reprocher ! Quelle pièce celui-là alors ! Allez, rejoins-les ! J'ai encore des préparatifs !

Vigo lui lança un baiser et se faufila dans le *patio*. S'il avait hérité des lignes élancées et dansantes de sa mère, Stanislas, son frère, tirait plus sur la silhouette ramassée du patriarche. Des os courts et épais, des épaules de boxeur et des mains semblables à des gants en latex gonflés. Son visage luttait contre les morsures du temps en entretenant un potager de boutons d'acné.

— Encore à parler de chevaux ? dit Vigo en pinçant son père à la taille.

— Pour sûr ! répondit Yvan en faisant claquer sa

---

1. Mot ancien pour désigner un morceau de charbon. Les familles du bassin minier ont pour habitude de donner à leurs enfants des « noms jetés », en rapport avec leur physique ou leur caractère.

jambe de bois sur le carrelage. On prépare la course de d'main. Mais y a une tripotée d'favoris. Ça va pô payer !

Son père débitait les lettres avec un parler tel que les mots semblaient écrasés par un rouleau compresseur. Le ch'timi tuait les « a » et les « o » pour les remplacer par des sons bâtards.

— Ah ! l'opium du peuple de France ! Vous devriez arrêter le tiercé, ça rend marteau ! conseilla Vigo avec un sourire.

— Dis ça à un autre, *Gaillette* ! répliqua aussitôt Stanislas, son frère, une pile de cartons à parier et un stylo PMU entre les mains.

— Vous perdez votre temps à courir après la réussite, en bonnes vaches à lait pour l'État ! Des gens qui jouent toute leur existence ne gagneront jamais un centime, d'autres vont tenter une fois leur chance et décrocher le pactole. Je vous le répète, on ne provoque pas la chance ! C'est elle qui vous provoque !

Yvan envoya un coup de coude complice à Stanislas.

— V'là *Gaillette* qui s'met à faire d'l'esprit. Y en a qui carburent aux amphétamines, d'aut' aux bidets. Tu préfères quô ? Cause-nous plutôt boulot. Cha avance ta r'cherche ?

— La sécheresse, admit Vigo. La région ressemble à une forêt brûlée, une saleté de pyromane appelée récession économique s'amuse à ravager les entreprises...

Il tirailla le menton de son frère.

— Mauvaise tête Stanislas. Grosse journée pour toi ?

— Ouais. Une sale histoire...

Vigo engloutit d'une lampée son champagne. Une

légère appréhension lui serra la gorge : le spectre d'un corps en immersion flottait dans son esprit.

— Quel genre d'affaire ?

— On a retrouvé une fillette assassinée. Pas trop envie d'en parler maintenant. Ils m'ont pris la tête avec leurs rapports !

— Pas jojo pour une veille d'Noël, compatit le père Yvan en saisissant un paquet de tabac posé sur une chaise.

Vigo poussa un ouf de soulagement. Une affaire de fillette tuée ? Rien à voir avec son histoire. Il fouilla dans la poche intérieure de sa veste et fourra un Salomon sous le nez de son père.

— Laisse tomber ton brûle-poumon et goûte-moi ce nectar ! Tu m'en diras des nouvelles. En voilà un pour toi aussi Stan.

— Belle bête ! apprécia le père en craquant une allumette. Sers-me une gout' d'whisky fiston !

— Où t'es-tu procuré de tels barreaux ? s'étonna Stanislas. Salomon ? Ça vaut une fortune !

— Un ami qui revenait de Cuba m'en a rapporté une poignée...

Une nappe de fumée se déroula lentement. Les verres tintèrent, l'alcool ambré jouait en vaguelettes contre les parois translucides. Après quelques gorgées et maintes élévations de voix, Yvan se mit à déambuler, tête haute, menton tendu, le cigare cloué aux lèvres et un petit doigt en l'air.

— Faut vraiment pas grand-chose pour ressembler à un pingouin ! Un whisky, un bon cigare au bec, une cravate, et hop !

Yvan prit le ton d'un jet-setter tropézien.

— Si ces messieurs veulent bien prendr' l'peine

de m'suivre ! Nous allons nous diriger vers l'salle d'réception, n'est-ce pas, où nous attendent caviar et champaaaagne. Un chauffeur va bichonner vos Lolo Ferrari, vous z'inquiétez pas. Ce… cigare est un grand cru, cher ami !

Ses mots mâtinés de patois se noyèrent dans des éclats de rire…

Une fois les huîtres et le foie gras au fond des estomacs, ils se décidèrent à déballer les cadeaux. L'alcool avait commencé son lent travail de corrosion, enflammant les corps et embrouillant les esprits. Vigo et Stanislas se trémoussaient au milieu de la salle à manger sur un air de Kubiak, sous l'œil d'une France amusée. Yvan déblatérait, comme tous les ans, des vers de Jules Mousseron.

> *Qu' fait gai dins les corons,*
> *L'été, l'matin du diminche.*
> *In n'intind qu'rir's et canchons,*
> *Sitôt qué l'journée cominche.*

France baissa le son de la chaîne hi-fi, provoquant une vague de protestations, et piocha deux enveloppes au pied du sapin.

— On sait plus quoi vous acheter avec ch'père, rougit-elle, alors voilà un peu d'argent. Ce n'est pas grand-chose mais vous en ferez ce que vous voudrez. Joyeux Noël mes fils !

Elle les pressa contre sa poitrine. Yvan remua l'air d'un geste d'approbation en mâchouillant son cigare. Ses fils, sa fierté.

— Deux cents euros chacun ! Fallait pas m'man ! reprocha Stanislas. Vous avez assez fait pour nous.

Les études, les sacrifices et tout le reste. Je sais ce que cet argent repré...

— Tais-te ! fit Yvan. Si on t'donne une telle somme, c'est qu'on peut. Empoche-me ça avant que j'regrette ! J'suis peut-être qu'un pauv' pensionné, mais mes enfants n'ont jamais manqué d'pain... La grand' fierté d'notre région, c'est ce cœur d'or qu'on a chacun au fond d'nous. On est tous nés d'la même veine d'charbon...

— J'espère vous rendre un jour la monnaie de votre pièce, souffla le jeune policier d'une voix chevrotante. En attendant... Voilà pour vous. Et ce petit paquet pour toi frérot !

— Ah ! Un jeu vidéo ! sourit Vigo avant même de déballer son cadeau. Tant qu'on y est – il collecta les boîtes multicolores étalées sur le sol –, ce n'est pas grand-chose cette année, désolé, mais les fins de mois sont un peu difficiles en ce moment... Je me rattraperai au Noël prochain, promis !

Vigo avait longtemps hésité, dans la journée, à offrir un voyage de rêve à ses parents. Mais il connaissait sa mère, sa langue déliée. Le lendemain, les ragots rouleraient dans les chaumières. Comment un fils au chômage pouvait-il payer un tel cadeau à ses parents ?

Son père hérita donc d'une boîte de cigares, des Coronas, ainsi que de petit matériel de pêche, sa mère de boucles d'oreilles d'ambre et son frère d'un filtre à appareil photo permettant de créer des effets spéciaux.

Moins de deux cents euros d'achats. Le prix du sacrifice pour préserver les apparences...

— Je propose qu'on trinque, proposa Vigo en remplissant les verres d'un montbazillac 1999. Au bonheur, au destin, à notre bonne santé !

— Not' bonne santé, ouais ! envoya Yvan en levant le rebord de son pantalon et dévoilant l'appendice de bois.

Patte-en-bois devait sa longévité à l'accident qui lui avait coûté la jambe. Après trois semaines au fond du trou, une berline chargée de charbon lui avait broyé le tibia, lui évitant de croupir dans les veines souterraines et de cracher noir à la quarantaine.

Quatre heures plus tard, au petit matin, le patriarche ronflait devant la télévision, assommé par le genièvre de Houlle. Stanislas était écrasé sur la table, alcoo-lisé au point de s'enflammer, un verre devant lui. Sa dizaine de neurones encore en état activaient sa main qui gribouillait sur un coin de feuille. Vigo dansait seul, un pied battant au rythme du timbre feutré de Bono. Sa chemise n'était plus qu'une boursouflure de sueur et d'alcool mélangés, ses cheveux de jais luisaient à chaque éclair des lampes clignotantes. Il s'approcha de son frère avec l'idée de lui vider son verre, de s'enivrer jusqu'à saturation, de s'offrir une biture à la Nicolas Cage dans *Leaving Las Vegas*.

Dans une semaine, il descendrait vers la capitale pour arpenter les boîtes branchées du Paris nocturne, histoire de se gaver de filles et de champagne. En mettant le prix, il côtoierait les premières lignes de la jet-set, accrocherait leur sympathie et remplirait un beau carnet d'adresses. Avec le travail des esprits et la complicité du temps, il monterait en puissance dans ce microcosme à paillettes, à l'ombre de la société et de ses pauvres moutons de Panurge.

Cet argent était la poudre qui allait propulser le boulet de canon.

Le battement d'un tam-tam cognait sourdement dans

sa tête. Sous l'emprise de l'alcool, dans cet état second, il se sentait capable de tout. Les quelques bières ingurgitées la veille l'avaient aidé à garder son sang-froid, à émousser sa conscience le temps de compresser ce cadavre dans son coffre et de l'abandonner au fond d'un marécage.

Et les molécules éthyliques l'aideraient à nouveau très bientôt... Il pressa inconsciemment les somnifères enfouis au fond de sa poche...

Il manqua de tout régurgiter lorsqu'il aperçut l'esquisse sous le stylo de son frère.

Des simulacres d'éoliennes, des lampes bordant deux traits parallèles, la représentation cubique d'un entrepôt. Et une forme allongée, démantibulée aux côtés d'une voiture.

Épris de bouffées étouffantes, il secoua son frère par l'épaule.

— Où as-tu vu ça ! Ce dessin, que représente-t-il ?

Stanislas redressa la tête, le souffle bruyant, l'haleine enflammée. Ses pupilles ressemblaient à deux bulles d'encre éclatées. France réapparut de la cuisine, l'air sévère.

— Ton frère dormira ici ce soir ! ordonna-t-elle. Et ça se croit flic ? Il est incapable de rentrer à Lille. Pourquoi faut-il toujours que ça se finisse de la sorte ? Et écoute l'autre ronfler ! Plus bruyant qu'un paquebot !

Elle disparut en grommelant, le tablier autour de la taille. Vigo renforça son étreinte mais Stanislas voguait sur la crête des flots éthyliques.

— Réponds, bon Dieu ! Que représente cette scène ?

— *Konfidenzial ! Konfidenzial !*

— Réponds putain !

Le policier trapu retint des relents nauséeux, enfonça

son crayon sur le cube représentant l'entrepôt avant de marmonner :

— C'est là ! C'est là que... la petite fille... s'est fait buter ! Parce... qu'un enfoiré... beurrrh... a renversé... son père... en pleine nuit... et s'est enfui... avec le magot... La petite fille aveugle...

Vigo s'empara du litre de genièvre et remplit un verre à ras bord. Son corps ne lui obéissait plus et ses jambes flageolaient. Il s'accrocha au coin de la table, tirant une partie de la nappe pour se redresser de justesse. Stanislas se mit à rire sauvagement, les dents grinçantes tel un djinn maléfique, le visage semblable à une ombre de folie. Le stylo allait et venait sur la feuille, toujours au même endroit, si bien que la mine finit par transpercer la surface de papier.

Une flèche joignant la fenêtre de l'entrepôt et la voiture barrait le dessin.

— Il a... tout vu ! pesta Stanislas. Le tueur... a tout vu ! Ce n'est pas... la police qui... va retrouver le chauffard... mais l'assassin en personne ! Tu avais... raison, frérot. On ne peut... pas tromper... la chance ! On ne peut pas !

Ses entrailles crachèrent un rire méphistophélique.

Vigo vomit instantanément...

Chapitre dix-sept

L'ampoule crasseuse du plafond tressautait, pleurant des ombres fugitives sur les briques étouffées par des sillons charnus de moisissure. L'air empestait l'urine, la poubelle fermée, la décomposition d'organes putréfiés. Malgré l'absence de corps pourrissant ou de matière fécale au creux de cette gorge humide, l'odeur persistait, suintant des murs en une sueur grasse et luisante.

Éléonore se tenait recroquevillée sur un matelas délabré, infesté de poils et percé en maints endroits par des ressorts réduits à l'état de fils de fer agressifs. Sa tête brûlait affreusement. Elle avait trop pleuré, ses yeux piquaient et les larmes avaient creusé un lit de sel jusqu'au bord de ses lèvres, se mêlant à la morve qui dévalait de son nez. Elle cracha les poils d'animaux collés sur sa langue et son palais, évitant de peu un vomissement.

Petit à petit, les images clouées au fond de son inconscient s'étaient organisées, propulsant le passé aux premières loges. La voiture... La vieille dame aux cheveux argentés... Les poupées à l'arrière... Le murmure de la radio et ce chiffon infect écrasé sur ses narines.

Ces vapeurs à vomir, puis le grand trou noir...

Une fois arrachée à sa torpeur, Éléonore avait fouillé dans la poche intérieure de son blouson à la recherche de son téléphone portable. Ses espoirs avaient volé en éclats lorsqu'elle avait compris qu'on le lui avait subtilisé, rompant ainsi son seul lien avec le monde de la lumière.

On la retenait prisonnière au fond d'une gueule obscure à l'haleine de cadavre. Une nouvelle fois, le flot des larmes l'emporta.

Sa vue se brouillait de flashes déments, de scénarios dignes des pires histoires de Stephen King : la quantité incroyable d'imaginaire qu'est capable de débiter le cerveau d'une gamine de treize ans ! Une petite voix qu'elle s'efforçait de repousser en plissant les paupières lui murmurait des tréfonds de l'âme que sa fin approchait, qu'elle allait mourir dans des souffrances inhumaines.

Elle constata soudain la blancheur nacrée de ses doigts, les séismes incontrôlés qui investissaient ses membres et le grand vide qui se déroulait dans son crâne. Les signes ne trompaient pas, l'hypoglycémie s'était installée dans son organisme. Une éruption de panique bloqua l'air au seuil de ses poumons. Elle finit par cracher, à s'arracher la gorge, comme après une apnée interminable.

Les mains entre les jambes, elle s'efforça de contrôler sa respiration comme le lui avaient enseigné les médecins. Sa maladie l'avait rendue plus mûre que les enfants de son âge, son caractère et sa force psychique s'étaient forgés de chaque victoire arrachée à ses propres faiblesses. Avec précaution, malgré les tremblements et les sensations de vertige, elle souleva son pull, son tee-shirt et plongea les yeux sur l'écran de la pompe accrochée à sa taille par une ceinture de nylon. L'indicateur de débit clignotait, la cartouche assurant la distribution d'insuline était vide. Une chance, en définitive. L'afflux trop massif de produit, combiné à l'absence de repas, aurait accru l'hypoglycémie et empiré son état. Elle ne se serait probablement jamais réveillée.

Dans un mouvement ralenti, elle détacha de sa ceinture de survie une petite sacoche de cuir contenant des tablettes de glucose. Elle en posa une sur sa langue, ferma les yeux et laissa le sucre se mêler à son sang...

Quelques instants plus tard, la vie fleurit de mille pétales, victorieuse au cœur des chrysanthèmes.

Mais pour combien de temps ? Si on ne la nourrissait pas, son taux de glucose chuterait à nouveau, irrémédiablement. Et le peu de tablettes restant permettrait à son organisme de tenir deux jours de plus, peut-être moins.

Encore une quarantaine d'heures avant de mourir... Non... Encore une quarantaine d'heures à vivre !

Le coup de fouet du glucose éperonna ses muscles et arqua son corps. Elle s'arracha du matelas et tambourina sur une porte en bois. Pas de poignée. Arrachée, semblait-il. Non, on ne lui rendrait pas sa liberté. Jamais. On allait la...

Elle tourna brusquement la tête pour réprimer cette idée. Son regard tomba alors sur des irrégularités, au bas des parois. Elle plissa les yeux, refusant de croire ce qu'elle voyait. Ses mâchoires craquèrent de dégoût.

Non, c'est pas possible... Un mauvais cauchemar. Ce ne peut être qu'un mauvais cauchemar...

Des écorchures. Des dizaines de raies pourpres lacéraient les briques effritées. Entre les sillons, des restes d'ongles, de peau séchée.

On avait gratté. À sang.

Éléonore tomba à genoux, les deux poings serrés sur la poitrine.

D'autres personnes avaient été enfermées, abandonnées sur ce matelas, leur désespoir gravé pour l'éternité en griffures profondes.

Non, non... Calme-toi... Ce... sont peut-être des animaux... Des chiens... De gros chiens seraient parfaitement capables de faire ça... Oui, les poils sur le matelas ! Des animaux !

Elle ne se laissa pas le temps de réfléchir. Il ne pouvait s'agir que d'animaux, pas d'humains ! Comment pouvait-elle être aussi stupide ?

Aussi rassurée que peut l'être une emmurée vive, elle plaqua une oreille contre la porte. Elle percevait, de temps à autre, la plainte languissante d'un outil électrique. Perceuse, scie circulaire, un truc du genre. Le bruit coulait de partout et nulle part à la fois, étouffant la pièce d'un linceul sonore. Cependant, les sens d'Éléonore s'accordèrent sur un point : chaque hurlement de l'outil coïncidait avec un frétillement de l'ampoule. L'engin en question pompait, dès que nécessaire, un maximum d'électricité.

Une nouvelle fois, Éléonore voulut crier à l'aide. Elle s'élança sur son matelas et hurla de toutes ses forces. Puis elle recommença. Encore... Encore... Et encore...

Pour couronner le tout, des lames de rasoir lui lacéraient la vessie. La maladie perfide qui l'habitait la contraignait à boire et uriner sans cesse. Elle serra les jambes et contracta les abdominaux pour se retenir. En se souillant, elle déchaînerait à coup sûr les foudres de la femme. Cette cave, si lugubre, si sombre et croulante, ne pouvait être que la tanière d'une folle.

La folle avec ses poupées anciennes.

La brûlure qui dévorait l'intérieur de son ventre fut telle qu'Éléonore dut abdiquer et se libéra contre le mur opposé à sa couche. L'odeur infâme du liquide chaud ajouta un degré à la puanteur ambiante.

Elle se replia sur son matelas et fixa l'ampoule teintée en rouge. Les variations d'intensité lumineuse lui assuraient que sa ravisseuse ne viendrait pas et qu'elle ne craignait rien pour le moment. Mais dès que la danse des ombres s'arrêterait... Dans le bas du ventre, Éléonore perçut une grande douleur, comme si on la dévorait à l'intérieur. La terreur... La terreur la gangrenait dangereusement.

Elle inspira un grand coup et orienta son attention vers sa pompe à insuline. Elle libéra la sangle de sa taille, retira précautionneusement le cathéter qui fouillait sous la peau de sa poitrine et enfouit l'appareil désormais inutile dans sa poche.

Au sentiment de peur s'ajoutait à présent la volonté de s'échapper.

Non, lui imposa une voix. *Si tu essaies de te sauver, tu la mettras en colère et elle te tuera.*

Tu dois essayer, contredit une autre. *Reste ici, et elle te tuera quand même, parce que tu as vu son visage !*

Éléonore se prit la tête dans les mains. Il fallait fuir. Dès que le voile rouge craché par l'ampoule se figerait, elle se glisserait derrière la porte et attendrait l'ouverture. Elle était mince et rapide, très bonne en sprint malgré son handicap. La femme aux cheveux d'argent semblait grande et gauche. Et vieille, par-dessus tout. Elle ne la rattraperait pas.

Et si les portes sont fermées à clé ?

Tu passeras par une fenêtre. Tu sauteras. Ou tu te cacheras... N'oublie pas, n'oublie jamais que tu es plus rapide qu'elle...

Éléonore se débarrassa de son blouson qu'elle moula en forme de buste sur le matelas. Avec la luminosité trompeuse, les jeux d'ombres, elle disposerait d'une fraction de seconde supplémentaire à son avantage, le temps que la femme s'aperçoive du stratagème.

Elle se précipita à côté de la porte afin d'évaluer ses chances de fuite. Roulée en boule dans l'angle, au ras du sol, elle échapperait dans les premiers instants au champ de vision de la folle. Sauf si l'autre se méfiait et auscultait auparavant les angles. Fort probable.

Non, non, je ne peux pas faire ça, pensa-t-elle. *Elle me tuera sans hésitation !*

Éléonore se mordit les lèvres et essaya d'élaborer des solutions alternatives. Si seulement elle pouvait se procurer une arme ! Trouver un bâton, un morceau de verre, utiliser ces ressorts.

Mieux ! Une seringue d'insuline ! Son stylet de secours, utile en cas de panne de la pompe et d'hyper-glycémie, soigneusement rangé dans une encoche de la ceinture ! Elle figea ses pupilles sur le tube plastifié, puis arracha la bague de dosage. Cinq millilitres d'in-suline rapide administrés en une fois provoqueraient dans les minutes qui suivraient des vertiges puis, avec un peu de chance, un coma diabétique...

Après l'injection, il faudrait déguerpir sans se retour-ner, pousser la machine cardiaque dans ses ultimes retranchements. Dans quel endroit de l'enfer l'avait-on emmurée ? Certainement loin de toute civilisation. L'effort de la fuite brûlerait du sucre, du combustible, affolerait ses muscles exigeants. En plus, il devait faire nuit. Comment s'orienterait-elle ? Sans aucun secours, privée de son liquide miracle, elle sombrerait très rapidement. Troubles de la vue, tremblements, perte de connaissance et… coma…

Éléonore retint sa respiration. L'onde sonore venait de cesser. La lumière s'était figée en un soleil d'hiver au cœur d'un cylindre de glace.

Elle a fini son travail, trembla la fillette. *Et maintenant elle va penser à moi. Elle a dû entendre les coups sur la porte, tout à l'heure ! Elle va descendre, plus furieuse que jamais !*

Éléonore se tapit dans l'angle, recroquevillée au maximum. Elle pressait les trois seringues dans sa paume fermée, les rostres d'acier prêts à mordre le premier centimètre carré de chair offerte.

Elle va vérifier par terre en rentrant, elle va te voir et te tuer, petite idiote !

Elle se précipita sur son matelas. Peut-être que si elle était sage, si elle obéissait, si elle ne la contrariait pas… Peut-être même lui apporterait-on à manger ? Non ! Non ! Elle se releva, s'assit encore. Se laisser faire. Agir. Se laisser faire. Agir. Risquer, subir. Mourir.

Ces voix dans sa tête la rendaient folle. À quatre pattes, elle se rua sur son blouson qu'elle fit tournoyer par la manche au-dessus d'elle. D'un mouvement d'épaule, le vêtement changea d'axe et vint percuter l'ampoule qui éclata en une pluie tranchante. La gueule noire des ténèbres engloutit l'espace, digérant tout ce qui raccrochait l'être humain à la vie.

À tâtons, au bord des larmes, l'ombre dans l'ombre longea un mur, piétina l'urine avant de gagner son poste de fortune.

Prête à tout pour prolonger ses quarante heures de vie...

Chapitre dix-huit

Une nuit dans un commissariat ressemble à l'électrocardiogramme d'un arythmique qu'on essaierait de réanimer à grands coups d'électrochocs. Une alternance de platitudes et de pics violents sur laquelle Lucie Henebelle calquait sa courbe de vigilance. Ou plutôt de somnolence. Car, malgré l'avalanche d'événements de ces dernières heures, la barre du sommeil la matraquait. À chaque coup de téléphone ou grincement de porte, elle se surprenait en équilibre sur sa chaise, le menton écrasé contre la poitrine et la bouche ouverte. Émergeant avec des tourbillons de flashes cauchemardesques. Des gueules de loups, des doigts sans peau, le sourire d'un cadavre de petite fille.

Les deux jeunes venus déposer plainte pour cambriolage durent la prendre pour un zombie, une shootée à l'Haldol échappée d'un hôpital psychiatrique. Ou alors la matérialisation charnelle d'une machine à bâiller.

Il lui restait trois heures à tirer avant le grand plongeon dans son lit. Plus de dix mille secondes. Dingue comme un réflexe naturel, dormir, peut virer à l'obsession. Fort heureusement, les jumelles resteraient chez sa mère la journée, le temps qu'elle recharge les batteries.

Des lasers crépitants tournoyaient derrière ses iris. Le commissaire, avant son départ tard dans la nuit, l'avait informée qu'une jeune diabétique, issue d'une famille modeste, avait disparu en début de soirée. Affirmer qu'il s'agissait d'un enlèvement et, de surcroît, envisager que le même auteur se tapissait derrière le rapt de Mélodie Cunar et d'Éléonore Leclerc ne manquait pas d'audace. Mais le doute avait vite titillé le brigadier. L'agencement du corps de la petite Cunar, cette ritualisation poussée au point de dissimuler sous le sourire d'une *Beauty Eaton* la cruauté de l'exécution – après vérification de Colin, la robe de chambre appartenait bien à la petite, mais le ruban rouge avait été ajouté – s'érigeaient en témoins hurlants d'un esprit machiavélique. Une âme noire en liberté quelque part, dans les brumes rampantes de Dunkerque.

À quoi pensait l'assassin en palpant cette gorge innocente ? Pourquoi avoir brossé les cheveux, s'être attardé si longtemps à proximité d'un cadavre sans le moindre accès de rage, alors que l'argent s'évanouissait dans la nature ? Voir l'enfant puiser ses ultimes bouffées d'air, là, sous ses yeux, lui avait-il procuré une érection ?

Il a cherché à atteindre un but, l'expression d'un fantasme. D'abord avec les vêtements, puis par son emprise sur la fillette. Cette odeur de cuir revêt peut-être une signification particulière. Les odeurs et couleurs contribuent à accentuer le délire, à matérialiser un univers fictif. Puis il y a eu... le passage à l'acte... L'argent n'était-il qu'un prétexte inconscient à l'enlèvement, un moyen de franchir le pas ? Et maintenant...

la limite est brisée, la chrysalide a mué en un frelon avide de piquer... Voilà pourquoi il a recommencé...

Lucie renia rapidement ces idées saugrenues. Une fois encore, sa conscience déviait vers les pavés littéraires, les traités de criminologie piégés dans les contreforts de sa mémoire. Sa passion exacerbée pour les tueurs en série, le culte secret qu'elle leur vouait l'obsédait de plus en plus. Edmund Kemper, Richard Ramirez, Ted Bundy... Macabres idoles... Comment pouvait-on trouver une quelconque... fascination pour ces êtres abjects ?

Son mal de crâne s'aggravant, elle piocha dans son blouson un tube d'aspirine et plongea deux comprimés dans un gobelet rempli d'eau. Elle extirpa par la même occasion le contenu de ses poches. Papiers de chewing-gum, tickets de courses, son petit carnet aux feuilles cornées, le reste d'une plaque de chocolat ainsi qu'un minimiroir.

Elle se réveilla définitivement face au reflet renvoyé par le film d'argent. Ses yeux n'étaient plus que deux bouffissures, ses traits tiraillés tendaient la peau à faire saillir ses pommettes. Après un coup d'œil discret en direction des gardiens de la paix, elle palpa ses seins. L'interruption de l'allaitement avait suffi à les faire fondre comme beurre au soleil, reléguant sa poitrine dans un modeste 85 B, contrairement à son cul qui, lui, ne s'était pas privé. Les indispensables kilos du haut glissaient amèrement vers les disgrâces du bas.

D'un violent revers de main, elle propulsa le miroir jusqu'au bout du comptoir. Avec une tête pareille et un corps démoli par l'accouchement, elle ne risquait ni de plaire à un homme ni de combler cet appétit sexuel qui s'épaississait dans ses veines.

Tu vis cloîtrée, tu ne croises même plus la lumière du jour avec les filles, comment espères-tu rencontrer le bonheur ? Si ça continue, une cornette de bonne sœur va te pousser par-dessus la tête !

Alors c'était ça, sa vie ? Galères le jour, tempête la nuit ?

Après que les bulles eurent digéré sa migraine, un bon café, ses idées noires, elle entreprit de feuilleter son carnet avec une lenteur exagérée, histoire de dilater le temps.

Derrière les parcelles de papier se cachait la mise à plat d'un chaos intérieur. Un nombre de litres de lait à acheter, des adresses de pédiatres, des marques de couches, la date d'un premier sourire ou celle de son dernier rendez-vous chez le gynéco. De tout, de rien. La lecture de ces annotations lui renvoya l'image de fragments éteints, un flux chaud de pensées qui lui firent prendre conscience à quel point le temps filait.

Au fil des pages, elle retraçait le dédale de son passé, tantôt émue, tantôt en colère, associant à chaque mot une idée, un souvenir accompagné d'odeurs, de rires, de pleurs. Elle rêvait d'un bonheur simple, ses filles, des crédits payés, un jardin avec de la rhubarbe, des tomates-grappe, des framboises, mais elle ne récoltait que la misère d'un présent en feu. La solitude, les nuits blanches, la quête du mal…

Tiens ! Je les avais complètement oubliés ceux-là ! Les tagueurs fous, ces chômeurs désespérés au point de se venger sur de la tôle ! Oh non ! Je dois encore taper le rapport ! Plus tard… Norman oubliera peut-être de me le réclamer… Et puis, tout le monde s'en fiche !

Les malheureux qui s'accumulaient sur le pavé étaient certainement plus à plaindre qu'elle. La région battait de l'aile, on licenciait à grands coups de fourche. Roubaix, Armentières, Valenciennes noircissaient les statistiques. Des spécialistes qui jouaient avec les chiffres assuraient que le chômage se stabilisait alors qu'il grimpait en flèche. Lucie le voyait bien. Un roulement de mécontentement tonnait jusque dans le port industriel de Dunkerque.

Le brigadier somnolent frôla l'arrêt cardiaque lorsque claqua la porte située sur le côté du comptoir. Une femme chargée de matériel de nettoyage apparut. L'âge indéfinissable, maquillée à rendre jalouse une carrière de craie, des gants de caoutchouc jaunes qui grimpaient par-dessus les manches d'un pull ringard. L'icône du mauvais goût jaillie du cœur des ténèbres.

En voilà une qui est vraiment à plaindre ! se rassura Lucie. *Quoique... Elle a de jolis yeux, une silhouette élancée. Elle plaît peut-être aux hommes, après tout ! En tout cas, elle doit faire l'amour plus souvent que toi. Parce qu'à ce stade, ton seul adversaire reste la momie égyptienne !*

La femme sursauta à son tour en se retournant.

— Oh ! Ex... cusez... moi, bafouilla-t-elle en baissant le regard. Je... ne travaille ici que depuis quelques jours... Dans les entreprises où j'avais l'habitude de faire le ménage, on trouvait rarement quelqu'un à cette heure...

— Ici la nuit n'existe pas, sourit Lucie en cassant un carré de chocolat. La délinquance n'a pas d'horaires fixes.

— Ça ne vous dérange pas si je lave derrière le comptoir ? Tout doit être nickel pour dans deux heures, sinon... Vos chefs sont loin d'être des enfants de chœur. Vous ne devez pas rigoler tous les jours, au milieu de tous ces hommes...

Lucie répondit d'un mouvement de tête, preuve qu'elle n'écoutait pas. Les brefs éclats de lucidité qui traînaient encore dans son crâne fusionnaient sur la dizaine de centimètres carrés où elle avait noté sa dernière remarque, soulignée d'une triple rangée de stylos-billes : « Les tagueurs sont réfléchis... Ils ont réparé l'erreur susceptible de nous mettre sur la voie. »

Ils étaient deux à taguer, se souvint-elle. Le zèle avait aveuglé Laurel mais son complice Hardy avait probablement gommé la faute avec des fonds de bombes. Pourquoi avoir effacé le message ?

Bah ! Ce ne sont que des vengeurs masqués inoffensifs qui ont juste voulu témoigner de leur colère, sourit-elle en rabattant la couverture du carnet.

Son mouvement s'interrompit net. Une aigreur venait de lui triturer l'estomac.

Pas à cause du café ou du chocolat... Non, autre chose...

Cette justesse d'esprit d'effacer un tag compromettant, au cœur de la nuit, dans ce déferlement de haine.

Cette justesse d'esprit de ramasser des morceaux de phare compromettants, au cœur de la nuit, en plein désarroi.

Deux impulsions identiques, la même nuit, à quelques kilomètres d'écart.

Une coïncidence troublante.

— Des hypothèses, tout ça ! maugréa-t-elle.

— Vous m'avez parlé ? demanda la femme de ménage.

— Euh... Non... Je pensais à voix haute...

— Ça m'arrive souvent moi aussi. La solitude rend marteau parfois…

Lucie était déjà replongée dans ses déductions. Norman… Le lieutenant Norman avait soulevé la possibilité que les chauffards soient plusieurs, pour lever le corps, parce que l'assassin n'était pas intervenu.

Encore un point commun.

Lucie s'humidifia les lèvres. Un détail clochait. Pourquoi les tagueurs se seraient-ils rendus dans le champ d'éoliennes, phares éteints ?

Quelqu'un leur a peut-être fait peur. Surpris, ils ont pris la fuite et se sont faufilés dans le maillage de la zone industrielle. Une course-poursuite, comme Raviez l'avait signalé !

Une fois Cunar renversé, ils avaient découvert le magot. Du pain béni pour deux chômeurs. Cet argent pouvait-il mieux tomber ?

Lucie se tortillait sur son siège, indifférente aux allers et retours de serpillière sous ses pieds et aux tonnes de parfum discount dont s'était aspergée la femme de ménage. La scène défila une énième fois devant ses yeux. Le chauffard qui cherche à éviter Cunar. Le choc. La disparition du corps et du magot. Tout se tenait.

La liste des licenciés ! Les tagueurs en font certainement partie ! Et donc les chauffards aussi !

Lucie quitta son poste et s'élança à l'assaut des marches, direction le premier étage. Norman avait demandé à ce qu'on lui faxe la liste des personnes licenciées de l'aciérie Vignys, « pour la forme ! » avait-il plaisanté. Combien de noms ? Une centaine, se rappelait-elle.

Lucie n'eut pas assez de toutes ses dents pour rager.

Porte de bureau close. Hors de question de déranger la cavalerie en pleine nuit, car si elle se trompait...

Mais elle ne se trompait pas.

Les tagueurs avaient été trop rigoureux, trop prudents. S'ils n'avaient pas biffé cette inscription ou ramassé les morceaux de phare, jamais le lien n'aurait été établi.

Sans s'en rendre compte, ils avaient signé leurs actes.

La perfection était leur signature...

Chapitre dix-neuf

À plusieurs reprises, des crampes violentes avaient contraint Éléonore à se coucher sur le sol. Depuis combien de temps se cachait-elle derrière cette porte, les seringues pressées au creux de la main ? Quatre, cinq heures ?

Nuit ? Jour ? Peu importait. Seul comptait un nombre. Trente-cinq. Trente-cinq heures à vivre. Maximum.

Durant cette période d'agonie mentale, des kaléidoscopes sanglants avaient circulé dans sa tête, des fins violentes de films, des bribes d'informations où l'on parlait d'enlèvement, de pédophilie, de mort. Dernièrement, ses parents l'avaient encouragée à regarder le journal de vingt heures, à suivre de près le procès du Monstre de Charleroi, pour qu'elle puisse se rendre compte du danger encouru de parler à des inconnus. Aujourd'hui, ce déferlement d'horreur la frappait de plein fouet. Si elle survivait, le grand enseignement qu'elle tirerait de cette expérience serait que « ça n'arrive pas qu'aux autres ».

Sa gorge en manque d'eau brûlait. Éléonore avait uriné deux nouvelles fois dans le coin opposé, mais l'odeur ne la dérangeait plus. Dans ses mains, l'insuline compressée sous plastique, cette incroyable capacité d'insuffler la vie d'un simple mouvement du pouce. Les injections faisaient partie de son quotidien, au même titre que se brosser les dents. Une tâche comme une autre, voilà tout. Sauf qu'oublier de se brosser les dents n'avait jamais tué personne.

D'un coup, le frémissement de l'ouïe prit le dessus sur ses quatre autres sens. Un sursaut, là, à l'extérieur ! Puis le court passage de la perception à la réalité : des bruits de pas ! Lourds et terrifiants. Dans l'obscurité, elle devina une dernière fois le matelas. Il était encore temps de renoncer, de se donner une chance de vivre. Parce que là, si elle ratait son coup...

Éléonore s'accroupit au maximum, arrière-cuisses sur mollets, prête à se propulser vers l'avant. Ses muscles éprouvés par l'attente ne lui épargnèrent pas des douleurs que même les torrents d'adrénaline ne parvenaient à vaincre, le sang gorgeait ses tempes.

Lorsque les gonds grincèrent, sa vessie creva et la souilla jusqu'aux talons de ses chaussures. L'entre-bâillement de la porte... Un cône oblique de lumière rouge... À l'entrée du cachot, une ombre d'une taille démesurée... Le monstre des ténèbres...

— Ne fais pas semblant de dormir ! Je t'ai entendue, petite coquine ! Viens me rejoindre ! Nous avons une mission à accomplir !

Maintenant ou jamais. Éléonore planta les mandibules d'acier dans la cheville droite et pressa avec hargne les trois poussoirs.

Ses espoirs de fuite n'eurent pas le temps de se matérialiser. Une araignée de doigts puissants se referma sur sa chevelure au moment où elle se faufilait hors de sa prison. Stoppée net dans son élan, elle crut que son crâne allait se fendre en deux. Elle hurla de toutes ses forces.

— Petite garce ! hurla plus fort encore la silhouette.

Éléonore ne put esquiver la gifle qui manqua de lui arracher la tête. Des points lumineux se déversèrent sous ses paupières lorsqu'elle percuta un mur avec violence. La femme pesta en fracassant les seringues sur le béton.

— Qu'est-ce que tu m'as injecté ? Je vais te saigner, sale putain ! Attends un peu !

Des claquements sourds, des cris distordus, les raclements d'une lame. De plus en plus proches. Les yeux d'Éléonore s'ouvrirent pour graver une image de folie sur leurs rétines. Le fauve se dressait devant elle, le visage dans l'ombre, l'haleine rance, un couteau cranté brandi au-dessus de la tête.

C'était la fin. Le bras s'abattait déjà.

La dernière pensée d'Éléonore se porta vers sa mère…

L'arme frappa à moins de dix centimètres de sa joue gauche. Dans un long cri rauque, la géante s'écrasa sur le sol.

Tremblant de tous ses os, Éléonore s'agrippa à un anneau fixé dans le mur et parvint à retrouver un équilibre fragile. L'ampoule rouge grossissait, rétrécissait, au rythme des afflux organiques qui lui frappaient les membranes. Désorientée, terrorisée, Éléonore focalisa son attention sur le rectangle de bois entrouvert, au bout de la pièce identique en tout point à la cave d'où elle sortait.

Une autre porte.

Elle serra les poings, chevaucha la masse inerte et se rua vers son point de fuite. Déjà, l'oxygène sifflait dans ses poumons. La peur lui rongeait tout l'intérieur du ventre, décuplant sa volonté de s'échapper. Le rempart de bois franchi, elle remonta un interminable couloir en demi-lune tapissé de toiles d'araignée, éventré de lourdes portes, perforé d'ampoules, qui suggérait les vertèbres ensanglantées d'un animal démoniaque. Parfois, dans les parois, des trous illuminés d'une faible lumière. Éléonore osa un regard oblique. Des bocaux... Des choses gluantes, à l'intérieur... Pas le temps de voir, trop haut. Elle poursuivit sa fuite sans plus détourner les yeux.

D'un coup, le sol devint mou, craquant. Ses pieds disparurent...

Des écorces. Une mer d'écailles de pin jonchait le sol en amoncellements brunâtres. Dans l'œil de la tourmente jaillit l'odeur du cuir. Éléonore se souvenait... Cette puanteur cloisonnée dans l'habitacle de la voiture trouvait son origine ici, au cœur des catacombes, derrière l'une de ces portes... L'estomac retourné, la fillette ralentit. Des grattements... Elle percevait des grattements. Là, partout, autour. On creusait...

Ses mains pressaient ses hanches, sa gorge asséchée par les émanations de cuir cherchait un oxygène aussi rare que la lumière.

— Y a... Y a quelqu'un ?

Sa voix installa un silence instantané. On l'écoutait derrière l'une de ces forteresses de bois... Et si les ténèbres retenaient d'autres enfants, apeurés au point de se taire au moindre son de voix ?

— Répondez ! Qui est là ? Répondez !

Elle hésita, sautilla pour essayer d'atteindre un loquet trop haut.

— J'y... arrive... pas... j'y arrive pas !

Elle se retourna, haletante. Toujours personne.

— Je… m'appelle Éléonore… Je vais vous aider !

À l'aide du pied, elle groupa une montagne d'écorces au bas de la porte pour s'en servir comme d'un rehausseur. Même sur la pointe des orteils, elle ne réussit à se grandir que de quelques centimètres. On dit que la volonté ébranle les murs. Pas ici.

— Je… Je suis désolée…

Elle accéléra à nouveau, focalisée sur son objectif : le bout du tunnel.

Je… préviendrai… la police… Dès que… je serai… loin d'ici… On va venir… vous… sauver…

Les perspectives convergèrent enfin sur un escalier de pierre en colimaçon qui s'engouffrait vers d'autres profondeurs ou s'envolait vers l'obscurité. Sans réfléchir, elle grimpa aussi vite que sa charpente d'oisillon le lui permit, manqua à maintes reprises de se rompre le cou en dérapant sur les pierres humides. Plusieurs niveaux. D'autres couloirs fuyaient vers des noirceurs interdites. Combien de portes, de caves ? À quoi pouvaient servir ces oubliettes macabres ? Dans quel labyrinthe mythologique l'avait-on enfermée ?

La poitrine en feu, elle progressait, coûte que coûte, les yeux rivés à présent sur le carré lumineux apparu quelques mètres au-dessus. Elle allait y arriver !

À dix marches de la liberté.

L'éclipse d'ombre qui déchira la lumière et s'abattit sur son visage ruisselant brisa d'un coup sa volonté de vivre. Du mélange abject de sons qui coula de la bouche étrangère, Éléonore ne comprit que ces mots :

— … je m'en doutais…

Chapitre vingt

La sonnerie du téléphone parut d'abord lointaine, évaporée dans la brume des songes, puis de plus en plus proche. Lucie resta en apesanteur sur la frontière de l'éveil, avant de s'apercevoir que cette montée dans les aigus sourdait du monde réel. Le papillon fragile quitta son cocon, chevaucha des monts de thrillers étalés sur le sol et se précipita sur l'appareil sans prendre le temps de s'étirer. L'indicateur lumineux du répondeur clignotait sur « 3 ». Comment les cataractes du sommeil avaient-elles pu l'emporter au point de la rendre insensible aux appels téléphoniques ?

Joyeux Noël ! s'apprêtait-elle à vociférer. Elle se sentait en forme, débordante d'une énergie solaire. Combien de temps avait-elle dormi ?

— Lucie ? Pierre Norman à l'appareil ! Qu'est-ce que tu fiches ?

— Qu'est... Pierre ? Mais qu...

— Il faudrait peut-être te presser ! Direction le zoo de Lille, je passe te prendre dans dix minutes ! Il y a le feu ici ! Tu es sûre que ça va ?

Lucie bâilla à en perdre les mâchoires.

— Hmm... Excuse-moi Pierre, mais je dormais. Je

ne comprends pas bien ce que tu veux dire. C'est Noël, et le commissai...

— Noël ? Tu as bu trop de champagne ou quoi ? C'était hier ! Nous sommes vendredi, neuf heures trente du matin. Habille-toi en civil ! J'arrive !

Les pupilles de Lucie s'arrêtèrent sur le cadran de sa montre. Le calendrier indiquait « 26 décembre ».

— Mais...

Elle raccrocha, s'apercevant que Norman avait déserté la ligne. Vingt-sept heures de sommeil sans interruption... Ce qui expliquait cette sensation de fraîcheur, ce goût de fleur épanouie sur ses lèvres.

Tu m'étonnes ! Hibernatus *est un plaisantin à côté de toi !*

Les pensées acculées aux portes de son cerveau explosèrent.

Les jumelles ! Mince !

Elle écouta les messages de sa mère, composa dans la panique son numéro afin de lui demander des nouvelles des filles, promit qu'elle passerait dès que possible, ramassa le courrier qui traînait dans la boîte depuis plusieurs jours et entrebâilla la porte d'entrée.

Factures... Factures... Factures...

Génial ! Joyeux Noël à vous aussi...

Elle se glissa sous une douche brûlante.

Quelle mère irresponsable tu fais, quelle fille indigne ! sourit-elle en s'attardant dans les vapeurs torsadées. *Que va penser maman ? Et patati, et patata ! Je l'entends déjà !*

Sous les filets d'eau, la jeune femme remua les épaules, agita la poitrine d'impulsions sèches et précises, se lissa le ventre du plat de la main et esquissa des mouvements de jambes à la Marilyn Monroe. Un mètre cinquante-neuf de fraîcheur, une vraie star des bains.

Pas si mal que ça ma grande ! Plus tout à fait croquante, mais presque ! Encore de quoi faire dresser quelques bistouquettes !

Une pulsion inconsciente, une libido saturée de désirs la poussèrent à traîner sous le jet revigorant. La porte était ouverte, Norman pouvait entrer...

Justement...

Tu es sotte, qu'est-ce qui te prend ? Ce type ne t'attire pas particulièrement ! Et quand bien même ? On ne s'attaque pas à la hiérarchie !

Son corps disparut sous une cascade de mousse. Ses pensées s'aimantèrent vers le lieutenant. Le policier roux faisait partie de ces êtres hybrides, ces centaures mystérieux dont on ignorait s'il fallait éprouver de l'attirance ou de la répulsion en les approchant, les sentant, les caressant.

Tut ! Tut ! Tu es complètement folle ! Voilà que tu parles de caresses maintenant ! Pire qu'une droguée en manque d'héroïne !

À demi honteuse, elle fit coulisser le pan de plexiglas. Son cœur battait agréablement, des danses organiques raffermissaient ses muscles. Elle songea à ce Noël particulier, consommé au creux de la couette. Tout un symbole sur le désordre de sa vie...

Soudain, devant, des tons sombres prirent forme dans la tourmente des volutes, une esquisse furtive s'évapora devant l'entrée de la salle de bains.

Pas l'ombre de Norman. Quelqu'un d'autre. Une physionomie beaucoup plus imposante. Monstrueuse.

Lucie s'enroula en catastrophe dans une serviette, prise de bouffées asphyxiantes.

— Il… Il y a quelqu'un ?

Pas de réponse. Avait-elle rêvé ?

Non ! Bien sûr que non ! Un inconnu est entré chez toi !

— S'il vous… plaît ! Qui… est là ?

Elle se glissa contre le lavabo, longea le mur humide, recroquevillée dans sa serviette.

— Toujours pas prête ? Ha ! Les femmes !

Lucie se figea au son de la voix qui montait du salon. Elle identifia sur-le-champ la signature vocale du capitaine Raviez. *Pas possible ! Non ! Il… il n'a pas pu te voir ! Imagine la honte !* Les poils de ses avant-bras se hérissèrent.

— Je… J'arrive capitaine ! Je m'habille ! Pre… Prenez un café dans la cuisine !

Une orange épluchée le reste définitivement, même s'il nous prend l'envie de remettre maladroitement la pelure pour manger le fruit plus tard. Lucie était une orange pelée…

— Je te dépose au zoo ! cria le capitaine depuis le salon.

Lucie eut du mal à retrouver ses esprits. Un zoo… Avait-elle manqué un épisode ? Raviez poursuivit.

— Norman était obnubilé par ce poil de loup, alors il a fouiné dans les fichiers hier toute la journée. Deux plaintes ont été déposées par le directeur du zoo de Lille ! Des vols ont eu lieu. Notamment celui d'un loup !

— Un… un loup volé ?

Raviez inspectait le salon d'œillades gourmandes. Les tapisseries sombres, les statues africaines difformes, les doubles rideaux aux teintes passées. Des livres partout. Sur la table, au-dessus du téléviseur, sous les coussins du canapé. Des couvertures sang, des titres effroyables. *Histoire du cannibalisme. Sur le fil du scalpel. Psychologie de la torture.*

Intrigué, il s'approcha d'un meuble en teck dont les vitres d'origine avaient été remplacées par des vitres teintées. Il colla son nez sur la surface noire et aperçut, au travers de son propre reflet, une masse opaque, indéfinissable. Piqué dans sa curiosité, il tira sur la poignée. Fermé à clé…

— On a eu le retour des experts du programme *Trace Loup* ! continua-t-il en auscultant le meuble sous divers angles. La sous-espèce de loup est un *Canis lupus albus*, la même que celui disparu ! Et ce n'est pas tout ! Le mois dernier, on leur a volé quatre singes capucins ! Ceux restant ont été massacrés ! Tu imagines le délire ?

Lucie prit un temps de réflexion avant de répondre.

— C'est dingue ! Le loup, puis les singes ? Et… un massacre vous dites ? Qu'en pensent les collègues lillois chargés de l'affaire ?

Tout en surveillant l'entrée de la salle de bains, Raviez jeta un œil dans un tiroir entrouvert. *Manuscrit de saint Marc*. Dessous, un grimoire séculaire intitulé *Magie noire, commerce avec le diable*. Puis une illustration originale du *Serpent Ouroboros*, la queue dans la gueule, se dévorant indéfiniment. Raviez découvrit en se baissant une boîte en carton, la tira vers lui et la referma aussi vite qu'il l'ouvrit. Lui, le costaud de service, frissonna instantanément.

— Capitaine ?

— Euh… Pas… pas grand-chose ! Le dossier s'est perdu dans leurs tiroirs… Norman en a profité pour étendre ses recherches sur les autres zoos de la moitié nord.

— Alors ?

— Scénario identique au zoo de Maubeuge, voilà presque six mois ! Cinq wallabies massacrés, deux volés !

Lucie secoua sa chevelure dans une serviette-éponge, les sourcils froncés.

— Des wallabies ? Ces espèces de kangourous nains ?

— Exactement ! Un taré cherche peut-être à recréer une arche de Noé chez lui !

Lucie se massa les tempes. Un lourd sommeil l'avait éloignée de l'enquête mais à présent le fil de l'investigation lui revenait violemment au visage. Des souvenirs affluaient par bribes floues. Le corps assis de Mélodie Cunar, les mains entre les cuisses. La *Beauty Eaton*. Le poil de loup dans la gorge. Elle demanda :

— Du nouveau pour les fibres de résineux retrouvées sous les semelles de la petite ?

— Ah ! Oui ! Ils n'ont pas chômé au labo ! Pin des Landes !

— Des Landes ? Ce qui signifie que...

— Non, on ne croit pas que l'assassin se soit rendu là-bas avec l'enfant ! On pense plutôt qu'il s'agit de ces écorces de pins que l'on répand dans les jardins pour éviter les mauvaises herbes ! On en trouve dans toutes les jardineries ! On suppose que la petite Cunar en a foulé avant de se retrouver à l'entrepôt !

— Mais... je pensais... que Norman devait venir ? Il...

Raviez songeait encore au contenu de la boîte en carton. L'encens, la chandelle noire, la poupée de tissu bourrée de mousse de lichen, perforée d'aiguilles de couturière. Et cette mèche bouclée, dans une enveloppe.

— Tu dis ?

— Je pensais que Norman devait venir !

— Une réunion m'attend à dix heures trente aux bureaux de la PS de Lille, pour essayer de dénouer ce sac de nœuds ! Donc c'est moi qui t'emmène ! Heureuse ?

Une fois moulée dans un jean et un pull à col roulé, les cheveux lissés d'un baume démêlant, Lucie se jeta dans la cuisine à l'assaut d'un paquet de biscuits.

— Je meurs de faim ! « Qui dort dîne », une belle arnaque !

Il ne me regarde pas comme d'habitude... Il a vu la tarte aux poils !

Le brigadier frémit lorsqu'une main se posa sur son épaule.

— Joyeux Noël avec un peu de retard, Henebelle...

— Vous aussi capitaine...

Il se racla la voix.

— Tu... tu as pas mal travaillé jusqu'à présent, du vrai boulot d'enquêtrice ! Je t'ai fourré assez souvent des bâtons dans les roues mais tu sais, au commissariat, on ne peut pas...

— Ne vous justifiez pas. C'est inutile.

— Très bien. Notre chef a rapatrié des effectifs de congés, mais tu restes sur le coup. Loin des tâches pénibles de l'enquête de proximité. Une chance pour toi, non ? En tout cas, je ne regrette pas de te savoir dans mon équipe...

Son ton prenait la douceur du miel, ses gestes

appuyés la dangerosité d'un dard. Lucie fit volte-face, un biscuit aux lèvres.

— Ah ! J'allais oublier bon sang ! J'ai tellement dormi ! Il faut appeler Norman ! Je pense avoir un début de piste pour l'identification du chauffard !

Raviez fit frémir sa moustache au-dessus du café brûlant. Son alliance claqua sur la porcelaine.

— Tu plaisantes ou quoi ? On est carrément secs là-dessus, et toi tu…

Elle lui expliqua les conclusions jaillies lors de son délire nocturne au commissariat. L'entreprise taguée par deux plaisantins, le graffiti effacé, la quasi coïncidence temporelle et spatiale avec l'accident de Cunar, la volonté et l'intelligence d'effacer les traces.

Raviez liquida son café d'une gorgée bruyante. Des sillons lui barrèrent le front. Une maîtresse par ride, rapportaient les ragots.

— Combien de suspects sur cette liste ? demanda-t-il, soudain intéressé.

— Une centaine…

— Wouah ! À supposer que tu aies raison, autant chercher une aiguille dans une botte de foin – il cacha sa brosse sous un bonnet de rappeur. Je te conseille de m'imiter si tu ne veux pas te transformer en iceberg…

Il tapota sur les touches de son portable.

— Bon… J'appelle Norman pour qu'il jette un œil à cette liste. Ça peut valoir le coup d'aller interroger les patrons de cette entreprise, passer avec eux les noms au crible, dénicher les ouvriers syndicalement les plus impliqués et ceux susceptibles de commettre ce genre de délit. Après nous aviserons suivant les effectifs disponibles et le nombre de personnes à interroger. Mais je reste un peu sceptique.

Lucie acquiesça, les mâchoires contractées. Après qu'il eut raccroché, elle demanda :

— Et la petite Éléonore, des nouvelles ?

— Aucune. Son portable doit être détruit car il n'émet plus de signal, ce qui appuie la thèse de l'enlèvement. Soixante-dix gendarmes ratissent les environs depuis hier. Le gros problème vient du diabète de la petite, de type I, le plus contraignant. D'après la mère, elle disposerait de tablettes de glucose qui lui permettent de tenir un ou deux jours si elle n'est pas nourrie. Ensuite, elle tombera en hypoglycémie, et là, elle n'a aucune chance de s'en sortir.

Lucie secoua la tête.

— Ça fait trente-six heures qu'elle a disparu... Et si son ravisseur la nourrissait ?

— Elle est insulinodépendante, elle aurait besoin de se piquer à l'insuline pour faire baisser le taux de sucre dans son sang. Selon ses parents, elle disposerait d'un stylet. Mais si son ravisseur veut la maintenir en vie, il devra se procurer du produit. Voilà pourquoi nous surveillons hôpitaux et pharmacies du coin. Pour le moment, aucun cas suspect signalé. Le commissaire est sur les dents. La presse s'est jetée sur l'affaire. Ces abrutis présentent l'enquête comme une série macabre à suspense. Tout juste s'ils n'affichent pas un décompte horaire au bas de l'écran à chaque journal télévisé. Tu sais, un truc du genre XXX !

Lucie imaginait les gens, blottis derrière leur écran à attendre chaque édition du journal comme s'ils s'abreuvaient d'une émission de téléréalité. Des reflux nerveux glissaient le long de sa colonne vertébrale. Au-delà de l'ultimatum, une nouvelle victime les attendrait peut-être au détour d'un entrepôt, parée d'un sourire *post mortem*.

Ça te plairait, n'est-ce pas ? Avoue ! Tu en aurais enfin un face à toi, sorti tout droit de tes livres ! Un vrai de vrai !

Non !

Elle se prit la tête dans les mains et demanda :

— Les ravisseurs de Mélodie Cunar et de la diabétique ne font qu'un, n'est-ce pas ?

Raviez perdit de sa bonne humeur apparente.

— On n'écarte pas la possibilité. Un point commun troublant existe entre ces filles. Toutes deux étaient atteintes d'une maladie grave et côtoyaient les hôpitaux. L'une à Dunkerque, l'autre au Touquet. Peut-être une coïncidence, vas-tu me dire, mais on baigne dedans depuis le début, alors pourquoi pas ? Sans oublier l'aspect temporel des événements. Malgré la différence d'âge et de statut social, avoue que deux rapts d'enfants réalisés dans le même coin, à des intervalles très rapprochés, explosent les statistiques.

Lucie engloutit son deuxième biscuit et se nettoya le palais d'un claquement de langue avant de demander :

— À votre avis, pourquoi enlever une enfant atteinte d'une maladie qui, sans soins, la conduit irrémédiablement vers une issue fatale ?

— C'est effectivement *la* question qui nous taraude… Tu as complètement retourné le commissaire avec tes histoires de poupées et de rituel. Il se met à penser comme toi et prie pour que ce soit juste une fugue, un délire de la puberté. Sais-tu pourquoi ?

Lucie rassembla sa crinière blonde sous un bonnet de laine noire.

— Je crois… Il craint que le ravisseur de Mélodie

Cunar ait pris goût à son délire et que... Il pourrait se sentir obligé de recommencer, pour atteindre un but, matérialiser un fantasme en rapport avec des poupées... On peut considérer le rapprochement entre les deux enlèvements comme une montée en puissance de ses pulsions. Le choix d'une victime peut prendre des semaines, voire des mois chez certains psychopathes, or notre intéressé a agi quasi instantanément. Donc deux possibilités : cette jeune fille faisait partie de son environnement quotidien ou alors il a frappé complètement au hasard... Je... – elle se tapota la tempe de l'index – je ne vais pas vous ressortir tout le tintouin sur les milliers de cas psychiatriques dressés par les experts comportementaux. Il faut d'abord que son profil mûrisse dans ma tête.

Raviez haussa ses épaules carrées.

— Que son profil mûrisse dans ta tête ? Ha ! ha ! Elle est bien bonne celle-là ! Tu joues les *profilers* sans un seul diplôme en psychologie ! Tu parles de profil alors que tu n'as aucune expérience dans l'enquête criminelle, tu n'as jamais assisté à une autopsie ou même côtoyé de véritables tueurs !

— Ça, c'est vous qui le dites...

Elle laissa parler le silence, semant le plus grand trouble.

— Et puis vous savez, la plupart de ces experts restent cloisonnés dans leurs bureaux sans jamais se déplacer. Je me passionne pour la psychologie criminelle depuis de nombreuses années. Recueils, traités, conférences. Les diplômes ne sont que des morceaux de papiers !

— Chacun son job ! Le nôtre, c'est le terrain, les

indices et les preuves ! On n'arrête pas quelqu'un avec du baratin d'étudiant !

Il pointa un doigt vers une armoire bondée de DVD, de livres en vrac.

— *Seven... Huit Millimètres... Vendredi 13...* Et là ? Des bouquins sur le cannibalisme, les psychopathes. C'est dans ce mont d'absurdités que tu puises ton inspiration ?

Il se dirigea vers le tiroir contenant la petite boîte en carton. Lucie lui barra le chemin.

— En partie, oui, abrégea-t-elle. Nous y allons ?

— Et dans ce meuble aux vitres teintées, qu'est-ce que tu caches ? Une tête coupée ?

— Je cherche des réponses à certaines questions que je me pose depuis toute petite... Et ça ne regarde que moi...

Alors que la jeune femme s'engageait dans le hall, paquet de biscuits à la main et plaque de chocolat dans la poche, Raviez poussa une dernière remarque. La plus fracassante de ces six derniers mois...

— Au fait, Henebelle... Tout à l'heure, dans la salle de bains... Très beau cul...

Chapitre vingt et un

Au plus fort de décembre, le zoo de Lille revêtait des allures de ville fantôme, de Pompéi d'acier et de béton pétrifié par les morsures du froid. À l'arrière-plan, les tourelles de la citadelle Vauban égratignaient le ciel tels des Vésuve menaçants tandis qu'au cœur de la cité, des rafales de glace remontaient les allées vierges et chromaient les barreaux des cages vides en un souffle mortel. Il fallait baisser les yeux pour découvrir, au fond des fosses boueuses, des taches sombres, velues, des boules de fourrure immobiles, comme des manteaux enroulés.

Au rythme lent imposé par son accompagnateur, Lucie contourna le parc des gibbons. L'atonie des primates, dans l'amalgame des branches, leur conférait des allures de cosses pourries. Puis le brigadier dévia le long d'une profonde niche où un ours placide l'accompagna d'un regard gourmand. Dans tous les sens du terme.

Une charpente d'une cinquantaine d'années précédait le policier, un moulin à paroles qui rappelait pourquoi il valait mieux, parfois, préférer la compagnie des animaux à celle des humains. Deux de ses canines affûtées pinçaient sa lèvre inférieure quand il fermait la bouche. Une particularité qui, un siècle plus tôt, lui aurait valu la vedette dans une foire aux monstres. « Venez découvrir l'homme-morse ! »

Un hurlement ébranla la chape de silence. Lucie tressaillit. Les loups…

— Voilà pourquoi je fais ce métier ! se réjouit Roy Van Boost, le vétérinaire du zoo. Vous ne les entendrez hurler que l'hiver, après de longues semaines à l'écart de la masse grouillante des humains. Écoutez-les… Ils appellent… Ils pleurent… Ils communiquent… La nuit, c'est encore plus impressionnant… Mes bébés…

— Pourquoi, vous venez souvent la nuit ?

— L'obscurité recèle tous les secrets de l'humanité…

Instinctivement, Lucie se pelotonna plus encore dans son blouson, les poings bien au fond des poches. Ces déchirements véhiculaient un malaise palpable, ramenaient au-devant les peurs ancestrales. Les forêts lugubres, leurs elfes malfaisants. Aux côtés de l'être aux dents de vampire et à l'humour aussi noir que ses vêtements, elle se crut dans l'intestin d'une lande maudite.

Curieusement, elle en ressentait une grande excitation.

Lorsqu'ils s'approchèrent de la fosse, les hurlements cessèrent. Lucie garda ses distances, étonnée devant l'absence de barrières de sécurité. Van Boost défiait l'à-pic d'un équilibre fragile, les semelles dévorant le vide.

— Venez, jeune fille, n'ayez pas peur ! On profite de la trêve hivernale pour effectuer des travaux ! Plus de barrières ! Venez, venez, vous ne les observerez jamais de si près !

Lucie sonda les alentours. Personne, hormis ces présences velues aux yeux de statues. Elle hésita à avancer. Il coulait dans les prunelles du vampire des nappes insondables.

Et s'il te poussait dans... la gueule du loup ? Il n'y a pas un chien ici... Arrête tes bêtises ! Tu délires !

Elle examina les bras de l'homme, à moitié mangés par les poches de son trois-quarts en cuir.

C'est vrai ça ! Il n'a jamais sorti les mains de ses poches !

— Alors mademoiselle ! aboya-t-il dans un nuage de condensation. Vous attendez le dégel ?

Lucie se décida. Armée, elle pourrait intervenir en cas de nécessité.

Face aux loups ? Tu n'aurais même pas le temps de dégainer que ces sales bêtes t'auraient arraché le bras !

Elle affronta le vide, les pieds en léger décalage pour se donner un point d'appui solide. Au cas où...

— Mademoiselle, je vous présente *Canis lupus albus*, puissant habitant de la toundra eurasienne. Cinquante kilos de hargne, des prédateurs parfaits avec un odorat quatre-vingts fois supérieur au nôtre. Ils vous avaient sentie avant même votre entrée dans le zoo.

Il déshabilla Lucie de traits incisifs. Un regard de serpent, bourré d'écailles froides.

— Fixez-les au fond des yeux. Vous y lirez des siècles de haine envers l'homme.

Comme celle que l'on déchiffre dans tes pupilles à toi ?

Trois paires d'iris noirs cerclés de jaune se groupaient

au pied du mur artificiel, les museaux bleu argenté braqués au ciel, les babines ourlées sur le rose des gencives. Des crocs comme des sabres.

Peu rassurée face à la matérialisation de ses cauchemars, Lucie tenta un pas en arrière, mais l'homme lui attrapa l'épaule et la ramena au-devant du vide. Il rengaina si rapidement qu'elle n'eut pas le temps d'apercevoir sa main.

— Qu'y a-t-il jeune femme ? On n'aurait pas la frousse de ces gentilles bêtes quand même ?

Lucie s'efforça de garder son calme. À deux doigts de craquer. *Titre principal de notre édition : un brigadier de police dévoré par des loups.*

Le corps déchiqueté d'une femme de vingt-neuf ans vient d'être retrouvé dans une fosse à loups. En dépit de l'absence de barrières, le policier imprudent s'est approchée du vide et a malencontreusement glissé sur une plaque de gel. Le vétérinaire du zoo, Roy Van Boost, témoigne...

— Je... Ils m'intimident un peu, admit Lucie. Pourquoi nous haïssent-ils tant ?

— Dans les temps anciens, les loups et les hommes vivaient en parfaite harmonie, à l'exemple de Romulus et Remus élevés par une louve. Le Moyen Âge et ses hordes sanguinaires ont marqué le tournant de cette entente. Dans l'Enfer de *La Divine Comédie* de Dante, le loup représente la cupidité, l'imposture, le mal. Pendant cette période, l'homme l'a chassé, martyrisé et exterminé. Des mythes non fondés sont nés, la Bête, le loup-garou, la réincarnation du diable... Les siècles suivants ont été sans pitié pour les *lupi*. Croyez-moi, toute cette souffrance infligée par l'humain se trouve aujourd'hui inscrite dans leurs gènes, les loups ont muté et naissent avec le chromosome de la haine.

Lucie hocha la tête, simulant un intérêt soudain.

— À présent, pouvez-vous me parler des disparitions ?

L'homme retroussa ses babines. Ses canines étaient trop parfaitement pointues pour que ce fût naturel. Il les taillait…

— Étrange votre intérêt soudain pour mes animaux, miaula-t-il. Vos collègues lillois sont venus ici pour gober des mouches, mais vous… vous êtes différente – il renifla l'air dans un plissement de nez –, je le sens… Qu'est-ce qui vous amène réellement ?

— On enquête sur… un trafic d'animaux, improvisa Lucie. Comment le loup et les singes capucins ont-ils disparu ?

Le vétérinaire la perfora d'un regard noir.

C'est quoi ce type ! Il s'épile aussi les sourcils !

— Commençons par le loup, siffla Van Boost du bout des canines. Le vol a eu lieu voilà plus de deux mois, à la mi-octobre. Le malfrat a forcé cette porte, en bas. Anse du cadenas défoncée. J'ai retrouvé des flèches anesthésiantes, la nuit pendant une balade nocturne, dans les flancs des trois loups restants. Il a embarqué quarante-huit kilos sur les épaules avant de ressortir par la grille de derrière, celle qui ouvre sur le parc Vauban. En pleine nuit, pas de lumières, il n'avait aucune chance d'être vu. Il a dû garer sa voiture le long du canal de la Deule. En deux temps trois mouvements, l'affaire était pliée. Quel salaud ! Je suis sûr de l'avoir manqué de peu ! Et il a choisi ma préférée ! Bien vu !

— Pourquoi ?

— Il a enlevé la femelle *alpha*.

— Alpha ? Expliquez-moi s'il vous plaît. Je nage dans le brouillard en matière de loups.

— Honte à vooooous !

Ce type est complètement cinglé !

— La hiérarchie d'une meute comprend plusieurs niveaux de soumission. Les loups *alpha* sont les plus puissants, les plus agressifs. Ils mangent en premier, dirigent la meute et ont autorité de vie ou de mort sur la progéniture.

— Comment a-t-il reconnu le loup *alpha* ?

— Vous voulez savoir ?

Ses lèvres appelèrent un sourire effrayant.

— Venez… Approchez à nouveau… N'ayez crainte. Ils ne vont pas vous manger… sauf si je le décide !

Il croassa un ricanement.

Il joue avec toi, avec tes peurs, se dit Lucie sans bouger. *Intelligent et manipulateur… Je* dois *savoir pour ses mains !*

— Je veux bien m'approcher, mais je m'agrippe à vous ! s'exclama le policier. J'ai un peu le vertige ! Donnez-moi la main !

Une légère hésitation retarda le geste du vampire mais il finit par tendre sa main gantée. Une flamme de cierge noir vacillait dans ses prunelles.

— Voilà, glissa-t-il. Penchez-vous, intéressez-vous aux queues, je sais que les femmes adorent ça…

Lucie ne releva pas et lui pressa la main plus que de raison, s'assurant qu'elle formait avec lui un maillon solide. Elle tombait, il tombait. Dans la fosse, des gueules se déployaient en une forêt d'émail.

Je suis complètement cinglée d'obéir. Il suffirait qu'il…

— Assez ! clama-t-elle en se propulsant soudain vers l'arrière. J'ai vu !

— Alors ?

— Un seul des trois loups lève la queue.

— Exactement, le mâle *alpha*... Le couple *bêta* baisse tête et queue chaque fois qu'il se trouve à proximité d'un *alpha*. Il en va de même pour les *oméga*, et...

— Tout l'alphabet grec va y passer ?

— Non ! répondit sèchement Van Boost. Les meutes les plus importantes ne comprennent que six niveaux !

— C'est... prodigieux, se força à répondre Lucie. Revenons à ces fléchettes anesthésiantes. Une idée du produit utilisé ?

Van Boost haussa les épaules.

— Bien entendu ! Vous pensez bien que j'étais en rage ! La louve, puis les singes ! Il s'agissait de tilétamine, un anesthésique vétérinaire très répandu.

Lucie s'empara de son carnet fourre-tout.

— Vous possédez de la tilétamine ?

— À votre avis ?

Lucie se retint d'exploser.

— Je suppose donc que la réponse est oui ! répliquat-elle d'un ton tranchant. Et comment s'en procuret-on ?

— À la pharmacie, après présentation d'un bon de commande. La délivrance de produits vétérinaires est très contrôlée, ce qui n'empêche pas qu'on retrouve chaque semaine, en boîte de nuit, des jeunes shootés à la tilétamine ou à la kétamine. Un bon trip. Vous devriez essayer...

— La possession d'un pistolet anesthésiant nécessitet-elle un port d'arme ?

— Un fusil hypodermique ? Les vétos ont les autorisations nécessaires pour s'en procurer, tout comme les pompiers, la police ou les équipes de fourrière.

Lucie souffla sur ses doigts engourdis, réchauffa l'encre de son stylo avant de poursuivre :

— Pensez-vous que celui qui a volé le loup et les singes ne fait qu'une seule et même personne ?

Van Boost se posa deux doigts sur la tempe et simula un coup de feu.

— Je l'ai déjà dit à vos collègues ! Pas de doute là-dessus. Même méthode pour pénétrer dans les cages ou enclos, le cadenas cisaillé. Mêmes fléchettes anesthésiantes, produit identique. Si ça continue, le directeur va devoir embaucher un gardien. Un humain qui veille sur les animaux. Amusant, non ?

Lucie alourdissait son carnet d'un pêle-mêle labyrinthique.

— Comment a-t-il tué les singes restants ?

— Bingo ! Vous avez touché le point sensible ! Bien joué brigadier ! Plus futée que vos collègues ! Comment se fait-il que vous ne soyez pas encore lieutenant ?

— Chaque chose en son temps. Répondez à la question s'il vous plaît.

— Bien chef ! Il les a endormis, puis… il les a vidés de leur sang en incisant les artères iliaques externes. Il leur a ensuite ouvert la poitrine, le péricarde, et il a ligaturé l'aorte à sa base.

Lucie se figea. Le monde de furie qui entourait l'assassin avait donc pris naissance ici, dans la tranquillité monastique du zoo.

Elle mordilla son stylo. Pourquoi prendre la peine, le temps, le risque de les mutiler ainsi ? D'ailleurs, pourquoi les mutiler ? En général, un tueur sadique mutile sa victime pour la dépersonnaliser ou alors montrer son emprise sur elle. Pour prouver que les corps transitant entre ses mains lui appartiennent, qu'il est l'artiste et que l'autre représente l'objet, le mouchoir jetable. Mais là, ces animaux ?

Dans son accès de rage, l'assassin avait contrôlé ses gestes, épargné la moitié des animaux en les embarquant avec lui. Pour quelle raison ? Les éliminer plus loin ? Les retenir prisonniers ?

Pourquoi seulement la moitié des singes ?

La moitié…

Lucie demanda :

— Avez-vous vérifié le sexe des bêtes mutilées ?

Les pupilles de Van Boost devinrent lames.

— Vous progressez, chère amie, vous progressez !

— Bon sang ! Arrêtez de jouer ! Que savez-vous que j'ignore ? Qu'avez-vous découvert ?

Van Boost tira sur le bas de ses gants pour bien les retendre sur ses doigts. Le cuir grinça.

L'odeur du cuir…

— Je n'ai rien découvert. De simples constats, voilà tout. C'est à vous de faire votre boulot.

— Dans ce cas, répondez à mes questions !

— Vous voulez savoir ? Il a embarqué les femelles et éliminé les mâles !

Des femelles… Il tuait les mâles par ce procédé pour le moins intrigant. Mais pourquoi n'avait-il pas reproduit son carnage avec les loups, pourquoi avoir juste endormi les mâles sans leur déchirer la carcasse ? Par manque de temps ! Van Boost affirmait s'être promené cette nuit-là, pour « parler » à ses animaux. Le tueur, alerté, interrompu, n'avait alors pu terminer son travail.

Devant le raclement de gorge de Van Boost, Lucie

s'arracha à son film interne et se recadra dans l'axe de la conversation.

— Et… et avez-vous pris des photos des singes mutilés ?

— Je ne suis pas maso à ce point-là ! Encore que… Personne n'a tiré de photos, pas même les flics…

— Faut-il des connaissances particulières pour réaliser ce genre d'acte ? Vider une bête de son sang ? Lui ouvrir le cœur ? Lui… nouer l'aorte ?

Était-ce bien la même Lucie qui parlait ? Celle qui depuis six ans agonisait sous la paperasse, la monotonie des heures trop longues ? Celle qui cherchait l'introuvable et qui vibrait sur les pages d'un thriller ? Van Boost expliqua :

— Les poitrines, les artères étaient incisées de façon très nette. Cela ressemblait plus à un acte chirurgical qu'à un pur jeu de massacre. Vous savez, un cœur de capucin n'est pas plus gros qu'une balle de ping-pong, il faut avoir du doigté pour s'aventurer là-dedans.

— Nouer l'aorte d'un animal revêt-il une signification précise ?

— Surtout en dissection. On ligature les veines ou les artères pour pouvoir isoler, prélever, analyser les organes. C'est aussi une technique utilisée dans les actes chirurgicaux nécessitant une diminution de la pression sanguine.

Van Boost ne disait pas tout. Il retenait ses paroles, se contentait de répondre sans aucune anticipation sur les questions. Il sortit un sachet de dessous sa veste et piocha une lamelle de viande fumée qu'il lança dans la fosse.

— Je leur donne quelques amuse-gueules avant la distribution journalière de nourriture. Venez voir le couple *bêta* s'écarter du mâle *alpha* ! Même morts de faim, ils se soumettraient. C'est dans l'ordre des choses. Un exemple parfait de société soumise à l'autorité !

Lucie ne bougea pas. Elle décelait une forme curieuse de fascination chez Van Boost. Ce personnage de train fantôme jouait avec ses loups comme une fillette s'amuse avec ses poupées.

Il les domine ! Il se prend pour le chef, celui dont le sort de la meute dépend ! L'humain alpha !

Au fond de la fosse, les prédateurs attirés par les effluves de chair s'agitaient avec des grognements appuyés.

— Peut-on visiter la cage des capucins ? demanda la jeune femme en réajustant son bonnet.

De plus en plus, elle éprouvait le besoin de bouger, de s'éloigner de ce puits de ténèbres.

— À quoi bon ? Elle est vide et nettoyée désormais.

Devant l'immobilité volontaire du vétérinaire, elle enchaîna sur d'autres questions.

— Que croyez-vous que le ravisseur ait pu faire de ces animaux ? Cette louve *alpha* notamment ?

— Ne parliez-vous pas de trafic tout à l'heure ? ricana-t-il sans se retourner. Vous me prenez pour un idiot ? Quel trafiquant prendrait la peine de laisser une signature aussi sanglante et élaborée en mutilant des mâles ? Si vous me dévoiliez la véritable raison qui vous a amenée ici, je pourrais peut-être vous aider davantage, *bri-ga-dier*.

Raviez l'avait prévenue. Surtout, ne rien dévoiler sur l'affaire. Ordre formel. Elle se mordit les lèvres.

— Désolée, mais je n'ai pas l'autorité nécessaire pour...

— Pauvre petite... Pas assez de responsabilités ? Très bien ! Je n'aime pas vos cachotteries. Je n'en sais rien !

Le ton montait avec la violence d'une peur panique. Lucie dégrafa discrètement le bouton-pression de son holster au travers du tissu de ses poches. Elle ajouta :

— Pourriez-vous vous tourner, ôter vos gants et me montrer vos mains, s'il vous plaît ?

Le vampire à la chevelure de jais et au visage d'hostie effectua un demi-tour et se mit à avancer vers elle.

— Nous y voilà ! Je m'en doutais qu'il y avait anguille sous roche.

Il jeta un coup d'œil circulaire, comme pour s'assurer que personne ne l'observait, et enchaîna :

— Il s'est passé des choses étranges avec la louve, hein ? Avez-vous découvert des brebis avec la gorge tranchée ? Des veaux déchiquetés, vampirisés ? Des profanations dans des cimetières avec des pentacles ? Ou alors des corps disséqués ? Oui, c'est ça ! Des cadavres avec l'aorte ligaturée ! Racontez-moi ! Combien ? Où ?

Il s'approchait, ses mains gantées bien en évidence devant lui. Lucie voulut dégainer son arme mais elle s'embrouilla avec la fermeture de son blouson.

Trop tard, il fondait déjà sur elle, crocs en avant...

Il lui présenta ses deux mains dégantées. Parfaitement propres, les sillons digitaux resplendissants. Des bagues cabalistiques ornaient chacun de ses doigts, sauf les pouces.

— Alors, brigadier... Quel est le problème ? Un peu nerveuse ?

Lucie peina à retrouver son calme. Ses narines soufflaient de petits nuages opaques au rythme du sang qui battait ses tempes. Van Boost constata sa détresse et sembla s'en réjouir. Il retourna distribuer ses friandises aux gueules hargneuses.

Au diable les ordres ! Raviez n'en saura rien ! C'est pour le bien de l'enquête ! D'une petite diabétique !

Afin de s'assurer la coopération du vétérinaire, Lucie lui expliqua brièvement les éléments de l'enquête. Le poil de loup retrouvé dans la gorge d'un corps sans vie, l'absence de sillons digitaux autour du cadavre, l'odeur de cuir…

— Écoutez ! Maintenant j'aimerais une réponse ! exigea-t-elle. Que peut-on faire d'une louve *alpha* dérobée dans un zoo ? Et de petites femelles capucins ?

— Coriace pour une femme ! Dominatrice, non ? D'accord… *Primo*, les laboratoires clandestins d'expérimentation animale. Ces malades n'hésitent pas à payer des fortunes en dessous-de-table pour les animaux les plus difficiles à obtenir, et les singes ont la cote parce qu'ils se rapprochent le plus de l'être humain, génétiquement et morphologiquement…

Lucie avait déjà lu ça quelque part. Des têtes de singes piégées dans des appareils stéréotaxiques, le crâne découpé et le cerveau à l'air. Des chiens privés de la liberté d'aboyer par des techniques de *debarking*, consistant à leur découper les cordes vocales au laser.

— Dans ce cas, pourquoi n'avoir volé que quatre singes alors qu'il pouvait embarquer les huit ?

Van Boost cligna d'un œil.

— Très perspicace… *Secundo*, comme vous le disiez vous-même, le trafic d'animaux. Fini les tou-tous à mamy. Aujourd'hui, les jeunes sont branchés mygales, pythons, scorpions, singes. La plupart de ces animaux ne sont pas vaccinés et sont détenus de façon illégale. Une vraie catastrophe !

— La louve pose toujours problème !

— Pas forcément. Les singes pour la compagnie, le loup pour l'argent. Les combats illégaux de chiens, ça vous dit quelque chose ?

— Bien entendu.

— Un acheteur pense peut-être pouvoir dresser un *alpha*, lui limer les crocs et le faire passer pour un chien de combat. Ça s'est déjà vu au fin fond des pays slaves, il y a une vingtaine d'années. D'après les rumeurs, ces combats sanglants auraient repris en Allemagne et dans certains pays de l'Est.

Lucie imaginait les bêtes qui se déchiquetaient dans la moiteur d'une cale de navire, sous les clameurs de barbares. Des loups, poussés aux limites de leur férocité, attaqués par deux, trois chiens en même temps.

— Et en France ?

— Peu probable...

La thèse ne tenait pas debout. Que faire avec les wallabies volés au zoo de Maubeuge ? Des combats de boxe ?

— Reste-t-il d'autres options ? s'impatienta Lucie.

Van Boost laissa entrevoir les bijoux pendus à son cou. Des croix celtiques, un corbeau, le squelette de la Mort.

Mince, quelle idiote tu fais ! C'est un gothique ! Un papy qui fréquente les boîtes lugubres et les cimetières !

— Notre voleur a peut-être, comme nous tous, un visage caché, un goût prononcé pour l'obscur, le morbide...

La salive afflua sur la langue du brigadier.

— C'est-à-dire ?

— Je vais vous donner l'adresse d'un ami qui habite le Vieux Lille et lui demander de vous recevoir. Il vous fera visiter la « chambre »... Cela devrait vous mettre sur la voie...

— Me mettre sur la voie ? Arrêtez vos devinettes, bon Dieu ! La vie d'une jeune fille est en jeu !

— Voilà qui est intéressant ! S'agirait-il de la petite diabétique dont on parle à la télé ? Elle habite Dunkerque et vous aussi, étrangement... Tic-tac... Tic-tac... Si je comprends bien, son sort se trouve entre mes mains ?

Lucie serra les mâchoires. L'arrogance du vétérinaire lui sortait par les yeux. Van Boost dit finalement :

— Quel est votre péché mignon, mademoiselle, ce pour quoi vous vibrez secrètement ? Dès qu'on parle de sang, de corps mutilés, vos yeux s'allument, vos traits se lissent. Racontez-moi un peu... Donnant, donnant...

Lucie hésita... Il lui fallait de l'info, du concret. Donnant, donnant...

Tu l'auras cherché !

Elle lui exposa une partie de ses territoires secrets. Une partie seulement...

D'un coup, le gothique devint doux et conciliant, admiratif même. Il dit :

— Vous m'avez parlé d'une odeur de cuir tout à l'heure. Très forte, non ?

— Exact.

— Je pense qu'elle provient du tannage des peaux...

— Le tannage des peaux ?

— Vous avez peut-être face à vous un taxidermiste, un empailleur d'animaux à l'esprit particulièrement frappé, chère amie ! Allez chez Léon, vous comprendrez tout de suite ce que je veux dire…

— Vous le saviez ! Vous le saviez, depuis le début, n'est-ce pas ?

Il rabattit les pans de son trois-quarts à la manière d'une cape.

— Je pense que nous devrions nous revoir, fit-il. Nous avons énormément de choses en commun. Des choses… interdites…

— Je ne crois pas, non…

Van Boost agita sa langue entre ses canines avant d'ajouter :

— Vous voulez mon avis ? Vous avez en face de vous une veuve noire qui tue, déchire, mutile les mâles et glorifie les femelles au point de les rendre immortelles !

L'homme-morse leva la tête et imita le hurlement du loup. La meute prit le relais.

Un court instant, Lucie se demanda si le sang se remettrait à couler dans ses veines…

Chapitre vingt-deux

L'air ne circulait plus dans la trachée de Vigo Nowak. Arraché des songes par une pression atroce sur la gorge, il crut sa dernière heure arrivée.

Il allait mourir.

La masse de cent kilos perchée au-dessus de lui relâcha son étreinte avant de s'écrouler dans un fauteuil.

Sylvain Coutteure, en larmes, se balançait d'avant en arrière avec la catatonie d'un autiste. Ses yeux gonflés semblaient à présent bien trop volumineux pour ses orbites, ses joues et son front luisaient de sueur, conférant à son visage l'aspect d'un masque de latex grossier.

Vigo porta les mains à la gorge.

— T'es malade ou quoi ! J'ai... failli avaler ma langue ! Qu'est-ce... qui te prend ? Comment... Comment t'es entré ?

— Ton double de clé dissimulé sous la jardinière, pauvre tache ! Tu n'as pas vu la télé ? Le journal de treize heures ? Non, bien sûr que non ! Monsieur roupillait !

— De... de quoi tu parles ?

Un marteau-pilon à cinq doigts frappa un accoudoir.

— De quoi je parle ? De quoi je parle ! Tu sais qui on a renversé ? Tu sais qui c'était, ce type avec son sac de sport bourré de billets ?

— Ne hurle pas comme ça ! Et calme-toi !

Vigo s'arracha du canapé et se glissa derrière son minibar, la gorge douloureuse. Depuis le réveillon, il savait pour la petite Cunar. Son frère, du fond de son ivresse, lui avait tout raconté. L'entrepôt, la rançon, la fillette assassinée. Un déferlement d'horreur qui frappait désormais chaque foyer de France au travers du petit écran. « Quel être abominable a mis fin aux jours d'une petite aveugle ? » « Quel monstre a profité de la situation pour fuir avec un butin de deux millions d'euros ? » « Que fait la police ? » Voilà les questions qui taraudaient aujourd'hui les Français.

Que fait la police... Avec une journée de recul, Vigo était persuadé qu'on ne remonterait jamais jusqu'à lui. Quels indices détenaient les flics, hormis les traces de pneus ? Aucun, d'après son frère Stanislas. Et les cinquante crétins qui sondaient le bassin maritime ou le lac du Puythouck finiraient tous par avaler leurs bouteilles d'oxygène à force d'échecs.

Le danger vient toujours d'où on s'y attend le moins. Aujourd'hui, deux menaces le guettaient. D'abord les yeux de l'assassin. Le ravisseur avait dû relever le numéro d'immatriculation et ne tarderait pas à atteindre Sylvain, avec la rage d'un feu de broussailles. Puis à remonter jusqu'à lui, par effet induit.

Second problème : Sylvain lui-même.

Peu importaient les morts, les peines, les douleurs des familles. S'imaginer derrière des barreaux lui paraissait inconcevable. Le bonheur était tellement près !

Ses uniques soucis se reliaient, en définitive, à l'abruti vautré en face de lui.

— Tu n'as rien avoué à ta femme, j'espère ? demanda Vigo d'un ton sec.

— Alors comme ça tu es au courant ! On a écrabouillé un chirurgien ! Conséquence ? Sa fille aveugle s'est fait assassiner ! Autre conséquence ? Une gamine diabétique a disparu, agonisante par manque de sucre ! Et tout ce que tu trouves à faire, c'est de roupiller ? Mais quel diable es-tu ?

Vigo lui tendit un whisky bien tassé. Sylvain fulminait.

— Maintenant, plus de cent cinquante gendarmes arpentent le coin ! Ils coopèrent avec la police, animés d'un même but, nous mettre la main dessus ! Des chiens, des hélicoptères, toute la cavalerie ! On est cuits si...

Il engloutit son alcool.

— Allez, en route ! On le fait maintenant ! Ressersm'en un ! Va falloir du courage !

Le visage de Vigo se comprima.

— De quoi tu parles ?

— À ton avis crétin ? On va brûler tout cet argent, se débarrasser des preuves ! Je dois laver ma conscience Vigo, tu comprends ça ? Ces liasses, je ne veux plus les voir, même en photo. Nous avons tué un innocent et indirectement sa fille ! J'aime trop ma femme et mon enfant pour leur cacher tant d'horreur. Je ne vois pas d'échappatoire. On brûle la totalité. Les deux millions d'euros. Nos secrets s'envoleront avec la fumée. C'est la seule solution...

Vigo s'agenouilla devant lui et se para d'un masque de tristesse.

— Ce qui est fait est fait ! Comment revenir en arrière, briser le marbre de nos destins ? Le passé est une épave lourde de peines et de secrets, pourquoi le ramener à la surface ? Même sans notre présence, cette fameuse nuit, qui te dit que le ravisseur n'aurait pas tué père et fille ? Les auteurs de rapts ne laissent jamais de témoins ! S'il a recommencé avec la diabétique, que pouvons-nous y changer ? Cette folie assassine coule dans ses veines ! Brûler l'argent ne servira à rien ! Laissons ce magot enterré ! Je t'en prie, gardons-le ! Pense à ta fille, à son avenir !

— Justement ! Je te l'avais dit… le soir même, dans la voiture, tu te souviens ? À la moindre entourloupe… on brûle tout ! C'était trop beau, tout ça… Rien qu'un rêve – il agita les doigts en l'air à la manière d'un prestidigitateur –, pffff… envolé…

Vigo fit glisser ses mains sur son visage tel un moine cherchant l'absolution.

— Laisse-moi tout l'argent ! D'accord, tu abandonnes ta part, mais moi, tu y as pensé ? Je… peux partir loin d'ici, à des milliers de kilomètres ! On ne se reverra plus jamais ! Tu finiras par m'oublier !

Sylvain voulut se décoller de son fauteuil mais son crâne lui paraissait déjà trop lourd.

— Pas question… On a partagé… la victoire… on partagera la défaite… Si tu ne viens pas avec moi… je le ferai… tout seul… Bon sang, j'ai la tête qui tourne ! Qu'est-ce…

Vigo s'éloigna à reculons, un rictus sur les lèvres. Son visage disparut dans la pénombre. Il liquida son deuxième verre de whisky puis raconta :

— Mon grand-père travaillait à la mine. Chaque matin de chaque interminable journée, il descendait par cinq cents mètres de fond, une cage à oiseaux sous le bras. Non pas pour se divertir de leur chant enjoué, puisque dans une gueule si noire les canaris ne chantaient pas. Que ce soit en creusant, boisant, mangeant sa maigre pitance, jamais il ne quittait ses quatre serins des yeux. Et sais-tu pourquoi ? Je parie que non !

Les paupières de Sylvain devenaient de plus en plus lourdes.

— Chaque fois que les oiseaux chutaient de leur perchoir, c'est que le monstre inodore, le grisou, guettait, prêt à engloutir les galeries sous son haleine dévastatrice. Mon grand-père sacrifiait ces petites sentinelles pour préserver sa propre vie, pour s'assurer que rien ni personne ne déciderait à sa place de l'heure de sa mort. Il voulait être le seul maître de sa destinée. Tu comprends ?

— Tu m'as... donné... quoi ?

Dans son hammam nauséeux, Sylvain eut l'impression que les yeux de Vigo changeaient de couleur. Noirs, gris, rouges. Les nuances du diable.

— Quelques somnifères, rien de plus. Des Donormyl. Tu sais, ils conseillent d'éviter l'alcool avant leur ingestion. T'as tout faux mon gars... Écoute... Il me faut du temps pour réfléchir... Ma conscience m'interdit de te laisser commettre une telle erreur. Je sais que tu me pardonneras ! N'est-ce pas Sylvain ? Dis-moi que tu me pardonneras !

— Espèce d'enc...

L'homme drogué brûla ses dernières forces pour s'arracher de son fauteuil. Il titubait dangereusement.

— Je... vais te tu...

— Merde ! Tu ne me rends pas la tâche facile !

Tu ne pouvais pas rester dans ton coin et la fermer ? Tout aurait été tellement plus simple !

Dans le chuintement d'un corps en chute libre, la mâchoire s'écrasa sur l'oreiller du canapé.

Précipitant l'issue fatale envisagée depuis le premier jour, Vigo activa la machine meurtrière...

Chapitre vingt-trois

Crème fraîche, lard, oignons. Blanche de Bruges. Une flammekueche et une bière enfouies dans l'estomac, Lucie décida de passer les deux heures à attendre Raviez – rendez-vous rue de la Monnaie, devant chez ce Léon à quatorze heures trente – dans la bibliothèque municipale de Lille. Vers onze heures, elle avait informé le capitaine des points importants de son entretien avec Van Boost. Les mâles mutilés, le vol de la louve *alpha*, la tilétamine, le fusil hypodermique pour endormir les bêtes. Produit et instrument qui laissaient penser à un vétérinaire. Le moustachu s'était jeté sur l'info et avait ordonné aux hordes bleues de traquer tous les vétérinaires des environs du Touquet et de Dunkerque ayant commandé récemment cet anesthésique. Priorité numéro un. Une piste à suivre de près.

Le VAL, suppositoire blanc sans chauffeur qui perforait les artères souterraines de la capitale des Flandres, abandonna Lucie sous les fondations de la gare Lille-Flandres. Dehors, la tour Lille-Europe, la « botte » gigantesque du Crédit Lyonnais, Euralille. Des blousons, des cravates, des survêtements, flocons humains indifférents. Et la fontaine devant laquelle, étudiante, elle avait rencontré Paul, le père biologique des jumelles. Elle doubla le monument d'eau en caressant la vieille pierre... et se concentra de nouveau sur son enquête. L'enquête. Rien que l'enquête.

En fin de matinée, elle avait contacté le zoo de Maubeuge au sujet des wallabies volés. Son sang n'avait fait qu'un tour. Méthodes identiques : flèches anesthésiantes dont la substance n'avait malheureusement pas été analysée, femelles enlevées, mâles mutilés, péricardes incisés et aortes nouées. Une signature qui ne trompait plus sur l'identité de son auteur.

La vieille dame, à l'accueil de la bibliothèque, opposa une légère résistance à la laisser entrer. Il fallait une carte d'adhérent, mais la carte tricolore suffit.

Lucie disposait de peu, très peu de temps pour fouiller dans ces tourelles de papiers. Alors il fallait s'appuyer sur le hasard, l'intuition. Peut-être existait-il un ouvrage qui parlait de « bêtes-vidées-de-leur-sang-par-les-artères-iliaques-et-à-l'aorte-nouée ». On peut toujours rêver.

Lucie avait l'habitude des bibliothèques, ses résidences secondaires. Elle se plaça face à un écran d'ordinateur et tapa les mots clés « singe, loup, iliaque, aorte nouée, sang ». Devant l'échec auquel elle s'attendait, elle testa d'autres combinaisons qui lui passaient par la tête. « Sacrifice, rituel, capucin, mutilation, loup ». Des listes aux titres peu accrocheurs apparurent, sans rapport réel – *a priori*, mais le temps manquait pour vérifier – avec le fil de ses recherches. Même la combinaison « aorte nouée, dissection » ne donna qu'un résultat médiocre. L'ordinateur ne trouvait jamais le terme « aorte nouée ». Étrange.

Lucie considéra sa montre. Restait seulement une heure de fouille.

Van Boost avait parlé de chirurgie, de dissection. L'aorte nouée... Une technique utilisée dans la médecine de pointe. Pourquoi la bécane ne renvoyait-elle rien ?

Parce qu'il ne s'agit pas du terme exact ! Le domaine médical possède un vocabulaire spécifique !

Lucie ferma les yeux, les index sur les tempes. Nœud, nouer... On ne noue pas les trompes, on les ligature ! Oui ! Van Boost avait employé le mot ! Elle tapa « ligature de l'aorte ». Des titres de livres s'approprièrent l'écran.

Bingo !

Sa joie s'estompa *illico*. Face à elle, trop de traités médicaux, d'ouvrages théoriques, de pavés innommables, de thèses d'étudiants sur le sujet. Rien de décisif. Impossible de tout lire. Il y avait de quoi mettre le feu à une banquise. Que cherchait-elle exactement ? Elle l'ignorait, en fait...

Elle survola néanmoins quelques ouvrages. Photos anatomiques, entrelacs d'annotations, termes incompréhensibles. Tronc cœliaque, exérèse, anoplastie. À gerber.

Plus loin dans sa liste et sur les étagères, la biographie traduite d'un médecin russe, Nicolas Ivanovitch Pirogov, monopolisa son attention. Elle présentait sur la couverture des dessins de chiens et de chats dont le système veineux était visible. Et comme les ligatures de l'assassin avaient été réalisées sur des animaux, peut-être que...

Elle ouvrit le recueil. Comme l'avait signalé le

moteur de recherche, un chapitre portait le titre : « Ligature de l'aorte abdominale ».

Lucie absorba rapidement les premières pages du pavé. Pirogov. Né en 1810, fils de fonctionnaire. Faculté de médecine à quatorze ans, médecin à dix-sept. Un destin hors du commun. On lui doit la première anesthésie à l'éther, il découvre une technique d'amputation du pied conservatrice qui porte encore son nom, contribue à la fondation de la Croix-Rouge russe, publie une thèse remarquée sur la ligature de l'aorte abdominale. Un modèle de rigueur et de dévotion.

Le brigadier se plongea dans le chapitre qui l'intéressait. Pour parfaire sa technique de ligature et avant de s'attaquer au modèle humain, Pirogov s'était entraîné sur des chats et des chiens. Des milliers de bêtes auxquelles il avait ouvert la poitrine avant de trifouiller la fameuse aorte. Lucie tiqua. Elle n'y comprenait pas grand-chose mais, *a priori*, le médecin n'incisait pas le péricarde, contrairement au tueur. Et nulle part on ne parlait d'artère iliaque. Mauvais point.

La jeune femme prolongea cependant sa lecture, passionnée par ce médecin remarquable, intriguée par les clichés sanglants qui peuplaient les pages. L'auteur de la biographie parlait souvent de l'incroyable quantité de corps disséqués ou autopsiés par Pirogov. Pendant l'épidémie de choléra, en 1848, il avait autopsié plus de huit cents cadavres. Le gigantesque congélateur naturel qu'est le grand froid russe lui avait permis de stocker à volonté de la matière première issue de la guerre. De quoi s'entraîner jusqu'à la fin de ses jours.

Quatorze heures vingt.

Mince !

Restait dix minutes pour foncer dans le labyrinthe du Vieux Lille. Lucie fourra le livre sous sa parka – urgence professionnelle – et disparut en remerciant la dame de l'accueil.

Chapitre vingt-quatre

Rue de la Monnaie, enfin. Portable à l'oreille, le capitaine Raviez battait les plus anciens pavés du Vieux Lille d'un pas de buffle. Bien entendu, il râlait.

Lucie s'adossa à une façade d'antiquaire. En figeant l'instant, elle aurait pu devenir le personnage en lumière d'un vieux tableau flamand, tant il régnait dans ces ruelles l'atmosphère des époques sombres et oubliées.

— Ça devient difficile ! s'énerva Raviez en empochant son portable. On prive les hommes de leurs congés et on leur demande de se couper en quatre ! Interroger le personnel licencié par la veuve Cunar, enquêter dans la zone industrielle, fouiller aux abords des points d'eau conjointement aux pelotons de gendarmerie ! Sans oublier les recherches à partir d'une source infinie de fichiers informatiques et l'élaboration d'une liste des vétos qui ont commandé de la tilétamine ces derniers mois ! Il nous faudrait le double de ressources !

— À propos, que donne la piste des vétérinaires ?

— Une vaste embrouille ! Pour le moment, presque tous les vétos recensés commandent fréquemment de la tilétamine, hormis quelques-uns qui utilisent de la kétamine. Toutes nos lignes d'investigation partent en vrille, noyées dans la masse.

Lucie embraya sur un sujet qui la taraudait.

— Norman se débrouille avec la liste des licenciés de Vignys ?

— Parti sur place interroger le directeur de l'agence nordiste de l'entreprise. Il a le même sentiment que toi sur cette coïncidence troublante. C'est plutôt bon signe, mais là encore une centaine de personnes à filtrer. Pourquoi rien n'est-il simple dans notre métier ?

Le capitaine orienta sa moustache en direction d'une porte massive.

— Allons rencontrer ce Léon... En espérant que les intuitions de ton vétérinaire-vampire nous mèneront à bon port.

À voir l'étroitesse de la façade et le propriétaire – le fameux Léon –, qui sentait le renfermé à plein nez, il sembla à Lucie qu'elle s'apprêtait à empiéter sur le territoire cloisonné et secret d'un rat en fin de vie.

Le taxidermiste ressemblait au fidèle serviteur Nestor des albums de *Tintin*. Tout en raideur, mono-expressif, engoncé dans un costume rayé trois pièces qui, à défaut d'élégance, offrait au personnage la prestance d'un conservateur de reliques.

Ils traversèrent un premier local, une sorte de hall ennobli qui les jeta sous un gigantesque dôme de verre lancé au ciel par une architecture complexe, tout en jeu de courbes et de ruptures. Léon y préservait, sous une chaleur artificielle, une jungle tropicale où plantes carnivores, yuccas, lianes, palmiers et brassées de fleurs des îles comblaient l'espace d'entrelacs dépaysants.

L'Amazonie à Lille. Pourquoi pas des ananas au pôle Nord ? On aura décidément tout vu !

L'arche de verdure déversait sa chlorophylle dans un tunnel qui ouvrait sur un second bâtiment de taille modeste, une salle parée de voiles, de faïences, d'orfèvrerie, de marbres translucides et de meubles anciens qui suggéraient une cour royale. Un dédale alambiqué de passages, de galeries en pierre, perdit les policiers dans le poumon de l'habitation fragmentée.

— Il faut être spéléologue chevronné pour trouver son chemin dans cette maison ! plaisanta Raviez.

— Je comprends que cette construction atypique vous étonne, miaula Léon en servant trois verres de vin. N'oublions pas que Lille était, comme son nom l'indique, une île ! À la fin du XVIIᵉ, la ville enserrée dans ses remparts contraignait à construire « front à la rue ». On bâtissait des habitations peu larges, tout en profondeur, avec des pièces de taille croissante que l'on reliait par des galeries. On appelle ça le « double parcellaire », un système identique aux poupées gigognes... Vous savez, ces demeures sont, en définitive, à l'image des gens du Nord. Façade sans fioritures mais grande générosité intérieure.

Raviez se gratta le menton, Léon tendit les verres de bordeaux qu'ils n'eurent pas l'audace de refuser. Lucie se demandait quels rapports obséquieux cet être mondain entretenait avec la chauve-souris du zoo. Peut-être un culte pour la différence. Ou l'amour des animaux. Façon scalpel.

La jeune femme dépeça les lieux d'un œil néophyte, intriguée par les pavés de verre du plafond qui éclataient la lumière naturelle en étoiles translucides. Au pied de l'escalier, son regard bloqua sur des bottes en peau de serpent, façon mafieux mexicain. Qui pouvait porter des horreurs pareilles ?

Raviez, en bon flic, s'était chargé de déballer la raison biaisée de leur venue.

— J'aime partager mon vin avec des inconnus, en particulier de charmantes jeunes femmes, expliqua Léon en claquant la langue. Savez-vous pourquoi ?

Lucie leva un sourcil interrogateur. Ça y est ! Léon, le type hyperfringué des « soirées de monsieur l'ambassadeur », allait se lâcher.

— Ce trésor est le sang de mes propres vignobles, il symbolise le fruit de mon amour pour la terre. Quand mon vin glisse le long de votre palais et coule dans vos veines, c'est un peu comme si je pénétrais en vous… Mais… chut !

Une présence se découpa dans l'escalier qui dévalait de l'étage. Une face tirée par la chirurgie esthétique sur laquelle les années semblaient glisser, une peau de galet où la moindre ride se voyait traquée à coups de bistouri ou de silicone. L'onde de soie flotta le long de la rampe, doubla l'assemblée dans un nuage de fumée de cigarette et disparut dans une pièce annexe avec un roulement de fesses qui déchaîna la testostérone de Raviez.

— Ne faites pas trop attention à elle, s'excusa Léon d'un haussement d'épaules. Elle… comment dire ? ne côtoie que ceux de la haute… Elle et moi, on ne fait que se croiser ici…

Une pétasse qui pète dans la soie ! pensa Lucie. *Pas trop le style « bottes à peau de serpent ».*

— Je passerais bien mon après-midi à boire du vin, embraya Raviez, mais nous sommes en service et…

— Vous êtes pressés. Pourquoi les flics évoluent-ils constamment sur un tapis de braises ?

Parce qu'une petite diabétique est sur le point de mourir ! Et que nous, on tombe en extase devant du jus de raisin !

La salle en L dévoila une porte jouxtant une bibliothèque engourdie par la masse des grimoires de taxidermie. Les gonds grincèrent à peine que les narines des policiers se mirent à battre. Le capitaine Raviez confia à l'oreille de Lucie :

— La même puanteur de cuir qui imprégnait les vêtements de la petite Cunar... On est sur le bon chemin...

Léon invita ses hôtes à pénétrer dans la première pièce. Il émanait de ce capharnaüm un désordre de fond de grenier : on aurait dit que l'arche de Noé s'était échouée et que les bêtes en fuite avaient été aussitôt pétrifiées par le doigt divin. Les animaux figés braquaient des museaux menaçants, des langues pendantes. Les épées de photons allumaient leurs yeux de verre et lustraient les crocs acérés. Les draperies austères qui ondulaient depuis le plafond coulaient sur des formes trapues, leur conférant l'aspect de fantômes. Dans les angles morts s'entassaient des moules creux, des mannequins poussiéreux, des toiles métalliques, des planches de bois entrecroisées.

— Très... impressionnant, chuchota Raviez en roulant les yeux. On se croirait... au fin fond d'une jungle dont le cœur s'est arrêté de battre – il observa de plus près le poitrail déchiré d'un ours. Ces animaux ont un problème particulier pour que vous les entassiez ici ?

— Ce sont des rebuts, répliqua Léon, des animaux abîmés. Ceux dont les musées ou les clients n'ont pas voulu à la suite de problèmes durant la naturalisation. Parfois les peaux craquent, les poils ne retrouvent jamais leur couleur d'origine ou tombent après un bain d'acide mal dosé. Certains m'apportent des animaux tués à la chasse par une volée de plombs dans la tête ou en plein poitrail. Je tente de masquer les dégâts, mais la mort est un adversaire coriace.

Il parlait avec le même entrain morbide que Van Boost. Lucie trouvait l'endroit fascinant, étranger au monde de la lumière et plongé dans l'obscurité de l'âme. Fixant les crocs en résine d'un renard, elle demanda :

— Comment vous procurez-vous ces animaux ?

Léon se fit une joie de répondre.

— Les moins courants proviennent de zoos ou de réserves. Ils sont destinés à des musées, comme le musée d'Histoire naturelle de Lille, mon plus gros client. Pour les autres, ils sont issus du fruit de la chasse. Sangliers, cerfs, daims, renards, la liste n'en finit pas.

— D'où émane cette odeur de cuir ? intervint Raviez, piégé entre les pattes d'un ours momifié.

— De l'atelier, au fond. Ce que l'on appelle le tannage. Un bain d'acide tannique ou de tannin rend la peau plus souple, solide et surtout imputrescible.

Raviez frissonna jusqu'aux extrémités de sa moustache. Un mot venait de résonner dans sa tête.

— Vous avez dit tannin ? Le tannin ?

— Hé bien oui ! Tannin, tannage ! Tannage, tannin ! Simple comme bonjour, non ?

— Le tannin issu des vignes, celui que l'on retrouve dans le vin ?

— Bien sûr ! Le tannin est l'un des principaux constituants de base du vin rouge.

Raviez tapa du poing contre sa paume ouverte. L'évidence fleurissait depuis le début devant ses yeux. Il s'enflamma :

— Dans ce cas, le tannin provient forcément de l'écorce des arbres, n'est-ce pas ?

— Vous avez raison de le souligner, approuva Léon. Les nostalgiques, les puristes, extraient encore leur tannin eux-mêmes en broyant de l'écorce. On peut se procurer des bains tout prêts dans n'importe quel magasin spécialisé, ce qui n'empêche pas certains férus de persister... Vous savez, le taxidermiste est à la fois chimiste, anatomiste, chirurgien, couturier et sculpteur, mais surtout un grand passionné.

Raviez et Henebelle échangèrent un regard rapide. Le capitaine ajouta :

— L'écorce de pin des Landes, type celle que l'on achète en jardinerie, peut convenir ?

— Évidemment. Tous les arbres produisent du tannin en plus ou moins grande quantité. Le chêne se classe au rang des meilleurs fournisseurs, mais les résineux genre pin des Landes peuvent très bien faire l'affaire.

Tout concordait. Les fibres prélevées entre les sillons des semelles de Mélodie Cunar provenaient d'écorces de pin utilisées pour le tannage des peaux. L'assassin de Cunar avait un penchant particulier pour la taxidermie, cet art de préserver la vie animale au-delà de la mort.

— Bien joué capitaine, souffla Lucie au moustachu. Votre amour du vin est tout à votre honneur !

Raviez répondit par un clin d'œil complice. À présent,

ils ne cherchaient plus un simple vétérinaire, mais un vétérinaire-taxidermiste, amoureux des bêtes à la vie à la mort.

Les policiers matraquèrent Léon de questions, avant qu'il ne les invite à le suivre dans le dédale des « recalés ». Dans la forêt de poils et de gueules, Lucie s'imaginait l'univers du tueur, un monde habité d'êtres empaillés, de caves lugubres où il entreposait ses trophées éternels. Des loups, des singes, des wallabies. Toujours des femelles. Pourquoi ? Elle songea au livre qu'elle pressait sous son blouson. La biographie de Pirogov, sa thèse sur la ligature de l'aorte. L'assassin utilisait une technique différente en incisant le péricarde, vampirisant la bête par les artères iliaques. Un recueil traitant du sujet, de cette méthode parallèle, devait forcément exister quelque part ! Il faudrait retourner à la bibliothèque, interroger des spécialistes, fouiller davantage. Disposer de temps. Précisément ce dont ils manquaient... Combien de temps Éléonore ? Combien de temps ?

Et si le tueur avait créé sa propre technique de ligature ? Oui mais dans tous les cas, il a forcément puisé sa science quelque part. Fac de médecine ? École vétérinaire ? Université ? Traités médicaux ? Internet ? Large tout ça. Trop large ! Réduis ton champ d'investigation ! Resserre les liens ! Utilise ce dont tu disposes, c'est-à-dire Léon !

— Les capucins sont-ils difficiles à naturaliser ? demanda-t-elle en se décrochant du fil de ses pensées.

— Les capucins ? Mon ami Van Boost m'a parlé de ce vol étrange. Parce que vous pensez à un taxidermiste ?

— Bien possible. Pourriez-vous répondre à la question ?

— Ces petits singes ont la peau extrêmement fragile. De plus, leur anatomie, la forme et la finesse de leur gueule notamment, s'avère complexe. Faisable, mais dans ce cas, votre homme est un as. Thèse confirmée par le fait qu'il broie son tannin lui-même.

Lucie tenta de faire jouer l'aspect chronologique des enlèvements, souvent synonyme d'évolution, de progression des esprits meurtriers.

— Les wallabies sont plus faciles à naturaliser que les loups, et les loups plus faciles que les capucins, c'est bien ça ?

— Non, les trois présentent des difficultés sérieuses. Naturaliser un loup nécessite de la patience et de l'organisation à cause de son volume important. Un singe capucin demande une dextérité extrême et des outils performants, parfaitement aiguisés. Quant au wallaby... je n'en ai jamais naturalisé mais... sa structure squelettique est complexe, tout en ruptures. L'habillage doit se révéler très délicat... Disons que celui qui naturalise ces trois animaux n'a quasiment aucune faille dans notre art.

Lucie notait les remarques sur son carnet. Elle demanda encore :

— Si notre homme n'est pas un novice, comment s'est-il procuré ses premiers animaux ? Comment a-t-il débuté ? Bref, comment devient-on taxidermiste aguerri ?

Léon répondit du tac au tac.

— Il a pu d'abord travailler sur des oiseaux. Soit capturés, soit achetés dans des animaleries. Puis il change de catégorie, avec de tout petits mammifères, genre écureuil, furet, fouine. S'il n'est ni chasseur ni en relation avec des zoos ou des fournisseurs d'animaux... Hmm... il va difficilement... plus loin...

Lucie rebondit sur son hésitation.

— Et dans le cas où il veut pousser plus loin ? S'attaquer à du plus gros ? Par passion, par folie ?

La bouche de Léon se rétrécit.

— Hormis les vols dans les zoos ?

— Hormis les vols dans les zoos...

— Hmm... Les cas marginaux existent, comme partout. N'y a-t-il pas des ripoux dans votre propre corps de métier ? En taxidermie, c'est pareil. Un infime pourcentage de tarés qui noircissent l'image de notre profession.

— Nous vous écoutons, intervint Raviez.

Léon se tourna vers le moustachu, l'œil noir.

— Les animaux de compagnie... Des fous de chats qui les empaillent par centaines. Persans, angoras, siamois, birmans. Des accros de chiens qui ne les aiment qu'une fois naturalisés. Les acheter leur coûterait une fortune. Où se les procurent-ils ? Dans les SPA ou les refuges, tout simplement. Existe-t-il meilleur fournisseur d'animaux pour les amis des bêtes ?

Lucie assimilait les informations à la manière d'un buvard qui boit de l'encre. Devant l'énervement apparent de Léon, elle termina avec une dernière question. Primordiale.

— Vider les bêtes de leur sang par les artères iliaques, ligaturer l'aorte à la base du cœur, est-ce un procédé utilisé par les taxidermistes ?

— Non, on ne dissèque pas les animaux, on les dépouille de leur peau, grande différence. On incise le poitrail sur toute la longueur en prenant garde de ne pas percer la paroi abdominale, puis on ôte la peau comme si on enlevait la chaussette d'un pied. Dans le cas où l'on n'utilise pas de mannequin, on garde le squelette. Tout ce qui est organes, sang, chair vole à la poubelle. D'autres questions ?

Les policiers firent non de la tête.

— Maintenant, allons dans l'atelier, si vous le voulez bien...

Léon glissa une main sur un de ses locataires poilus, un genre de caresse *post mortem*, écarta un rideau et dévoila l'atelier de taxidermie, sans fenêtre, un condensé de propreté et de modernisme, écrasant de monochromie. Sol et murs carrelés en blanc, une palanquée d'outils qui allaient de l'instrument de pure précision aux burins ou limes du bricoleur standard. Bref, de quoi opérer un œil de colibri ou pulvériser un tibia de mammouth. Les torsades d'effluves chimiques, l'odeur rance des peaux mortes, les poitrails d'animaux ouverts et écartelés comme la toile tendue d'un canevas chahutèrent les organes des policiers.

L'imperturbable clone de Nestor brossa d'un peigne métallique le scalp sanglant de ce qui avait dû être une bestiole quadrupède désormais réduite à deux dimensions.

— Il vaut mieux bien brosser avant le bain organo-métallique, envoya-t-il d'une voix mécanique, pour éliminer un maximum de saletés. Une somme de détails insignifiants qui mènent au désastre s'ils ne sont pas respectés...

Le capitaine orienta deux yeux dégoûtés vers des bonbonnes rangées derrière la vitre d'une armoire.

— Certains des produits que vous utilisez peuvent-ils endommager la peau, les mains plus précisément ?

— Évidemment ! L'eau oxygénée, l'acide formique

ou l'isocianat sont très corrosifs. On joue avec la mort, mais dans la plus grande prudence. Lors des phases délicates, aucun taxidermiste ne travaillera sans gants ni lunettes. Une petite projection et hop ! Un œil qui saute !

Alors que Raviez discutait avec le faiseur de mort, Lucie fondit dans ses pensées. La jeune femme ne pouvait chasser de sa tête la phrase prononcée par Van Boost, le vétérinaire du zoo : « À mon avis, vous avez en face de vous une veuve noire qui tue les mâles et glorifie les femelles au point de les rendre immortelles. » Léon avait été formel. Quel que soit le sexe de l'animal, le procédé de naturalisation demeurait en tout point identique et l'esthétisme exigeait de supprimer les appendices mâles.

La raison du choix de l'assassin, cette barrière des sexes, n'était donc ni visuelle ni pratique, mais purement morale, en rapport avec son passé, ses impulsions, les tourbillons internes qui le contraignaient à agir. La mutilation résultait-elle de son dégoût des hommes ?

La taxidermie d'un côté, les enlèvements de l'autre. Un premier rapt en partie motivé par l'argent, mais le second ? Dans quel état retrouverait-on le corps de la petite diabétique ? Paré d'un sourire grotesque ? Serré dans une robe de chambre à ruban rouge ? Quel rôle jouaient les poupées dans cet univers de mort ? Les *Beauty Eaton* de sa génération, et de celle de l'assassin, probablement… Quel âge pouvait-il bien avoir ? Vingt-cinq, trente ans ?

Lucie observa Léon du coin de l'œil. Un être méticuleux, pluridisciplinaire, habile de ses mains et de son esprit. Un artisan de la mort capable de vider un corps de ses organes comme on épépine un melon. Quelle erreur de manipulation avait effacé les crêtes papillaires de l'assassin ? En quelles circonstances ? Il extrayait son tannin lui-même, s'attaquait à des animaux extrêmement difficiles à naturaliser, preuve de son expérience, de sa pratique assidue. Était-il parfois en proie à des accès de colère, des évasions inconscientes pendant lesquelles le contrôle lui échappait ?

Trop, beaucoup trop d'inconnues, de pistes dispersées pour tirer des conclusions fiables. Pénétrer un cerveau par la pensée ressemblait à un acte chirurgical. Et Lucie n'était à ce stade qu'une infirmière. Pourtant, ça bouillait dans sa tête. Ça bouillait fichtrement...

Elle fut ramenée à la réalité par l'odeur âcre de la cigarette. Elle se retournait à peine qu'une forme s'évanouit derrière le rideau, slalomant avec habileté dans la forêt d'animaux pour disparaître dans l'obscurité. Cette femme étrange, invisible...

— Ne vous souciez pas d'elle, fit Léon en levant une brosse chargée de poils. Ma femme est la plus curieuse de toutes les créatures qui se trouvent ici...

Et il se remit à brosser, inlassablement.

Lucie profita de la fin de l'entretien entre les deux hommes pour retourner dans le capharnaüm. Ces globes oculaires transparents, ces poignards d'émail qui défendaient les gueules agressives la mettaient mal à l'aise, la propulsaient sur les territoires de l'interdit. Cependant cette ambiance lui convenait, elle représentait le quotidien cloné du tueur, un moyen de se glisser sous son crâne...

La jeune policière se faufila entre les draps suspendus, confrontée à des créatures jaillies d'un conte de Charles Perrault. Un renard aux babines déchirées, une tête de biche à l'oreille explosée par une balle, un cerf privé de ses bois. Un musée de l'horreur tombé dans les limbes de l'oubli, au cœur des caches inexplorées du Vieux Lille. Partout le plancher craquait, l'écho de ses pas la frigorifiait. Dans une boîte en fer, elle dénicha des insectes intacts, coulés dans des blocs de résine translucide. Des araignées, des guêpes, des scarabées. Elle imagina des petites filles piégées dans cette voie lactée d'yeux effrayants, d'odeurs sauvages, à proximité d'un être aux mains brûlées, dépouillant les chairs avec la dextérité d'un chirurgien passionné. Elle voyait Éléonore se vider de ses forces par manque de sucre, sombrer à petit feu dans un coma irréversible. Quel rôle jouait-elle dans l'univers du tueur ? Dans ce monde où les mâles n'avaient pas leur place, cet espace féminisé au point de parer un visage éteint des traits d'une poupée ?

Les poupées... Que représentent-elles ? Réfléchis... Réfléchis... Elles... elles prolongent l'enfance, ce sont des porte-souvenirs, des patchworks de vécu, des voies ouvertes vers le passé. Dans sa mise en scène, notre tueur a cherché à ramener ce passé au-devant, à le faire revivre au travers de son rituel, de ses fantasmes exprimés...

Lucie contourna un sanglier au groin bancal, aux poils rêches comme une terre brûlée. De plus en plus l'obscurité gagnait.

« Ce sont des rebuts, des animaux abîmés », avait dit Léon. Pourquoi cette phrase tambourinait-elle dans sa tête ?

— Tu t'es fait dévorer Henebelle ? Où te caches-tu ? appela le capitaine. On y va !

— Je... j'arrive !

Lorsqu'elle traversa le salon, Lucie nota que la bouteille de vin était vide. Liquidée par l'étrange « Horla » qui hantait les lieux, cette femme encoconnée dans ses serpents de fumée.

— Voici ma carte, dit Léon en la tendant à Lucie. E-mail, fax, téléphone personnel. N'hésitez pas à me contacter n'importe quand. Même la nuit. Je ne dors jamais.

— Nous n'y manquerons pas si le besoin s'en fait sentir, répliqua la jeune femme en le saluant.

Les policiers remontèrent le maillage serré du Vieux Lille en direction du Champ de Mars. Les ruelles installaient la tombée de la nuit avec une bonne heure d'avance, les langues de ce brouillard épais du Nord coulaient des toitures en reptations silencieuses, transformant le labyrinthe figé en un marécage mouvant. Manquait plus que Jack l'Éventreur…

— Ce Léon est une mine d'or ! se réjouit le capitaine en tirant sur une cigarette. Tu lui as tapé dans l'œil, grâce à toi il était doux comme un agneau et collaborateur ! Je devrais t'embaucher plus souvent !

— Mouais…

— On peut désormais affirmer que notre ravisseur se passionne pour la taxidermie depuis des lustres. Le vieux m'a fourni la liste des principaux endroits où l'on peut commander du matériel comme des yeux, des mâchoires en résine, des mannequins. On n'en trouve que quatre dans la région, dont les plus proches se situent à Lille et à Arras. En général, il s'agit de matériel assez cher et sur mesure, les vendeurs possèdent donc les coordonnées de la plupart de leurs clients. L'étau se resserre ! Il suffit que l'un d'eux soit vétérinaire et hop ! Dans le panier à salades !

Le visage de Lucie restait fermé, imperméable aux relatives bonnes nouvelles. Ses bottines mal cirées claquaient sur les pavés avec une monotonie de battement cardiaque.

— Un problème Henebelle ?

— Je... j'essaie de comprendre la raison des enlèvements, en particulier celui de la petite diabétique, sachant que l'argent n'est plus la motivation. De recadrer les éléments à notre disposition en les transposant dans l'univers de l'assassin. Vous voyez, le poil au fond de la gorge, les empreintes de pas ou de doigts sont des éléments concrets, de vraies preuves analysables par les machines, les experts, la technologie. Ce que j'appelle le *factuel*. Par contre, le fait que l'assassin semble ne s'intéresser qu'au sexe féminin, tant sur le plan animal qu'humain, cette allure de poupée imprimée au corps, ce penchant pour la taxidermie, ces mâles tués suivant un rituel ne peuvent être interprétés que par l'esprit. Ce que j'appelle le *spirituel*. On pourrait comparer le *factuel* à l'ordinateur d'échecs, et le couple *factuel/spirituel* au joueur d'échecs, bien plus redoutable.

Raviez passa une main dans sa moustache pour en chasser les cristaux de glace.

— Rien de pire pour les moustachus qu'un temps froid et humide, on a l'impression de ressembler à un brise-glace... Pour moi, c'est l'ordinateur d'échecs le plus fort, car il ne commet pas d'erreurs et suit une logique inébranlable. Je joue le rôle de l'ordinateur, j'imagine donc un homme de taille moyenne puisqu'il chausse du quarante et un, assez mûr parce qu'il possède une large expérience en taxidermie. Quarante, cinquante ans. Quelqu'un de reclus, de sauvage, un regard dans lequel se reflète la mitre du bistouri. Célibataire, bien entendu, sans enfants. Habite la campagne. Costaud parce qu'il a sorti d'un zoo un loup de cinquante kilos. Méticuleux, organisé mais très perturbé moralement, en témoignent les mutilations sur les animaux. Qu'as-tu à répondre à ça, *joueur d'échecs* ?

— *Primo*, les poupées représentent des symboles importants. Elles ont marqué la jeunesse de toutes les filles, elles attisent les souvenirs, les moments heureux de l'enfance. Les scènes de crime élaborées par certains types de tueurs ne sont que la manifestation matérielle de leur inconscient, de ce qui les perturbe. Autrement dit, trouver une victime *déguisée* en poupée sur le lieu d'un meurtre peut signifier que l'assassin – et contrairement à vous je penche pour une femme à cause de l'univers féminisé de la scène et de ces mutilations de mâles – cherche inconsciemment à raviver des passages de son enfance. Pourquoi ? Famille détruite, séparée ? Parents décédés ? Adolescence douloureuse ?

« *Secundo*, la taxidermie. Un art qui ne s'improvise pas, d'après notre Vieux-Lillois. L'assassin n'en serait donc pas à ses premiers essais avec les wallabies, les loups, les capucins. S'est-il entraîné sur d'autres mammifères, à la manière de ces collectionneurs d'animaux domestiques ? Probablement. Des chats, des chiens qu'il trouvait dans la rue, qu'il adoptait dans les SPA comme disait Léon. Il mutile les mâles, emploie sur eux un procédé très particulier qui consiste à les vider de leur sang par les artères iliaques, à leur inciser le péricarde, leur nouer l'aorte. Là aussi il a dû s'exercer. A-t-on déjà retrouvé des animaux mutilés dans des forêts aux alentours de Dunkerque, au fond de poubelles, dans des déchetteries ? D'où tire-t-il sa science ? De traités anatomiques ? Ou simplement de ses études de vétérinaire ? Vit-il sur de l'acquis ou se passionne-t-il pour la dissection ?

« *Tertio…*

— Stop Henebelle ! Stop ! Lâche-moi un peu avec tes analyses à tout-va ! J'aime pas les échecs !

— Désolée capitaine, mais j'ai des saletés qui s'incrustent dans la tête et qui y tournoieront jusqu'à ce que brillent des débuts de réponses. Pourriez-vous me prêter votre copie du rapport d'autopsie ? Depuis notre visite chez Léon, une image subliminale circule ici, dans mon crâne, et j'ai besoin de la capturer.

— Si ça peut t'aider à te sentir mieux… Mais tu as vraiment besoin d'une purge cérébrale. Tu devrais peut-être arrêter de vivre dans l'obscurité, de faire tes bidouilles de magie noire et sortir plus souvent…

— La magie noire ? Comment vous…

Ce gros curieux avait dû fourrer son nez dans ses tiroirs, apercevoir la poupée, la chandelle, la mèche de cheveux.

— Je ne te connais pas vraiment, Henebelle, rajouta-t-il, mais à te côtoyer, on se rend compte que le jour et la nuit existent aussi à l'intérieur des humains…

Sans rien dire, Lucie serra le livre de Pirogov sous son blouson et tourna la tête.

Chapitre vingt-cinq

Les deux flics remontèrent en moins d'une heure le tape-cul goudronné qui les jeta à la périphérie de Dunkerque. Au nord, les éoliennes brassaient l'horizon dans une rotation agonisante, encerclées par les monstres industriels bouffeurs d'hommes et d'espoir. Dans ce recoin noirâtre de la France, on naissait au bord d'une chaîne de production et on mourait à l'autre bout, comptant chaque soir pour s'endormir non plus des moutons mais des portières de voitures ou des pièces de disjoncteurs.

Derrière ces catacombes de béton, ces gargouilles aux pattes d'acier, quelque part, une gamine luttait contre la mort, son calvaire égrené à l'écran devant des millions de téléspectateurs. Qu'est-ce qui allait l'emporter la première ? La hargne de la maladie, ou la lame d'un assassin empailleur d'animaux ? Qui créait les bons et les mauvais, quelle main immonde engendrait le mal, quelle autre le travaillait pour l'inoculer sur Terre sous ces facettes de démence ?

Le long d'une départementale, Raviez obliqua vers le bas-côté pour répondre à un appel téléphonique. Il sortit, s'infesta les poumons tout en poursuivant la conversation. Ses traits se défroissaient au fil de l'entretien et lorsqu'il raccrocha, son visage s'était lissé d'une couche de plénitude.

— C'était Norman ! On la tient ! clama-t-il en brandissant le poing. Clarice Vervaecke, vétérinaire à Merlimont ! Elle commande depuis des mois de la tilétamine dans une pharmacie de la ville ! « Et alors », vas-tu me dire ?

— Et alors ? Vous avez affirmé tout à l'heure que presque tous les vétérinaires se procurent de la tilétamine.

— Elle passe bientôt devant un tribunal et risque de perdre son droit d'exercer !

— Vous comptez me dévoiler la chute dans dix jours ? râla Lucie sans cacher son exaspération.

— Elle s'est fait prendre à un contrôle d'alcoolémie le mois dernier en revenant d'une boîte de lesbiennes, en Belgique. Complètement défoncée. Shootée à la tilétamine d'après la prise de sang.

— Ce qui explique pourquoi elle en commandait tant. Est-ce suffisant pour l'incriminer ?

— Avant de la maintenir en garde à vue, ils ont voulu relever ses empreintes. Tu devines la suite ?

— Pas de crêtes papillaires ?

— Exactement ! Le bout des doigts rongé par des attaques chimiques.

Raviez jeta un œil dans son rétroviseur et plissa l'asphalte.

— Le commissaire a obtenu auprès du procureur un mandat de perquisition. Une équipe d'une dizaine d'hommes, Norman en tête, vient de se mettre en route ! Avec un peu de chance… la petite sera toujours vivante… Espérons-le, ça gâcherait le *happy end*...

— *Happy end* ? N'oubliez pas que Mélodie Cunar et son père sont morts et qu'un chauffard est toujours en cavale avec deux millions d'euros !

— Tu me fais la morale maintenant, brigadier ?

Lucie s'écrasa au fond de son siège, muette. L'annonce pénétrait en elle comme un torrent déchaîné, élaguant à grandes eaux les flammes crépitantes de l'enquête. Elle en venait presque à regretter que tout s'arrête si brusquement.

L'heure tournait, le temps diluait dans les veines d'Éléonore le poison des secondes. Se sent-on mourir quand la Faucheuse affûte, depuis de si longues années, son instrument tranchant sur l'édifice de votre vie ?

— Tu vois, ajouta le capitaine après un silence, les faits, la hargne de nos hommes, il n'y a que ça qui compte ! Ton baratin psychologique n'aura pas servi à grand-chose ! Je passe en coup de vent au commissariat et je te ramène chez toi. Tu vas pouvoir profiter de ton week-end, bien tranquille à t'occuper de tes marmots…

— Il reste quand même l'inconnue du ou des chauffards de Cunar…

— Je suis persuadé que notre suspect a tout vu, puisqu'il se trouvait à proximité du lieu de l'accident. Le numéro d'immatriculation est soigneusement imprimé au fond de sa tête et crois-moi, le commissaire n'a pas d'égal pour mener un interrogatoire musclé.

— Passez-moi un coup de fil pour le dénouement en tout cas…

Le véhicule s'engagea le long du port, effleura la Duchesse Anne avant de se garer derrière le commissariat. Des journalistes surgirent.

— Tu me laisses parler, avertit le capitaine avant

d'ouvrir la portière. Et essaie de pas trop faire la gueule, ce soir on risque de passer au journal de vingt heures...

— Je souris bêtement quoi...

Depuis la fenêtre de son pavillon de Malo-les-Bains, Lucie contemplait le dos rond de la dune sous les derniers rayons du soleil. Même dans le Nord les couchers sont magnifiques, tout mêlés de bleu, d'orange, de mauve. Une légère brise chahutait le sable en tourbillons silencieux et l'emmenait vers les noirceurs océanes.

La jeune femme se demandait ce qu'allaient découvrir les équipes dans le cœur de la maison maudite. Des animaux empaillés par dizaines ? Des capucins cloués sur un piédestal de bois, piégés dans une éternité synthétique ? Des bêtes disséquées, les organes conservés dans des bocaux ? Et la petite Éléonore ? Quelles étaient les chances de la retrouver vivante au milieu d'un tel déferlement de haine ?

Le rapport d'autopsie traînait au milieu de la salle à manger, privant une petite aveugle de sa plus profonde intimité et de son droit à reposer en paix. En faisant glisser une main sur les pages glaciales, Lucie imagina les minuscules grains de lumière traverser les iris de Mélodie Cunar, avides de partager leurs couleurs, leurs nuances, leurs pulsations d'existence, s'accrocher aux nerfs optiques et rebrousser chemin juste avant de frapper aux portes de son cerveau. Elle songeait à ses jumelles, leurs grands yeux arrosés d'or céleste, leur émerveillement devant le moindre scintillement d'étoile. À chaque seconde, on respire les images, elles allument les regards, les sourires, nous arrachent de terre et tissent les fils de nos vies. L'existence de Mélodie n'avait été qu'un puits de ténèbres, un gouffre de bouffées noirâtres. Quel souvenir avait-elle gardé de son court passage sur Terre, de cette si belle planète où s'épanouissent fleurs, océans et nuages, si ce n'est cet incroyable sentiment d'incompréhension et d'injustice lorsque les deux mains froides l'avaient privée d'oxygène ?

Amèrement, Lucie entassa les feuillets, empoigna la biographie du médecin russe qu'elle enfouit au fond d'un tiroir, dans lequel elle récupéra une petite clé. Puis elle baissa les volets roulants, tira les doubles rideaux, éteignit les lumières, les veilleuses des appareils électriques. Noir complet. À tâtons, elle s'approcha de l'armoire aux vitres teintées, l'ouvrit et… franchit le pas…

Une heure plus tard, une fois ses larmes séchées, elle s'embarquait pour la maison de ses parents.

Après trois jours, elle allait enfin pouvoir embrasser ses filles, les jumelles au sommeil inversé.

Devant elle, une interminable nuit blanche en perspective…

Chapitre vingt-six

Dix-huit heures trente. Les mains regroupées sous le menton, Vigo Nowak observait la masse écrasée sur le canapé. Avec une minutie d'horloger, il ressassait les lignes de son plan, analysait les étapes, les facteurs X susceptibles de compromettre son opération.

La clé d'entrée dérobée chez Sylvain, dont il avait fait un double dans une grande surface... La boîte de Donormyl... La paire de gants en latex... Et l'incroyable somme de détails qui nécessiterait l'habileté d'un jongleur...

Tout était parfait. L'engrenage réclamait sa crémaillère.

Il alla au fond de son jardin s'assurer que son voisin, un veuf sexagénaire, avait abaissé ses volets roulants, puis il rapprocha la voiture de Sylvain.

De l'autre côté de la rue, pas de témoins possibles. Les palissades de béton hautes de deux mètres n'ont ni yeux ni oreilles.

Dans l'après-midi, il avait appelé Nathalie, furieuse après son mari, à la suite de son départ précipité de la maison. Vigo l'avait prévenue que Sylvain déblatérait à ses côtés, une bouteille de whisky à la main et dans un état proche de celui d'un alambic hors d'usage.

Et maintenant, l'ami allait ramener le mari indigne.

Sylvain était horriblement lourd. Néanmoins, Vigo réussit à l'installer sur le siège passager du véhicule. Il enfila des gants de laine, un bonnet, mit le contact et s'évapora dans la nuit.

Une alarme interne lui intimait de rebrousser chemin, de stopper le massacre, de réfléchir à des solutions alternatives. Mais cette voix égoïste lui demandait de choisir entre l'humidité d'un cachot et la douceur d'une vie sucrée.

L'ingénieur touchait au but, il manquait juste le coup de tournevis décisif. Il ne commettrait pas d'erreur. Être intelligent, c'est savoir utiliser son intelligence au bon moment.

Deux kilomètres plus loin, il pénétra dans le U de la fermette isolée, verrouilla le portail et cogna du coude à la porte, soutenant un quintal par-dessous les aisselles. Nathalie, toutes griffes dehors, lui lacéra le visage de réprimandes.

— Vigo ! Dans quel état tu me le ramènes !

Elle s'en prit au baril d'éthanol.

— Et toi ! Tu joues les pochards alors que ta femme et ta fille t'ont attendu toute l'après-midi ! Regarde-moi ce crétin ! On dirait la réincarnation d'un pub irlandais !

— Laisse tomber, il ne t'entend pas ! grimaça Vigo en tirant vers l'intérieur le paquet de chair. Il a liquidé ma bouteille de whisky. Aide-moi plutôt à l'amener sur son lit ! Dis, tu n'attends personne j'espère ? Il ne faudrait pas qu'on le surprenne dans cet état !

— Qui veux-tu que j'attende à cette heure ? Tu me dois des explications !

— Le lit d'abord, les explications après…

Les bibelots, les tapis, toutes ces zones accrocheuses d'empreintes se liguaient en pièges potentiels. Vigo se sentit soudain vulnérable, faible, prisonnier de sa chair, de l'usure de son corps. Et s'il perdait un cheveu, un poil, une pellicule à proximité des cadavres ? S'il oubliait un détail crucial ? Avec les technologies de la police scientifique, le moindre geste de travers pouvait être fatal.

Ils allongèrent Sylvain, récupérèrent leur souffle avant de se rendre dans la salle à manger, le pas traînant.

Pense à la sueur... Donner un coup de serpillière avant de partir...

— Je crève... de soif... maintenant ! haleta Vigo. Je peux aller... me servir un jus... de fruits dans la cuisine ?

Nathalie se tamponna le front.

— Dépêche-... toi ! J'attends !

— Qui as-tu prévenu... du départ précipité de Sylvain... en début d'après-midi ? Il faudrait leur dire que tout... est rentré dans l'ordre.

— Personne ! Tu crois que j'expose mes problèmes familiaux au monde entier ?

Vigo jeta un œil au feu à charbon. Les briques de son stratagème s'empilaient à la perfection, un ciment de démence solidarisait l'ensemble dans une mécanique inébranlable. Il reprit confiance et se présenta avec deux grands verres remplis à ras bord.

Tu peux encore tout arrêter ! Tu peux encore tout arrêter !

À quoi bon ? S'il vit, tu es cuit. De toute façon, tu as déjà tué une fois. C'est passé comme une lettre à la poste, non ? Tu connais désormais la procédure.

Des impulsions cérébrales lui ordonnèrent de tendre le bras.

— Tiens, bois une goutte ! Ton mari est un sacré morceau !

Elle refusa le verre.

— Tu crois que j'ai soif ? Vous me donnez plutôt envie de vomir ! La seule fois où j'ai vu mon mari éméché de la sorte remonte à l'enterrement de sa vie de garçon !

Des larmes roulèrent lentement sur ses joues.

— Il est bizarre... ces derniers temps, on dirait... qu'il n'est plus le même. Qu'est-ce qu'il t'a raconté ?

Vigo serra les poings. Ses yeux cherchaient un point d'accroche, une bouée de sauvetage qui l'éloignerait du regard d'un futur cadavre. Il improvisa :

— Il a peur que tu l'abandonnes...

— Mais c'est absurde ! s'offusqua Nathalie en remuant l'air d'un geste vif. Comment il peut penser une chose pareille ?

— Priver un homme de son travail revient à le castrer. Il se sent impuissant et complètement inutile. Je connais trop bien Sylvain pour t'assurer qu'il ne supporte plus cette dépendance, que les longues journées passées à attendre le rendent marteau. Aujourd'hui il a craqué. Qui pourrait lui en vouloir ? Tu crois que c'est facile de pointer chez fous rien ?

— Non... Bien sûr que non, admit Nathalie. Mais on se raconte toujours tout !

Vigo lui cueillit une larme du bout des doigts. Une larme qui lui fendit le cœur. Les secondes s'étiraient en heures, ses paroles mielleuses coulaient de sa bouche.

— Il... il faudra que tu lui parles, confia-t-il. Aide-le davantage à traverser l'épreuve.

— Mais… Mais… c'est déjà…

Elle s'étouffa dans un sanglot. Vigo luttait contre ses anges intérieurs pour ne pas rebrousser chemin.

En finir…

Il attrapa le verre et lui glissa sur les lèvres.

— Bois une gorgée. Ça ira mieux après…

Nathalie obtempéra et ingurgita la mort.

— Voilà… murmura Vigo. Très bien… Doucement… Installe-toi dans le canapé… Nous allons discuter tranquillement…

Nathalie fut d'abord prise d'une impression de légèreté. Puis les paroles de Vigo s'éloignèrent, des griffes puissantes l'entraînèrent dans un puits sans fond.

Vigo sentit sa poitrine se gonfler de sang. Ses tempes bourdonnaient. Il écouta le jet d'adrénaline se déverser en lui, affûter ses muscles, revigorer son esprit.

Le plus difficile restait à faire. Éviter les erreurs.

Avec méthode, il enfila des gants en latex, un bonnet de laine, remonta son coupe-vent jusqu'au cou et ferma un à un les volets de la cuisine, de la salle à manger et des chambres. Il rabattait le couvercle d'un cercueil…

La petite Éloïse, assise au fond de son parc, lui arracha un sursaut lorsqu'elle se mit à piailler. Elle agitait un hochet avec une innocence émouvante. La vie jaillissait de chacun de ses gestes, de ses regards.

Vigo s'effondra, en pleurs.

Non ! Tu ne peux pas faire ça ! Impossible ! Rentre chez toi ! Pas une petite fille… Seigneur…

Il fondit sur le vaisselier, empoigna une bouteille de vodka qu'il allégea d'une généreuse gorgée. Il connaissait par cœur les effets de l'alcool sur son organisme. D'abord l'impression de chaleur, puis les inhibitions.

Ses émotions s'émousseraient sans pour autant lui ôter sa vigilance.

Les vapeurs se dissipèrent en cinq minutes – les cinq minutes les plus longues de sa vie, réactivant le processus de mise à mort.

Ligne suivante de son plan... Les Donormyl... Il glissa la boîte entamée de somnifères dans l'armoire à pharmacie de la salle de bains. On les délivrait sans ordonnance, une piste qui ne serait pas explorée.

Parfait... Parfait... Agis en cherchant à te piéger toi-même... Comme ça, tu ne commettras pas d'erreur...

Une avalanche de cris. Éloïse hurlait. Comment de si petits poumons pouvaient-ils cracher tant de puissance ?

Bon sang ! La sensibilité exacerbée des bébés ! On dirait qu'elle... le sent !

Vigo se jeta sur la bouteille de vodka. Il n'ingurgita qu'une dose minime, hors de question d'aller plus loin et de risquer l'émoussement neuronal. Sa vie dépendait de sa vigilance.

Pas un bébé, pas un bébé, pas un bébé...

L'implacable machinerie se mit à nouveau en branle dans sa tête. En avant, marche !

L'agencement des corps à présent, le nœud d'une scène de crime. « Le reflet du visage d'un assassin imprudent », répétait son frère. Il démaquilla Nathalie d'un coton imbibé de lait qui finit au fond d'une poubelle, la porta jusqu'au lit, lui ôta ses vêtements avant de la glisser dans un pyjama. La découvrir quasi nue ne lui provoqua aucun désir. Qui banderait devant de la viande aux trois quarts refroidie ?

Il répéta l'opération avec Sylvain. Les chaussures, le

pull, la chemise, le pantalon, puis le caleçon. Il disposa les corps de manière naturelle – sur le côté pour Natha- lie, jambes repliées, et sur le dos pour Sylvain – avant de les recouvrir du linceul de plumes. La Faucheuse venait de rabattre sa capuche noire.

Les cris, à nouveau. Ignobles hurlements. Il se pré- cipita sur Éloïse, l'empoigna et l'enfonça au fond de son lit à barreaux, à la limite de lui fendre le crâne, de l'éclater comme l'enfant en colère contre son *Big Jim*.

— Ferme ta gueule !

Tu as presque fini le travail... Ne craque pas main- tenant... Regarde ! Elle porte déjà son pyjama ! Le destin est encore avec toi... Laisse couler...

Respiration dense. Flots de sueur. Et si le téléphone sonnait ? Et si quelqu'un frappait à la porte ? Et si un passant l'avait vu pénétrer dans la cour ?

Il s'imprégna une dernière fois de l'atmosphère de la chambre parentale, scruta le moindre recoin, imagina l'attitude des policiers qui découvriraient les corps. N'avait-il rien oublié ? Le couple en pyjama dans son lit, la femme démaquillée, les vêtements pliés sur les chaises...

Ces hurlements affreux !

Ultime ligne droite. Décisive. Le clou de son stra- tagème.

Le monoxyde de carbone... Un gaz inodore, invi- sible, sournois... au baiser mortel. Le grisou des feux à charbon.

Six mille victimes par an. Des familles complètes. Trois, quatre, cinq enfants. L'horreur.

Vigo s'approcha du monstre d'acier. Les boulets de charbon s'embrasaient sans aucun crépitement, avalaient les flammes pour régurgiter un magma incandescent. Les forges de l'enfer préparaient leur combustion d'âmes.

Le front ruisselant, Vigo tira avec précaution l'adhésif enroulé autour du tuyau d'évacuation, juste assez pour qu'apparaisse la profonde déchirure.

Ils étaient inconscients d'utiliser un feu en si mauvais état ! Un tel malheur devait arriver tôt ou tard ! On ne répare pas une bouche d'évacuation avec du scotch !

Il se donnait bonne conscience. Oui, le drame les avait toujours guettés. Vigo déviait juste un peu les destins, comme avec son emballage de croissants sur les marches de la Grand'Place...

Il tira sur chaque extrémité du tuyau sans forcer, étala plus encore le sourire de la fente. Tout paraissait naturel. La panne de chaudière arrivée au mauvais moment... Les températures effroyables de l'extérieur, contraignant à utiliser le feu à charbon. L'adhésif décollé par la chaleur, porteur des empreintes de Sylvain ou Nathalie... Et même la mère, qui avait signalé le danger !

Le poison inodore se déversait dans l'air. Dans quelques heures, le gaz aurait mordu les chambres. Tout serait fini dans les mauves de l'aube...

Du plus profond de l'habitation, les hurlements de l'enfant redoublèrent d'intensité.

Vigo se plaqua les paumes sur les oreilles, des plis douloureux sur les lèvres. Le long de la vitre embuée du feu à charbon, les flammèches louvoyaient avec acharnement, pressentant l'appel d'air. Accélérant le processus de mort.

C'est... c'est le prix de ta survie ! Tu n'avais pas le choix !

Sans tarder, Vigo rinça les deux verres de jus de

fruits qu'il rangea dans le placard de la cuisine. Il donna un coup de serpillière sur le sol, ausculta une dernière fois les pièces, affrontant les hurlements désespérés. Il vacilla et manqua de vomir.

Pas un bébé, pas un bébé, pas un bébé...

Quitter l'endroit fut plus difficile que prévu. L'horrible impression d'avoir commis une erreur... Il posa la clé dérobée dans le coffret accroché à proximité de la porte, se faufila sur le perron et utilisa son double pour verrouiller l'issue.

Sous l'œil incisif des étoiles, les champs au sol gelé l'engloutirent.

Adieu l'ami...

Une fois chez lui, il faillit s'évanouir sur le canapé. Il se déshydrata à trop pleurer, demanda pardon à la divinité qui voudrait bien l'entendre. Le non-croyant, qui prie quand ça l'arrange... Et aujourd'hui, ça l'arrangeait fichtrement.

Comment retrouverait-il un jour la quiétude de son esprit ? Pourquoi fallait-il payer par le biais pourpre ce droit d'accéder au bonheur ?

Pas loin de la rupture morale, il se changea et prit l'autoroute A21, destination nulle part...

Demain, les pompiers découvriraient trois nouvelles victimes intoxiquées au monoxyde de carbone. Avec un feu à charbon dans cet état et le témoignage de la mère, l'évidence éviterait la procédure judiciaire.

Le lendemain de Noël, Vigo Nowak se proclamait héritier légitime de deux millions d'euros au détriment de trois vies, dont un enfant à l'aube de l'existence...

Chapitre vingt-sept

Le corps nu se nuançait en déchirements d'ombres. L'aiguille chercha une veine, creva la pellicule de peau avant de déverser plusieurs millilitres du liquide jaunâtre dans les tentacules sanguins.

Tilétamine. Un poison qui portait la Bête sur les moiteurs infinies du plaisir artificiel, chassait l'illusion du froid et lissait l'horreur du monde. Ici, dans cette obscurité contrôlée, elle se sentait bien, en sécurité, loin des démons qui envenimaient son quotidien. Quand le moment viendrait, elle s'occuperait de leurs jolies petites gueules. À sa manière.

Elle poussa le son du radiocassette, amplifia les basses pour aggraver le vomissement saturé de la guitare électrique. Ses coups de tête propulsaient la masse noire de ses cheveux par-devant son visage et jusqu'à la pointe de ses seins. Attisée par la chaleur organique et les tourbillons de drogue, elle se courba vers l'arrière et exécuta des mouvements de bassin, invitant une présence invisible à la pénétrer, la secouer, la soulever de terre. Elle engloutit une canette de bière avant de pousser un hurlement.

Ce soir plus que les autres nuits, elle voguait sur

les crêtes du bonheur. Cette image hypnotique, cette physionomie gravée derrière ses iris prenaient des dimensions démentes. Cette texture claire des cheveux, ces yeux de saphir cernés de secrets coïncidaient à merveille avec la photo qu'elle tenait sous ses yeux. Cette photo qu'elle caressa, encore et encore.

Ses prières les plus violentes venaient de prendre forme.

La femme flic serait celle par qui la Bête revivrait enfin !

Avait-on enfin écouté ses suppliques ? Lui avait-on offert sa part de chance ? Cette possibilité de ramener le passé et de faire taire les tourbillons de rancœur qui bouillaient en elle ? Un tel coup du destin, un enchaînement si incroyable de circonstances ne pouvaient être qu'un signe envoyé par Dieu pour l'encourager.

Après une large inspiration, pressant un crucifix dans la paume gauche, elle plongea la main droite dans une bassine d'eau oxygénée presque pure pour en extraire un crâne à la blancheur immaculée, une face de calcium purgée de ses déchets organiques. L'attaque chimique lui brûla les doigts, une morsure si dévastatrice que le bâton calé entre ses dents manqua de se rompre. Des dizaines de mètres sous terre, la Bête gémit à s'arracher la gorge…

Elle entretenait ce châtiment maîtrisé, nécessaire, pour empêcher les cicatrices morales de se refermer, pour qu'à chaque battement de son cœur les fragments de son passé ébranlent le présent et lui rappellent combien sa mère et elle avaient souffert.

Après avoir enduit ses doigts douloureux d'une crème de sa confection, elle se plaqua sur un mur tapissé de peaux pour récupérer, enfonçant son regard dans les tignasses grises, blondes, suspendues à une armature en métal. Des perruques sous lesquelles elle dissimulait sa vraie chevelure, une fois à la surface, dans ce monde de caddie, de klaxon, de gaz carbonique. Un moyen, avec les vêtements ringards, les chaussures d'hommes, les moules en latex, de se classer au rang des quidams qu'on ne cherche pas à aborder, un vitrage contre les œillades des mâles dégoûtants.

Une fois la douleur partiellement estompée, la Bête posa le crâne sec sur une table à tréteaux, aux côtés de bocaux transparents où traînaient des yeux en cristal de Bohême, des mâchoires en résine, des amoncellements d'os. À ses pieds, sur les flammes bleutées d'un réchaud à gaz, un mélange abject de chair, de viscères, de ligaments macérait à la surface d'un liquide trouble qui dissimulait, en son fond, un squelette. Le bain de soude caustique mêlait ses relents aux effluves de cuir, à ce travail des peaux mortes qui exhalait son fumet diabolique. Le jeu des odeurs, l'alchimie des mélanges banda un à un les muscles de la Bête, lui donnant du cœur à l'ouvrage.

Là où n'importe qui aurait vomi, elle jouit...

Après le passage de couches de résine autour des orbites, elle avala plusieurs goulées d'une nouvelle bière et, sous les riffs agressifs crachés par les enceintes, se mit à tourner bras écartés, paumes vers le haut, accroissant la vitesse de rotation jusqu'à ce que les défaillances cérébrales l'emmènent au sol. Elle roula son corps moucheté de brûlures dans les écorces de pin, s'en couvrit le torse, les seins, le bassin, et se frôla le sexe en gémissant.

Dire que le big-bang avait explosé dans cet entrepôt, en pleine zone industrielle. D'abord l'échec, cette montée de rage suivie d'une envie puissante d'arracher la vie. Puis cette immense prise de plaisir, comme lorsqu'elle tuait des petits animaux, plus jeune. L'idée était alors soudainement apparue, comme jaillie de la lampe magique d'un génie resté trop longtemps enfermé.

Des morts qui pourraient ramener des morts.

À présent, il fallait confirmer l'idée, passer à la pratique avec cette fillette, piochée au hasard de la rue. S'entraîner sur du jetable avant de s'attaquer à la pièce maîtresse, cette femme flic surgie sur les rails de sa destinée.

Pour que, par la magie de ses mains calcinées, soient sublimés ses souhaits les plus fous.

La Bête contourna des récipients de cires colorées en bleu de Prusse, indigo ou cendre bleue. Elle s'approcha du bain de tannin et observa de longues minutes le tapis de peau barboter dans le jus immonde…

La drogue diluait ses serpents de brume au fond de son esprit, déliant ses idées les plus folles, ses désirs les plus ambigus. Elle considéra la cage où planait encore le spectre de la petite aveugle, ces barreaux inébranlables, cette soif métallique d'emprisonner les chairs. Pourquoi ne pas offrir un nouvel occupant à cet acier solitaire ? Pourquoi ne pas enlever la femme flic immédiatement ? Non pas pour s'occuper d'elle sur-le-champ, mais pour la garder en vitrine, ici, dans les profondeurs de la Terre. La posséder vivante, l'étudier, la disséquer du regard…

Quelle formidable idée ! Décidément, pourquoi avait-il fallu attendre toutes ces années pour qu'explose enfin son imagination, ses élans artistiques ?

En un instant, ses sens se braquèrent sur la petite

clochette reliée à un fil de nylon. Une présence venait de réveiller le système de sécurité installé autour de la maison. La Bête éteignit son poste et tendit l'oreille. Plus rien... Peut-être un animal... Un sanglier, une biche ?

Dans l'ombre, elle s'empara de son scalpel encore maculé de vie. L'instrument tranchant lui échappa des mains lorsque son chien se mit à aboyer à n'en plus finir. Elle fut prise d'une panique qui, instantanément, résorba les effets de la drogue et la plongea dans la cruauté de la réalité.

On l'avait déjà retrouvée. Comment était-il possible que...

Elle se glissa nue dans une longue veste de fourrure, s'empara d'un pulvérisateur au réservoir rempli d'acide formique et se plaqua derrière la porte d'une des caves. Prête à dissoudre les démons de l'enfer qui oseraient entrer chez elle.

Dans une obscurité plus tenace encore, au fond, des plaintes grimpèrent.

La Bête jura de les faire taire à la première occasion venue...

Chapitre vingt-huit

Pierre Norman roula le bord de son bonnet pour libérer ses oreilles de l'étreinte de laine. Avant chaque intervention, son corps tout entier grimpait en température. Dans les montagnes russes de l'enquête criminelle, le lieutenant à la chevelure de feu vibrait pour cet ultime moment, cette dernière chute à la pente vertigineuse.

Il se tenait plaqué contre la façade d'un plain-pied contemporain bâti au détour d'une route, à l'orée d'une forêt de pins. Une habitation isolée, aux volets fermés, l'endroit idéal pour se livrer à des activités occultes. De l'autre côté de la porte, un chien aboyait à tout rompre.

— Tu es prêt ? fit-il au lieutenant Colin dans un nuage de condensation.

— Pas de problèmes. On peut foncer...

— Et vous, ne manquez pas le chien...

Norman agita la main. Un bélier avala la porte et dévoila les perspectives intérieures dans un craquement de bois. Une flèche anesthésiante se logea dans le poitrail d'un doberman, lui laissant à peine le temps de planter ses crocs dans la combinaison en polymole d'un maître-chien. Six hommes pénétrèrent par groupe de deux, les Beretta contre les joues, les pointes des canons dévorant l'espace sous l'appui des lampes torches. Une fois la lumière allumée, les volumes se tendirent, exhalant leurs bouffées d'inconnu. Les policiers s'approprièrent les pièces avec méthode, gorges serrées et fronts luisants.

— Rien dans les chambres ! souffla une voix.

— Cuisine vide ! poussa une autre.

Norman s'intéressa aux éléments qui composaient l'espace du salon. Le décor, le style, l'architecture. Rien de particulier. Des bibelots inutiles, une cheminée aux bûches consumées, des murs peints en blanc parsemés de fresques aux motifs géométriques. Des cadres, des posters, aucune photo. Le policier s'attendait à découvrir un musée de l'horreur, une fosse à animaux empaillés, un cimetière de gueules pétrifiées... Au téléphone, le capitaine Raviez lui avait parlé du penchant taxidermiste de l'assassin. Où la vétérinaire dissimulait-elle ses trophées ? Et surtout, dans quel recoin retenait-elle la petite diabétique ? H moins combien déjà ?

Elle se trouve là ! Sous mes pieds !

Norman s'approcha d'une porte au fond du salon, l'ouvrit avec prudence. Il perçut une excitation sur le palais lorsque jaillirent les ténèbres. Il s'adressa à Colin :

— Une cave ! Je descends !

Colin l'agrippa par l'épaule alors que l'obscurité l'engloutissait déjà.

— Une cave ? C'est peut-être là-dessous qu'elle retient la petite... Je t'accompagne...

— Pas la peine, l'endroit semble étroit, on risque

de se marcher dessus… Va chercher l'architecte dans la voiture.

La tignasse rousse du policier se laissa avaler par le dévers de béton qui dévalait dans les entrailles de l'habitation. Une ampoule timide nuançait les parois en esquisses floues. Norman s'appuya sur le faisceau de sa lampe, l'arme tendue, la main alourdie par la tension nerveuse. Son index s'enroulait sur la gâchette, sa langue courait sur ses lèvres en ellipses humides. En contrebas, l'escalier vrillait sur la gauche ; l'obscurité reprenait peu à peu ses droits.

Calme-toi… Respire… Tu contrôles la situation…

Des bruits de pas, au-dessus de sa tête. Ses collègues, probablement… Les marches l'abandonnèrent dans une espèce de sas oblong qui débouchait sur une porte entrouverte.

Le cœur de la machinerie meurtrière.

Le cavalier solitaire cala ses pas sur le rythme lent de sa respiration. Il contourna des bocaux poussiéreux, pleins d'une substance noirâtre, s'approcha de l'entrebâillement en se plaquant contre les murs. Sa jugulaire avait triplé de volume, oxygénant son cerveau et décuplant sa lucidité. Ses pupilles dilatées dans le lac bleu de son œil lui conféraient des allures de félin à l'affût, un genre de chat sauvage aux griffes rétractées mais prêtes à lacérer.

— Sortez ! Police !

Pas un bruit. Monochromie auditive…

Et si elle était là, juste derrière, prête à te trouer le crâne ? Tu évolues sur son territoire. Remonte chercher une lampe plus puissante et des équipiers !

Ses instincts de prédateur eurent raison des avertissements. Le souffle bloqué, il roula le long du mur et pénétra accroupi dans la cave, son arme et sa lampe éventrant l'espace en diagonales tranchantes. Des masses immobiles s'accrochèrent au rai doré. Des scintillements de métaux, des reflets de cuirs lustrés. Norman plissa les yeux, comme si sa conscience refusait d'assimiler les bribes d'informations qui surgissaient.

Il promena une main à tâtons contre les parois et dénicha un interrupteur. L'espace flamba, flashant le policier d'une lumière aveuglante. Quand les deux grands cercles blancs se dissipèrent au-devant de ses rétines, il n'en crut pas ses yeux.

L'enfer... Il avait mis les pieds en enfer...

L'endroit était peuplé de matériel sadomasochiste, d'instruments de torture suggérant l'antre secret d'un bourreau moyenâgeux. Des croix à supplices, des tables de contention, des espèces de cages pour oiseaux géants. Fouets, cravaches, masques de cuir étaient étalés sur des présentoirs tapissés de vinyle noir. Des menottes, toutes sortes de chaînes et de colliers décochaient des reflets bleutés, aux côtés d'étaux, de boîtes de clous et d'une batterie douze volts dont on devinait l'utilité.

Norman s'élança dans la pièce, bascula les établis, les cages, arracha les draperies de nylon, hélant à s'égosiller le prénom d'Éléonore.

— Éléonore ! C'est la police ! Nous sommes là pour t'aider ! Réponds ! Réponds !

Il s'adressait aux murs, à cette imperméabilité sans âme, cognait du poing à s'écorcher les jointures sur les parois muettes. H moins combien ?

Colin et l'architecte le rejoignirent.

— Nom de Dieu ! s'exclama Colin en roulant des yeux hagards. Pas de traces d'Éléonore ?

Norman répondit par la négative.

— Elle doit bien être quelque part ! Il... Il est encore temps de la sauver ! Ils ont parlé de cinquante heures d'autonomie ! Il reste quoi ? Aidez-moi à chercher ! Pas une seconde à perdre !

L'architecte lui posa une main sur l'épaule.

— Laissez-moi faire mon métier. Je vous garantis que s'il existe une pièce secrète dans ce capharnaüm, je la dénicherai...

L'homme commença son travail d'inspection, caressant les parois avec un détecteur qui affichait des nuées de chiffres incompréhensibles.

— La maison est vide, assura Colin en s'adressant à Norman. Pas de voiture dans le garage. Ses armoires à vêtements sont encore pleines et parfaitement rangées, ce qui exclut *a priori* le départ précipité.

Norman ferma les poings, les lèvres serrées en une cicatrice charnelle.

— Il faut qu'on la coince le plus rapidement possible ! On... ne peut pas échouer si près du but ! L'enfant ! Sauver l'enfant ! Quel sort cette Clarice Vervaecke a-t-elle pu réserver à la gamine ?

— À voir le matériel, je n'aimerais pas tomber entre ses mains, répliqua Colin. Imagine, manier de la chair animale, empailler des bêtes à longueur de journée...

— Des traces d'animaux empaillés ?

— Aucune. Elle doit avoir une autre planque. Merde, c'est pas possible autrement !

Norman s'adressa à l'architecte.

— Alors ?

— Néant. Pas de pièces secrètes ni de cavités. La

structure des murs est monobloc, parfaitement lisse et bétonnée. La petite ne se trouve pas dans cette cave.

Norman sortit de l'ombre.

— On remonte ! Il faut fouiller de fond en comble, y compris le jardin et les environs ! Il... On doit la retrouver ! Mon portable est déchargé, Colin, avertis le commissaire qu'on est bredouilles. Qu'il lance les procédures de recherche et nous envoie une équipe supplémentaire ! Qu'on positionne aussi une voiture civile au bord du chemin, à trois cents mètres du domicile ! Si ce démon débarque ici, on lui tombe dessus !

Les trois hommes s'élancèrent vers le rez-de-chaussée. Un brigadier-chef interpella Norman.

— Lieutenant ! Vous devriez venir voir. Je... Dans la chambre, la... chose était dans une boîte, sous le lit...

— Quoi ? Quoi !

— Je peux pas vous expliquer. Venez...

Norman lui emboîta le pas, fourrant son bonnet dans sa poche et tirant la fermeture de son blouson.

— Ne me... Ne me dites pas que... bégaya-t-il.

— Non, il ne s'agit pas du corps de la petite.

— Quoi alors ? Sa tête tranchée ? Un organe ? Des doigts coupés ?

Dans l'esprit du lieutenant, l'euphorie de l'instant avait laissé place à l'horreur de l'échec. Le policier se sentait impuissant, inutile, spectateur du désastre. La fillette gisait peut-être à cent mètres d'ici, à deux kilomètres ou à l'autre bout de la région. Comment savoir ? Et le piège des minutes qui s'enroulait autour de sa gorge, imperturbable.

La prédatrice était encore en liberté, cachée quelque part dans une forêt, au sommet d'une tour ou dans l'anonymat de la grande foule. Dans quel endroit sordide retenait-elle la fillette ? À quels jeux cruels Clarice Vervaecke se livrait-elle dans son sous-sol maudit ? Combien de femmes, d'hommes, d'enfants soumis étaient passés sous le joug de ses instruments de torture et de ses fantasmes délirants ?

Combien d'enfants…

Ils arrivèrent dans la chambre.

— C'est là, on l'a posée sur le lit, dit le brigadier-chef d'un air halluciné.

Norman leva lentement les yeux. Le monde s'écroulait.

— Bon sang ! Elle est… horrible…

Sur les couvertures, une poupée difforme au crâne piqué de poils drus et noirs, une face de peau perforée d'un entrelacs de fils à suture. Pas d'yeux, juste des cavités sombres, des joues creuses, une bouche sans lèvres, immonde.

Et le ruban rouge, noué en cocarde sur le tissu couvrant la poitrine. Le symbole des *Beauty Eaton*.

Le lieutenant se pencha par-dessus le lit et fit glisser ses doigts sur la face brune.

— On… Bor…

Les mots se bloquèrent. Ses phalanges palpaient le faciès avec l'obstination d'une trompe de mouche explorant un morceau de sucre.

La texture. La finesse. L'odeur. Il ne se trompait pas…

— C'est de la vraie peau ! Et…

Ses ongles s'enfoncèrent dans le cou grotesque, dévoilant un jeu de veines et de tendons pétrifiés.

— … Seigneur Dieu !

— Vous... devriez éviter de toucher, osa son collègue.

Norman s'empara de la poupée, arracha les coutures qui joignaient les morceaux de tissu du bras droit et aperçut le patchwork de peau, rapiécé avec du fil de soie. Sous l'emprise d'une rage féroce, dents serrées, il déchira littéralement le corps en deux.

Le pire se nichait à l'intérieur.

Des réseaux de veines, d'artères gonflées de cire rouge et bleue, un cœur, un foie dur comme la caillasse, une cage thoracique minuscule, un tas de petits os, des fémurs, des tibias, des cubitus... Un squelette complet.

Norman restait agenouillé, bouche ouverte. Il tenait entre ses doigts une petite étiquette, arrachée à l'entrejambe de la poupée.

Dessus, une phrase, écrite à l'encre indélébile.

— On en a d'autres ! intervint un policier depuis une pièce voisine. Cachées dans des boîtes, au-dessus d'une armoire ! Je n'ai jamais vu ça de ma vie !

Mais l'inscription sur le rectangle de nylon avait pétrifié les muscles de Norman, lui interdisant de se relever...

Chapitre vingt-neuf

Clarice Vervaecke, la vétérinaire, franchit le portail de la fermette de Sylvain Coutteure avec une aisance d'athlète. Ses footings matinaux sur la plage de Merlimont avaient forgé son corps à l'image de son esprit, avec rigueur et discipline. À trente ans, elle pouvait courir vingt kilomètres et baiser si longtemps que ses partenaires de jeu finissaient par supplier qu'elle s'arrête. Son endurance était leur punition.

Des hommes, elle en domptait par kilos. Des paquets de chair rencontrés dans les bars sado, les boîtes de nuit, les soirées gothiques dont pullule la Belgique. Tous amateurs de fouet et de soumission, prêts à se livrer à ses entremets cruels, à lui vendre leur âme pour prolonger le piquant de la souffrance. Des avocats, des professeurs de mathématiques, des cadres haut placés et même des policiers se succédaient entre les sangles de ses tables de travail.

Par conséquent, obtenir le nom d'un propriétaire de véhicule à partir d'une immatriculation était pour elle un jeu d'enfant. Et cette nuit, la femme au crâne rasé et à la musculature vitrifiée comptait bien, même au prix du sang, récupérer ses deux millions d'euros…

* * *

La Bête cadenassa la porte livrant l'accès aux caves avant de remonter vers la salle de bains. Elle enfonça son tablier maculé d'un rouge sale dans la machine à laver et se rafraîchit la figure sous l'eau, abasourdie par les odeurs capiteuses et les torsades de cuir qui imprégnaient ses vêtements. Ces derniers jours, le chaos incompressible qui circulait sous son crâne la rendait paranoïaque. Des tas d'images étranges la harcelaient, tels des yeux gigantesques agglutinés derrière ses fenêtres, des observateurs sans visage, des fantômes aux mains coupées. Tout à l'heure, lorsque son chien avait aboyé, elle pensait que des intrus allaient pénétrer chez elle et la traîner dans les ténèbres, alors qu'il s'agissait juste d'animaux sauvages attisés par les effluves de chair.

La fatigue l'attaquait à la manière d'une grande marée que l'excitation repoussait sans cesse. Pourtant il faudrait aller travailler, se fondre dans la fourmilière, comme tous les jours, semaine après semaine. Gagner cette misère pour que la société vous donne votre denier de survie, vous offre le droit de vous nourrir ou de respirer. La Bête en avait plus qu'assez d'être considérée comme du jetable, un pion quelconque sur l'échiquier de la rue. Au moins, avec l'argent que devait récupérer Clarice, elle se mettrait à l'abri d'un esclavagisme moderne qui la répugnait.

* * *

Dans l'arrière-cour, Clarice Vervaecke força les volets fermés d'une fenêtre, colla une triple épaisseur d'adhésif sur la vitre et cogna délicatement avec le manche de son Smith & Wesson. Le verre se brisa sans chuter sur le sol. Pénétrer dans la demeure relevait par la suite d'une partie de plaisir.

La radiance rougeâtre répandue par le feu à charbon lui évita d'avoir à allumer la lampe. Clarice Vervaecke traversa la pièce en diagonale et s'orienta vers une porte grande ouverte.

Son regard s'appesantit sur le corps parfaitement immobile d'un bébé. Au milieu de son lit à barreaux, la poupée fragile dormait en croix, les phalanges repliées dans le creux de mains minuscules, la joue gauche rabattue sur le matelas. Pas un sifflement ne filtrait entre ses lèvres entrouvertes, sa poitrine figée ne cherchait plus à se gonfler de vie. La femme évita de se poser trop de questions. Elle fit glisser le canon de son revolver sur le rebord du lit avant de se diriger dans la pièce voisine.

Elle s'approcha par le côté droit de la couche conjugale, celui où l'homme, une belle montagne de chair, dormait. La vétérinaire nota encore une fois le poids du silence et dut se pencher pour percevoir un filet de respiration. Un curieux sentiment l'envahit soudain, indéfinissable. Ce calme effroyable…

Un long moment s'écoula durant lequel elle s'interrogea sur la façon de récupérer l'argent. Fouiller la fermette aux multiples dépendances ou employer la manière forte ?

Ne passe pas par quatre chemins ! Agis au plus court !

L'intruse au physique de militaire pointa son arme sur la tempe de Sylvain Coutteure et lui tapota la joue de l'autre main. L'absence de réaction provoqua un mécanisme de stimulation musculaire et nerveuse. Elle amplifia la force de ses coups.

Toujours rien…

* * *

La Bête craignait d'avoir effrayé Clarice à un point tel que leur amour se trouvait en danger. Jamais elles ne s'étaient disputées avec autant de hargne et de violence au fond du cœur. Elles en étaient très vite venues aux mains. Pire que ça même. La gorge de la vétérinaire avait failli s'ouvrir sous le fil nerveux d'un bistouri. Certainement le geste de trop…

Comment deux femmes unies par la chair, livrées l'une à l'autre au point de s'infliger les mêmes blessures avaient-elles appris, en quelques heures, à se détester autant ? Pourquoi Clarice refusait-elle le dialogue depuis la mort de la petite aveugle ? Pourquoi la traitait-elle de folle, de malade mentale ? De quel droit une tarée qui léchait la sueur des mâles répugnants, leur brûlait de la cire chaude sur le torse ou leur posait des pastilles électriques sur la queue lui parlait-elle de cette manière ?

* * *

Emportée par sa rage et son incapacité à réveiller l'homme, Vervaecke souleva la couette, brandit la crosse du revolver et l'abattit sur le flanc gauche. Des craquements se firent entendre peu avant que Sylvain hurle de douleur. Il roula sur le côté, heurta le sol. La vétérinaire se plaqua contre le mur, prête à cracher la mort.

— Je suis revenue chercher mon argent ! Tu vas me dire où tu l'as caché, sale con ! Parle ! Parle ou je te tue !

Le canon effectuait des allers et retours entre l'homme et sa femme, inutiles car la belle ne bougeait pas, écrasée contre son oreiller. Vervaecke se rappelait l'immobilité du bébé, l'absence de mouvements thoraciques, le silence abyssal. Dans quel endroit maudit avait-elle encore fourré les pieds ?

Sylvain s'était recroquevillé en chien de fusil sur le sol, les mains déployées sur ses côtes. Il lui semblait revenir d'un univers lointain, d'un bain cryogénique qui aurait capturé son cerveau dans le marbre des siècles. Il ne se rappelait plus s'être couché. Quel jour était-on ? Pourquoi ce goût de whisky dans sa bouche et ce mal de crâne à réveiller un mort ? D'où sortait cette folle qui hurlait dans ses oreilles ?

La lumière soudain déversée du plafond lui explosa les iris. Vervaecke venait d'allumer.

— Mais… Que…

— Le fric ! Les deux millions d'euros ! Dépêche-toi ! J'ai pas tout mon temps !

Sylvain se hissa sur le bord du lit avec l'entrain d'une voile déchirée. La tête qui tourne, une furieuse envie de vomir. Son regard accrocha le corps de son épouse, cette blancheur de linceul, cette fixité de momie malgré la lumière et les attaques de voix. Nathalie avait le sommeil léger, pourquoi ne réagissait-elle pas ? Sylvain sentit la peur déchaîner ses chevaux. Il plongea sur son épouse et la secoua avec l'énergie du désespoir, ses gestes tournant peu à peu à l'acharnement. Il comprit qu'il pressait entre les mains une marionnette sans ficelles, une unité de chair encore chaude mais déjà loin d'ici.

Absence de pouls.

Un son rauque s'arracha de ses entrailles, une plainte de bête agonisante. Vervaecke fit trois pas en arrière, abattue par un spectacle inattendu, un retournement de situation qui n'existe que dans les tragédies raciniennes. Combien d'horreurs devrait-elle encore affronter pour récupérer ce butin ? À quoi rimaient ces cadavres qui, depuis trois jours, jalonnaient son chemin ? Elle voulut parler, ordonner, mais un reste d'humanité la musela. Au creux de ses paumes moites, le métal du revolver montait en température, bouillonnait presque. Elle renforça son étreinte, se débarrassa de la sueur qui lui tapissait le front avant d'envoyer :

— Je... je ne sais pas ce qui s'est passé avec ta femme, mais tu me rends mon argent et je disparais, d'accord ? Ne me force pas à commettre l'irréparable... Allez, debout !

Sylvain ne maîtrisait plus l'orage de larmes qui décomposait ses globes oculaires. Il écrasa sa moitié sur sa poitrine.

— Qu... qu'est-ce... qui... s'est... passé ? Pour... quoi ? Pourquoi !

Vervaecke eut soudain l'impression de gagner en légèreté. Aux portes de son cerveau, les pensées se firent moins denses, comme filtrées par une substance hallucinogène. Un trip genre tilétamine, mais en plus doux. Sans qu'elle s'en rende compte, le monoxyde de carbone la consumait. Elle menaça :

— À partir de maintenant, je vais compter jusqu'à trois ! Si tu ne bouges pas, je tire ! Pense à ton bébé !

Sylvain se figea avant de s'élancer hors du lit, les doigts écartés en étoile devant lui.

— Je vous donne tout ce que vous voulez ! Laissez-moi voir la petite ! Je vous en supplie !

— T'en auras tout le loisir après. Le fric d'abord.

— Cet argent est enterré dehors, à trois cents mètres d'ici ! S'il vous plaît !

Elle lui balança des vêtements au visage.

— Allez, enfile ça, on sort. Ne me rends pas la tâche plus difficile qu'elle ne l'est déjà...

— Ma fille d'abord !

— OK... Au moindre geste suspect, je te liquide.

Sylvain s'enfonça dans son pantalon, passa un tee-shirt et un pull avant de se précipiter en transe dans la chambre du bébé. Des dizaines de pensées éclairs cré-pitaient en lui, des costumes noirs, des bancs d'église, les implacables lamentations des orgues. Et cette salive qui s'accumulait sur sa langue, ces poils dressés, cette chair de poule. Son corps se préparait-il déjà à ce que son esprit allait découvrir ?

Lorsque le plat de sa main se posa sur la petite poi-trine, il pria, supplia Dieu, offrit sa vie à qui voudrait bien la prendre. Il attendit la propagation de l'onde car-diaque, ce clin d'œil d'existence tellement insignifiant.

Un battement pour la vie... Un battement pour l'es-poir...

Vervaecke se terra dans un angle sombre, le laissa hurler à nouveau, se vider de son énergie. Sa tête commençait à tourner. Tous ces événements... Un cau-chemar... Une spirale infernale... Elle qui comptait récupérer l'argent sans trop de dégâts, sans abandonner de morts derrière elle... C'était raté...

Ils étaient deux, ils ont embarqué le corps de Cunar

dans leur coffre. Il y en a un qui donnait les ordres, le second exécutait, avait raconté l'autre. *Et si...*

— Tu sais, dit-elle, je crois que ton complice a essayé de vous liquider, toi et ta famille, sans distinction. Une belle petite ordure...

Sylvain était enroulé dans un coin, sa fille enveloppée dans ses bras. Les soubresauts qui martelaient sa poitrine stoppèrent net. Vervaecke frissonna quand l'homme découvrit ses canines à la manière d'un prédateur sanguinaire. Dans ses prunelles brillaient des braises de haine, des morsures d'araignées.

Ce fut pourtant avec une délicatesse infinie qu'il posa le petit être tiède sur le matelas, le borda instinctivement, lui murmura des paroles secrètes avant de se retourner.

— Je... J'aimerais vérifier quelque chose... Le poêle à charbon...

Sans dire un mot, la femme agita son canon, lui ordonnant de la devancer. Sylvain s'approcha du conduit d'aération. Le scotch légèrement décollé, l'entaille agrandie...

Vigo Nowak avait programmé sa mort, n'épargnant ni sa femme, ni son enfant. Un bébé... Il avait tué un bébé innocent...

* * *

La Bête glissa un beau pavé de chair entre les crocs du rottweiler. La chienne engloutit son mets, tendre et d'un goût peu commun, dans un claquement de gueule avant de se poster près de la porte d'entrée. La femme à la perruque grise posa le flacon d'éther sur la table, devant elle, découpa délicatement des morceaux

240

de coton qu'elle disposa les uns sur les autres avec une minutie extrême. Ces gestes, cette préparation, lui procuraient un plaisir infini. Il est souvent plus jouissif de rêver d'un objet que de le posséder.

Elle enfonça le matériel dans ses poches, songeant déjà au moment où le produit détruirait petit à petit les facultés de la femme flic. Elle se débattrait dans un premier temps. Tant mieux. La Bête adorait la lutte, voilà pourquoi elle préférait le contact charnel à l'utilisation du pistolet hypodermique. Sentir l'emprise croître, percevoir les battements de ces cœurs qui s'emballent... Puis la tête du flic partirait à la renverse. Une, deux, puis trois fois. Alors, très lentement, ses paupières se rabattraient jusqu'à la déconnexion complète...

Pour se rouvrir ici, dans l'antre de la folie...

Chapitre trente

Écrasé sur le siège d'une machine à sous, Vigo Nowak broyait du noir par berlines complètes. La main dans un seau de jetons marqués de l'inscription « Casino de Saint-Amand-les-Eaux », il comptait les cadavres, ces destinées arrachées suite à une collision improbable dans un champ d'éoliennes. On dit qu'en additionnant une infinité d'événements qui découlent les uns des autres, un vol de papillon au Japon peut déclencher un cyclone aux États-Unis. À Grande-Synthe, le licenciement six mois plus tôt de deux types ordinaires avait entraîné la mort d'au moins cinq personnes. L'une au fond d'un marais, un roseau au travers de la gorge. Une autre tuée dans un entrepôt. Et une famille complète intoxiquée au monoxyde de carbone. Sans oublier, peut-être, la petite diabétique. Un carnage digne d'un tueur en série. N'en était-il pas devenu un ?

À la suite du coup de grisou de 1906, à Courrières, mille deux cents personnes avaient péri par six cents mètres de fond, certaines déchirées par la déflagration, la plupart décédées par asphyxie. L'une des plus grandes catastrophes minières du XXe siècle.

Après plus de quarante jours, une douzaine de mineurs étaient sortis du trou. Des morts vivants bloqués là-dessous à tâtonner dans le noir, à chercher des passages, creuser avec leurs ongles à travers les éboulis, les poutres explosées, les cadavres éparpillés. Pour survivre, on raconte qu'ils s'étaient abreuvés du contenu des gourdes abandonnées et avaient croqué à plusieurs reprises dans de la chair morte.

Des bras, des jambes, crus et pourrissants... Ils avaient dévoré leurs frères. Les morts avaient préservé l'existence des vivants, leurs dépouilles avaient servi une cause. Vigo se dit qu'au fond, il avait juste imité ces gueules noires courageuses. À sa manière.

Les Coutteure n'avaient pas souffert. Ils s'étaient endormis chez eux, comme tous les soirs, dans la moiteur agréable du poêle à charbon. À cette différence près qu'ils ne se réveilleraient jamais. Emportés tous les trois sans souffrance vers des cieux accueillants. Pouvait-il exister embarcation plus douce ?

Vigo ne les avait pas tués. Il les avait soulagés d'une vie trop dure à porter. Oui, c'était ça. Il les avait soulagés...

Que se serait-il passé de toute façon ? L'assassin aurait retrouvé Sylvain, puis serait remonté jusqu'à lui pour récupérer son bien. Et ensuite ? Pouvait-on imaginer qu'il épargnerait des témoins, alors qu'il avait étranglé une fillette innocente ? Non, il les aurait abattus, tous les deux. Clac ! Une balle en pleine tête ! Laissant derrière Sylvain Coutteure une veuve et une enfant sans père.

Au moins, lui avait géré la situation proprement...

L'ingénieur déversait des trains de jetons dans les fentes des bandits-manchots. Il s'acharnait sur les boutons. Rien ne sortait. Juste des faciès de jokers moqueurs, des fruits stupides, des symboles insignifiants. Autour, ça gagnait. De petites sommes certes, mais les clochettes tintaient derrière les écrans de fumée, les gyrophares attisaient les regards blasés.

Le Grand Manitou avait-il décidé de rompre les liens ? Vigo frissonnait. De plus en plus, il percevait l'âcreté du barreau d'acier sur le tissu fin de sa langue. Pas à cause d'erreurs potentielles commises sur la scène de crime. Non, son sentiment allait bien au-delà. La chance lui avait amené l'argent, mais qui disait qu'un hasard mesquin ne le lui reprendrait pas ? Comment lutter contre cette marée qui brassait les destinées ?

On ne va pas chercher la chance. C'est elle qui vient vous prendre... Et elle vous quitte quand bon lui semble, creusant dans son sillage un grand trou dans lequel peuvent se glisser des démons odieux...

Vigo se sentit nauséeux, mal à l'aise. La fumée de cigarette lui piquait les yeux, le brouhaha incessant des saletés électroniques bourdonnait dans ses oreilles. L'espace se distordait en ondes molles, se découpait en cubes colorés mal empilés. Les yeux, les bouches des joueurs fondaient en masques brûlés. L'homme aux cheveux de jais se réfugia dans les toilettes, à la limite de vomir, s'y enferma de longues minutes. Le calme s'installa, chaud et apaisant. La tempête intérieure se tassait, dévoilant une mer tranquille. Dans sa tête, des mouettes surgirent à l'horizon. Des masses aux plumes goudronneuses, aux becs crochus, aux cris remplacés par des hurlements de bébé.

Des sanglots de nourrisson vibraient sans fin sous son crâne. Vigo se cogna la tempe contre le mur, mais rien n'y faisait. Les déchirures cérébrales redoublèrent d'intensité, mêlées aux déclics lointains des jetons de métal qui coulaient des machines insipides.

Vigo comprit que la prison dans laquelle il finirait ses jours ne se trouvait pas à l'extérieur, mais à l'intérieur même de sa tête...

Chapitre trente et un

Depuis quatre mois, Lucie ne connaissait de la nuit que la blancheur du lait, la stérilisation des biberons, la satisfaction permanente de deux petites bouches goulues et les pleurs agressifs. Avant de retravailler, elle avait en quelque sorte inversé son biorythme, de manière à se calquer sur la courbe d'activité des jumelles. Mais à présent, ses seuls moments de repos ressemblaient à l'horizon lointain d'une terre miraculeuse. Un monde de rêves et d'illusions.

Son esprit se heurtait aux lignes tranchantes du rapport d'autopsie de Mélodie Cunar, la fillette atteinte de cette maladie orpheline qui frappait un humain sur dix millions. Une dysplasie-septo-machin, une saleté qui privait dès la naissance un enfant du plus merveilleux des sens : la vue.

Même si une branche de l'enquête prenait fin avec la mise sous les verrous de la vétérinaire, le brigadier de police voulait comprendre cette impression d'inachevé qui la taraudait, ce déclic subliminal qu'elle avait ressenti chez Léon. Effleurer la solution ne lui suffisait pas. La voir jaillir d'une autre bouche encore moins. Il fallait aller au bout de la traque !

Un premier pavé de descriptions sordides avalé, Lucie s'autorisa une pause et enclencha le chauffe-biberon. Sa montre indiquait vingt-deux heures et le capitaine Raviez ne l'avait toujours pas rappelée pour l'informer du dénouement. Norman ne répondait pas aux appels sur son portable.

Évidemment. Tu n'es déjà plus rien pour eux. Que croyais-tu, brigadier ?

Les équipes avaient-elles retrouvé la petite diabétique vivante ? Vervaecke avait-elle livré le numéro de plaque permettant d'identifier les chauffards ? À quel monstre de chair ressemblait cette vétérinaire tueuse d'enfants, empailleuse d'animaux ? Quelle étincelle noire s'était allumée en elle pour qu'un jour elle chevauche la ligne interdite ? Cette même ligne que Lucie sentait vibrer, là, aux portes de son esprit… Une ligne tellement facile à briser…

La jeune femme réprima un frisson.

Une fois l'affaire dans les tiroirs, elle, policier bas de gamme, retomberait aux oubliettes, dans ce train-train quotidien des masses humaines ignorées. Les préfets de police de bidule-machin et autres gradés à dix barrettes recevraient, quant à eux, tous les honneurs. Quand se présenterait une nouvelle occasion d'affronter le brasier palpitant d'une enquête de cette envergure ? Retrouverait-elle un jour ces sensations uniques qui l'arrachaient de terre et l'amenaient sur le front dangereux des esprits meurtriers ?

La jeune maman sortit un bébé du parc, s'installa dans le canapé, adoucit la lumière de l'halogène et cala l'enfant contre elle. Les petites lèvres avides trouvèrent le biberon et puisèrent le liquide en tétées précipitées.

Si petites, si fragiles, tellement vulnérables. Dieu vous préserve du monde et de ses âmes maudites...

Devant, au travers de la baie vitrée, la dune se tendait au ciel, arrosée d'or lunaire, bercée par les herbes hautes qui bruissaient dans l'air tels des orgues de chlorophylle. L'été, les roulements lointains des vagues invitaient les sens à la fête, nettoyaient les idées noires à grandes bordées d'écume. Mais l'hiver, ils n'étaient que plaintes et monotonie.

Lucie continuait à feuilleter le rapport d'autopsie, le pire des thrillers. Pas besoin d'aller chercher du King ou du Grangé. Ici, rien de factice. Du vrai sang, des organes disséqués, un crâne découpé à la scie électrique, une toile vierge tailladée de la pointe du menton au pubis. Pouvait-il exister pire horreur ?

Lucie se rappela ces longues heures passées à regarder des autopsies en direct sur une chaîne du câble... Ce père que, plus jeune, elle accompagnait à la chasse, pour le plaisir de voir des lapins ensanglantés... Cette chose innommable, dans son armoire aux vitres opaques...

Pourquoi cette quête du mal ? Cette percée dangereuse ? Que pouvait-il bien se passer dans sa tête qu'elle ne comprenait pas ?

Le policier soupira, fit le vide et recentra son attention sur les feuillets. Les nombreuses marques et microcicatrices superficielles, partout sur le crâne de Mélodie Cunar, prouvaient que Vervaecke lui avait brossé les cheveux avec obstination. Les degrés de cicatrisation différents démontraient, quant à eux, une répétition dans le temps.

Chaque jour de captivité, tu t'es approchée de cette

fillette aveugle pour t'occuper de ses cheveux. Tu les as brossés, encore et encore. Maladivement...

Les mères brossent les cheveux de leurs filles, les filles ceux de leurs poupées, par pur amour. Quelle place trouvait ce geste affectif entre les mains d'une meurtrière ? Identifiait-elle réellement une enfant à une poupée ? Cherchait-elle à recréer un monde d'enfance, une parcelle estompée de ses souvenirs ?

Le légiste affirme qu'elle lui a serré la gorge, mais sans forcer. « Avec une extrême application », pouvait-on lire sur le papier. Les marques de strangulation étaient à peine visibles, les vaisseaux internes détruits en très faible quantité. Cette fois, pas d'acharnement, juste une maîtrise froide... Elle brosse les cheveux avec violence, mais tue avec douceur... La logique exigerait plutôt l'inverse. Justement ! Tu ne dois pas raisonner en termes de logique. L'assassin a suivi ses propres pulsions, un scénario bien précis qui représente son mode de penser, différent du tien. Calque-toi là-dessus...

Mets-toi à sa place... Glisse-toi encore dans cet univers de bêtes empaillées, d'animaux mutilés... Loups, singes, kangourous... Pourquoi Vervaecke tue-t-elle les mâles ? Pourquoi vider le sang, ouvrir le cœur, ligaturer l'aorte ? Acte d'un passionné de dissection ou d'un taxidermiste acharné ?

Lucie plissa les paupières, ses yeux lui piquaient de plus en plus. Elle jeta un regard trouble devant elle. Dans le flou oculaire se dessina le croissant de lune, la masse brune du sable et un appendice inhabituel au sommet. Une forme filiforme, un totem de vêtements ondulant sous le vent.

Le doigt tendu dans sa direction.

Lucie passa une main sur son visage et le nouveau panoramique ne lui envoya qu'un tableau figé. Elle se précipita vers la vitre, le bébé pressé contre sa poitrine. Le nez plaqué sur la paroi de verre, elle scruta les alentours. Les herbes folles des dunes, les sentiers noirâtres, les sommets silencieux. Son cerveau lui jouait-il des tours ? Les endormissements spontanés allaient-ils encore s'approprier les commandes internes du vaisseau ?

Voilà que tu te mets à avoir des hallucinations, pauvre dame. Dans quel état te retrouvera-t-on après deux ou trois nouvelles nuits sans sommeil ?

Après le rot de Clara, Lucie déposa l'enfant dans le parc et s'occupa de Juliette. Une fois la lactation terminée, il faudrait changer les couches, puis bercer les bouts de chou pour essayer de les endormir. L'une sombrerait, l'autre hurlerait jusqu'à réveiller sa sœur. Alors il faudrait tout recommencer. Le cycle merveilleux de la vie...

L'obscurité aidant, bercée par la régularité des tétées, Lucie se porta mentalement dans l'antre de Léon, au cœur de la forêt pétrifiée d'animaux. Elle imaginait les gueules déformées, les poitrails craqués, les pattes brisées. Ces insectes, piégés dans un bloc de résine incassable. Elle songeait à cette froideur qui lui avait durci les membres à la manière d'un vernis tétanisant. « Ce sont des rebuts. » Tout taxidermiste essayait de masquer la mort, de la rendre vivante par le biais de ses manipulations chimiques et la magie de ses mains. « Les animaux abîmés s'avèrent plus difficiles à travailler. La plupart du temps, on ne peut plus rien pour eux. Ils deviennent des rebuts... »

Les animaux... abîmés... deviennent... des... rebuts... !

Les animaux abîmés deviennent des rebuts !
Elle y était. La clé de l'énigme.
L'impensable…
Elle espéra de toutes ses forces se tromper.

Un claquement, à l'extérieur, fit sursauter Juliette et accéléra le pouls de sa mère. Les jambes flageolantes, Lucie glissa jusqu'à l'entrée avec son enfant. Ses tempes battaient, sa découverte l'avait ébranlée au point de chasser son assurance de flic. Dans cette maison isolée au pied des géants de sable, elle se sentit soudain vulnérable.

Arrête tes bêtises ! Lire un rapport de médecine légale en pleine nuit n'est franchement pas une marque d'intelligence !

Elle pressa son bébé contre elle, lui embrassa une oreille et le cou, marmonna une comptine pour rompre le silence. Elle se pencha vers l'œil-de-bœuf. Le globe de verre renvoya des perspectives sphériques, un monde de bocal où se courbaient juste une poignée d'arbres et une allée vide. Son œil palpita, chercha des traces de mouvement. En vain.

Tu vois ? Encore un voisin qui rentre tard et a garé sa voiture pas loin.

Au moment où elle s'y attendait le moins, un éclair d'obscurité déchira son champ visuel. Lucie fit trois pas à reculons, se cogna l'arrière du crâne contre le mur du hall. Le biberon lui échappa des mains et roula sur le sol. Juliette chercha la tétine, ne puisa que de l'air et se mit à hurler. Lucie l'abandonna dans le parc aux côtés de sa sœur, se rua dans la cuisine et s'empara de son Beretta.

Elle en ôta la protection.

Tu… Tu… Mince ! Qu'est-ce qui se passe ?

Le reflet renvoyé par la baie vitrée lui arracha un sursaut. Trop tard. Une arme se braquait déjà sur elle.

Il s'agissait juste de sa propre silhouette en position de traque. Elle traversa les hurlements, se plaqua contre la porte d'entrée, l'oreille collée à la paroi de bois. À l'extérieur, des pas écrasaient les gravillons dans un va-et-vient régulier. Quelqu'un cherchait à pénétrer.

Lucie eut du mal à organiser ses pensées. Tout s'embrouillait. Sueur, mains moites. Manifestations évidentes d'un bordel interne.

Elle tourna le verrou en étouffant le bruit. Dans trois secondes, tout serait fini…

Un… Deux… Trois…

Chapitre trente-deux

— Pourquoi vous avez tué la petite ? gémit Sylvain Coutteure en fixant le canon du revolver. Elle était aveugle !

— Ferme-la et avance, connard ! ordonna Vervaecke.

Sylvain affrontait les voûtes d'épines, les entre-mêlements de branches agressives, pressé par la gueule mortelle d'un Smith & Wesson. Sa tête n'était qu'une mixture de haine, de peines, d'envie de mourir. Des déchirures violentes circulaient au-devant de sa conscience. Le cadavre tiède de son bébé, les poitrines immobiles, la mâchoire du gaz. Dire qu'il aurait pu voguer tranquillement là-haut, derrière le sourire éthéré des étoiles, les phalanges caressant les cheveux de ses deux princesses.

Dès que le calvaire serait terminé, il les rejoindrait.

Il leva un œil triste vers les jumeaux de schiste suspendus dans l'obscurité, cette mise à nu des entrailles du monde, ces témoins éternels d'un passé de souffrance. De ces terres brûlées s'exhalaient encore la moiteur des corons, les raclements de gorges emprisonnées par la silicose, les crachats noirâtres.

— Votre sale fric est encore ici ! grogna Sylvain

en s'agenouillant sur le sol. J'avais disposé quatre petits cailloux sur la surface, ils n'ont pas bougé... J'espère que cet argent maudit vous apportera autant de malheur qu'à moi.

— Tu la fermes et tu te mets au travail ! Le reste, je m'en occupe !

La pioche attaqua le sol gelé. Sylvain levait et abattait l'outil avec une rage folle, comme s'il cherchait à trucider la surface rebelle. Il s'imaginait Vigo Nowak là, sous ses pieds, le poitrail en lambeaux. Ses forces décuplèrent.

— Je n'y... arrive... pas... haleta-t-il. C'est... trop... dur...

— On a le temps... Regarde, tu as percé la surface. Respire et continue... Tu vas voir, ça fait maigrir.

Vervaecke restait sur ses gardes, plaquée contre un tronc chétif. Elle changeait régulièrement de main pour tenir son arme, ses doigts s'engourdissaient et lui faisaient mal. Comment trouverait-elle le courage d'abattre un homme de sang-froid ? Chahuter les mâles, les dominer sous l'emprise de la tilétamine, les faire ramper, ça elle adorait. Mais uniquement dans le cadre de ses fantasmes sexuels, de ses jeux de cordes dans sa cave aménagée. Elle aimait le sordide, la face noire du monde et ses interdits. Les assassins... elle n'avait rien à voir avec cet univers-là.

Comment sa moitié de chair avait-elle pu se transformer en un monstre sanguinaire, un psychopathe digne d'une série américaine ? Voler, écorcher et empailler des animaux à longueur de journée, se terrer dans ces cavernes humides et puantes de macération lui avait certainement ravagé l'esprit. À trop effleurer le mal, on devient le mal.

Vervaecke se dit qu'elle aurait dû s'occuper elle-même de la remise de rançon et ensuite libérer la petite, comme convenu au départ. Seulement, prudente, elle avait préféré se mettre à l'abri, au cas où Cunar aurait prévenu les flics. Elle payait au centuple son manque de cran...

Une fois en possession du magot, elle ficherait le camp, direction soleil et mer bleue. Avec ses relations, elle trouverait bien le moyen de sortir l'argent.

Partir, oui... Mais comment empêcher un type au destin brisé d'alerter les flics ? Femme au crâne rasé, la trentaine, l'allure militaire. Très vite, les copies crayonnées de son visage orneraient les vitrines de France et de Navarre.

Elle n'avait pas le choix. Sur les deux mille espèces de mantes religieuses qui peuplent la planète, il n'en existe qu'une seule – une espèce chinoise – qui ne dévore pas son mâle après l'acte d'amour. Alors, parfois, c'est elle qui se fait décapiter. Mieux vaut éviter les exceptions...

— Pourquoi... faites-vous ça ? demanda Sylvain. Pourquoi... avoir tué... cette petite... Qu'avez-vous... fait... de la fille... diabétique ? Que signifie tant... d'horreur ?

— Tais-toi et creuse ! Je ne le répéterai pas !

— Sale... garce !

Sylvain propulsa la pioche avec une force titanesque. L'outil siffla dans l'air et manqua la tête chauve d'un iota avant d'exploser un pan d'écorce. Il jeta ses cent kilos sur la femme armée mais ne parvint qu'à récupérer un talon de rangers à la base du menton. Il dévia, s'alourdit d'un tapis d'épines. Son visage se transforma en une plaie capricieuse. Vervaecke tira le chardon humain par l'encolure du blouson et le plaqua contre le sol, une semelle sur la tempe.

— Pauvre con ! grinça-t-elle. J'en ai maté des dizaines comme toi ! Tu vas ramasser ta pioche et creuser ! Recommence et je te tue, mais pas avec une balle ! Fais-moi confiance, je n'ai pas d'égale pour faire souffrir les porcs de ton acabit !

Sylvain se releva, fit craquer sa mâchoire, récupéra son outil et se remit au travail, peu rassuré sur son sort. En général, les gens qui creusent en pleine nuit sous la menace d'une arme finissent mal. Il voulait mourir certes, mais pas de cette façon...

Une fois la pellicule de gel cassée, la terre se livra sans résistance au mordant de l'acier. Le moment d'en finir approchait.

Le condamné se pencha vers l'avant, dispersa les derniers agrégats qui dissimulaient le magot maléfique.

— On... y est... presque...

Il déblaya le dessus, puis la poignée de la malette avant de sortir la clé du cadenas de sa poche.

Vervaecke s'approcha avec souplesse, le canon dans sa main, la crosse prête à éclater la boîte crânienne.

Frappe fort... Si tu frappes fort et au bon endroit, un seul coup suffira...

Accroupi, Sylvain ouvrit la valise, quand il entendit un branchage se rompre, là, juste derrière lui. Lorsqu'il leva la tête, sa dernière image fut celle d'un éclair de métal fondant dans sa direction...

Chapitre trente-trois

Lucie ne respirait plus. Son Beretta pointait l'arrière d'un crâne. La masse dressée devant elle s'immobilisa. La tête se tourna lentement.

Rupture cardiaque imminente.

— Norman ? Mais... Mais que fais-tu ici ?

D'un pas chassé, le lieutenant se dégagea du champ mortel.

— Drôle d'accueil... Je... je sais que tu te couches tard, alors j'ai fait un crochet pour te mettre au courant de l'affaire. Puis au dernier moment, quand j'ai entendu les petites pleurer... je ne sais pas... je ne voulais plus t'ennuyer avec ça...

— Tu m'as sacrément fichu la trouille en tout cas ! J'ai cru un instant que... Non, c'est stupide. Allez, entre !

— Il paraît que Raviez et toi êtes passés au vingt heures ?

— Mon premier rôle de figurante muette.

— N'empêche ! Être vue par des millions de personnes, je trouve ça fantastique !

— N'oublie pas que dans ce paquet se trouvent trois ou quatre meurtriers, une centaine de sadiques sexuels et des milliers de pervers… (elle se mangea le poing). Alors ! Vous l'avez coincée ? Et la petite Éléonore ? Dis-moi qu'elle est vivante ! Je n'arrive à joindre personne !

Il s'engagea dans le salon-salle-à-manger-cuisine.

— Tes filles n'ont pas l'air très heureuses de me voir…

Lucie eut un sourire sans vigueur, limite triste. Sur le visage de Norman se déroulait le parchemin du tracas.

— J'ai interrompu Juliette en pleine tétée, répondit-elle. La coquine n'a apprécié que moyennement…

Elle désigna la dune au travers de la baie vitrée.

— Dis… Tu es passé par l'un des sentiers des dunes ?

— Tu plaisantes ? Je me suis garé au bout de l'allée. Avec ce froid de canard, moins on reste dehors, mieux on se porte. Pourquoi une question pareille ?

— Oh ! Pour rien… Mes yeux, mon esprit particulièrement fatigué en ce moment doivent me jouer des tours. Installe-toi dans mon antre d'obscurité… Je préfère la lumière tamisée… Avec un peu de chance ces petits zouaves finiront par s'endormir.

La maman posa Clara sur les genoux de Norman et planta la tétine du biberon entre les lèvres de Juliette.

— Sentir la chaleur des corps les apaise toujours, expliqua Lucie. Elles ont l'impression de se retrouver dans le ventre maternel. Et maintenant raconte-moi, je t'en prie !

Norman glissa le dos de sa main sur la joue abricot. Ses gestes véhiculaient un souffle apaisant, une douceur de pétale en parfaite contradiction avec la tension de ses traits.

— Les ravisseurs agissent en duo, confia-t-il dans

un moment de silence. Vervaecke et quelqu'un d'autre. Un homme, une femme, on l'ignore. Dans tous les cas, quelqu'un de particulièrement perturbé...

— Tu plaisantes ?

Le lieutenant secoua la tête.

— Pas du tout. Vervaecke demeure introuvable. On a fouillé chez elle, dans son jardin, et pour le moment on n'a déniché que dalle. Pas d'animaux empaillés, aucune pièce secrète. Sa cave a été aménagée en une espèce de *backroom* sadomaso où sont stockées cravaches, menottes, croix de torture et la panoplie du parfait petit dominant.

— Comment sais-tu qu'ils sont deux ?

Le lieutenant lui présenta une étiquette de nylon.

— « Pour toi, mon amour », déchiffra Lucie. J'avoue que je suis larguée. Explique-moi ! Et ne la joue pas façon rébus macabre s'il te plaît.

— J'ai arraché cette étiquette d'un ersatz de poupée cachée sous le lit de Vervaecke. Un monstre bardé d'un ruban rouge...

— Le ruban rouge des *Beauty Eaton* ?

Norman grimaça.

— Ce que je tenais entre les mains n'avait rien à voir avec une poupée d'enfant. Un tas de petits os en constituait la charpente. L'intérieur était rempli de... veines sèches, d'organes peints. Et son visage... son visage abject, son corps, étaient faits de peau... de la vraie peau ! Un truc horrible !

Il alluma un appareil photo numérique.

— On se noie dans le pire des cauchemars. Des dizaines d'autres monstres se trouvaient dans des caisses, au-dessus d'une armoire. Aussi infâmes les uns que les autres.

Lucie posa la main sur la poitrine de son bébé. Elle cherchait dans ce souffle infime une source de chaleur, un moyen de puiser de l'assurance. Elle balaya avec grande attention les photos renvoyées par l'écran à cristaux liquides, zooma sur les os, les pieuvres organiques aux couleurs chatoyantes. Les organes cirés, le réseau sanguin pétrifié.

Son mouvement s'arrêta net.

Elle venait de faire le lien.

Les écorchés de Fragonard.

Chapitre trente-quatre

La tension dans l'air du pavillon arquait les corps, tiraillait les nerfs. Lucie parachuta Juliette dans le parc et alluma le téléviseur relié à l'unité centrale d'un ordinateur. L'interface d'un navigateur web s'appropria les millions de pixels alors qu'elle sortait un clavier infrarouge d'un plateau tournant.

— Lucie ! À quoi tu joues ?

Le clavier sur les genoux, Lucie interrogea le moteur de recherche Google. Elle envoya, tout en surfant :

— Les écorchés de Fragonard, Velasco, la plastification du professeur Von Hagens, cela te suggère quoi ?

— Von Hagens... Von Hagens... L'illuminé qui réalise des autopsies en public ?

Lucie déchirait la toile, volait de site en site. Elle murmura :

— Celui qui transforme la dissection en art télévisé, en grand spectacle. Il passe parfois sur les chaînes du câble, où l'on peut observer son travail en direct.

— Tu mates ce genre d'atrocités ?

— Régulièrement... Ne me regarde pas de cette façon ! Le corps a toujours fasciné. À la Renaissance, les démonstrations publiques de dissection attiraient des foules immenses. Les gens, même des enfants, venaient déguisés, comme pour faire la fête. C'est un peu la même chose aujourd'hui, en plus moderne.

— J'ai connu plus gai en matière de fête.

Lucie ne lâchait plus l'écran des yeux. Internet, son domaine de fouilles. Une cave aux trésors inépuisables qui s'ouvrait sur le pire, l'impensable, l'inavouable. L'expansion électronique du mal.

— Que connais-tu de la taxidermie ? demanda-t-elle.

— Euh… Un art d'empailler des animaux. On les vide de leur sang, leurs organes, on tanne la peau pour éviter la putréfaction et on leur bourre le corps de paille. Correct ?

— Presque exact, hormis pour les gros animaux où l'on utilise plutôt des mannequins que l'on habille de la peau tannée. Mais peu importe. Dans tous les cas, les bêtes, comme tu le dis, sont vidées de leurs organes. Léon m'a expliqué la méthode employée. On ôte de leur corps le système lymphatique, les vaisseaux biliaires, les uretères, les conduits thoraciques et salivaires. Ce qui n'était pas le cas avec cette poupée que tu as arrachée, ce… monstre aux veines remplies de cire, aux organes vernis. Face à nous se dresse non pas un simple taxidermiste, mais plutôt un taxidermiste-anatomiste. Un spécialiste qui essaie non seulement de conserver les apparences extérieures en tannant les peaux et habillant les charpentes, mais aussi de préserver une partie de l'organisme. Le résultat sur la poupée que tu as photographiée est ignoble, à des années-lumière de Fragonard ou Von Hagens. Mais notre assassin essaie de se perfectionner. Voilà pourquoi il vole des animaux par trois ou quatre. Il s'entraîne...

Norman se prit la tête dans les mains.

— Parle-moi de cette histoire d'écorchés. Qui est ce Fragonard ?

— Honoré Fragonard, cousin du peintre Jean-Honoré Fragonard. Un anatomiste du XVIIIe siècle, qui a fabriqué ce qu'on appelle des écorchés. Des cadavres qu'il dépouillait, disséquait avec méthode, organe après organe, puis qu'il conservait en injectant des substances chimiques jusqu'à l'intérieur des vaisseaux sanguins les plus insignifiants. Il imprimait ensuite à ces êtres sans peau les positions qu'il souhaitait en tendant leurs muscles avec des fils, des épingles, des cartes. Il ajoutait les sourcils, les cils poil par poil, avec une minutie prodigieuse. Il les transformait en œuvres encore exposées dans un musée portant son nom, à Alford.

— C'est dégueulasse !

— Pourquoi ? Parce qu'il expose ouvertement ce que l'esprit n'ose admettre ? Nous ne connaissons la mort qu'au travers d'autrui, par les médias ou les livres. Notre propre mort nous effraie, à un point tel que nous essayons de la repousser par toutes sortes d'artifices : maquillage, crèmes, liftings, silicone. Fragonard, lui, ne passe pas par quatre chemins. Il nous confronte à notre réelle nature, à ce que nous sommes au plus profond de nous : des êtres de chair et de sang. L'apparence physique n'est qu'un leurre, un trompe-l'œil qui cache la douleur, la maladie, la mort. À ce que je sache, la chirurgie esthétique n'a jamais soigné le cancer ou les ulcères. L'anatomiste ôte ce voile par son travail. Je ne vois pas ce qu'il y a de dégueulasse là-dedans !

— Chacun son opinion.

Lucie dénicha un site web sur les écorchés. Des photos éclatèrent. Des rangées de fœtus dansants. Un homme tranché en deux, du crâne au pubis. La coupe longitudinale d'un système digestif piégé entre des vitres. Puis, dessous, des monstres à huit pattes, des cyclopes, des sirènes humaines, des reproductions de plaies purulentes. Des squelettes de bébés dans diverses postures, censés souligner le caractère éphémère de la vie.

Les gouffres inexplorables d'un cerveau de génie.

— Nous y voilà ! clama Lucie. Regarde ! Des planches anatomiques de Léonard de Vinci, de Michel-Ange représentant leur conception des écorchés !

— Arrête de parler avec cet entrain ! Ça m'énerve ! On dirait que tu trouves ça beau !

Un clic...

— Et là ! *L'Homme à la mandibule !* L'une des œuvres les plus complexes de Fragonard !

Lèvres crispées, regard dévié, l'immense écorché brandissait une mâchoire d'âne, menaçante. Son pénis injecté se tendait de façon obscène ; ses oreilles tordues, son nez volontairement enfoncé dévoilaient un faciès d'horreur privé de chair. À travers cette transparence organique, dans ce dédale d'artères, de veines, c'est la Mort qui vous transperçait, vous disséquait, repliée quelque part entre l'estomac et l'intestin.

Lucie cliqua sur un autre lien. Les explications surgirent.

— Tout est inscrit ici ! Écoute ça...

Le portable de Norman vibra.

— Excuse-moi un instant…

Il disparut dans la cuisine avant de revenir, une tension accrue sur le visage.

— Des nouvelles ?

— Le vétérinaire a analysé les ossements, les poils constituant la chevelure, les organes de quelques poupées. Pour celle que j'ai arrachée, il s'agit de restes de chats, type européen. Un animal d'âge moyen d'après le squelette, entre quatre et huit ans. Pour les autres immondices, il s'agirait encore de chats, *a priori*. J'aurais préféré des capucins, des wallabies. On aurait au moins découvert une certaine logique dans le fil de l'enquête.

— Je préfère le chat, répliqua Lucie, les yeux rivés sur l'écran. Bon, écoute ce que raconte le site sur Fragonard ! J'étais carrément à côté de la plaque avec mon livre sur Pirogov !

— Qui ça ?

— Laisse tomber… Allons-y… « On sait que Fragonard choisissait avec soin le sujet animal ou humain dont il plongeait le corps dans l'eau chaude pendant trois à huit heures pour qu'il ramollisse. Puis les artères iliaques externes et axillaires étaient incisées et le corps vidé de son sang… »

— Comme pour les animaux du zoo ?

— Tout à fait… « Le préparateur pouvait alors procéder à l'injection proprement dite ; le corps était à nouveau réchauffé, puis une thoracotomie effectuée par section de quelques cartilages costaux. Une fois le péricarde incisé, il ligaturait l'aorte à sa base et ouvrait la crosse pour permettre le passage d'un tuyau souple par lequel étaient injectés les différents mélanges. Ces mélanges de cire étaient colorés selon les conventions encore utilisées actuellement : artères teintées de rouge par du vermillon, veines teintées avec du bleu de Prusse, de l'indigo ou de la cendre bleue... »

Les grains entrechoqués d'un hochet qu'agita Clara firent sursauter les deux policiers. Lucie rejeta la tête vers l'arrière, la nuque posée sur la banquette, les yeux au plafond.

— C'est pire que ce que je craignais. Pierre, un monstre démoniaque se dresse en face de nous, une entité capable d'atrocités qu'aucun esprit sain ne pourrait imaginer...

Norman enveloppa la minuscule main du bébé de la sienne. Clara dévorait le monde d'un regard d'innocence, d'une intensité telle qu'un mur ou un cadre quelconque prenait au travers de ses prunelles une beauté insoupçonnée. Comment de si petits êtres pouvaient-ils engendrer les pires criminels ?

— Explique-toi, Lucie...

La maman engloutit une barre de chocolat, les yeux brillants, allumés par ses découvertes. Norman, lieutenant de police aguerri, frissonnait devant la vague d'horreur levée par les images. Comment la femme assise à ses côtés, mère de deux nouveau-nés, réussissait-elle à garder tant de détachement, tant d'assurance dans la voix ?

On dirait qu'elle y prend du plaisir...

— Tu te rappelles les marques de strangulation sur le cou de la victime ? demanda Lucie. Si légères qu'on les distinguait à peine ?

— Oui. Le rapport d'autopsie parlait de lésions vasculaires peu nombreuses, presque inexistantes. Le légiste avait insisté sur ce fait.

— Cette après-midi, le capitaine et moi sommes

allés dans un atelier de taxidermie. Nous avons traversé une espèce de grenier où le propriétaire, un certain Léon, entassait ce qu'il appelait des rebuts, des bêtes abîmées. Je crois que l'assassin, Clarice Vervaecke ou son clone meurtrier, ne voulait pas, de manière inconsciente, « abîmer » la petite Cunar en lui ôtant la vie.

— Mais pour quelle raison ?

— Parce que le taxidermiste ne veut pas endommager la pièce sur laquelle il va travailler !

Pierre Norman vira au blanc cadavre.

— Mais... Tu voudrais dire que...

— Le temps de notre visite, Léon n'a cessé de brosser une fourrure, presque avec acharnement, afin de la nettoyer avant le tannage, d'ôter les poussières, les insectes, la saleté. Et que retrouvons-nous dans le rapport d'autopsie ?

— Des marques de brosse sur le crâne de la victime... Presque à sang...

— Exactement. Notre inconscient dicte parfois nos comportements sans que nous nous en apercevions. Possible que notre tueur lui ait brossé les cheveux comme il le fait d'ordinaire avec ses bêtes, qu'au moment de lui presser la gorge, le taxidermiste ait eu ce réflexe de ne pas *abîmer*. Son art lui permet peut-être de répéter des actes qu'il ressent comme importants, sans qu'il comprenne pourquoi. Peu à peu, avec le temps, ces actes deviennent automatiques et de là naît la névrose ou la psychose... À ton avis, quelle analogie existe-t-il entre des animaux empaillés, des écorchés et des poupées ?

Serrée contre le buste du flic aux cheveux de feu, Clara perdait de la vigueur. Ses paupières se rabattaient lentement.

— La vie éternelle ou la jeunesse perpétuelle ? dit Norman à voix basse. Ils ne vieillissent plus ?

— Ce sont des victoires sur soi-même et le temps qui s'écoule ! Les poupées ravivent le passé, les passages de l'enfance. Les animaux empaillés emprisonnent et glorifient l'instant, ils outrepassent les lois naturelles. Les écorchés, quant à eux, extériorisent une certaine forme de souffrance tout en figeant le présent. Par-delà leur beauté, ils ne sont que mort et douleur. Je crois que notre tueur cherche à faire ressurgir un épisode de sa vie, à le ramener au-devant de la scène et à l'emprisonner. Si, durant sa détention, la première victime a fait germer en lui un scénario précis ou un tas de fantasmes déments, la seconde victime potentielle, Éléonore Leclerc, représente le moyen de les concrétiser…

— Ne me dis pas que…

— Il va peut-être chercher à l'écorcher et la naturaliser ! Pire que Von Hagens et Fragonard réunis car eux ne se souciaient que de l'aspect interne de l'organisme. Notre assassin, lui, tanne et conserve les peaux. Il habille ses écorchés pour les rendre plus… vivants…

Chapitre trente-cinq

Sylvain Coutteure roulait sur le sol, tordu de douleur, tandis que Clarice Vervaecke baladait l'œil de sa torche sur le contenu de la valise rigide.

Une hallucination.

Des journaux. Une pile d'éditions de *La Voix du Nord* en remplissait le volume intérieur. La présence du papier blanc à la place du papier vert déclencha une suite de réactions chimiques qui s'achevèrent par une arme pointée sur une tempe.

— Qu'est-ce que tu as fichu des billets ? Et arrête de gueuler comme une truie ! Arrête ou ta cervelle explose !

Sylvain mordit le col de son pull-over, l'épaule en miettes.

— Il... Il m'a... entubé ! C'est moi qui voulais... Harrr... enterrer le magot... Avant notre arrivée ici... il m'a montré... Harrr... l'argent une dernière fois dans son coffre... Un coffre qui contenait tout un bordel... Des câbles, des bâches, des couvertures... Je suis... persuadé qu'il y dissimulait une seconde valise... Nous nous sommes mis en route... Je suis passé devant... Et... Harrr... pendant ce temps... il les a interverties...

Vervaecke se précipita sur lui, le bâillonna de la main et lui assena un nouveau coup de crosse sur le muscle amoché. La face ahurie de Sylvain s'écrasa dans la terre, ses lèvres se blanchirent d'écume.

— Mène-moi à lui ! ordonna-t-elle. Allez, lève-toi, gros tas !

Derrière l'autorité du ton, la voix de Vervaecke vibrait d'une peur perceptible. Mais il était trop tard pour reculer : carte posée carte jouée. Du bout de ses rangers, elle roua Sylvain de coups, le frappa sur l'omoplate gauche, les côtes, les mollets.

Ça allait mieux…

Elle devait apprendre à le haïr, laisser exploser sa colère pour qu'il devienne un objet jetable, une bouée charnelle la menant à ses fins.

Sylvain se traîna vers les cités endormies des Mines par l'arrière des terrils onze et dix-neuf, empruntant un pont désaffecté puis un sentier qui déversait sa caillasse à proximité d'un chevalement rouillé. Il saignait à la tempe droite, aux joues, des marbrures noires grossissaient sous ses vêtements. Son corps, son esprit fusionnaient en deux plaies insupportables. Mais chaque cellule détruite, chaque neurone grillé libérait un grain d'énergie infime qui alimentait le bouillon de la haine et les rugissantes envies de tuer.

Entre les vieilles bâtisses de la Compagnie des Mines, les deux individus remontèrent les ruelles dans le halo orangé des lampadaires. Pas une âme. Ambiance Toussaint.

Sylvain longea une palissade et bifurqua en boitillant dans une allée. Sous la pression du revolver, il gagna la terrasse arrière, leva une jardinière et récupéra une clé.

— Je vous facilite la tâche, murmura-t-il en lançant la pièce métallique sur le sol.

— Bien ! dit Vervaecke. Maintenant tu ramasses et tu ouvres la porte sans faire de bruit.

— Il n'y a personne... Pas de voiture dans l'allée... Vervaecke serra le poing.

— J'espère pour toi qu'il va revenir – elle fixa sa montre. J'attends jusqu'à l'aube. Après, je te bute...

Elle le propulsa à l'intérieur d'un coup de semelle dans le bas du dos. Tout compte fait, on prend vite goût à la violence. Sylvain mangea du carrelage.

— En attendant, commence à fouiller, tas de merde !

Chapitre trente-six

Dans leur parc, les jumelles gazouillaient, enroulées dans un voile fragile d'innocence. Les révélations de Lucie secouaient Norman jusqu'aux fondations de son être. Sur l'écran de ses yeux défilaient des écorchés à l'identité volée, des cadavres privés de leur droit au repos éternel et exposés dans une nudité outrageante. Le lieutenant imaginait la petite diabétique scalpée, le visage découpé au bistouri avec un soin chirurgical. Puis dépouillée, vidée de son sang par les artères iliaques avant que ses organes ne soient peints, ses veines remplies de cires, sa peau recousue par-dessus son squelette blanchi aux produits chimiques.

La démence pouvait-elle frapper à ce point l'esprit humain ?

Lucie débarqua de la cuisine avec un carré de pizza. Manger... Autant pique-niquer sur la tombe d'un cadavre.

— Lucie... Jette ça... Il faut que je sorte fumer...

Couverture sur les épaules, pizza dans la main, la jeune femme l'accompagna sur le perron. Absorbée par son enquête, de façon presque maladive, elle demanda :

— Hormis ces poupées, as-tu déniché des objets en rapport avec la taxidermie chez Vervaecke ? Des scalpels, des bistouris, des produits chimiques ? Des animaux empaillés ?

Norman tirait sur sa cigarette par aspirations violentes, les doigts durcis par le froid. Un craquement de branches, dans l'obscurité, le fit sursauter.

— Non... Je te l'ai déjà dit.

— Que sait-on de cette femme ?

Le lieutenant fouillait les alentours du regard. Personne. Étrange, on aurait dit que...

— Pas grand-chose pour le moment. Pas de voisins. Les hommes épluchent ses factures téléphoniques, ses comptes en banque, son ordinateur, bref sa vie électronique. On interroge aussi sa famille. En espérant que ces découvertes nous mèneront à son complice. Physiquement ? Chauve, musclée, l'allure militaire.

Lucie s'enfouit dans les ourlets de laine. Le froid mordait avec une vigueur toute boréale, agrippé aux épines des pins sylvestres en pinceaux de glace.

— Reprenons les faits depuis le début, dans l'ordre chronologique, envoya-t-elle dans un claquement de dents. Voilà plus de huit mois, en avril 2003, des wallabies disparaissent au zoo de Maubeuge, à cent cinquante kilomètres d'ici. Il y a quatre mois, c'est un loup du zoo de Lille, et le mois dernier quatre singes capucins. Toujours des femelles. Les mâles sont vidés de leur sang par les artères iliaques, leur aorte nouée suivant un procédé utilisé par les anatomistes de la Renaissance, qui écorchaient les corps.

— Pourquoi appliquer cette technique sur des animaux que l'assassin n'écorche pas, qu'il abandonne ? Pourquoi ne pas éliminer ces bêtes endormies d'un simple coup de couteau ? D'ailleurs, pourquoi les éliminer ?

Lucie se pelotonna dans l'univers de laine.

— Parce qu'il ne tue pas pour tuer, il agit pour apaiser des éruptions intérieures, ce qui passe par une ritualisation. Un tueur en série ou un psychopathe peut user de son intelligence pour fausser une scène de crime et tromper les forces de l'ordre. Mais il est deux choses qu'il ne peut contrefaire, des fondements qui régissent la raison même de son intervention : le *modus operandi* et la signature. Mais… continuons l'analyse… D'après Léon, ces animaux sont très difficiles à naturaliser, ils nécessitent le large spectre de compétences que doit posséder le parfait taxidermiste. Notre tueur a dû progresser. Bien progresser même. Voilà pourquoi je préfère que ces poupées hideuses aient été fabriquées à partir de chats.

— Je vois. Il a fait ses armes sur de la matière première beaucoup plus facile d'accès, plus courante.

— Exactement ! Des chats, des chiens ramassés dans la rue ou que Vervaecke fournissait à notre tueur. Léon parlait aussi de SPA, une piste à suivre. Bref, ces poupées ne doivent pas dater d'hier. On peut en déduire que Vervaecke et son double se connaissent depuis un certain temps et partagent des goûts… Comment dire…

— Bizarres…

— Oui. Nous découvrirons peut-être des pistes en fouillant dans la vie nocturne de Vervaecke. Boîtes de nuit, clubs sado, échangistes…

— C'est en cours. Mais ça prendra du temps.

— Temps que nous n'avons plus, malheureusement… Continuons. Mercredi dernier, ce qui devait être, comme l'indiquaient les lettres adressées aux parents, une simple remise de rançon tourne au carnage. L'un des ravisseurs tue, je dirais avec « délicatesse », une fillette qui déjà, à ses yeux, a perdu le statut d'humain, une enfant qui, par son accoutrement de poupée, sa physionomie, sa fraîcheur, ravive des souvenirs, des époques heureuses ou douloureuses qu'il souhaite faire rejaillir...

Lucie avala le morceau de pizza refroidi et se lécha les doigts avant de poursuivre :

— Hmmm... D'un coup, l'argent prend une place secondaire, inexistante même. Hmmm... Cette matérialisation des fantasmes, cet aboutissement de toute une vie devient prioritaire. Voilà pourquoi, dès le lendemain, une seconde fille disparaît. Et cette fois il ne s'agit plus de rançon... Ces entraînements sur des animaux, leurs mutilations ont un sens. Ils n'étaient que le reflet d'une douleur enfouie, un besoin d'expression qui passait par le biais d'un scalpel. Et maintenant, l'artiste libère sa fougue. On ne s'entraîne plus sur des animaux, on passe au stade supérieur. Et quand on n'a accès ni à des morgues ni à des instituts médicaux, que fait-on ?

— On se sert dans ce qui existe à profusion. On pioche dans le hasard de la rue...

Norman se mordait la lèvre inférieure, un doigt sous le menton. Ce profil lui donnait l'air d'un héros de bande dessinée, genre Tintin sans la mèche.

— Pourquoi des enfants ?

— Je n'en sais rien. Plus faciles à convaincre et à enlever ? J'aimerais aller au bout de ma pensée, si tu le veux bien...

— Je t'en prie...

— Aujourd'hui, nous apprenons qu'ils agissent en couple. Une vétérinaire avec des goûts pour le sado-masochisme et une autre personne, son amant ou amante. Plutôt amante, car elle hait les mâles au point de les mutiler... À la suite d'un contrôle routier, de la présence de tilétamine dans son sang, Vervaecke risque de perdre son droit d'exercer. Surgit donc l'idée du rapt d'une enfant aveugle aux parents riches à millions, dans une ville désertée l'hiver, Le Touquet. Une mission *a priori* facile. La vétérinaire embarque dans ses plans son complice taxidermiste-anatomiste. Les deux personnes sont moralement très liées et s'entraînent donc dans leurs délires mutuels. Vervaecke fournit de la tilétamine pour le rapt des animaux, accepte des cadeaux horribles comme les poupées dont tu m'as parlé et l'autre, en retour, participe à l'enlèvement...

— Ça se tient, mais...

Lucie leva un doigt.

— Les lieux à présent. Vervaecke habite à quelques kilomètres du Touquet, son complice doit vivre aux alentours de Dunkerque. La connaissance de l'entrepôt désaffecté de Grande-Synthe, l'envoi des lettres anonymes, l'enlèvement de la seconde victime en sont des preuves tangibles. Il ou elle n'habite pas la ville, plutôt la campagne. Une maison isolée permettant d'agir en toute tranquillité, de, pourquoi pas, retenir un loup vivant, des singes capucins, des fillettes apeurées. Un lieu de grande taille permettant le stockage d'animaux empaillés... Face à nous se dresse un couple complètement atypique, un tueur qui hait les mâles et une sado aux penchants sordides... Tu sais, le monstre de viscères que tu tenais entre les mains ne représente que la face visible de l'iceberg, une infime parcelle des monstruosités enfouies au fond de ces cerveaux malades...

Norman se faufila dans le hall, frigorifié.

— Je ne te comprends pas Lucie. Comment réussis-tu à garder ton calme, à parler avec un tel détachement de ces horreurs ?

— Je n'en sais rien... Parfois, je ressens de la répulsion et pourtant, je ne peux m'empêcher d'éprouver aussi une forme d'attirance. Tu sais, déjà toute jeune, je regardais mon père tuer des lapins, et ça me... ça me...

— Fascinait ? hasarda Norman.

— Oui...

Le flic roux soupira avant de détailler la décoration du salon. Les ampoules à faible éclairage, les cadres aux tons sombres, les statuettes africaines déformées, avec leur ventre énorme et leurs jambes noueuses. Et ces cassettes vidéo à n'en plus finir, empilées au-dessus d'une armoire aux vitres teintées. Au commissariat, Lucie donnait l'image d'une fille rangée, presque transparente, limite timide. À des années-lumière de la femme qui se tenait à l'instant face à lui. Sur le fil du rasoir. Oui... Sur le fil du rasoir...

Il la fixa dans les yeux.

— Ton analyse semble cohérente, mais un point m'échappe. À t'entendre, Vervaecke n'est pas taxidermiste et donc n'aurait ni retenu prisonnière, ni tué Mélodie Cunar. Pourtant elle ne possède pas de crêtes papillaires, à l'identique des empreintes relevées sur le lieu du crime. Si elle n'a pas tué, comment expliquer la présence de ses « non-empreintes » autour de la victime ?

Lucie s'assit sur la table du salon, jambes pendantes.

— Je n'ai pas d'explication fiable... Vervaecke erre dans le sadomasochisme, ses goûts bizarres la poussent peut-être à participer aux séances de taxi-dermie, d'écorchement ? Un certain plaisir des chairs mortes ? Sans précautions particulières, à cause des instruments ou produits dangereux, on se sabote très facilement un doigt ou un œil.

Norman acquiesça. Il pointa un doigt vers le télé-viseur.

— Comme tu as vu sur les photos numériques, les poupées trouvées chez Vervaecke étaient bien plus abjectes que le pire de ces écorchés. Ces orbites vides, cette peau puant le cuir, ces poils d'animaux en guise de cheveux, ces membres difformes... J'ose à peine imagi-ner ce que ces expériences pourraient donner... avec un humain... Ça n'a aucun sens... Aucun sens...

— Ces créations que tu considères comme immondes ne représentent que le reflet d'un désordre interne. Demande au fou s'il est fou, il te répondra que non. Notre assassin possède son propre système de valeurs, ses notions personnelles du bien et du mal. Qui te dit que ces horreurs ne signifient pas à ses yeux la beauté absolue ? Jeffrey Lionel Dahmer, le Cannibale de Milwaukee, a mangé les organes d'une quinzaine de personnes et décorait sa cheminée avec leurs restes, parce qu'il les considérait comme des tro-phées de chasse. Il trouvait ça « magnifique et valo-risant ». Et n'oublie pas que ces squelettes de chats nous suggèrent que l'assassin, à ce moment-là, n'en était qu'à ses débuts puisqu'il s'attaque, depuis des mois, à plus difficile avec les animaux du zoo. Qui dit qu'il n'est pas devenu un véritable génie dans l'art de l'écorchement ? À force d'entraînement, d'achar-nement, de lectures, on arrive toujours à ses fins...

Norman se pressa la tête.

— Cet univers glauque me met vraiment mal à l'aise… On en oublierait presque les chauffards qui détiennent les deux millions d'euros.

— Du neuf sur nos tagueurs ? Que donne la liste des employés ?

— Toujours chez Vignys. J'ai dû partir sur les chapeaux de roues pour l'intervention chez Vervaecke. Je la récupère à la première heure.

Norman vint se caler contre Lucie sur le bord de la table, ce qui mit les sens de la jeune maman en ébullition. Dans cet instant on ne peut plus grave, à minuit passé, elle ressentait un besoin gourmand de faire l'amour. Un peu comme un fou rire lors d'un enterrement. On dit qu'au bord de la trentaine, l'appétit sexuel atteint son apogée. Ce qui expliquait que ses organes lui faisaient mal, la taraudaient de l'intérieur comme des forets de chair.

— Tu sais, j'adore les marmots, confia Norman d'une voix douce. Je crois qu'ils arrivent sur Terre tous égaux, avec un esprit pur. De nombreux passages de la Bible rapportent que les bébés naissent sans péché. Ce sont les parents qui créent des monstres. Combien de fois sommes-nous intervenus dans des familles où les maris, les mères parfois, tabassaient leurs enfants à coups de pied dans la figure ? Ces petits êtres ne demandent que le réconfort d'un sourire, la chaleur d'une main. Et que leur apportons-nous ? Nos peurs, notre haine, notre colère. Ils deviennent le miroir cassé de nos propres tourments.

— Tu veux dire que nous créons leurs vices ? Qu'ils absorbent nos défauts ?

— Bien sûr. Tu vois, ma nièce, Sophie, a quatre ans. Un jour, je la regarde s'amuser avec une araignée dans un jardin. Le minuscule insecte grimpe sur son bras et la petite rit comme seuls savent le faire les enfants. Ses gestes sont déliés, délicats, elle a déjà conscience du rapport des forces et de la fragilité des vies. D'un coup, sa mère arrive et se met à hurler, complètement hystérique. Sophie ouvre grand la bouche, ses yeux écarquillés trahissent son incompréhension. « Que m'arrive-t-il ? Pourquoi maman hurle-t-elle ? Est-ce à cause de cette petite bête ? » La mère saisit alors une serviette, frappe sur le bras de Sophie pour en chasser l'araignée et l'écrase ensuite avec une rage inouïe, ordonnant à sa fille de ne plus jamais approcher d'araignées, que les araignées sont méchantes, dangereuses, et qu'il faut en avoir peur. Il faut en avoir peur, c'est comme ça : je crains les araignées, tu dois les craindre aussi ! Depuis ce temps, Sophie se met à pleurer chaque fois qu'elle rencontre une fourmi, un scarabée ou une araignée…

Il prit la main de Lucie.

— Prends soin de tes filles, prends-en bien soin.

Lucie l'écoutait parler, déverser des phrases qui lui tapaient dans le cœur. Parfois elle répondait, relançait la conversation pour que dure l'instant. Deux heures défilèrent où ils discutèrent de tout, de rien, loin de l'enquête et de son sillage meurtrier. Leurs yeux gonflaient, se chargeaient de fatigue au rythme de la nuit qui progressait. La mollesse du canapé incitait à plus de chaleur, de rapprochements. Leurs regards plus appuyés, souvent gênés, se croisaient. Puis des yeux empreints de tristesse, avec, sur les rétines, les spectres de Mélodie, d'Éléonore.

Les inévitables pleurs vinrent briser les bercements

de voix. Lucie ragea entre ses dents et s'arracha du sofa. Direction le coin cuisine.

— Tétée ! Trois heures du mat, et ces demoiselles ont faim ! Pour ça, elles sont championnes du monde ! Mais pour dormir...

— Ne leur en veux pas. La plus grande peur des bébés est de croire à chaque seconde que leur mère les a abandonnés. Cours vite les rejoindre !

Norman se glissa derrière Lucie, le blouson sur l'épaule.

— Je vais te laisser. Dans quatre heures je bosse et j'ai encore de la route pour Calais...

Lucie mit un miel léger dans sa voix.

— Tu sais, tu peux dormir dans ma chambre. Des affaires de Paul, genre rasoir électrique, traînent encore. Moi, de toute façon, je m'installe dans le salon avec les petites. Elles ne s'endormiront que vers six ou sept heures. Pas avant...

Le lieutenant s'appuya sur un battant de porte.

— Je ne voudrais...

— Ne fais pas l'idiot ! Tu vas passer plus de temps sur la route qu'au lit. Ce serait la pire des idioties de faire un aller-retour en étant déjà sur place. Tu trouveras de quoi te laver dans la salle de bains.

— Merci pour l'invitation... À charge de revanche...

— Tiens-moi juste au courant de l'évolution de la situation demain. Je serai joignable sur mon portable...

— Tu ne comptes pas te reposer ?

Lucie songeait aux dizaines d'animaux abandonnés dans les limbes obscurs, chez Léon. À ces poupées écorchées, bâties sur des fondations de chats. Au chien disparu des Cunar.

— Quelques petites affaires perso à régler, mentit-elle. La sieste sera pour plus tard...

— Dis... Je voulais juste savoir... Qu'est-ce qu'il y a dans cette armoire ? Je me suis penché tout à l'heure, pendant que tu décongelais la pizza. On... devine une forme ronde derrière les vitres opaques, comme... À vrai dire, je n'en sais rien...

Lucie se laissa choir mollement dans le canapé et observa les cicatrices qui barraient ses lignes de vie. Elle soupira.

— Depuis toute petite, je cherche les réponses à certaines questions. Le contenu de cette armoire, certains éléments dans ces tiroirs m'aident à y répondre un peu plus chaque jour. Désolée, mais je garde ça pour moi. Personne n'est prêt à comprendre mes secrets...

***

Au bout du sentier qui slalomait entre les dunes, la Bête s'envola avec la brume de l'aube. Des cristaux de gel s'étaient figés dans sa chevelure, au bord de ses narines et sur ses lèvres. Elle aurait dû embarquer le pistolet hypodermique, tirer sur le flic roux avant de s'occuper de la femme. Mais s'attaquer à deux policiers, armée d'un vulgaire tampon d'éther, relevait de la folie.

Elle regagna sa voiture garée au bord de la digue, à trois cents mètres de là, tourna le chauffage à son maximum et démarra en claquant des dents.

La sève du désir avait grimpé en elle jusqu'à attiser ses plus brûlants fantasmes. Elle songeait à ses expériences ; les succès, les trop nombreux échecs. La méthode restait à peaufiner avec l'humain. Les peaux s'abîmaient ou se craquaient trop facilement. Peut-être parce que les enfants sont plus fragiles, leur corps en trop grande mutation.

Maintenant, il lui fallait de la matière première, cette argile indispensable à tout créateur.

Elle considéra sa montre. Cinq heures du matin. Où frapper ?

Deux heures durant, elle sillonna les artères de Dunkerque, un plan routier sur le siège passager. La ville s'allumait, les bipèdes pointaient le nez hors de leurs tanières. Elle les plaignait. Condamnés à suivre leurs rails. Robotisés au point de se lever, se coucher, avec une régularité de montre suisse. Nourris aux plats réchauffés. Qui allait-elle délivrer de sa pénitence quotidienne ?

À plusieurs reprises, elle crut tenir sa victime. Mais le passage de trop nombreux inconnus la fit renoncer. Pressée mais pas imprudente.

Le moteur chauffait, la Bête bouillait, le scalpel la démangeait. Allait-elle rentrer bredouille ? Pas question ! Il fallait encore progresser ! Elle darda des regards noirs sur les passants, méprisant ces êtres amphibies qui respiraient l'haleine des pots d'échappement.

Qu'ils brûlent en enfer ! Tous, les uns après les autres !

Elle s'orienta vers des rues plus étroites, à moins grande fréquentation. Attente plus longue mais risques minimisés.

Le hasard précipita une proie dans ses filets. Un beau brin de femme, fraîche et spontanée.

Caroline Boidin. Trente-deux ans, enceinte de six mois. Disparue alors qu'elle indiquait le chemin de l'hôpital à une vieille dame…

Chapitre trente-sept

Les gravillons crissèrent quand Vigo Nowak s'engagea dans l'allée de sa maison des Mines. Après sa raclée au casino de Saint-Amand, il avait terminé la nuit dans une discothèque belge, à Tournai. Les vibrations des basses, les brouillards de fumée et les battements de la musique techno n'avaient fait qu'amplifier son mal de crâne. À six heures du matin, il lui semblait vivre et revivre le drame à la manière d'un film sans fin : le corps de Nathalie recroquevillé sur le lit ; le bébé qui hurle, la tête entre les barreaux ; l'appétit du gaz.

Le passé mordait le présent, empiétait sur le futur. *No future.*

Combien de temps subirait-il ces assauts cérébraux ? Des jours ? Des semaines ? Des mois ? Sa drogue. Il lui fallait sa drogue. L'opium vert pressé dans son carcan. La musique des billets. Le velours des zéros.

Il tourna la clé dans la porte d'entrée, ouvrit, alluma la lumière.

Ses chairs se liquéfièrent lorsque apparut l'impossible.

Sylvain Coutteure se tenait au fond d'un fauteuil, les mains sur les accoudoirs, les jambes écartées avec relâchement. Vivant. Ses yeux brillaient de maléfices, ses traits s'organisaient pour tirer son visage en ombres de démence. Des larmes accompagnèrent son sourire quand il envoya :

— Salut l'ami…

Sans avoir le temps de comprendre, de réagir, Vigo perçut un souffle, un léger glissement, puis sentit les lèvres d'un canon s'écraser sur sa tempe gauche.

— Ne bouge pas connard ! Bienvenue en enfer !

La force d'une poussée entre les omoplates. La rencontre avec un coin de table. La douleur qui se déverse. Puis un rire ignoble. Sylvain crachait sa fureur, un mélange abject d'incompréhensible, de fermenté, de sursauts incohérents. Ces murs abritaient le cœur même d'un hôpital psychiatrique. Le pandémonium avait rouvert les portes de sa cité infernale.

Vigo se redressa, se plaqua contre un mur, glissa jusqu'à un coin où il s'accroupit.

— Qui… qui êtes-vous ?

Vervaecke libéra les volets roulants, tourna le verrou. Elle portait des gants en laine. Il n'y aurait pas d'empreintes, ni de cheveux d'ailleurs. L'avantage d'être chauve. Sa voiture dormait loin de la ferme, garée le long d'une route. Une fois le travail effectué, elle irait la récupérer, contacterait les bonnes personnes, préparerait sa fuite. Mexique, Brésil, Amérique centrale, un vaste choix. On ne la retrouverait jamais. Dingue ce qu'on peut faire avec deux millions d'euros.

— Tu t'es fait attendre, petit enfoiré ! Regarde l'état de ton ami, le genre psychotique délirant ! Tu l'as bien caché ce pognon ! Félicitations ! Mais maintenant, je te laisse dix secondes pour me dire où il se trouve !

Vigo plaqua ses genoux contre son torse, position de

l'œuf. La femme qui se dressait face à lui ressemblait à un phare de granit. Tout en angles, la gueule carrée d'un pitbull. Style broyeuse de couilles.

Elle a fermé les volets, porte des gants. Une fois en possession du butin, elle va nous liquider et offrir nos dépouilles aux rats !

L'ingénieur écrasa un regard sur le mort vivant. Les lèvres de Sylvain s'ourlaient par-dessus ses gencives, ses yeux étaient des baïonnettes affûtées, ses poings deux boules de démolition. Il avait tout compris... Les somnifères... Le monoxyde de carbone... Mais comment avait-il survécu à la morsure du gaz ?

Ou alors... Cette femme tueuse était arrivée à temps, l'avait réveillé, contraint à se rendre au terril pour déterrer une valise bourrée de journaux, portant la haine à son paroxysme.

Nathalie Coutteure et le bébé avaient-ils survécu ? Probablement pas.

Et maintenant... Le piège se refermait, le destin s'enroulait autour de son cou à l'étouffer. Ce magot maudit allait bientôt retrouver d'autres poches ensanglantées.

Lui, Vigo Nowak, allait mourir aux côtés de deux millions d'euros...

L'informaticien poussa sur ses mains, se décolla du sol avec une difficulté de vieillard. Les forces l'avaient abandonné, seul l'arc nerveux solidarisait la membrane fragile de son corps. Il fit trois pas en avant, fébrilement, perçut la tension électrique qui traversait les pores de Sylvain. Dix mille volts de rancœur, d'envie de presser du Polack jusqu'à la moelle.

— Après, j'ai l'autorisation de passer un petit moment avec toi, envoya le colosse en vrillant les mains. Notre accolade ne durera pas longtemps, ne t'inquiète pas...

Vigo sentit son être partir en éclats, la peur se diluer dans ses veines. Il s'orienta vers la vétérinaire.

— Alors voilà vos plans ! Il me tue et vous le liquidez dans la foulée ? De manière à simuler un règlement de comptes ? Je... je peux vous donner la totalité du butin ! Les deux millions d'euros ! Pourquoi nous éliminer ? Je ne dirai...

Vervaecke raidit les bras et ajusta sa visée.

— Tu ne diras rien à la police, je sais... Ferme-la et magne-toi ! L'oseille !

Vigo découvrit quelques dents.

— Vous ne le trouverez jamais ! Tuez-moi et adieu la belle vie ! Je veux un arrangement ! Moitié moitié !

Vervaecke propulsa une semelle bien dense dans son entrejambe. Vigo se rétracta comme une araignée brûlée, la bave aux lèvres. Il s'écrasa sur le sol. Sylvain applaudissait.

— Ton pote m'a gentiment décrit l'endroit où habitent tes parents, ajouta Vervaecke. Il paraît qu'on peut passer par leur porte de derrière, avec une clé planquée sous une jardinière ! À croire que c'est dans les gènes ! Refuse de coopérer et je pourrais leur faire goûter au fil d'une lame avant que le jour se lève.

— Tu ne m'en veux pas frérot ? dit Sylvain avec un air de fausse compassion. Il fallait bien que je négocie le droit sur ta mort ! Je suis prêt à partir, à rejoindre ma famille, celles que tu as assassinées. Cette gentille femme va me donner des Donormyl, ça te dit quelque chose ? Une boîte entière, je ne souffrirai pas... Contrairement à toi... Tu as tout perdu frérot ! Tu sais, il y a un proverbe afghan qui dit :

« Tu peux tuer toutes les hirondelles, tu n'empêcheras pas le printemps de revenir. » Cet argent, il ne t'était pas destiné, quelles que soient tes méthodes ignobles pour le garder !

— Je... ne voulais... pas tout ça... s'écorcha Vigo. Je n'ai... jamais voulu faire... de mal à personne...

— Évidemment, commenta la vétérinaire. Allez, amène-moi gentiment à la caverne d'Ali Baba...

Vigo eut du mal à se décoller du sol. De la compote. Il lui semblait qu'une compote de sang lui tapissait l'entrejambe.

— Suivez-moi...

Sylvain s'arracha de son siège, les poings serrés.

— Pas maintenant, lui souffla Vervaecke à l'oreille. Ne fais pas de bêtises, tu l'auras pour toi tout seul dans quelques minutes. Et toi devant, ne joue pas au malin ! J'ai la gâchette facile !

— On doit sortir par l'arrière, expliqua Vigo. Le butin se trouve dans la vieille réserve à charbon.

— On a déjà regardé ! répliqua Vervaecke.

— Y compris dans le gros broc rempli de charbon ?

— Une valise ne passe pas là-dedans ! bava Sylvain. Ne nous prends pas pour des cons !

— Une valise non. Mais les billets oui. Vous ne vous êtes même pas demandé pourquoi je possédais des boulets de charbon alors que je n'ai pas de poêle ?

Vervaecke s'injuria mentalement. Toute cette attente, cette multiplication des victimes alors qu'elle avait le pognon sous les yeux.

Vigo poussa une porte massive en bois, pénétra dans la remise, tira sur une chaînette qui réveilla une ampoule crasseuse. Pas de fenêtres. Des toiles d'araignée couvraient le plafond, les briques s'effritaient, rongées par l'humidité, éciatées par le gel. Au fond, des pans de ferraille, des pneus de vélo crevés, une tondeuse avec son bidon d'essence. Sur la gauche, une fosse à charbon vide, un conduit d'aération bouché par un chiffon. Et le broc d'étain débordant de boulets.

D'un mouvement de canon, Vervaecke contraignit Sylvain à s'asseoir contre un mur. Elle se cala au fond, condensant les deux hommes dans son champ de vision.

— Allez ! Montre-moi ce pognon ! Pas un geste de travers ! Tu dévies tes paluches du broc et…

— Vous tirez. Je sais…

Vigo ôta les quelques épaisseurs de boulets de la gueule du récipient. Des billets se froissèrent au creux de ses mains. Il jeta des liasses sur le sol, aux pieds de la femme armée.

— Regardez, votre fric ! Tout est là !

Vervaecke sortit un sac-poubelle de sa poche.

— Remplis-moi ça !

Vigo s'activait, perdait de sa substance au fur et à mesure qu'il livrait des poignées et des poignées de billets. Trois jours auparavant, il achetait ses cadeaux de Noël, jouait à la console le soir, passait ses journées à chercher un emploi. Citoyen presque modèle – aux conneries près –, fiston irréprochable, vie pépère. Aujourd'hui, il ne comptait plus les morts, un type dingue allait lui faire la peau, une tarée tueuse d'enfants le braquait. Drôle de cauchemar.

Il se pencha par-dessus le récipient, fit mine de ramasser les dernières miettes d'euros. Lorsqu'il se retourna, un éclair de métal traversa la pièce. Sifflant comme une rupture de filin.

Le poignard caché au fond du broc frappa Vervaecke en pleine poitrine. Côté manche. Pas de bol...

Sous l'effet du choc et de la surprise, la vétérinaire lâcha son arme. Vigo se jeta sur l'engin de mort. Trop tard. Sylvain pointait déjà le canon au milieu de son front.

Vervaecke surgit, griffes en avant. Sylvain propulsa Vigo dans sa direction et balaya l'espace en mouvements arrachés à l'instinct.

— Bougez pas ! Bougez pas ou je tire dans le tas !

La sueur se mêlait aux larmes sèches, transformant le visage de Sylvain en un désert de sel. Son index droit fusionnait avec la gâchette. Ses os tremblaient, son corps vibrait. La mort allait jaillir. Les trois à la suite. La tueuse, le traître, lui en dernier. L'affaire de deux secondes. Puis le calvaire serait fini.

Une brillance de faucille luisait au fond de ses rétines.

Vigo baissa les paupières, suppliant...

— Ne tire pas ! hurla Vervaecke dans un dernier sursaut. La petite diabétique ! Il n'y a que moi qui sache où elle est enfermée ! Tu me tues et elle mourra par hypoglycémie !

Sylvain se comprima en un bloc de nerfs. Le revolver tanguait au bout de son bras, décrivait des courbures impossibles. À la moindre molécule de travers, il allait cracher la mort. Irrémédiablement.

— Réfléchis ! poursuivit Vervaecke, mains en avant et doigts écartés. Tu peux sauver quelqu'un, rendre une enfant à ses parents ! N'entraîne pas cette petite dans ta folie meurtrière !

— Qui... me dit qu'elle... n'est pas... morte ?

— Rien du tout. Mais je peux t'assurer que si on

ne la nourrit pas prochainement, elle y restera. Il faut faire vite !

Incapable de penser, de juger, Sylvain braqua la gueule de feu sur Vigo, lui ordonna de se mettre à terre et lui écrasa la joue gauche du talon.

— Garde le nez au sol, fils de pute ! Tu l'aurais fait toi ? Sauver cette petite diabétique ?

Vigo respirait bruyamment, bouffait de la poussière.

— Ne tire pas... Je t'en supplie...

— Réponds, enculé !

— Bien sûr, Sylvain... Oui... J'aurais tout fait pour elle. Allons la sauver !

— Tu as raison, je ne vais pas tirer...

L'odeur monta d'un coup, emplissant le cloaque de lourdeurs de plomb. Vervaecke se tassa dans un coin, bouche bée face à la folie de l'homme armé.

De l'essence partout. Sur les murs. Le sol. Le sac contenant les liasses.

Sylvain fit sortir Vervaecke.

— Je t'en prie Sylvain ! Non !

Un verrou qui se ferme. Des coups contre le bois. Des cris étranglés. Le serpent de carburant qui se faufile sous la porte.

— L'argent ! supplia Vervaecke. Retourne à l'intérieur et sauve l'argent ! Le fric putain !

— Tu fais moins le fier, enculé ! grogna Sylvain.

Pas de réponse. Le silence. Sans doute une dernière prière. La pierre d'un briquet fit jaillir une flamme. Une déchirure dansante zébra le sol, s'engouffra sous la porte dans un ronflement maudit.

Sous les premières lueurs illuminant les jumeaux de schiste, Sylvain envoya :

— Cet argent ne tuera plus personne...

Il contraignit Vervaecke à le devancer.

— On part à pied et on passe chez moi, je veux embrasser ma femme et ma fille une dernière fois... Après, nous irons sauver cette petite... En espérant pour toi qu'elle est encore en vie...

Chapitre trente-huit

Les jumelles avaient sombré avec les morsures de l'aube, d'un sommeil désiré et réparateur. Plein sud, les dunes façonnaient des reliefs dociles, se décrochant avec peine des trames nocturnes. Dans chaque espace du pavillon tranquille, le calme battait la mesure.

Lucie ne dormait pas, les rétines, l'esprit rivés sur la toile internet. La tératologie, l'étude des monstres... Les anomalies congénitales... Les êtres hydrocéphales, au crâne démesuré... La sirénomélie, maladie des enfants qui naissent les deux jambes collées... Les monstres doubles, soudés en L, en H, en Y...

Macabres sujets d'étude de Fragonard...

L'anatomiste l'avait entraînée dans un monde privé d'éthique, sans foi ni loi. Un lieu d'interdits bafouant la logique. Un musée de mutants où des écorchés, des cadavres couverts de masques mortuaires, des humains sectionnés suivant différentes coupes cohabitaient en une danse des morts. Pire encore. Il existait un traité, l'*Anatomia Magistri Nicolai Physici*, décrivant avec une précision chirurgicale les procédés de dissection utilisés par les Anciens sur des êtres vivants. Des condamnés que l'on sanglait sur des tables, puis que l'on maintenait en vie le plus longtemps possible en disséquant d'abord les membres, pour finir par les organes internes. Une souffrance sans limite à laquelle pouvaient assister quelques « privilégiés ». L'Histoire renfermait de bien terribles secrets…

Au fil des heures blanches, Lucie s'était connectée sur l'univers des taxidermistes, s'abreuvant de science sanglante. Clichés de quadrupèdes dépouillés, de mâchoires hurlantes, d'organes palpitants. Dans de sombres pages arrachées aux noirceurs électroniques, elle avait déniché des sites présentant des collections complètes de chats empaillés dans des positions de chasse, des photos de dobermans, de bouledogues, de bassets plus vrais que nature, aux yeux de verre et à la gueule de résine. Des anonymes qui exposaient sur la toile leur folie, leur soif de dissection, de découpe, d'immortalisation. Meurtres en série sur animaux…

Ses lectures confirmaient les dires de Léon. La taxidermie, l'écorchement ne s'improvisaient pas, nécessitaient de longues années d'application et de la matière première. Fragonard avait parfait ses techniques sur plus de deux mille animaux avant de s'intéresser aux cadavres frais des morgues. Quant au naturaliste, il ne s'attaquait jamais directement à des mammifères trop volumineux ou à la structure squelettique complexe. Il puisait son inspiration sur de l'objet courant, facile à se procurer.

Toute discipline nécessite de l'entraînement. Les chirurgiens novices recousent à n'en plus finir des panses de porc avant de s'attaquer aux tissus humains. Les tueurs tels Ralph Raymond Andrews, Ed Gein ou Jeffrey Dahmer étaient d'abord passés par la mutilation d'animaux, histoire de préparer le terrain. Francis

Heaulme, adolescent, enterrait les bêtes vivantes croisées au hasard de sa chevauchée morbide... L'assassin de Mélodie Cunar, pour confectionner ses poupées hideuses et progresser, avait forcément suivi le même chemin.

Chaque fois, des animaux.

Où l'assassin s'était-il procuré son brut de fonderie, ces chats qu'il écorchait puis transformait en monstres ? Dans la rue ? Non. Les chats, agressifs, sont trop difficiles à attraper, leur instinct de chasseur trop perfectionné. Les refuges animaliers apparaissaient comme une piste évidente.

Direction la cuisine. Ouverture de placard. Des plaques de chocolat à n'en plus finir, empilées en une tour de gourmandise.

Trop c'est trop. Il va vraiment falloir que tu arrêtes... Demain... Promis...

Elle posa un carré sur la langue et s'enivra de drogue fondante. Ses sens frémirent sous la caresse du cacao. Elle ferma les yeux. Orgasme papillaire...

Une fois les petites couchées dans leur chambre, ses pensées s'étaient orientées vers le policier roux, son regard magnétique, sa sensibilité à fleur de peau. Elle dans le canapé, lui dans son lit, à une épaisseur de bois d'écart. Deux corps qui réclamaient fusion mais séparés par la barrière des consciences. Y aurait-il une suite à cette histoire qui n'existait pas encore ? Le désir de Lucie écrasait ses sentiments. L'amour d'abord, l'Amour avec un grand A plus tard.

Elle retourna devant son clavier, activa le moteur de recherche, fit apparaître sur l'écran la liste des SPA du Nord.

Des bruits de pas la surprirent alors qu'elle en

entamait la lecture. Elle eut à peine le temps de dissimuler le navigateur derrière une autre fenêtre que Norman se coulait à ses côtés, englouti dans un peignoir trop grand. Après un bâillement discret, il demanda :

— Les petites dorment enfin ?

— Oui, ça y est. Je te prépare un café ?

— Si tu veux bien... J'aurais mieux fait de ne pas somnoler, je suis déchiré. Ces écorchés, ces découvertes sordides m'ont tellement tracassé. Je pensais surtout à Éléonore. Ça fait bien plus de cinquante heures maintenant... Si l'assassin ne l'a pas éliminée, le diabète l'aura fait...

Il s'appuya sur un accoudoir et ajouta :

— Comment réussis-tu à tenir une nuit entière sans fermer l'œil ?

— Les allumettes sous les paupières, ça marche nickel !

Norman ravala son sourire et désigna l'écran.

— Tu n'arrêtes donc jamais... D'autres découvertes intéressantes ?

— Pas réellement. J'ai juste enrichi ma culture personnelle. Quelques pages noires supplémentaires au catalogue du morbide...

Lucie se dirigea vers la cuisine et mit la cafetière en marche.

— Ça... ça m'a fait du bien de discuter avec toi cette nuit, confia-t-elle dans un soupir. Ta présence m'a montré à quel point la solitude est pernicieuse. Elle t'enserre dans sa toile sans que tu t'en rendes compte.

Norman triturait le ruban du peignoir en éponge, façon gamin mal à l'aise. Les mots tardèrent à gagner ses lèvres.

— J'aimerais qu'on remette ça un de ces soirs, une fois cette affaire terminée. Dans un cadre un peu moins… professionnel et moins… glauque…

— Genre bière et pizza devant un bon match de foot ? Ça me branche ! On pourrait aussi inviter une poignée de collègues !

— Non, non… Je voulais dire…

— J'ai bien compris, sourit Lucie. Je voulais te faire marcher un peu. Tu sais, le réveillon de nouvelle année approche et je n'ai pas grand-chose de prévu, hormis le baby-sitting intensif. Des projets particuliers ?

— En dehors de la bière et de la pizza ? Je ne vois pas ! On… on s'organise une petite soirée, à quatre avec les filles ? Trois femmes pour un seul homme, le rêve !

— Allons ! Détrompez-vous cher ami. Ce ne sera pas de tout repos. Les demoiselles réclament beaucoup d'attention, et autant de patience ! Ça tient pour le réveillon !

C'était dit. Lucie ignorait sur quel terrain elle évoluait. Une histoire entre deux flics aux caractères trempés ne pouvait conduire qu'aux frontières de la tempête. Mais le plus beau des arcs-en-ciel ne jaillit-il pas du plus violent des orages ?

— Quel est le programme de la journée ? s'enquit la jeune maman alors que le lieutenant s'enfermait dans la salle de bains.

— Le labo pour l'analyse des poupées, la liste à récupérer chez Vignys, la traque de Vervaecke. En espérant que nos recherches, un numéro de téléphone, une adresse nous mèneront à sa moitié démoniaque. Des hommes briefés par Raviez vont interroger les propriétaires de boutiques spécialisées en taxidermie, rapporter des listings de suspects potentiels, de naturalistes habitant la proche campagne de Dunkerque. Les équipes continuent à surveiller les pharmacies du coin pour l'insuline, sait-on jamais... Les pièces du puzzle sont entre nos mains, il reste juste à les assembler.

— En priant pour que ce soit le plus rapidement possible... marmonna Lucie en s'installant face à son écran. Il existe des boutiques virtuelles sur internet où l'on peut commander du matériel de taxidermie ! observa-t-elle. Je t'ai imprimé la liste ! Il faudrait aussi vérifier de ce côté-là !

— Bien chef !

D'un clic de souris, Lucie bascula sur la fenêtre qui l'intéressait. La liste des SPA de la région.

Bailleul, Caudry, Condé-sur-Escaut. Page deux... Douai, Hazebrouck, La Sentinelle. Lucie dévora la suite avec une déception croissante. Dans cette liste alphabétique, elle s'attendait à palper de la proximité, dénicher des villes comme Dunkerque, Gravelines. Au-dessus du poste, le modem vomissait les bits par saccades. Lucie se rappela l'épisode du fax dans le bureau de Raviez.

Voilà que ça recommence... Saleté d'informatique...

De nouvelles villes apparurent. Lille, Maubeuge, Merville, Marcq-en-Barœul et bien d'autres encore. La plupart des cités tenaient dans un rayon de quatre-vingts kilomètres autour de Dunkerque. Curieusement, aucune dans les environs. Le tueur avait pu se procurer ses bêtes n'importe où. Ou ne pas s'en procurer du tout.

Lucie serra les poings, l'espoir en vrille. Elle avait cru décrypter la logique de *son* tueur par l'analyse de ses agissements passés, ses « erreurs de jeunesse ».

Mais trop d'intuition, d'inconnues brouillaient la piste, la rendaient inexploitable. « Pas de faits », disait Raviez. « Seuls les faits sont importants. » Finalement, l'ordinateur d'échecs battrait peut-être l'humain.

Par surprise, Pierre Norman lui posa un baiser sur la joue et s'évanouit dans l'entrée en murmurant :

— Je te téléphone dès que possible.

— Fais attention à toi…

La chaleur du baiser plongea Lucie dans un zen vaginal. Le contact de la peau mâle, aussi bref fut-il, mit le feu aux poudres…

Tu m'étonnes ! Après plus de six mois ! Ça doit ressembler à du papier de verre là-dedans !

Elle s'étira, libéra les nœuds de ses muscles par des roulements d'omoplates. L'écume du jour, par la baie vitrée, floconnait en nuages gris et denses. Une autre nuit se déversait, celle de l'interminable hiver qui figeait les dunes dans une expression de colère. Lucie s'autorisa une ultime recherche avant d'éteindre le téléviseur. Elle cliqua sur la dernière page du site de la SPA, histoire de boucler la boucle.

Un claquement de porte la surprit encore.

— Je n'irai pas loin sans mes clés de voiture ! déclara Norman en se précipitant sur la table du salon.

Il lorgna la page web qui finissait de s'afficher.

— SPA de Petite-Synthe ? Qu'est-ce… À quoi ça rime ? Que me caches-tu ?

Petite-Synthe… À dix kilomètres d'ici.

— Rien… du tout… répondit-elle avec difficulté. Mais… Tu vas être en retard ! On dirait… que tu ne connais pas… encore le capitaine Raviez !

Norman s'attarda à proximité de la banquette. Lucie paraissait ailleurs. Ses yeux fuyaient, ne trouvaient plus d'accroche. Le lieutenant observa ces adresses de refuges pour animaux. Il songea aux squelettes de chats, à ces séances d'entraînement sur des bêtes dont elle avait parlé. L'univers des taxidermistes, les vols dans les zoos...

Elle s'acharne, elle essaie de pénétrer l'esprit du tueur, de remonter à la source...

Il faillit poursuivre l'interrogatoire mais la sonnerie de son portable l'emmena vers d'autres cieux. Il disparut dans le jour naissant sans se retourner.

Lucie inspira profondément, couchée sur la banquette.

Une SPA... À Petite-Synthe... La ville jumelle de Grande-Synthe, le lieu maudit où tout avait commencé...

Chapitre trente-neuf

Les mêmes bandes blanches, les mêmes panneaux verts, surpris par le faisceau des phares. Derrière, des villes de brique rouge, enfoncées dans la terre, comprimées dans leur étau de brouillard. Armentières. Hazebrouck. Bray-Dunes. La même station Total, avec son ermite accoudé sur la solitude de l'A25. Un trajet dévoré des centaines et des centaines de fois. L'aller vers le travail, l'avenir, le salaire. Le retour vers une femme aimante, une fermette agréable, un bébé affamé de vie. Une autoroute qui, à chaque extrémité, portait les fruits de votre existence.

Une voie d'asphalte aujourd'hui en rupture. Sans issue…

Sylvain Coutteure était harcelé par ces voix intérieures. Bientôt, tout ceci cesserait. Pour toujours. Mais il fallait accomplir une dernière mission.

Au volant, Vervaecke ne quittait pas la route des yeux. Malgré la rudesse de ses traits, l'absence de cheveux, les mains dévorées par des morsures chimiques, elle gardait au fond de son regard une clarté vacillante, une pointe d'humanité qui rappelait qu'elle aussi avait été une enfant, une conscience vierge de souillure. Elle représentait à présent l'icône du mal.

En périphérie de Dunkerque, la voiture obliqua vers Grande-Synthe, traversa la ville, emprunta une départementale. Vingt kilomètres de rase campagne. Au bord des routes, de plus en plus, des blockhaus, macabres auto-stoppeurs figés dans l'éternité. Des tranchées. Des cimetières anonymes. Les vestiges d'un passé embrasé.

Puis se décrocha des ténèbres une tumeur noire, un monstre rampant. La ville d'Éperlecques, meurtrie par les bombardements. Son bunker démesuré. Sa forêt monstrueuse.

La peur continuait à imprégner Sylvain. Il songeait à ces ravisseurs d'enfants, ces violeurs, ces alchimistes abjects capables de transformer la vie en sang. Il ne verrait jamais sa fille grandir, prononcer le mot « papa » pour la première fois. Plus de femme. Pas de petits-enfants. Destins brisés en chaîne sur l'autel de l'enfer.

— On arrive bientôt… finit par dire la femme dans une inspiration.

— Prie pour que la petite soit encore vivante…

Il libérerait l'enfant, emmènerait la tueuse devant le commissariat puis se supprimerait sur le perron. Pas très élégant mais efficace. Une balle en pleine tête. Ils agissent souvent de cette façon à la télé. Court et sans souffrance…

Un univers de feu brûlait en Vervaecke. Elle entendait encore la respiration moqueuse des flammes, l'appel des billets qui s'embrasaient. Toute cette fortune, ces rêves qui s'envolaient dans le sillage de l'idiot qui croyait mener la partie. Oh ! Il allait payer, comprendre la signification profonde du mot souffrance. Elle demanderait à l'autre de prolonger le calvaire le plus possible. Au Moyen Âge, un bourreau réussissait à éventrer un condamné, lui ôter huit mètres d'intestins avec un crochet en laiton alors que l'intéressé vivait encore. Il est des minutes courtes et des minutes longues. Celles-là seraient particulièrement longues.

La voiture franchit un pont avant de disparaître sous des frondaisons dépouillées. L'asphalte se craquela, se mua en une terre de cratères, de flaques gelées. Les lourdes branches des chênes s'étiraient en mailles serrées, comme pour empêcher le jour d'entrer.

— Encore combien de kilomètres ? s'inquiéta Sylvain.

— Même pas deux.

— Roule au ralenti et éteins les phares. Dès que la maison apparaît, tu t'arrêtes...

— Tu penses arriver par surprise ? Effort inutile, mon chien a déjà donné l'alerte, pauvre con...

Elle ricana.

— Mais j'opère seule, sans complice. Tu ne crains rien...

— Garce ! Tu ne m'avais rien dit pour le chien !

— Tu ne m'as pas demandé...

À proximité d'un blockhaus en ruine et d'un hangar branlant, la maison des horreurs creva le pinceau des phares. Une bâtisse à étages étouffée par le lierre. Des serpents étranglaient les briques, soulevaient les tuiles, chatouillaient les toits en pointe, à croire que la masse verte s'était érigée d'elle-même, tel un monstre d'algues accouché par les eaux. Tout autour, on devinait que des armées d'arbres aux racines torturées veillaient, leurs yeux d'écorce braqués sur la chair humaine. La forêt respirait d'un même poumon. Le souffle lent et glacial de la mort...

Sylvain sortit du véhicule avec prudence. Le craquement du gel sous ses semelles alerta ses sens. Il songea à la forêt de *Blair Witch*, à ces jeunes qui tournent sans jamais retrouver leur chemin et dont les cadavres viennent épaissir l'humus noirâtre. Voilà ce qu'il foulait. Des décompositions d'organismes, des immondices végétales, des restes de soldats. Un monde de dépouilles au fond duquel croupissait une petite fille diabétique.

Il scanna la demeure. Pas de lumière. Aucune voiture. *A priori*, pas de traquenard. Mais il se méfiait, paré à cracher la mort à la moindre alerte.

Engoncée dans son blouson, Vervaecke posa pied à terre sous la contrainte du revolver. Seul son crâne fleurissait du col relevé.

Derrière la porte d'entrée, un concentré de muscles et de crocs s'agitait.

— Suis-moi, dit-elle.

— Attends ! répliqua Sylvain en éclairant les hordes feuillues. Où se trouve la petite ?

— À l'intérieur, enfermée dans une cave...

— Seigneur !

Il releva la pointe de son arme.

— Au moindre pas de travers, je te tue. S'il y a quelqu'un d'autre que la petite, je tire. Tu vas ouvrir la porte, très doucement...

— À tes ordres...

Ils contournèrent des treillis de tôle et des carcasses rouillées. Sylvain se prit le pied dans un filin et retrouva son équilibre de justesse. Vervaecke ricana avant d'avancer à nouveau, les mains à l'abri du froid. Elle glissa une clé dans la serrure.

Sylvain ouvrit le feu quand la gueule d'émail apparut dans l'embrasure.

Il n'y eut, en tout et pour tout, qu'un bref aboiement. Vervaecke se plaqua contre le mur extérieur.

— Tu as tué le chien ! Espèce de malade !

— Qui est le vrai malade ici ? Allez, on entre. Garde bien les mains en l'air et conduis-moi à la petite.

— Tu permets que j'allume la lumière ?

Les lances de photons dévoilèrent la face ensanglantée du rottweiler. Un long hall les jeta dans une pièce annexe où l'horreur dévoilait l'un de ses multiples visages. Partout, sur les murs, des têtes d'animaux, des bustes tranchés, des peaux tannées. Marcassins, sangliers, paons, cerfs. Bois luisants, gueules hurlantes, becs ouverts. Par-dessus la cheminée s'amoncelaient des crânes très blancs, habillés d'yeux de verre, de fausses dentitions. Dans un coin, des poupées anciennes. Innombrables.

Sylvain s'appuya sur un fauteuil, chancelant.

— Mais... Quel diable es-tu ? Pourquoi tant... d'horreurs ?

— Tu veux voir la petite ?

Elle désigna une lourde porte enfoncée dans la pénombre.

— Il va falloir descendre alors. Et accroche-toi. C'est pire, bien pire en bas. On s'aventure dans les noirceurs interdites de l'âme humaine. Tu sais, cette maison a presque cinquante ans. Elle a été bâtie par mes grands-parents au-dessus de dizaines et de dizaines de mètres de caves et de galeries, vestiges de la Seconde Guerre mondiale... Parfois, au fond, les esprits gémissent encore.

— Arrête... tes conneries...

Une ampoule délivra un escalier en colimaçon de l'obscurité. Les organes de Sylvain se rétractèrent. Comment ne pas mourir de peur avant d'atteindre le fond ? La petite diabétique, si elle était encore en vie, ne ressortirait de cet enfer que complètement folle.

— Passe... devant... Je... te suis...

À peine franchit-il la porte que sa joue droite se liquéfia. Il lâcha son arme, les deux mains sur le visage. Ses doigts se couvrirent de peau fondue.

La chute l'aspira.

— Ce petit con a brûlé notre magot ! grogna Vervaecke en serrant son amante. Je savais que l'alarme te mettrait sur tes gardes... Tu ne l'as pas tué j'espère ?

La Bête désigna son vaporisateur.

— De l'acide formique. De quoi bien l'amocher, mais il sera encore en vie...

La Bête la serra contre elle, mauvaise.

— Il... Il a tué ma chienne !

— Raison de plus pour lui réserver un traitement de faveur.

— J'ai cru que tu ne voulais plus me revoir... Je me suis trompée, hein ? Dis-moi que je me suis trompée !

— Bien sûr ma chérie. On va tout reprendre à zéro, mais avant, occupe-toi de lui...

Une supplique agonisante grimpa des abysses. Un râle lointain, noyé dans ses propres échos.

Vervaecke recula, l'œil méfiant.

— Bon sang ! Tu as recommencé !

La Bête lui agrippa le blouson.

— Non ! Non ! C'est juste… une pauvre femme ! Je…

Une gifle puissante frappa la Bête.

— Lâche-moi, folle ! ordonna Vervaecke. Combien de temps encore tu crois pouvoir échapper aux flics ? Ce ne sont pas des animaux ! Tu n'as pas le droit de faire ça !

— Mais… Tu viens de me demander de… m'occuper de lui !

— Ce n'est pas pareil ! Lui a essayé de me tuer ! Il a intentionnellement brûlé l'argent, il connaît mon visage et peut m'identifier ! Toi tu fais ça pour… pour… Tu… Tu me dégoûtes ! Je ne veux plus jamais te revoir !

La vétérinaire se défit de l'emprise charnelle d'un mouvement d'épaule. Il fallait fuir en catastrophe à l'étranger, avant que tout s'embrase.

— Non ! Ne pars pas ! supplia la Bête. Ne me laisse pas seule ! Je t'aime !

La vétérinaire s'élança dans le salon sans se retourner, enjamba le cadavre du chien, ouvrit la porte.

Sa main enroba la poignée jusqu'au moment où son corps percuta le sol, secoué de spasmes.

Du bistouri qui pénétrait dans sa nuque ne paraissait plus que la mitre.

— Je… je ne voulais pas… pleura la Bête. Mais… ton visage n'est pas abîmé, tout pourra s'arranger. On va se retrouver… Pour l'éternité…

Écrasée de larmes, la Bête s'enfonça à reculons dans les catacombes, chevaucha la masse écrasée dans l'escalier et disparut dans son antre, le corps chaud de Vervaecke entre les bras.

Dans un premier temps, elle honorerait la requête

de son amour éternel : faire souffrir l'homme qui avait brûlé l'argent. Puis viendrait le temps de la ramener à la vie.

Mais auparavant, il fallait aller travailler, gagner sa pitance, comme tous les jours. Elle remonta, enfila son blouson, ses gants, et se perdit dans le levant...

Chapitre quarante

Petite-Synthe. Lucie ne laissa pas le temps à la responsable de la SPA de pénétrer dans ses locaux.

— S'il vous plaît !

La femme se retourna. La quarantaine, chevelure filasse, des cernes comme des valises. En grand manque de sommeil, elle aussi.

— On... on n'ouvre pas avant huit heures madame. Il est... sept heures vingt... Les vétérinaires ne sont pas arrivés. Une urgence ?

— Grosse urgence ! Quelques questions à vous poser. Puis-je entrer ?

Christiane Corneille baya aux corneilles.

— Euh... Je n'ai pas l'habitude qu'on me saute dessus si tôt le matin... Mais... Suivez-moi...

Elle ferma la porte, traversa une pièce à l'odeur infecte et gagna une petite cuisine avant d'ajouter :

— Le chauffage vient juste de se déclencher, je vous conseille de m'imiter et de garder vos gants. Un café pour vous réchauffer ?

— Non merci. Je suis assez pressée.

— Moi aussi, à vrai dire. Dans ce cas, je vous écoute...

— Merci… Avez-vous relevé des plaintes pour disparitions d'animaux ces derniers mois ? Des chats, notamment.

— Des… des disparitions de chats ? Il s'en produit régulièrement. Les gens se rabattent souvent ici comme à un dernier rempart à leur désillusion. Dans la plupart des cas, ces animaux se sont fait écraser et ont été ramassés par la voirie. On ne peut donc pas réellement parler de disparition, mais plutôt d'une sélection naturelle qui s'opère lorsqu'un corps de trois kilos rencontre une masse de plusieurs tonnes lancée à pleine vitesse.

— Je vais formuler ma question différemment. Vous a-t-on déjà rapporté des cas inexpliqués de disparitions ? Genre vols ou enlèvements ?

La femme haussa les épaules. Elle était habillée en motard. Rangers, bandana autour du cou, pantalon, gants et blouson en cuir.

— Que croyez-vous ? Que celui qui vole un chat envoie une demande de rançon aux propriétaires ? Vous savez, les gens paniquent très facilement, ils viennent nous informer de la disparition de leur animal, nous donnent une description ou un numéro de tatouage. Quand la fourrière ramène des bêtes, on vérifie. Sinon, que voulez-vous que l'on fasse ?

La piste s'effilochait déjà. Lucie insista.

— Comment fonctionne l'adoption d'un animal ?

La femme lança un regard au travers d'un store. Curieusement, elle ne le releva pas. Dehors, une ou deux ombres.

— Rien de plus simple. Vous fournissez un justificatif de domicile, remplissez un contrat dans lequel vous décrivez les futures conditions de vie de votre compagnon. Un petit chèque de trente et un euros si la bête a plus de six ans, quatre-vingt-sept euros sinon, pour les vaccins et le tatouage. Ensuite, il vous appartient.

Lucie continua à dérouler sa liste de questions, sa remontée vers la source. Elle pariait sur le rouge. Le noir sortirait-il ?

— Y a-t-il des candidats réguliers à l'adoption ? Des visages familiers ?

La femme plissa les yeux.

— Sur quoi enquêtez-vous ? Vous êtes flic ?

Cette fois, le brigadier en civil avait préparé la réplique.

— Je suis privé. Je travaille sur un réseau de trafiquants dunkerquois. Des bêtes revendues à des laboratoires de vivisection clandestins. Les SPA sont des moyens inespérés de se fournir sans peine et pour pas cher...

Corneille remplit sa tasse d'une substance noirâtre et se dirigea vers un ordinateur, au fond d'un bureau jouxtant la cuisine.

— Des candidats réguliers à l'adoption ? Des passionnés de chats et de chiens ? J'en connais, mais... toutes les informations se trouvent là-dedans, si vous voulez...

Lucie se pencha sur l'écran.

— Montrez-moi !

— Oh là ! Attendez ! Cet ordinateur est une brouette. Que voulez-vous ? Les programmes informatiques évoluent mais pas nos bécanes, faute de moyens. Il faut attendre au moins cinq minutes avant que le logiciel se charge – elle désigna la salle d'attente –, vous permettez ? J'ai un coup de fil important à passer...

Lucie acquiesça et s'installa sur une chaise bancale, du genre qu'on ne déniche plus qu'au fond des vieilles classes. La salle était propre, le carrelage net mais l'air était saturé d'odeurs nauséeuses.

Le brigadier se frotta le visage. Le sommeil revenait au galop. Quelle folie la poussait à gaspiller ses journées de repos ? Elle avait sollicité sa mère à sept heures du matin, l'exhortant de garder les petites sous le prétexte d'une intervention d'urgence. Elle avait la tête pleine à exploser d'images horribles, de corps déchirés, et elle croupissait à présent au fin fond d'une SPA à attendre l'impossible.

L'impossible ? Non... Tout se tient... Les animaux enlevés... Les aortes des capucins nouées avec doigté... Les mâles mutilés... Son degré de connaissance dans la taxidermie... L'entraînement sur des chats... Et comme par hasard on trouve une SPA à proximité de l'endroit du premier meurtre. La présence des animaux est récurrente, trop flagrante. Le tueur n'a pris goût à l'humain que très récemment. Depuis Mélodie Cunar, qui a déchaîné sa folie... Mais avant... Avant, il n'y avait que... les bêtes... pour le satisfaire... Deux mille... animaux... pour Fragonard... Il... vou...

— ...ame ? ...dame ? *Madame ?*

Sursauts hasardeux. Roulements d'yeux. Lucie s'arracha de son siège, bouche ouverte.

— Je... Quoi ? Oui, excusez-moi... Que... Quelle heure ?

— Dites donc ! Ça vous arrive souvent de dormir les yeux ouverts ? Nuit agitée ?

— Affaire délicate, répliqua Lucie. Alors, le verdict ?

— J'ai vos chiffres en long et en large ! Soixante-deux personnes ont déjà adopté plus de deux animaux. Vingt et une plus de trois. Se détachent du lot quatre candidates, de véritables arches de Noé ambulantes !

La fatigue s'évanouit instantanément.

— Donnez-moi les détails !

La Corneille esquissa un sourire en coin, traînant volontairement pour taquiner le poisson.

— Les fiches vous attendent sur l'écran de l'ordinateur…

Lucie se rua dans la pièce voisine, où il lui sembla percevoir des odeurs d'hôpitaux, genre bétadine, dakin, éther.

— Oh là ! Doucement, jeune dame ! Alors voilà la première de nos quatre tutrices… Fernande Dutour. Une retraitée qui a adopté treize chats noirs. Peut-être une sorcière, qui sait ?

Lucie assimila les informations d'un œil photographique. La femme habitait un patelin au sud de Dunkerque. Son âge, soixante-douze ans, était un critère éliminatoire.

Du bout du gant, Corneille enfonça la touche « entrée ». D'autres noms apparurent. Ne jaillissait de l'amalgame informatique que des vieilles dames, minimum la soixantaine. Le profil de l'assassin qu'elle avait dressé projetait un âge entre vingt-cinq et cinquante ans. Un être armé de forces suffisantes pour porter un loup sur les épaules, des doigts habiles et sans arthrose pour nouer les aortes minuscules, un physique et un psychique capables de combler les appétits sexuels de Vervaecke.

Autant de divergences qui lui brisèrent le moral.

— Vous êtes certaine qu'il n'y a personne d'autre ?

— L'ordinateur est formel, toutes les adoptions sont

enregistrées. On peut consulter la liste des clients avec trois animaux si vous voulez.

— Non, pas la peine.

Lucie fixa son interlocutrice dans les yeux.

— Comment vérifiez-vous l'âge des tuteurs ?

— Drôle de question… On ne vérifie pas. Il s'agit juste d'un critère informatif pour l'ordinateur, rien d'autre. Qui aurait intérêt à mentir sur son âge ? Et puis vous savez, si une personne de quarante ans nous affirme qu'elle en a soixante-dix, nous risquons de ne pas la prendre au sérieux. Je connais ces quatre clientes, elles viennent ou venaient régulièrement ici. Je vous garantis qu'elles font bien leur âge !

Lucie n'en démordait pas. Les quatre femmes habitaient la campagne autour de Dunkerque. Alimentaient-elles un enfant, un mari plus jeune et passionné de taxidermie ? Utilisaient-elles le voile de la vieillesse pour masquer les soupçons ?

— Vous arrive-t-il de vérifier ce qu'il advient des animaux adoptés ?

Corneille déshabilla Lucie du regard, balaya son corps de haut en bas, sans aucune gêne. Jalousie féminine ou autre chose ?

Lucie se sentit mal à l'aise. Autour, les odeurs médicamenteuses s'amplifiaient.

— Hmm… Jamais. Les contrats stipulent que les parents adoptifs doivent accepter la visite d'un contrôleur de la SPA. Du pur baratin. On a bien d'autres chats à fouetter.

Lucie se pencha sur l'ordinateur et écrasa un doigt sur l'écran.

— Est-il possible de consulter la liste des animaux

adoptés par ces femmes, de connaître leur sexe, leur race ?

Corneille se plaça derrière elle tout en plongeant une main dans la poche de son gilet.

— Évidemment. Regardez l'écran, il suffit de…

Une porte claqua. Une femme se présenta sur le seuil, un chien en miettes dans les bras. Le museau transformé en groin. L'humain gémissait plus que la bête.

— Il s'est fait renverser par une voiture ! pleurnicha-t-elle.

Corneille sortit un kleenex et se moucha.

— J'arrive madame !

Elle s'adressa à Lucie :

— Je vous laisse fouiner. Faites F1 pour l'aide. La marche à suivre est indiquée pour naviguer dans l'application. Évitez d'aller trifouiller dans mes dossiers. Ça va aller ?

— J'ai l'habitude, répliqua le policier avec un sourire.

Corneille ôta ses gants, enfila une blouse et disparut dans un glissement de coton.

Lucie s'attela à la tâche. Elle trouva rapidement le moyen de consulter la liste des animaux adoptés. Chaque élément se trouvait sur une fiche détaillée. Nom, origine, âge, race, sexe, poids, couleur, suivi des vaccins, des interventions.

Dutour, la femme aux treize chats noirs, n'avait adopté que des mâles, ce qui contredisait la logique du tueur qui ne glorifiait que les femelles. Viviane Delahaie, elle, jouait dans la diversité canine. Des chiens de toutes races, de tous âges, sexe indifférent.

Pas de suivi. Dernier animal adopté en 2002. Lucie

nota le nom et l'adresse sur son carnet, sans réelle conviction.

Elle bascula sur la fiche suivante. Renée Lafargue. Soixante-trois ans. Dix-huit bêtes adoptées. D'abord douze chats, puis six chiens. Comment des animaux qui se détestent par nature pouvaient-ils cohabiter en si grand nombre ? Le cœur de Lucie s'intensifiait en rebonds au fur et à mesure que ses yeux digéraient la liste. Seules des femelles avaient été adoptées. Hormis l'âge de la tutrice, tout concordait.

Merde !

Elle se frappa le front. La majeure partie des animaux présentait un suivi vétérinaire sur plusieurs années. Rappels de vaccins, interventions. Ce qui excluait leur mise à mort.

Le brigadier afficha le dernier dossier. Une dame qui ne s'intéressait qu'aux oiseaux. Canaris, inséparables, perruches…

La piste volait en éclats, ses rêves de gloire personnelle s'évanouissaient.

Pas possible, c'est forcément là !

Était-il envisageable que les dossiers aient été trafiqués ? Que cette Renée Lafargue, avec ses chiennes et ses chattes, soit effectivement le tueur ?

Arrête. C'est complètement stupide.

Elle avala à nouveau les dossiers en long en large, à la recherche d'un détail, d'éléments qui allaient dans le sens de l'enquête, de la logique meurtrière. Les écrans se succédaient. Âges, races, poids, couleurs…

Les noms donnés aux neuf chiens de Viviane Delahaie accrochèrent son regard. Lucie remarqua que la septuagénaire s'était inspirée de la mythologie antique pour nommer ses compagnons. Sisyphe, Esculape,

Lycaon pour les mâles. Sthéno, Scylla, Euryale, Ocypétés, Célaeno, Thétis pour les femelles.

Elle faillit fermer la fiche mais un mot retentit dans sa tête.

Immortelles.

Scylla… un monstre qui dévorait les marins circulant entre ses rochers. Sthéno et Euryale… deux des trois Gorgones, si ses souvenirs étaient bons, aux cheveux de serpents, qui transformaient en pierre les mâles assez téméraires pour porter le regard sur elles.

Des immortelles particulièrement cruelles à l'égard des hommes. Des immortelles, comme par hasard… Lucie se prit la tête dans les mains et ferma les yeux.

La majeure partie des psychopathes expriment ouvertement leurs sentiments dans le quotidien, au travers d'actes ou de comportements anodins. Otis Toole et Peter Kurten étaient fascinés par le feu, symbole très fort de destruction. Jeffrey Dahmer adorait aller à la pêche avec son père, pour le simple plaisir d'éventrer les poissons… Et s'il existait un message dissimulé derrière les noms de ces chiens ? Un moyen subtil de se moquer du monde en disant : « Je vous exprime ouvertement ce que je vais faire de ces animaux, et vous ne voyez rien ? » Et si cette liste était son « erreur de jeunesse », celle qui trahissait sa nature profonde ?

Malheureusement, ses connaissances en mythologie ne lui permettaient pas de conforter sa théorie. Elle chercha une connexion à internet mais n'en trouva pas.

Merde ! Et puis merde !

Solution de secours, le portable magique. Elle appela sa mère, inventa une histoire à dormir debout avant de lui demander de faire une recherche dans son encyclopédie.

Les réponses tombèrent. Des couperets.

Ocypétés et Célaeno, des monstres épouvantables, les Harpies, qui torturaient les mortels et enlevaient leurs enfants. Immortelles.

Thétis, sirène au chant venimeux. Immortelle.

Esculape, fils d'Apollon et de Coronis. Mortel.

Lycaon, roi d'Arcadie, foudroyé par Zeus parce qu'il avait tué un enfant. Mortel.

Sisyphe, condamné à pousser un rocher qui retombait sans cesse. Mortel.

— Merci maman !

Chiens mortels, chiennes immortelles. On mutile les mâles, on naturalise les femelles.

Lucie gribouilla un « merci » qu'elle abandonna sur le clavier avant de s'évaporer. Dans sa voiture, elle rouvrit son carnet, les doigts tremblants. Viviane Delahaie… Le seul point convergeant de ses déductions, l'œil du cyclone. Et pourtant, tout jouait contre le profil établi. L'âge de Delahaie, le mélange des sexes, le suivi vétérinaire, l'absence de chats sur lesquels l'assassin avait fait ses premières armes.

Mais il fallait vérifier. Au pire, elle perdrait une heure…

À un feu tricolore, elle observa longuement les paumes de ses mains, leurs lignes de vie…

Et si c'était vrai ?

Elle grelottait.

Elle quitta Petite-Synthe et s'envola pour la ville aux blockhaus gigantesques.

Et sa forêt profonde…

Chapitre quarante et un

La chair du ventre frémit. Une fois. Une deuxième, au même endroit, juste sous le nombril. Le petit être qui habitait Caroline Boidin jouait dans son univers liquide.

La femme enceinte était couchée sur un tapis d'écorces de pin, complètement nue. Les solides cordes enroulées autour de ses membres creusaient sa peau d'un filet brûlant et empêchaient toute manœuvre autre que la reptation primitive. Mais la morsure des liens était incomparablement plus douce que celle du froid. Son corps tout entier puisait dans des ressources secrètes pour alimenter les radiateurs internes, pour que la température au sein du placenta conserve sa constance. La moindre variation prolongée pouvait être fatale au bébé.

La future maman utilisa ses coudes pour s'arc-bouter et, au prix d'efforts démesurés, gagner la position assise. Les écorces dans sa chair excitèrent ses récepteurs à la douleur. D'un instant à l'autre, elle craquerait et finirait par exploser en pleurs.

Pour la première fois depuis son réveil, ses narines vibrèrent. Une odeur de crème parfumée se mêlait à la puanteur du cuir. D'où venait-elle ? Elle renifla ses épaules, ses seins, passa la langue sur les parties accessibles de son corps. On l'avait aspergée d'huiles végétales, comme si on la préparait à un sacrifice. Elle refusa de pousser ses pensées plus avant, focalisant son attention sur le pavé de chair étalé au centre de la cave.

— Monsieur… Monsieur ! Réveillez-vous… Je vous… en prie… À l'aide… S'il… vous plaît…

Elle murmurait, de peur d'alerter le démon au scalpel. L'homme nu ne réagissait pas. La vieille femme à la force surhumaine l'avait sanglé sur une table de métal, bordée de gouttières en zinc qui se jetaient dans une bassine. À quoi pouvaient bien servir ces goulottes ?

À évacuer les écoulements corporels… De l'urine, du sang !

Non ! Arrête de penser, je t'en prie !

En dépit des nombreuses écorchures, Caroline réussit à trouver la position verticale qu'elle entretint d'un équilibre fragile. Pieds liés, elle sautilla en direction de la table. Pas longtemps. Les vagues inégales de la mer d'écorces plièrent ses chevilles et la précipitèrent vers le sol. Elle chuta lourdement sur le ventre. La douleur, cette fois, fut morale.

Le bébé ! Non !

Elle se retourna en se tortillant, fixa la courbe vallonnée, espérant un battement, la chatouille interne d'un coup de pied.

Rien ne vint.

Pitié…

C'est… C'est parce qu'il… ne veut plus bouger… Il en a assez… Ça recommencera… tout à l'heure… J'en suis sûre… Oh mon bébé !

Elle refoula ses interrogations, ses peurs qui lui emprisonnaient l'esprit et l'empêchaient d'agir. La priorité était la fuite. Debout, elle avait entraperçu un tas d'outils étincelants. Des lames, des dizaines de lames enchâssées dans des manches en ivoire. Et aussi des marteaux, des tenailles, des burins. L'atelier diabolique d'une folle. Son regard se posa sur la couverture d'un livre, posé juste devant son nez. Couverture moisie, papier croqué.

Anatomia Magistri Nicolai Physici, *un traité d'anatomie... À quoi... peut-il bien servir ? Que... Arrête ! Arrête de penser ! Ces lames que tu as vues vont te permettre de couper tes liens !*

De la pointe des pieds, elle déblaya un maximum d'écorces de pin sur les côtés, rampa vers le mur tapissé de peaux animales, groupa ses jambes contre son ventre et arracha son corps de terre.

Sa gorge se serrait, ses muscles se gorgeaient d'acide, épuisant sa volonté, sa force de se surpasser. Une fois debout, elle bondit sur les zones dégagées et gagna enfin la table sur laquelle elle s'appuya. Un panoramique l'assaillit de visions insoutenables. Elle ferma les yeux, inspira, se refusa à analyser les toiles d'horreur qui l'entouraient.

Voilà... Respire... Doucement... Tes yeux ne doivent servir qu'à t'orienter... Vois mais ne regarde pas...

La femme focalisa son attention sur l'être sanglé.

Comme une bête... Il est attaché comme une bête...

— Monsieur... Monsieur...

Un visage peut fondre, l'homme en était l'exemple flagrant. Son profil droit criblé de boursouflures luisait, des suintements blanchâtres s'écoulaient par les pores de sa joue. Plus bas sur le corps, une autre surprise paralysa Caroline. Un macabre jeu de massacre sur de la viande humaine.

La cuisse droite était ouverte. Les strates de chair prises dans des forceps dévoilaient un canyon sanglant. Au fond de ces gorges pourpres le totem blanc du fémur, puis, tout contre lui, un nerf transpercé de cinq aiguilles.

Caroline se sentit défaillir. Elle chuta sur la table, menton en avant, mains liées derrière le dos. La douleur provoquée par une telle torture devait être insupportable.

Elle posa son oreille sur la poitrine de l'homme, à proximité d'un médaillon qui protégeait la photo d'une très jolie femme.

Le cœur battait encore. On essayait de le disséquer... vivant...

Cette fois, la panique envahit la future maman. Sa cadence respiratoire tripla, la salive déserta sa langue. Son organisme tout entier réclamait la fuite. Les cordes se serrèrent plus encore lorsqu'elle en éprouva la résistance.

Malgré les liens, elle agrippa le bras de l'homme et le pinça de toutes ses forces.

— Réveillez-vous, s'il vous plaît !

Sylvain Coutteure ne parvint à ouvrir qu'un œil. Les renflements autour de son orbite droite interdisaient tout mouvement de paupière. Une tache brune croûtait sur son arcade.

— Qu'est-ce... qui... m'arrive ? bafouilla-t-il. Ça brûle !

— Chut ! Taisez-vous ! Elle pourrait revenir ! On... On doit sortir d'ici !

Sylvain serra les poings, crispa les orteils, força

sur les sangles. Le nerf à vif remplit son rôle. L'arc de douleur qui se propagea de la cuisse ouverte à la moelle épinière lui révulsa les yeux.

Deux globes blancs sur un visage de cratères.

Ses lèvres moussaient d'écume. La convulsion guettait, la mort déployait ses fins tentacules. Affolements organiques, dérèglements hormonaux. Fièvre, spasmes, suées. Quand il émergea de son voile laiteux, il leva légèrement la tête, découvrit le grand sourire de sa cuisse.

— Seigneur… Qu'est-ce qu'elle m'a fait…

Il claquait des dents. Ses chairs vibraient, son corps résonnait de tremblements.

— Calmez-vous… tempéra Caroline… Écoutez, je…

— La petite diabétique… Où est-elle…

— La… la… la petite diabétique ? Celle de la télé ? Vous voulez dire que… c'est cette vieille femme qui… qui a assassiné l'enfant dans l'entrepôt et qui… qui détient l'autre petite ?

Sylvain tourna sa demi-face vers elle.

— Elles sont deux… Deux folles…

Son visage se tordit en un masque déformé.

— Aidez-moi à mourir… Je vous en prie… Approchez vos mains de ma bouche… Je vais essayer de… défaire les nœuds… Et promettez-moi… que vous me donnerez un de ces scalpels…

— Je ne peux pas faire ça ! On va s'en sortir !

— Je ne veux pas m'en sortir… Ma femme et ma fille sont mortes. Promettez…

Caroline pleura lentement les syllabes :

— Pro… mis…

Les dents de Sylvain attaquèrent le nylon. Une partie

de sa lèvre inférieure craqua. Un morceau de joue se déchira. Il hurla.

Dans un cône d'obscurité, une porte déversa un grincement paralysant.

— Je vois qu'on ne s'ennuie pas, miaula une voix.

L'ombre s'étira jusqu'au mur et un visage apparut. Une blancheur d'albâtre dans un trou de ténèbres.

Les deux prisonniers n'en crurent pas leurs yeux...

C'était irrationnel...

Chapitre quarante-deux

L'évidence se nichait là, depuis le début. Dès les premiers feux de l'enquête, ils auraient pu remonter jusqu'à ce Vigo Nowak. S'ils avaient eu la brillante idée de s'intéresser plus tôt à la liste des licenciés fournie par Vignys Industries.

Pierre Norman rageait. À la suite des déductions établies à l'endroit où Cunar avait été percuté, on savait que le chauffard avait attaché une grande attention à éliminer les pièces à risques. Le sang essuyé, le cadavre embarqué dans le coffre et, plus significatif, le prélèvement des morceaux de phare. Certainement l'acte le plus révélateur sur sa personnalité, sa volonté de faire les choses jusqu'au bout, sa connaissance des capacités de la police à exploiter l'invisible. On supposait aussi que ce même individu avait tagué son ancienne entreprise et donc que son nom figurait sur une liste d'une centaine d'employés.

En parcourant lui-même cette liste des yeux, Pierre Norman était tombé sur un patronyme qui avait mis ses méninges sens dessus dessous. Nowak. Cinq lettres identiques à celles affichées en haut du rapport d'expertise sur les traces de freinage. Après une rapide vérification, le lieutenant avait découvert que Vigo Nowak, licencié par Vignys, était le frère de Stanislas Nowak, expert de la police scientifique...

Arrivé à la périphérie du pays noir, le flic jeta un regard sur l'horizon encore éteint. Partout des dos ronds de schistes, jaillis de ces brumes que le Nord traîne partout, comme une malédiction. Sous le sol, invisible, un véritable gruyère. Des veines creuses qui serpentent sous les maisons. Des trous de neuf cents mètres au-dessus desquels courent des enfants. Un univers de pierre bâti sur un puits de ténèbres.

Durant le trajet, Norman n'avait pas décoché un mot aux deux collègues qui l'accompagnaient. Il songeait à ces destins unis à jamais en une tresse de sang. Ces vies qui s'effritaient comme du papier de verre, ce mal qui engendrait le mal, qui s'alimentait de ses victoires sur les âmes fragiles.

Le rouge des camions de pompiers et les gyrophares dissipèrent ses cyclones intérieurs. Il se gara à la hâte devant chez Nowak, rejoignit l'attroupement en uniforme, suivi par sa paire accompagnatrice. Pas de lances à incendie, pas de flammes ni de fumée. Juste un froid de corons. Des visages ravagés par l'incompréhension. Des badauds matinaux.

Norman se présenta au capitaine du commissariat de Lens, expliqua la raison de sa présence. Une histoire de magot volé.

Échange de formalités. L'homme lui résuma la situation, l'accent bien écrasé.

— Les pompiers ont été alertés vers six heures trente par un type qui partait travailler. De la fumée montait de derrière la maison. Une fois sur place, le feu s'était déjà éteint. Une réserve à charbon a brûlé en partie. Il n'y avait pas de bois, hormis la porte, quelques planches... Du papier, du plastique. Les poutres de la charpente étaient en métal, le toit en tuiles, les murs en brique. Pas d'isolation, rien. Le feu s'est donc rapidement étouffé sans causer énormément de dégâts... Enfin presque...

Il invita Norman à le suivre.

— On a retrouvé un corps carbonisé à l'intérieur. Pas beau à voir... D'après les analyses préliminaires des experts, il aurait été aspergé d'un liquide inflammable. De l'essence ou du pétrole...

Norman tapa du poing dans sa paume gauche.

— Une idée sur l'identité ?

— Une gourmette autour du poignet avec le prénom Vigo. Une chaîne autour du cou reconnue par les parents de Nowak. Le labo confirmera formellement l'identité à partir de l'ADN ou des empreintes dentaires.

Le lieutenant shoota dans des gravillons. Nowak, doublé par un complice trop gourmand. Ou alors un malentendu, un règlement de comptes ?

Il désigna la maison mitoyenne.

— Le voisin n'a rien entendu ?

— Il n'y a personne, ses volets sont baissés, pas de voiture. Il est sans doute parti en vacances dans sa famille.

— Et les autres voisins ?

— Tous des vieux. Un peu durs d'oreille, si vous voyez ce que je veux dire...

— Il s'agit de la voiture de Nowak, là ?

— Oui.

— Où se trouve le corps ?

— Dans la remise. Je ne vous le conseille pas...

Il doit partir pour l'institut de Lille d'ici une heure. Sale affaire, n'est-ce pas ?

L'enquête se ramifiait avec la hargne d'un fleuve fougueux. Après une profonde inspiration, le lieutenant sortit la liste des employés de Vignys, pointa le nom de Sylvain Coutteure. Le seul licencié qui habitait aussi dans cet univers de schiste.

— Pouvez-vous me dire où se trouve cette adresse ?

Le capitaine ôta ses gants et chaussa sa paire de lunettes. Ses yeux manquèrent de traverser les verres.

— Vous déconnez ou quoi ?

— Qu'y a-t-il ?

— La mère Coutteure passe à leur fermette tous les matins. Elle a appelé voilà une heure. La femme et la fille de Sylvain Coutteure sont décédées. Intoxiquées au monoxyde de carbone. Quant à lui... introuvable...

Norman secoua la tête. Longuement... Les voix ne lui parvenaient plus que par bribes.

Sa jambe droite se mit à vibrer. Un appel... Il sortit le portable de sa poche et le plaqua sur l'oreille.

— J'écoute !

Le policier lensois l'observa du coin de l'œil. Il vit, pour la première fois de sa vie, les traits d'un être se décomposer.

Rien ne différenciait Norman d'un mort vivant lorsqu'il raccrocha...

Chapitre quarante-trois

Les entrelacs de branches se comprimaient jusqu'à voiler le ciel naissant d'un rideau opaque. Lucie serrait son volant plus que nécessaire. Les troncs noueux des vieux arbres lui suggéraient, depuis le plus jeune âge, des masques hurlants, des êtres prisonniers de l'écorce, comme ces insectes, piégés dans l'ambre. Une peur de gamine, tenace et indélébile. Comme quoi, on peut très bien côtoyer mentalement les pires meurtriers de la planète et mourir de peur devant de stupides morceaux d'écorce.

Aujourd'hui, elle affrontait ses démons enfouis, remontait à la source, traquait le mal dans sa forme la plus primitive.

L'être de flammes replié aux portes des ténèbres l'attendait.

J'aimerais que cela dure des siècles. C'est tellement passionnant.

Tu es folle ! Tu es là pour tuer le mal, pas pour l'entretenir !

La diode clignotante de son portable vira au rouge. Plus de réseau. L'épaisse ceinture d'arbres renforçait son étreinte.

Tous les ingrédients sont réunis ! Tu vérifies la présence des animaux et tu disparais...

Un mince lacet de terre relaya le bitume craquelé. Au milieu de nulle part, une voiture immatriculée soixante-deux. Lucie enfonça la pédale de frein, fouilla d'un œil perçant au travers des rideaux serrés de troncs. Elle n'osait baisser la vitre.

Qu'est-ce qu'une voiture du Pas-de-Calais fiche à cette heure dans ce trou perdu ?

Elle hésita à ouvrir la portière, à déranger les spectres tenaces de l'aube.

Jamais ! Plutôt mourir que de sortir ici !

Elle reprit le chemin au ralenti, se persuadant qu'il s'agissait de chasseurs.

Chasser par cette obscurité ?

Le chemin de terre déposa le quatre roues bringuebalant devant une maison à la moelle infestée de tortuosités végétales. Lucie réprima un frisson.

Non... Tu es folle d'être venue ici ! Pour rien en plus ! Fais demi-tour !

Elle regonfla ses poumons d'air, fourra son Beretta chargé dans la poche intérieure de son blouson, remonta la fermeture Éclair jusqu'au cou et enfila ses gants. Quand elle ouvrit la portière, son épiderme fut saisi par le froid des profondeurs boisées.

Après avoir slalomé au pas de course entre des monts d'encombrants, des échardes menaçantes, des câbles tendus au sol, elle plaqua son oreille contre la porte. Aucun aboiement. Le silence des choses mortes.

Elle frappa. Encore. Et encore...

Personne ! Ou alors cette vieille peau est sourde !

Lucie s'éloigna à reculons. Le bois gémissait, des

grincements grimpaient des tréfonds invisibles. Au-delà, des coulées de brume se déversaient lentement.

Le Petit Poucet. Evil Dead. Blair Witch. Délivrance. La forêt, autel de tous les carnages.

Allez ! Un petit... effort... Tu aimes... tellement te faire... peur... On va voir... ce que tu as... dans le ventre !

La feuille tremblante longea la façade, s'approcha d'une fenêtre contre laquelle elle appuya une main en visière. Son intrusion visuelle ne lui renvoya que des formes opaques. Elle regretta d'avoir oublié de prendre une torche et affûta sa vue. Des taches difformes se décrochèrent du mur. Irrégulières, volumineuses. Ces masses curieuses conservaient leur mystère en dépit de ses efforts. Exaspérée, elle éprouva le vieux bois de poussées mesurées, fit vibrer les vitres avec l'espoir de faire céder un loquet intérieur mal rabattu. En vain.

La jeune femme fit le tour de la propriété, cogna contre chaque carreau, conservant une main contre le lierre pour se rassurer. Ses bottines s'enfonçaient dans des sillons gelés, dérangeant des feuilles décomposées, des branchages malades. Pour rompre la démesure du silence, elle chantonnait dans sa tête.

Un, deux, trois, nous irons au bois... Quatre, cinq, six, cueillir des cerises...

Géniale la chanson, de circonstance !

Revenue à son point de départ, Lucie s'immobilisa. Avec les coups sur les vitres, les canidés auraient dû s'exciter. Pourquoi la demeure renvoyait-elle cette impression d'inhabité ? Le colosse de brique ne respirait plus. La vieille avait dû déménager avec sa horde poilue pour un endroit plus accessible.

Ou alors elle est morte ! Et si personne n'était au

courant ? Imagine ! Son corps pourrissant à l'intérieur, les bêtes qui s'entre-bouffent avant de mourir de faim ! Ici, pas de téléphone. Tout juste l'électricité. Et encore...

Lucie se rongea les gants. Que faire ? Mettre les voiles, patienter encore un peu ? Attendre quoi ? Elle creusa un sillon dans l'humus et dévoila la rondeur d'une pierre qu'elle ramassa. Elle soupesa le projectile.

Et vlan ! Pourquoi ne pas la balancer dans un carreau ?

Elle tourna sur elle-même, étouffée par la pression des tentacules d'écorce qui se massaient par-dessus sa tête. Même si l'œil noir de la forêt l'observait, personne ne pourrait la surprendre. Elle ferait un petit tour à l'intérieur puis disparaîtrait. Si elle ne mourait pas d'une crise cardiaque avant.

Oui mais si elle dort ? Si elle est sourde et qu'elle te découvre soudain chez elle ?

Elle arma le bras mais capitula au dernier moment. Plus personne n'habitait sous cette muraille de lierre. Peine perdue. Sa déception se traduisit en une ode aux noms d'oiseaux.

Elle rebroussa chemin, se mit au volant, réveilla les phares.

Mais oui ! Utilise les phares pour voir à l'intérieur de la maison ! Quelle idiote !

Soudain, une voix l'immobilisa. Un filet de miel aux tonalités de granit.

— Qu'est-ce que vous voulez ?

Lucie manqua d'oxygène. Se dressait dans les faisceaux lumineux une perle de magazine. Au moins un mètre quatre-vingts de prestance, chevelure brune rassemblée en chignon, la rigueur des traits celtes encadrant les douceurs orientales. Épaules carrées, malgré tout. Muscles frissonnants, sans doute. Le félin portait un pull style indien aux manches trop longues et un pantalon côtelé d'hiver.

— Je... Ex... Excusez-moi, bafouilla Lucie. Je m'apprêtais à repartir...

— Il est un peu tôt pour déranger les gens, vous ne croyez pas ? J'étais dans ma chambre. Le temps de m'habiller à la va-vite...

Lucie se racla la gorge.

— En fait, je souhaitais rencontrer Viviane Delahaie. Vous la connaissez ?

Le brigadier lui donnait vingt-cinq, maximum trente ans. Une étrange appréhension courait dans son esprit. Un curieux sentiment d'avoir déjà croisé ce regard, ces yeux au voile mystérieux. Dans une grande surface ? À Malo ? Où exactement ?

— Ma mère est décédée l'année dernière. Désormais, je m'occupe seule de cette maison... Vos phares s'il vous plaît ! Je les reçois en pleine figure !

Lucie se pencha dans l'habitacle et s'avança à nouveau.

— Désolée... Je... travaille pour la SPA de Petite-Synthe. On mène une enquête sur le devenir des animaux adoptés. Votre mère avait recueilli neuf chiens... Que sont-ils devenus après sa disparition ?

La femme aux iris de chat égyptien s'écarta du battant de la porte.

— Je peux voir votre carte ?

Elle dévoila un sourire de star hollywoodienne.

— Je plaisante. Entrez, je vais vous expliquer !

Elle est vraiment somptueuse, songea Lucie.

Le policier s'avança sur le seuil où un arc de

lierre l'agrippa de ses appendices humides. La porte
se referma avec son grincement de circonstance, pié-
geant Lucie dans un hall oblong dépourvu de fenêtres.

— L'électricité ne fonctionne plus depuis hier, s'excusa la femme. Avec ma mère, nous y avions droit à
chaque hiver. Un électricien doit passer aujourd'hui.
Ne bougez pas, je vais chercher un chandelier, OK ?
Le jour se lève très en retard ici. D'ailleurs, même
l'été, on allume parfois la lumière.

— Très bien...

La femme se dissout dans la gueule obscure. Lucie
ôta ses gants et les renfila aussitôt. Une température
effroyable coulait des vieilles briques. Pas de chauffage non plus. Comment pouvait-on vivre dans un tel
congélateur ? Rien ne la rassurait ici. Tout aurait pu
coïncider avec l'enquête. La grande maison, l'isolement, l'absence des neuf chiens. Et même, à présent,
l'âge, la physionomie de la propriétaire. Grande, forte.
Suffisamment intrigante pour apprivoiser Vervaecke.

Sans oublier le pull aux manches trop longues qui
dissimulait les mains.

Le doute s'empara du policier, la fragilisant davantage. Elle remonta le mur gauche du hall à tâtons,
intriguée par les masses entraperçues au travers de la
fenêtre. Il fallait vérifier. Était-il possible que...

Ses doigts palpèrent une embrasure qui la jeta dans
une pièce immense percée de deux fenêtres. Au fond,
dans l'agonie du jour, elle crut deviner la carcasse
géante d'une cheminée. Les taches s'accrochaient aux
parois en formes indéfinissables.

Faites que ce ne soit pas ça...

Elle longea le mur, évoluant en crabe jusqu'à se
positionner sous le premier renflement, et leva la main.

Des poils. Un groin. Des canines. La tête tranchée d'un sanglier.

Sa respiration s'accéléra. Elle vola jusqu'aux autres silhouettes déchirées. Biches, cerfs, renards ! Partout des têtes, des bustes figés. Et là, devant, au bord de l'âtre endormi ! Des crânes, de toutes tailles ! Des pattes coupées, des sabots sectionnés ! Des poupées aussi ! De véritables *Helen Kish* ou *Beauty Eaton* !

Le flic en dérive se laissa gagner par la terreur. Elle fonça vers le centre de la pièce en ouvrant la fermeture Éclair de sa parka.

Son genou percuta une table basse, l'immobilisant instantanément sous l'effet de la douleur.

Un crochet puissant lui pressa le visage. Cinq unités de chair qui appuyaient un coton sous son nez, alors qu'un serpent décidé s'enroulait autour de son cou.

— Ne bouge pas ma petite, murmura la voix. Je voulais venir à toi et c'est toi qui es venue à moi. Peut-on souhaiter meilleur signe du destin ?

Lucie bloqua l'air dans ses poumons, frappa des pieds partout où elle pouvait. Des objets volèrent, des cris éclatèrent. Elle perdait la maîtrise de ses mouvements. Oubliées les prises d'autodéfense enseignées aux cours. Ne jaillissaient de son corps que du brut, de l'instinct. Des déchirures d'ongles, des grognements bestiaux. Ses mâchoires rencontrèrent le bras ennemi et se rabattirent comme un clapet. La femme hurla en relâchant sa prise. Un coup de coude dans le plexus la plia en deux.

— Pe… tite… sa… lope !

Lucie roula, plongea la main dans son blouson. Poche vide. Affolée, elle rampa, décrivit de grands arcs de cercles sur le sol. Halètements de détresse.

Un corps en dérive. Une barque sans rames. Après maints tâtonnements, ses phalanges enveloppèrent enfin la crosse du Beretta.

— Ne bougez plus ! hurla-t-elle.

Des bruits de pas. Un courant d'air. Une porte qui claque au fond de la pièce.

Lucie se frotta le front. Les vapeurs nauséeuses de l'éther envahissaient son crâne, envahissaient sa réflexion. Elle s'appuya sur la table, se releva, chancelante. Ses pupilles s'accoutumaient à l'obscurité, dépouillant la pièce de ses zones cachées. Les faces brunes des animaux gagnaient peu à peu en détails, les mâchoires retrouvaient leur blancheur d'émail.

L'arme tendue, elle défia les ténèbres, progressa jusqu'à la porte du fond où avait disparu son agresseur. Du bout des dents, elle ôta ses gants. Sa paume droite s'enroula autour de la crosse du revolver.

Un bilan, vite ! Que faire ? La situation était pourtant d'une clarté cristalline. Impossible de joindre le monde de la lumière. Pas de téléphone.

Deux solutions. L'une raisonnable. Fuir, faire demi-tour, trouver le réseau et alerter les renforts. Réagir dans les règles apprises à l'école de police.

Ou alors agir. Affronter le monstre. Braquer autre chose que des cibles en carton. Toucher du doigt le vrai métier de flic.

Non... Tu ne peux pas... Tu n'en es pas capable...

Au contraire ! C'est toi là Lucie ! Ce pour quoi tu existes ! Tu atteins ton but ! Va au bout !

Des tas d'images démentes la harcelaient. Les sourires des jumelles. La chevelure rousse de Norman. Ses parents dans une balancelle. Des seringues d'insuline. Des veines, des aortes. Des cœurs palpitants.

Fais ça pour tes filles ! Qui les protégera de monstres pareils si tu ne le fais pas ?

Et qui les protégera si tu meurs ?

Elle frappa du poing sur un mur.

Allez !

L'instinct de prédation surpassa celui de mère et la précipita dans la gorge humide d'un escalier en colimaçon. Elle plongeait dans l'obscurité de l'âme. Son âme...

La bête se décrocha de l'ombre et lui tomba dessus sans que, cette fois, elle puisse réagir. Les mandibules chargées de venin...

Chapitre quarante-quatre

Lucie ravala son hurlement. Une bestiole à huit pattes, un monstre forgé par la rudesse de l'hiver ricocha au-dessus de son oreille gauche, glissa sur son épaule avant de fondre dans un interstice. La main tremblante du policier palpa un interrupteur qu'elle enfonça par réflexe. Un voile sombre, peu engageant, se déversa des voûtes de brique. L'électricité fonctionnait à merveille.

Que faire à présent ? Descendre... Acculer la femme dans un cul-de-sac... Au mieux, la contraindre à se rendre... Au pire...

Franges d'hésitation... Démarche chancelante... Marche arrière... Retour à la lumière... Des sons grimpèrent du fond des abysses. Pas des sons. Des plaintes terribles. Les gémissements longs et pénétrants d'une voix féminine.

Seigneur ! La petite Éléonore ! Est-il possible que...

Lucie s'appuya contre une paroi, tétanisée. Elle s'efforça de maîtriser sa respiration. Le haut ou le bas ? L'ombre ou la lumière ? La vie ou la mort ?

Elle se décida à descendre.

Elle venait de percer la dure-mère du tueur, l'une

des fines membranes autour du cerveau, et s'approchait dangereusement de l'arachnoïde, une autre membrane plus fine, plus proche de la vérité...

Com... Combien de marches as-tu déjà descendues ? Vingt ? Trente ?

Impossible de savoir d'où provenaient les lamentations, les jeux d'échos brouillaient les radars internes. Alors que l'escalier continuait à déverser ses lames de pierre dans les profondeurs du cerveau, Lucie bifurqua dans une galerie mal éclairée...

L'arachnoïde.

Le policier aiguisa ses sens, communia avec la roche en une progression silencieuse. Les techniques d'intervention en zone risquée lui revenaient à l'esprit. Balayer d'abord les zones aveugles. Fermer les périmètres et les sécuriser au fil de l'avancée. Puis surveiller en permanence les voies d'intrusion possibles. Elle plongea dans une première cave.

Poussière. Toiles opaques. Moisissure. Accueil pour les damnés.

Au fond, deux congélateurs ronronnant, reliés à des tresses électriques. Des diodes rouges, signalant que les appareils fonctionnaient au plus fort de leur pouvoir de congélation. Lucie se faufila entre les cubes métalliques. Elle ouvrit le premier, une lampe interne éclaira la pièce.

La mort surgit.

Dans le confinement, des gueules pétrifiées de wallabies. Des chats empaquetés, raides comme des nerfs de bœuf. Un yorkshire coupé en deux, sans train arrière, vestige peu glorieux du fameux Claquette. Lucie dut solliciter toute sa sauvagerie intérieure pour ne pas chanceler. Le deuxième cercueil de glace renfermait pire encore.

De l'humain.

Une femme chauve recroquevillée en position fœtale. Les pupilles translucides, le regard polaire, un point pourpre proche de la moelle épinière. Le baiser fatal d'une lame.

Norman avait parlé d'une femme chauve. Vervaecke, la vétérinaire, désormais comprimée dans un monde d'icebergs. L'amante diabolique tombée sur plus forte qu'elle. Future écorchée.

Une lamentation plus prononcée s'échappa des entrailles souterraines. Lucie secoua la tête, retrouva ses esprits et, le souffle court, se focalisa sur l'entrée.

Bon sang ! Tu... Tu aurais pu te laisser surprendre... Tes émotions ne... doivent pas... t'aveugler...

Continuer, coûte que coûte. Arracher l'enfant des griffes du monstre.

Devant, le boyau rectiligne, sa bouche infâme, ses multiples portes fermées. Combien de cadavres, de vies fauchées, s'entassaient dans ces cellules pourrissantes ?

Ce... Ce n'est pas possible... Tu te trouves en enfer...

Lucie rebroussa chemin. La conviction que les plaintes venaient de l'arrière, d'un autre sous-sol. Il fallait descendre, s'enfoncer plus encore sous le crâne.

Direction la pie-mère, membrane collée à l'encéphale. Irriguée de sang...

Un froid plus incisif encore, une obscurité plus épaisse. Des ampoules rouges à très faible puissance, comme dans les sous-marins. Des écorces de pin, répandues sur le sol, semblables à des globules entassés. Un tunnel en demi-lune. Et l'odeur du cuir.

C'est... ici que tu... as retenu la petite Mélodie Cunar... Seigneur...

Lucie chercha à capturer l'origine de la voix. Mais la plainte s'était éteinte. Silence complet.

S'il te plaît ! Aide-moi à m'orienter !

Soudain, derrière une porte, des crissements d'ongles. Une puanteur d'urine. Lucie affronta les épaisseurs d'écorce, ses cordes vocales peinèrent à vibrer.

— Éléo... nore ! Je... suis là... pour... t'aider !

Oh Seigneur ! Seigneur protégez-moi !

Pas de réponse. Muselée par la terreur. Dans quel état jaillirait le petit corps féminin ? Quel esprit pouvait résister au choc psychologique de l'enlèvement, de l'enfermement ?

À hauteur d'épaules, un loquet, rabattu de l'extérieur. Lucie le tira, le nuage rouge des ampoules gagna la pièce. Frémissements de peau, compacité des corps cachés. Puis des yeux qui s'allument. Des mâchoires qui s'écartent. Des griffes brandies.

La rage qui explose.

Des masses de poils lui lacérèrent le visage. Sa peau s'arracha, le goût du cuivre monta sur sa langue. Elle se jeta sur le sol, la face en avant, le nez dans les écorces. Elle hurlait à son tour. Les singes disparurent dans le couloir, la queue repliée entre leurs pattes. Des capucins, la peau sur les os.

Lucie ne percevait plus les battements de son cœur. Elle se releva, s'épongea les joues, le front avec l'intérieur molletonné de son blouson. Sa lèvre supérieure pissait le sang.

Dans la pièce déserte, des monts d'excréments. Du pain moisi, de la salade noire, des immondices. Cette fois, elle ne put contenir son estomac. Gerbe instantanée.

Les émanations de cuir atteignirent leur apogée dans les épaisseurs inexplorées du tunnel. Dernière porte. Lucie hésitait à ouvrir quand le gémissement l'attira une nouvelle fois vers l'escalier. Elle s'engouffra dans la bouche d'ombre. À des dizaines de mètres sous la surface, le foret de pierre atteignait la matière grise.

Elle touchait le fin fond du possible. En sang et complètement désorientée. Perdue. Affolée. Frôlant l'asphyxie.

L'encéphale. Réacteur des folies. Processeur du mal.

Des toiles d'araignée couvraient les murs, tels des réseaux neuronaux complexes. Des lampes noires de Wood allumèrent ses vêtements clairs. Les bandes jaunes de son blouson se mirent à luire. Elle ôta sa parka afin d'éviter de ressembler à une cible mouvante mais son pull en laine mauve s'embrasa comme pour indiquer : « pour me tuer, visez la grosse tache lumineuse ». Elle l'enleva aussi. Restait fort heureusement le Damart noir. Un mur de chaleur qui la rendait quasiment invisible. Mais pas invulnérable.

Deux caves à explorer.

Le cortex, siège des pensées et de la conscience.

Le cervelet, berceau des activités subconscientes.

Lucie passa une main sur son visage. Sa paume se couvrit de pourpre. Les entailles, notamment celles proches de l'œil gauche, étaient profondes. La folie guettait, perchée sur son âme.

La... la petite est forcément derrière l'une de ces portes... Même... Même si la femme brune fuit, elle... n'ira pas loin... Les collègues la retrouveront... Sauve la petite... C'est la priorité...

Sous l'arche de la première cave, chauffée par un radiateur électrique, Lucie se figea. Incapable de progresser davantage. Le spectacle défiait l'entendement...

Le cervelet...

Sur le sol couvert de moquette d'un bleu tendre, l'armée des écorchés veillait. Des kilomètres de veines dans les poitrails déchirés. Des postures d'attaque, de repli, des mises en scène de combats hargneux. Dans un angle, un capucin sans peau, accroché à la branche d'un faux caoutchouc. Au pied de l'arbre, assise, museau braqué au ciel, une louve naturalisée au poil brillant, d'un gris argenté. Dans un autre coin, un chien transparent vidé de ses organes, dont ne restait que le squelette, les veines bleues, les artères rouges. Dans sa gueule, le scalp d'un kangourou nain dont l'unité de chair reposait sous la patte avant du chien. Au plafond synthétique paré d'étoiles scintillantes, décoré d'un croissant de lune, des oiseaux suspendus, stoppés dans leur élan migratoire par le fil du bistouri. Leurs ailes déployées. Grandioses.

Lucie oublia de respirer. Cette chambre des morts, d'une beauté indéfinissable, exerçait sur son être une emprise titanesque. L'horreur dévoilait dans cette pièce tout ce qu'elle avait de plus puissant. Le tableau défiait la logique des rêves, l'animosité des cauchemars.

La mise à plat de la plus belle des folies.

Lucie se ressaisit. Que faisait-elle à genoux ? Reprenant son souffle avec difficulté, elle se retourna vers la sortie et remarqua un lit dans un renfoncement éclairé par une lampe aux dominantes violettes. Des draps défaits, un oreiller chiffonné. Un nid d'enfant autour duquel veillaient des dizaines de poupées anciennes, les yeux grands ouverts, un sourire calme. Si belles, tellement effrayantes. Sur le sol, tout autour, des mouches, des centaines de mouches piquées d'une aiguille en plein abdomen. Morbide essaim de trompes et d'yeux bleutés. Sur le côté, une table de chevet encombrée de cadres, de photos. Lucie traversa avec prudence l'armée des insectes, oubliant de surveiller l'issue. Des puissances démentes la transportaient. Elle avait perforé le cerveau du tueur...

Les clichés qu'elle découvrit terminèrent de l'achever. Elle s'écroula sur le matelas, dans ces draps qui sentaient bon les cheveux de petite fille, les parfums estompés, les bubble-gum oubliés. Son esprit s'ouvrait aux drogues secrètes de ses souvenirs.

Re... Ressaisis-toi ! Tu... dois... sauver la...

Tout tournait. Les battements cardiaques manquaient, les alvéoles pulmonaires se rétractaient. Lucie se redressa, vacilla, réordonna ses pensées. Ses membres tremblaient, ses mains se dilataient de sueur. Vidée comme un autopsié passé entre les gants d'un Pirogov, elle franchit la porte, péniblement, agrippée aux parois. L'air glacé de la galerie lui donna un coup de fouet, raidit son corps.

À nouveau les jérémiades. Là, derrière cette autre porte ! Des miaulements horribles. Cette fois, elle y était. À un souffle de la démence. Proche du cataclysme.

Mais la voix n'était pas celle d'une fillette. Trop mûre. Éraillée. La porte qu'elle enfonça de la semelle dévoila un antre ravagé par l'humidité.

Le cortex.

Au centre, une femme blonde, nue, les yeux bandés, chevilles liées, mains dans le dos sur le sol crasseux couvert de morceaux de brique.

La dernière victime de la Bête.

Cette nuit... Elle aurait été enlevée cette nuit ! Le commissariat doit être en feu...

Lucie pénétra en sondant les angles morts, rabattit légèrement la porte, s'approcha à reculons de la prisonnière, l'œil rivé sur l'entrée. Elle flairait le piège, la mâchoire de loup. Cette femme ne devait être qu'un appât, un moyen de l'attirer dans les catacombes.

— Je... Je suis de la police, murmura-t-elle. On va sortir d'ici...

Pas de réponse, puis des lèvres qui palpitent.

— Fai... Faites vite, je vous en prie... Elle va revenir...

Lucie s'accroupit, posa son arme à ses pieds, à portée de réflexe. Elle tira sur le bandeau, dévoila les yeux.

Des yeux de chat égyptien.

Elle comprit trop tard. En un souffle, la femme fit jaillir les mains de derrière son dos, la propulsa dans la poussière d'un coup de tête, récupéra le Beretta. La brune au chignon ôta sa perruque, se défit des entraves illusoires autour de ses chevilles. Son corps se déplia. Elle braqua le policier, le canon sur la tempe.

— Remue un pouce, respire de travers et ton crâne explose ! Tu fais moins la fière que pendant ta garde au commissariat, hein ?

— Au... Au commis...

La garde. Le comptoir des mains courantes. Qui avait-elle croisé ? Les alcoolos, les... Elle se rappela. La femme de ménage. Les tonnes de maquillage, la chevelure filasse, les traits grossiers pour dissimuler son identité, le parfum infect chassant l'odeur du cuir. Seuls restaient ces yeux...

— Je vois que ça te revient… Amusant, non ? On traque la bête alors qu'elle se repaît au cœur même de votre machinerie déglinguée.

Du bout du canon, elle contraignit Lucie à lever la tête. Ses joues flambèrent.

— Idiote ! Mais qu'est-ce que tu t'es fait au visage ? Tu saignes ! Non !

La gueule d'acier percuta l'arcade de Lucie, la précipitant de nouveau vers la poussière. Un sillon de sang se superposa au quadrillage de ses blessures. Dans le fracas de la douleur lui apparut le sourire de ses jumelles, leur soif de ciel bleu, leur gourmandise d'avenir.

Delahaie agitait l'arme frénétiquement.

— Tu… tu as tout gâché ! Tu es irrécupérable ! Tu as fait exprès de t'abîmer le visage !

— Non… Non… Ce… sont… les singes…

Lucie peinait à trouver ses mots. Ses tempes battaient, son crâne implosait. Elle serra les poings, emprisonnant une belle poignée de poussière.

Il… Je dois lui… balancer ça au… visage… Je… ne veux pas mourir ! Pas comme ça !

De violents coups de crosse lui pulvérisèrent les os de la main. Carpe, métatarses, phalanges. Séisme de calcium. Le policier roula jusqu'au mur. Proche de l'évanouissement.

— Arrête de gémir ! Vous gémissez toutes ! Chez moi, quand on pleurnichait, c'était la raclée ! C'est ça que tu veux ? Une raclée ?

Elle allait et venait avec la rage d'un taureau fou.

— Clarice est morte à cause de vous ! Vous, les flics, les journalistes ! Vous l'avez… effrayée, vous m'avez fait passer pour un monstre !

L'arme tremblait entre ses doigts brûlés. Elle hurlait. Lucie comprit à son regard qu'il n'y aurait pas d'issue. Un de ces romans qui finissent mal. Sans coucher de soleil.

Le dos plaqué contre une paroi, la maman des jumelles ferma les yeux, se laissa envahir de flashes. Des douceurs de lait. Des chaleurs de câlins. Des jardins de roses.

Dieu vous préserve de l'horreur du monde, mes filles... Votre maman vous aime...

— Cette fois, il n'y aura pas de pardon ! Vous brûlerez tous en enfer !

Delahaie visa le crâne de Lucie, à dix centimètres à peine. Du fin fond du cortex, la mort explosa.

D'abord le sang. Puis le cœur qui s'arrête. Pour l'éternité. Le mal appelle le mal. Tout devait finir ainsi...

Chapitre quarante-cinq

Il pleut. Au plus fort de l'hiver. Des traits d'eau pénétrants comme des poignards, si froids qu'aucun vêtement ne résiste à leur morsure.

Aujourd'hui, on enterre un flic. L'être parti dans l'exercice de ses fonctions impose un respect silencieux. Pas un seul des officiers, brigadiers, gardiens de la paix présents n'ose dévier le regard. Tous fixent ce drapeau qui s'affaisse sur son étendard.

La plupart d'entre eux ne connaissent pas la victime.

Pierre Norman pleure. Ses larmes se mêlent au ruban noir de ses souvenirs et lui rappellent que l'existence n'est qu'une poussière, une bulle de vie dans l'océan du monde. Les bons meurent, les méchants se multiplient. Il en va ainsi. On se donne juste des illusions en pensant qu'un jour, ce pour quoi l'on œuvre aura servi...

Une femme avance lentement, au loin, au milieu des tombes grises et blanches. Elle demeure un moment en retrait, au pied d'un sycomore, puis se décide à rejoindre le cortège.

La pluie redouble de violence.

Serrée dans un uniforme noir, elle se glisse sous le

parapluie du lieutenant et se pelotonne contre lui. À ses côtés, elle se sent bien. Elle sait que c'est réciproque.

— C'était un bon flic, souffle-t-elle à son oreille. Tout le monde l'appréciait. Les coupables paieront toute leur vie…

Pierre Norman la regarde sans lui répondre. La femme déchiffre dans ses prunelles un embrasement furieux, son silence porte la marque d'une amertume infinie. Il est comme ça, Pierre, tout en ruptures. Solide à l'extérieur, fracassé à l'intérieur. Un flic quoi…

— Colin est allé jusqu'à sacrifier sa famille pour son métier, finit-il par dire d'une voix peinée. Il… Il… Comment dire ? Il y croyait… tellement ! Une stupide intervention pour une bagarre… et voilà comment ça se termine…

Pierre est à fleur de peau. Lucie lui prend la main, la serre dans les siennes.

— La mort ne frappe pas toujours là où on l'attend…

En cet instant, ils mesurent toute la portée de ces quelques mots. Colin, croyant retourner chez lui après une intervention banale, comme il y en a dix par jour, et qui ne rentrera jamais. Lucie, qui s'était vue morte, le Beretta sur la tempe, juste avant que Pierre n'ouvre le feu et tue Viviane Delahaie…

Tant de destins chavirés…

Lucie relève le menton. Elle se retient de pleurer. Colin… Elle lui doit la vie, en définitive. C'était lui qui avait appelé Pierre, occupé autour du cadavre carbonisé de Vigo Nowak, pour lui raconter que Vervaecke avait, plus jeune, travaillé à la SPA de Petite-Synthe. C'était grâce à ce coup de fil que Pierre s'était souvenu des adresses entraperçues sur l'écran de Lucie et qu'il avait remonté la piste. Petite-Synthe… Corneille, la vétérinaire… La fiche de Delahaie, laissée en évidence sur l'ordinateur… Éperlecques… Puis les caves lugubres… Tout s'était enchaîné si vite.

***

Sagement assises dans leur parc, Clara et Juliette agitent des hochets. Sept mois après leur naissance, les mignonnes commencent à faire leurs nuits. Enfin presque… Les premières dents pointent leur émail et les tiraillent de douleur. Alors il faut se lever, encore, et les consoler jusqu'à ce que le sommeil les emporte. Pierre est très doué en matière de câlins.

La maman observe la ligne de vie de sa main droite, ce sillon qui creuse sa paume comme une lame de faux.

— Dis, tu crois qu'elle ressemblait à quoi, la ligne de vie de Viviane Delahaie ?

Pierre Norman ferme lentement les yeux et soupire.

— Alors maintenant, les lignes de vie… Ça fait presque trois semaines que cette histoire est terminée et tu continues avec ça tous les jours. Arrête… S'il te plaît…

Lucie ne l'écoute même pas, se parlant à elle-même, promenant son index sur sa main.

— Elle devait être cisaillée de toute part… Tant de malheurs… Comment ne pas…

— Lucie ! S'il te plaît !

Pierre se lève et s'empare d'un épais dossier, sur la table du salon.

— Je ne veux plus voir ça, OK ? Cette histoire est *ter-mi-née* !

Énervé, il lance le pavé devant lui. Des feuillets

volent en tous sens. Norman remarque alors un carnet qui dépasse d'une pochette mal fermée, un de ceux que Lucie possède dans ses tiroirs. Il l'attrape, en tourne les pages.

— Laisse ce carnet !

Pierre s'éloigne et se met à lire à voix haute.

— « À dix-huit ans, Viviane Delahaie récupère son héritage, réinvestit la maison familiale, au cœur de la forêt, brûle tout ce qui concerne son père. Photos, papiers, effets personnels. Puis, Viviane… »

Il foudroie la jeune femme du regard.

— Qu'est-ce que c'est que ça ? Tout se qui s'est produit ne t'a pas suffi ?

— Pierre, je t'en prie… ces écrits n'appartiennent qu'à moi.

— Comme tout le reste ici, hein ? C'est ça ?

Norman fronce les sourcils et poursuit sa lecture :

— « Viviane s'inscrit en faculté de médecine où elle s'oppose à l'autorité de ses professeurs, des hommes pour la plupart. Malgré un don naturel pour les pratiques médicales, elle est renvoyée. Elle vivote alors de petits boulots, devient femme de ménage dans des entreprises de la zone industrielle et même au commissariat de Dunkerque où elle ne croise que l'aube… »

Pierre tourne la page. L'écriture est nerveuse, mais très aérée.

— « Une situation idéale pour quelqu'un qui ne supporte plus le regard des mâles sur son corps magnifique. Elle apprend aussi à se vieillir, à se cacher sous des masques, des implants de latex, des perruques qu'elle confectionne. C'est alors qu'elle se met à naturaliser des animaux. Jour et nuit. Elle ressent le besoin de conserver des bêtes, de les soustraire à l'épreuve du temps. Puis, lorsqu'elle étouffe la petite Cunar, elle se rend compte que tuer des humains n'est pas si différent de tuer des animaux, et... »

Pierre arrête de lire et secoue la tête de dépit. Il y en a des pages et des pages. À certains endroits, des articles de presse, pliés et collés sur le papier. « Janine Delahaie, assassinée en pleine forêt par son mari » ; ou encore « Le calvaire d'une fillette, enfermée avec le cadavre de sa mère ».

— Pourquoi as-tu écrit tout ça ? lance Pierre d'une voix dure. À quoi ça rime ?

Lucie tente de lui reprendre le carnet, mais il l'en empêche.

— Pourquoi Lucie ? Pourquoi ?

— Mais parce que... Parce que je voulais savoir ! Comprendre cette femme !

Norman hausse les épaules.

— Comprendre cette femme ? Merde Lucie ! Je l'ai butée, nom de Dieu ! Et elle a failli en faire autant avec toi ! Il n'y a rien à comprendre !

Son visage, d'ordinaire si pâle, vire au rouge. Sur les pages du carnet, d'autres termes morbides : « cœur... poumons... reins... cadavres... artères... mort... Fragonard... » Ses pupilles se fixent soudain sur une phrase, inscrite en majuscules, au bas de la page : « LA CHAMBRE DES MORTS ».

— La chambre des morts... répète-t-il. La chambre des morts...

Il lâche le carnet sur le sol et se laisse choir sur le sofa, exaspéré. Lucie se précipite à ses côtés.

— Oui, Pierre... La chambre des morts. Cette pièce chauffée, dans les caves, représentait l'ensemble de ses peurs et de ses joies d'enfance. Le loup hurlant, que tous les enfants craignent. Ces mouches qui rôdaient autour d'elle après la mort de sa mère. Puis des images plus douces, comme les poupées dans le lit, l'univers rassurant des petits animaux à l'aspect affectueux. Capucins, kangourous. Quelle symbolique extraordinaire ! À l'image des caves et des galeries glaciales, son cerveau n'était peuplé que de douleur et de haine. Au milieu de cette matière dantesque, cette pièce minuscule, très chaude, la seule pointe d'humanité qui persistait encore en elle... La chambre des morts...

Pierre n'en revient pas. D'un jour à l'autre, Lucie lui semble différente. Il se demande s'il réussira jamais à la comprendre.

— Ne m'en veux pas, lui glisse-t-elle à l'oreille. Il fallait juste que j'aille au bout de cette histoire. Ce carnet, je vais le ranger dans un tiroir, et ne plus jamais y toucher.

Pierre désigne un épais grimoire.

— J'aimerais que tu fasses aussi disparaître ce livre...

Lucie se lève, souffle sur la couverture de l'*Anatomia Magistri Nicolai Physici* et le pose sur une étagère, au-dessus de l'armoire aux vitres teintées.

— Il y a quand même du positif dans tout ça, dit Lucie, éprouvant le besoin de se rattraper. Cette femme enceinte, ce type, Sylvain Coutteure, qu'on a pu arracher de ses griffes...

— Du positif, oui... Je te rappelle qu'ils ont retrouvé le gars mort avant son arrivée à l'hôpital, suicidé avec un scalpel ! Sans oublier la petite Éléonore... J'ose à peine imaginer son calvaire, avant que ce monstre ne la... ne la... Seigneur ! Tous ces cadavres pour une histoire d'oseille...

Lucie pose Clara sur les genoux de Pierre et serre Juliette contre sa poitrine.

Le lieutenant se tourne vers les dunes scintillantes. La chaleur de l'enfant apaise sa colère. Par-delà les monts, le ciel traîne ses rouges maladifs vers l'Angleterre.

— On va coucher les beautés ? demande-t-il en inclinant la tête. Histoire de tout oublier, de se garder un petit moment rien qu'à deux...

— Avant ça, Pierre, je vais te raconter l'histoire la plus extraordinaire que tu aies jamais entendue. Quelque chose qui risque de changer définitivement ta vision du monde. Je voulais t'en parler depuis la mort de Delahaie, mais... je n'étais pas prête... Et toi non plus, peut-être...

Le policier cligne lentement des yeux. Son cœur bat un peu plus vite.

— Je t'écoute... Mais... évite le morbide, OK ?

Lucie acquiesce.

— Plus jeune, mes parents et moi rendions constamment visite à mes grands-parents. Chaque samedi, chaque dimanche, cinquante-deux semaines par an. Les pères disputaient une partie de belote, les mères discutaient et nous, les cousins, cousines, jouions dans la cour, derrière la maison... Mon grand-père nous avait formellement interdit d'aller au fond du jardin, où il entretenait son potager sacré. Ceux d'entre nous qui s'y risquaient recevaient une raclée monumentale, alors j'aime autant te dire qu'on évitait le coin ! Mais une après-midi, nous avons tenté l'aventure. L'un de mes cousins surveillait pendant que le reste de la troupe s'enfonçait sur un long chemin de béton, miné de tessons de bouteilles. Mon grand-père détestait les chats, c'est cruel mais il ressentait une jouissance de guerrier sanguinaire chaque fois qu'un félin se coupait les coussinets dans ses pièges. Bref, nous avancions prudemment dans ce champ de verre quand un oiseau surgi d'un arbuste m'a déséquilibrée. Je suis tombée et là crac ! Ma paume droite s'est encastrée dans un tesson. Rien de vraiment méchant, pas de points de suture mais regarde, la cicatrice est encore visible ici, au tiers de ma ligne de vie. Tu la vois ?

Norman grimace et acquiesce.

— Trois jours plus tard, sur la plage de Fort-Mahon, mon frère et moi faisons une course, premier arrivé à la mer ! Nous nous ruons en direction de l'eau, et là boum, mon pied se prend dans un pâté de sable, je chute et un coquillage vient se loger dans mon autre paume, la gauche. Nouvelle entaille…

— Montre-moi tes paumes, demande Pierre.

Lucie regroupe ses mains, déploie lentement ses doigts. Le lieutenant écarquille les yeux.

— C'est… c'est ahurissant ! Au même endroit !

— J'ai toujours pensé qu'il s'agissait d'un pur hasard. Tu sais quel âge j'avais ? J'avais douze ans. Ma première cicatrice est apparue le douze août 1987, la seconde le quinze août.

Pierre se lève brusquement, Clara dans ses bras. Sa gorge palpite, son cœur s'embrase.

— Tu… tu plaisantes Lucie ! Tu me fais marcher !

— Tu demanderas à mes parents. Oui Pierre, ces cicatrices se sont gravées sur mes mains quand la mère de Viviane Delahaie est morte. Presque jour pour jour.

— C'est une coïncidence… Une pure coïncidence !

— Mon destin a changé pendant que Delahaie était aux côtés du cadavre de sa mère. C'est à ce moment que l'avenir de cette enfant a été modifié, que la rage l'a gagnée et que… Ça a agi sur ma destinée ! Il était écrit dans le marbre que notre affrontement aurait lieu ! Une coupure, au tiers de ma ligne de vie…

Pierre ne réagit pas, il est sonné. Lucie lui serre le poignet.

— J'aurais dû mourir, si on en croit ces cicatrices ! Tu as réussi à dévier les trajectoires ! Il paraît que nous avons tous un ange gardien. Je pense avoir trouvé le mien…

Lentement, Lucie baisse la tête et pose un regard sur l'armoire aux vitres teintées. D'un ton très doux, elle ajoute :

— Je sais qu'un jour, j'aurai les réponses à toutes mes questions…

Épilogue

À l'horizon, les Carpates, leurs nacres réveillées par le dernier soleil de janvier. Leurs puissants contreforts qui s'étendent en une traînée laiteuse jusqu'aux terres lointaines de l'Est, contrées des vampires et des contes obscurs. Du haut d'un sommet, un Polonais s'abreuve de ces transparences infinies avant de chausser ses skis. Il slalome vers Zakopane, descend l'artère principale du village où s'entassent des cabanons attrape-touristes. On y trouve de tout. Jeux d'échecs géants, poupées gigognes, alcool pas cher, piles, cassettes vidéo bon marché... La pieuvre capitaliste frappe à toutes les portes.

L'homme s'arrête déguster un vin chaud à l'arrière d'un vieux chalet en bois.

— *Dobry wieczór !* lui envoie le serveur.

— *Dobry wieczór...*

Des touristes se massent autour de violonistes tsiganes. Des Français, des Flamands débarqués après vingt-quatre heures de bus. Pas très frais, les types. Imbibés au Spiritus ou à la Zywiec, plus précisément. Tourisme alcoolisé. L'ambiance s'enflamme, le jeune homme les observe, dans un coin. L'air empeste la sueur mais pas la cigarette. Interdiction formelle de fumer. Tout s'embrase si facilement, ici comme ailleurs...

Vigo Nowak, les skis sur l'épaule, reprend la voie enneigée, direction l'hôtel où il loge depuis un mois. Ce soir, il quittera Zakopane pour la banlieue de Cracovie afin d'y louer un appartement au noir, le temps de se préparer une retraite dans une oasis plus chaude. Il ignore comment il sortira l'argent de Pologne, mais ici tout s'achète, y compris les billets sans retour. Il trouvera le moyen.

Le pays, ses parents, son frère lui manquent. Il ne les reverra sans doute jamais, hormis dans ses souvenirs. Leur courrier, leurs conversations téléphoniques doivent être surveillés. Grâce aux empreintes dentaires, à la datation des os, les flics se sont probablement rendu compte que le cadavre découvert dans la réserve à charbon n'était pas le sien.

Depuis l'étage d'un chalet, un enfant vêtu de noir fait dégringoler des boules de neige qui viennent s'écraser sur le trottoir. Vigo peste, dévie sa course et glisse de justesse vers le trottoir d'en face lorsque surgit une voiture lancée à pleine vitesse. Les jeunes Polonais roulent toujours très vite, avec ou sans verglas. Histoire de se faire remarquer.

Petit con ! pense-t-il, plus à l'égard du môme que du conducteur. *À cause de toi, j'ai bien failli...* Il se rappelle l'épisode de l'emballage des croissants, sur les marches du siège de *La Voix du Nord*. Cette capacité à dévier les destins que nous possédons tous.

Il lève un poing furieux vers la fenêtre mais elle est déjà refermée et le môme a disparu. Il hausse les épaules et pointe les yeux au ciel.

Il ne peut rien m'arriver, tu m'entends ? Tu m'as offert cet argent et essayé de me le reprendre, mais c'est moi qui contrôle mon destin !

Depuis l'épisode de la réserve à charbon en flammes, il s'était conforté dans l'idée que son ange gardien ne l'abandonnerait jamais. Lorsque Sylvain avait versé l'essence et fermé la porte, ce matin-là, Vigo s'était jeté dans la fosse à charbon avec l'argent, avait couvert le trou d'une plaque de tôle, échappant de peu à l'asphyxie grâce au conduit d'aération du fond. Le feu, en manque de bois, s'était vite éteint.

Son idiot de voisin, quant à lui, avait payé les frais de sa curiosité. Après l'avoir assommé, Vigo l'avait aspergé d'une cinquantaine de litres de pétrole qu'il conservait dans sa cave, avant d'allumer le feu d'artifice. Histoire de laisser un cadavre aux flics et de les calmer le temps qu'il remonte vers la Pologne au volant de la voiture du vieux.

Par chance – mais peut-on encore parler de chance ? – on ne l'avait pas arrêté à la frontière...

Comment cette histoire de fous s'est-elle terminée ? Il l'ignore et s'en fiche. Seul compte son avenir. Une vie de paillettes l'attend...

Derrière lui, des hennissements. Encore un cheval qui s'emballe. Les robustes quadrupèdes tirent jour et nuit des traîneaux bourrés de touristes et même lorsque la fatigue les écrase, le fouet les contraint à poursuivre. Normal que de temps en temps ils pètent les plombs. Nous sommes tous humains, même les bêtes, au fond...

Sauf que celui-là a l'air plutôt hargneux. Paniqué, terrorisé, il se dresse sur son train arrière, hennit, et frappe le traîneau de ses jambes postérieures. Deux hommes tentent de le rattraper, cravache à la main et vodka dans l'estomac. Le cheval quitte la route, bifurque et s'engage sur le large trottoir où évolue Vigo.

Merde !

Vigo lâche ses skis et se jette dans un tas de neige, sur le côté. Là, il ne craint rien. Le cheval fonce, haletant. Le traîneau renverse des poubelles, oscille, vient percuter un rebord de béton. Les lanières de cuir rompent, la tension propulse l'attelage aux patins acérés en plein sur Vigo.

La dernière image qu'il perçoit est le sourire de cet enfant aux vêtements noirs, à nouveau penché à la fenêtre. Il ne distingue ni ses yeux, ni ses cheveux, ni ses traits. Juste ce sourire, d'une blancheur éclatante.

Remerciements

Mes remerciements se portent tout d'abord à la formidable équipe des éditions Le Passage, dont la motivation et l'implication restent pour moi un exemple.

À Yann, qui s'est investi plus que de raison.

Par ailleurs, ce livre n'aurait pu être sans l'aide précieuse de deux personnes.

Roseline qui, au travers des années, a su pousser ma plume dans la bonne direction. Je la remercie infiniment pour sa patience, son tact et son amour de l'écriture.

Merci aussi à David James pour ses critiques constructives et son coup d'œil incroyable. Puisse le vent le porter au-delà de ses rêves.

LA MÉMOIRE
FANTÔME

À Tristan

« C'est une bien triste mémoire que celle
qui ne fonctionne qu'à rebours. »

Lewis Carroll

Prologue

La rumeur rapportait qu'elle les avait tous tués. Une femme, un enfant de quatre ans, des hommes, retrouvés pendus, au fil des années. De génération en génération, la parole s'était répandue, déformée, amplifiée. Jamais il n'y eut de preuve, ni la moindre certitude. On soupçonnait, voilà tout. On prétendait même que, la nuit, les esprits du passé venaient à nouveau l'habiter, que d'étranges lumières dansaient à l'étage. Des bulldozers avaient essayé de la détruire, disait-on, mais ils avaient chaque fois subi de mystérieuses pannes. Toute tentative de l'arracher à ses terres, et ce depuis longtemps déjà, avait été vaine.

La semaine précédente, Salima plaisantait devant un tel déferlement d'idioties. La veille encore, elle n'y croyait pas. Mais là, face à cette maison de maître abandonnée, entre Hem et Roubaix…

— Tu prends juste tes photos et on fiche le camp, OK ?

Contre la clôture de la propriété, Alexandre l'attrapa pour l'embrasser façon cour d'école.

— Tu commencerais pas à flipper, toi ?

— C'est pas ça. Mais moins on traîne, mieux ce sera. Tu connais ma mère…

Ils escaladèrent un mur par le nord, en prenant appui sur de la ferraille et du bois déjà entassés par d'autres chasseurs de fantômes, et atterrirent parmi les orties et les buissons d'épines.

Salima se redressa. Les cyprès agités par le vent se détachaient sur l'écran noir des ténèbres. Puis, juste derrière, la demeure figée, à la pierre froide, si froide… Les doigts de la jeune fille se crispèrent sur le blouson de son copain.

Ils s'avancèrent et grimpèrent péniblement jusqu'à l'une des rares fenêtres non murées de l'étage.

L'intérieur. Des crissements de verre pilé, sous leurs pas. L'adolescent alluma sa lampe torche.

— Des canettes, chuchota Salima.

— Et des seringues. Je savais pas que les fantômes se shootaient. Ça casse un peu le mythe.

Alexandre éclaira l'espace alentour. Un cube écœurant de tapisserie décollée, de cloisons vergetées d'humidité. Pas de meubles, pas de lit, juste un matelas mal en point, piqueté de taches d'urine.

— C'était la chambre du môme. C'est là que sa mère l'aurait retrouvé raide mort. Sous tes pompes, exactement.

— Ferme-la, merde ! Pas besoin de savoir ça !

En un clin d'œil, Alexandre coinça sa petite lampe entre ses dents et sortit son appareil photo numérique.

— Demain, je balance tout sur mon blog. Ils vont être verts au bahut. Suis-moi, on se fait d'abord le bas.

Salima, beurette aux longues tresses travaillées, se raidit.

— Pourquoi ? Y a pas besoin ! Tout est muré, y a pas d'issue ! Si on doit...

— Si on doit quoi ?

— Je... Je sais pas... Se tirer, par exemple ! Merde ! Il s'est quand même passé des choses zarbi ici !

Le front relevé, Alexandre haussa les épaules.

— Reste ici si tu veux, trouillarde. Moi, je descends...

Elle se cramponna à lui.

— Faut toujours que t'aies le dernier mot. Sale con.

Ils s'engagèrent dans l'escalier. Partout s'étalaient les teintes glacées de l'obscurité. L'imagination de la jeune fille se mit à galoper. Elle voyait des doigts osseux effleurer les siens, des profils évanescents se creuser d'ombre et de feu. Oui, la demeure respirait, son cœur palpitait, quelque part. Pour la première fois, Alexandre répondit à l'étreinte de sa petite amie avec la même intensité.

À présent, il n'en menait pas large non plus, du haut de ses dix-sept ans. Le sang allait-il suinter des murs et dégouliner aussi noir que le raisin, comme on le prétendait ?

Non, non, impossible. Juste une légende urbaine.

Ils débarquèrent dans un hall circulaire aux fenêtres condamnées, aux perspectives fuyantes. L'antre sentait le renfermé, le salpêtre, l'humidité d'une mauvaise cave. Sur le carrelage défoncé s'entassaient des sacs de plâtre, de l'enduit, des outils de chantier. Truelles, pelles, burins, scies, pioches. Salima pressa son écharpe contre son nez. Soudain, dans sa tête, la brutale vision d'un crâne fracassé à coups de marteau.

Devant elle, le crépitement d'une charge électrique, puis la violence blanche d'un flash. Alexandre tournait sur lui-même, le doigt sur le déclencheur numérique. Dans la succession des éclairs surgirent les morceaux d'un miroir brisé, des assiettes ébréchées, des bougies consumées disposées en pentacle.

Alexandre se figea. Son assurance de jeune coq vola en éclats.

Face à lui, sur le sol, un récipient débordant d'un liquide rouge.

— *Fuck !*

Il se pencha.

— On dirait du…

Un craquement, dans une autre pièce. Suivi de l'explosion d'un objet qui chute.

Quelqu'un. Ou quelque chose.

Alexandre recula de trois pas, ses pieds s'emmêlèrent avec ceux de sa copine. Scène de panique. Soudain, une caresse poisseuse refroidit sa nuque.

La terreur le bâillonna. Il posa sa main sur son oreille. Ses doigts se teintèrent d'un film pourpre.

Ça coulait du plafond.

Du sang.

Salima étouffa un cri, puis tomba à la renverse contre la première marche de l'escalier. Alexandre lâcha sa lampe qui roula contre la cloison. Sa respiration s'accéléra. Il aida la jeune fille à se relever.

Et, tandis qu'ils fuyaient, les jambes à leur cou, une ombre se déplia lentement et s'avança vers le centre du hall. Sous sa capuche noire, la silhouette ramassa la lampe abandonnée, puis orienta le faisceau vers le haut.

L'Œuvre touchait à sa fin. Le chaos mathématique, contenu dans la perfection du cercle.

L'œil de lumière épousa un serpent d'inscriptions,

nourri de centaines de chiffres. L'ensemble dévorait le moindre centimètre carré de plâtre.

Une main gantée plongea son pinceau dans la bassine. Il fallait des chiffres, encore, et encore. Jusqu'au sol.

Sceller le destin d'une prochaine victime.

Brusquement, alors que la matière visqueuse se répandait sur les murs, le visage sous la capuche se teinta d'un étrange reflet blanchâtre.

La masse sombre paniqua et ajouta alors d'un geste précipité, avant de disparaître : « Si tu aimes l'air, tu redouteras ma rage. »

Chapitre premier

Un mois plus tard

Les essuie-glaces peinaient à évacuer les trombes d'eau qui se déversaient sur le pare-brise de la Mercedes. Au-dessus de l'habitacle, les arbres, secoués par une force monstrueuse, semblaient sur le point de se rompre.

Alain se pencha sur le volant, le nez collé au tableau de bord. Il n'y voyait absolument rien.

Se faire plumer au casino de Saint-Amand-les-Eaux pour, à présent, affronter la tempête du siècle ! Malchanceux jusqu'au bout des ongles. Les derniers kilomètres avant Valenciennes risquaient d'être pénibles.

Il décéléra encore. Fichue météo. On prévoyait des pluies torrentielles accompagnées d'orages d'une rare intensité pour le reste de la semaine.

En une fraction de seconde, son visage se creusa d'une affreuse grimace. Son pied écrasa la pédale de frein, les roues arrière se bloquèrent dans une éruption de gerbes liquides. L'avant de la voiture s'immobilisa à quelques centimètres à peine d'une énorme branche arrachée. D'autres débris propulsés à une vitesse effroyable déchirèrent le faisceau lumineux des phares.

— C'est pas vrai !

Alain braqua et opéra rapidement une marche arrière. Il suffisait qu'un véhicule débarque, et boum !

Un bruit sourd fit alors trembler la vitre passager. Alain sursauta.

Il crut d'abord à un nouveau projectile venu percuter la voiture. Mais il ne s'agissait pas de cela. Non, c'était... des mains... plaquées contre le carreau.

Alain crispa ses doigts sur le caoutchouc du volant. Il perçut un visage dans l'obscurité. En proie à une folle panique, il enclencha la première.

Déguerpir, le plus vite possible.

Dehors, un cri se mêla aux lamentations de la nature.

Là, droit devant, dans la lumière de ses phares, les mains sur les genoux, noire de boue, une femme. Elle agitait la tête, le vent et la pluie lui fouettaient le visage. À deviner l'épouvante dans son regard, à percevoir les soubresauts de sa poitrine, Alain comprit qu'elle le suppliait de l'arracher aux ténèbres.

Elle surgissait du sous-bois. En baskets et en survêtement.

Alain hésita à quitter sa protection de tôle. Et si on lui tendait un piège ? La branche d'arbre en travers de l'asphalte, le lieu isolé, l'absence de témoins... Pourtant il finit par déverrouiller sa portière et sortit, son blouson par-dessus la tête. Il se courba pour affronter les rafales. En trois secondes à peine, il se retrouva complètement trempé.

— Madame ? Vous...

— Où sommes-nous ? Dites-moi où nous sommes ! hurla-t-elle, haletante.

L'eau s'engouffrait dans sa bouche. Elle frôlait la rupture physique.

— Pas loin de Valenciennes, mais...

— Valenciennes ? Qu'est-ce que ça veut dire ?

Elle lui montra la paume de sa main, marquée de profondes entailles pleines de sang et de terre, avant de crier :

— C'est à Lille que... que vous devez... me conduire ! Je vous en prie ! Conduisez-moi à Lille !

Chapitre deux

Des coups, sur la porte.

Lucie Henebelle considéra sa montre. Presque 22 h 30. Qui pouvait bien frapper à une heure pareille ? Elle se leva, attentive au sommeil des jumelles calées l'une contre l'autre dans la chaleur du canapé, ôta le verrou et ouvrit.

En face d'elle, deux jeunes, trempés. Les étudiants des appartements du dessus. Jérôme et Anthony.

— Madame ! Faut que vous veniez voir ! fit Jérôme, complètement décoiffé. On revenait du Sombrero ! À cinquante mètres d'ici ! Une femme, qui a l'air dans un sale état ! Elle a voulu se relever, mais elle est morte de fatigue ! Venez !

Lucie soupira. Les voisins la dérangeaient toujours à la moindre broutille.

— Il faut appeler les pompiers. Ou la police.

— Mais c'est vous la police !

La flic tira l'onde blonde de sa chevelure vers l'arrière et, tout en la nouant avec un élastique rouge, expliqua :

— Sauf que là, tu vois, je ne suis pas en service, il y a un orage de folie, et je ne vais pas me pointer chaque fois qu'il y a une scène de ménage ou un problème de voirie. Moi aussi, j'ai une vie après le boulot. C'est pas marqué Restos du cœur sur ma porte, OK ?

Lucie voulut refermer, mais Jérôme bloqua le battant avec son pied.

— Un problème de voirie ? Cette malheureuse, elle a des traces de corde sur les poignets ! De la boue partout sur elle ! Et elle ne sait même pas quel jour on est ! On dirait... On dirait qu'elle n'a pas vu la lumière depuis des mois !

Le lieutenant de police hésita. Flic H24. Obligation d'assister les personnes en danger.

Elle se retourna, en proie au dilemme permanent de chaque mère. Que faire de ses chéries ? Les laisser, encore ? Et sa promesse : « les nuits, plus jamais » ?

Trop tard pour contacter la nourrice.

— À cinquante mètres d'ici, tu dis ?

— Même pas... Là... À côté !

Constater, réclamer une équipe si nécessaire, et revenir. Juste quelques minutes, avant de retrouver ses petites. Elle détestait les abandonner de la sorte. Les absences interminables, les planques destructrices... Fini tout ça.

— Bon, OK. L'un de vous veut bien rester ici et veiller sur mes filles ? Anthony ?

Le jeune homme, d'une timidité de nonne, acquiesça sans ouvrir la bouche. C'était une gueule d'acné, nourrie aux hamburgers et aux circuits électroniques, étudiant dernière génération. Elle le savait en école d'ingénieur, le genre de type sérieux. Pas trop père, mais pas trop débile non plus pour surveiller deux gamines de quatre ans.

Lucie se précipita vers son ordinateur, connecté

à un site de rencontre, et éteignit l'écran. Puis elle enfila son vieux caban, laça ses rangers au cuir usé et entassa des livres et des papiers dans un meuble d'angle. D'un rapide coup d'œil, elle vérifia l'état de la pièce. Tiroirs, portes de meubles, placards : fermés. Hormis les poupées et les jouets éparpillés sur le sol, tout était propre et rangé.

— S'il te plaît, ne touche à rien. N'oublie pas que je suis flic, et que les flics ont du nez. Je peux avoir confiance ?

Anthony hocha la tête et s'étala dans un fauteuil face aux jumelles.

— Et merci quand même, ajouta-t-elle.

— Si un jour j'ai un PV à faire sauter...

Sans plus attendre, Lucie se laissa emporter par le souffle de l'orage. Et la grandeur décadente d'une nuit de printemps.

Chapitre trois

La jeune femme était recroquevillée dans le hall de la résidence Saint-Michel, au cœur d'un quartier abritant un ensemble de grandes écoles lilloises. ISEN, ICAM, HEI... Des étudiants venaient de lui apporter une couverture et une tasse de chocolat chaud, à laquelle elle n'avait pas touché. Mine défaite et apeurée, cheveux noirs ébouriffés, survêtement trempé... Tout, dans ce hérissement fauve, ce repli sur soi, faisait penser à une bête traquée et terrorisée.

En s'approchant, Lucie remarqua sur-le-champ les entailles de cordes au niveau de ses poignets, qu'elle tenait groupés contre sa poitrine. La flic secoua son parapluie et s'accroupit devant elle.

— Vous ne craignez rien. Je suis de la police.

L'inconnue tenta de se relever, mais Lucie l'en empêcha en posant la main sur son épaule.

— Vous semblez très éprouvée. Mieux vaut rester assise, en attendant qu'on s'occupe de vous.

Elle souleva délicatement le bas du jogging. La femme grimaça.

— Vous me faites mal !

— Pardonnez-moi...

Marques de cordes également sur les chevilles, presque jusqu'au sang. Lucie se retourna :

— Quelqu'un a appelé le 17 ?

Des hochements de tête négatifs pour toute réponse.

— Je m'en charge, se proposa Jérôme, avant que la flic ait le temps de dégainer son portable.

— Tu dis qu'on a un individu de sexe féminin, trente, trente-cinq ans, à amener aux UMJ.

— Aux quoi ?

— Urgences médico-judiciaires. Éveillée et réactive, mais sans doute victime de sévices. Précise que le lieutenant Henebelle, DIPJ[1], est sur place. Dis-leur de se magner, OK ?

— Très bien, répliqua Jérôme, téléphone à l'oreille.

La jeune femme s'agitait de plus en plus, ses doigts crispés sur la couverture.

— Ma mère ! Il faut prévenir ma mère ! Marie Moinet, elle s'appelle Marie Moinet. 282, boulevard du Maréchal-Leclerc, à Caen. Oui, à Caen. Et puis… Et puis mon frère aussi ! Frédéric Moinet ! Impasse du Vacher, Vieux-Lille ! S'il vous plaît !

— Nous allons les prévenir, mais le plus important, pour le moment, c'est vous. Comment vous appelez-vous ?

— Manon. Manon Moinet. Nous sommes à Lille ?

— Oui. Je…

— Vous… Vous devez m'emmener chez moi. Même adresse que mon frère. Tout de suite ! Je vous en supplie ! J'ai besoin de mon appareil ! Mon appareil !

— Quel appareil ?

Sans répondre, elle chercha à agripper Lucie, qui

---

1. Direction interrégionale de police judiciaire.

lui attrapa calmement les mains et sentit comme une plaie dans la paume gauche.

— Écoutez Manon, je m'appelle Lucie Henebelle, je suis lieutenant de police. Vous ne craignez plus rien et vous allez bientôt rentrer chez vous. Mais il va falloir vous rendre à l'hôpital, pour qu'un médecin vous ausculte. C'est la procédure quand nous recueillons des personnes un peu désorientées. Vous comprenez ?

— Oui, oui. Je comprends parfaitement, mais...

— Ils arrivent dans moins de dix minutes, intervint Jérôme.

— OK, répondit Lucie. Maintenant Manon, racontez-moi ce qu'il vous est arrivé.

Lucie retourna la main de la jeune femme. Du sang séché. Elle regarda de plus près. La paume, charcutée. Une inscription : « Pr de retour ».

Elle releva brusquement la tête et demanda :

— Qui vous a fait ça ?

Manon détourna les yeux avant de s'exclamer :

— Ma montre. Ma montre a disparu. Quel jour sommes-nous ? Quel jour ? Dites-moi !

— Elle nous l'a déjà demandé il y a cinq minutes, dit l'un des étudiants.

Lucie fit signe à l'attroupement de s'écarter et de la boucler.

— Nous sommes mardi. Mais parlez plus calmement, d'accord ?

— Mardi... Mardi... D'accord... février... 2007, c'est cela ? Dites, c'est cela ?

Des chuchotements derrière elles. Lucie garda un air serein. Réflexe professionnel. Ne pas terroriser cette femme davantage.

— Nous sommes en avril. Fin avril...

— Ô mon Dieu ! Avril. Déjà avril.

Manon resta prostrée quelques instants, puis, d'un geste éclair, saisit son interlocutrice par le col de son caban.

— Racontez-moi ce qui s'est passé ! Qu'est-ce que je fiche ici ? Qui sont ces gens ? Pourquoi me regardent-ils ? Dites-le-moi ! S'il vous plaît !

Elle avait hurlé. Lucie se défit de l'étreinte et s'écarta légèrement. Cette femme sentait l'hôpital psychiatrique à plein nez.

La flic reprit posément :

— Des personnes vous ont vue errer le long du boulevard Vauban. Vous avez de la boue partout, jusque dans vos cheveux. Vous étiez très affaiblie et ils vous ont recueillie, voilà quelques minutes. Vous ne vous souvenez pas ?

Manon jeta un œil inquiet sur le groupe des étudiants.

— Tous ces visages… Il y a trop de monde. Des inconnus. Madame, faites-les partir.

Lucie se retourna vers les badauds.

— OK, merci à tous pour votre soutien, c'était très gentil. Mais… les secours vont arriver et il faut rentrer chez vous maintenant. Vous pouvez reprendre la tasse de chocolat… Et on laissera la couverture dans le coin là-bas. Jérôme, tu passes prévenir Anthony que je risque d'en avoir pour un moment. Qu'il veille bien sur mes filles.

Ça râla, ça murmura, sans bouger. Quand la carte tricolore surgit de la poche du caban, ça obéit.

Une fois seule avec Lucie, Manon réclama :

— Il me faut un médecin. Un médecin s'il vous

plaît. Je veux savoir. Je dois savoir s'il ne m'a pas touchée. Madame, un médecin. Vite.

— Ne vous inquiétez pas, nous allons nous rendre aux urgences. On va vous soigner, vous protéger, d'accord ?

— Vous devez me prendre pour une débile. C'est sûr. Mais... Comment vous expliquer ? Cela défie toute logique.

Lucie s'approcha de nouveau très près de Manon et la caressa doucement dans le dos.

— Si nous commencions par le commencement ? Une personne vous a retenue contre votre gré ?

— C'est lui. C'est bien lui. J'en suis certaine.

— Qui est-ce, « lui » ?

— Vous ne savez pas ? Je ne vous l'ai pas encore dit ? Si, si, forcément vous savez. J'ai dû vous le dire...

— Non, pas encore... Je vous assure.

— Pas encore. Pas encore, comment ça, pas encore ? C'est le Professeur ! *Le Professeur* !

— Quel professeur ?

Manon parut ne pas comprendre, devant l'évidence de l'allusion. Elle dévisagea Lucie avec mépris.

— Vous êtes de la police, et vous me posez la question ? Comment pouvez-vous ignorer cela ? C'est impensable. Vous le connaissez forcément. Le Professeur !

Elle s'essuya le nez du bout de sa manche, avant de regrouper ses jambes contre son torse.

— Il n'a jamais accordé la moindre chance à ses victimes. Jamais. Pourquoi m'aurait-il épargnée ? Ça ne correspond pas à son mode opératoire ! Ça n'a aucun sens ! Vous saisissez ?

Lucie inclina la tête. L'autre parlait de « mode opératoire », un terme assez technique. Une flic ?

— Le Professeur… Vous voulez dire le tueur ? demanda Lucie.

Manon considéra les incisions sur la paume de sa main.

— Ou alors… Peut-être que je l'ai tué… Oui… J'ai réussi, je l'ai enfin retrouvé et je l'ai tué. De mes propres mains. C'est une possibilité. Oui, oui, ce serait logique. Toutes ces années…

Elle bouillonnait, ses tourments semblaient ruisseler juste sous sa peau, prêts à en crever la surface tendue. Lucie observa ses mimiques obsessionnelles, ses raideurs musculaires, ses contractions nerveuses.

Quelles sombres horreurs avait subies cette femme ? Le Professeur, de retour… Lucie ne put s'empêcher de réprimer un frisson.

Soudain, une porte claqua violemment derrière elles. Manon sursauta. Puis ses bras retombèrent mollement le long de son corps et elle se mit à regarder en détail le hall, les boîtes aux lettres, la couverture. Elle se redressa alors, fouilla dans ses poches et, prise de panique, demanda :

— Madame ?

Lucie, qui guettait l'arrivée des secours, répondit avec un temps de retard :

— Oui ?

— Qu'est-ce que je fiche ici ? Et qui êtes-vous ?

Chapitre quatre

Lucie installa Manon à l'arrière du véhicule de police secours. Elle avait réussi à joindre Anthony au téléphone. Déjà prévenu par Jérôme, il avait accepté sans problème de veiller sur ses amours jusqu'à son retour.

Lucie tournait régulièrement avec police secours, mais de plus en plus rarement avec les équipes de nuit. Elle rencontrait Tibert, le brigadier-chef au volant, et son collègue Malfeuille pour la première fois. Deux gaillards aux épaules de demi de mêlée, des arpenteurs de bitume, vampirisés par le métier.

Avant de repartir, Tibert fit marcher les essuie-glaces à pleine vitesse.

— Pas possible, une météo pareille. J'ai jamais vu ça.

Il jeta un coup d'œil dans le rétroviseur et démarra.

— Alors, c'est quoi le menu ?

Manon grelottait. Le visage dans l'ombre, les paupières fermées, elle venait de s'endormir, écrasée de fatigue.

— Je n'en sais rien, répliqua Lucie à voix basse en épongeant ses cheveux dans une serviette. Ça ressemble à un enlèvement : marques de liens super profondes aux poignets et aux chevilles.

— Wouah !

— Comme tu dis. Elle a de sacrés problèmes de mémoire. Incapable de se souvenir quand, ni où.

— Amnésie ?

— Choc traumatique, plutôt. Elle connaît son nom et son adresse. Mais tout se bouscule dans son crâne, elle parle très vite et ce qu'elle dit est carrément confus. Par exemple, elle affirme avoir trente-deux ans et, juste après, elle explique qu'il faut absolument nourrir Myrthe, son chien.

— Un sens vachement aigu des priorités.

Tibert avala une pastille Valda et en proposa une à Lucie, qui refusa.

— Pas de trauma crânien, d'ecchymoses ? questionna-t-il.

— Rien d'apparent, en tout cas. Mais j'ai peur des résultats des exams. Ne pas se souvenir de son kidnappeur, des conditions de son enlèvement, ça s'annonce franchement pas terrible.

— GHB[1] ?

— Je n'en sais rien.

Lucie posa doucement la main sur le front de Manon. Pas de fièvre.

— Elle est morte de fatigue, on dirait qu'elle n'a pas dormi depuis des lustres. Quelle espèce de salaud a pu la mettre dans un état pareil ?

— Le même genre de salaud qui bat sa femme à mort ou qui viole sa gamine. Exemple encore hier soir à Wazemmes. Hein, Malfeuille ?

— Ouais, rétorqua le brigadier. La fille en prend

---

1. Gamma-hydroxybutyrate, plus communément appelé drogue du violeur.

pour un mois d'hospitalisation. Mâchoire explosée à coups de cul de bouteille.

Lucie resta songeuse un instant.

— J'ai appelé le central, ils vont vérifier son identité, reprit-elle. Et essayer de prévenir la mère qui habite Caen. Enfin, d'après ce qu'elle m'a dit.

Tibert tourna la ventilation à fond. Avec la buée, il ne distinguait plus grand-chose à l'extérieur.

— C'est quoi cette croûte de sang, sur sa main ? demanda Malfeuille en se retournant.

— Un truc horrible. On l'a tailladée. Une phrase incisée avec un objet tranchant : « Pr de retour ».

— C'est pas vrai... Elle est sacrément mutilée. Ce « Pr », qui est-ce ?

— Je n'en sais rien. Elle m'a parlé du Professeur... Le tueur en série d'il y a quatre ou cinq ans...

Plus un mot. Juste ce mélange écrasant de silence et de pluie.

Malfeuille finit par dire :

— Et vous la croyez ?

— Je crois surtout que cette femme est sous le choc... Même si ces inscriptions dans sa chair, elle ne les a pas inventées.

À ses côtés, Manon respirait de plus en plus fort.

— En tout cas, elle est obnubilée par ça, continua Lucie. Elle ne se rappelle pas d'où elle vient, ne sait pas qui l'a enlevée, ni quel mois nous sommes. Par contre, elle n'a pas cessé de me parler du Professeur. C'était comme s'il occupait toute sa mémoire. C'est vraiment curieux.

— Sacrément bizarre, ouais. Avec notre « Chasseur de rousses », ça nous ferait deux tarés qui tournent en

France au même moment. Cette femme, c'est peut-être un mauvais présage…

Lucie remonta le col de son caban. Puis, sans répondre, elle posa son front sur la vitre et se laissa aspirer par le déluge. À droite, le Port de Lille et ses longs entrepôts. Un pont, l'autoroute A25, et les feux stop des camions qui explosaient sous la pluie en pétales de sang.

Quatre ou cinq ans plus tôt, elle aurait ressenti une excitation sans bornes pour une telle enquête, accueillant l'arrivée de cette femme comme un cadeau du ciel. Un enlèvement, le spectre d'un psychopathe qui rôde… L'occasion enfin d'extérioriser ce pour quoi elle se torturait depuis l'adolescence, au travers de ses lectures et des films sanglants qu'elle dévorait par dizaines. Mais à caresser le Mal dans son intimité… Elle s'était juré une chose : « Plus jamais ça. »

Lucie releva la tête. Devant elle, le vaisseau hospitalier, illuminé, battu par la pluie. L'antre de la connaissance du corps. Des kilomètres carrés réservés à la maladie, aux études, à la médecine. Cardiologie, neurologie, psychiatrie… Dans cet ensemble de bâtiments, les policiers connaissaient une destination mieux que les autres : les UMJ, niveau − 1 de l'hôpital Roger Salengro. Viols, violences physiques, drogues, mutilations… Point de rencontre des victimes et des agresseurs en garde à vue.

La voiture se gara à côté des ambulances, dans un espace à l'abri. Les brigadiers allongèrent Manon sur un brancard.

— Elle ne se réveille même pas ! Carrément dans les vapes !

— Magnez-vous !

Ils la transportèrent vers l'accueil en courant.

Une infirmière se précipita vers eux, talonnée par un interne. Profil en lame de rasoir, lunettes rondes à monture verte. Le docteur Flavien.

— Messieurs... Lieutenant Henebelle ! De retour ? Les ambiances nocturnes vous manquaient ?

— L'ambiance, non. Mais vous, oui.

Sans ciller, Flavien ôta ses lunettes et se mit à les nettoyer minutieusement. Les deux marques qu'elles laissèrent sur son nez témoignaient d'une journée interminable, faite de viscères et de sang.

— Où est la réquisition ?

— Je vous prépare le papier tout de suite, répondit Lucie. J'ai été un peu prise de court. L'essentiel, pour le moment, c'est cette femme.

— Prise de court ?

Le médecin haussa les épaules, tandis que l'infirmière disparaissait avec le brancard derrière une porte battante.

— C'est toujours le même cinéma avec vous, soupira l'urgentiste. Dans médico-judiciaire, il y a judiciaire. Vous en connaissez la signification ?

Lucie se contrôla, même si Flavien l'exaspérait déjà.

— Je vous attends, docteur... Et je vous offre un bon café dès que vous aurez terminé. Prenez bien soin d'elle.

— Un bon café, ouais...

Il s'éloigna sans se retourner, en ajoutant :

— N'oubliez pas mon papelard, sinon, pas de certif.

— C'est rare de réussir à l'amadouer, celui-là, déclara Tibert. On devrait engager plus de femmes dans la police. Ça faciliterait le boulot...

— Si peu.

Il agita ses clés de voiture.

— C'est OK pour nous ?

— Oui, allez-y. Je vais rester auprès d'elle. Elle aura besoin de quelqu'un en se réveillant.

— Et pour rentrer, ça va aller ?

— Je m'arrangerai avec une ambulance des urgences. Merci les gars.

Avant d'aller régler la paperasse, Lucie sortit sous le porche pour téléphoner. Elle qui aspirait à une soirée paisible… C'était plutôt raté. Mais à dire vrai, elle y prenait dangereusement goût. Elle se mit à penser à ses filles qu'elle avait laissées seules avec Anthony. Flic, mère, l'équilibre était si fragile, la bascule si sensible.

Non, non, songea-t-elle. Seulement lancer l'enquête, refiler le bébé et disparaître. Faire le boulot, sans plus. Ils étaient informés à la DIPJ pour les jumelles, et assez conciliants, si tant est qu'un commandant de police puisse être conciliant.

Éviter la nuit, tant que possible. Sa promesse…

Lucie s'empara de son portable et ouvrit le répertoire, à la recherche du nouveau numéro de l'astreinte. Devenir incapable de retenir un pauvre numéro à dix chiffres… Fichue mémoire, fichue trentaine, fichu vieillissement.

Les noms défilèrent. Amélie, Corinne, Eva, Maman… Pierre… Pierre Norman… Collègue, ami, amant… Son flic à la chevelure de feu, accro à sa ville natale, Dunkerque… Et pourtant envolé si rapidement pour Marseille, voilà trois ans, alors qu'elle préparait son concours de lieutenant… Lucie n'avait jamais pris le temps d'effacer son numéro. Ou peut-être ne l'avait-elle jamais souhaité ?

Elle ferma les yeux. Le commissariat de Dunkerque,

sur le quai… Son petit bureau à l'étage, en face de La Duchesse Anne. L'odeur salée du port de plaisance… Lille était si différente, si sophistiquée. Un diamant, effleurant un croissant de charbon.

Elle inspira profondément et appuya sur « Supprimer ».

— Salut commandant Pierre Norman, murmurat-elle dans un grondement de tonnerre. Bon vent dans les calanques, si loin de chez nous…

Elle composa le numéro de la permanence, au bureau de la DIPJ. À peine son interlocuteur avait-il décroché qu'elle demanda :

— Du neuf pour Manon Moinet ?

— Bah, j'allais vous rappeler, justement ! rétorqua Greux, l'OPJ[1] d'astreinte. Individu non fiché, mais deux faits vraiment bizarres. *Primo*, une info de la sûreté urbaine : un type a débarqué là-bas, complètement affolé. Il prétend avoir recueilli un individu féminin qui errait au bord de la route, à une quarantaine de bornes d'ici, à proximité de Raismes !

— Manon Moinet ?

— C'est l'identité qu'elle lui a filée, oui ! Elle lui aurait demandé de la conduire dans le Vieux-Lille, puis elle l'aurait agressé avant de sauter du véhicule, comme ça, à un feu rouge, à l'entrée de la ville, au niveau de la porte de Béthune.

— Ça fait un sacré bout de chemin à pied jusqu'à Vauban, quand même.

— Surtout avec une tempête pareille. Et le gars l'a regardée s'éloigner, tout con. Il lui vient en aide, et

---

1. Officier de police judiciaire.

elle lui colle une droite ! Il n'a pas dû piger ce qui lui arrivait.

— Il est toujours au 88 ?

— Les collègues l'asticotent un peu.

Lucie fit quelques pas en arrière sous le porche pour échapper à la pluie qui commençait à l'atteindre.

— Rappelle-les, demande-leur de le garder ! Préviens aussi le commissariat ou la gendarmerie de Raismes, qu'ils se tiennent prêts ! Tu as quelqu'un pour te remplacer à la perm ?

— Malouda.

— OK. Embarque un binôme, on doit se rendre là-bas. Moinet était à pied, donc proche du lieu de séquestration présumé. L'individu du 88 saura t'y reconduire. Il faut agir très vite ! Je vais essayer de choper une ambulance pour me ramener. Normalement j'arrive dans dix minutes. Si je ne suis pas là, vous filez, reçu ?

— Reçu. Mais attendez avant de raccrocher ! J'ai encore un truc louche concernant Moinet.

Greux marqua une pause.

— Alors ? T'attends quoi, là ? s'impatienta Lucie.

— Il s'agit de sa mère, Marie Moinet. L'adresse que vous m'avez transmise, à Caen… J'ai appelé. C'est un type qui a répondu.

— Le père ?

— Pas vraiment. Le nouveau proprio de la maison.

— Quoi ?

— Marie Moinet ne crèche plus à cette adresse depuis trois ans.

— Mince ! Comme si cette histoire n'était pas assez compliquée. C'est pourtant l'info qu'elle m'a donnée ! Et tu as pu dénicher son adresse actuelle ?

— Bah, ouais. Le boulevard des trépassés…

— Quoi ?

— Le boulevard des trépassés, le cimetière quoi ! Cette femme est morte il y a presque trois ans.

— Trois ans ? Tu déconnes ? Sa fille vient de la réclamer !

— Elle s'est foutue en l'air dans un HP. Le 8 juillet 2004.

Lucie raccrocha. Elle n'y comprenait absolument rien. La nuit risquait d'être longue.

Et tout à coup, de nouveau, la culpabilité. Ses filles, éviter la nuit. Sa promesse…

Il lui suffisait d'appeler un officier de remplacement et de rentrer. Le commandant n'apprécierait pas, mais il comprendrait. Il l'aimait bien, elle, la petite Dunkerquoise.

Ses filles, Manon. Manon, ses filles. Une décision, vite.

Elle se précipita dans le hall des urgences. Flavien se dirigeait à sa rencontre d'un pas alerte.

— Vous avez un instant ? l'interpella-t-il.

— Écoutez, je…

Elle réfléchit une seconde.

— Je viens de recevoir un appel. Je dois partir au plus vite pour Raismes, on y a vu votre patiente en train d'errer au bord de la route. Je vais envoyer un collègue pour veiller sur elle.

Flavien leva sa main en l'air.

— Je crois que vous devriez remettre votre voyage à plus tard.

— Qu'est-ce qu'il se passe ? C'est Manon ? Vous l'avez auscultée ? Elle n'a pas…

— Elle se repose encore en salle de soins. Mais c'est quand elle a ouvert les yeux, j'ai...

Il fronça les sourcils, l'air grave.

— Suivez-moi... C'est au-dessus, dans l'unité de neurologie, que ça se passe. Manon vous y attend...

— Mais... Vous venez de me dire qu'elle était en bas !

— Je le sais bien, cher lieutenant. Mais attendez-vous à un choc. Parce que je vous garantis qu'elle se trouve aussi en haut.

Chapitre cinq

À la station Châtelet, Romain Ardère se laissa bercer par le long tapis roulant qui le menait vers la ligne 4 du métro parisien, direction la gare Montparnasse. La sensation de l'air sur son visage lui fit du bien. Il inspira profondément. Le directeur de Mille et une étoiles appréciait le calme des couloirs en cette heure avancée de la soirée.

Depuis 5 heures du matin, il ne s'était pas arrêté. Il revenait d'une réunion importante avec les différents fournisseurs d'équipements pyrotechniques, ses assureurs, son maître artificier, et surtout, l'adjointe au maire de Saint-Denis.

Bilan de la journée ? Sa petite société faisait partie de la *short list* pour le feu d'artifice du 14 Juillet à Saint-Denis. Pas encore la tour Eiffel, certes, mais on s'en approchait doucement, avec cette ville de presque cent mille habitants. Nom du projet : « L'Empire céleste ».

Avec une chance sur cinq d'être retenu, Ardère possédait néanmoins un avantage de taille sur ses concurrents : le « calisson d'étoiles », une bombe de sa composition, mélange secret de nitrate de baryum, d'oxyde de strontium, de chlorure cuivreux et d'un réactif complexe, qui libérait des grains de lumière en forme de losanges multicolores. La précision géométrique appliquée au charme de l'imaginaire. Du jamais vu.

L'homme au costume impeccable, au style jeune et engagé, se réjouissait d'avance. Un tel contrat permettrait à son entreprise de percer hors de son département, le Maine-et-Loire, et d'aborder de nouveaux horizons. Lui qui n'était parti de rien pourrait bientôt embraser la France entière de ses shows féeriques.

Il emprunta un escalator. Une fois sur le quai du métro, il plaça sa mallette entre ses jambes et observa les jeunes, de l'autre côté des voies, qui jouaient au football avec une canette de Coca.

L'intellect, face à la racaille. À leur âge, lui bâtissait déjà le monde ; eux s'y repaissaient. Il les méprisa.

Les wagons jaillirent de leur bouche d'ombre. Ardère s'installa sur un strapontin, défit le nœud de sa cravate et sortit des boules anti-stress de sa poche, tatouées du logo de sa société. Il les fit rouler entre ses doigts. Elles émirent un léger bruit métallique qui le détendit. Boule rouge, boule bleue. Le Yin et le Yang.

Lentement, il regarda sur la droite. La vue d'un cercle graffité sur la porte coulissante lui rappela sa pièce secrète, décorée d'instruments de cirque, de ballons, de massues et, surtout, d'une large cible jadis utilisée par un célèbre lanceur de poignards. C'était dans ce petit local discret qu'il élaborait ses amalgames éclatants. Son jardin secret. Sa raison de vivre.

Ardère fixa son reflet dans la vitre latérale. À la station suivante, ses yeux se perdirent le long des murs carrelés, attrapèrent la course aveugle des passants et s'arrêtèrent sur les panneaux publicitaires, dont la plupart vantaient les mérites du dernier roman de Stephen King.

Soudain, un bond dans sa poitrine.

Il se leva subitement et se faufila de justesse entre les portes.

Face à lui, déployée sur trois mètres de haut, une affiche.

Une femme sublime, aux iris d'un bleu éclatant.

C'était bien elle. Aucun doute possible.

Ardère posa sa mallette et se tamponna le visage avec un mouchoir. Ça bourdonnait sous son crâne. La fatigue. Et le choc de ce portrait.

Il se ressaisit rapidement. Tout était loin, et enterré. Il en vint même à sourire devant ce curieux clin d'œil du hasard.

Mais il n'y avait pas de hasard.

Il attrapa la rame suivante, incapable de se débarrasser de ce slogan, lu au bas de l'affiche : « Faites comme moi, avec N-Tech, n'oubliez jamais votre mémoire. »

Il serra les dents.

Cette garce de Manon Moinet était de retour.

Chapitre six

Le lieutenant de police et le médecin urgentiste sortirent de l'ascenseur et se dirigèrent vers le Centre de la mémoire, dans l'unité de neurologie. Sur un panneau en liège, près de l'accueil, étaient punaisées des affichettes sur Alzheimer, l'épilepsie, la maladie à corps de Lewy. Rien de bien réjouissant.

— Le visage de cette patiente me disait vaguement quelque chose, expliqua Flavien. Puis ça a fait tilt, tout à l'heure, quand elle a ouvert les yeux. Le bleu si particulier de ses iris. On ne peut pas oublier un tel regard... En tout cas, pas moi ! Je me suis souvenu que je l'avais déjà vue, ici même, voilà tout juste deux heures, avant d'attaquer ma garde.

— Deux heures ? Ça me paraît vraiment difficile. Elle devait errer dans les rues de Lille, du côté de la porte de Béthune. Je pense que vous vous trompez.

— À vous de me le dire...

Il ouvrit la porte d'une salle de consultation.

Au fond, un poster, accroché au mur. Lucie s'appuya contre le chambranle. Elle n'en croyait pas ses yeux.

— Bon sang ! Qu'est-ce que c'est que ce cirque ?

En face d'elle, sur le papier glacé : Manon.

Elle tenait un organiseur électronique à la main. Au bas de l'affiche, un slogan publicitaire disait : « Faites comme moi, avec N-Tech, n'oubliez jamais votre mémoire. »

— Docteur ! À quoi ça rime ?

Il haussa les épaules, perplexe.

— Restez ici, je vais chercher le professeur Ruffaux ou l'un de ses collègues de garde… Je dois retourner à mes urgences, m'occuper de notre vedette. Tenez-moi au courant, cette histoire m'intrigue.

Lucie, à la fois subjuguée et désorientée, acquiesça sans réussir à décrocher son regard de l'affiche. Manon, tailleur beige, sourire éclatant, maquillage léger, resplendissait de beauté.

Le lieutenant s'approcha de la photographie. Qui était donc la victime en survêtement, trempée et traumatisée, allongée en unité de soins ?

Elle sentit une présence dans son dos et se retourna.

— Je suis le docteur Khardif, dit un homme de type méditerranéen, à la stature imposante. Mon confrère m'a demandé de venir vous voir, mais je n'ai pas beaucoup de temps à vous accorder. Alors essayez de faire vite s'il vous plaît. De quoi s'agit-il ?

Lucie se présenta et exposa rapidement la situation. D'un geste un peu précieux, le neurologue, coresponsable du service de neurologie et pathologie neuro-vasculaire, fit crisser les poils de son bouc, taillé avec la plus grande précision.

— Manon Moinet aurait été victime d'un enlèvement ?

— Vous la connaissez ?

— Pas vraiment, non. Mais depuis quelque temps,

elle est devenue la figure emblématique de l'hôpital Swynghedauw.

— Pardonnez-moi si j'ai l'air de venir d'une autre planète, mais... c'est quoi, cet hôpital Swyn...

— Swynghedauw, le bâtiment à l'architecture colorée, une centaine de mètres plus haut... Ici, à Roger Salengro, nous diagnostiquons et traitons, entre autres, les pathologies du cerveau. Nos services se concentrent sur la neuroradiologie, l'exploration fonctionnelle de la vision, les troubles mnésiques. L'hôpital Swynghedauw, lui, est spécialisé dans la rééducation et la réadaptation des troubles cognitifs et mnésiques importants. Traumas crâniens et, dernièrement, amnésies rétrogrades et antérogrades.

— Tout cela ne me dit pas grand-chose.

Khardif s'installa sur un fauteuil en cuir, derrière un bureau, puis regroupa ses mains devant lui.

— Disons, pour faire simple, que l'hôpital Swynghedauw a pour mission d'éviter qu'en quittant nos lits, les patients cérébro-lésés se retrouvent errants dans la nature, sans savoir qui ils sont, ni où ils vont.

— Et Manon est l'une de leurs patientes ?

— Elle est plus que cela. Grâce à elle, un partenariat a été développé entre l'hôpital et les organiseurs électroniques N-Tech. Neuronal Technology, vous connaissez ?

— Je vois ce que c'est, oui.

— Ils ont monté ensemble un programme appelé MemoryNode. Un gros coup pour N-Tech, mais plus encore pour Swynghedauw. Une importante campagne de publicité vient d'être lancée par le fabricant d'organiseurs, qui met en valeur l'aspect universel de son outil en prouvant que même les amnésiques, les sourds-muets ou les aveugles peuvent l'utiliser et mener une vie moins… difficile. Vous risquez d'apercevoir la photo de Moinet placardée un peu partout en France.

Lucie s'empara du petit carnet fourre-tout qu'elle emportait toujours avec elle.

Elle surprit le regard curieux que le neurologue portait sur ses rangers et son jean moulant.

— J'avoue que j'ai du mal à saisir, reprit-elle, gênée de son accoutrement. Si Manon Moinet est une de leurs patientes, de quoi souffre-t-elle, exactement ?

Le médecin lui tendit délicatement le stylo qui dépassait de la poche de sa blouse.

— Je ne l'ai jamais soignée personnellement, je n'ai pas eu accès à son dossier. Vous devriez vous entretenir avec son neurologue. Moi, je ne puis vous donner qu'une vision assez… théorique de son affection. Une conception globale, qui ne s'applique pas forcément au cas Moinet.

— Je vous écoute.

Il inspira longuement.

— D'un point de vue pathologique, Manon Moinet souffre d'une amnésie hippocampique, appelée, de manière plus schématique, antérograde…

— Génial. Vous pourriez traduire ?

Il continua sans sourire :

— Cette amnésie se caractérise par une incapacité à fixer les nouveaux souvenirs. Sans entrer dans des explications compliquées, les patients qui en souffrent peuvent promener leur chien vingt fois par jour sans s'en rendre compte. S'ils manquent d'organisation, ils ne parviennent plus à mener une vie normale. Ils se mettent à accomplir des actions aberrantes. Se nourrir deux fois d'affilée par exemple, puisqu'ils oublient qu'ils ont déjà mangé. Si vous retournez voir Moinet, tout à l'heure, elle ne vous reconnaîtra pas.

Lucie nota les mots-clés de la conversation. Le comportement de Manon, cette terreur qu'elle semblait ressentir dans la résidence Saint-Michel, lui paraissait à présent plus logique. Elle demanda au spécialiste :

— Un peu comme Alzheimer ?

Khardif secoua la tête en émettant des petits bruits de succion.

— La maladie que l'on placarde sur n'importe quelle pathologie en rapport avec la mémoire… Non, non, non… Alzheimer est une pathologie neuro-dégénérative. La personnalité se dégrade au fil du temps, jusqu'à la démence. Ce n'est pas le cas pour Manon Moinet, loin de là. Elle a conservé l'ensemble de ses facultés intellectuelles, son caractère, son énergie. Et croyez-moi, pour convaincre une société comme N-Tech de verser des fonds à l'hôpital, il a dû en falloir, des qualités ! En réalité, cette stabilité relative est sûrement due au fait que ses autres mémoires ont été épargnées, parce qu'elles se situent dans des zones moins sensibles au manque d'oxygène ou de glucose.

— Ses autres mémoires ?

Khardif se leva.

— Pendant tout le XXe siècle, la médecine n'a jamais fait la différence entre le souvenir de ce que l'on a préparé à dîner, et celui de la manière dont on l'a préparé. Pourtant, ces deux souvenirs stimulent des mémoires différentes, dans des zones distinctes de l'encéphale. Mais il me faudrait toute une vie pour vous expliquer les mystères qu'abrite notre cerveau… et j'ai des obligations. Sachez juste que les patients atteints par ce genre de troubles se rappellent très bien leur passé, savent encore conduire une voiture ou jouer du piano, et sont parfaitement capables d'apprendre. Pas de retenir des visages, des phrases, des chansons, mais d'apprendre des gestes, des automatismes. Mettre une ceinture de sécurité, éteindre la lumière, se lever quand un réveil sonne…

— Une espèce de conditionnement ?

— Exactement, c'est le terme employé, le conditionnement. Le problème de taille est que ces personnes ignorent complètement que les tours du World Trade Center ont été détruites ou que le pape Jean-Paul II est mort. Elles vivent dans un présent furtif, avec un passé qui s'efface au fur et à mesure et un futur qui n'est qu'illusion. Il m'est arrivé de rencontrer un sujet atteint d'une encéphalite à *herpes simplex*, persuadé de vivre en 1964, et qui ne comprenait pas que les autres, autour de lui, vieillissaient. Il répétait perpétuellement la même chose, ne pouvait pas enregistrer trente lignes d'un texte sans en oublier le début, tenait un journal intime où il notait toujours cette même et unique phrase : « Je viens de me réveiller. » L'information ne se stockait plus dans sa mémoire à long terme, celle des souvenirs, celle qui permet aussi de lire un roman ou de regarder un film sans perdre le fil de l'intrigue.

— Vous voulez dire que… Manon pourrait ignorer que sa propre mère est décédée ? Qu'elle pourrait ne pas se remémorer un événement qui pourtant la touche au plus profond d'elle-même ?

— Si cela s'est produit après son accident cérébral, oui. Comme j'ai essayé de vous l'expliquer, les imprimantes qui fabriquent les souvenirs, appelées hippocampes, n'ont plus d'encre. Vous êtes policier.

Considérez, pour comprendre, qu'elle est sous l'emprise permanente de benzodiazépines ou de GHB, votre drogue du violeur. Buvez deux coupes de champagne, avalez un somnifère et vous aurez un aperçu de ce qu'elle ressent à chaque seconde. Tout cela est purement chimique, voire électrique : quand vous coupez un câble, le courant ne passe plus.

Lucie peinait à assimiler l'information, tant ce phénomène cérébral défiait toute logique. Que se passait-il quand Manon cherchait à joindre sa mère ? Apprenait-elle chaque fois son décès ? S'écroulait-elle alors en larmes, avant d'oublier la raison de son chagrin ?

Comment réussissait-elle tout simplement à vivre ? À sortir, à manger, à faire ses courses, à retirer de l'argent, à savoir où elle allait ?

Tant de questions, d'inconnues. Lucie en restait interdite. Le neurologue l'interrompit dans ses pensées :

— Pourriez-vous me rendre mon stylo, s'il vous plaît ? C'est un Faber-Castell, j'y tiens beaucoup.

De ses doigts de couturière, il le replaça exactement au même endroit, sur le bord de la poche.

— Je vais devoir y aller. Je vous le répète, je ne connais pas le dossier de cette patiente, elle n'a jamais été traitée dans notre centre. Par contre, je peux vous donner le nom de mon confrère. C'est lui qui est en charge du programme MemoryNode, il est neurologue et travaille en permanence avec des neuropsychologues qui suivent, eux aussi, Manon Moinet…

— Je vous écoute.

— Charles Vandenbusche. Mais ne cherchez pas à le joindre cette nuit, Swynghedauw est un hôpital de jour, et les médecins ont horreur des appels à leur domicile. Les journées pèsent déjà assez lourd...

— Malheureusement, les victimes ne peuvent pas toujours attendre.

Khardif continua sans tenir compte de la remarque :

— Vous venez de plonger dans l'une des zones les plus mystérieuses et les plus excitantes de l'histoire de la médecine, chère inspectrice... La mémoire. Un labyrinthe élastique constitué de milliards de chemins différents.

— Lieutenant, pas inspectrice.

— Pardon ?

— Je suis lieutenant, pas inspectrice. Et j'avoue que cela ne m'excite qu'à moitié, parce que j'ai en face de moi une femme qui sera probablement incapable de reconnaître son agresseur... Une dernière chose. En quoi consiste précisément ce programme Memory-Node ?

— C'est une chance pour les amnésiques. Un moyen de leur rendre un semblant de mémoire, grâce à un N-Tech adapté avec des fonctions spéciales. Photos, enregistrements audio, boutons « Qui », « Quoi », « Où », « Comment »... Une sorte de mémoire prothétique... Mais allez voir Vandenbusche. Il prendra certainement le temps de vous expliquer tout cela.

Le portable du neurologue se mit à sonner.

Khardif répondit. Après avoir raccroché, il dit, en s'éloignant vers la porte :

— C'était le docteur Flavien. Il veut vous voir de toute urgence.

Chapitre sept

Lucie pénétra dans la chambre, précédée par Flavien. Manon semblait dormir paisiblement, la tête enfoncée dans un grand oreiller.

— Hormis les marques aux poignets et aux chevilles, je n'ai pas constaté de sévices particuliers, expliqua le médecin.

— Elle n'a pas été violée ? demanda Lucie à voix basse.

— Non... Vous pouvez parler normalement, elle ne risque pas de se réveiller. Comme elle s'est brusquement agitée, tout à l'heure, nous lui avons administré un léger sédatif. Son sang et quelques cheveux sont partis en toxico, pour analyse. Mais elle n'est pas déshydratée et ne souffre pas de carence nutritionnelle. De plus, ses ongles coupés excluent l'hypothèse d'un enfermement prolongé. Ses pieds très gonflés prouvent qu'elle a dû marcher sur une longue distance. Pas de coups, pas de blessures, sauf cette plaie dans la paume de sa main gauche...

Lucie l'interrompit :

— Cette inscription, ce « Pr de retour ». Une idée ?

— Des incisions réalisées avec un objet très tranchant.

— Sacré scoop…

Il prit la main de Manon et la retourna.

— Vu la profondeur, l'auteur de cette barbarie n'a pas fait dans le détail… Mais ce n'est pas tout…

Flavien souleva les draps avec précaution.

Lucie contracta les mâchoires.

— Merde…

Le ventre de Manon était traversé par deux larges scarifications. Des cicatrices blanchâtres, régulières, indélébiles, et qui formaient comme des lettres, des mots, des phrases, en apparence incompréhensibles. Sauf si…

Lucie inclina la tête.

— Qu'est-ce que…

Elle se recula vers le pied du lit.

— Oui… Ces scarifications ont été faites de manière à pouvoir être lues dans un miroir, expliqua Flavien. Chose curieuse, quand on les regarde bien, elles diffèrent assez l'une de l'autre. Comme s'il s'agissait de deux graphies.

— Vous pensez qu'elles sont l'œuvre de deux personnes différentes ?

— Oui, je crois. Et pour avoir cicatrisé comme ça, il faut qu'elles aient été faites il y a au moins un mois.

Lucie tenta de déchiffrer les inscriptions. Sous la poitrine, une phrase : « Rejoins les fous, proche des Moines ». Et, juste en dessous : « Trouver la tombe d », avec un long trait qui filait vers la gauche, après le « d ». À l'évidence, la « gravure » avait été violemment interrompue, la lame avait mordu la chair sur près de dix centimètres.

— Mince... À quoi ça rime ?

— Je l'ignore. En tout cas, ce qui est sûr, c'est qu'elle est obligée d'affronter ces deux phrases tous les jours, quand elle se regarde dans la glace pour faire sa toilette. Elle n'a aucun moyen de les éviter. Un peu comme...

— Des stigmates...

— Oui. Ou une punition.

Lucie observa l'épaule droite de Manon, tatouée d'un coquillage, puis se laissa bercer quelques instants par le battement hypnotique de l'électrocardiogramme, juste à gauche, avant de demander brusquement à Flavien :

— Docteur, vous pouvez la réveiller ? Je... Je dois l'interroger !

— Pas pour l'instant ! Et, de toute façon, que croyez-vous qu'elle vous dira ? Elle ne se souvient probablement pas de la signification de ces entailles !

— Elle s'en rappellera, forcément. Ces marques l'ont fait souffrir, elle... elle n'a pas pu oublier. Combien de temps ? Dans combien de temps je pourrai lui parler ?

— Une ou deux heures. Mais à son réveil, elle aura besoin du plus grand calme. J'ai l'impression que vous n'avez pas très bien saisi toute la situation.

Il attrapa Lucie par le coude et l'entraîna à l'autre bout de la chambre.

— Quand elle émergera, elle ne reconnaîtra personne. Elle ignorera la raison de sa présence ici et elle ne saura pas non plus ce qu'elle a fait ces dernières années. Elle est prisonnière du présent, il faut que vous compreniez ! Certains amnésiques oublient même qu'ils sont amnésiques, ils tournent dans leur bocal comme des poissons rouges ! Ces taillades, sur son ventre, sont peut-être ses seuls repères. Ou au contraire un supplice à supporter chaque jour. Dans tous les cas, allez-y mollo, d'accord ?

Lucie acquiesça, un peu grimaçante. Une douleur se réveillait dans son mollet. Trop de footings, ces derniers jours...

— Dites, fit-elle. Le docteur Khardif m'a donné le nom de son psychologue, un certain Vandenbusche...

— Son neurologue, plutôt...

Flavien sembla hésiter.

— D'accord, je vais essayer de le joindre... Moi aussi, j'aimerais en savoir un peu plus sur cette histoire de dingues.

Lucie sentit la vibration de son portable dans sa poche.

— Lieutenant ? Ici Greux !

Le major hurlait dans l'appareil. Sa voix tentait de couvrir le grondement de la pluie qui s'abattait sur la voiture de police.

— On a fait comme vous avez dit, on vous a pas attendue ! On vient d'arriver aux alentours de Raismes, sur les lieux signalés par l'individu qui avait embarqué Manon Moinet ! En fait, les collègues de la gendarmerie étaient déjà là à cause d'un accident provoqué par une saleté de branche !

— Vous tenez quelque chose ? demanda Lucie.

— Bah, je veux ! Quelque chose qui risque de vous plaire ! Ou de vous déplaire, j'en sais trop rien ! Quand on leur a raconté que la fille avait été découverte à cet endroit exact, ils n'ont pas tergiversé ! Il n'y a rien aux alentours, hormis un refuge de chasseurs, à cinq cents mètres de là, dans une espèce de sous-bois ! Eh bien, vous savez quoi ? Bingo !

Il se racla la gorge.

— Je reviens juste de la cabane ! Je pense qu'on a affaire à un truc sérieux ! Faudra peut-être penser à réveiller du monde !

— Quoi ? Un corps ?

Il brailla plus fort encore.

— Bah pas vraiment, non ! Mais faut vous amener, c'est inexplicable, j'ai jamais vu ça de ma vie ! On... On nous a posé un ultimatum ! Si on en croit les marques sur les murs, si on ne se magne pas, ce corps, il risque de pas tarder !

Chapitre huit

L'air satisfait, Anthony replia son téléphone portable et le fourra dans sa poche.

Aux dernières nouvelles, la flic venait de récupérer sa voiture dans le parking juste en bas et filait sur Valenciennes. Pourquoi n'était-elle pas montée jusqu'à l'appartement cinq minutes, histoire de vérifier que tout roulait ? Drôle de gonzesse.

En tout cas, elle ne reviendrait pas de sitôt. En bonne mère, malgré tout, elle l'avait questionné sur son activité. Il avait alors simplement raconté qu'il remplissait des grilles de Sudoku, dans le fauteuil face aux jumelles, et qu'elles dormaient à poings fermés.

Certain qu'il ne serait pas dérangé, l'étudiant partit en exploration.

Grâce aux interrupteurs à intensité variable – le seul dispositif un peu high-tech de l'appartement –, il tamisa la lumière, ce qui lui permit de voyager au cœur de ce petit trois pièces sans risquer d'éveiller les mouflettes.

L'ordinateur, d'abord. Il alluma le moniteur. Tiens, tiens, une connexion ouverte sur Meet4Love, un site de rencontre. En pleine page, le profil de la flic : « La trentaine épanouie, dynamique, couche-tard et lève-tôt. Caractère dunkerquois, poigne dure et cœur tendre. Aime le mystère et la magie d'un regard. Réserver une grande place pour mes deux filles. » Anthony, un sourire moqueur aux lèvres, prit soin d'éteindre l'écran et décida de s'intéresser au meuble dans l'angle du salon. À son arrivée, il avait vu la flic y ranger dans l'urgence des papiers et des bouquins. Elle devait ignorer que plus curieux que lui, ça n'existait pas.

Dans le tiroir du haut, un ouvrage sur le vaudou, avec des pages arrachées. À l'intérieur, des dessins de jumeaux. Des espèces de cérémonials cruels, photographiés par l'auteur du livre. Vraiment bizarre. Sous le bouquin, des photocopies. Études détaillées, dossiers médicaux, apparemment confidentiels, sur des tueurs en série américains, avec des clichés bien sanglants comme il fallait.

Un peu ébranlé, Anthony commença à s'interroger. Qui était donc cette Lucie Henebelle, la nana bien élevée et polie qu'il ne croisait que brièvement le matin et le soir, qui n'invitait ni meufs, ni mecs, ne faisait jamais de bruit, ni de fêtes ? Que fichait la mère de deux petites avec de telles monstruosités ? Lui qui s'intéressait principalement à la robotique et à la fabrication « artisanale » de décodeurs de chaînes cryptées pour la famille... Tout cela lui paraissait bien loin de son monde.

Cela ne l'empêcha pas d'ouvrir un vieux grimoire sur la dissection, intitulé *Anatomia Magistri Nicolai Physici*, dissimulé sous de la paperasse. Il s'agissait d'un original, aux pages légèrement piquées. Des croquis extrêmement minutieux présentaient les coupes des différents muscles du corps humain. Certains dessins montraient un homme attaché en croix, taillardé de grandes fentes pourpres par des savants à la barbe fournie. Un hymne à la douleur.

Quand il tomba sur des feuillets tachés de sang – du vrai sang, il en aurait mis sa main à couper –, il rabattit la couverture et replaça précipitamment le livre bien au fond du tiroir.

« Arrête un peu de flipper ! T'as plus quinze ans ! »

La vue des mômes endormies le rassura, il se ressaisit. Sachant que Henebelle ne risquait pas de le surprendre, il se décida à aller explorer sa chambre, histoire de se changer les idées. Il veillait sur les petites, il ne faisait rien de mal... Il s'occupait un peu, voilà tout. Et puis, photographier avec son portable la petite culotte d'une inspectrice plutôt bien roulée... Joli trophée de chasse...

Il tourna la poignée et ôta ses Reebok, s'assurant ainsi de ne pas abandonner d'empreintes sur la moquette. Pas flic, mais pas con non plus.

La pièce était propre et très sobre, comme dans le reste de l'appartement. Pas de bibelots inutiles. Juste une brosse à cheveux sur le lit, des photos des jumelles, ainsi qu'un bouquin. Encore un truc d'horreur. Le dernier roman de Grangé, une histoire de meurtrier déjanté...

Décidément, à quoi carburait cette bonne femme ? Les flics de la PJ n'en avaient pas assez de leurs journées pour, le soir, se gaver encore de trucs gore ?

Au-dessus d'un haut bahut en pin, sur la droite, l'éclat bleuté d'un pistolet attira son regard. Du bout des doigts, il tira sur le holster en cuir.

Sur le côté, une pochette fermée avec un bouton pressoir. À l'intérieur, une clé minuscule, qui ouvrait sans doute un coffre, ou un casier personnel au commissariat. Il la remit à sa place et sortit le Sig Sauer 9 mm de son étui. L'arme glissa dans le creux de ses mains. À vingt-deux ans, il n'avait jamais tenu un tel engin, et en ressentit une étonnante sensation de puissance. Il retourna le semi-automatique, le soupesa, se surprit à viser une lampe de chevet, une paupière baissée.

Un « Pan ! » filtra entre ses dents. Quel sacré revolver ! Non, pas « revolver », mais pistolet, sans barillet. La seule chose qu'il connaissait sur les flingues, à force de s'abrutir de séries télé. Sig Sauer, chargeur 15+1. Était-il chargé, justement ? Cette folle s'en était-elle déjà servi, du côté de Lille-Sud ou dans les coins chauds de Roubaix ?

Il se sentit soudain mal à l'aise. Ce jouet pouvait tuer. Il le rengaina et le repositionna exactement à la même place. Henebelle n'y verrait que du feu.

Il allait examiner l'intérieur du bahut, mais une armoire au vitrage teinté, calée dans un renfoncement, retint son attention. Il s'accroupit, voulut en ouvrir la porte. Verrouillée. Il plaqua son front sur le carreau. À l'intérieur, une masse ovale… Il n'arrivait pas vraiment à voir ce que c'était. Un machin d'apparence bizarre, en tout cas.

Un tas de photos traînaient sur le meuble. Il les parcourut rapidement du regard. Sur l'une d'elles, Henebelle, gamine, une dizaine d'années, encadrée par ses parents. Fille unique, apparemment, et vieux pas bien riches, à en juger par leurs fringues et la façade de leur pavillon en crépi usé. Une fille d'ouvrier, de travailleur à la chaîne, à tous les coups. Aujourd'hui elle devait se sentir toute puissante, avec son uniforme…

La Mémoire fantôme

La Mémoire fantôme

Anthony gloussa, puis s'intéressa aux autres clichés. Les jumelles avec une glace à la crème, les jumelles à la mer, les jumelles dans leur bain... Chose certaine, elle aimait ses bambins.

Il s'intéressa de nouveau à l'armoire. Qu'avait-elle à cacher là-dedans ? Un orteil ? Une oreille ? Un doigt coupé ?

Il fallait trouver la clé. S'agissait-il de celle à l'intérieur de la ceinture de cuir ? Une clé qu'elle devait utiliser souvent, puisqu'elle la gardait en sûreté, auprès d'elle. Une clé qu'elle ne voulait pas perdre, ni laisser traîner n'importe où.

Sauf que, ce soir...

Il posa le holster sur la couette et récupéra le petit morceau de métal. Quand il le pressa dans sa main, il marqua un temps d'hésitation. Pouvait-il violer l'intimité de cette femme à ce point ? Bah ! Il garderait cet écart de conduite pour lui. Quand on fabrique des décodeurs pirates, on sait rester discret.

La clé s'enclencha à la perfection dans la serrure.

Tandis qu'une vague d'angoisse montait dans sa gorge, il écarta lentement la vitre et saisit une large feuille plastifiée.

Une radiographie. Ou, plus précisément, une échographie.

Il s'approcha de l'ampoule du plafonnier et se mit à observer en détail sa trouvaille. On pouvait distinguer une tache transparente et deviner une forme en haricot. Ou plutôt, deux formes.

Des jumeaux.

Il haussa les épaules. Sa déception était immense. Alors, c'était que ça ? La simple photographie des deux fillettes avant leur naissance ?

Il se pencha de nouveau et découvrit une deuxième échographie, qu'il ne prit pas le temps de consulter. Parce que, derrière, se dressait quelque chose.

Quelque chose d'inimaginable.

Son visage se tordit en une infâme grimace.

Chapitre neuf

Lucie se frotta les paupières. Le chauffage de sa vieille Ford peinait à supprimer la buée à l'assaut du pare-brise. Le mois précédent, des crétins avaient cassé l'antenne radio sur le toit et, cerise sur le gâteau, des gouttelettes perlaient à présent à l'intérieur de la voiture. Avec son salaire de lieutenant et les primes, elle avait cru pouvoir vivre plus aisément que dans son petit pavillon de Malo-les-Bains. Mais Lille était une ville chère, et les loyers hors de prix. Sans compter les frais de nourrice qui mangeaient plus du tiers de ses revenus. Alors, pour une nouvelle voiture, elle pouvait toujours rêver…

Une demi-heure qu'elle roulait en direction de Valenciennes. La pluie ne faiblissait pas. Au loin, elle aperçut enfin les lumières d'un périmètre de sécurité. Elle s'approcha encore. Des pompiers et des gendarmes, trempés comme des gardiens de phare. Derrière eux, deux véhicules encastrés, œuvre de gomme et de métal plissé.

Lucie se gara sur le bas-côté, derrière une autre voiture, et boutonna son caban jusqu'au cou. Elle récupéra une lampe dans son coffre et un K-way qu'elle déploya au-dessus d'elle. Elle se dirigea en courant vers un pompier.

— Lucie Henebelle ! Police judiciaire de Lille !

L'homme tendit le bras en direction de la forêt.

— Par là ! cria-t-il. En face, à trois cents mètres ! Il y a un collègue à vous !

— Et l'accident ? Que s'est-il passé ?

— Une branche, sur la route ! Véhicules en choc frontal ! On désincarcère encore !

— Des morts ?

— Deux ! Je vous laisse ! On n'a jamais vu un temps pareil ! On est débordés depuis hier !

Lucie enfila son K-way. Une dizaine de personnes s'activaient, d'autres, quelques mètres plus loin, observaient. Silhouettes sombres enfoncées dans la nuit. Il en fallait toujours, à proximité des accidents. Des consommateurs de morbidité, venus de nulle part.

À la lueur de sa lampe, elle s'engagea sur un chemin boueux à travers les arbres. Que faisait-elle là, loin de ses gamines ? Tout était allé si vite.

Elle pensa au calvaire qu'avait dû vivre Manon, paumée, incapable de se repérer, avec cette seule phrase au creux de sa main : « Pr de retour ». Peut-être de l'automutilation. Pour se forcer à fuir. Et comprendre la raison de cette fuite.

Lorsqu'elle parvint au refuge, ses rangers et son jean étaient noirs de boue. Greux discutait avec deux gendarmes en uniforme, à l'abri sous le porche de la cabane. Lucie les salua en retirant son K-way. Elle secoua ses cheveux et tenta de s'égoutter au mieux.

— Attention où vous mettez les pieds, la prévint l'un des gendarmes au moment où elle poussait la porte.

À peine pénétra-t-elle à l'intérieur qu'elle aperçut comme une mer ondoyante, jaune et rouge. Elle s'immobilisa.

— Des allumettes, fit Greux qui la suivait, une puissante torche à batterie à la main. Je ne pense pas en avoir utilisé autant dans toute ma vie de fumeur.

Les petits morceaux de bois tapissaient les trois quarts de la surface du sol. Combien y en avait-il ? Des milliers ?

Dans un angle de la pièce, Lucie repéra des cordes. Elle releva la tête. Sur le mur de gauche, cette phrase peinte en rouge, avec une substance qui ressemblait à du sang : « Ramène la clé. Retourne fâcher les Autres. Et trouve dans les allumettes ce que nous sommes. Avant 4 h 00. »

Lucie remarqua des traînées de boue sur le côté.

— Ce sont eux qui ont piétiné ? murmura-t-elle.

— Bah ouais, répliqua le major. Ils ont débarqué un peu avant nous, mais ça va, ils ont fait gaffe, ils ont pas trop pourri l'endroit. La scène est intacte.

— Et toi ? Tu es venu seul ?

— Vous avez pas vu Adamkewisch sur la route ? Il est resté près de l'accident. Il y a deux morts, il essaie de voir s'il n'y a pas de rapport avec tout ce bordel... Même si c'est improbable... Enfin, vous le connaissez, toujours à fourrer son nez partout...

Greux se moucha et demanda :

— Vous pouvez enfin m'expliquer ce qu'il se passe ? C'est qui, cette Manon Moinet qui croit dur comme fer sa mère vivante alors qu'elle est morte depuis des plombes ?

La jeune femme résuma la situation à son collègue. L'errance de Manon. Les urgences. L'amnésie.

— Ça, c'est une sale histoire, conclut Greux en lissant sa moustache.

Lucie agita son portable entre ses doigts, les lèvres serrées. Son jean mouillé lui collait à la peau. Une sensation très désagréable.

— Bon… Il faut figer la scène. J'appelle l'astreinte du LPS[1]. Qu'ils nous envoient une équipe pour les prélèvements primaires, en attendant qu'il fasse plus clair.

— Vous êtes sûre ? Les IJ[2] n'aiment pas trop qu'on les dérange la nuit. On n'a pas de corps.

— La séquestration est punissable d'au moins vingt ans d'emprisonnement, alors ces messieurs, crois-moi qu'on va les déranger. Et t'as vu la tronche du message ? Tu as un appareil photo ? Des rubans PN ? Des gants en latex ? J'aimerais regarder de plus près.

— Bah non, j'me promène pas avec la tenue de lapin blanc sur moi.

— Et dans le coffre ?

— On a bien quelques bricoles…

— Un aller-retour sous l'orage, ça te tente ?

— On appellerait pas Adamkewisch ? Il est à proximité !

— Non. Je préfère qu'il continue là-bas. Tu ne voudrais quand même pas que j'y aille moi-même ? La galanterie, t'en fais quoi ?

Greux bougonna, boutonna son duffle-coat et disparut dans le déluge.

Lucie ausculta la serrure et considéra les gendarmes qui grillaient une cigarette à l'abri. L'un d'eux propulsa d'une pichenette une allumette consumée.

1. Laboratoire de police scientifique.
2. Identité judiciaire.

— Évitez de contaminer l'endroit ! râla-t-elle. Il faut préserver la scène au maximum ! Vous le savez bien, non ?

— La PJ lilloise en pleine action ! lâcha le plus ventru en se retournant. Vous avez vu l'ombre d'un cadavre, vous ? Encore un délire de jeunes, à tous les coups ! Ou des écolos, ils en sont bien capables ! Ils sont un poil nerveux ces derniers temps ! Eux et les chasseurs, vous savez...

Il haussa les épaules, avant de continuer :

— Passez-moi l'expression, mais je comprends pas bien ce que les Lillois viennent foutre dans notre patelin pour des tags et des allumettes dans une cabane paumée ! On nous fait moisir ici ! On nous empêche de faire notre boulot alors qu'on a un accident sur les bras, et avec ce temps ça risque de pas être le seul !

Lucie ne répliqua pas. Elle choisit d'adopter un ton plus conciliant.

— Ce refuge est tout le temps ouvert ?

— Oui. De toute façon, y a rien à voler, rien à démolir. C'est qu'un vulgaire abri. Un toit, un plancher, quatre murs.

— Et la clé ? La clé de cette porte ? Où se trouve-t-elle ?

— Ah ! Ah ! Vous réfléchissez déjà à ce message ? « Ramène la clé » ? Vous chômez pas, vous ! Qu'est-ce que j'en sais ? Faudrait peut-être passer à la mairie. Mais attention, pas avant 9 heures demain matin. Sinon, ce sera fermé.

Son collègue esquissa un sourire et tira de nouveau sur sa cigarette.

Lucie comprit qu'il était inutile d'insister. Elle observa attentivement le sol autour de la cabane. Boue, eau, mélasse. Avec ce qui tombait, aucune chance de prélever la moindre empreinte.

Elle promena son regard sur les arbres alentour. Un ravisseur. Un abri isolé, inoccupé. Un message d'avertissement, incompréhensible. Une énigme tordue. Des signes annonciateurs d'un sacré boxon.

Le Professeur… Un dossier géré par Paris, dont elle connaissait à peine plus que ce qu'en avaient dit les médias : un tueur à l'esprit particulièrement retors. Imprévisible. Et jamais interpellé.

Presque quatre ans… Comment l'auteur de six meurtres aurait-il pu s'interrompre et se mettre en veille si longtemps ? À de très rares exceptions près, jamais les tueurs en série n'agissaient de la sorte. Leurs pulsions, leurs fantasmes les en empêchaient. Ils devaient tuer, répéter leurs crimes, sans cesse. Elle regretta amèrement de ne pas avoir eu accès à plus d'informations sur cet assassin.

Quand Greux réapparut, hors d'haleine, Lucie ôta ses chaussures, ses chaussettes, et sous le regard amusé des gendarmes, enfonça ses pieds mouillés dans des sachets plastique avant d'enfiler une paire de gants en latex. Elle regagna l'intérieur du refuge, bientôt suivie par son collègue, et mitrailla la pièce de photos. Puis, en prenant soin de ne pas déplacer trop d'allumettes sur son passage, elle s'approcha des morceaux de corde.

— Des traces de sang… Manon avait la main tailladée… Vu la longueur des liens, son ravisseur a dû la ligoter des pieds à la tête. Les extrémités sont brûlées pour éviter que le nylon s'effiloche, donc ils n'ont pas été coupés.

— Elle se serait détachée comment, alors ?

— Je ne vois pas de nœuds… Quand on se détache,

il reste toujours des nœuds. Le nylon enroulé garde une forme particulière, non ?

— Peut-être, oui. J'suis pas expert dans les jeux sadomaso.

— L'autre truc étonnant, c'est que les liens sont tous regroupés au même endroit. Presque rangés... Il faudra vérifier dehors, mais *a priori*, je ne vois pas de bâillon...

— Bah... Il n'y avait pas grand risque qu'on l'entende. On peut pas dire que ce soit la foule dans le coin. En plus, il pleuvait comme vache qui pisse.

— Ouais... Ou alors, elle était inconsciente...

Elle observa les murs un à un, avec une attention chirurgicale.

— Le type avait dû repérer l'endroit pour s'assurer qu'il ne serait pas dérangé durant la mise en place de son « effet »...

— Un gars du coin ?

— Pas forcément.

Elle réfléchit à voix haute :

— Il l'amène ici ligotée et inconsciente. Il la pose dans l'angle et défait ses nœuds, inscrit son avertissement sur le mur, répand ces kilos d'allumettes, avant de disparaître. À son réveil, Manon n'a plus qu'à s'évader, abandonnée à son amnésie.

— Vachement logique... Enlever quelqu'un pour le laisser fuir ensuite...

Sans répondre, Lucie se pencha vers les allumettes.

— Il s'est peut-être juste servi d'elle pour nous orienter ici et nous délivrer son message. Une personne incapable de se souvenir de son visage. Ce qui implique qu'il la connaissait, de près ou de loin... Ou alors, il a eu accès à son dossier médical. Puis il y a ces étranges cicatrices... Peut-être que...

« La voilà repartie dans son trip... » se dit Greux en soupirant.

— Mais pourquoi tant d'efforts ? s'interrompit Lucie. Pourquoi pas un simple coup de fil anonyme qui nous aurait directement amenés ici ?

— Pour la beauté du geste, à coup sûr, répondit ironiquement le major. Le coup de fil ? Trop minable.

Lucie releva légèrement le menton.

— Tu te fous de moi ?

— Non, mais bon... En général, on n'a pas vraiment affaire à des lumières...

Lucie se redressa, les mains sur les genoux.

— Note... Note qu'il faudra vérifier si la branche qui a provoqué l'accident n'a pas été sciée. Notre kidnappeur serait bien capable d'avoir poussé son délire jusque-là.

Greux mordilla le capuchon de son stylo sans ouvrir son carnet.

— Bon là, faut quand même pas abuser... Ils n'existent que dans les films et dans votre tête, ces malades.

Lucie le fusilla du regard. Greux se mit à rougir, soudain conscient de sa bévue. Tous, à la brigade, connaissaient son abominable histoire avec cette gamine diabétique. « La chambre des morts », où la réalité avait largement dépassé la fiction.

La flic finit par s'orienter vers les curieuses inscriptions.

— Peinture... constata-t-elle.

— Heureusement. Vaut mieux ça que... Enfin, vous comprenez...

— Oui, je vois. « Ramène la clé. Retourne fâcher

les Autres. Et trouve dans les allumettes ce que nous sommes. Avant 4 h 00. » Quel charabia ! J'ai horreur de ça ! Quelle clé ?

— Toutes ces allumettes, vous avez une idée ?

Lucie secoua la tête.

— « Trouve dans les allumettes ce que nous sommes. » Peut-être qu'il faudrait les compter... Mais ça nous prendrait des heures. Sans oublier qu'on a une chance sur deux de se tromper. Il y en a tellement.

— Et quand bien même ? Pour sûr on obtiendra un nombre, cinq mille, dix mille ou quinze mille. Voire dix mille cinq cent quarante et un ou quinze mille cinq cent soixante-neuf. Et alors ? Ça nous avancerait à quoi ?

Lucie pivota sur elle-même.

— Il nous manque la clé. Qui sont les Autres ? Tu remarqueras qu'il a noté ce mot avec une majuscule.

Greux relut rapidement la phrase sur le mur.

— Bah ça non, j'avais pas vu !

— Non mais c'est pas vrai ! Là, ça commence à bien faire, major, OK ?

Lucie considéra sa montre, nerveuse.

— Il nous reste à peine trois heures... Il faut compter, je suis persuadée qu'il faut compter...

— Franchement, j'suis pas chaud. J'ai déjà les yeux explosés.

Elle se baissa de nouveau, ses doigts glissèrent sur les fines tiges de bois.

— « Trouve dans les allumettes ce que nous sommes. » Manon a un rôle là-dedans, il s'est servi d'elle pour nous alerter, nous amener ici dans des délais qu'il a lui-même fixés...

Elle se redressa brusquement. Elle venait de comprendre pourquoi le ravisseur avait libéré sa proie.

C'était une évidence.

Manon était la clé. Celle qui comprendrait le message.

Elle sortit sur le perron. Toujours le grondement de la forêt autour d'eux. Les gendarmes jetèrent simultanément leurs mégots par terre.

— Est-ce que vous avez touché aux allumettes ? demanda-t-elle. En avez-vous ramassé ?

Le plus replet – encore lui – la considéra d'un air surpris.

— Deux trois, oui. On s'est... amusés à en griller quelques-unes, avec notre cigarette. Fallait bien passer le temps en vous attendant.

— Combien ? Deux ou trois ?

— Quoi ? Mais j'en sais rien ! Deux, trois, huit, douze ! Qu'est-ce que ça peut faire ? Il y en a des milliers d'autres ici ! Vous n'allez pas pleurer pour quelques allumettes ? Y'a quand même plus important dans le monde, non ?

Lucie sortit son portable.

— Je réveille le commandant de la brigade, qu'il se débrouille avec le parquet de Valenciennes pour nous donner des moyens et lancer la procédure judiciaire.

— Z'êtes folle ou quoi ? Pourquoi vous voulez alerter la cavalerie ?

Le gendarme jeta un œil vers son collègue.

— Après tout, c'est vous que ça regarde. C'est vous qui aurez les chiens sur le dos, pas nous...

Lucie ne se laissa pas impressionner.

— Messieurs, je fais appel à votre bonne volonté et à votre collaboration. Dès les prélèvements de la scientifique effectués, il faudra compter ces allumettes, y compris celles balancées dans la boue. Et sans erreur.

— C'est un gag, là ?

Lucie prit son air mauvais. Elle haussa sérieusement le ton.

— Ça y ressemble ? Je fais mon job, voilà tout ! On a en face de nous un type qui a séquestré une femme, et qui nous pose un ultimatum ! Vous voudriez faire quoi ? Rester ici et attendre ?

Les deux gendarmes gardèrent le silence. Lucie se retourna vers la porte.

— Greux, à partir de maintenant, veille à ce que personne ne touche plus à rien ! Je retourne à l'hôpital ! Manon est la clé !

Au téléphone, le commandant, qu'elle sortait du lit, la reçut vertement. Mais, face à son acharnement, il comprit rapidement l'importance de la situation. Il savait que dans toute enquête, les premières heures sont les plus précieuses. Il fallait agir vite. Une demi-heure plus tard, la police scientifique assiégerait les lieux.

Après son appel, Lucie partit en courant dans la forêt.

Elle devait regagner sa voiture, rejoindre la jeune amnésique.

Cette quantité effroyable d'allumettes… Compter… Était-ce réellement la solution ou une perte de temps ? S'agissait-il d'un traquenard destiné à attirer inutilement l'attention, à monopoliser les ressources de la police ?

Et surtout, qu'allait-il se passer à 4 heures ?

Chapitre dix

Frédéric Moinet se gara en catastrophe sur le parking de l'hôpital Roger Salengro. Il claqua la portière de sa BMW dernière génération et disparut dans le hall des urgences. Après vérification de son identité, on lui indiqua le numéro de la chambre où sa sœur avait été admise. Il s'y précipita en courant, son long imperméable gris bruissant dans le sillage de sa mince silhouette.

Il pénétra dans la pièce, légèrement éclairée par une veilleuse. Un homme, assis sous un poste de télévision suspendu au mur, se leva immédiatement pour le saluer. Le docteur Vandenbusche.

— Merci de votre appel, fit Frédéric en serrant la main du neurologue. Mais pourquoi n'avoir rien voulu me dire au téléphone ? Que s'est-il passé ? Comment va-t-elle ?

Frédéric transpirait d'inquiétude. C'était un homme tout en nerfs. Sa chevelure d'un noir sévère, rejetée vers l'arrière, renforçait l'impression qu'il donnait d'un bolide propulsé à cent à l'heure.

— Rassurez-vous, elle va bien, expliqua le médecin avec un très léger accent belge. Elle dort, on lui a administré un sédatif.

Frédéric s'empara d'une petite housse crème dans la poche intérieure de sa veste.

— Je l'ai... Il se trouvait à côté de son ordinateur, dans son appartement.

Le médecin s'appuya contre le mur, visiblement soulagé.

— Dieu merci...

Frédéric Moinet extirpa le N-Tech de sa pochette en cuir et le posa sur une tablette à côté du lit. Son interlocuteur l'entraîna vers le fond de la pièce. Il était complètement décoiffé, bien différent du Vandenbusche impeccable, monolithique, qu'il avait l'habitude de rencontrer.

— Écoutez, Frédéric... Votre sœur a été retrouvée par la police. Elle était en train d'errer dans les rues de Lille. Trempée, en survêtement, complètement désorientée.

Frédéric se passa les mains sur le visage en soufflant lentement. Puis il plissa les yeux.

— Quoi ? Mais... Elle ne peut pas s'être égarée dans Lille ! C'est la ville de son enfance, elle en connaît les moindres recoins !

— Elle ne s'est pas vraiment perdue... Elle était à bout de souffle...

Vandenbusche se racla la gorge. Il paraissait gêné.

— Je n'en sais pas plus pour le moment, mais elle... elle aurait été séquestrée. Elle présente des traces caractéristiques aux poignets et aux chevilles. Des marques de liens.

Frédéric se raidit instantanément.

— Séquestrée ! Vous plaisantez, j'espère ? Je l'ai encore vue ce matin !

Il s'approcha de sa sœur et lui caressa doucement le front. Puis il s'adressa de nouveau au médecin.

— Et vous allez continuer à me dire que cette fichue campagne de publicité ne présente aucun risque ?

Vandenbusche avait préparé sa réplique. Frédéric Moinet s'était toujours farouchement opposé à ce que sa sœur devienne l'égérie de N-Tech.

— Si nous avions estimé qu'exposer son image la mettrait en danger, jamais nous ne l'aurions fait, et vous le savez.

— Alors de quoi parle-t-on ? D'une coïncidence ? Ma sœur se serait fait kidnapper *par hasard* juste après le lancement de la campagne ? Il n'y a pas de hasard, monsieur Vandenbusche !

Le médecin lui agrippa le bras pour l'éloigner du lit. Il répondit calmement :

— Le cambriolage a eu lieu il y a plus de trois ans, et à Caen ! Comment pouvez-vous imaginer un seul instant que la même personne s'en prenne à la même victime, simplement parce qu'elle aperçoit sa photo sur une affiche publicitaire ? Ceci n'a aucun sens !

Il regarda Frédéric droit dans les yeux et continua :

— Voilà plus de deux ans que je me démène pour Manon ! Je sais, et vous savez, qu'elle a besoin d'aller de l'avant ! MemoryNode est un programme primordial pour elle. Pour son équilibre.

— Il est surtout essentiel pour votre carrière ! Ma sœur n'est pas un pantin !

Le neurologue soupira.

— Ne rentrons pas une nouvelle fois dans ce débat. Pas ici… Ce n'est pas parce que Manon ne se rappelle pas de la majeure partie de ses actes qu'elle n'est pas responsable. Elle a conservé toutes ses capacités intellectuelles, elle progresse tous les jours et se débrouille mieux que quiconque. C'est à elle, et à elle seule, que revenait cette décision. Elle a accepté l'offre de N-Tech. Et son argent. Point à la ligne.

Frédéric secoua la tête, dépité.

— J'ai dû céder notre entreprise familiale pour revenir ici, pour… la mettre à l'abri de son agresseur… Je l'ai éloignée de Caen, de cette ville où notre propre sœur a été assassinée, de cette ville où elle a perdu la mémoire, six mois plus tard ! Je vis avec elle, dans la même maison, je l'ai aidée à affronter son handicap, à oublier le… le Professeur… Et à présent…

— Je vous comprends bien. Mais Manon est ma patiente, et elle est aujourd'hui plus épanouie que jamais. MemoryNode lui fait un bien immense. Ce programme l'a transformée. Vous ne pouvez dire le contraire.

Frédéric garda le silence. Vandenbusche se frotta les sourcils, l'air soudain embarrassé.

— Frédéric, il y a quelque chose que vous devez m'expliquer. Un fait intrigant qui… qui me tracasse.

— De quel genre ?

Le spécialiste se dirigea vers Manon. Il souleva délicatement le drap puis le haut de sa tunique verte.

— Ces cicatrices…

Frédéric se figea.

— C'est bien ce que je pensais, poursuivit le neurologue. Vous étiez au courant… Celle-ci : « Rejoins les fous, proche des Moines », a été faite par un gaucher.

Il désigna la montre de Frédéric qui encerclait son poignet droit.

— Et vous êtes gaucher.

— Comment vous…

— Les cicatrices ont une mémoire. Quand on observe ces scarifications de près, on devine, à l'orientation des berges dermiques, dans quel sens ont été tracées les lettres. C'est très subtil, surtout dans le cas présent, où le texte est écrit de façon inversée. Cependant on le voit à la forme des rondes. Les « o » notamment. Je suis moi-même gaucher, ou plus précisément ambidextre, ce genre de détails ne m'échappe pas... À quoi cela rime-t-il ?

Frédéric explosa :

— Vous n'avez pas à le savoir ! Pour qui vous prenez-vous à violer ainsi l'intimité de ma sœur ? Si le secret médical a été trahi, je...

— Le docteur Flavien n'a nullement trahi le secret médical. Il était persuadé que j'étais au courant. Et j'aurais dû l'être !

— Pourquoi ? Je l'ai aidée à se scarifier de la sorte parce qu'elle m'en a supplié, tout simplement !

— Elle vous en a supplié ?

— Inscrire cette absurdité dans sa chair était devenu pour elle une obsession. Elle disait sans cesse que c'était la seule solution, la seule façon de conserver une information cent pour cent fiable. Que sur son corps, personne ne pourrait venir l'effacer, ni la trafiquer.

Le regard absent, Frédéric paraissait revivre cette épreuve pénible.

— Je n'ai pas eu le choix, elle était presque hystérique. Vous savez parfaitement comment elle se comporte quand elle a une idée en tête. Elle la note partout, l'enregistre sur bande audio, se la répète sans jamais s'interrompre. Alors, je l'ai fait pour... la soulager... Et parce qu'elle... parce qu'elle n'avait pas le courage d'agir seule, comme elle l'avait pourtant fait la première fois.

— Ainsi, elle s'est elle-même infligé l'autre mutilation ? Elle ne m'en a jamais parlé.

— Pourquoi l'aurait-elle fait ?

— Parce que cela fait partie de la thérapie ! Plus du tiers de mes patients se scarifient, voyez-vous ! Ils utilisent leur corps comme des parchemins. Et savez-vous de quelle façon tout ceci se termine ? L'hôpital psychiatrique ! Que signifie cette phrase : « Rejoins les fous, proche des Moines » ? Et cette histoire de tombe ? Pourquoi cette brusque interruption ?

— C'est assez compliqué. Et je n'ai pas envie de vous expliquer cela maintenant. Ce n'est ni l'endroit, ni le moment.

— Encore un rapport avec le Professeur, n'est-ce pas ?

Frédéric ne répondit pas. Il replaça la tunique, puis le drap, d'un geste tendre. Vandenbusche n'insista pas. Il répéta néanmoins :

— Oui... Vous auriez dû m'en parler...

Frédéric se retourna vers lui. Il serra le poing et se mit à crier :

— Il faut retrouver l'ordure qui l'a enlevée !

Manon remua légèrement les lèvres. Frédéric vint s'asseoir sur le bord du lit.

— Je suis là, ma petite sœur. Ne t'inquiète pas...

Il prit la main de Manon. Il sentit alors sous ses doigts une croûte de sang coagulé. Intrigué, il la retourna vers lui.

Le message le frappa comme un coup de couteau. « Pr de retour ».

Frédéric sentit ses jambes se dérober sous lui.

Le passé venait de refaire surface. Ce passé que Manon traquait avec un acharnement sauvage, jour après jour. À s'en rendre malade.

Le Professeur…

Frédéric s'empara d'un rouleau de gaze qui traînait sur la tablette et, d'un geste nerveux, se mit à bander la main endolorie. Cacher la vérité.

Derrière lui, Vandenbusche ne bougeait plus. Toute son attention s'était focalisée sur l'organiseur. Il demanda :

— Quelque chose me tracasse, depuis tout à l'heure… Le N-Tech, vous dites que vous l'avez trouvé chez elle ?

— À côté de son ordinateur.

— Et… Et sa porte d'entrée, elle était…

— Ouverte, l'interrompit Frédéric en terminant le bandage.

— Vous savez comme moi que Manon ne se sépare jamais de son N-Tech. Dès qu'elle met le nez dehors, elle le prend avec elle. Frédéric… Je pense que Manon a été enlevée chez elle… Chez vous… Dans votre propre maison.

Moinet devint livide.

— Je reviens. Il me faut un café…

Il se rua vers la sortie. Dans le hall, il croisa une jeune femme qui courait, le regard décidé.

Une blonde à la chevelure bouclée, avec de vieilles rangers couvertes de boue.

Chapitre onze

Après un rapide décrassage aux toilettes, Lucie convia Vandenbusche à la machine à café, qui se dressait à l'extrémité droite du hall, en face de l'accueil. Des malades patientaient, écrasés sur des chaises, le teint d'une blancheur d'autopsié. Les urgences oscillaient toujours entre deux mondes. Éveil, sommeil. Vie, mort.

— En attendant que Manon émerge, racontez-moi son histoire, entama Lucie. Qui est-elle ? De quoi souffre-t-elle exactement ?

Elle glissa une pièce dans la fente de l'appareil et se servit un café serré sans sucre, tandis que Vandenbusche optait pour un chocolat chaud. Il l'observa d'un regard trouble et vacillant – ses fesses bien bombées en priorité – tandis qu'elle lui tournait le dos. Drôle de dégaine pour une femme si mignonne. Une croûte de boue recouvrait ses chaussures – ces espèces de bottes militaires infectes – et le bas de son jean. Son ample chevelure bouclée aurait pu mettre en lumière le velours de ses courbes, si elle n'avait pas été si maladroitement attachée par un élastique rouge et rendue grasse par la pluie. Quant au maquillage...

absent, tout simplement. La beauté ne faisait pas tout. Vandenbusche détestait les femmes sans sophistication.

— J'ai rencontré Manon Moinet pour la première fois il y a un peu plus de deux ans, précisa-t-il en haussant les sourcils. Elle présentait de graves troubles mnésiques. Manon avait subi une agression à Caen, environ un an plus tôt.

Lucie s'empara de son carnet et de son stylo Bic rongé qu'elle venait de retrouver au fond de sa poche.

— Début 2004 donc… Quel genre d'agression ?

— Un cambrioleur qu'elle a surpris, et qui l'a laissée pour morte après l'avoir étranglée. Elle habitait un quartier cossu, dans la banlieue de Caen. Un quartier frappé, à l'époque, par une vague de cambriolages. La police locale soupçonnait un gang organisé. Toujours est-il que l'intrus a pris la fuite au moment où les voisins, alertés par les cris, sont venus cogner à la porte. Le malfrat avait dérobé des bijoux et divers objets de valeur. Quand on a découvert Manon, elle était inconsciente. Encore en vie, certes, mais son cerveau avait subi des dommages irréparables.

Lucie griffonnait à la va-vite des signes qu'elle seule pouvait comprendre.

— Et elle a perdu la mémoire. Pardon, l'une de ses mémoires, si j'ai bien compris le docteur Khardif.

Vandenbusche baissa un instant les paupières.

— Manon n'a pas perdu la mémoire, ou ses mémoires, comme vous dites. Ça ne se passe pas comme à la télévision où l'amnésique oublie absolument tout, jusqu'à comment faire pour marcher. En fait, les mémoires de Manon sont même quasiment intactes.

— Je n'y comprends rien. Elle est amnésique ou pas ?

Il répondit avec calme, d'un ton un peu académique :

— Ne soyez pas si restrictive. Amnésique ne signifie pas forcément sans mémoire.

— Bon ! Allez droit au but s'il vous plaît ! Et évitons d'y passer la nuit !

Pas sophistiquée, mais caractérielle. Peut-être même dominatrice. Cela, par contre, il aimait. Il expliqua :

— Toutes les cellules du corps humain consomment de l'oxygène, transporté par les globules rouges. Mais s'il en est de plus gourmandes que les autres, ce sont assurément les neurones des hippocampes, des zones de l'encéphale situées dans les profondeurs de la région temporale, dont la forme rappelle la queue d'un cheval de mer.

— Logique, pour des hippocampes…

Vandenbusche esquissa un sourire avant de poursuivre :

— Il faut imaginer ces zones minuscules comme des centrales à souvenirs, chargées de transmettre les données fraîches, des engrammes, provenant de la mémoire à court terme vers diverses régions de la mémoire à long terme.

Il s'interrompit devant les difficultés de Lucie à prendre si rapidement des notes.

— Dites, vous n'êtes pas équipés de dictaphones dans la police ?

Lucie lui jeta un regard sans relever le front de son cahier.

— Continuez, s'il vous plaît.

Conciliant, il reprit en ralentissant le débit :

— Les multiples passages d'une information dans

les hippocampes, une information que l'on veut retenir, lui permettent d'aller se figer dans le cortex, au sein de la mémoire épisodique – celle des faits et des épisodes autobiographiques – afin de constituer un souvenir. Mais privez les cellules hippocampiques d'oxygène ou de sucre, même un court instant, et elles se ratatinent comme des crêpes. La fabrique à souvenirs est alors atteinte. On parle de lésions post-anoxiques irréversibles.

Vandenbusche avala une gorgée de chocolat en grimaçant. Pas meilleur qu'à Swynghedauw.

— Les zones hippocampiques sont réellement minuscules, à peine quelques millimètres, ce qui accroît leur fragilité. Ce sont les premières à écoper quand le sang ne circule plus dans la tête. Dans la plupart des cas, elles survivent à ce type d'attaques. Mais Manon se trouvait, à l'époque, dans un état de stress très intense. Et il a été prouvé que les glucocorticoïdes sécrétés à cause du stress, le cortisol notamment, diminuent la neurogenèse dans les hippocampes et les atrophient. Ce cas clinique a été constaté par exemple chez les GI qui ont combattu au Vietnam, ou encore chez les enfants victimes d'inceste, qui, scientifiquement parlant, présentent un terrain plus favorable aux troubles de la mémoire.

— En résumé ?

— Disons, concernant Manon, que l'étranglement, donc le manque d'oxygène, a sérieusement endommagé des hippocampes déjà malmenés.

— Juste amoché, ou définitivement détruit ?

— L'un et l'autre. S'ils étaient complètement lésés, Manon présenterait des troubles irréversibles de la perception spatiale. Elle serait vraiment impotente et incapable de vivre sans assistance, ce qui est d'ailleurs le cas de la plupart de mes patients. Mais dans celui de Manon, l'hippocampe gauche fonctionne aujourd'hui à dix pour cent de ses capacités, et nous gagnons chaque mois du volume, grâce à notre programme. Manon peut stocker pendant trois ou quatre minutes de l'information verbale ou auditive, voire plus longtemps si elle la note et la relit souvent.

— Sa mémoire ressemblerait donc… à un feu qui faiblit, et qu'on ravive en jetant du bois ?

— Si l'on veut. Et si l'on n'entretient pas ce feu, comme vous dites, tout s'efface… Manon oublie. Pour mémoriser, elle doit écouter des enregistrements audio, jour après jour, et répéter l'opération des dizaines et des dizaines de fois. Il lui faut accomplir énormément d'efforts pour préserver une infime quantité d'informations.

— C'est vachement compliqué à appréhender. J'avoue que j'ai un peu de mal.

— Songez simplement à la récitation que vous apprenez à l'école primaire. Vous la lisez une fois, vous n'en retenez absolument rien. Si vous la relisez tous les jours, de manière intensive, vous finissez par la connaître par cœur et vous savez la réciter devant la classe sans réfléchir. Mais après, sans nouvelle répétition, elle s'efface progressivement de votre mémoire et il vous en reste juste des bribes, du genre : « Maître Corbeau, sur un arbre perché, tenait en son bec un fromage. » C'est ainsi que Manon fonctionne. Seule la répétition intensive lui permet d'apprendre. Sa mémoire parvient alors à restituer l'information, mais sans les sentiments qui l'accompagnent. Et en plus, à un moment donné, sans l'entraînement de la mémoire, ou son entretien, pour être plus précis, presque tout finit par s'estomper.

Il posa son index sur sa tempe droite.

— Quant à son hippocampe droit, celui en relation avec la mémoire visuelle, il est atrophié à quatre-vingt-quinze pour cent. Entrez dans sa chambre, serrez-lui la main sans lui adresser la parole, et ressortez. Si quelque chose la déconcentre, un bruit, un coup de klaxon ou de tonnerre, alors, même si vous rentrez de nouveau dans la minute, elle ne vous reconnaîtra pas. Impossibilité de stocker des images, ou des visages.

Lucie mâchouillait son stylo, dubitative.

— En bref, Manon a méchamment oublié tout ce qui s'est passé depuis son étranglement, mais pas les faits antérieurs ? Une amnésique inversée ?

— Disons que Manon a oublié ce qu'elle n'a pas noté et essayé d'apprendre, soit quatre-vingt-dix-neuf pour cent de sa vie. De plus, l'amnésie rétrograde, celle du « voyageur sans bagages », accompagne presque systématiquement l'amnésie antérograde. La perte de souvenirs touche donc également, à des degrés divers, la période qui précède cette… bascule dans l'univers de l'oubli. Dans le cas de Manon, cette perte est totale en ce qui concerne les deux mois avant son agression, puis les choses se stabilisent progressivement, lorsqu'on remonte dans le temps.

— Incapable, donc, de se remémorer la physionomie du cambrioleur, par exemple… Ni la manière dont l'agression s'est déroulée…

— On ne peut rien vous cacher. Elle a dû faire l'apprentissage des circonstances de sa propre agression, vous imaginez ? De toute façon, comme je vous l'ai dit, Manon ne peut pas reconnaître un visage, à cause de son hippocampe droit. Elle est devenue ce qu'on appelle prosopagnosique. Même si elle observe votre photo des milliers de fois, elle ne vous reconnaîtra jamais « physiquement ». Seuls des mots ou des intonations de voix lui suggéreront quelque chose, et encore. Elle est aveugle du cerveau, sans être totalement sourde…

Lucie tapota la feuille de son carnet avec son stylo.

— Et… Sinon, pour le reste ? Ses autres… capacités ? Sont-elles vraiment intactes ?

Il acquiesça.

— Manon est très intelligente. Elle a conservé toute sa faculté à aborder des problèmes complexes. En plus, elle fait preuve d'une organisation remarquable. Elle s'en sort également grâce à la technologie. N-Tech avec GPS intégré et téléphone portable l'escortent où qu'elle se rende, quoi qu'elle fasse. Chez elle, tout est planifié, noté, enregistré. Ce qu'il faut faire, ce qu'il faut éviter. Absolument tout. Un modèle de discipline extraordinaire. Allez dans son appartement, et vous comprendrez…

— Vous y êtes déjà allé ?

— Évidemment. Il est primordial pour moi de connaître l'environnement de mes patients.

— Ah bon.

Vandenbusche marqua un temps d'hésitation.

— Vous savez, Manon était déjà une femme hors du commun avant tous ces problèmes, mais elle l'est plus encore aujourd'hui. Elle compense ce besoin de stocker des souvenirs grâce à son intelligence. Elle s'est adaptée à son handicap.

— Pourquoi hors du commun ?

Il termina sa boisson avec une nouvelle grimace et lança son gobelet dans une poubelle.

— Manon a été diplômée de l'une des plus prestigieuses écoles d'ingénieurs, à vingt-deux ans. À vingt-trois, elle a obtenu un master en sciences mathématiques au...

Instinctivement, Lucie leva le nez de son carnet et fixa son interlocuteur.

— Allez-y... Poursuivez, s'il vous plaît...

— ... au Georgia Institute of Technology, aux États-Unis. Puis... Hum... Il est difficile d'expliquer précisément ce qu'était son métier... Je n'y comprends moi-même pas grand-chose, même si Manon a un don pour traduire simplement et avec passion ses anciennes activités.

— Essayez toujours. Je suis flic, mais j'ai quand même un cerveau.

Vandenbusche afficha deux belles rangées de dents blanches.

— Manon travaillait sur l'un des sept problèmes mathématiques du millénaire, concernant le... le « comportement qualitatif des solutions de systèmes d'équations différentielles », sur lesquels se sont escrimés les plus illustres mathématiciens. Ces problèmes sont si ardus que le Clay Institute, basé à Cambridge, propose un prix d'un million de dollars à celui qui en trouvera la solution.

Lucie siffla entre ses dents.

— Ça vaut la peine de se casser la tête !

— Ne croyez pas cela, la complexité de ces problèmes va bien au-delà de notre imagination. À ce niveau-là, il ne s'agit pas de se creuser la tête mais de se couper du monde, d'y sacrifier sa vie, sa famille.

Chaque démonstration demande plusieurs centaines, plusieurs milliers de pages ! En fait, Manon ne travaillait pas à proprement parler à la résolution du problème dont elle s'occupait, elle était plutôt chargée de comprendre et d'évaluer les solutions proposées par d'autres mathématiciens, pour les valider ou les rejeter.

Vandenbusche racontait tout cela avec une petite flamme au fond des rétines, comme un entraîneur qui aurait vanté les mérites de son cheval de course.

— Ma patiente est parfaitement bilingue en anglais, elle connaît le latin et, en guise de passe-temps, elle s'est, ou plutôt s'était penchée sur l'étude du disque de Phaistos, un des exemples les plus mystérieux d'écriture hiéroglyphique. Un langage jamais décrypté.

— Pas mal comme hobby.

— N'est-ce pas ? Le comble, c'est que Manon l'amnésique possède une mémoire de travail fabuleuse, comme les grands joueurs d'échecs, capables d'analyser de nombreux coups en très peu de temps.

— Vous me parlez d'une autre mémoire ?

— Oui. La mémoire à court terme, ou mémoire de travail. Celle qui vous permet, par exemple, de retenir un numéro de téléphone quelques secondes, le temps de le composer après sa lecture dans l'annuaire. Vous comme moi pouvons stocker en moyenne sept éléments dans notre MCT. Maison, volcan, poussette, éponge, microscope, carbone, langue... Manon, elle, en mémorise plus d'une vingtaine.

Ils furent interrompus dans leur échange. Flavien se dirigeait vers eux d'un pas rapide.

— Elle est réveillée. Elle a déjà le nez plongé dans son N-Tech. C'est stupéfiant, elle semble reprendre vie. Mais elle se pose des questions sur la raison de sa présence ici. « Ce n'est pas inscrit dans mon N-Tech, donc c'est anormal », m'a-t-elle dit. Son frère essaie de la rassurer, mais il lui explique ce qu'il veut bien…

— C'est-à-dire ? demanda Lucie.

— Une version… apaisante de la réalité.

— On vous suit, docteur, fit la jeune femme.

Flavien les arrêta d'un geste de la main.

— Je vous demande juste de patienter encore quelques minutes. Je viens d'envoyer une infirmière effectuer des soins. Et n'oubliez pas ce que je vous ai dit, lieutenant, elle a besoin de repères, pas d'être perturbée ! Alors calmos !

Puis, s'adressant à Vandenbusche avec un sourire, il ajouta avant de s'éloigner :

— Cher confrère, vous tâcherez de la contrôler…

Sans prendre la peine de répondre, Lucie passa rapidement en revue les notes sur son carnet. De but en blanc, elle demanda à Vandenbusche :

— Vous avez remarqué cette inscription tailladée sur sa main ? « Pr de retour » ?

— Oui, j'ai vu, mais j'avoue que je ne saisis pas bien…

— Elle pense qu'il s'agit du Professeur, un tueur qui a sévi il y a quelques années.

Vandenbusche sembla soudain déstabilisé.

— Elle affabule. Elle en a fait une fixation, depuis…

— Depuis quoi ?

Le neurologue inspira longuement.

— Depuis qu'il a tué sa sœur… Karine…

Lucie, ahurie, fit immédiatement le rapprochement.

— Bien sûr ! Karine Marquette, l'une des six victimes ! Vous auriez pu m'en parler avant !

— Désolé. Je n'ai pas vos réflexes de policier...
Ou policière ? Comment dit-on ?

— J'en sais rien. Racontez-moi ce que vous savez
sur cette histoire !

— Pas grand-chose, en fait. Tout cela s'est passé
avant que Manon devienne ma patiente.

— Mais encore ?

— Lorsque sa sœur s'est fait assassiner, Manon
n'avait pas de problème de mémoire. Mais j'ai tout
de même appris que ce décès l'avait plongée dans une
profonde dépression. En réalité, c'est à ce moment-là
qu'elle a arrêté ses recherches, sa brillante carrière...
Elle s'était mis en tête de traquer le Professeur. C'était
devenu pour elle...

— Une obsession ?

— ... sa raison de vivre. Son frère m'a raconté
qu'elle y consacrait toute son attention, toute son
énergie. Venger sa sœur. Elle s'est rapprochée de la
police, elle a réussi à se procurer les dossiers... Elle
est allée interroger les familles des autres victimes,
les légistes, les psychologues, pour tenter de cerner le
mode de fonctionnement de l'assassin, cette sauvagerie
qui l'habitait. Elle l'a fait avec le même acharnement
qu'elle déployait face à ses problèmes mathématiques.
Une obstination sans limites...

Il garda le silence un instant, avant de reprendre :

— Et puis il y a eu ce cambriolage qui a mal tourné,
six mois plus tard, qui... qui a tout interrompu... Du
moins, je le croyais...

— Comment ça, vous le croyiez ?

— Il y a à peine une heure ou deux, le docteur
Flavien m'a montré les mutilations sur son corps...
Je m'aperçois aujourd'hui qu'elle n'a jamais cessé de

le pourchasser, même dans son état... Elle a brillamment caché son jeu, je n'ai absolument rien vu... Très impressionnant, elle est vraiment d'une grande intelligence.

— Vous pensez qu'elle est elle-même l'auteur de ces scarifications ?

— Je ne le pense pas, j'en suis sûr ! Elle et son frère. Il vient de me le dire. Et Manon me les avait toujours cachées...

— Son frère ? Mais... Pourquoi ?

— Je n'en sais rien. Il n'a pas voulu me donner plus de précisions. Mais j'ai la certitude que ces blessures ont un rapport avec le meurtrier de leur sœur.

Lucie referma son carnet. Les interrogations se bousculaient sous son crâne.

La sœur de Manon, victime du Professeur. Puis Manon en personne, qui s'était fait agresser voilà trois ans. Cambriolage. Et à présent, nouvelle agression juste au début d'une campagne de publicité où elle tenait la vedette. Simple coïncidence ? Avait-elle tailladé sa main sous l'effet de la panique, persuadée d'avoir affaire au Professeur ? Son handicap pouvait-il être à l'origine d'hallucinations, créait-il de faux souvenirs, une « sensation d'avoir vécu » ?

Il fallait l'interroger, très vite. Saisir le sens de ces énigmes. Les allumettes, les Autres, les scarifications...

Ils s'avancèrent dans le hall, Vandenbusche sortit une carte de visite de sa veste.

— Comme moi, vous devez vous poser beaucoup de questions. Et vous vous en poserez encore plus au contact de ma patiente. C'est réellement une personnalité stupéfiante.

Il lui tendit sa carte.

— N'hésitez pas à m'appeler si je peux vous être utile en quoi que ce soit. Et pourquoi n'accompagneriez-vous pas Manon à Swynghedauw demain ? Ça vous permettrait de mieux saisir les bizarreries que notre cerveau est capable de générer. C'est... tout à fait étonnant.

— Merci. Je pense qu'on va de toute façon être amenés à se revoir.

Il acquiesça et ajouta :

— Surtout, lorsque nous entrerons dans la chambre de Manon, gardez bien en tête qu'elle ne doit pas être bousculée dans ses habitudes plus qu'elle ne l'est déjà. Il n'y a rien de pire pour un amnésique que de se réveiller dans un environnement inconnu. Ce sont alors les instincts de survie qui resurgissent. Manon, se sentant en danger, pourrait... dérailler... devenir violente.

— Je sais. Le chauffeur malheureux qui l'a récupérée à Raismes en a déjà fait les frais...

Il prit un ton grave.

— Une dernière chose, très importante. Sa mère s'est suicidée en se tranchant les veines, peu de temps après le cambriolage.

— Je sais... Hôpital psychiatrique...

— Marie Moinet n'a jamais supporté la brusque disparition de sa fille Karine, ainsi que ce qui est arrivé à Manon.

— Il faut reconnaître que ça fait beaucoup...

— Certes... Toujours est-il que Manon a... comment expliquer... choisi d'ignorer le décès de sa mère.

— Choisi ?

— Choisi, oui. Manon se forge sa propre existence. Elle sélectionne ce qu'elle veut retenir en le répétant une multitude de fois, et elle omet le reste. Or, elle n'a noté ce décès nulle part. Elle n'a pas décidé d'en constituer un souvenir.

Lucie n'en revenait pas.

— Mais… Comment peut-elle choisir d'ignorer une chose pareille ? Il s'agit de sa mère !

— Je pense que vous ne vous rendez pas encore vraiment compte… Imaginez juste qu'en pleine nuit, des gendarmes viennent frapper à votre porte, et vous annoncent que votre mère est morte. Imaginez-le réellement, s'il vous plaît… Le noir, les coups sur la porte, les gendarmes… On vous laisse alors encaisser le choc et pleurer jusqu'à la nuit suivante. Puis on vous efface la mémoire, vous ne savez plus la raison de votre effondrement. Vous vous tenez là, une barre dans la tête, les yeux piquants, et vous ne comprenez pas ! Vous vous remettez à peine, et on vous réapprend cette terrible nouvelle. Les mêmes gendarmes, qui viennent frapper à la même porte. Et ce, nuit après nuit, une vingtaine de fois, jusqu'à ce que ce malheur se fige enfin en un pénible souvenir. Manon a refusé cet effort insoutenable. Elle a préféré préserver ses souvenirs heureux, et ne pas les obscurcir avec ce décès. Car les souvenirs antérieurs à l'accident sont tout ce qui lui reste. Un parfum, une caresse, un éclat de rire… Ils sont les seules choses qui la raccrochent à la vie, qui lui offrent un passé, la sensation d'avoir vécu. Alors, sa conscience veut à tout prix les garder intacts. Vous comprenez ?

Lucie hocha la tête.

— Très bien, reprit Vandenbusche. Avec son frère, nous… respectons son choix de ne pas savoir. Nous avons décidé d'aider Manon dans sa volonté de croire que Marie Moinet était encore en vie. Personne ne peut accéder à son N-Tech. Il est protégé par un mot de passe qu'elle change régulièrement. Impossible pour nous, donc, d'y inscrire de fausses informations concernant « l'existence » de sa mère. Mais... nous lui disons régulièrement qu'elle a omis de noter sa visite, qu'elle l'a appelée dans la journée, et ainsi de suite. Manon entre alors elle-même ces données dans son organiseur. Si je lui dis qu'elle a appelé sa mère la veille, elle me croira. C'est... d'un commun accord avec elle que j'agis ainsi, pour éviter de la faire souffrir inutilement.

Lucie se sentait emplie d'un sentiment de révolte.

— C'est une histoire de dingues. N'importe qui peut truquer le passé de Manon... Quelle horreur...

— Je suis d'accord avec vous, ces patients sont vulnérables. Vous savez, l'humanité, et même plus généralement le règne animal ont survécu parce que le cerveau enregistre plus aisément les informations négatives que les positives, cela a été prouvé par la science. Depuis la nuit des temps, ce sont les émotions négatives qui font que l'on échappe à son prédateur, ou que, sans cesse, on cherche à se nourrir, même sans la sensation de la faim. Pensez aux ours, qui s'alimentent des mois à l'avance avant d'entrer en hibernation. Ils anticipent le danger de l'hiver. Mais cet instinct d'autodéfense n'existe plus chez les amnésiques antérogrades. Ils se savent fragiles mais n'y peuvent rien, et cela conduit certains d'entre eux à des états dépressifs sévères, qui parfois se terminent en suicide. Les statistiques sont là pour en parler, et les hôpitaux psychiatriques enregistrent chaque jour de nouveaux cas d'amnésiques dont on ne sait que faire.

Voilà pourquoi vous trouverez Manon très vigilante. Elle s'est isolée pour se protéger. Elle n'a confiance qu'en elle-même et dans les informations de son N-Tech.

— Et en son frère, non ?

— Si, bien sûr. Ils sont très liés, Frédéric veille sur elle avec énormément d'attention. Mais Manon est changeante. Un jour, elle a confiance, le lendemain, non. Vous pourrez la voir très violente et, dans la minute qui suit, adorable. C'est ainsi…

Ils arrivèrent en face des ascenseurs.

— Je vous ai parlé de la mémoire à court terme, voilà quelques minutes. Ces sept mots, que je vous ai cités… Vous vous rappelez ?

— Euh… Maison, poussette… Je ne sais plus…

— Vous ne savez plus… Eh bien pour Manon, c'est pareil avec votre visage… Elle ne sait plus…

Chapitre douze

Au moment où Lucie voulut pénétrer dans la chambre de Manon, un beau mec, bronzé, peut-être un peu trop propre sur lui à une heure aussi tardive, l'interpella du haut de son mètre quatre-vingt-cinq. Tout, dans son regard, rappelait celui de la jeune amnésique.

— Que faites-vous ? demanda-t-il sèchement.

Lucie se sentit un peu gênée de lui apparaître accoutrée comme un ramasseur de champignons.

— Frédéric, vous vous adressez à un lieutenant de police, dit Vandenbusche.

— Excusez-moi, je ne pensais pas...

— Pas de soucis, répondit Lucie, je n'ai pas vraiment eu l'occasion de me pomponner depuis hier soir. Je dois interroger votre sœur. Le docteur Flavien vous a mis au courant ?

— À peu près, oui. Je n'arrive pas à y croire.

— C'est pourtant la vérité. Nous venons de retrouver son lieu de captivité.

Frédéric Moinet fronça les sourcils.

— Où cela ? Où a-t-elle été retenue ?

— À proximité de Raismes, dans un abri de chasseurs.

Monsieur Vandenbusche m'a signalé que vous étiez très proche de votre sœur. Quand l'avez-vous vue pour la dernière fois ?

Il répliqua sans même prendre le temps de réfléchir :

— Pas plus tard que ce matin. Elle s'apprêtait à aller faire son jogging à 9 h 30. À 9 h 10 exactement. Je partais travailler.

— Vachement précis…

— C'est nécessaire quand on vit aux côtés de quelqu'un comme ma sœur. Toute son existence est régie par l'angoisse du temps qui s'écoule.

— Et ensuite ?

— Je suis parti travailler, et je ne l'ai plus revue. Je me trouvais encore au bureau quand le docteur Vandenbusche m'a appelé.

— Vers 1 heure du mat ?

— Ne travaillez-vous pas vous-même en ce moment ? Je me couche à des heures impossibles depuis plus d'une semaine. Je suis directeur d'Esteria, une entreprise lilloise qui fabrique des systèmes informatiques de suivi de bagages, basés sur l'étiquette radio RFID. Nous bossons sur un important appel d'offres pour Air France. Un marché de plusieurs millions d'euros.

Canon, jeune, intelligent. Le Meet4Love idéal. Pourtant, Lucie resta distante.

— Et vous n'avez rien remarqué de particulier ces derniers jours ? Des faits inhabituels dans l'environnement de votre sœur ?

— Pas vraiment, non.

Il réfléchit un instant.

— Sauf évidemment ce soir. Après le coup de fil du docteur Vandenbusche, je suis repassé à la maison lui prendre des vêtements de rechange. Et là, la porte n'était pas fermée à clé et j'ai trouvé son N-Tech à côté de son ordinateur… Or, elle ne s'en sépare jamais et ferme toujours à clé avant d'aller courir.

— Peut-être a-t-elle tout simplement oublié ? Ça me paraîtrait assez logique, pour une amnésique. Après tout, ça arrive à tout le monde d'oublier son téléphone portable ou de fermer une porte. Alors elle…

Frédéric riposta du tac au tac :

— Avez-vous déjà oublié de vous habiller avant de sortir ?

— Euh… Non, pas vraiment. Et heureusement, d'ailleurs.

— Manon a été conditionnée pour ne jamais oublier son appareil. Des gestes, répétés des centaines de fois pour atteindre sa mémoire profonde. Une habitude relevant du réflexe, comme celui de s'habiller.

— Le conditionnement permet d'apprendre aux amnésiques à utiliser les N-Tech, intervint Vandenbusche en s'approchant. Ils ne peuvent plus se souvenir, mais peuvent apprendre et progresser car la mémoire sollicitée, la mémoire procédurale, n'est pas la même.

Lucie se sentait de nouveau dépassée. Ces histoires de mémoire commençaient à lui prendre sérieusement la tête. Elle demanda, dubitative :

— Et donc, puisqu'elle n'avait pas cet appareil sur elle, je devrais en déduire qu'elle a été enlevée à son domicile, en plein jour ?

— Avec le docteur, c'est ce à quoi nous avons pensé. Ma sœur et moi n'habitons pas réellement un immeuble, mais une maison hispano-flamande divisée en quatre appartements, qui m'appartiennent. Seuls Manon et moi y vivons. La demeure se situe impasse du Vacher, dans le Vieux-Lille. Un couloir étranglé avec des murs de brique très hauts, un endroit absolument pas fréquenté, même en journée. Deux de mes appartements sont en travaux depuis plusieurs mois. D'ordinaire des ouvriers y bossent, mais là, ils sont en congé.

Lucie jeta un œil sur sa montre. Déjà 2 h 45. Plus qu'une heure et quart avant la fin de l'ultimatum. Et toujours au point zéro…

— Nous rediscuterons de ces histoires plus tard. Et aussi des scarifications.

Frédéric fixa méchamment Vandenbusche avant de lancer :

— Alors vous aussi, vous êtes au courant !

— Oui. Mais pour le moment, il devient urgent, très urgent, que je parle à votre sœur.

Frédéric l'entraîna un peu plus loin dans le couloir.

— Inutile de l'interroger, vous ne feriez que retourner le couteau dans la plaie. Elle ne se souviendra de rien.

— Je sais, le docteur Vandenbusche m'a expliqué. Mais le ravisseur a laissé une énigme dans la cabane. Un truc incompréhensible. Et je pense que votre sœur pourrait nous aider à piger.

Frédéric ôta sa cravate de soie noire d'un mouvement résolu.

— Quelle énigme ?

— Écoutez, pour l'instant, ça relève de l'enquête. Et je n'ai pas le temps !

— Il s'agit de ma sœur tout de même !

— Le message abandonné parle d'une clé, qui pourrait être Manon en personne. J'aimerais en discuter avec elle, si c'est pas trop vous demander.

— Puis-je refuser ?

— Pas vraiment, non.

Sa mine prit l'air joyeux d'un bloc de fonte.

— Dans ce cas, je reste à côté de vous. Mais faites très attention à vos propos.

— Vous avez parfaitement le droit d'être perturbé par ce qui est arrivé à votre sœur, mais changez de ton, s'il vous plaît. Je ne suis pas votre employée ! Et c'est moi le flic, pas vous.

Elle le laissa sur place et se dirigea vers la chambre. Il s'empressa de la rejoindre, suivi par Vandenbusche. Dès qu'elle ouvrit la porte, son regard croisa celui de la femme alitée. Elle lut dans ses yeux bleus une forme de curiosité, l'absence de l'étincelle qui témoigne que l'on a déjà vu. Assurément, l'experte en mathématiques, aux capacités prodigieuses mais aux circuits électriques grillés, voyait Lucie pour la première fois.

La flic se sentit désarçonnée. Elle aperçut le bandage autour de la main de Manon. Que lui avait raconté son frère ? Qu'elle s'était juste blessée ? Ou qu'elle avait fait un malaise ? Qu'avait-il bien pu inventer concernant les marques aux chevilles et aux poignets ? Était-il vraiment nécessaire de la plonger de nouveau dans l'horreur de ces heures noires ?

— Cette dame est de la police, intervint Frédéric en constatant le désarroi de Lucie. C'est moi qui l'ai amenée ici. Elle aimerait te demander quelque chose.

Il se tourna vers le lieutenant.

— Allez-y. Mais faites vite. Soyez concise, précise. Sinon, ma sœur perdra le fil.

Lucie le remercia d'un imperceptible mouvement de tête. Manon posa son N-Tech sur la table de nuit et la regarda d'un air intrigué.

— Me demander quelque chose ? À moi ?

— La police traîne souvent dans les hôpitaux, rétorqua Lucie en se forçant à sourire. En fait, je bosse sur une affaire qui, selon moi, a un rapport avec les mathématiques. Et, d'après votre frère, il paraît que vous êtes plutôt douée en la matière.

Le visage de Manon s'éclaira d'un rayonnement semblable à celui de l'affiche publicitaire. Comment pouvait-elle être à ce point indifférente à l'épreuve qu'elle venait de traverser ? Lucie se mit à considérer Manon autrement : une femme qui renaissait à chaque minute. Un souffle éphémère.

— Plutôt oui… répondit Manon.

Elle désigna les rangers crottées.

— Policier de terrain ?

— Si on veut.

— Sur quoi travaillez-vous ?

Lucie échangea un regard avec Frédéric et Vandenbusche. Elle hésita, puis se lança :

— Un acte de délinquance. Des jeunes, probablement.

— Une affaire concernant de jeunes délinquants qui aurait un point commun avec les mathématiques ? Je suis curieuse de connaître lequel. Je vous écoute.

— Ça s'est passé à Raismes, du côté de Valenciennes.

— Je connais Raismes, merci. Amnésique, mais pas ignare.

Lucie resta un instant interdite. Parler de son handicap avec un tel détachement…

— Très bien. Nous avons découvert dans un abri de chasseurs un message inscrit sur un mur. Ça disait, écoutez bien : « Ramène la clé. Retourne fâcher les

Autres. Et trouve dans les allumettes ce que nous sommes. Avant 4 h 00. »

Manon et Frédéric se raidirent simultanément.

— Qui a écrit cela ? demanda Manon en se relevant brusquement sur son lit.

Elle se mit à parler de nouveau très rapidement.

— Qui ? Dites-moi qui ? Dites-moi !

— Je l'ignore, répliqua Lucie. Qu'est-ce que ça signifie, selon vous ?

— Tout ce remue-ménage a un rapport avec moi ! Vous n'êtes pas ici par hasard, comme vous le prétendez !

— À vous de me le dire.

Manon restait sur la défensive. Son frère s'approcha d'elle et lui prit doucement le bras.

— Ne te sens pas obligée de répondre.

Manon se défit de son étreinte dans un geste de méfiance spontanée.

— Pourquoi ? Pourquoi ne répondrais-je pas ? Il n'y a rien d'extraordinaire ! Absolument rien !

Elle se tourna vers Lucie.

— Je ne comprends pas votre énigme, et je ne vois aucune relation avec les mathématiques. Mais...

— Mais ?

— Mais c'est ce « Retourne fâcher les Autres » qui m'a interpellée. N'est-ce pas, Frédéric ? Toi aussi, tu te souviens ?

Il acquiesça et précisa :

— Il s'agit d'une expression que nous utilisions adolescents, avec des amis et certains de nos cousins. « On va retourner fâcher les Autres. » Les Autres étaient... les esprits.

— Les esprits ?

— Oui, les esprits, reprit Manon. Ceux de la maison hantée de Hem. Une vieille bâtisse où les morts se seraient mystérieusement succédé. On se rendait là-bas de temps en temps, à la nuit tombée. Pour l'adrénaline. Hem, la maison de Hem…

Elle s'interrompit. Frédéric allait et venait comme un lion en cage. À son regard autoritaire, on devinait le meneur d'hommes. Lucie tenta de faire abstraction de sa présence pour concentrer toute son attention sur Manon, qui dit finalement :

— Il s'agissait de notre expression. Comment a-t-on pu la retrouver ? C'est impossible ! Il y a tellement longtemps !

Elle chercha du secours auprès de Frédéric, avant de poursuivre seule :

— Mais je ne comprends pas le reste de votre message. Même en réfléchissant, rien ne me vient. Désolée. Sincèrement désolée madame.

Manon se saisit de son N-Tech, de son stylet, et se mit à vérifier le déroulement des dernières heures de la journée. Elle tapota rapidement sur son écran tactile. Cases de rendez-vous non cochées. Celui de la banque à 11 heures : manqué. Visite chez le vétérinaire pour Myrthe à 15 heures : manquée. À quoi tout cela rimait-il ?

— Manon ?

Elle releva la tête en direction de Lucie.

— Ce n'est pas tout, insista le lieutenant.

— Qu'est-ce qui n'est pas tout ? Et… pourquoi je parlais de la maison de Hem ? Qu'est-ce que vous voulez déjà ?

Frédéric vint s'intercaler et poussa Lucie légèrement vers l'arrière en lui disant :

— Laissez…

Il s'adressa à Manon :

— Cette dame est de la police…

Et il lui réexpliqua très brièvement la situation, avec les mots adéquats, les raccourcis appropriés, contrôlant avec justesse les réactions de sa sœur. Un peu perplexe, Lucie put finalement reprendre son interrogatoire :

— Dans cette cabane de Raismes, étaient dispersées sur le sol un très grand nombre d'allumettes. Plusieurs milliers. Mes collègues font…

— Un grand nombre d'allumettes ? l'interrompit Manon. Comment étaient-elles disposées ? Expliquez-moi !

— Répandues un peu partout, complètement au hasard.

Manon claqua des doigts plusieurs fois d'affilée. Frédéric ne bougeait plus d'un millimètre.

— Au hasard, oui ! Bien sûr ! Au hasard ! Et ce sol, c'était un parquet ?

— Exact.

— Avec des lames de la largeur d'une allumette ? Dites-moi !

La piste semblait s'ouvrir. La serrure trouvait sa clé.

— Euh… Je pense, oui. Mais… Quel est le sens de cette mise en scène ? C'est quoi, le rapport entre ces allumettes et la maison hantée de Hem ?

Soudain, la jeune amnésique observa le bandage autour de sa main. Elle fut prise d'une brusque suée. Avant que Frédéric ne puisse intervenir, elle l'arracha d'un geste enflammé.

Son cœur se serra. Au creux de sa paume, cette phrase terrifiante : « Pr de retour ».

Elle adopta une position de bête traquée et se mit à crier :

— Il est de retour ! Ce salaud est revenu nous hanter ! Et il s'en est pris à moi ! Arrêtez de mentir et dites-moi si je me trompe !

— Personne ne te ment, mentit le frère. Nous allons rentrer chez nous, tout va bien se passer.

Manon n'écoutait plus. Paniquée, elle cria plus fort encore :

— Emmenez-moi là-bas ! Emmenez-moi dans la maison hantée de Hem ! Tout de suite !

Lucie répliqua calmement :

— Donnez-moi d'abord la signification de ces allumettes !

En un éclair, Manon se retrouva à quelques centimètres du visage de Lucie. Dans ses yeux bleus palpitait la flamme noire de la colère.

— Il est revenu ! Je ne louperai pas l'occasion de l'attraper ! Emmenez-moi d'abord, ou vous ne saurez rien !

Chapitre treize

Dans l'habitacle de la vieille Ford, Manon s'affairait sur son N-Tech. De l'appareil électronique irradiait une légère lumière blanche.

— Il faut que je note tout cela, répétait-elle inlassablement. Continuez, continuez à me raconter. Tout ce que vous savez. Absolument tout.

Après avoir quitté les boulevards déserts, la voiture s'engagea pleins gaz sur une bretelle de la rocade nord-ouest. Marquette, Bondues, Wambrechies... Les sorties défilaient, tandis que, dans cette carcasse de tôle écrasée par des tonnes d'eau, vibrait la voix d'une femme flic qui tentait d'être rassurante tout en racontant le pire, une énième fois. L'enlèvement, l'errance dans les rues de Lille, la cabane de chasseurs et le message alambiqué. Manon ne perdait pas une miette de cet enfer verbal, notant les principaux événements et enregistrant la parole de Lucie grâce au micro intégré de son engin.

— Le Professeur... Comment aurait-il pu me retenir ? Pourquoi ? Comment a-t-il pu savoir pour « les Autres » ? C'était notre expression à nous ! Et... Non ! Ceci n'est pas possible !

Manon ne parvenait pas à retrouver son calme. Ses efforts de réflexion les plus acharnés n'y pouvaient rien : les questions tournaient dans sa tête, sans réponses.

— Vous en avez peut-être parlé pendant qu'il vous détenait ? suggéra Lucie en regardant sa montre. Peut-être vous y a-t-il contraint, d'une façon ou d'une autre ? Comment le savoir ?

— Ma détention... Ma détention, mon Dieu... Non, non ! Je n'aurais jamais parlé de mon enfance ! Jamais !

— Comment pouvez-vous en être aussi sûre, alors que vous ne vous en rappelez pas ?

— Il y a des choses que l'on sait sur soi ! Même si l'on est amnésique ! Je n'ai pas perdu mon identité ! Je suis moi ! Vous pouvez comprendre ?

Lucie adopta un ton plus apaisant.

— D'accord, d'accord. Ne vous énervez pas, ça ne sert à rien. Parlons de ces scarifications, sur votre ventre... J'aimerais que vous m'expliquiez ce qu'elles signifient. Le docteur Vandenbusche m'a dit que votre frère et vous en étiez les auteurs.

Manon répondit du tac au tac :

— Je n'en sais rien.

— Comment ça, vous n'en savez rien ?

— Je n'en sais rien, je vous dis ! Je ne comprends pas le sens de ces cicatrices ! Je sais qu'elles sont là, en moi, mais je n'en connais pas la signification ! Quand ont-elles été inscrites ? Pourquoi ? Je l'ignore complètement !

Elle agrippa le poignet du lieutenant.

— Comment le Professeur a-t-il pu m'enlever ? Comment m'en suis-je sortie ?

— Manon, je…

— Il faut qu'on le retrouve ! Dites-moi que vous allez le retrouver ! Dites-le-moi !

— Nous allons tout mettre en œuvre pour.

Lucie la regarda dans les yeux un instant, avant d'ajouter :

— Vous pouvez me croire. Mais si vous voulez que je vous aide, il faudra me faire confiance…

Elle prit la voie en direction de Roubaix-Est, la gorge serrée. 3 h 35. Moins d'une demi-heure…

— Parlez-moi des allumettes. Vous ne m'avez toujours pas raconté ce qu'elles signifiaient. Je dois savoir.

— Quelles allumettes ?

Manon dévisagea la conductrice. Ses doigts glissèrent discrètement vers la poignée de la portière.

— Où est votre carte ? Vous ne m'avez pas montré votre carte ! Votre carte de police !

Lucie soupira.

— Si, avant de monter dans la voiture. Puis deux fois déjà durant le trajet. Prenez-la, elle se trouve dans la poche de mon caban, je n'ai pas pensé à la laisser en vue. Je n'ai pas encore les réflexes, excusez-moi… Mais par pitié, lâchez une bonne fois pour toutes cette poignée. Vous allez finir par l'arracher et par achever ma pauvre bagnole.

Manon récupéra la carte tricolore avec soulagement.

— Pardonnez-moi. J'ai tendance à radoter.

— Ça aussi, vous me l'avez déjà dit. Mais ne vous excusez pas. Je comprends parfaitement, même si c'est… difficile. Dites, vous parlez toujours aussi rapidement ?

— Oui, c'est une manière de condenser les conversations. Tout s'efface si vite dans ma tête… Où allons-nous ?

— Maison hantée de Hem. Déjà dit…

Lucie réfléchit un instant, et reprit :

— Les scarifications, sur votre corps. Que racontent-elles ?

— Je l'ignore.

— D'accord. Je réessaierai plus tard.

Sans l'écouter, Manon replongea dans les méandres de son N-Tech, avant de se tourner de nouveau vers la conductrice :

— Puis-je vous photographier ? Cela m'évitera de vous demander sans cesse votre identité.

Lucie acquiesça. Manon alluma le plafonnier et figea l'instant avec la fonction « Photo » de son organiseur. Stylet à la main, elle se mit ensuite à écrire sur l'écran.

— Qu'est-ce que vous notez ? s'intéressa Lucie en détournant brièvement les yeux de la route.

— Votre nom, votre métier, les raisons de notre rencontre. Et vos principaux traits de caractère. Enfin, l'impression que j'en ai à l'instant présent.

— Je suis curieuse de savoir ce que vous pensez de moi.

— Pas ce que je pense. Ce que je ressens, ici et maintenant. Solidité, à votre regard directif. Passion, parce que vous êtes ici avec moi en pleine nuit. Rigueur, on le lit aussi dans vos yeux. Beaucoup d'émotion passe dans votre voix, vos mains, et cette façon que vous avez de discuter… On perçoit votre écoute, ainsi qu'une certaine forme de douleur. Énormément de douleur même. Je me trompe ?

Lucie resta un long moment silencieuse, interloquée, avant de répondre.

— Pas vraiment, non. J'ai vécu une adolescence en partie tourmentée, par…

Elle hésita, puis finit par lâcher :

— … par une opération chirurgicale, qui… qui m'a beaucoup affectée.

— De quel genre ?

— Je préfère ne pas en parler.

— Vous pouvez, vous savez. Je sais me montrer discrète et… oublier ce qu'on me confie, si vous voyez ce que je veux dire.

Sans réellement connaître celle à qui elle s'adressait, Manon se sentait à l'aise, rassurée. Sensations inexplicables. Elle demanda, constatant les difficultés de Lucie à se livrer :

— Et cette opération a marqué une rupture dans votre jeunesse, votre comportement ? Comme moi, avec mes problèmes cérébraux ?

Cette fois, Lucie fixa la route.

— Après ça, ma vie n'a plus jamais été la même. Et… je fais des actes que je déteste… que… que les gens ne comprennent pas toujours. Mais… Excusez-moi… Je ne peux rien vous dire de plus.

— Moi non plus, les gens ne me comprennent pas. Ça nous fait au moins un point en commun.

Manon appuya sa nuque contre l'appuie-tête et inspira longuement.

— Vous, c'est le passé qui vous hante, mais moi, c'est l'avenir. Je ne peux plus bâtir de projets, ni partir en vacances parce que je ne saurais même pas où je me trouve, et cela ne servirait à rien car je n'en garderais aucun souvenir. Pas de souvenirs. Jamais.

Lucie se sentit obligée d'admettre que Manon avait raison. Sans souvenirs, les photos ne sont jamais que le papier glacé d'un vulgaire catalogue.

Manon concentra son attention sur les bandes

blanches qui défilaient sur la route. Chacune d'entre elles disparaissait dans la nuit, identique à son existence fugitive. Elle ne savait pas où elle allait, ni pourquoi. Sans doute la conductrice à ses côtés le lui avait-elle déjà expliqué deux, trois, dix fois... De toute évidence ces renseignements étaient-ils notés dans son N-Tech... Mais elle n'eut pas envie de fouiller, pas maintenant, pas encore, parce qu'elle se sentait en paix.

— En tout cas, vous avez de jolies jumelles.

Lucie écarquilla les yeux.

— Comment vous savez ?

Manon tendit l'index.

— La photo, là, sur votre porte-clés. Comment s'appellent-elles ?

Lucie était étonnée. Si Manon allait oublier dans la foulée, pourquoi cherchait-elle à connaître leurs prénoms ? À quoi bon ?

— Clara à gauche, et Juliette à droite.

— Et Juliette est la dominante ?

— Alors là, vous m'en bouchez un coin !

— Elles sont assises côte à côte pour la pose, mais, si vous regardez bien, Juliette a le bras devant sa sœur, comme une barrière, comme pour la repousser vers l'arrière, lui montrer que l'espace lui appartient.

Lucie se raidit un peu. Elle se rappela la manière dont Vandenbusche parlait de sa patiente. Un être incroyablement précis, organisé et intelligent, en dépit de son amnésie.

— Sacrément observatrice...

— Ça, ce n'est même pas dû à mon handicap, c'est une déformation professionnelle. J'ai un parcours de scientifique et toutes les sciences, notamment la physique, sont basées sur l'observation.

— Vous savez, les sciences et moi… C'est un peu comme demander à un Dunkerquois de boire une Tourtel.

— Quand vous souriez ainsi, vous avez des yeux magnifiques. J'ai toujours cru que je parviendrais à retenir les images heureuses, que cette dysfonction de quelques millimètres dans mon cerveau pouvait être dépassée par la volonté de tout le reste. Je pense que, depuis… ma… mon…

Instinctivement, elle passa la main sur sa gorge.

— … ce qui m'est arrivé, j'ai dû essayer d'en mémoriser des tonnes et des tonnes. Les sons, les voix, les intonations passent parfois, avec une infinité d'efforts, mais jamais les images. Le trou noir. Vous comprenez ?

— Bien sûr. Que conserverez-vous de ce soir par exemple ? De ce que nous vivons en ce moment ?

— Je suis désolée, mais de vous je ne retiendrai rien. Si nous nous quittons plus de quelques minutes, ce sera comme si je vous voyais pour la première fois. Je ne sais déjà plus de quelle façon cette conversation a commencé. De quoi parlions-nous ? Pourquoi ? Et où allons-nous ? Bientôt, j'ignorerai que vous avez des jumelles et quel métier vous exercez. Du moins, avant de consulter mon N-Tech… Noter. Il faut que je note tout et que j'apprenne. C'est le seul moyen. Le seul.

— Et après consultation de votre machin ?

— Après, je saurai. Mais sans aucune sensation, sans sentiment, sans rien. Cela me fera le même effet que d'apprendre que Berlin est la capitale de l'Allemagne. Du procédural, rien que du procédural. Un « cerveau machine ». Désolée. Sincèrement désolée.

Lucie la regarda avec tendresse.

— Ne le soyez pas. Moi, je me souviendrai… C'est le plus important…

Manon ferma les yeux, inspira, et les rouvrit.

— Parfois, je me mets en colère contre mon frère Frédéric, ou alors j'éclate de rire, et je suis obligée de lui demander : « Mais… pourquoi suis-je en rage contre toi ? Pourquoi suis-je heureuse ? Pourquoi je pleure ? Explique-moi Frédéric, explique-moi ! » Je sais que certains jours il m'emmène à Caen voir maman, mais je ne me rappelle pas de nos rencontres, je ne sais plus si elle vieillit, comment changent ses traits ou si elle est contente de me voir… J'ignore aussi l'image que je laisse derrière moi. Celle d'une égarée, d'une malheureuse ? À quoi se résumera mon existence quand je serai morte ? Quel héritage je léguerai à…

Elle marqua une pause, visiblement émue.

— J'aurais tant aimé donner la vie, j'adore les enfants, plus que tout au monde. Mais peut-on être mère, quand on va récupérer son petit à l'école et que l'on est incapable de le reconnaître ? Quand on ne connaît ni la couleur de ses yeux, ni le son de sa voix ?

Elle désigna son organiseur, tandis que Lucie l'écoutait, touchée par tant de sensibilité.

— On ne peut pas noter les sentiments dans le N-Tech, ni le bonheur, ni les pleurs, ni le vécu. Juste de l'information procédurale. Des mots anonymes, froids, sans substance. L'amnésie, c'est vivre seul… et mourir seul. De cette soirée, je ne pourrai retenir que ce qui est noté et enregistré là. Je vais apprendre les faits essentiels par cœur, jusqu'à en constituer une espèce de souvenir aveugle, sans image. Comme si j'apprenais des numéros de téléphone ou des plaques d'immatriculation.

— Ou que Berlin est la capitale de l'Allemagne…
Manon approuva.

— Tout passe par les souvenirs. Ce sont eux qui nous font pleurer à un enterrement, ce sont encore eux qui font battre notre cœur quand nous pénétrons dans une chambre d'enfant…

Elle considéra Lucie, des larmes troublaient le bleu de ses iris.

— Mademoi…

— Pas mademoiselle… Lucie, je m'appelle Lucie Henebelle.

— Lucie, vous rendez-vous compte que je suis obligée de sélectionner ce que je veux retenir ? Des événements, des faits de tous les jours auxquels vous ne songez même pas, qui, à vous, ne demandent aucun effort ? Apprendre quelle est l'année en cours, qu'un tsunami a tué des centaines de milliers de personnes, qu'il y a la guerre au Proche-Orient ou qu'aujourd'hui il existe des graveurs de DVD. Répéter, sans cesse répéter pour ne pas oublier, pour ne pas paraître idiote ou inculte. J'ai même dû apprendre la cause de ma perte de mémoire ! Ce qu'il m'est arrivé ! Si je ne note pas, si je ne répète pas chaque chose cent fois, alors tout disparaît…

Malgré la tristesse de ses propos, elle parvint à esquisser un sourire et demanda :

— Je vous l'ai déjà dit, n'est-ce pas ?

— Non, non, rassurez-vous, c'est la première fois.

— Mais certainement pas la dernière. Si vous voyez que je joue au 33 tours rayé, n'hésitez pas à m'interrompre. Il n'y a rien de pire pour moi que de… Enfin, vous voyez ?

— Je vois, et je n'hésiterai pas à vous le dire. Vous pouvez me faire confiance. D'ordinaire, je suis assez directe.

— Dites, puis-je avoir vos coordonnées, et votre numéro de téléphone ? Enfin, si je ne les possède pas déjà…

Lucie tendit une carte que Manon rangea précieusement dans la pochette de son N-Tech. Elles gardèrent ensuite le silence, chacune perdue dans ses pensées, jusqu'à arriver à destination. Le véhicule s'enfonça dans une rue sans habitations, privée d'éclairage. Au fond, une masse sombre et immobile. La maison hantée de Hem. Monstre de briques aux perspectives en pointes acérées.

3 h 45.

Moteur coupé. Torche au poing. Lucie regretta de n'avoir pas pris son Sig Sauer. Dire qu'il s'agissait à l'origine d'un simple constat, à cinquante mètres de chez elle ! Quel don pour s'embarquer dans les galères ! Les mauvaises bagarres, les interventions casse-gueule, c'était toujours pour sa poire !

Elle savait qu'elle aurait dû solliciter une patrouille en renfort. Règle numéro un : toujours intervenir à deux. Mais elle avait décidé d'y aller seule. Pas le temps…

— Prête à affronter une nouvelle fois l'orage ? demanda Lucie en vérifiant le bon fonctionnement de sa lampe.

— On l'a déjà fait ensemble ? répondit Manon en détachant les yeux de son organiseur.

— Ensemble, pas vraiment, non, plutôt chacune de notre côté. Vous connaissez un moyen d'entrer ?

Manon pointa son doigt devant elle.

— Quand nous étions jeunes, nous passions par-derrière, puis nous grimpions sur le toit du patio. À l'époque, les portes et les fenêtres du rez-de-chaussée étaient murées. Elles doivent toujours l'être, je suppose.

Lucie perçut une étincelle dans les yeux de la jeune femme.

— Cela me fait drôle de revenir ici, confia Manon. Tant de souvenirs… Vous devez trouver curieux que je me remémore ces détails de jeunesse, mais pas ce que j'ai fait voilà trois minutes, non ?

— En fait, non, le docteur Vandenbusche a tenté de m'expliquer… Les différents types de mémoire… Je crois que j'ai à peu près compris.

Lucie attrapa la poignée de la portière.

— OK ! Attendez deux minutes dans la voiture, je sors d'abord vérifier.

— Deux minutes, c'est trop pour moi ! Je vous accompagne.

— Vous êtes têtue !… Bon, prenez mon K-way ! Et restez en retrait ! Je risque ma place s'il vous arrive quelque chose.

Manon fourra son N-Tech dans sa housse hermétique, puis la housse dans la poche intérieure de son blouson, avant d'enfiler le K-way. Lucie boutonna son caban jusqu'au cou.

— Allez, on fonce.

— Attendez ! Vous ne prenez pas des gants en latex, des masques, des charlottes ? Nous allons peut-être pénétrer sur le lieu d'un crime ! On ne doit pas le contaminer ! Cheveux, poils, empreintes digitales !

— Vous feriez un bon flic. Vous semblez vous y connaître.

— Après la mort de ma sœur, je me suis sérieusement penchée sur la question.

— Ne vous inquiétez pas. Ici, nous n'aurons pas besoin de gants ni de blouse stérile. Enfin, je l'espère. Allez ! Go !

Dès qu'elles eurent claqué les portières, le vent et la pluie les agressèrent. Elles avancèrent, recroquevillées, jusqu'à atteindre un mur dévoré par le lichen à l'arrière de la propriété. Elles l'escaladèrent péniblement et atterrirent dans le jardin, poche de boue infecte. Lucie leva la tête en direction de la maison. Sous les trombes d'eau, sa lampe éclaira les sapins, le porche, les murs infiniment hauts.

Quand elles remontèrent en direction du patio, elles ne prêtèrent pas attention à l'ombre immobile qui les observait depuis l'étage, par une fenêtre aux vitres brisées.

Sans un bruit, la silhouette se retira dans la maison.

3 h 50.

Les deux jeunes femmes longèrent la façade en courant. À présent leurs respirations s'entremêlaient, comme si elles ne formaient plus qu'un seul et même organisme. L'une se mit à pousser, puis l'autre à tirer, tandis qu'elles s'entraidaient pour grimper. Grimaçante – fichu mollet –, Lucie s'arma d'une grosse branche qui traînait sur la toiture et pénétra à l'intérieur la première, sur ses gardes. Voilà quelques heures, elle était tranquillement allongée dans son canapé, ses filles à ses côtés, et maintenant...

Une fois à l'abri, elle reprit son souffle. Elle était ruisselante, sa gorge sifflait. Elle se retourna légèrement vers Manon.

— Ça va ? chuchota-t-elle en frictionnant sa jambe douloureuse.

— Non, ça ne va pas ! Qui êtes-vous ? Pourquoi sommes-nous ici ? répondit Manon d'un air effrayé avant de s'enfuir dans un coin pour allumer son N-Tech.

Fonction « Derniers événements saisis ». L'enlèvement... Les urgences... Lucie Henebelle... L'énigme...

Elle resta prostrée et se mit à répéter :

— Le Professeur... Le Professeur... Non, impossible...

Lucie accourut, sa carte de police devant elle.

— Manon, écoutez... Ne cherchez pas à comprendre ce que nous faisons ici, ni ce qu'il vous est arrivé. Je vous l'ai déjà expliqué plusieurs fois. Faites-moi juste confiance, d'accord ?

— Je... Je ne vous fais pas confiance, mademoiselle Henebelle. Vous avez beau être policier, je ne vous connais pas.

Elle se leva brusquement, s'empara de la torche et se mit à observer la pièce.

— Qu'est-ce que vous faites ? demanda le lieutenant.

— Je n'en sais rien. Il est écrit dans mon N-Tech que le Professeur nous a amenées ici. Qu'il y avait un message là où il m'a retenue ! Alors il doit forcément y avoir un autre message quelque part, des indices, un moyen de nous mettre sur la voie.

Elle considéra son poignet, constata qu'elle n'avait pas sa montre et se rabattit sur son organiseur.

— 3 h 58. Le message parlait bien de 4 heures ? Je ne me trompe pas ? Je n'ai rien manqué ? Dites-moi ?

— Non… L'ultimatum est presque arrivé à son terme, et apparemment, toujours pas de victime…

Sans savoir où elle allait, ni pourquoi, Manon traversa la chambre et s'engouffra dans le couloir de l'étage. Lucie se précipita à sa suite. Soudain, elles entendirent le plancher craquer derrière elles.

Lucie n'eut pas le temps de se retourner. Un bras robuste lui enserra la gorge. Ses pieds décollèrent du sol.

— Elle veut jouer, la salope ?

Elle se retrouva propulsée contre le mur, son front percuta le béton. Elle s'effondra, inerte, glissant lentement contre la paroi.

Avec un petit cri, Manon lâcha la lampe. Bruit sourd du métal qui roule. Elle se mit à reculer, les muscles tétanisés.

— Qui êtes-vous ?

— Tu veux savoir ?

À une vitesse prodigieuse, l'homme se rua sur elle et, à sa grande surprise, reçut une semelle dans la poitrine. Il grogna, tandis qu'un second coup de pied fit craquer son genou droit. Il parvint quand même à agripper Manon par les cheveux. Le N-Tech glissa sur le plancher. La mathématicienne hurla, frappa… Sans savoir pourquoi, elle visa le plexus solaire, mais l'homme, cette fois, ne se laissa pas surprendre. Elle voltigea sur le sol, propulsée par une force titanesque.

— T'es plutôt bonne, toi. Une belle petite gueule d'ange. Je crois que tu vas y passer la première.

Il la plaqua face contre terre. Manon respira une

poussière écœurante puis cracha, cruellement en manque d'air. La pointe d'un genou lui écrasait le dos.

Tintement d'une boucle de ceinture. Une braguette qui se déboutonne. Des halètements bestiaux, là, tout contre sa nuque. Que se passait-il ? Où se trouvait-elle ? Seule ? Et pourquoi ? Allait-elle mourir ?

L'homme n'eut pas l'occasion d'aller plus loin. Un gourdin lui fracassa l'arcade sourcilière. Il se releva, titubant, la main sur le front, quand un fantastique coup dans les testicules le plia en deux.

Il bascula dans les escaliers, sans parvenir à se rattraper, et roula jusqu'au bas des marches pour enfin s'écraser sur le carrelage, inerte.

Lucie se massa le crâne, récoltant une fine pellicule de sang sur le bout de ses doigts. Elle se pencha ensuite vers Manon, qui recula sur ses mains pour se retrouver plaquée contre le mur du fond.

— Laissez-moi ! Laissez-moi !

— Manon ! Je suis Lucie ! Lucie Henebelle !

Elle s'empressa de sortir sa carte tricolore.

— Rappelez-vous !

Manon n'avait jamais vu cette carte. Dans quelle galère se trouvait-elle ? Pourquoi cette agression ? Comment avait-elle appris à se battre ? Où ? Elle recula encore, jusqu'à finir repliée dans un angle.

— Qu'est... Qu'est-ce que je fais ici ? Qui est cet homme ? Et vous ? Pourquoi la police ? Il...

Elle se précipita vers son N-Tech, à quatre pattes.

— Vous avez tout enregistré dans votre machine, dit Lucie. L'hôpital, notre conver...

— Quel hôpital ?

Manon se mit à crier :

— Quel hôpital ?

— Je… Je n'en sais rien, je… ne sais pas comment vous appréhender, Manon… C'est trop… compliqué…

Lucie coinça sa carte de police en haut de la poche de son manteau, afin de la rendre visible en permanence, puis elle ramassa sa lampe et dit :

— Je descends vérifier s'il… est encore en vie. Rejoignez-moi, dès que possible.

— Comment ? Qui est encore en vie ? Expliquez-moi ! Expliquez-moi !

Elle avait hurlé de toutes ses forces. Lucie ne répondit pas et, la torche à la main, se hasarda dans la cage d'escalier. Une fois en bas, elle posa l'index sur la jugulaire de l'agresseur et perçut un pouls régulier. Elle se mit à lui fouiller les poches.

Une piqûre au niveau du pouce la fit grimacer. Ses doigts ressortirent en sang. Du verre brisé et des aiguilles…

— Merde, c'est pas vrai !

Des seringues… Un junkie… Juste un junkie, venu squatter l'endroit…

Elle se redressa, le pouce levé. Dans un réflexe inutile, elle aspira à pleins poumons les gouttelettes avant de les recracher sur le sol.

Quatre lettres explosèrent alors dans sa tête. SIDA.

— C'est pas vrai ! C'est pas vrai !

Alors, un autre choc dans sa poitrine l'ébranla.

Elle tourna sur elle-même, ébahie.

Au-dessus. Et partout autour dans cette pièce circulaire. Dans la lumière de sa torche. Des chiffres. Des milliers de chiffres.

Peinture rouge.

Sur le carrelage, une phrase : « Si tu aimes l'air, tu

redouteras ma rage. » Lucie serra les dents. Combien de temps ce salaud allait-il continuer son jeu ?

Surtout, ne pas paniquer. Elle sortit son portable. Presque plus de batterie. Elle appela une ambulance et fonça à l'étage.

En montant les escaliers, elle entendit sa propre voix, échappée d'un appareil. Manon était assise à l'indienne, face à sa mémoire prothétique.

L'égérie de N-Tech leva le front, inquiète, partagée entre tristesse, terreur et fermeté. Elle ouvrit le dossier « Photo », fit défiler les portraits, proches, amis, connaissances, tous étrangers à sa mémoire, et découvrit l'identité de la femme qui se dressait en face d'elle. Un officier de police aux boucles d'un blond de blé. Lucie Henebelle. Trois mots… « Solidité. Passion. Rigueur. » Était-elle ce policier qu'elle avait attendu pour sa quête du Mal ? Était-elle enfin arrivée ?

— J'ai besoin de vous, fit le lieutenant en éclairant sur la gauche.

— Moi aussi, j'ai besoin de vous. Plus que vous ne le croyez.

Elles s'observèrent durement, presque en adversaires, avant que Lucie ne finisse par lui tendre la main.

— Venez en bas.

L'une derrière l'autre, elles s'engagèrent sur les marches. Manon eut un mouvement de recul en découvrant le corps étalé et manqua de tomber dans les escaliers. Lucie la retint par la taille et la rassura :

— C'est bon, Manon ! Il est vivant !

— Qui est-ce ? Que…

Elle s'interrompit instantanément, découvrant les chiffres rouges.

— Mon Dieu ! s'exclama-t-elle en s'approchant des formes peintes.

Elle réclama la torche de Lucie et se mit à parcourir la spirale algébrique avec le rayon jaunâtre.

— Ça vous suggère quelque chose ? demanda le lieutenant de police.

Manon paraissait subjuguée. Elle plaqua le N-Tech contre son oreille.

— Chut… Taisez-vous, murmura la scientifique. Taisez-vous, je vous en prie.

Elle écoutait une nouvelle fois la conversation enregistrée dans la voiture. Lucie soupira. Le chronomètre continuait à courir, même si l'ultimatum avait expiré.

Quelques minutes plus tard, Manon demanda :

— Sur l'enregistrement, vous m'avez bien parlé d'allumettes, découvertes par milliers sur le parquet où j'aurais été…

Le mot tarda à sortir.

— … séquestrée ? C'est exact ?

— En effet. C'est tout à fait ça.

— Et je ne vous en ai pas expliqué la signification, n'est-ce pas ?

— Non. Vous avez exigé qu'on vienne d'abord ici. Vous ne me faisiez pas confiance…

Manon s'approcha de Lucie et l'éblouit malencontreusement. Elle détourna le faisceau lumineux et déclencha la fonction « Enregistrement » de son appareil.

— Vous ai-je déjà demandé de me faire une promesse ?

— Pas encore, non.

— D'accord, d'accord. Alors promettez-moi de m'intégrer à votre enquête. Promettez-moi que vous me laisserez vous accompagner dans la traque du meurtrier qui a sauvagement tué ma sœur. Promettez-moi de faire tout votre possible pour retrouver le Professeur.

— J'essaierai, dans la mesure de mes moyens.

— Je veux des certitudes ! Promettez !

Lucie se rapprocha encore, à quelques centimètres seulement.

— Je vous le promets. Et vous, promettez-moi de me faire confiance.

Manon secoua la tête.

— Ça ne marche pas dans ce sens-là. Désolée...

Elle laissa tourner l'enregistrement. Elle apprendrait tout cela. Sa mémoire en absorberait à peine cinq pour cent, mais elle apprendrait. Après avoir consulté une dernière fois l'ensemble de ses notes – nouvelle attente interminable pour Lucie –, elle finit par expliquer :

— Ces allumettes que vous avez découvertes représentent un moyen de trouver le nombre π.

— Quoi ?

— Lancez-en une importante quantité au hasard sur un parquet dont la largeur des lattes est égale à la longueur d'une allumette. Il suffit de diviser le nombre total d'allumettes par le nombre d'allumettes qui chevauchent deux lattes, et de multiplier le résultat par deux. C'est Buffon, un naturaliste du XVIIIe siècle, qui le premier a fait l'expérience de cette loi de probabilité. Avec une grande quantité d'allumettes, la précision est stupéfiante.

Elle leva la tête, dévorant des yeux les serpentins rouges.

— π est l'une des curiosités mathématiques qui suscitent le plus d'interrogations dans les congrégations scientifiques, poursuivit-elle. Depuis des siècles, les plus illustres savants tentent d'en percer les mystères. Archimède, Descartes, Newton et bien d'autres. Mais croyez-moi, ce nombre est aujourd'hui, enfin, était il y a trois ans, encore bien loin d'avoir révélé tous ses secrets.

La tache de lumière continuait à balayer l'espace. Des neuf, des huit, des trois. Soupe incompréhensible et indigeste.

— Je n'imprime toujours pas, confia Lucie. Aidez-moi Manon, je vous en prie…

— Vous savez que π est un nombre sans fin, un nombre réel qui présente une infinité de décimales, et qu'il n'y aurait pas assez de tout l'univers pour l'écrire ?

— Je crois me rappeler de ça… Un nombre infini. 3,14 et des poussières… qui permet de calculer la circonférence d'un cercle.

Manon acquiesça.

— Vous avez de bons restes. En 2004, on connaissait déjà plus de mille milliards de ses premières décimales, et je suppose qu'aujourd'hui, avec l'évolution des ordinateurs, cette valeur a considérablement augmenté. Pourquoi s'acharner à chercher ces chiffres insignifiants, me direz-vous ?

— Manon, si vous pouviez…

— En fait, le nombre π est utilisé pour étalonner la rapidité des gros calculateurs, ou la précision de certains logiciels. Et puis, il s'agit avant tout d'un défi pour les communautés scientifiques. Un peu comme l'Everest pour les alpinistes.

Manon s'approcha d'un des murs, ses doigts effleurèrent les traces de peinture.

— Je suis persuadée que cette farandole de chiffres

représente des décimales successives de π. Non pas les premières, je les connais par cœur, mais celles prises à une position particulière dans π. Peut-être à la millième, à la cent millième ou à la millionième place.

— Mais pourquoi ? Pourquoi ?

Le vent s'engouffrait par les fenêtres brisées à l'étage. La bâtisse gémissait de part en part. Manon semblait réellement bouillir au cœur de cet univers étrange. Lucie se demanda s'il lui arrivait, à certains moments, de se sentir « normale », d'oublier son amnésie.

— Pourquoi ? L'énigme, Lucie, l'énigme ! « Trouve dans les allumettes ce que nous sommes. » Trouve dans π ce que nous sommes ! Trouve dans ces décimales ce que nous sommes ! Et que sommes-nous, Lucie, sinon un numéro ? Un numéro qui nous identifie, dès la naissance ! Un numéro qui fait de nous des êtres classés, rangés dans des programmes informatiques !

Lucie écoutait en regardant autour d'elle. Cette interminable chenille de symboles l'impressionnait. Combien de temps avait-il fallu pour la tracer ? Plusieurs heures ? Une journée ?

— Un numéro de sécurité sociale ? proposa-t-elle.

Manon ressentit l'excitation du scientifique qui, sur une simple intuition, résout un problème difficile.

— Oui ! Oui, exactement ! Un numéro de sécurité sociale ! π est chaotique, rien ne permet de deviner la décimale suivante en observant ce qui est déjà sorti. Et… je pense qu'aujourd'hui, on a réussi à démontrer que c'est aussi un nombre univers, c'est-à-dire qu'en fouillant suffisamment loin, on peut dégoter n'importe quelle combinaison dans ses décimales. Des dates de naissance, des numéros de série, des plaques d'immatriculation ou des numéros de sécurité sociale. Tous les codes génétiques des êtres de la planète, la numérisation du *Requiem* de Mozart, tout ce qui est identifiable par une suite de chiffres est recensé dans ce nombre incroyable. Il contient tous les secrets de notre monde ! Les chances de détecter une séquence choisie de treize chiffres consécutifs sont très faibles, peut-être une sur un million, mais elles existent.

— Voilà donc ce que nous cherchons, dit Lucie comme pour elle-même. Une identité… L'identité de quelqu'un que le Professeur a dû éliminer il y a quelques minutes…

— Le Professeur ? Pourquoi vous…

— Laissez tomber, Manon. Je vous réexpliquerai tout plus tard. Concentrez-vous sur ces chiffres. Ces chiffres uniquement. Ça urge. Nous cherchons donc un numéro de sécurité sociale !

— Précisément. Treize chiffres.

En s'avançant, la jeune mathématicienne fixa le message sur le sol.

— « Si tu aimes l'air, tu redouteras ma rage. » Qu'est-ce que cela signifie ?

— Laissez tomber ! Le numéro de sécu. Seul le numéro de sécu compte pour l'instant !

Manon repéra rapidement le début de la séquence, en haut à gauche, et la fit défiler en déplaçant la torche vers la droite.

— OK ! reprit Lucie. Celui qui a fait ça a dû frapper dans le Nord, peut-être dans le Pas-de-Calais ou la Somme ! Manon, on cherche quelque chose qui contient les numéros de département 59, 62, ou 80 !

— Oui, oui, je vois ! Les quatre chiffres précédents doivent représenter l'année et le mois de naissance, et celui encore avant sera 1 ou 2. 1 pour les hommes, 2 pour les femmes...

Plus un mot. Le regard happé par le halo lumineux, Lucie ne parvenait plus à refouler ces émotions étranges qui montaient en elle, cette excitation, cette forme de jouissance interdite qu'elle ressentait devant l'impensable. N'y avait-il que l'horreur, la promesse du pire pour la stimuler ? Elle considéra Manon, elle aussi hypnotisée par la suite des décimales. Étaient-elles si différentes ? Pour quelle raison mystérieuse évoluaient-elles là, à deux, dans la tourmente des éléments en furie ? Quel terrible hasard avait poussé Manon au pied de sa résidence, voilà quelques heures ?

Manon avalait littéralement les signes, rejetant en un coup d'œil les mauvaises combinaisons. Et, alors que le faisceau continuait sa course, que les secondes filaient, inexorablement, elle s'écria soudain :

— Je l'ai ! Je l'ai !

La jeune femme se précipita vers le mur de gauche et s'agenouilla.

— 2280162718069 ! Une femme ! Soixante-dix-neuf ans ! Dans le Pas-de-Calais !

Lucie déplia le capot de son portable. L'indicateur de batterie clignotait.

— Merde... J'espère qu'il va tenir !

La permanence. Malouda.

— Malouda ? Henebelle ! J'ai un numéro de sécu ! File-moi l'identité, l'adresse ! T'as dix secondes !

Manon rentrait les nouvelles informations dans son N-Tech, dont la jauge d'autonomie était, elle aussi, assez basse. Elle tira plusieurs clichés de très médiocre qualité, en raison de l'absence de luminosité.

Deuxième bip du téléphone portable. La batterie allait lâcher.

— Magne-toi, bon sang !

Malouda répondit sur-le-champ :

— Vous allez halluciner !

— Accouche ! Ma batterie rend l'âme !

— Il s'agit de Renée Dubreuil ! Chemin du lac !

Un tilt.

— La Dubreuil qui s'était pris perpétuité, et qui a été relâchée après trente ans de taule ?

— En pers…

4 h 32. Rupture du contact.

Elle remit son téléphone dans sa poche en râlant et entraîna Manon par le bras.

— Attendez ! s'écria Manon. Vous avez parlé de Dubreuil ! Le diable du lac ? Cette ignoble bonne femme qui a torturé ses trois gamines avant que son mari les tue et s'explose la cervelle ?

— Oui, c'est son numéro de sécu que nous avons trouvé dans ce… chaos.

Manon resta interdite.

— Dubreuil ? Mais déjà enfants, nous connaissions cette histoire, je me rendais souvent au lac de Rœux le week-end et…

— Allons-y Manon ! S'il vous plaît !

— Deux secondes ! Il faut encore que je recopie l'avertissement sur le sol ! Il n'est pas là pour rien !

— Oui ! Oui ! Allez !

— Attendez j'ai dit ! « Si tu aimes l'air, tu redoute-ras ma rage. » Le Professeur adore cacher des messages dans d'autres messages. Palimpsestes, anagrammes, stéganographie. Et là, ça sent franchement le message codé !

Elle désigna le junkie.

— Et lui ? Qui est-ce ?

— Je vous raconterai dans la voiture. En tout cas il n'ira pas loin, il est démantibulé comme un pantin. Les secours vont arriver.

Lucie arracha une feuille de son carnet et nota :

« Prévenez immédiatement le commandant Kashmareck, 06 64 70 29 55. Dites-lui d'envoyer des renforts au chemin du lac, à Rœux. C'est probablement là-bas que Pr a frappé. Il faut aussi une équipe ici même. D'urgence.

Lucie Henebelle, lieutenant de police (plus de portable). »

Elle abandonna son papier sur le carrelage.

Sur la feuille, une petite tache de sang... Son pouce...

— Espérons seulement qu'il ne lui ait pas fait subir le même sort qu'aux autres, fit-elle.

Et elles regagnèrent la Ford. Direction le Pas-de-Calais. Vers la promesse d'un meurtre violent...

Chapitre quatorze

Rœux. La pluie frappait le lac Bleu en bouillons ininterrompus. Sous cette météo furieuse, dans l'obscurité la plus sévère, deux silhouettes féminines, liées par la douleur, déjà sérieusement éprouvées par leur escapade, dévalaient au pas de course un raidillon calcaire.

Sous la seule lueur de leur lampe, elles traversèrent une rangée d'arbres mêlés à des enchevêtrements de ronces et avancèrent encore péniblement sur plusieurs centaines de mètres, jusqu'à discerner une maisonnette branlante. Une faible lumière traversait les carreaux, jouait avec le vent et la pluie. En ces terres de campagne arrageoise, l'orage arrivait avec force du Nord. Chaque goutte sur les joues donnait l'impression d'une coupure au rasoir.

Elles approchèrent enfin du pavillon, perdu loin derrière le lac. Lucie éteignit sa torche. *A priori*, aucune voiture à proximité, aucun papillotement de phares, y compris sur le chemin qui menait vers la communale.

L'utilisation du N-Tech en mode GPS avait terminé de vider la batterie. Sans son appareil, Manon se retrouvait nue, seulement armée de sa mémoire à court terme et de sa concentration.

— Le lieutenant Henebelle m'aide dans une enquête pour retrouver le Professeur, mon N-Tech n'a plus de batterie... Le lieutenant Henebelle m'aide dans une enquête pour retrouver le Professeur, mon N-Tech n'a plus de batterie... répétait-elle inlassablement.

Elles se plaquèrent contre un gros arbre.

— Je vais faire le tour, essayer de voir quelque chose depuis l'extérieur, murmura Lucie en chassant de la main l'eau qui ruisselait sur son front. Dans tous les cas, on attend les renforts.

— Le lieutenant Henebelle m'aide dans une enquête pour retrouver le Professeur, je dois l'attendre ici, mon N-Tech n'a plus de batterie... Le lieutenant Henebelle m'aide dans une enquête pour retrouver le Professeur, je dois l'attendre ici, mon N-Tech n'a plus de batterie...

Lucie la serra soudainement dans ses bras et se mit à lui caresser le dos.

— Vous êtes quelqu'un de bien... J'espère sincèrement que vous vous souviendrez de ça...

Manon ferma les yeux et répéta de nouveau :

— Le lieutenant Henebelle m'aide dans une enquête pour retrouver le Professeur...

Le cœur serré, Lucie l'abandonna et disparut derrière les rideaux de pluie. Cette fois, pas de boue, mais des bosses de craie gorgée d'eau. Des flaques, des trous, des tord-chevilles.

Il était presque 5 h 30. Dans une heure, il ferait jour.

Arrivée à hauteur de la maison, Lucie se colla contre un mur et jeta un œil par la fenêtre aux rideaux jaunis.

Un coup de scalpel lui écorcha les rétines.

À l'intérieur, un corps étalé sur le sol. Du sang, partout autour. Lucie mit sa main en visière sur son front. Cette surface blanchâtre, pelliculée d'un voile pourpre… Il s'agissait bien d'un crâne. Le crâne de Renée Dubreuil.

La vieille dame avait été scalpée. Marque de fabrique du Professeur. Les « affabulations » de Manon se précisaient dangereusement.

Lucie se précipita vers l'entrée. Décidément, son arme lui faisait cruellement défaut.

Porte non verrouillée, aucune marque de fracture. Elle ouvrit en prenant garde à ne pas contaminer la poignée avec ses empreintes.

L'intérieur. Pas un son. Hall minuscule, carrelage en damier noir et blanc. Lucie entra prudemment, longea les murs afin de ne pas polluer la scène de crime. Ses pas abandonnèrent de petites flaques sur le sol. Elle sentit ses muscles se raidir.

Puis le séjour. Elle se boucha les narines. Odeur de défécation. Une puanteur.

La septuagénaire avait les chevilles ligotées. À côté d'elle, une feuille avec un texte imprimé et une ardoise d'école gribouillée de dessins et de chiffres. Dans sa main, une craie bleue. De ses yeux, ne restaient que deux globes laiteux, dont les pupilles avaient roulé vers le haut jusqu'à presque disparaître. Ses lèvres fendues de cicatrices avaient régurgité une mousse grise. Quant au scalp… Réalisé dans les règles de l'art : plus de cuir chevelu. Ne se dessinaient plus que des continents de peau sur un orbe de faïence.

Face à l'horreur de ce tableau d'épouvante, Lucie sentit une colère sourde monter en elle. Plus jeune, cette sadique avait torturé ses propres gamines. Des jours et des jours. Et maintenant, le « monstre d'Arras », son surnom de l'époque, changé ensuite en « diable du lac » lors de sa sortie de prison et de son installation à Rœux, s'était fait assassiner par un autre monstre, bien pire encore. Le Professeur.

Pourquoi ?

À voir l'état du corps, la blancheur des membres, la coagulation du sang sur le crâne, le décès semblait remonter au moins à la veille, et non pas à 4 heures comme le prédisait le message de la cabane.

Lucie sursauta. Dehors, un éclair, presque immédiatement suivi d'un immense coup de tonnerre. Les carreaux, les murs tremblèrent.

Elle s'agenouilla et, le nez dans son caban, observa attentivement le cadavre, puis la scène autour d'elle. Position de la victime, type de liens, déplacements ou bris d'objets, le moindre élément revêtait de l'importance. On pouvait lire dans ces informations des comportements, deviner des actions, décrypter des gestes. Et ressentir, au plus profond de soi-même, la violence du crime.

Lucie fut traversée par un frisson. Un frémissement d'excitation. Et de terreur.

Dans cet endroit isolé, Dubreuil avait déverrouillé sans se méfier. Pourtant, quatre cadenas sur la porte témoignaient de sa crainte envers le monde extérieur. Le tueur lui avait sans aucun doute inspiré confiance. Était-il un familier de son environnement ? Le connaissait-elle ? S'était-il présenté à elle comme un quelconque représentant, un flic, un facteur ?

Il avait décidé de frapper dans un lieu où il était en sécurité, comme pour l'abri de chasseurs. Jamais de risques. Il aimait prendre son temps, se délecter de la souffrance de ses proies sans craindre la surprise d'une mauvaise rencontre.

Lucie examina la corde autour des chevilles. Pareille

à celle de la cabane. À peine serrée ici, juste un symbole de domination. *Je suis le maître, celui qui dirige la danse. Et vous, vous ne représentez que des objets jetables.* Puis elle revint au scalp. Le découper, faire racler le bistouri sur l'os du crâne avait dû lui procurer une jouissance infâme. Que pouvait-il bien fabriquer avec ces chevelures ?

Lucie regardait les annotations sur l'ardoise quand un nouveau coup de semonce, plus violent encore que le précédent, détourna son attention. Elle entendit la pluie redoubler à l'extérieur et pensa à Manon, seule dehors, sous un arbre.

Elle quitta prudemment le théâtre du meurtre.

Au moment où elle mit le pied à l'extérieur, elle n'eut pas le temps d'esquiver le bâton qui lui percuta l'arcade sourcilière gauche. Le coup la propulsa dans une large flaque.

Elle hurla de douleur, tenta de se relever. Son manteau imbibé pesait des tonnes, alourdissant chaque geste. À genoux sur le sol, elle porta sa main à son front, la bouche grande ouverte.

Quand elle se retourna, l'arme déchirait l'air, prête à frapper encore.

Lucie tenta de se protéger, les avant-bras enroulés sur la tête, dans un ultime hurlement.

À cet instant précis, des phares et des sirènes surgirent, arrachés à l'obscurité.

L'ombre se retrouva piégée, aveuglée par un projecteur et braquée par trois Sig Sauer.

Lucie se laissa choir à la renverse dans l'eau, la tête vers les cieux noirs et déchaînés.

Elle vivait.

Chapitre quinze

Assise au bord du coffre d'une 407, à l'abri sous la porte arrière relevée et enveloppée de couvertures, Lucie se laissait suturer l'arcade sourcilière par un médecin de la police. Deux points réalisés au fil de soie éviteraient l'hospitalisation.

Le commandant Kashmareck se dressait face à elle, sous un large parapluie. La quarantaine, coupe en brosse, rasé de près, même à cette heure tardive – ou matinale. Un modèle de discipline, estampillé « brigade criminelle ».

— Il s'en est fallu de peu pour qu'elle te mette une sacrée branlée, fit-il en tirant sur sa cigarette. Elle était complètement hystérique, prête à te fendre le crâne. Depuis quand un flic entraîné se laisse surprendre par une civile ?

Lorsque le médecin lui tamponna de nouveau le sourcil gauche avec un coton imbibé d'antiseptique, Lucie grimaça de douleur. Sa tête lui paraissait peser des tonnes.

— Le tonnerre a dû la faire sursauter, expliqua-t-elle. Elle a perdu le fil de sa pensée, s'est retrouvée trempée, sans son N-Tech, ignorant totalement la raison de sa présence près de chez Dubreuil. Elle se sent forcément en danger, menacée, surtout qu'elle connaît l'endroit, qu'elle sait que Dubreuil a torturé des enfants. Que fait-elle là, seule, si tard ? Pourquoi ? Comment ? Elle s'approche de la maison et me voit accroupie près d'un cadavre... Et là, au moment où je sors, bing... Son neurologue m'avait prévenue. Elle peut avoir des réactions violentes si elle évolue dans un environnement qui ne lui est pas familier.

— De toute façon, elle n'aurait jamais dû être ici avec toi. Elle aurait dû rester à l'hôpital ! Son frère et Flavien sont en rogne ! Tu te rends compte que si le proc l'apprend...

Le médecin demanda à Lucie d'ouvrir la bouche et glissa un coton-tige derrière ses molaires.

— C'est nouveau ça ? râla-t-elle.

— On fait des prélèvements de salive à toute personne en contact avec la scène de crime pour éviter les recherches ADN inutiles.

Lucie considéra ses doigts blessés.

— Vous... Vous pouvez aussi me prélever du sang ? Je me suis piquée avec une seringue... Dans la maison de Hem...

Le médecin acquiesça, l'air grave, et sortit un kit de prélèvement sanguin. Il demanda :

— La longue cicatrice, à l'arrière de votre crâne... Tumeur ? Kyste ?

Lucie se raidit et improvisa :

— Euh... Kyste...

— De quel genre ?

— Je... m'en rappelle plus, c'était dans ma jeunesse. Un... Un petit truc pas bien grave en tout cas.

Le toubib l'observa, sceptique, puis opéra en silence.

Lucie frissonna devant la montée de son sang dans un petit tube transparent.

— Allez, fous le camp maintenant ! ordonna le commandant.

Elle ouvrit et ferma plusieurs fois la main, avant de rebaisser sa manche imbibée d'eau, puis elle plissa les yeux et regarda en direction des autres véhicules.

— Où se trouve Manon ?

— Dans la bagnole, là-bas. J'ai eu Flavien et son neurologue, ce... Vandenbusche au téléphone. Selon eux, il est préférable de la ramener chez elle. D'après ce que j'ai compris, inutile de l'interroger.

— Ça, c'est sûr. Elle oublie tout au fur et à mesure.

Lucie désigna sa blessure.

— La preuve...

Le mégot rougeoyant finissait de se consumer entre les doigts du commandant.

— Je vais poster une équipe devant chez elle. Il paraît qu'elle habite avec son frère.

— Oui, enfin pas vraiment, ils habitent la même maison mais ils ont chacun leur appartement... Elle va bien ?

— Mieux que toi.

Lucie tenta de se relever mais elle se sentit mal.

— Toi aussi, on va te ramener au bercail !

— Non, je...

— T'en as fait assez pour cette nuit ! T'aurais pas oublié tes mômes, par hasard ? Un étudiant a appelé le 17, il cherchait à tout prix à te joindre !

Lucie regarda sa montre.

— Mince ! Anthony ! Et...

— Rien de grave, t'inquiète. Mais il comprenait pas pourquoi tu répondais pas sur ton portable... et comme il croyait qu'il allait rester qu'une heure ou deux… Et puis t'as vu ton état ? Pire qu'une pompe à bière en fin de soirée. Règle le souci avec tes gamines, pionce un peu et reviens-nous en forme. On a du pain sur la planche. Trois sites à passer au crible… Raismes, Hem et maintenant Rœux. Ce petit malin aime la diversité et les kilomètres.

Il se retourna. Des phares en haut de la route.

— Le proc d'Arras, à tous les coups. On va figer la scène, le légiste va bientôt arriver pour les premiers exams. Le temps que les IJ fassent tous les prélèvements, on en a pour un bout de temps.

— Je veux rester sur l'affaire ! J'ai promis à cette fille de…

— T'as promis ? Depuis combien de temps on bosse ensemble, Henebelle ?

— Presque trois ans.

— Depuis que je te connais, c'est toujours la même chose. Tu veux toujours être la première sur tout. Les bastons de quartier, les violences conjugales, les agressions… T'es une vraie tête brûlée, tu fais des heures et des heures si bien que tu ressembles plus qu'à une loque… Et puis, tout d'un coup, tu décroches. Tu t'arranges pour refiler le bébé, pour t'effacer et te plonger dans un dossier plus tranquille… Tu crois qu'on ne le remarque pas ?

— C'est que…

— Je sais, tes filles. Peut-être qu'un jour elles te feront prendre conscience qu'on… qu'on ne fait pas le plus beau métier du monde. T'es un bon flic, et je sais que t'es aussi une bonne mère. Mais tout ça doit être difficile à gérer, non ? Les sentiments d'un

côté, le boulot de l'autre. Moi aussi j'ai des mômes.
Je sais de quoi je cause.

— Difficile, oui, mais j'y arrive, se défendit Lucie.
Ne m'écartez pas !

Kashmareck serra ses lourdes mâchoires de meneur
d'hommes.

— Cette fois, c'est autre chose, ce n'est plus du
règlement de comptes. On change de catégorie.

— Je sais ! Je suis déjà passée par là, commandant !

— Du temps où tu avais la niaque ! Où tu ne craignais pas la nuit ! Si tu fonces, sur un truc comme
ça, il faut être à cent pour cent ! Pas de retour en
arrière, cette fois, pas d'esquive ! Alors rentre chez
toi, et réfléchis bien ! Car ce dossier sent mauvais !

Lucie répondit dans la seconde :

— Je suis prête à foncer. Je crois que le Professeur
est de retour. Et je vais tout mettre en œuvre pour le
coincer. Pour protéger Manon.

— Manon, Manon… Tu parles d'elle comme si tu
la connaissais depuis des lustres. Elle a quelque chose
à voir avec toi ?

— Non, ce n'est pas ça, mais… je me sens proche
d'elle, tout simplement.

Kashmareck lança son mégot dans une flaque et
désigna la maison.

— Cette mise en scène ressemble étrangement à
l'enfer que les collègues ont traversé il y a quatre
ans. Les énigmes mathématiques, l'ardoise d'écolier,
la craie bleue, le mode opératoire… Faudra voir avec
Paris pour obtenir les détails du dossier. Mais si vraiment l'assassin l'a tuée de la même façon, s'il lui a
fait subir le même… calvaire, alors je crois qu'on est

mal barrés... On verra ce que révélera l'autopsie... Il n'y a qu'un truc que je ne comprends pas...

— Pourquoi elle, n'est-ce pas ? Pourquoi cette sadique de Renée Dubreuil...

Il opina du chef et demanda :

— Pourquoi vouloir d'un seul coup devenir une espèce de justicier, lui qui ne s'attaquait jusqu'à présent qu'à des gens « normaux », sans soucis particuliers ?

— En quatre ans, beaucoup de choses peuvent changer... Ses pulsions peuvent évoluer suivant sa maturité, ses fantasmes, son quotidien ou simplement son entourage. Moi, ce que je ne comprends pas, c'est comment un tueur en série peut brusquement s'interrompre et reprendre si longtemps après. C'est extrêmement rare. Et en général, il y a une bonne raison.

— De quel genre ?

— Quelque chose qui les empêche de tuer. L'emprisonnement, des troubles psychologiques, un grave accident... Ou alors, c'est qu'ils ont tué ailleurs, d'une autre manière Autre pays, autre mode opératoire. Mais hormis ces cas marginaux, ils ne se mettent jamais si longtemps en veille... Quatre années, vous imaginez ?

— Soit. Mais s'il s'agit vraiment du Professeur, nous traquons un tueur sans mobile apparent, sans type prédéfini de victime, et qui frappe dans une région différente chaque fois. Un suspect zéro par excellence.

Lucie secoua la tête négativement.

— Je ne crois pas au suspect zéro. Même si on ne peut pas la voir, si elle est très difficile à deviner, il y a toujours une motivation présente, derrière ses actes, derrière son *modus operandi*.

— Tu me fais rire ! Dans ce cas, trouve-la, cette

motivation ! T'as le champ libre ! Mais n'oublie pas que les collègues se cassent les dents là-dessus depuis le début !

Lucie plaqua sa main sur son front. Une douleur, quelque part dans la tête.

— OK ! Allez, disparais ! On te raccompagne !

— Une dernière chose... murmura-t-elle en se massant le crâne. Sur la feuille... Le problème qu'il lui a posé... Je n'ai pas eu le temps de bien regarder.

— Un truc pas trop compliqué, mais vu son âge et son QI, suffisant pour la piéger. « Un nautile, avec sa coquille, pèse 200 g. Le nautile pèse 100 g de plus que la coquille. Combien pèse le nautile ? »

— C'est pourtant évident... 100 g... Non ?

— C'est ce qu'elle avait répondu sur l'ardoise... Et comme elle, tu serais morte...

Lucie ne chercha pas à comprendre. Elle n'en pouvait plus.

— Bon, je rentre. Mais appelez-moi pour l'autopsie. Je veux y assister...

— Tu veux toujours assister aux autopsies. C'est une distraction pour toi, ou quoi ?

— Laissez tomber commandant... Je vais me coucher...

Chapitre seize

Un cauchemar de boue, de sang et de sueur.

— Mon Dieu ! s'écria Anthony, les yeux exorbités.

Il s'éjecta du fauteuil. Lucie ferma la porte.

— Ça va, fit-elle, ne me regarde pas comme ça. Une nuit un peu agitée, pas de quoi fouetter un chat.

Elle bâilla à s'en décrocher la mâchoire. L'étudiant se faufila sur le côté, attrapa son blouson et se dirigea vers la porte, sans plus lui accorder le moindre regard.

— Anthony ?

Il se retourna. Pouvait-elle voir qu'il tremblait ?

— J'ai... J'ai cours dans... dans à peine une heure, s'excusa-t-il, la main sur la poignée. Faut... absolument que j'y aille. Désolé...

— Mais attends, je vais te payer... Dis-moi au moins si ça s'est bien passé !

— Tout s'est très bien passé. Elles ne se sont pas réveillées, je me suis même demandé si elles n'étaient pas mortes... Pour l'argent, on verra ça une autre fois.

Et il disparut si vite que Lucie n'eut même pas le temps de le remercier. Drôle de mec.

La jeune femme, exténuée, aurait volontiers plongé directement sous ses draps, mais restaient deux choses

500

à régler. *Primo*, une douche d'enfer. *Secundo*, les jumelles. On était mercredi, pas d'école. 7 h 30. Maud devait déjà être réveillée depuis longtemps. Lucie l'appela et lui demanda si elle pouvait venir chercher les petites à l'appartement. Par bonheur, elle accepta. Un trésor, cette nounou.

La douche. Le contact de l'eau chaude sur sa peau. Elle souffla longuement, apaisée... avant de se mettre à éternuer. Si elle n'attrapait pas un rhume, c'était à n'y rien comprendre. Peu à peu, des nuages de vapeur autour d'elle... Elle remonta ses doigts sur l'arrière de son crâne. Sa cicatrice... Elle ne put s'empêcher de repenser aux scarifications, à Manon.

Les cheveux noués dans une serviette, Lucie fit quelques gestes pour s'étirer et grimaça de douleur. Sa jambe. Bilan de la nuit ? Bosse sur la tête, mollet enflammé, suture à l'arcade sourcilière. Le cap de la trentaine n'était pas seulement symbolique. Elle vieillissait, la vieille ! Sans oublier ces blessures aux doigts. Quatre lettres qui pouvaient se déverser dans son organisme avec la violence d'un cauchemar.

Elle eut soudain très froid. Et si sa vie dépendait subitement du résultat d'une analyse sanguine ? Et si on lui annonçait que...

Trop d'interrogations. Manon... Son enlèvement... Tous ces mystères autour de la mémoire... Le Professeur...

Elle se força à chasser ce brouillard de son esprit. Pour le moment, il y avait une autre priorité. Réveiller les petites. Redécouvrir leurs yeux, étoiles de bonheur infini. C'est dans les choses les plus simples que l'existence reprend un sens. Longuement, dans le canapé, elles s'échangèrent leur chaleur, leur tendresse, dans un câlin plein d'amour. Elles formaient une vraie famille, même sans homme. Qui en avait besoin, ici ? Pourquoi encore souffrir ?

— Tu t'es fait bobo maman ?

Juliette. La plus réactive. À cent pour cent à peine l'œil ouvert. Portrait craché de sa mère. Clara, elle, s'étirait lentement. Une chrysalide fragile.

— Maman s'est cognée, répondit Lucie en tentant de cacher son trouble.

Juliette repoussa sa sœur pour se coller contre sa mère.

— Juliette ! Je ne veux pas que tu pousses ta sœur !

Lucie l'empoigna. Elle se rappela la remarque de Manon, dans la Ford, à propos de la jumelle dominante.

— Ne recommence plus jamais ça, d'accord ?

Juliette se replia sur le côté. Elle connaissait sur le bout des fesses les colères foudroyantes de sa mère. Mieux valait ne pas insister.

Lucie les enlaça toutes les deux et embrassa Clara sur la bouche. Elle aurait tant aimé pouvoir être plus présente auprès d'elles, les voir grandir sous son aile protectrice. Mais avait-elle vraiment le choix ? Il fallait bien remplir les estomacs. Flic… Son métier, sa vie. Elle ne savait rien faire d'autre. Elle avait quitté les études et le foyer familial si jeune pour plonger dans cet univers de mecs et de sang…

La jeune mère usa ses dernières forces à leur verser leur lait chocolaté, les laver, les habiller, nouer leurs chaussures, préparer leur sac, y glisser leur doudou, leurs chaussons, des bonbons, des briquettes de jus d'orange et de compote. Des gestes tendres qu'elle répétait chaque jour avec simplicité.

Un dernier gros bisou, avant que la nourrice arrive et les embarque, sans traîner. Toujours une déchirure de les voir s'éloigner ainsi, leur petit sac au dos. Juliette devant, Clara derrière. Un jour, elles s'envoleraient pour de bon, comme leur père biologique l'avait fait. Et il serait trop tard pour rattraper tout ce temps perdu.

Elle s'effondra dans son lit, après avoir réglé son réveil sur 11 heures. Sa première nuit blanche depuis longtemps. Et quelle nuit ! Les allers-retours entre chez elle, la résidence, le CHR, Raismes, Hem, Rœux… Combien de kilomètres en une soirée ? Trois cents ? Sous la tempête, à escalader, déraper, recevoir des coups, dont un par Manon en personne. Manon… Son handicap était tellement difficile à appréhender. À admettre, même. Dire que quand elle se réveillerait, tout repartirait de zéro, Et toujours la même solitude, le même vide effrayant. Ne pas connaître la date du jour, ce qu'il s'est passé la veille, ce qu'il se passera le lendemain. Y avait-il la guerre, quelque part ? Des gens mouraient-ils encore de faim ? Ne pas savoir de quels événements se gonflait l'Histoire, depuis que son histoire à elle s'était arrêtée… D'un geste mécanique, Manon ouvrirait son N-Tech, observerait les photos – celles de Lucie, de la maison hantée, des décimales de π –, écouterait les enregistrements et lirait ses notes. Qu'en résulterait-il ? L'impression d'avoir écouté une histoire ? Un apprentissage d'événements bruts sans liens entre eux, sans référents ? Un « Berlin est la capitale de l'Allemagne » ?

Lucie n'abandonnerait pas Manon, elle l'avait promis.

Dans une mélodie reposante, la pluie frappait contre

le volet roulant. Les mains croisées sur la poitrine, elle respira lentement. Impossible de s'endormir.

Bien plus tard, sous ses paupières, se mirent à défiler des images, des flashes à la puissance destructrice. Des successions de chiffres. Des éclats de scalpel. Un crâne parsemé d'îlots de peau croûteuse. Dans ses oreilles, le crissement d'une craie sur une ardoise. Des pleurs, les siens. Odeurs bizarres. Cellules en nid-d'abeilles. Horreurs, aux portes de son inconscient. Cadavres, sang, morgue. Des ténèbres, rien que des ténèbres... Si seulement la cicatrice sous sa chevelure, comme les vieilles entailles sur ses mains, pouvaient disparaître...

Elle releva la tête, le front trempé, l'oreiller humide. À gauche, la petite armoire aux vitres teintées. Son contenu. L'origine de toute sa souffrance. Et de son incapacité à accepter le pire. Elle se détestait pour ça. Savoir analyser les autres, sans se comprendre soi-même. Peut-être pour cette raison qu'elle avait voulu devenir flic. Une fierté pour ses parents, pour elle un exutoire. Refouler les attaques insidieuses de l'esprit, par la violence de l'arme.

Enfin, cette fois, le sommeil fut plus fort que tout. Et, tandis qu'elle sombrait, ce mot, ce simple mot qu'elle traînait dans sa chair depuis si longtemps, qui avait changé sa perception du monde, pourri son adolescence, explosa une dernière fois sous son crâne. Ce mot, apparu comme un couperet au détour d'une chambre d'hôpital, à l'aube de ses seize ans. Douze lettres qui se matérialisaient aujourd'hui dans cette armoire aux vitres opaques.

Cannibalisme.

Chapitre dix-sept

Manon se relaxait dans son bain brûlant, les yeux mi-clos, la nuque posée sur une serviette en éponge légèrement humide et parfumée au monoï. Au-dessus de la baignoire hydromassante, une horloge indiquait l'heure, le jour, le mois, l'année. 10 h 25, le mercredi 25 avril 2007. Posé sur le rebord du lavabo en marbre, entre les savons, les crèmes et les huiles essentielles, le N-Tech récitait en boucle les diverses conversations de la nuit.

Des propos effrayants. Inimaginables.

Une histoire d'enlèvement, son propre enlèvement, raconté par un lieutenant de police aux boucles blondes, Lucie Henebelle.

Le regard grave, Manon considéra une nouvelle fois ses poignets, ses chevilles contusionnées, le pansement sur sa main. Le dernier enregistrement, un long monologue qu'elle venait de prononcer dans le salon – elle y avait cité l'heure et le lieu –, précisait qu'une enquête venait d'être déclenchée. Des dizaines de policiers sur le coup, avec un but commun : traquer le Professeur, revenu d'entre les morts. Après quatre ans de silence, il se réveillait enfin. Manon savait qu'elle attendait ce moment depuis longtemps, même si la conscience des jours qui s'égrènent lui échappait et que son « hier » à elle remontait à trois ans. Ce cambriolage dont elle n'avait aucun souvenir...

Lentement, les muscles relâchés, elle promena un gant de crin entre ses seins, puis sur son bassin barré de meurtrissures. Deux phrases qu'elle avait apprises par cœur, écrites en miroir : « Rejoins les fous, proche des Moines » et « Trouver la tombe d »... Pourquoi de telles inscriptions ? De quelle tombe s'agissait-il ? Quel secret cachaient ces cicatrices ?

L'enregistrement audio parla de Raismes. De l'abri de chasseurs. D'une fuite dans l'orage.

Comment avait-elle pu se retrouver en forêt, à cinquante kilomètres de Lille, sans son N-Tech ? Alors qu'elle ne s'en séparait jamais ? Ce malade était-il venu l'enlever chez elle ?

Elle observa autour d'elle, soudain mal à l'aise. Seule dans sa baignoire... Personne pour la défendre. N'importe qui pouvait pénétrer chez elle... lui faire du mal et repartir...

Elle se sentait si vulnérable... Avait-elle déjà croisé son ravisseur ? Rôdait-il tous les jours autour d'elle ? L'avait-il déjà touchée ? Elle donna un coup de poing furieux sur la surface de l'eau. Elle savait qu'elle ne saurait jamais.

Elle se détendit peu à peu. La succession des enregistrements audio, le calme, dans cette pièce où des enceintes intégrées dans les cloisons diffusaient des chants de canaris, lui permirent de se concentrer. Elle procéda à une esquisse mentale de sa nuit. L'aire visuelle de son cerveau se créa ses propres représentations spatiales, un peu à la façon d'un film qu'on imagine juste en l'écoutant, sans le voir. Ou de personnages que l'on bâtit selon ses propres envies, au fil des pages d'un roman.

Son kidnapping. Son errance dans Lille. Lucie Henebelle.

Lucie Henebelle... Un nom aux consonances familières. Éveillant comme un écho dans sa mémoire lointaine. Sa mémoire lointaine ? Non, impossible. Elle ne connaissait pas cette femme. Elle ne l'avait jamais connue.

Elle s'immergea plus profondément dans la baignoire, la bouche au ras de l'eau. Elle savait qu'à force d'écoute et de répétition, le ciment prendrait, cette fresque se fixerait dans sa mémoire épisodique. Elle se souviendrait des éléments essentiels de cette nuit-là. Mais une question la taraudait : ce passé synthétique dont elle se souviendrait était-il fidèle ou éloigné de la réalité ? Sans compter que le temps et les efforts qu'il lui faudrait pour apprendre tout cela la rendraient incapable d'intégrer d'autres événements, comme l'actualité, ses activités du jour, le déroulement « normal » de sa vie, tout simplement. Son existence se dessinait uniquement sur des choix ou des priorités.

Avait-elle vécu des périodes d'allégresse ? De douleur ? Certaines de ses amies « d'avant », Laurence, Corinne, s'étaient-elles mariées ? Était-elle allée leur rendre visite ? Était-elle encore seulement en contact avec elles ? Et les décès, les naissances, les baptêmes ? Tous ces détails traînaient sans doute dans un coin de son N-Tech, de son ordinateur, s'affichaient sur ses murs ou se cachaient dans des tiroirs. Peut-être même disposait-elle de photos, d'enregistrements, qu'elle n'avait pas eu le courage de mémoriser. Il y avait tant à assimiler, chaque jour, et si peu de temps pour le faire. Elle perdait tout. Même les mathématiques, sa chair spirituelle, s'effaçaient en partie de sa tête. Elle qui avait toujours aimé apprendre, rester cloisonnée à étudier... Transformée de Fourier, équation de Schrödinger, théorie des grands nombres... Aujourd'hui elle n'était même pas fichue de connaître le jour de l'année. La cause ? Quelques neurones défaillants, dans un cerveau composé de milliards de connexions...

« Si tu aimes l'air, tu redouteras ma rage », récita le N-Tech. L'énigme abandonnée dans la maison hantée de Hem. Manon lâcha son gant. Comme toujours avec le Professeur, il devait y avoir une indication dans la phrase elle-même. Un indice, une piste à suivre. Un truc balèze, genre anagramme ou rébus. « Si tu m l'r »... Remplacer un « r » par un « m » ? Elle se promit d'en venir à bout. « Grâce » à son amnésie, elle pouvait s'acharner à la besogne, réaliser une infinité de fois la même action sans jamais se lasser.

Traquer. Toujours traquer. Ne jamais s'arrêter. Sa raison de vivre.

L'eau était devenue froide. 10 h 50. Combien de temps était-elle restée dans la baignoire ? Elle secoua la tête. Rien à enregistrer dans son N-Tech, pas de trouvaille extraordinaire durant ce moment de tranquillité. Bientôt, elle aurait oublié ce bain, et tout ce qu'elle venait de se dire. Un nouveau pan de son existence qui se volatiliserait.

Elle se rinça sous le jet, sortit, et cocha dans son organiseur qu'elle venait de faire sa toilette.

En face d'elle, des piles de vêtements. Manon préparait toujours ses habits le dimanche soir, et les glissait dans de petits casiers sur lesquels étaient indiqués les jours de la semaine. Un système de rotation, basé sur des étiquettes portant un descriptif des tenues qu'elle adaptait ensuite en fonction de la météo, lui permettait de varier son aspect vestimentaire. Ne pas enfiler, tous les mardis, la même robe bleue avec le même chemisier blanc. Et ainsi éviter de ressembler à un automate.

Des papiers, des notes, des Post-it, des photos et des éphémérides, on en trouvait partout. Sur la machine à laver, les miroirs, dans ses poches, sur les murs, tables de chevet, armoires. Des horaires, des tâches à effectuer.

Quel jour était-on, déjà ? Elle regarda encore l'horloge. Mercredi... Le 25 avril. Quelle météo ? Un œil sur le baromètre. Orage. Humidité affolante. Dans le compartiment approprié, elle découvrit son tailleur beige, son chemisier blanc et ses escarpins Jimmy Choo. Une tenue sophistiquée... À quand remontait l'achat de ces habits ? Deux mois, six mois, un an ? Étaient-ils démodés ? Non, sûrement pas. Manon avait toujours aimé la coquetterie, même sur les bancs de Math sup, dans ces lieux sans âme où les filles ressemblent à des mecs à cheveux longs. Différente avant. Et différente aujourd'hui. Si différente...

Elle ajusta correctement son tailleur, admira sa taille fine dans la glace, de face, puis de profil. Elle se trouvait jolie. Faisait-elle des régimes ? Courait-elle encore aussi souvent et aussi rapidement qu'avant ? Se voyait-elle vieillir ? Impossible de le savoir, sauf à fouiller dans son N-Tech... Là où se déroulait le ruban de sa vie, heure par heure. Mais la question perdait alors toute sa spontanéité. Et elle en avait marre de fouiller. Toujours fouiller.

Elle se parfuma délicatement. Le flacon au verre

sculpté se trouvait toujours à gauche, en troisième position après la brosse à cheveux et la crème antirides. Se brosser les cheveux, se passer la crème antirides, se parfumer.

Vu sa tenue, elle devait avoir un rendez-vous, MemoryNode probablement. Elle avait sûrement déjà consulté son agenda pour vérifier son programme de la journée, mais si elle traînait encore ici, c'est qu'il ne devait pas y avoir d'urgence ce matin... De toute façon, le N-Tech biperait quand il faudrait. Il saurait lui « dire » ce qu'il fallait faire. Manger, nourrir le chien, sortir les poubelles ou aller chercher le courrier.

Scotchée sur la porte de la salle de bains, une liste plastifiée de vérifications à accomplir :

« 1. TOUTE cette liste a-t-elle bien été dressée avec TON écriture ?

2. As-tu vidé l'eau, rincé la baignoire ?

3. As-tu débranché tous les appareils électriques ?

4. Es-tu correctement habillée, coiffée, parfumée ? Regarde-toi une dernière fois dans le miroir.

5. Ton N-Tech, à ta ceinture...

6. Tu peux sortir. Et bonne journée ! »

« Merci », se répondit-elle après un contrôle scrupuleux de chaque point.

Elle sursauta en entrant dans le salon. Frédéric apparut derrière elle, la chemise froissée, les yeux rouges et les veines saillantes. Myrthe, le labrador de Manon à l'épais pelage sable, vint se frotter contre lui.

— Frédéric ? Bon sang, que fais-tu là ? J'ai horreur quand tu rentres sans prévenir !

— Tu me l'as déjà dit avant d'aller prendre ton bain... Mais je te signale que c'est toi qui m'as laissé entrer...

Il bâilla, avant de continuer :

— Je n'ai pas fermé l'œil de la nuit, avec ce qu'il t'est arrivé...

— Qu'est-ce que tu veux dire ?

Il soupira et caressa le labrador. Se taire ou parler ? Après tout, cela revenait au même.

— L'enlèvement, le Professeur, la police...

Ces mots-clés – des amorces – activèrent chez Manon l'ensemble de ses souvenirs, encore fragiles. Elle perçut une ébauche très floue, en pointillé, de sa nuit. Comme un panneau routier que l'on distinguerait au loin, dans la brume, sans jamais pouvoir le lire.

Frédéric releva la tête et se plaqua les cheveux vers l'arrière.

— Les flics m'ont interrogé. Sur toi, ton emploi du temps, tes connaissances. Ils... m'ont demandé de te convaincre de... me prêter ton N-Tech. Nous pensons que tu as été enlevée ici, chez nous. Ils sont convaincus que ton organiseur pourrait renfermer des informations intéressantes, sur les personnes que tu connais ou tes rencontres de ces derniers jours.

Manon se recula instinctivement. Derrière elle, un téléphone avec un calepin et un stylo à proximité, une vieille télévision sans lecteur de DVD, une pile de modes d'emploi – chaîne hi-fi, logiciels d'entraînement cérébral, jeu d'échecs électronique –, une bibliothèque où les livres laissaient place à des CD de musique. Schubert, Vivaldi, Fauré, des sonates, des symphonies, des requiem dont les sons la pénétraient bien au-delà de la chair.

— Hors de question ! Ils n'en ont pas le droit ! Personne ne touche à mon N-Tech ! Ce serait comme... un viol !

— Tu as raison, ils n'en ont pas le droit… Mais…

— N'insiste pas !

Frédéric changea de sujet.

— Tu devrais aller te coucher, tu n'as pas dormi de la nuit. Pas de MemoryNode ni de sortie aujourd'hui, d'accord ?

Manon se dirigea vers la cuisine sans répondre. Frédéric la suivit. Elle ouvrit le réfrigérateur. Fruits à gauche, légumes à droite, yaourts classés par date de péremption. Là aussi, des messages, des étiquettes, des compartiments, des horaires de repas. Hors de question de manger en permanence la même nourriture. Elle se servit un grand verre de jus d'orange, auquel elle rajouta du sucre, par réflexe. Le glucose, carburant de la mémoire… Puis elle avala un comprimé de vitamine C.

— Non, je n'irai pas me coucher maintenant, et arrête de me dicter ma vie, d'accord ?

Elle regarda son emploi du temps de la journée dans son organiseur.

— Rendez-vous avec un journaliste de *La Voix du Nord* à 15 heures pour MemoryNode, puis ma sieste à Swynghedauw à 16 heures, ensuite on a le groupe de travail à 17 heures, avec le docteur Vandenbusche. Tu vois ? Comment veux-tu que je dorme ? Il faut que je progresse ! Nous avançons bien tu sais… Dis, tu sais ?

Frédéric écarta discrètement les rideaux et constata que la 306 blanche des deux plantons au bout de l'impasse n'avait pas bougé.

— Tu te mets en danger en t'exposant comme ça ! Il t'a kidnappée, et il recommencera ! J'ai entendu ces conversations enregistrées ! Ces énigmes, ces décimales de π, peintes… dans la maison hantée de Hem.

Il réfléchit quelques secondes.

— Tu... Tu ne dois pas essayer de les apprendre, efface-les, tu te fais du mal pour rien ! On va soigner ta main. Laisse ces traces sur tes poignets disparaître, et... oublie ces horreurs... Je t'en prie !

Manon consulta de nouveau son N-Tech, les mots-clés, le résumé de sa nuit. Puis elle le posa devant elle, sur la table, après avoir verrouillé l'accès aux informations par un mot de passe.

— Pourquoi tu le verrouilles toujours ? s'énerva Frédéric. Tu as confiance en moi, alors pourquoi tu le verrouilles ? Ces simagrées ne riment à rien !

Elle éluda en partie la question.

— Ce N-Tech, c'est ma vie. Tu comprends ? Si je perds son contenu, je perds tout. J'ai déjà réussi à retenir quelques éléments de ce qui s'est passé cette nuit, Frédéric. Pourquoi tu tiens tant à ce que je les oublie ?

Il leva les bras au ciel.

— Mais pour te protéger, bon sang ! Comme je le fais depuis le début ! Pourquoi penses-tu que nous soyons venus ici, à Lille ? Pourquoi je t'aurais éloignée de maman, si ce n'est pour te mettre en sécurité et m'occuper de toi ? Tu crois traquer le Professeur, mais tu tournes en rond ! Comment veux-tu avancer avec ton amnésie ?

— Arrête !

— C'est cette campagne qui a ramené ce malade et provoqué ton rapt, j'en suis certain ! Ta photo, placardée dans toute la France ! Nous étions bien, ici, tous les deux... Comment veux-tu que je te protège à présent, avec toute cette publicité ?

— Me protéger ? Tu ne comprends donc pas le but

de tout ceci ? Ce qui m'a poussée à… m'investir autant pour MemoryNode ?

— Non. Qu'y a-t-il à comprendre ?

Le N-Tech sonna trois fois d'affilée, deux longues et une brève. Un dispositif simple, identique au morse, qu'elle avait mis en place : une action associée à chaque combinaison de sons. Et celle-ci signifiait : « Donner à manger à Myrthe. » Manon alla chercher des croquettes et les versa dans une gamelle, à l'intérieur de laquelle était indiqué, au marqueur : « 11 h 30 et 19 h 00 ». Le sac était presque vide. Dans sa liste de courses électronique, elle cocha la case « croquettes pour Myrthe ».

Puis elle se retourna, les poings serrés le long de son corps.

— Ce qu'il y a à comprendre ? Tu veux que je te le dise ? Ce programme, cette exposition médiatique, je les ai souhaités plus que tout au monde. Et j'ai enfin obtenu ce que je désirais !

Frédéric bondit comme un chat.

— C'est pas vrai ! Ne me dis pas que toute cette volonté que tu déploies pour progresser, c'est pour…

Manon se mit à crier :

— Oui, je me suis exposée ! Parce que je veux le forcer à s'exposer lui aussi. Son retour ! Je veux son retour !

Frédéric la dévisageait, complètement ahuri. Il avait peine à réaliser à quel point Vandenbusche et lui-même s'étaient fait bluffer, comment Manon avait poursuivi pendant tout ce temps, malgré son handicap, un but complètement fou et suicidaire.

Il reprit enfin, criant plus fort encore que sa sœur :

— Et tu crois que tu arriveras à l'affronter seule ? Mais c'est stupide ! Il t'a enlevée, il aurait pu te tuer !

D'un pas décidé, Manon sortit de la cuisine, traversa le salon, un long couloir, et se dirigea vers une lourde porte de métal, une porte blindée. Elle consulta son N-Tech, puis, la main sur un pavé numérique, elle tapa un code à quatre chiffres. Un bip, et la porte s'ouvrit.

Un bureau, une chaise, un ordinateur, quatre murs...

Quatre murs de béton, sans fenêtre, tapissés de feuilles blanches, vertes, orange, rouges, du sol au plafond. Une couleur suivant l'importance du fait. Un réseau complexe d'indications, l'étalement de toute une vie sur feuillets avec, en permanence, ce même souci : le temps. Une horloge au-dessus de la porte battait les secondes dans un tic-tac entêtant.

Sur le mur de gauche où l'on ne distinguait plus un centimètre carré de libre : le passé. Des espaces réservés aux faits de société, politiques, familiaux, professionnels. Le tsunami du 26 décembre 2004, les attentats du 7 juillet 2005 à Londres, George W. Bush président des États-Unis. On y lisait aussi la création, puis l'évolution du programme MemoryNode depuis 2005. Des noms, des adresses, des clichés enchevêtrés, des dates, des événements personnels. L'écriture de Manon, toujours. Parfois des mots en latin, émaillés de chiffres. Un moyen sommaire de crypter son texte, de le rendre incompréhensible pour les autres. Car, un an avant l'utilisation systématique du N-Tech, son amnésie la forçait à exposer par écrit certains éléments de son intimité. Problèmes médicaux, bilans neurologiques...

Sur la paroi opposée : le futur. Un axe horizontal, l'axe chronologique, la divisait en deux. Aujourd'hui, demain, cette semaine, la semaine prochaine, ce mois-ci, cette année. Des feuilles, qu'elle pouvait ôter et remplacer par d'autres comme les pièces d'un puzzle. Le seul moyen pour elle d'appréhender l'avenir. Par papiers interposés.

Le troisième mur concernait les mathématiques. Des formules, des équations, des chiffres, partout. Ne pas perdre les acquis, entraîner la mémoire procédurale, celle qui sait compter, calculer, jouer aux échecs ou nager. Également, dans l'angle, un coffre-fort à combinaison.

Quant au dernier pan, il était réservé au Professeur, avec des notes entièrement codées, des schémas, une carte de France percée de punaises, des photos des victimes. Parmi celles-ci, le cadavre de sa sœur.

Une méthode d'avant le N-Tech, fastidieuse, gourmande en espace, qu'elle continuait néanmoins à mettre à jour, sans réelle nécessité. Mais elle aimait cet endroit. L'occasion pour elle de se retrouver.

Sous le bureau, des cahiers entassés renfermaient des tranches de sa vie, à présent classées comme des dossiers administratifs. Son passé se résumait à des mots sur des pages blanches.

Manon alluma son PC. Elle synchronisa son N-Tech avec l'unité centrale de son ordinateur et recopia sur une feuille rouge la dernière énigme du Professeur : « Si tu aimes l'air, tu redouteras ma rage ». Puis elle la punaisa à un endroit très précis, à l'extrémité droite de sa mémoire murale.

La jeune femme se retourna vers la porte restée ouverte. Frédéric.

— Non ! N'entre pas ici ! lui dit-elle. C'est chez moi ! Dans ma tête ! J'ai besoin de réfléchir à ce qu'il m'est arrivé !

Frédéric pénétra quand même dans la pièce, l'air dépité.

— Tu tiens vraiment à ce que je te mette dehors et que je m'enferme ! continua-t-elle.

— Tu me dis cela chaque fois... Ton univers, ce qu'il y a à l'intérieur de toi, et patati, et patata... Tu crois que je ne connais pas chacune de tes notes ? Chacun de ces bouts de papier ? Bon sang, Manon, je viens ici presque tous les jours ! Et je t'aide à tout organiser ! À préparer chacun de tes lendemains !

Manon se rongeait les ongles, sans l'écouter.

— Le Professeur s'est enfin réveillé. Je sais que je peux trouver la faille. La raison des spirales.

— Les spirales, ça recommence ! Mais elles ne t'ont jamais menée nulle part, tes spirales ! Pas plus que tes cicatrices ! Tu ne comprends pas que cette nuit, tu aurais pu y rester ! Qu'il rôde dans notre ville ! Que si tu ne te protèges pas, il peut te tuer quand il veut !

Elle se crispa.

— Mais il ne l'a pas fait. Il ne m'a pas tuée. Pourquoi, je n'en sais rien. Mais ce qui est sûr, c'est qu'il reviendra vers moi, et je l'attendrai ! Oui, je l'attendrai !

Frédéric s'avança vers elle, furieux.

— Tu l'attendras ? Mais sans ton N-Tech, tu n'es même pas capable de te rappeler ce que je viens de manger ! N'importe qui peut te rouler dans la farine, et toi, tu prétends lutter contre un boucher qui a massacré sept personnes, et qui joue avec la police depuis quatre ans ?

Manon se prit la tête dans les mains. Plus rien n'existait autour d'elle.

— Je détenais la solution, j'en suis persuadée...

Elle fit glisser son chemisier sur son épaule et effleura le tatouage du coquillage.

— La spirale du nautile, la tombe, les Moines... Tout est là, sur mon corps... Comme une carte au trésor...

— Sauf qu'il ne s'agit pas d'un jeu, bordel !

Manon pianota sur le clavier de son ordinateur, puis ajouta :

— Les policiers sont enfin revenus sur le coup. Des policiers intègres. Des dizaines et des dizaines de policiers. Ils vont m'aider, je vais les aider. Cette...

Une photo s'afficha à l'écran.

— ... Lucie Henebelle... C'est elle qu'il me fallait. Elle m'a promis. Oui, elle m'a promis. Crois-moi, cette fois, le Professeur ne nous échappera pas. Je vais le tuer pour ce qu'il a fait à Karine. De mes propres mains.

Frédéric arracha le N-Tech de son support. Il le leva au-dessus de lui, prêt à le fracasser.

— Vas-y, essaie, ricana Manon. Je sauvegarde régulièrement son contenu sur un serveur, protégé par mot de passe. On ne pourra pas m'effacer ni me trafiquer la mémoire ! Jamais !

Il reposa l'engin et sortit en arrachant violemment l'énigme du Professeur qu'elle venait de punaiser.

— Tout cela te tuera ! lui dit-il en se retournant. Je ne pourrai pas veiller sur toi indéfiniment !

Il rabattit la lourde porte de métal, qui se verrouilla automatiquement.

Une fois seule, Manon recopia de nouveau patiemment le message et retourna l'accrocher au même endroit sur le mur avec une punaise rouge. Elle s'assit ensuite par terre, au centre de la pièce, l'œil rivé sur les clichés des six précédentes victimes. François Duval… Julie Fernando… Caroline Turdent… Jean-Paul Grunfeld… Jacques Taillerand… Et sa sœur… Karine… Redécouvrir, perpétuellement, la violence des crimes. Tant de ténèbres nécessaires à entretenir le feu de sa rage.

Elle resta là, sans bouger, à écouter les enregistrements, à apprendre, face au visage de Lucie, sur l'ordinateur.

À midi, son N-Tech sonna. Elle s'en empara et consulta l'écran. Elle fronça les sourcils. Il ne s'agissait pas d'une tâche quotidienne à accomplir, mais d'une alarme programmée, dissimulée dans le système, et qui s'activait brusquement. Une information datant du 1er mars 2007. Saisie voilà presque deux mois. Deux mois ?

Manon entra son code. Un message apparut : « Va voir au-dessus de l'armoire de la chambre. Prends l'arme, et arrange-toi pour ne jamais t'en séparer. Jamais. »

Elle se leva, intriguée. Elle seule avait pu programmer ce message. Mais pourquoi le faire apparaître seulement maintenant ? Et pourquoi l'avoir dissimulé ?

Elle sortit de la pièce, se rendit dans sa chambre, grimpa sur une chaise et chercha à l'aveugle au-dessus de l'armoire.

Le contact du cuir, dans sa main. Une ceinture. Puis quelque chose de froid.

Elle le tenait. Son cœur battait jusque dans sa gorge.

Un Beretta 92S, calibre 9 mm Parabellum.

Manon descendit de sa chaise, toute tremblante.

Comment connaissait-elle tous ces détails sur l'arme ? Où avait-elle bien pu se la procurer ?

Elle sortit le pistolet de son holster et l'empoigna plus fermement. Numéro de série limé. Le contact de la crosse lui parut familier. Elle ferma l'œil, tendit le bras, arma puis désarma le chien d'un geste assuré. Il était chargé, quinze balles. Elle pouvait tirer, là, maintenant. Elle savait comment s'en servir. Elle qui n'avait jamais tenu d'arme de sa vie !

« Prends l'arme, et arrange-toi pour ne jamais t'en séparer. Jamais. »

Manon ôta la veste de son tailleur, son chemisier, et enfila le holster. Le Beretta vint se caler contre son flanc gauche.

Mon Dieu, pensa-t-elle en rajustant ses vêtements. *Qui es-tu, Manon Moinet ?*

Chapitre dix-huit

Lucie peinait à émerger. Douche, café, rien n'y fit. Seul le mot « autopsie », abandonné sur son répondeur, la secoua définitivement. 11 h 42, elle n'avait pas entendu la sonnerie du téléphone, catastrophe !

Elle plongea dans des vêtements propres – jean, tee-shirt, pull à col roulé –, attrapa son Sig Sauer et rejoignit sa Ford d'un pas rapide. L'heure était à l'accalmie, mais l'orage avait fait de nombreux dégâts. Vitres éclatées, arbres déracinés, toitures arrachées. Quant au ciel, il gardait la couleur lugubre d'une aile de grive.

Elle passa un coup de fil à Maud, la nourrice, pour échanger quelques mots tendres avec ses petites. Leur dire que ce soir, elles joueraient ensemble après le travail. En raccrochant, elle ressentit un pincement au cœur.

Quatre heures à peine après s'être couchée, Lucie débarqua de nouveau dans les sous-sols de l'hôpital Roger Salengro. À l'institut médico-légal, cette fois. Un antre de catelles blanches, de bacs à déchets et d'acier inoxydable. Elle détestait venir ici. Même si quelque part au fond d'elle-même, très loin dans les replis de son cerveau, s'ouvrait chaque fois une petite lucarne dans laquelle elle ne pouvait s'empêcher de s'engouffrer.

L'exploration des chairs avait largement commencé. Corps ouvert en Y, des épaules au pubis, crâne scié, organes exposés sur des balances ou sur des plateaux. La vieille Renée Dubreuil était devenue un coffre ouvert, qu'un cambrioleur au masque vert et aux gants de latex poudrés avait brusquement forcé. Et dévalisé.

Lucie fit un signe à Kashmareck et à Salvini, officier de police technique et scientifique. Elle reconnut sur-le-champ le jeune légiste, Luc Villard, qui lui tournait pourtant le dos. En revanche, le quatrième homme, habillé d'un pull camionneur remonté jusqu'au cou, au visage aussi sec et tendu qu'une toile de jute, ne lui disait absolument rien.

— On dirait que j'arrive un peu tard, dit Lucie en étalant une crème mentholée sous ses narines, à disposition près de l'entrée.

— Ce n'est pas trop votre style de manquer une autopsie, rétorqua Villard en se retournant. Je crois que si vous deviez payer pour entrer ici, vous viendriez tout de même. Je me trompe ?

Lucie se mit à rougir.

— Faut pas exagérer. Je fais mon job, c'est tout.

Villard sortait tout juste de la faculté de médecine Henri-Warembourg, à trois cents mètres de Salengro, après ses cinq ans d'études plus cinq autres de spécialisation en médecine légale. Arrogant, un brin dragueur, mais compétent. C'était le seul en tenue réglementaire : casaque chirurgicale, surbottes, pyjama de bloc, deux paires de gants, dont l'une anticoupures.

— Dommage, vous avez manqué le plus intéressant, ajouta-t-il, moqueur.

Kashmareck fit rapidement les présentations entre Lucie et l'inconnu au menton anguleux.

— Le lieutenant Turin nous arrive de Paris. Il bossait sur le dossier Professeur au moment des faits. Et il connaît bien Manon Moinet. Elle s'était rapprochée de lui et de l'enquête après le meurtre de sa sœur. Elle l'a aidé à comprendre les délires mathématiques du Professeur.

— Parce que les Parisiens reprennent l'enquête ? répliqua Lucie en saluant son collègue.

— S'il est vraiment question du Professeur, ce qui ne paraît plus réellement laisser de doute, alors ouais, en partie, répondit Turin.

Sa voix aussi était sèche, et plutôt celle d'un contre-ténor que d'un baryton. Il poursuivit :

— C'est l'antenne lilloise qui enquête, mais on centralise chez nous. J'interviens en soutien et comme coordinateur, puisque le dossier Professeur, c'est moi…

Lucie ne se sentait pas à l'aise face à ce gars de terrain, mal rasé, tranchant dans ses gestes. Elle se plaça néanmoins à ses côtés pour observer le cadavre. Immédiatement, elle sentit une fascination malsaine la gagner. Attirance morbide, aurait dit un psy. Elle détestait les psys. Et le morbide. Et pourtant… Impossible de s'en défaire, pire qu'une malédiction.

Inconsciemment, elle toucha l'arrière de son crâne. Sa longue cicatrice semi-circulaire. Alors, elle se rappela les fermes en nid-d'abeilles, les odeurs, le plafond écrasant, les membres déformés sous le verre des bocaux… Figés à jamais dans son esprit.

— Qu'est-ce que ça donne ? demanda-t-elle soudain sans quitter des yeux le corps ouvert sur la table.

Le légiste aux lunettes design, sans monture, se tourna vers le commandant.

— Je réexplique vite fait ? demanda-t-il.

— Allez-y, je vous en prie.

— Très bien. J'estime l'heure du décès entre 10 heures et 13 heures, hier, le 24 avril. La rigidité cadavérique était encore bien en place, avec néanmoins un léger début de putréfaction. Estimation renforcée par la température corporelle et la concentration en potassium dans l'humeur vitrée.

— Au moins une quinzaine d'heures avant l'ultimatum de 4 heures laissé dans la cabane de chasseurs… releva Lucie. Il l'avait donc déjà tuée depuis longtemps au moment où nous avons retrouvé Manon Moinet.

— Soit, riposta Turin. On en causera plus tard. Poursuivez, docteur.

— Partons du haut, si vous le voulez bien. Concernant le scalp, je n'aurais pas fait mieux. Incision précise au niveau de la zone occipitale, l'ensemble du cuir chevelu est alors venu d'une simple traction de l'arrière vers l'avant, comme une chaussette qu'on enlève. La technique n'a pas changé. On pratiquait déjà de cette façon au temps des Scythes, six ou sept siècles avant Jésus-Christ.

Il désigna le visage tuméfié.

— Suivons le circuit des éléments que son tortionnaire l'a forcée à ingérer. La muqueuse oculaire est légèrement cyanosée, ainsi que la langue qui, elle, est en plus lacérée de centaines de microcoupures. Ces coupures ont également endommagé le palais, le larynx, et on les retrouve aussi dans une partie du système digestif, de l'œsophage à l'estomac. Elles ont provoqué des hémorragies internes qui, à elles seules, suffisaient à la tuer.

Face à Salvini, Lucie se pencha au-dessus de la table aspirante, où s'écoulaient encore des fluides aussi noirs que la mûre. Elle fouilla des yeux l'intérieur de la carcasse. Le poitrail de la victime ressemblait à deux grandes lèvres figées, les côtes avaient été sciées de façon brutale. Un être humain, réduit à l'état de vallée organique.

Villard se décala, une tige télescopique à la main, et désigna les bassines derrière Lucie.

— Visez-moi cette rate. Totalement hypertrophiée, huit fois son volume normal. Le foie est congestif, rouge violacé, et le pancréas hémorragique, d'un autre rouge, plus foncé.

Autres bassines, autres organes. Le puzzle Dubreuil.

— Les reins aussi ont souffert. Congestion rénale bilatérale.

Le commandant Kashmareck ne cessait de promener ses doigts sous son menton, l'air à la fois grave et lointain, Salvini restait impassible, tandis que Turin s'était éloigné vers le fond de la pièce, pour s'adosser contre le mur carrelé, façon Dick Rivers en pose pour une photo rock. Il soupirait régulièrement, ses pupilles de fouine écrasées sur Lucie. Elle se sentait observée, jugée par cet inconnu monté de la capitale.

— Empoisonnement ? se hasarda-t-elle.

— Empoisonnement, ouais, embraya Turin en anticipant la réponse du légiste. J'ai déjà vu le même tableau, il y a quatre ans…

Il baissa les paupières, puis ajouta :

— Votre poison, c'est de la strychnine.

Villard n'appréciait pas qu'on lui vole la vedette. Il objecta, d'un ton sec :

— Cela reste à confirmer ! J'ai envoyé des prélèvements du contenu stomacal liquidien à la toxico. Le spectre de masse et la chromato devront valider votre hypothèse.

Il s'adressa à Lucie, en ôtant ses lunettes pour en nettoyer les verres.

— Je leur ai fait aussi parvenir des échantillons de sang, d'urine et de poils, à défaut de cheveux, pour la recherche de drogues ou de composés médicamenteux…

— À l'époque, on avait parlé d'empoisonnement à la mort-aux-rats, se rappela Lucie en considérant son collègue parisien.

— Déformation des médias… Il s'agissait bien de strychnine.

— Et cette strychnine, de quoi s'agit-il exactement ? C'est Villard qui dégaina le plus rapidement.

— Vous n'avez jamais lu Agatha Christie ?

— Pas trop mon style.

— Vous devriez. Un poison très à la mode dans les années cinquante, car très facile à obtenir. La strychnine appartient au groupe des rodenticides, on l'utilise pour l'élimination des petits animaux sauvages dits nuisibles. Pour info, elle est transportée par les globules rouges et, après avoir quitté la circulation sanguine, se fixe au niveau rénal et hépatique. C'est là qu'elle se transforme et attaque le système nerveux. À forte dose, elle est mortelle. Vomissements, défécation, spasmes musculaires au bout de dix à vingt minutes, puis convulsions, avant l'asphyxie. Bien évidemment, on reste conscient jusqu'au bout, sinon ce ne serait pas drôle.

Il ôta sa double paire de gants.

— Et, je précède votre question, oui, on peut s'en procurer. Elle est interdite à la vente depuis peu et tous les mouvements de strychnine sont aujourd'hui contrôlés par les autorités phytosanitaires, mais les circuits détournés pour en obtenir sont nombreux. Officines, laboratoires, Internet, pays étrangers, ou, plus simplement, dans nos bonnes vieilles fermes, qui en ont encore des stocks inimaginables dans leurs granges.

— Et la strychnine aurait provoqué de telles lésions ? demanda Lucie. La langue, les lèvres sont quand même salement amochées…

Villard secoua négativement la tête et pointa du doigt une coupelle.

— Voici la bizarrerie qui fait la réelle originalité du crime, et qui laisse penser que nous avons affaire à un beau détraqué. J'ai retrouvé ce composé gris-noir en grosse quantité dans le système digestif, l'estomac notamment. Au départ, j'ai cru à du silex, qui aurait été cassé en éclats tranchants, de taille plus ou moins importante.

Le médecin en saisit un échantillon avec une pince.

Lucie s'approcha. Kashmareck et Salvini la suivirent, le visage irrévocablement fermé. Le commandant songeait aux conséquences de cette première nuit d'épouvante. Un tueur en série de retour. Ce qui portait leur nombre à deux, avec le « Chasseur de rousses ». Cela risquait de faire du bruit au ministère de l'Intérieur. Et de transformer leurs journées en un véritable enfer.

— Mais dans l'estomac, j'ai prélevé ce morceau plus gros que les autres, poursuivit le légiste.

Lucie fronça les sourcils.

— On dirait une...

— Spirale. Celle d'un fossile, apparemment. Je vais transmettre des scellés à un ami, au laboratoire de paléontologie et stratigraphie, à l'université Lille I. Pierre Bolowski. Il possède les accréditations pour travailler avec la scientifique. En tout cas, ces éclats ont ravagé tout l'intérieur du corps, un peu comme si elle avait ingurgité des lames de bistouri. J'ose à peine imaginer sa souffrance. En plus, avec les vomissements, l'effet dévastateur des éclats tranchants a été renforcé... Mélangez des vêtements et des couteaux dans une machine à laver, mettez-la en marche, vous obtiendrez le même résultat.

— J'ai remarqué un tatouage sur l'épaule de Manon Moinet. Un coquillage en forme de spirale... La même spirale que celle-ci.

Elle se tourna vers Turin. Toujours plaqué sur son mur, il jouait avec une cigarette éteinte, qu'il lançait puis rattrapait.

— Y a-t-il un rapport ? lui demanda-t-elle.

— Probable... J'allais justement en venir à ces coquillages au moment de votre arrivée. C'était un élément sensible du dossier. On pense que le Professeur posait... Parlons plutôt au présent... pose son problème sur une ardoise, et force ses victimes à ingurgiter régulièrement des coquilles de nautiles broyées, alors que les malheureuses se tuent, c'est le mot, à résoudre ses saloperies d'énigmes. Je vous laisse imaginer comme il doit être facile de réfléchir alors qu'on vous laboure la langue et le larynx, et qu'on menace de vous buter à chaque seconde. Puis, quand son « jeu » est terminé, quand cet enfoiré estime avoir suffisamment pris son pied, il les finit à la strychnine avant d'embarquer un souvenir, pour satisfaire ses petits fantasmes de pervers : le scalp.

D'un mouvement rapide de la main vers l'arrière de son crâne, Kashmareck donna du tonus à sa brosse.

— Vous avez parlé de coquilles de… nautiles ?

— Exact. Un mollusque céphalopode assez rare, qui vit dans les profondeurs du Pacifique depuis plus de cinq cents millions d'années.

Il daigna enfin s'approcher, enfila un gant et s'empara du fragment entre son pouce et son index.

— Mais on dirait que pour son come-back, il manquait de nautiles… et qu'il s'est contenté de choisir un fossile du même genre…

Il s'adressa à Lucie, d'un air provocateur :

— J'ai entendu parler de vos exploits, quand vous n'étiez que simple brigadier. De cette « chambre des morts ». De votre… capacité d'analyse. Nous, on disposait pas vraiment de *profilers*, à l'époque… Mais balancez-moi donc ce que vous en pensez, ça m'intéresse.

— Chef… J'étais brigadier-chef, répliqua-t-elle sèchement. Et pour le moment, vu ma connaissance du dossier, je n'en pense pas grand-chose. Du moins, rien qui puisse vous intéresser.

— Peut-être qu'il faudra vous y mettre, alors, et vite fait. Parce que vous allez bientôt vous rendre compte que le Professeur n'est pas un tueur comme les autres. Il est… à part.

— Dans ce cas, il est pour moi.

L'orage n'était plus dehors, mais dans la pièce.

Kashmareck tempéra tout son petit monde en ramenant l'attention sur le jeune légiste, un peu esseulé au milieu de ses viscères.

— Autre chose, docteur ?

— Pas pour le moment. Je vais remettre les organes en place avant d'établir le certificat de décès. Je faxe mon rapport au procureur en fin d'après-midi. Et je vous préviens dès que j'ai du neuf de la toxico et du paléontologue.

En sortant, Lucie ne put s'empêcher de jeter un dernier coup d'œil au cadavre. Là, au niveau de la boîte crânienne, le cerveau. Cette même matière blanchâtre qui avait ordonné la torture d'enfants. Pourquoi ?

Une fois à l'extérieur, sous les rouleaux gris du ciel, Turin offrit une cigarette au commandant et à Salvini. Lucie, elle, refusa.

— Sportive ? fit le Parisien en rangeant son paquet dans la poche intérieure de son perfecto.

— On devrait tous l'être dans la police, non ?

La main de Turin trembla légèrement lorsqu'il alluma son brûle-poumons. Ses doigts jaunes de nicotine auraient pu éclairer une route en pleine nuit.

— Quand je bossais aux Mœurs, je courais comme un dératé. Mais depuis que j'ai intégré la Crim... Ça fait plus de huit ans que j'ai pas enfilé une paire de baskets. La rue, ça c'est le vrai sport !

Lucie s'avança sous le porche. Ce type sortait d'un placard, pas possible autrement. Et le retour du Professeur venait de le dépoussiérer. En se retournant vers lui, elle le surprit à mater ses fesses. Il ne chercha même pas à regarder ailleurs.

Kashmareck tira longuement sur sa cigarette, avant de proposer :

— Bientôt 13 heures. On file à la boutique pour une messe générale avec toutes les équipes. Vous allez nous raconter à qui nous avons réellement affaire.

— Comme vous voudrez.

— D'après ce que m'a dit le proc, la presse est déjà sur le coup, et on va avoir droit à la télé. Les journaleux disposeraient de clichés de l'intérieur de la maison de Hem, avec tous ces numéros... Ces décimales de π.

— Comment ont-ils pu se les procurer ? demanda Lucie, stupéfaite.

— Sur Internet, répondit Salvini. Ça fait plusieurs semaines que des jeunes se rendent dans la maison, pour prendre ces chiffres en photo. Et après, ils postent les images sur leurs blogs. Ça fourmille sur pas mal de sites. Bonjour la confidentialité.

— Ça risque de foutre un sacré boxon, intervint Turin.

Kashmareck pulvérisa sa cigarette du talon et lui demanda :

— Vous nous accompagnez ?

Turin secoua la tête.

— *Sorry*, chef, mais je préfère largement la présence d'une jolie femme... Je monte avec mademoiselle Henebelle.

Il s'adressa à Lucie.

— Vous me raconterez où en est Manon aujourd'hui... Et puis, on discutera un peu plus de ce programme, MemoryNode...

— Je n'en connais pas beaucoup plus que vous. Et ne m'appelez pas mademoiselle, j'ai horreur de ça.

Avant de s'éloigner vers sa voiture, le commandant demanda une dernière chose :

— Au fait, pourquoi un nautile ?

Turin se retourna.

— Quoi ?

— Ces coquilles de nautiles, que le Professeur broyait... Pourquoi un mollusque rarissime, qu'on trouve uniquement dans le Pacifique ? Pourquoi pas des huîtres, des coquilles de moules, ou des cailloux tranchants, tout simplement ?

Turin écrasa à son tour son mégot avec le talon de sa botte.

— C'est Manon Moinet qui nous a mis sur la voie. On pensait que les victimes – hommes, femmes, brunes, blondes, petites, grandes – n'avaient absolument aucun rapport entre elles puisqu'elles étaient géographiquement très éloignées et ne se connaissaient pas. Métiers fondamentalement différents aussi. Chef de projet, professeur de physique, vendeuse, etc.

— Et donc, le lien entre les victimes ?

— Nous savons maintenant qu'il y en a un, mais nous ignorons lequel, malheureusement !

— Voilà qui est original, ironisa Salvini. Savoir qu'il existe une relation entre des victimes vraisemblablement choisies au hasard, et être incapable de dire lequel ! Ça va au-delà de l'entendement.

— Rien n'est conventionnel dans cette affaire, vous allez vite vous en rendre compte. Ce chaînon manquant est la clé, aucun doute là-dessus. Ne reste plus qu'à le découvrir.

Lucie était tout ouïe. Kashmareck se tapota le front.

— Mais bon sang, quel rapport avec un mollusque vieux de plusieurs millions d'années ?

— Vous aimez les maths ? demanda Turin.

— Je crois que la seule raison pour laquelle je suis devenu flic, c'est pour ne plus jamais en entendre parler.

— Eh bien, vous risquez d'être déçu. Le nombre d'or, ça vous dit quelque chose ?

Chapitre dix-neuf

Confortablement installé dans un fauteuil en toile, au fond de son petit bureau, Romain Ardère faillit recracher son riz au curry. À la radio, le flash de 13 heures parlait d'un assassinat commis dans le Nord-Pas-de-Calais. Les médias avançaient que le Professeur, ignoble tueur qui avait sévi au début des années 2000, était sans doute de retour.

Impossible !

Ardère jeta son plat à la poubelle, sortit une flasque de rhum et en avala une douloureuse rasade.

Sur le mur, le gigantesque poster du « calisson d'étoiles » explosant en plein ciel se mit à tourbillonner devant ses yeux.

Ardère vit rouge. Un rouge sang.

La veille, les photos de Manon Moinet éblouissante, dans le métro parisien, lui avaient déjà sérieusement levé le cœur. Mais là, ce reportage, sur une radio nationale ! Cette soi-disant maison hantée, ces décimales de π ! Cette vieille tortionnaire empoisonnée alors qu'elle essayait de résoudre une énigme sur une ardoise !

Les mathématiques, plus puissantes que jamais.

Pouvait-il s'agir du hasard ? Ardère grinça des dents. Non ! Il n'y avait pas de hasard !

Mais alors ?

Quelque chose était en train de se produire. Quelque chose d'inimaginable. Ce meurtre portait bel et bien la griffe du Professeur.

Le directeur de Mille et une étoiles se rua sur son ordinateur portable pour écrire en urgence un e-mail. Avant de l'envoyer, il le crypta avec l'algorithme incassable RSA en appliquant sa clé privée, *Eadem mutata resurgo* – Changée en moi-même, je renais.

Des gouttes de sueur vinrent mourir sur le clavier.

Il fallait rencontrer les autres, de toute urgence. Et tenter de comprendre ce vaste merdier.

Tout ne pouvait pas s'interrompre ainsi. Son entreprise. Sa vie.

Dans les minutes qui suivirent, il ouvrit un navigateur web, se précipita sur le site des Pages blanches et tapa « Manon Moinet », en indiquant « Calvados » dans la rubrique « Département ». Rien. Il élargit sa recherche à chacune des régions de France. Toujours rien. Il recommença la même opération avec « Frédéric Moinet ». Le résultat fut bien plus probant.

« 3, impasse du Vacher, 59 000 Lille. »

Ardère ressentit un léger soulagement. La salope ne devait pas se trouver bien loin de son connard de frère.

En évitant Paris, il atteindrait le Nord à la tombée de la nuit.

Il s'empara d'une fusée à ailettes et la serra dans son poing. De la poudre grise coula entre ses doigts.

Manon Moinet était devenue bien trop dangereuse.

Il fallait l'éliminer avant qu'il ne soit trop tard.

La museler définitivement.

Chapitre vingt

Un bureau. Six hommes. Une femme aux boucles blondes.

— Octobre 2001, banlieue lyonnaise. Premier meurtre. François Duval, responsable d'un pôle de recherche et développement, quitte très tard sa société de production de microprocesseurs, Microtech. Il emprunte toujours le même trajet. Une partie ville, une partie campagne. Il ne rentrera pas chez lui et on le découvrira deux jours plus tard dans un entrepôt destiné à la démolition. Scalpé, les pieds ligotés empoisonné à la strychnine et l'estomac rempli de morceaux tranchants de coquilles qu'on identifiera comme étant des fragments de nautiles. À côté de lui, à proximité d'une ardoise, sur une feuille, un beau petit problème de logique, tapé à l'ordinateur, à l'énoncé simple mais à la solution coriace. Le problème d'Einstein[1], que seulement deux pour cent de la population est capable de résoudre. Bien évidemment, avec la torture des coquilles ingurgitées et la peur de crever, difficile d'être dans ces deux pour cent.

1. Voir note au lecteur, en fin d'ouvrage.

Hervé Turin se racla la gorge et se mit à tousser. Trop de cigarettes. Face à lui, Lucie Henebelle, le commandant Kashmareck, Greux, Salvini et deux brigadiers-chefs de la brigade criminelle lilloise.

— Pour nous narguer, on recevra, au lendemain de la découverte du corps, une drôle de petite annonce publiée dans *Le Quotidien Lyonnais* un mois avant le meurtre : « En 97, Robert a écrit ceci : l'un des ressentiments de Microtech munira dans un moka. Il étuvera le prénom d'une loqueteuse literie. Le Profiterole. »

Silence médusé dans l'assemblée.

— Ça vous inspire pas, hein ? La technique employée est ce qu'on nomme le T+7, issue d'un jeu littéraire créé par un groupe d'écrivains, appelé Oulipo. On prend chaque verbe, adjectif ou substantif du message original, et on le déplace de sept éléments dans le dictionnaire utilisé, ici le Robert de 1997. Pour coder le nom « professeur » par exemple, on regarde dans le dictionnaire : le septième nom commun consécutif, et on tombe sur « profiterole ». Ainsi, l'original était : « L'un des responsables de Microtech mourra dans un mois. Il sera le premier d'une longue liste. Le Professeur. »

— Sympa, fit Kashmareck, l'air dépité.

— Ouais, on peut dire ça. Ainsi se profile le mode opératoire de celui qui se fait appeler « Le Professeur » : il annonce l'identité de sa victime en la cachant dans un message qui peut se situer n'importe où en France, sur n'importe quel papelard ou support, de n'importe quelle façon, et il réalise ses putain de prédictions. Dans le cas qui nous concerne aujourd'hui, il s'agit d'un numéro de sécu, planqué dans le nombre π.

Chaque fois, il y a un rapport évident avec les maths ou la logique.

Lucie l'observait attentivement, le stylo au bord des lèvres. Elle dut admettre que la face de fouine s'en tirait plutôt bien. Il parlait avec aisance, professionnalisme, maîtrisait chaque partie du dossier. Elle se demanda jusqu'à quel point il avait bien pu s'investir dans l'enquête. Elle glissa :

— Le Professeur a aussi laissé un autre message, dans la maison hantée. « Si tu aimes l'air, tu redouteras ma rage. » Manon pense que là encore, il y a un rapport avec l'une de ses énigmes tordues.

— Mouais. Vu son état, Manon ne pense plus grand-chose d'intelligent.

— Vous…

— Bref, sur les six crimes commis, jamais on n'a retrouvé la moindre trace exploitable. Ni empreintes, ni sang, sperme, fibres, poils ou cheveux, hormis ceux des victimes elles-mêmes ou de certains proches. Il prend un soin particulier à bien nettoyer le lieu du crime à l'eau de Javel. Est-il chauve, imberbe ? Porte-t-il une charlotte, des gants, des surbottes ? On n'en sait que dalle. Les éléments abandonnés sur place sont toujours les mêmes. Ardoise, craie et corde qu'on se procure facilement au Carrefour du coin. L'ardoise est chaque fois identique, à bords rouges, avec un côté vierge et l'autre quadrillé en jaune, et la craie toujours bleue. Le papier pour l'énigme provient du même lot de feuilles. Quant à la strychnine, à l'époque elle était encore en vente libre.

D'un mouvement du menton, il s'adressa à l'IJ.

— Vous avez pu trouver des éléments plus intéressants, cette fois ?

Salvini hocha négativement la tête.

— Les équipes sont encore sur place, mais, pour le moment, rien de vraiment déterminant. À Hem, la maison est contaminée par des centaines d'empreintes différentes. Squatteurs, curieux, adolescents en mal de sensations fortes, pire qu'un supermarché... Ça risque de prendre du temps. On a quand même prélevé des échantillons de peinture et des poils de pinceau. Avec un peu de chance, on en tirera quelque chose. On a aussi fait appel à un graphologue, pour le tracé de ces chiffres qui, à première vue, ont été peints de la main gauche. Et cela voilà un bon bout de temps puisqu'un léger voile de poussière recouvrait déjà la peinture et que des photos de l'endroit circulent sur Internet depuis un mois...

— Un gaucher, donc... Ça, c'est du lourd si c'est confirmé.

— Concernant la cabane de chasseurs, difficile, là aussi, d'avancer correctement. Beaucoup d'empreintes, de poils de bête, de traînées de boue, quelques cheveux, dont probablement ceux de Manon Moinet. En plus, les conditions météo jouent contre nous. Le vent et la pluie ont tout effacé à proximité du lieu, ce qui rend nos chiens inefficaces. Vous aviez demandé, lieutenant Henebelle, de vérifier si la branche de l'arbre ayant provoqué l'accident avait bien été arrachée. La réponse est oui. Il ne s'agit pas d'un acte criminel.

Lucie acquiesça en silence.

— Quant à ces milliers d'allumettes, ajouta-t-il, nous allons vérifier si elles proviennent de chez le même fabricant. Mais elles n'ont, *a priori*, rien d'extraordinaire.

— On va faire le tour des magasins dans le périmètre,

histoire de voir si personne n'a acheté des allumettes en quantité importante, intervint Kashmareck. Mais le problème c'est qu'on ignore en fait dans quel coin chercher. Lille, Valenciennes, Arras... Ou Marseille.

— Ça a toujours été l'un de nos soucis majeurs, fit Turin. Où chercher...

— S'il le faut, nous solliciterons les différents commissariats et la gendarmerie de la région.

— Je crois qu'on va pas y couper...

Ils se tournèrent de nouveau vers Salvini, qui poursuivit :

— Chez Dubreuil, le sol avait été lavé à la Javel. On a retrouvé la serpillière et le seau pas loin de l'entrée, le tout appartenant sans doute à la victime. Pour l'instant, le crimescope est resté muet. Quelques cheveux gris, un seul type d'empreintes, probablement celles de Dubreuil. Elle ne devait jamais recevoir de visites...

— Et pourtant, elle a ouvert à notre assassin, fit remarquer Lucie.

Salvini approuva.

— Très juste, rien n'a été forcé, vous avez raison de le souligner. On analyse aussi la poussière récoltée sur place. On continue à ratisser, il risque d'y en avoir encore pour plusieurs heures, voire plusieurs jours.

Turin alluma une cigarette.

— OK... Je constate qu'on n'est pas plus avancés qu'il y a quatre ans...

— N'oubliez pas que nous ne sommes qu'à J+1.

— Ouais. Bon, je ne m'étalerai pas sur les autres meurtres, vous verrez tout ça dans les copies du dossier qu'on vous a filées. On y parle de Julie Fernando, directrice de projets d'Altos Semiconductor, trente-sept ans, massacrée en banlieue parisienne. Caroline Turdent, quarante-trois ans, vendeuse dans une boutique de prêt-à-porter, à Rodez. Jean-Paul Grunfeld, trente-quatre ans, professeur de physique, dont le corps a été retrouvé à Poitiers. Jacques Taillerand, cinquante et un ans, producteur de spectacles, liquidé au Mans. Et enfin... Karine Marquette, la sœur de Manon Moinet, trente-cinq ans, assassinée à Caen. Elle était à la tête, avec son frère, d'une entreprise familiale qui fabriquait des emballages. Ce dernier crime a été légèrement différent. Karine Marquette a été violée *post mortem*, avec préservatif.

Lucie haussa les sourcils. Ce pan de l'enquête avait échappé à la presse. Turin s'adressa directement à elle.

— Eh oui, les pulsions du Professeur avaient évolué. Ou alors, il a voulu tenter de nouvelles expériences. Ce qui rend encore plus incompréhensible le fait qu'après ce meurtre, il ait tout arrêté.

— Jusqu'à aujourd'hui.

— Ouais, jusqu'à aujourd'hui...

Turin s'empara d'une baguette en bois et désigna sur une carte de France les villes où le sang avait coulé.

— Il frappe n'importe où, hommes, femmes, de tous âges, sans rapport physique dominant entre eux. Les catégories socioprofessionnelles sont variées. Il n'y a aucun repère temporel, aucune régularité flagrante. Les deux premières victimes ont été butées à quatre mois d'écart, puis il a agi sept mois plus tard, puis quatre, puis cinq, puis trois, ce qui fait quand même une activité intense, sur environ deux ans...

— Lui s'arrête, et le Chasseur de rousses prend le relais trois mois après, souligna Kashmareck. C'est sans doute idiot ce que je vais dire, mais est-ce qu'on a cherché à établir un rapport entre ces deux tueurs en série ? Ne pourraient-ils pas n'être qu'une seule et même personne ?

Turin secoua fermement la tête.

— Avec le viol *post mortem* de Karine Marquette, on y a pensé, vous vous doutez bien. J'ai beaucoup travaillé avec la police nantaise à l'époque. Conclusion ? Assassins différents. Les deux modes opératoires n'ont absolument rien à voir. Le Chasseur frappe exclusivement dans les environs de Nantes. Il séquestre des jeunes femmes qui ont toutes le même profil : célibataires, rousses, mignonnes, entre vingt-cinq et trente-cinq ans. Il les retient plusieurs jours, s'amuse à les torturer en leur infligeant toutes les brûlures possibles et imaginables, avant de se les enfiler, encore vivantes. Et on les repêche dans la flotte, chaque fois. Pas d'énigme, pas de maths, pas de mise en scène, rien ! Juste de la perversité, brut de fonderie. Sa dernière victime date d'il y a deux mois. Avouez que c'est à des années-lumière de « l'élégance », si vous me permettez l'expression, de notre Professeur.

Lucie se frotta le menton du plat de la main, bien obligée de reconnaître que Turin avait raison. Effectivement, les tueurs en série pouvaient évoluer dans leur *modus operandi*, y apporter des modifications, mais jamais de façon aussi radicale.

Turin plissa les yeux et marqua un silence, avant de reprendre :

— Pour en revenir à notre affaire, les individus côtoyant les victimes de près ou de loin, tant dans le cadre familial que professionnel, ont tous été disculpés.

— Frédéric Moinet, par exemple ?

— En effet, Henebelle. Plus de trois cent cinquante personnes peuvent témoigner que le frère Moinet donnait une conférence aux États-Unis, sur le recyclage, au moment du décès de sa sœur. Et Manon Moinet était avec lui. Elle aussi s'était rendue à New York, pour participer à un colloque autour de ses recherches en mathématiques. Ça vous va, comme alibi ?

— C'est parfait.

— OK. Pour en finir avec les victimes, elles n'ont absolument *aucun* point commun. Elles ne se connaissent pas, de près comme de loin, n'ont pas fréquenté les mêmes écoles ou les mêmes bars à putes, et ne sont pas parties se bronzer le cul ensemble au Club Med. Rien, rien, rien !

Kashmareck fit osciller un stylo-bille entre son pouce et son index.

— Pas d'autres indices, en six ans d'enquête ?

— À peu de chose près, non... On peut difficilement attraper, quatre ans plus tard, un meurtrier qui n'agit plus, qui s'est fondu dans la masse. Disons qu'en un sens, son retour va nous être... bénéfique.

Turin vint se placer devant un bureau, d'où il dominait l'assistance, les mains en appui sur le rebord.

— Intéressons-nous un peu au crime de cette nuit. Parlez-moi de cette Dubreuil. Une ancienne tortionnaire d'enfants, vous m'avez dit ?

Le commandant enchaîna :

— Dubreuil et son mari ont infligé des sévices à leurs propres enfants, dans les années soixante-dix, pendant des semaines et des semaines. Brûlures de cigarettes, coups de poing et de ceinture, ongles arrachés, coupures sadiques. Et puis, un jour, alors qu'elle n'était pas là, le mari a finalement achevé les gamines d'un coup de fusil dans la tête, avant de retourner l'arme contre lui et de se suicider… Elle n'a fait « que » participer aux tortures. Ce qui a surpris tout le monde, à l'époque de son procès, c'est le côté impassible du personnage face à un tel déchaînement d'horreur. Jamais aucun regret. Et pourtant, rien de psychiatrique dans son dossier. Depuis qu'elle s'était installée à Rœux, après sa sortie de prison, on l'appelait le « diable du lac ».

— Vous êtes aussi servis que nous en dégénérés, à ce que je vois… Donc, cette fois, le Professeur s'en est pris à un personnage « public » et la mise en scène est plus élaborée. Mais pour le reste, tout semble rigoureusement identique. Corde utilisée, feuille imprimée, ardoise rouge, craie bleue, mode opératoire. Il faudra quand même attendre confirmation des analyses comparatives entre les points qui seront saisis dans SALVAC[1] et ceux qui s'y trouvent déjà…

— La comparaison est en cours, précisa Kashmareck.

— Très bien. Alors qu'est-ce qu'on a appris, là, aujourd'hui, sur notre petit rigolo ? Qu'il est gaucher car, pour la première fois, il laisse une trace de son écriture dans votre maison soi-disant « hantée ». Qu'il s'est attaqué à une victime assez atypique : une vieille sadique de presque quatre-vingts balais. Nous devons comprendre pourquoi pour avancer.

Kashmareck ajouta :

— Un autre élément diverge assez de son mode

---

1. Logiciel basé sur un questionnaire de 168 paramètres, prenant modèle sur le VICAP américain, qui permet d'établir des liens entre différentes affaires criminelles.

opératoire habituel. Cette espèce de fossile, qu'il lui a fait ingérer. Et qui n'était pas un nautile.

Turin tira sur sa cigarette et cracha lentement la fumée, les yeux à moitié fermés.

— Exact, cet aspect est, ma foi, assez troublant. Pour ceux qui l'ignorent, c'est la première fois que le Professeur fait bouffer autre chose que des coquilles de nautiles à sa proie. À première vue, une sorte de fossile... Les nautiles, c'était pourtant très chic. Ça ne se trouve que dans le Pacifique Sud.

— Ou dans des magasins de pêche, non ? intervint Lucie en agitant le bras pour signifier que la fumée l'indisposait.

Turin ne sembla pas se soucier de ce détail.

— Des analyses poussées, notamment dans les constituants en carbonate de calcium des coquilles, nous ont prouvé que les nautiles venaient tous de la même région du monde. Ou du même magasin, comme vous dites. Mais vous pensez bien que ces boutiques, on les a toutes passées au peigne fin. Évidemment sans succès.

Lucie se recula sur son siège et demanda :

— En tenant compte de ces divergences, pourrait-on émettre l'hypothèse qu'il ne s'agisse pas du Professeur cette fois, mais d'un simple imitateur ? Un « élève » qui aurait fait du Professeur son mentor, et qui essaie de le surpasser en créant des mises en scène plus élaborées ?

Turin éclata d'un rire gras.

— Vous avez sucé un clown ou quoi ? Certains aspects, comme la strychnine ou les coquilles de nautiles, n'ont jamais été divulgués ! Et tout concorde ! On ne s'improvise pas tueur en série d'un claquement de doigts. Ces fumiers ne tuent pas pour copier, mais pour assouvir leurs fantasmes de pervers !

— Je sais tout ça, se défendit Lucie. Et je sais aussi que, sauf cas exceptionnel, un tueur en série est incapable de s'arrêter sur une si longue période.

— Ouais... Vous semblez oublier l'affaire Fourniret par exemple. Six enlèvements et meurtres de 1987 à 1990, avant une mise en veille de dix ans, pour une reprise en 2000. Ça, vous l'expliquez comment ?

— Fourniret agissait dans l'ombre, il se débarrassait des corps, les enterrait. Le Professeur, lui, fonctionne à l'envers. Il cherche la lumière, les médias, il veut qu'on parle de lui, il a un besoin évident d'exprimer sa supériorité sur ses victimes, sur nous tous... Par les mathématiques, par les énigmes, par les lieux qu'il choisit. Pourquoi se serait-il brusquement arrêté, au faîte de sa gloire ? Non, non, quelque chose cloche. Il faudra vérifier les libérations récentes de prison, ou les sorties de longues convalescences.

— Ah ouais, et dans quel hôpital ?

Kashmareck tenta de recadrer la conversation. Il s'adressa à Turin :

— Vous allez peut-être enfin nous expliquer pourquoi il choisissait des nautiles ?

— Ah ! Le point sensible ! Le nœud du problème, assurément. Au départ, on pensait que le Professeur sélectionnait ses victimes au hasard, sans mobile. C'est Manon Moinet qui nous a détrompés. Comme elle nous voyait paumés, elle s'est mise à réfléchir, et un jour elle a émis une hypothèse très intéressante. Elle a commencé à nous parler de spirale logarithmique...

— Quoi ?

Turin dévoila un cimetière de dents jaunes.

— J'ai eu la même réaction que vous, à l'époque. La première fois où j'ai rencontré Manon Moinet, pas longtemps après le meurtre de sa sœur, je suis rentré chez moi avec un putain de mal de crâne. La sale impression d'avoir bouffé une purée de chiffres.

Léger flottement dans le groupe, avant que le sérieux ne reprenne le dessus.

— La coquille du nautile présente une propriété mathématique fabuleuse. Il suffit de diviser la longueur de sa spirale par son diamètre, et on obtient le nombre d'or. Historiquement, ce nombre a toujours représenté la perfection mise en équation. Il est la divine proportion pour les peintres, il cachait les dieux pour les Grecs, les Égyptiens l'ont utilisé pour bâtir la Chambre royale dans la Grande pyramide. Au XIIIe siècle, le mathématicien Fibonacci s'en est servi pour établir une suite algébrique...

— Merci pour le cours d'histoire, l'interrompit Lucie.

Turin l'ignora superbement.

— Ce n'est pas anodin si le Professeur a choisi ce nombre. Il est le reflet de ce qu'il cherche dans ses actes : la perfection. Il se dit qu'en adoptant une logique mathématique pour commettre ses crimes, il chasse le hasard et ne peut pas faire de bourde.

— Ça reste vachement flou, fit Kashmareck en se grattant le crâne.

— Je sais, je sais, mais Moinet a su me convaincre, et son raisonnement tient sacrément la route. Pour comprendre, songez simplement à ces fameuses spirales. On en dégote partout dans la nature. La forme des galaxies, celle des artichauts, des pommes de pin, ou l'organisation des graines de tournesol. Quelle que soit l'échelle, le domaine, dans l'infiniment petit ou l'infiniment grand, on les retrouve. Certains scientifiques, et Moinet en fait partie, pensent que la présence de la spirale ou des fractales dans notre univers n'est pas fortuite. Que des objets si parfaits, aux propriétés mathématiques si extraordinaires, ne peuvent exister par hasard. Qu'ils s'inscrivent dans une fonction très complexe, tout comme les destinées de chacun d'entre nous ou plus généralement la vie sur Terre. Une fonction qui régirait les lois de l'univers tout entier.

L'assistance, en face, resta sans voix, désorientée. Lucie prit quelques notes dans son carnet. Turin était aussi allumé que mal fringué, mais il touchait sa bille.

— Toujours pas pigé ? continua-t-il. Normal, pas facile. Alors, pensez à ce numéro de sécu, trouvé dans le nombre ! L'identité de Dubreuil n'était-elle pas gravée dans l'inaltérable depuis des lustres, bien avant sa naissance, bien avant que ces putain de numéros de sécu voient le jour ? C'est symbolique, je sais, mais notre illuminé y croit dur comme fer. Et cette spirale du nautile est là pour nous indiquer que dans l'esprit de l'assassin le hasard n'existe pas. Le Professeur suit un parcours précis, tracé, dont lui seul a connaissance. Un chemin mathématique qui relie nécessairement ses victimes entre elles. Et ces quatre années d'attente font peut-être tout simplement partie de son plan. À nous de déjouer ce plan.

Il regroupa un paquet de feuilles sur le bureau et ajouta :

— C'est là qu'il faut creuser ! Et non pas à la sortie des prisons ou des hôpitaux. Ce serait trop simple, trop... primitif. En tout cas, messieurs, *mademoiselle*, bienvenue dans l'esprit tordu du Professeur.

Greux se lissait la moustache, Kashmareck fumait du crâne. Lucie, elle, tournait les pages de son carnet, sans lire, sans noter, hypnotisée par les paroles de Turin. Elle se redressa un peu et proposa :

— Laissons un peu de côté ces maths qui semblent vous enchanter, si vous le voulez bien. Au-delà de...

— Pas plus que vous. Mais quand je mène une enquête, je la mène à fond.

— Hmm... Au-delà de tout ce charabia, a-t-on quand même une idée de son profil psychologique ? De sa réelle identité ?

Le lieutenant au perfecto râpé répondit :

— Contrairement au Chasseur de rousses, c'est un itinérant. On peut supposer que son métier, s'il en a un, l'oblige à se déplacer. Représentant, commercial, conférencier... Il étudie avec minutie ses victimes. Il connaît leurs habitudes, leurs horaires, leur environnement. Il sait où frapper, et quand, sans être vu. Ce qui sous-entend qu'il crèche sur place un certain temps, plusieurs semaines avant de passer à l'acte probablement. À l'époque, on avait tout épluché. Locations, hôtels, caméras des péages ou des parkings, en vain...

— Jamais rien ?

— Jamais rien. Les psys impliqués sur le dossier estiment qu'il doit ressentir une frustration, un sentiment de dévalorisation. Voilà pourquoi, comme vous le souligniez, il éprouve le besoin de sublimer ses actes, et aussi pourquoi il confronte ses proies à une énigme dans leurs derniers instants. À ce moment-là, il reprend le dessus et exprime sa supériorité, car lui possède la solution. Il est le maître, et les autres, ses élèves. Ses victimes sont couchées sur le sol en position inférieure, les pieds liés, il les domine et les torture, mentalement, et physiquement avec des éclats de coquilles rares. La rareté apporte une touche « élégante », classieuse, à son crime. Et si l'on doit voir une évolution dans ses pulsions, le fait que Karine Marquette ait été violée *post mortem* semble confirmer cette envie de dominer plus encore, de posséder.

— ATV. Amoindrir. Tuer. Violer… précisa Lucie.

— ATV, ouais, et pourquoi pas TGV tant que vous y êtes ? Il est asocial, renfermé, frustré, ça doit se lire dans son comportement. Les mathématiques sont peut-être, dans son cas, symbole d'isolement et de patience, vous savez, le mythe du mathématicien coupé du monde des années durant, et qui s'acharne, sans jamais s'interrompre ? Célibataire, probablement, car, même sans compter ses déplacements, la préparation de ses crimes lui demande beaucoup de temps et d'efforts. C'est un caméléon. Et un voyageur. Nous pensons qu'il est allé récupérer ses coquilles de nautiles sur place, loin, très loin d'ici, avec l'idée de toutes ces monstruosités en tête. Il est allé chercher lui-même la spirale parfaite… Et c'est sans doute le moment où cet enfoiré a le plus pris son pied !

Il agita le paquet de feuilles.

— Mais tout est là-dedans. De quoi passer une belle nuit.

Lucie se laissa submerger par les images qui lui arrivaient.

— Et donc, fit-elle, il s'approprie définitivement ses proies en les scalpant. Ces scalps lui permettent de prolonger ses fantasmes, il les place peut-être sur des têtes de mannequins, toutes alignées, et il se rejoue le film de ses meurtres quand il n'agit pas. Comme ça, il peut patienter trois ou quatre mois. Voire plus.

— Sacrée imagination, lieutenant. Pour les manne-quins, je sais pas, mais il est clair que le scalp marque la supériorité tribale et possède en plus une connotation fétichiste. Disons que, comme pas mal de frappadingues de son genre, il se garde un petit souvenir.

Lucie se mit à griffonner inconsciemment sur son carnet, alors que Turin la dévisageait. Joli nez, beaux petits yeux, beau petit cul. Bref, baisable.

— Il y a tout de même quelque chose de flagrant qui m'interpelle… ajouta-t-elle.

Turin soupira. Cette crétine était inusable. Et au pieu ? Il répliqua :

— Je vous écoute…

— Après le décès de sa sœur, Manon Moinet se met à vous aider. Son neurologue m'a raconté qu'il s'agissait d'une personne acharnée, rigoureuse, et qu'elle s'était entièrement consacrée à la recherche du meurtrier, allant même jusqu'à abandonner sa carrière prometteuse et ses équations.

— Très juste. Un bel exemple de dévouement.

— Donc, elle vous aiguille à travers les mathéma-tiques, vous aide à pénétrer l'intimité du Professeur, et repère un semblant de faille avec cette histoire de nautiles et de spirales. Elle trouve « l'objet caché » de l'assassin, ou son erreur, peut-être…

— Ouais, et elle nous guide aussi par rapport aux énigmes qu'il pose. Elle nous conduit vers des sources, des groupes de passionnés auxquels le Professeur pour-rait appartenir.

— Bref, grâce à elle et à cette histoire de spirales vous prenez d'autres voies d'investigation, puisque vous croyez désormais que les victimes ont un rapport entre elles. Je me trompe ?

— Non, non, exact. Le Professeur était sans doute persuadé que personne ne comprendrait le sens de ces coquilles. C'était… son truc à lui. Sa griffe.

— Une sorte de défi envers la police. Il pensait vous dominer.

— Il nous a sous-estimés.

— N'empêche qu'il court toujours. Quoi qu'il en soit, voilà que… quelques mois après cette découverte, Manon se fait sauvagement agresser, et ne serait assurément plus de ce monde sans l'intervention de ses voisins. Un cambriolage… Cette malchance ne vous a pas… étonné ?

Turin s'empara nerveusement d'une nouvelle cigarette, alors que la précédente vibrait encore entre ses lèvres.

— Bien avant son agression, Manon Moinet avait cessé de bosser avec nous. Une fois tous les éléments en sa possession, elle s'est mise à évoluer seule, dans son coin… Elle nous a largués.

— Pourquoi ?

Il haussa les épaules, incapable de réprimer des pensées qui, soudain, lui ordonnaient d'étrangler cette petite garce de flic.

— Vous lui demanderez, d'accord ?

— Si vous voulez.

Après un moment de silence qui déstabilisa tout le monde, Turin reprit la parole. Il semblait éprouver le besoin de se justifier.

— Son cambriolage a été traité par le commissariat central de Caen. Et il n'y avait, pour les collègues du coin, aucune raison d'établir une relation avec le fait que sa sœur ait été victime d'un tueur en série. N'oubliez pas que des objets de valeur ont effectivement été piqués, et que dans l'année, cinq villas du même quartier ont été visitées ! À Paris, on a été au courant de l'agression de Moinet que bien plus tard, quand j'ai essayé de la joindre de nouveau pour clarifier certains détails. Mais… son frère l'avait déjà emmenée avec lui à Lille.

— Et vous y croyez vraiment, à ce cambriolage ?

Sa voix regagna en fermeté.

— Bien sûr que j'y crois, putain ! Ça n'a rien à voir avec le Professeur ! S'il avait voulu l'éliminer, il l'aurait fait avec brio, et non pas en cherchant à se planquer derrière un cambriolage ! Renseignez-vous sur le dossier, avant d'avancer des trucs pareils ! Vous arrêterez peut-être de voir des liens là où il n'y en a pas !

Lucie soutint le regard de Turin sans ciller. Mais elle se dit qu'il avait raison. Après tout, il était très certainement mieux placé qu'elle pour pouvoir juger.

— Excusez-moi… Mais une dernière chose, surenchérit-elle en mordillant son vieux stylo.

— Écoute Henebelle, c'est vrai que tu devrais t'attaquer au dossier avant de tirer tes conclusions, râla Kashmareck en regardant sa montre. Le proc m'attend, et nous sommes tous écrasés de travail.

— Je me suis excusée, commandant ! Et ça ne concerne pas le dossier, mais les événements de cette nuit. Et je crois que ça va vous intéresser.

Quelques soupirs dans le groupe. Turin n'en pouvait plus.

— Bon, vas-y. Mais rapidement.

— OK. Il y a d'abord cette cabane de chasseurs, où Manon a été retenue. Là-bas, un message : « Retourne fâcher les Autres », en référence à une expression que

Manon utilisait dans son adolescence. Dans un premier temps, je pensais que le Professeur l'avait sans doute obligée à révéler ce pan de sa vie privée pendant qu'il la retenait. Il la contraint à se confier, puis il note la phrase, censée nous conduire à Hem.

— En effet. Continue...

— À Hem, les décimales de π ont été peintes voilà quelques semaines, on est toujours d'accord ?

— Toujours.

— Il avait donc préparé le terrain à Hem, avant d'enlever Manon. Il savait pertinemment que lorsqu'il détiendrait Manon, il inscrirait l'énigme « Retourne fâcher les Autres » qui nous permettrait de remonter à la maison hantée, et ainsi à Dubreuil. Il en connaissait déjà la signification.

Elle marqua un temps, avant de conclure :

— Et donc, il avait percé l'intimité de Manon avant de l'enlever, depuis très longtemps. Il a fait, ou fait encore, partie des individus qui ont, d'une manière ou d'une autre, croisé sa vie. Une personne à qui elle s'est peut-être confiée. Il peut avoir rencontré Manon avant son amnésie ou après... Mais une chose est certaine, il la connaît, et elle le connaît... Enfin, pas elle... plutôt son N-Tech.

Chapitre vingt et un

Le CHR, de nouveau, identique à lui-même.

Un peu plus tôt dans l'après-midi, Lucie avait prévenu le docteur Vandenbusche qu'elle souhaitait assister à la séance de travail à Swynghedauw. En attendant un début de piste et les retours des différents experts, l'occasion peut-être de comprendre l'univers dans lequel évoluait Manon, celui de l'oubli, et surtout de faire le tour des personnes que la mathématicienne côtoyait depuis le début de son suivi en ces lieux d'études.

Cintré dans une blouse blanche, un porte-nom sur la poitrine, le neurologue attendait Lucie dans le hall rouge vif de l'hôpital. Soigneusement coiffé, rasé de près, parfumé, il s'était glissé cette fois dans la peau d'un professionnel. Difficile de reconnaître en lui l'homme arraché de son lit au milieu de la nuit.

— J'ai fait au plus vite, dit-il après lui avoir serré chaleureusement la main. Voici la liste du personnel et des membres du groupe en contact régulier avec Manon. J'ai aussi indiqué les différents horaires pendant lesquels Manon travaille avec nous et avec les commerciaux de N-Tech. Le lundi, le mercredi et le samedi.

— Avez-vous précisé l'identité de ces commerciaux ?

— Évidemment, vous me l'aviez demandé. Et je respecte toujours mes engagements.

— Merci docteur.

Vandenbusche lui tendit un porte-nom. Toujours pas maquillée, certes, mais infiniment plus craquante que la veille, la petite.

— Appelez-moi Charles, si vous le voulez bien… Les porte-noms sont très importants ici, vous verrez… Votre…

Il désigna son front.

— Oh ! Ça va ! Juste une mauvaise porte…

— Ah bon… Suivez-moi, en attendant que Manon se réveille, j'aimerais vous présenter quelques cas très… intrigants. Ils vous aideront à comprendre le fonctionnement de notre mémoire et à aborder un tant soit peu l'incroyable machinerie du cerveau.

Lucie regarda sa montre. 16 h 51.

— Parce que Manon dort ici, à l'hôpital ?

— Les siestes l'aident à consolider son vécu de la journée. Le sommeil lent, après l'endormissement, favorise la mémorisation des faits et des épisodes. Ces conversations qu'elle enregistre, par exemple, ou ces notes qu'elle prend sans cesse.

— Ah, je vois ! Vous les lui diffusez en boucle pendant qu'elle dort.

— Non, pas pendant qu'elle dort. Ça, c'est une idée reçue. On n'apprend certainement pas une langue étrangère en se posant des écouteurs sur les oreilles et en dormant ! Le travail d'apprentissage se fait avant, le sommeil est juste là pour consolider. D'ailleurs, petit conseil, si vous avez des enfants…

Lucie revit ses filles…

— J'ai des jumelles de quatre ans. Clara et Juliette.

— Quand elles grandiront, faites-leur toujours réciter leurs leçons le soir, juste avant de les coucher, plutôt que le matin ou le midi. La magie du sommeil fera le reste.

Ils avançaient dans un décor étonnamment coloré. Chaises d'un bleu violent, rambardes jaunes, carrelage d'un rouge éclatant. Une construction de Lego géante, assez loin de l'idée qu'on se fait généralement des hôpitaux.

— Je vous parlais du sommeil lent, mais le sommeil paradoxal aussi joue un rôle primordial dans l'acquisition des connaissances. Il permet, entre autres, le stockage des automatismes dans la mémoire procédurale, comme apprendre à utiliser le N-Tech. Contrairement à ce que l'on croit, le sommeil est une période d'activité cérébrale très intense. On n'apprend pas à faire du vélo uniquement sur un vélo, mais aussi en dormant ! Surprenant, non ?

Il enfonça ses mains dans ses poches, fier de ses explications.

— Donc… Après son réveil, Manon saura enfin ce qui lui est arrivé hier ?

— N'allez pas trop vite. Tout sera très flou, et assez désorganisé. Il lui faut un peu plus de temps, de répétitions, de sommeil. Et elle n'aura en tête que les points essentiels.

— Mais c'est tout de même un bon pas en avant… Dites, doc… euh, Charles, j'aimerais savoir si, malgré son amnésie, Manon pourrait se souvenir un jour du sens des scarifications sur son ventre. Pensez-vous qu'il soit possible d'obtenir quelque chose... je ne sais pas... avec l'hypnose par exemple ?

Vandenbusche esquissa un léger sourire avant d'expliquer :

— L'hypnose a pour but de faire resurgir tout ce que le cerveau enregistre, même de manière inconsciente. Manon, elle, n'enregistre plus sans un effort soutenu, et les deux petites taches blanches révélées par IRM au niveau de ses hippocampes sont là pour nous rappeler qu'elle n'a ni passé post-traumatique, ni aucun élément lui permettant d'appréhender le futur. Les données ne sont pas en elle, tout simplement. Il est donc strictement impossible de les faire resurgir !

Ils s'engagèrent dans un couloir. Au sol, une moquette verte imprimée de grosses flèches grises indiquait la direction de la salle de travail. Le docteur poursuivit :

— Manon n'est pas la première de mes patientes à se scarifier, c'est même malheureusement assez fréquent. Pour ces personnes, la chair devient souvent l'unique moyen d'exprimer leur détresse intérieure, c'est un appel au secours. Ce qui est plus rare, c'est qu'elles se fassent aider dans leur geste, comme Manon avec son frère... Il s'agit d'un acte hautement personnel.

— Savez-vous pourquoi il l'a mutilée ?

— Pas plus qu'hier. Frédéric ne m'a rien avoué, je l'ai découvert moi-même parce que la cicatrice a été faite par un gaucher, et que Frédéric est gaucher. Sinon, je crois qu'il ne m'aurait rien dit. Il paraissait assez... secret et embarrassé à ce sujet, d'ailleurs.

Lucie songea aux chiffres et à l'énigme peinte sur

le sol, dans la maison hantée de Hem. Tracés par un gaucher.

— Pour en revenir à notre sujet, continua Vandenbusche, ces mutilations ont dû être extrêmement douloureuses pour Manon. Et si son esprit ne se souvient pas de ces scarifications, son corps, lui, s'en souvient nécessairement.

— Je ne saisis pas bien.

— On n'a pas de réelle explication scientifique, mais le *soma* possède aussi une mémoire, mademoiselle Henebelle. Songez au membre fantôme par exemple, cette jambe amputée qui provoque encore des lancinements alors qu'elle n'existe plus. Et cela va encore plus loin. Que dire des réflexes néonatals ? Il ne s'agit de rien d'autre que de la mémoire des gènes. Savoir téter, respirer ou même crier.

Lucie eut un léger mouvement de recul. La mémoire du corps... Sa cicatrice derrière le crâne... Tellement présente...

— Mais si vous êtes sceptique, vous allez vite comprendre après cette expérience, ajouta le spécialiste en constatant le trouble de son interlocutrice.

Il s'arrêta devant une chambre fermée à clé. Numéro 209.

— Michaël Derveau est arrivé voilà une semaine. Il souffre du syndrome de Korsakoff, une pathologie engendrée par l'accoutumance à l'alcool, provoquant des lésions au niveau des corps mamillaires, des hippocampes et du thalamus.

— Jamais entendu parler.

— Et pourtant... L'une des principales causes d'amnésie antérograde. Michaël est incapable de se souvenir de quoi que ce soit après trente secondes et il ignore même qu'il est amnésique. Pour lui, tout est normal, il est complètement inconscient de sa maladie. Conséquence directe, il est aussi atteint de confabulation, c'est-à-dire que de faux souvenirs meublent le grand vide du temps qui s'écoule. J'aimerais que vous entriez, que vous vous présentiez en tant que médecin, que vous lui serriez la main avec... cette épingle, en le piquant assez fort.

— Que je le pique ?

— Oui, pas trop fort tout de même... Ensuite, ressortez.

Lucie s'empara de l'épingle et vint se placer devant la porte, d'un pas hésitant.

— Vous ne risquez rien ! la rassura le neurologue. Nous n'avons pas affaire à un fou dangereux ! Et puis je reste là, derrière vous, vous n'avez qu'à laisser la porte ouverte.

Intriguée, Lucie tourna la clé dans la serrure et pénétra dans la pièce, la gorge serrée. Michaël lorgnait par la fenêtre, les mains dans le dos. C'était un jeune homme « normal », comme on en croise chaque jour dans la rue, ni tremblant, ni shooté, pas même de cernes sous les yeux, plutôt bien habillé.

Il se retourna.

— Ah ! Docteur...

Il plissa les yeux en direction du porte-nom.

— ... Henebelle ! Pour les chemises que je vous ai demandées tout à l'heure...

Lucie lui tendit la main et l'interrompit :

— Euh... je ne les ai pas encore. Je revenais vous demander quelle couleur vous préfériez.

Il serra la main tendue et retira la sienne aussitôt.

— Aïe ! Bon sang de bonsoir ! Qu'est-ce que vous foutez ?

Lucie partit à reculons.

— Je vous rapporte vos chemises...

— Quelles chemises ? Eh ! Mais répondez !

Et elle claqua la porte.

— Parfait, fit Vandenbusche. Vous vous débrouillez très bien. Patientons quelques secondes...

Lucie faisait plus que se prêter au jeu, elle vivait l'expérience avec une passion malsaine. Comprendre les dysfonctionnements de cette chose bizarre, sous le crâne... Quelle fraction du cerveau générait les schizophrènes, les fous, les pervers, les Dubreuil ? Comment les neurones, des messages chimiques, des connexions purement électriques, créaient-ils la conscience, la mémoire, la ronde humanisante des sentiments ? Combien de millimètres défectueux, dans ces centaines de kilomètres de plis et de replis, engendraient les monstres ? Et elle, que lui était-il arrivé pour que...

Le spécialiste l'arracha à ses pensées.

— Allez-y...

Elle s'exécuta, pleine de curiosité. Cette fois, Michaël fouillait dans la poubelle. Il observa Lucie lors de son entrée. La jeune femme resta quelques secondes complètement déconcertée. Il ne la reconnaissait absolument pas, alors qu'elle venait de sortir ! Un Manon puissance dix.

— Vous ne savez pas ce que j'ai pu faire de mes clés de voiture ? l'interrogea-t-il en remuant à présent les draps de son lit. Ça fait des plombes que je les cherche ! Elles ont disparu, et tout le reste aussi !

— Vous... ignorez qui je suis ?

— Qui vous êtes ? Mais j'en sais rien, moi ! Un docteur, une infirmière, je m'en tape ! Je n'arrête pas d'appeler, mais pas un crétin ne vient m'aider ! Je veux juste récupérer mes clés ! Putain, c'est si compliqué ?

Lucie s'approcha de lui et lui tendit de nouveau la main.

Il s'avança vers elle et fit exactement le même geste que la première fois, mais comme par réflexe il s'interrompit avant que leurs paumes n'entrent en contact. Puis il enfonça sa main dans sa poche, troublé.

— Pourquoi vous ne me saluez pas ? s'étonna Lucie.

— Je… J'en sais rien. Je… On se connaît ?

Lorsque Lucie rejoignit Vandenbusche, celui-ci expliqua :

— La mémoire du corps… Celle associée avec notre mémoire implicite… Celle qui provoque les suées, qui accroît les pulsations cardiaques face à une situation déjà vécue mais dont on n'a pas forcément le souvenir. Son corps se rappelle que vous l'avez agressé, mais pas sa mémoire.

— C'est… stupéfiant.

— Même les patients les plus gravement atteints conservent cette mémoire, et nous pouvons ainsi les conditionner à exécuter certaines actions, comme apprendre à utiliser des organiseurs électroniques ou des ordinateurs. Le seul problème est que cette mémoire est inconsciente, et qu'on ne peut pas l'appeler quand on veut.

Il claqua des doigts.

— Je suis persuadé que Manon « sait » ce que ces cicatrices signifient, même s'il lui est impossible de faire revenir leur sens au-devant de sa conscience. Seul un événement déclencheur, ce que l'on nomme une

« amorce » ou un rappel indicé, permettrait de tout faire resurgir. Il peut s'agir d'un geste, d'un mot, d'une situation qu'elle aurait à revivre. Songez à la madeleine de Proust, évoquant chez l'auteur son enfance et un tas de détails très précis, qu'il n'aurait pas pu se remémorer autrement qu'au travers de cette madeleine. Grâce à cette amorce, tout remonterait à la surface, Manon pourrait peut-être se souvenir pourquoi elle s'est sentie obligée de se mutiler ainsi. Tout le problème est d'être capable de retrouver ce déclencheur, et de l'invoquer. Et cela…

Ils avancèrent de nouveau dans le couloir. Lucie restait pensive, la détresse de Michaël l'avait profondément émue.

— Que va devenir Michaël, votre patient ?

Vandenbusche eut un haussement d'épaules désabusé.

— Hormis notre hôpital, il n'existe quasiment aucune structure en France pour accueillir les Korsakoff. Si vous ne souffrez pas d'Alzheimer ou d'une maladie « à la mode », vous n'êtes plus rien pour l'État ni pour la sécurité sociale. Avec un peu de chance, il restera avec nous pour un long séjour, et participera à MemoryNode. Mais je suis plutôt pessimiste. Il y a par exemple vingt-trois étapes à suivre pour savoir prendre et honorer un rendez-vous à l'aide du N-Tech. Vingt-trois, c'est beaucoup trop pour Michaël… Si rien n'évolue, alors… il partira pour l'hôpital psychiatrique. Ou des centres spécialisés, en Belgique par exemple.

— C'est choquant.

— Comme vous dites. Nous sommes les sous-sols de la société, cher lieutenant, les zones de stockage des laissés-pour-compte. Et la psychiatrie est malheureusement encore trop souvent le moyen de s'en débarrasser en toute discrétion. Une mise à mort de l'âme, tout simplement, à coups de camisole chimique.

Lucie tendit l'oreille. Au-dessus d'elle, des enceintes.

— Des chants de canaris, expliqua Vandenbusche en notant l'intérêt grandissant de la jeune femme pour ses anecdotes. Ils ont un effet apaisant. J'ai insisté personnellement pour qu'on les diffuse. Savez-vous que les canaris en changent à chaque printemps, et ce jusqu'à la fin de leur vie ?

— Je l'ignorais.

— Ce simple constat est d'ailleurs à la base d'un nouveau courant de réflexion, inimaginable il y a à peine dix ans. Il porte à penser que le cerveau adulte continue à produire des neurones, alors qu'on croyait que ce stock était maximal à la naissance et diminuait après un certain nombre d'années. Vous savez, l'histoire des vingt ans, où tout commence à se détruire dans l'organisme... Ce sont des pistes nouvelles et encourageantes pour les recherches sur Alzheimer, et la mémoire en général.

Ils croisèrent un patient, qui tout en marchant remplissait à une vitesse folle une grille de Sudoku.

— Docteur Vandenbusche, fit-il, c'est exactement la soixante-septième fois que je vous croise dans ce couloir ce mois-ci, et la vingtième sur cette dalle, la numéro douze en partant de l'entrée. Ça se fête, non ?

— Champagne, alors, plaisanta Vandenbusche en prenant élégamment Lucie par le bras pour le laisser passer.

Après qu'il se fut éloigné, Lucie demanda :

— Encore une bizarrerie de l'hôpital ?

— Damien est hypermnésique, tout l'inverse de Michaël. Sa mémoire n'a pas de limites, il retient tout. Il est capable de restituer des listes de mots, même dénués de sens, des mois, des années plus tard. Il vous a à peine regardée, mais si je lui demande dans trois semaines quelle tenue vous portiez le mercredi 25 avril 2007, il saura me répondre.

Il jeta un œil derrière lui avant d'ajouter :

— Je l'ai vu au bout du couloir, attendre puis se précipiter vers nous, afin de nous croiser à cet endroit précis... Pour que la somme des quantités qu'il nous a énoncées soit égale à quatre-vingt-dix-neuf... Damien est obsédé par ce nombre, et nul ne sait pourquoi. Même pas lui.

— Impressionnant. C'est un peu comme ce qu'on raconte de Mozart, qui avait une mémoire démente ?

— Ah Mozart... Malheureusement pour Damien, ce n'est pas exactement la même chose. Mais vous avez entièrement raison, Mozart était doué d'une mémoire prodigieuse. Ce qui lui a d'ailleurs permis de pirater de la musique avant tout le monde. Connaissez-vous cette anecdote ? Le 11 avril 1770, il a quatorze ans et écoute, à la chapelle Sixtine, l'œuvre musicale la plus secrète du Vatican, le *Miserere* d'Allegri. Un morceau joué deux fois par an, dont la partition est mieux gardée qu'un trésor. Quelques heures plus tard, tranquillement installé à sa table de travail, Mozart en retranscrit l'intégralité, sans aucune fausse note. Il ne l'a écouté qu'une seule fois.

— Non, je ne connaissais pas... Excusez-moi, Charles, mais je ne comprends pas bien ce que Damien fait ici. *A priori* il n'a pas vraiment de problème de mémoire, c'est plutôt l'inverse !

— Le problème, c'est que tous ces détails inutiles qu'il stocke monopolisent cent pour cent de son attention. Il n'arrive donc plus à saisir le sens général des dialogues ou de ce qu'il se passe autour de lui. N'avez-vous pas, vous-même, le cerveau encombré de vieux codes de carte bleue, ou de broutilles sans importance ?

— Pour ça, vous avez raison ! Quand j'étais gamine, mes parents avaient un chien, Opale. Un petit bâtard, avec un tatouage qui avait coûté plus cher que le chien lui-même. J'avais appris par cœur ce numéro de tatouage, RFT745. Eh bien, je m'en souviens encore, alors que je n'arrive pas à retenir le nouveau numéro de téléphone de la brigade.

— Voilà un exemple concret de mauvais filtrage, de dysfonctionnement… Nous n'avons pas encore compris comment le cerveau sélectionnait ce qu'il fallait retenir seulement quelques heures, quelques jours, ou toute une vie… Toujours est-il que Damien, lui, se perd dans tous ces souvenirs inutiles… Le cortex cérébral est fait pour apprendre, mais surtout pour oublier ! Cela fait partie de l'équilibre. Or, Damien n'oublie jamais.

Ils se remirent à suivre les grosses flèches grises.

— Notre cerveau est une machinerie prodigieuse inimitable. Les gens s'extasient, par exemple, devant les joueurs d'échecs, leur capacité à retenir des centaines d'ouvertures Mais savez-vous que les mécanismes mis en œuvre pour voir ou se déplacer sont encore beaucoup plus impressionnants ? La preuve, les robots ne savent pas le faire, ou très mal, alors qu'ils excellent aux échecs !

— C'est peut-être parce qu'on est tous capables de se déplacer, alors personne ne s'en rend compte. C'est presque… inné…

— Ce n'est pas inné, croyez-moi ! Il suffit qu'une infime quantité de matière grise ne fonctionne plus normalement, et on tombe immédiatement dans des cas extrêmes. Je traite par exemple un autre patient qui ne « voit » pas la parie gauche de son corps. Défaut de prioperception, ce que l'on appelle plus communément le sixième sens.

— Je pensais qu'on attribuait le sixième sens uniquement à la gent féminine... fit Lucie en souriant.

— Non, non. Le sixième sens, c'est fermer les yeux, et pouvoir, d'un geste, placer son index au bout de son nez sans taper à côté. C'est avoir la conscience de son corps. Essayez, vous verrez.

Lucie ferma les yeux. Le doigt pile sur le bout du nez. Ça marchait. Excellent sixième sens.

— Eh bien, pour en revenir à mon patient, les conséquences de ce défaut sont pour lui dramatiques. Son propre bras gauche l'effraie, il le considère comme étranger, et il se frappe sans cesse la jambe gauche en hurlant : « Va-t'en ! Va-t'en ! » Quand il mange, il ne mange que la moitié droite de son assiette... *Idem* lorsqu'il se coiffe, le côté droit, uniquement... Il faut vraiment le voir pour le croire, pourtant l'hémi-négligence existe... Puis il y a Carole, aussi, dont le corps calleux, cette substance blanche connectant les deux hémisphères cérébraux, est endommagé. Si le cerveau lui donne l'ordre de visser un boulon, la main gauche vissera correctement, mais la droite, elle, dévissera, persuadée qu'elle visse. Et Georges ! Oui, Georges ! Il...

Et, tandis que Vandenbusche continuait de parler – maladie de Whipple, virus de l'herpès, aires de Broca et Wernicke –, Lucie se mit à repenser à son séjour à l'hôpital, en pleine adolescence. Tous ces médecins, autour d'elle, penchés sur son cerveau… L'opération, à l'origine d'une longue cicatrice à l'arrière de son crâne, qui avait tout changé. Soudain, du bout des lèvres, elle murmura :

— La Chimère…

Il s'interrompit :

— Pardon ?

— La… La Chimère, ça… vous dit quelque chose ?

— Hormis le monstre mythologique ?

— Hormis le monstre mythologique…

Il répondit par la négative, continuant à avancer. Au moment où elle allait enfin oser lui faire part de ses découvertes, qui lui avaient causé tant de soucis, avaient généré tant d'incompréhension autour d'elle, Vandenbusche s'exclama :

— Manon !… Réveillée, et déjà installée ! Quelle ponctualité !

Il s'arrêta et se retourna vers Lucie.

— Cette Chimère. De quoi s'agit-il ?

— Rien d'important…

— Bon…

Il leva l'index.

— Ah ! Une dernière chose. Répondez rapidement s'il vous plaît. Quelles étaient les couleurs du hall d'entrée ?

Lucie fut surprise par la question.

— Bleu, jaune, rouge, vachement *fashion*. Pourquoi ?

— Remarquable mémoire visuelle. Je pense que cela doit vous servir dans votre métier, sur les scènes de crime notamment. Bref, passons… Si dans un an, je vous demande ce que vous faisiez le 25 avril 2007, vous ne vous souviendrez probablement plus. Mais si je vous donne l'amorce, l'épingle au creux de la main, par exemple... Michaël Derveau, MemoryNode, Manon, cet hôpital, le chant des canaris... vous vous souviendrez même de moi ! Mémoire autobiographique. Toujours dans un an, et même dans dix, vous saurez revenir ici sans aucun problème, vous saurez qu'il faut suivre cette moquette verte avec ses flèches grises pour atteindre la salle de MemoryNode. Mémoire procédurale. Vous saurez aussi ce qu'est un hippocampe. Mémoire sémantique. Enfin, pouvez-vous me citer les trois nombres qu'a énoncés Damien ?

— Euh... Il a parlé du nombre de fois qu'il vous avait rencontré... Et la somme faisait quatre-vingt-dix-neuf...

— Soixante-septième rencontre dans le couloir, vingtième sur la dalle, numéro douze en partant de l'entrée. Ces détails ne revêtaient aucune importance pour vous, ils ont disparu de votre mémoire de travail... Le filtre naturel de l'oubli, qui maintient l'équilibre... Voilà... J'espère que vous avez compris le rôle de chacune de nos mémoires.

Lucie acquiesça avant de lancer un regard en direction de la salle de réunion. Rien d'extraordinaire. Des chaises, une table, un tableau blanc, et les organiseurs N-Tech. Guère plus. Elle qui s'attendait à une débauche de technologie, à de l'imagerie, de gros scanners...

— Je sais, cette simplicité surprend, murmura Vandenbusche. Mais rappelez-vous qu'il n'y a, aujourd'hui, pas mieux qu'une feuille et un crayon pour faire progresser la mémoire. Mes plus anciens patients sont incapables d'allumer un ordinateur. Ils ne savent même pas que ces machines existent.

Manon était assise avec d'autres personnes dans la salle où Lucie et le spécialiste venaient d'entrer. Le lieutenant de police considéra attentivement la quinzaine de visages qui convergeaient vers elle. Hommes, femmes, de tous âges. Certains regards étaient absents, d'autres intrigués. Vandenbusche fit signe à Manon qui s'approcha, l'œil rivé sur les porte-noms. Vandenbusche… Sa physionomie ne lui disait évidemment rien, mais elle avait appris, elle le « savait » responsable de MemoryNode. Quant à cette Lucie Henebelle… Une sonorité, des syllabes familières.

— On s'est déjà rencontrées, n'est-ce pas ? lui demanda-t-elle avec un scintillement dans les yeux.

Lucie posa instinctivement la main sur son arcade sourcilière suturée.

— En effet, nous avons passé un peu de temps ensemble. Je suis…

— Lieutenant de police… anticipa Manon. Oui ! Oui ! Attendez ! J'ai quelque chose pour vous ! Je… Je ne vous ai pas encore appelée au téléphone ? Dites-moi ?

Lucie sortit son portable. Un message.

— Si ! Je n'ai pas dû entendre en conduisant.

Manon fouilla dans son N-Tech et entraîna Lucie loin du groupe, vers le fond de la salle. La flic retrouva immédiatement cette complicité, cette chaleur même, qui les avait liées dans l'enfer de l'orage. Proches et lointaines à la fois.

— Avec toutes mes notes, mes enregistrements et ce que j'ai entendu aux infos, j'ai essayé de reconstituer le chemin du Professeur. J'en ai déduit qu'il était au courant avant même de m'enlever, pour notre expression, quand nous étions jeunes et que nous nous rendions dans la maison hantée de Hem ! Pour « fâcher les Autres » !

Apparemment, les multiples répétitions et la sieste n'avaient pas été vaines.

— Je sais, répliqua Lucie, admirative. J'ai songé à la même chose, au cours d'une réunion de travail que nous venons d'avoir. Si le Professeur a obtenu cette information, c'est qu'il vous connaît, d'une manière ou d'une autre.

— Cela semble logique, mais j'ai réfléchi, et je ne vois pas comment c'est possible. Non, vraiment pas.

— Vous habitez une impasse du Vieux-Lille, très peu fréquentée. Nous n'avons pas de témoins, il nous est difficile de savoir ce qui est arrivé. Mes collègues ont réalisé une enquête de voisinage ce matin, à l'heure où vous partez normalement pour votre footing. Personne n'a rien remarqué. Et d'après votre frère, rien n'a été renversé ni volé dans votre appartement. Peut-être… avez-vous volontairement suivi ce ravisseur, parce que vous le connaissez… Parce que sa photo se trouve à l'intérieur de votre N-Tech.

Manon désapprouva de la tête et se palpa discrètement le flanc : gauche. Elle devina un bloc métallique, froid, qui ressemblait à… une arme ?

— Quelque chose ne va pas ? s'inquiéta Lucie.

Manon croisa les bras, dissimulant maladroitement son trouble.

— Non, non, rien… C'est juste… Avec tout ce qu'il se passe. Mon… Mon enlèvement…

Elle se frotta légèrement le poignet droit.

— De quoi discutions-nous ?

— Du fait que votre ravisseur évoluait sans doute dans votre environnement. Pendant ces quatre années, il s'est peut-être servi de votre amnésie pour s'approcher de vous. Il a très bien pu attendre que vous fabriquiez des souvenirs de lui comme étant une personne de confiance pour ensuite vous tromper. Il est peut-être là, tout proche. Manon, il me faudrait votre N-Tech.

La jeune femme crispa ses doigts sur l'engin et se retourna vers le reste du groupe, inquiète.

— Non, non. Je ne peux pas vous le laisser. Il s'agit de mon intimité.

Lucie remarqua un homme avec une fine barbe qui les fixait avec insistance. Elle se mit à chuchoter :

— Je ne vous demande pas de tout me livrer, juste ce qui m'intéresse. Vous devez absolument me donner l'identité de toutes les personnes que vous connaissez. Vous les photographiez toujours, n'est-ce pas ?

La mathématicienne hocha la tête.

— Et vous pouvez me les montrer ?

— Si vous voulez. Mais… attendez…

Manon déclencha l'enregistreur, ferma les yeux et résuma ce que les deux femmes venaient d'échanger. L'absence de témoins, la probabilité d'avoir déjà croisé le Professeur. Elle observa les participants dans la salle, coupa le micro et demanda, après un nouveau coup d'œil sur le porte-nom :

— Qu'est-ce que vous vouliez, déjà ?

— Les photos de vos connaissances, dans votre N-Tech.

— Pour quoi faire ?

— Manon… Je viens de vous l'expliquer !

La jeune amnésique hésita, avant de dire :

— Il y en a énormément, vous savez ? Dès qu'une personne entre en contact avec moi, je la photographie.

Puis elle ouvrit le dossier « Photo » et fit défiler les

portraits, accompagnés d'un maigre descriptif. Médecins, amis, famille, livreur de pizza, facteur, plombier,
patients de MemoryNode. L'homme à la fine barbe,
Alain Schryve, y figurait. Des dizaines et des dizaines
de visages.

— Minute ! Revenez en arrière ! s'exclama Lucie.

Manon obtempéra.

— Hervé Turin ?... « Ne plus jamais travailler avec
ce pervers. » Mais pourquoi ?

Manon haussa les épaules et plaqua son N-Tech
contre sa poitrine, la bouche serrée.

— Vie privée, cela ne vous concerne pas... Je... Je
ne montre ces photos à personne. Vous le connaissez ?

Lucie prit un ton apaisant.

— Il est revenu aujourd'hui sur l'affaire, ici, à Lille.

— Revenu ? À Lille ? Pourquoi ?

— C'est lui qui a la plus grande connaissance du
dossier Professeur, et il a l'air très compétent. Je me
trompe ?

Manon baissa le menton. Après un temps de
réflexion, elle répondit :

— Non, non... Il est brillant... Et acharné...

— Vous vous connaissez bien ?

Manon soupira.

— Avant le... cambriolage, nous avons... colla-
boré... Je lui faisais part de mes idées, de mes déductions concernant les problèmes mathématiques et, en
retour, il me communiquait les éléments sensibles du
dossier. Nous avons... beaucoup voyagé ensemble,
dans les villes où ont eu lieu les meurtres...

Sa voix était empreinte de rancœur. Que signifiait :
« Nous avons beaucoup voyagé ensemble » ? Lucie
insista :

— Dans votre N-Tech, vous avez noté : « pervers ».
Pourquoi ?

Manon referma le dossier « Photo » et revint au
menu principal.

— La séance va commencer, madame… fit-elle en
relevant la tête. Je vais devoir y retourner.

Lucie lui caressa doucement le dessus de la main
pour attirer son attention.

— J'ai vu comment Turin regardait les femmes. Il
a été incorrect avec vous ?

Manon voulut se diriger vers son groupe mais Lucie,
cette fois, y alla plus fermement en lui agrippant le
bras.

— Répondez Manon ! Il vous a harcelée ?

Manon éleva la voix.

— En quoi cela vous regarde-t-il ? Est-ce parce que
je n'ai plus de mémoire que je ne peux plus avoir
de vie privée ? Mon passé est intact ! Vous pouvez
admettre cela ? Dites-moi !

Lucie relâcha son étreinte. Toutes les têtes étaient
tournées vers elles.

— Vous avez raison, excusez-moi… Mais… il me
faut cette liste de contacts… Vous avez ma carte avec
mon e-mail…

— Je vous l'enverrai tout de suite après la séance !
Vous voyez, je le note ! Et maintenant, laissez-moi
tranquille !

En validant sa tâche, Manon constata qu'il en existait une autre qu'elle n'avait pas cochée. Elle consulta
la page concernée et dit, se rapprochant de Lucie :

— Ah ! Je devais vous appeler au téléphone…

Son ton était complètement différent, bien plus doux.

On aurait dit qu'elle avait déjà oublié son coup de colère.

— Vous l'avez fait. Vous avez laissé un message que je n'ai pas encore écouté.

— Quand je vous...

L'air incrédule, elle considéra l'arcade sourcilière de Lucie, les sutures.

— ... ai frappée, cette nuit, il était à peu près 5 h 30 d'après ce qu'on m'a dit et que j'ai enregistré, n'est-ce pas ?

— Ça, je m'en souviens parfaitement, oui ! Vous m'avez prise pour je ne sais quoi, et vous avez cogné ! Vous n'y êtes pas allée de main morte !

Manon entraîna Lucie plus à l'écart. Elle chuchotait presque, à présent.

— Désolée pour cela, je...

— Laissez tomber. Ce n'était pas votre faute. Enfin... pas vraiment.

— Dites-moi, à ce moment-là, Dubreuil était décédée depuis combien de temps ?

— Plus d'une bonne quinzaine d'heures. D'après le légiste, elle a été tuée aux alentours de midi, hier.

Manon ne put réprimer un mouvement de surprise. Elle nota scrupuleusement l'information dans son N-Tech puis se remit à parcourir les pages électroniques.

— Ces endroits qui concernent notre affaire... Raismes, Hem, Rœux, eh bien, ils forment un triangle équilatéral, les trois côtés sont strictement égaux. Prenez une carte routière, et vérifiez ! Vérifiez ! Exactement cinquante kilomètres entre l'abri dans la forêt, proche de Raismes, et Hem, entre Hem et Rœux, et entre Rœux et la forêt !

— Oui, et alors ?

— Et alors, il s'agit d'une figure mathématique fondamentale ! Trois lieux qui, *a priori*, n'ont rien à voir, mais liés par la rigueur scientifique !

Elle déplaça son stylet sur l'écran tactile et afficha d'autres informations.

— Puis il y a ces décimales de π, dont je voulais vérifier l'exactitude. J'ai dégoté un logiciel sur Internet capable de trouver n'importe quelle séquence dans le premier milliard de décimales. J'ai bien retrouvé le numéro de sécurité sociale de Dubreuil, le Professeur ne nous a pas trompées. Position 112 042 004 dans π. Vous pourrez, là aussi, vérifier. Tout est exact, croyez-moi !

Lucie était impressionnée par la persévérance de Manon.

— Évidemment, je vous crois.

La jeune amnésique parut soudain absente, comme repartie dans ses pensées.

— Manon ? fit Lucie en agitant la main dans son champ de vision.

— Oui, oui… C'est juste cette énigme. « Si tu aimes l'air, tu redouteras ma rage ». Je ne comprends pas…

— Certes. Mais je ne vois toujours pas où vous voulez en venir avec ces histoires de triangle et de π.

Manon jeta un rapide coup d'œil sur son N-Tech avant de reprendre :

— C'est pourtant simple ! Il ne nous bluffe pas sur π. Cerise sur le gâteau, il pousse le vice jusqu'à bâtir un triangle équilatéral. Et, d'un autre côté, pour la première fois de sa « carrière », il ne respecte pas son ultimatum ? Il annonce qu'il agira à 4 heures du matin, alors qu'il tue la veille vers midi ?

— Continuez, vous m'intéressez.

Manon était excitée, elle se sentait utile à l'enquête. Elle considéra Lucie d'un air complice.

— J'ai tout écrit là-dedans. Regardez. Hier, je devais courir de 9 h 30 à 10 h 15, je ne l'ai pas fait. J'avais rendez-vous à la banque à 11 heures, je n'y suis pas allée. Ni aux autres rendez-vous de la journée. Donc, il me retenait déjà.

— Votre frère vous a vue vous préparer pour aller courir, m'a-t-il dit. Il était 9 h 10, heure à laquelle il partait travailler. Vous avez donc vraisemblablement été enlevée entre 9 h 10 et 9 h 30, chez vous puisque vous n'aviez pas embarqué votre N-Tech alors que vous le prenez même pour votre footing. Vous étiez déjà en survêtement, tenue dans laquelle nous vous avons retrouvée. Tout se tient.

— Qu'a-t-il pu se passer durant toute la journée d'hier ? Je l'ignore. Toujours est-il que chronologiquement, il m'enferme dans la cabane, part tuer Dubreuil, revient à la cabane, et me libère. Et je ne comprends pas pourquoi il a agi ainsi, pourquoi, tant d'années plus tard, pour la première fois, il n'a pas honoré son « contrat »… Il pouvait très bien tuer Dubreuil à 4 heures, conformément à ce qu'il avait annoncé. En me libérant le soir, comme il l'a fait, il savait parfaitement que nous n'arriverions pas à temps à Rœux. J'avoue que cela… me tracasse, chaque fois que je relis ces notes…

Manon carburait aussi vite qu'un ordinateur. Mais il lui manquait le flair du flic, la connaissance du criminel. Lucie sentit la tension monter en elle. Tout compte fait, elles formaient une équipe de choc.

— Vous savez quoi Manon ? Je pense qu'il a posé

cet ultimatum pour monopoliser notre attention, mais qu'en réalité, il avait besoin de se montrer quelque part hier soir après vous avoir libérée.

— Pour se constituer un alibi ?

— Pas exactement... Son profil prouve qu'il connaît nos techniques, il devait se douter que nous daterions assez précisément l'heure du décès. Mais il voulait quand même que son absence, cette nuit-là, ne se remarque pas. Et tout particulièrement entre 21 heures et 4 heures. Famille, amis, collègues de travail... Cette nuit, le Professeur devait se montrer ailleurs. Dans un endroit où il aurait paru suspect qu'il ne soit pas.

Manon secoua la tête, intriguée. Comment cette conversation avait-elle commencé ? Abandonnant Lucie à ses réflexions, elle dit, avant de s'éloigner :

— En tout cas, malgré l'horreur du crime, cette Renée Dubreuil... Je suis bien contente qu'elle soit morte... Elle ne méritait pas de vivre... Pas après ce qu'elle avait fait à ses propres enfants...

Du fin fond de son âme de flic, Lucie dut admettre qu'elle était du même avis.

Si elle avait dû tuer Dubreuil de ses propres mains au cours d'une opération, alors assurément, elle l'aurait fait.

Pas elle mais plutôt... la Chimère l'aurait fait. Sans aucune pitié...

Chapitre vingt-deux

L'homme pénétra sans difficulté dans le couloir de cette maison divisée en quatre appartements, au fond d'une étroite impasse d'où l'on ne distinguait même pas la couleur du ciel. Après vérification de son identité, les deux flics dans leur véhicule, le long de la rue Léonard Danel, l'avaient tout naturellement laissé passer. Son nom figurerait sur leur registre, mais ce n'était pas bien grave.

Myrthe aboya paresseusement au pied de la porte, mais sa maîtresse ne l'entendit pas. Après les divers rendez-vous de la journée, Manon s'était glissée sous la douche, pour se redonner un coup de fouet avant de se mettre au travail, devant l'ordinateur. Assimiler, noter, classer les informations.

Les doigts repliés sur des accoudoirs chromés, la tête rentrée dans les épaules, elle baissa les paupières et se laissa submerger par une vague de bien-être, sans chercher à fouiller une énième fois dans son esprit fragmenté. Il fallait parfois s'évader, oublier l'amnésie. Certainement ce qu'il y avait de plus dur à oublier, d'ailleurs.

En collant son oreille sur la porte de l'appartement,

l'homme perçut le grondement de la douche. Tiens tiens ! Pourquoi ne pas…

Il lui fallut moins de dix secondes pour changer ses plans.

Il y avait quelque chose à essayer. Une expérience très intéressante.

D'un œil expert, il ausculta la serrure. Une serrure à goupilles, *a priori*. Il enfila des gants en latex et sortit son crochet en demi-diamant qu'il introduisit dans le pêne. Réaction au raclage… Trouver à présent le sens de rotation qui provoquerait l'ouverture. Sentir la résistance, au moment où la came du rotor rencontre le ressort du pêne. Et tourner…

Deux minutes plus tard il se trouvait à l'intérieur, dans le hall. Les flics avaient pour ordre de ne pas quitter leur véhicule, ils ne le dérangeraient pas. Quant au frère… Absent pour le moment, tout simplement.

Il rabattit sans bruit la porte derrière lui et ferma le verrou. Son rythme cardiaque s'accéléra. L'excitation, l'embrasement des pulsions…

— Là ! Bon chien, bon chien…

Myrthe explora cette paume étrangère, accepta les caresses sur son poitrail puis retourna dans la cuisine.

L'intrus avança tranquillement. Il jeta un œil en direction de la chambre, sur sa gauche. Un grand poster de Manon habillait le mur du fond. Il s'en approcha et effleura à travers son gant cette opaline si pure. Elle était si belle… si désirable… Ça faisait tellement longtemps…

Les dents serrées, il fit coulisser un tiroir qui émit un bref couinement. Il s'immobilisa, s'assura que le jet hydraulique n'avait pas faibli. Devant lui, des paires de chaussettes, classées par couleur et par saison. Dans une vibration sanguine, il ouvrit le compartiment du dessous et accéda aux petites culottes, elles aussi parfaitement rangées. La main gantée en piocha une bien au fond, noire et en dentelle. La petite salope... Il adorait la dentelle, il en aurait bouffé. Il la renifla longuement avant de la fourrer dans sa poche. Souvenir personnel.

Parmi les papiers, les éphémérides et les Post-it dispersés un peu partout, il découvrit, sur la table de nuit, les bilans des derniers tests de mémoire de Manon. MMS[1], score de l'efficience cognitive, échelle de Mattis... Il les feuilleta. De jolis progrès, grâce à la répétition. Résultats en hausse, impressionnant. Mais Manon était absolument incapable de retenir de l'information immédiate. La moindre distraction, et hop ! Tout s'effaçait. Y compris les visages. Prosopagnosie, du pur bonheur. La faille à exploiter.

Il poursuivit son exploration. Au fond du couloir, une porte de métal avec un digicode attira son attention. Qu'est-ce qu'un machin pareil fichait dans un appartement ? Qu'avait-elle à cacher à l'intérieur ? Il se précipita dans la cuisine, y dégota un paquet de farine et en fit couler une petite quantité dans le creux de sa main, qu'il retourna souffler sur les chiffres du digicode. La substance blanche s'accrocha sur la graisse abandonnée par les empreintes digitales. Quatre chiffres émergèrent. 1, 4, 3, 7. Restait à tester toutes les combinaisons. Une minute plus tard, il se faufilait à l'intérieur du bunker.

Une lumière s'alluma automatiquement. Pas de fenêtres.

---

1. *Mini Mental Status* (échelle d'appréciation des fonctions cognitives).

Un fouillis démentiel, une caverne de notes étranges, illisibles pour la plupart. Il se figea devant les formules mathématiques, les déductions, les bizarreries en latin avant de se tourner vers les photos. La soif de traque de Manon n'avait pas faibli. Clichés de la sœur, Karine, après son passage entre les mains expertes du Professeur. Œuvre de chair et de sang. Il connaissait cette image, faite de lèvres écorchées, de globes oculaires révulsés, de doigts crispés autour d'une craie bleue. Lui aussi en conservait quelques exemplaires chez lui, avec celles des cinq autres victimes. Sacré privilège.

Mais là n'était pas le plus intéressant. Il sortit, effaça les traces de farine et se dirigea vers la salle de bains.

Il marcha lentement, silencieusement. Il aurait aimé pouvoir étirer chaque seconde à l'infini. La jouissance de l'attente, avant le passage à l'acte.

Du bout des doigts, il poussa la porte. La vapeur enveloppa son corps déjà embrasé. L'eau frappait bruyamment contre une large vitre. Derrière le Plexiglas, les mouvements ondoyants d'un corps de femme. Il s'approcha, chevaucha un tas de vêtements et colla son front contre la paroi.

Elle lui tournait le dos.

Cette cambrure parfaite. Telle que l'avait façonnée son imagination, pendant ces douloureuses années. La vision obsédante de ses cauchemars.

Manon, Manon, là, juste derrière. Un simple film transparent entre leurs corps. Il la lui fallait, tout de suite. Presser ces seins rebondis, les malaxer, les broyer jusqu'au sang. C'était si simple ! Il ôta son blouson, le laissa tomber sur le sol et enfonça son pistolet dans la poche arrière de son jean. Pas besoin d'arme.

Il chassa brutalement la paroi coulissante, ses doigts

agrippèrent à tâtons le robinet et coupèrent l'eau. Manon n'eut pas le temps de lui faire face, une poigne puissante la bâillonna. Elle se retrouva écrasée contre le mur de faïence, privée de ses mouvements par le serpent de chair qui se resserra autour de sa gorge. Impossible de frapper.

— Salut ma puce...

Cette voix... Elle l'aurait reconnue entre mille.

Le front de l'homme perlait, sa chemise était trempée. Chacun de ses muscles résonnait comme une corde de harpe. La vapeur le saisissait. D'un geste déterminé, les mâchoires serrées, il coucha Manon au sol et se frotta contre elle de toutes ses forces. Le bruit des chairs contre l'émail luisant se fit de plus en plus intense.

Il lui suffisait de baisser sa braguette, là, maintenant, pour la posséder... enfin.

Manon continuait à se débattre. Dans un hurlement étouffé, elle parvint à lui mordre la main. L'homme grogna, tandis que sa proie recrachait un morceau de chair rose dans le trou d'évacuation.

Écrasé de douleur, il se releva, déclencha le jet d'eau chaude à pleine puissance et rabattit la paroi coulissante.

— Je reviendrai très bientôt, ma puce, grimaça-t-il en pressant sa paume ensanglantée. Et cette fois, tu passeras à la casserole. Salope.

Manon hurla. Le contact de l'eau brûlante sur sa peau. Ses épaules, ses cuisses en feu. L'impression de milliers de volts, à l'assaut de son organisme. Elle projeta ses deux mains au-dessus de sa tête, sur le robinet, qu'elle tourna à fond vers la droite. L'eau devint glaciale. Nouveau hurlement. Elle parvint enfin à fermer le robinet et resta vingt bonnes secondes, haletante, endolorie, tandis que les derniers écoulements disparaissaient dans un tourbillon et qu'un voile de vapeur encerclait son visage en un masque d'oubli.

Comment avait-elle fait pour se brûler si fort ? Et d'où provenait ce goût de sang dans sa bouche ? Elle se tira les cheveux, à se les arracher, en rage contre ce maudit handicap qui la dévorait.

Et la rendait aussi fragile et vulnérable qu'un verre de cristal dans un étau.

Chapitre vingt-trois

Lucie avait prié Maud, la nourrice, de garder les filles plus tard que prévu. Ces heures supplémentaires pousseraient son compte bancaire dans le rouge, mais tant pis. La paye allait bientôt arriver et, par-dessus tout, la passion du métier était en train de supplanter définitivement l'instinct maternel.

Elle devait absolument rencontrer Pierre Bolowski, le paléontologue, qui voulait lui communiquer des informations au sujet des fragments de fossile retrouvés dans le système digestif de Renée Dubreuil. Et, juste après, rendre une petite visite à Frédéric Moinet. Cette histoire de scarifications sur le ventre de Manon l'intriguait.

Avant son départ pour Villeneuve d'Ascq, elle avait appelé le commandant pour lui demander de récupérer les différentes photos du N-Tech sur son e-mail. Il avait immédiatement placé des effectifs sur le coup. Vérifier les identités, les emplois du temps de plus de cent quarante personnes, de la caissière de supermarché au dentiste. Voilà qui promettait.

Plantée au cœur de Villeneuve d'Ascq, l'université Lille I était une ville dans la ville, encerclée par les grands axes fuyant vers Paris, Gand et Bruxelles. Un ensemble imposant de bâtiments, de résidences et de salles de sport réunissant étudiants, chercheurs et enseignants. On y travaillait tout type de sciences : structures de la matière, génie électrique, chimie, biologie, mécanique, et bien d'autres encore.

Lucie tourna quelque temps avant de trouver enfin le bâtiment au nom barbare de SN5 59855. Le laboratoire de paléontologie et stratigraphie.

Pierre Bolowski, un homme de petite taille au dos voûté, l'accueillit dans un univers de roches, de microscopes, de grandes cartes plastifiées représentant des plis, des courbes de niveaux, des cassures géologiques. Après de rapides présentations, le chercheur posa sur un présentoir en verre un fossile orangé, verni, de la taille d'un abricot, à la spirale parfaite.

— Voilà la copie exacte de ce que votre victime a été forcée d'ingérer, expliqua-t-il en s'installant derrière son bureau. *Hysteroceras orbigny*, une ammonite pyriteuse. Trois cents grammes de sulfate de fer, que l'on appelle aussi pyrite. Vous verrez la composition chimique détaillée dans le rapport que ma secrétaire va faxer à votre commandant.

L'ammonite exposée était tranchée en deux. On y découvrait les cloisonnements internes dans lesquels le mollusque céphalopode avait vécu et s'était déplacé au fil des ans, jusqu'à constitution de la formidable spirale logarithmique. Lucie resta pensive. Comment une stupide bestiole avait-elle pu construire un tel édifice, au sein duquel se nichait le nombre d'or ?

Pas de hasard, *dixit* Turin. Mais alors, quoi ? Cette fameuse fonction mathématique complexe, qui contrôlait tout l'univers ? Complètement absurde.

— Existe-t-il un lien entre l'ammonite et le nautile ? se hasarda-t-elle en sortant son inusable carnet.

Pierre Bolowski récupéra son fossile et l'observa sous tous les angles. Son diamant à lui.

— Plutôt, oui. Les ammonites se sont éteintes en même temps que les dinosaures, lors de la crise du crétacé-tertiaire, il y a soixante-cinq millions d'années. Le nautile est leur plus proche cousin. Pour preuve, on l'appelle « le fossile vivant ».

— Je peux ?

— Évidemment. Mais attention à ne pas vous blesser, c'est très tranchant au niveau de la coupe longitudinale.

Lucie s'empara de l'ammonite, séduite par l'incroyable beauté des compartiments, l'harmonie de l'enroulement. Elle tenait entre les mains un objet mathématique parfait, qui existait bien avant la création des mathématiques elles-mêmes, qui avait traversé les millénaires emprisonné dans la pierre pour enfin être exposé aux yeux du monde. Mais c'était aussi l'arme redoutable d'un crime, des dizaines de lames qui avaient déchiré les tissus internes d'une septuagénaire. Cela défaiait toute logique...

— Et... vous avez une idée de l'endroit où il a pu se la procurer ?

— Si j'ai une idée ? Bien évidemment ! Je pourrais vous localiser le lieu de son prélèvement à une dizaine de mètres près !

— Non, vous plaisantez ?

Le paléontologue montra derrière lui la photo d'une falaise à la blancheur éclatante, où des hommes armés de piolets et chaussés de bottes en caoutchouc posaient fièrement. Lui se tenait au centre.

— Votre ammonite appartient à l'étage que l'on appelle l'Albien inférieur, apparu au crétacé. Ces étages représentent, en quelque sorte, une coupe de notre planète dans le temps, un peu comme les cernes d'un arbre tronçonné. Chaque étage possède ses propres ammonites, qui lui sont spécifiques. Pyriteuses, phosphatées, crayeuses... Les seuls endroits où l'on puisse voir des affleurements de l'Albien sont Folkestone en Angleterre, la Drôme, l'Aube et... devinez où ?

— Il me semble qu'on ramasse beaucoup de fossiles sur la côte. Du côté de Boulogne, non ?

— À Wissant, plus précisément au cap Blanc-Nez. Il s'agit d'un affleurement très prisé par les amateurs de fossiles, les géologues et paléontologues de la France entière, voire d'Europe ! Vos fragments d'ammonite proviennent exactement de ce que nous appelons les argiles du Gault, situées entre le hameau de Strouanne et le petit Blanc-Nez. Le très gros avantage, pour le promeneur, c'est que l'étage est accessible depuis la plage de galets, au pied de la falaise, et que donc n'importe qui muni d'un piolet peut décrocher une ammonite de la roche. C'est d'ailleurs un désastre pour le site.

Il désigna un autre cliché avec des barrières et des panneaux.

— Voilà pourquoi les travaux d'extraction et de fouille sont désormais interdits. Et c'est tant mieux.

— Interdits, mais toujours possibles ?

— À condition de ne pas se faire prendre, oui... La police est très stricte à ce sujet, les amendes pleuvent.

Lucie nota : « Vérifier auprès de la mairie de Wissant les identités des contrevenants éventuels. »

Le cap Blanc-Nez se situait à une centaine de kilomètres de Lille.

— Donc, le fossile aurait été extrait là-bas... Aux argiles du Gault... Et... à tout hasard, mais vraiment à tout hasard, on peut savoir quand ?

Bolowski regroupa ses mains sous son menton.

— Vous abusez, lieutenant !

Lucie répondit, le sourire aux lèvres :

— Je demandais juste, au cas où. Sait-on jamais...

À son tour, Bolowski dévoila ses dents, aussi fossilisées que la plus vieille des ammonites.

— Vous abusez, mais je vais vous le dire...

Content de son effet, il sortit d'une boîte hermétique les fragments retrouvés dans le corps de Dubreuil.

— Votre meurtrier n'est qu'un vulgaire amateur, un pilleur de falaises ! Nous, les spécialistes, traitons toujours les fossiles pyriteux à l'acide oxalique, un antirouille, et nous les rinçons à l'eau distillée, afin d'éviter la formation d'oxalate de calcium, qui les blanchit inévitablement. On peut même les vernir, pour les protéger plus encore. C'est par exemple le cas de celui que je vous ai rapporté.

Il piocha avec précaution un gros morceau dans la boîte.

— Le fossile abandonné par le tueur est oxydé et blanchi, la totale quoi. À voir l'épaisseur d'oxyde de fer qui s'est formée autour de la pyrite, il a été prélevé, je dirais, il y a environ six mois.

Lucie fixa avec fascination ces éclats dans lesquels le paléontologue avait su lire, cette boule de cristal en miettes racontant que le Professeur était descendu au pied du cap Blanc-Nez dès la fin de l'automne pour, déjà, y préparer son meurtre.

Tout ce temps à peaufiner son plan…

— J'ai un dernier truc pour vous, ajouta le magicien de la pierre. Un petit rien qui pourrait vous intéresser…

Il semblait jouir de l'expression de surprise qu'il réussissait, chaque fois, à tirer des traits de la jolie flic.

— Vous connaissez le nom de l'assassin ? plaisanta Lucie.

— Presque…

— Comment ça, presque ?

— La pyrite est un minéral très dur, qui ne se raye pas facilement, mais qui se raye quand même. Quand on décroche une ammonite de la roche, il faut l'attaquer au burin et au marteau… Vous possédez une arme, lieutenant Henebelle ?

— Oui, bien sûr. Mais quel est le rapport ?

— Vous savez qu'en balistique, quand on récupère une balle, on peut savoir de quelle arme elle a été tirée, en utilisant les microrayures laissées par les rainures du canon sur la balle… Des microrayures qui sont en quelque sorte l'empreinte digitale du revolver.

Lucie voyait où il voulait en venir. La police scientifique parvenait parfois à identifier un cambrioleur simplement en moulant la trace du pied-de-biche laissée sur la porte, et en la comparant avec l'outil trouvé chez le suspect. Car chaque pied-de-biche avait une empreinte unique, une signature.

— Bien joué, monsieur Bolowski !

— Eh oui, les fossiles parlent, lieutenant. Ils emprisonnent le passé, mais aussi tout ce qui s'approche d'eux. Ce morceau porte sur lui la marque du burin qui l'a décroché de la falaise. Taille, irrégularités, aspérités. Le burin qui nous intéresse mesure environ trois centimètres de large. Trouvez l'outil, observez-le au microscope, comparez avec l'empreinte laissée sur ce morceau de pyrite, et alors, avec un peu de chance, vous tiendrez votre assassin...

Chapitre vingt-quatre

Après d'inutiles va-et-vient à la recherche d'une place sur les pavés trempés du Vieux-Lille, Lucie abdiqua et se gara dans le parking de l'Opéra. Assez loin de sa destination finale, certes, mais elle éprouvait le besoin de marcher et de réfléchir.

Enfouie dans son caban, la jeune flic tira un bilan succinct de ces dernières heures d'enquête. Les récentes déductions semblaient indiquer que le Professeur évoluait depuis au moins six mois dans la région, qu'il était gaucher, et avait préparé son coup sur Renée Dubreuil depuis très longtemps. Il connaissait donc parfaitement le coin, savait quand et où agir sans se faire remarquer et, comble de tout, s'amusait à narguer la police avec ses énigmes tordues.

Le front soucieux, Lucie s'engagea rue de la Monnaie, dépassa la maison en double parcellaire du vieux taxidermiste Léon, une relation de travail, puis s'enfonça dans la rue Esquermoise. Elle peinait à s'approprier les subtilités de l'enquête. Trop de questions la taraudaient. Pourquoi avoir visé Dubreuil la sadique, septuagénaire tranquillement repliée dans son trou à rats ? Quel rapport pouvait-il exister entre cette perverse et les six individus sans histoires tués quatre années plus tôt ? Pourquoi ce lourd silence entre les six premiers meurtres et le septième ? Et pourquoi avoir impliqué Manon Moinet à ce point ?

Car le plus troublant, dans ce dédale, était que le meurtrier connaissait Manon dans son intimité, qu'elle s'était probablement laissé emmener hors de chez elle, le jour de sa disparition, sans opposer de résistance. Avait-il compris qu'elle n'avait jamais cessé de le traquer ? Dans la cabane de chasseurs, on ne l'avait ni agressée, ni violée, ni droguée. Seulement retenue. Si le Professeur avait peur d'elle, du retour de sa mémoire, du programme MemoryNode, de ces affiches publicitaires partout en France, pourquoi ne pas l'avoir éliminée ? Ou alors s'était-il rendu compte qu'en définitive la mathématicienne ne représentait aucun danger. Juste un trou noir, où ne s'engouffrait aucun souvenir.

Pour l'heure, Lucie tournait en rond. Semblable en cela à la jeune amnésique. Mais, une chose était sûre, tout convergeait vers Manon. Il fallait des réponses. Interroger sa mémoire vivante. Son frère, le beau brun aux yeux noisette.

Lucie salua rapidement les deux collègues qui s'ennuyaient ferme dans la 306, puis pénétra dans la sinistre impasse du Vacher. Elle franchit une lourde porte de bois et s'avança dans le couloir central de la maison de Frédéric, une fière bâtisse hispano-flamande. Au fond s'entassaient des escabeaux, des cloisons de BA13, des sacs de plâtre. Lucie réajusta son manteau, ôta l'élastique qui retenait sa chevelure et lui donna du volume. Pourquoi cette soudaine envie de se faire belle ?

Elle s'arrêta un instant devant la porte où étaient

inscrites, à côté de la sonnette, les initiales « M. M. ».
Que faisait la mathématicienne en ce moment même ?
Lucie hésita à lui rendre une brève visite, car il faudrait
de nouveau tout expliquer. Son identité, les conditions
de leur rencontre… Décrire encore l'horreur, la raviver… Pressée de retrouver ses filles, la flic ne s'en
sentit pas le courage.

Elle se recentra sur son objectif : Frédéric.

Le chef d'entreprise lui ouvrit, torse nu, serré dans
un pantalon de lin anthracite, deux cravates à la main.
Il exhalait une agréable odeur de musc.

— Encore la police ? grommela-t-il en jetant un
rapide coup d'œil à l'arcade sourcilière de Lucie. Un
collègue à vous est déjà passé. Un type nerveux, sec,
avec des yeux de fouine.

— Hervé Turin ?

— Je vois que j'en ai fait une bonne description…
Écoutez, j'ai déjà répondu à ses questions et j'en ai
assez entendu pour aujourd'hui. Si vous permettez, je
suis pressé… La DG d'Air France m'attend demain
très tôt. Mon TGV part de Lille-Europe à 21 h 03, je
passe la nuit à Paris.

— J'insiste. J'ai juste besoin de quelques infos sur
Manon.

— Exactement comme la fouine ! Vous ne pouvez
pas vous concerter avant de venir ici ?

— Ça concerne les cicatrices de votre sœur. Ça
m'étonnerait que mon collègue ait abordé le sujet.

Il soupira, exaspéré, avant de répondre sèchement :

— Dans ce cas, je n'ai rien à vous dire. Ces scarifications ne concernent qu'elle.

Il allait repousser la porte. Lucie s'avança dans
l'embrasure.

— Sauf que vous avez inscrit l'une d'elles. Vous avez volontairement mutilé votre sœur. Et ceci, voyez-vous, me concerne.

Il s'écarta du battant, avant de dire, agacé :

— Entrez...

Lignes tendues, chromes précieux, courbes design, l'archétype du style contemporain.

— Je suis plus traditionnelle pour la déco, commenta Lucie. Plutôt du genre meubles anciens et télé qui saute... Vous avez assez bon goût pour un homme célibataire.

— Dois-je le prendre pour un compliment ou une attaque ?

Frédéric se remit à préparer sa valise. Costume, chemises blanches, paires de chaussettes. Tout était ordonné, plié, rangé avec minutie.

— Un peu des deux, rétorqua Lucie en souriant. Revenons-en aux cicatrices...

Il enfila une chemise Yves Saint Laurent impeccablement repassée et ornée d'une curieuse broche – une toile d'araignée en étain. Il la boutonna à une vitesse surprenante. Ses doigts étaient fins et habiles.

— Manon s'est infligé la première scarification au début de son amnésie. Dans l'année qui a suivi le cambriolage, ma vie s'est transformée en enfer. Ma sœur ne comprenait pas ce qui lui arrivait. Elle était totalement désorientée... handicapée... incapable de se débrouiller et de s'organiser. Avec de graves problèmes d'orientation et de perception spatiale, à cause de ses hippocampes défectueux. À l'époque, les programmes de réinsertion pour amnésiques, genre MemoryNode, n'existaient pas. Manon ne pouvait compter que sur le soutien d'un orthophoniste, et le mien, puisque… notre mère était partie…

— Suicide, c'est ça ?

— Je vois que vous avez vos sources. Elle s'est ouvert les veines dans un institut spécialisé où elle était suivie pour sa dépression. Je suppose que vous le savez…

— En effet, dit-elle en sortant son carnet.

— Après la mort de Karine, puis celle de ma mère, j'ai tout abandonné. J'ai vendu notre entreprise familiale d'emballages pour revenir ici, à Lille, où Manon avait grandi, afin qu'elle puisse enfin se raccrocher à des souvenirs heureux. La changer d'air, l'éloigner de cet univers de mort, tout simplement. Et je me suis occupé d'elle, presque à plein temps.

Frédéric se figea, visiblement ému. Ses douleurs passées se lisaient sur son visage.

— Au départ, incapable de former le moindre souvenir, Manon écrivait sans cesse. Sur les murs, les meubles, dans des cahiers… Un moyen, sûrement, de cracher tout ce qui bouillonnait dans son cerveau, et qu'elle ne réussissait pas à capturer… Comme un appel au secours.

Il tendit le bras, en direction de l'appartement de Manon.

— Un jour, je suis rentré chez elle et je l'ai trouvée dans la salle de bains, en train de se charcuter face au miroir. On aurait dit aussi qu'elle… qu'elle s'asphyxiait, c'était très curieux. Elle se palpait la gorge, crachait, j'ai bien cru que… qu'elle s'était de nouveau fait agresser. Je revois encore le geste ! Le couteau qu'elle abat sur sa chair, et son autre main autour de la trachée. Il s'agissait d'un couteau de cuisine ! Vous imaginez le tableau ?

Il plissa les yeux. Il semblait revivre la scène en direct.

— Quand je l'ai découverte, la vue du sang et son état d'agonie m'ont fait paniquer. Alors je me suis jeté sur elle et je lui ai arraché le couteau des mains. Elle ne voulait pas le lâcher, et c'est... ce qui a causé cette longue cicatrice, après « Trouver la tombe d ». Par la suite, je l'ai emmenée à l'hôpital, afin de comprendre. D'après les spécialistes, elle avait revécu la scène de son étranglement, même si elle n'en gardait pas le souvenir conscient. Une confabulation, pour reprendre leurs termes, c'est-à-dire un souvenir fabriqué.

Lucie s'approcha d'un Macintosh dernier cri et fit glisser ses doigts sur les touches du clavier chromé.

— Et que signifie cette phrase ? Elle devait être sacrément importante pour que Manon décide de se mutiler. Pour qu'elle s'assure de ne jamais en perdre la trace.

— Vous allez trouver cela surprenant, mais ni Manon, ni moi ne le savons. Quand je l'ai interrompue, elle a entièrement perdu le fil de ses pensées. Le plus urgent était de la soigner, je l'ai menée sur-le-champ à l'hôpital.

Lucie se souvint des mots du neurologue.

— Mémoire du corps ! s'exclama-t-elle.

— Quoi, mémoire du corps ?

— Le docteur Vandenbusche m'avait parlé d'une mémoire du corps. Le fait d'avoir revécu la scène de son étranglement a peut-être réveillé chez elle le souvenir d'une tombe ! Souvenir qu'elle a voulu noter immédiatement sur elle ! Peut-être une information que le cambrioleur lui aurait révélée en l'étranglant, une information essentielle !

— Foutaise ! La mémoire du corps n'est qu'une théorie de Vandenbusche, elle n'a jamais été prouvée ! Et que viendrait faire le cambrioleur dans cette histoire ?

Lucie fixa un instant la broche en étain et dit :

— Je l'ignore… Mais s'il ne s'agissait pas de la mémoire du corps, je suppose que Manon avait dû prendre des notes concernant cette tombe… Insérer ses conclusions dans son N-Tech, ou son PC…

Frédéric secoua négativement la tête, les lèvres pincées.

— Rien, nous n'avons jamais rien trouvé, et pourtant je peux vous affirmer que nous avons cherché. À l'époque, Manon n'avait pas encore son N-Tech et elle ne savait pas utiliser son potentiel de mémorisation, grâce à la répétition. Elle se servait juste de morceaux de papier, elle consignait des tonnes et des tonnes d'observations dans ses cahiers, dont elle retapait ensuite le contenu à l'ordinateur. Impossible, donc, de hiérarchiser l'importance de ses écrits, de faire la différence entre l'absolument nécessaire et le jetable. Il y en avait tellement !

— Et donc en imprimant cette phrase dans sa chair, Manon a voulu lui donner la priorité numéro un. Mais, manque de chance, vous êtes intervenu juste à ce moment-là, dans la seconde fatidique…

— Je sens une certaine ironie dans votre ton.

Lucie releva le nez de son carnet.

— Parlez-moi de MemoryNode.

Frédéric jeta un œil sur sa montre. Il se redressa, boucla sa valise et alla se verser un whisky.

— Je vous sers un verre ? J'ai encore de la marge, tout compte fait. Lille-Europe n'est qu'à vingt minutes à pied.

— Jamais en service, merci.

— Quand diable n'êtes-vous pas en service, dans ce cas ? Vous avez passé la nuit dernière à courir dans la boue, votre… arcade sourcilière est salement amochée, vous devriez être au repos et je vous retrouve encore ce soir, à m'interroger !

Sa voix était beaucoup moins rude. Il ajouta :

— Sans la boue, vous êtes quand même bien moins… rurale.

— Rurale, oui…

Lucie aurait aimé ne pas rougir. Elle se racla la gorge et se raccrocha immédiatement à l'enquête.

— Et donc, MemoryNode ?

La gorgée de liquide ambré détendit définitivement Frédéric.

— Il s'agit d'un programme destiné aux amnésiques antérogrades, basé sur l'utilisation de la mémoire procédurale, qui elle, reste presque toujours fonctionnelle.

— Celle de l'apprentissage des gestes, des automatismes, c'est ça ?

— Je vois que vous assimilez rapidement.

— Avec votre sœur, on n'a pas d'autre choix. C'est une femme fabuleuse.

Il acquiesça avec conviction.

— Grâce à cette mémoire procédurale, Manon a pu utiliser un N-Tech élaboré spécialement pour les amnésiques, avec des fonctions et des logiciels leur simplifiant grandement le quotidien. L'engin ne fait pas les courses à leur place, mais il leur dit ce qu'ils doivent acheter, et quand. En dehors de la technologie, il existe un second aspect, et certainement le plus important, que MemoryNode développe pleinement la plasticité cérébrale.

— C'est-à-dire ?

— Le cerveau est en perpétuelle évolution, lieutenant, il bouge sans cesse, seconde après seconde, se réorganise, crée et élimine des connexions comme une centrale bouillonnante. Pour combler le déficit de certaines fonctions, il possède cette incroyable capacité d'utiliser et de surdévelopper d'autres zones intactes. Ma sœur pourrait vous parler à l'infini de Daniel Tammet, un savant mathématicien, autiste, capable de faire des multiplications gigantesques de tête non pas en calculant, mais en associant à chaque chiffre des sons, des images et des couleurs, provenant de la zone visuelle de son cerveau. Quand il multiplie deux images, une troisième apparaît, lui donnant la réponse de l'opération. Cette manière de fonctionner va au-delà de ce que nous pouvons imaginer.

— Vous vous y connaissez vachement.

— Je voulais comprendre de quoi souffrait ma sœur, comment elle évoluerait avec l'âge, ce qu'il adviendrait de son avenir. Tout était tellement flou, si compliqué à appréhender. Vous ne pouvez vous douter des efforts que tout ceci m'a coûté.

Il but une gorgée d'un geste distingué.

— Grâce à l'entraînement, à la stimulation, au suivi mis en place par le professeur Vandenbusche, les hippocampes entièrement atrophiés de ma sœur, notamment le gauche, ont regagné un peu de volume et d'élasticité en piochant dans les zones connexes en état de marche. Pas énormément, certes, mais suffisamment pour que le canal entre sa mémoire de travail et sa mémoire à long terme se rouvre. Mais ce canal est très fin et s'encombre très vite, comme le goulot d'un sablier. C'est pour ça que Manon doit sélectionner ce qu'elle veut apprendre et le répéter, des dizaines et des dizaines de fois.

— Oui, ça je l'ai vue faire.

— Au moins, grâce à MemoryNode, elle se crée un minimum de passé, laisse une empreinte dans le sable où elle marche. Une trace assez profonde pour se donner l'impression d'exister… Ce que je reproche à ce programme, c'est de profiter de ma sœur pour se faire de la publicité. C'est… inadmissible !

Il but une autre gorgée. Restait une heure avant le départ. Aux côtés de la jeune femme, les secondes paraissaient se dilater.

— Asseyez-vous, lieutenant, je vous en prie.

Il inclina légèrement la tête. Vraiment craquant.

— Cela me fait tout drôle de vous appeler lieutenant. Je vous aurais plutôt vue joueuse de golf.

Lucie explosa de rire, tout en s'installant dans un confortable fauteuil.

— C'est bien la première fois qu'on me la sort, celle-là ! Et à quoi ressemble le profil d'une joueuse de golf ?

— Fine, élancée, le regard vers l'avant. La flamme de la concentration au fond des yeux…

— Pourtant, nous n'évoluons pas sur le même terrain de jeu, le même *fairway*. Pour en revenir à Manon…

— Pour en revenir à Manon… fit-il dans un souffle.

Lucie regroupa ses mains entre ses jambes.

— Si je vous suis bien, elle apprend donc à utiliser un N-Tech, grâce à MemoryNode, à se souvenir, par la répétition et la plasticité cérébrale, et ne ressent plus le besoin de se scarifier, puisque tout passe par son N-Tech, qui lui garantit l'authenticité de ses données. Exact ?

— Exact.

— Avez-vous accès au contenu de son N-Tech ?

— Non, et je pense que vous le savez déjà. Elle le protège par un mot de passe qu'elle change souvent. Manon est une mathématicienne chevronnée, elle sait sécuriser des informations et les rendre inaccessibles. De toute manière, quand elle veut protéger des données, elle les crypte.

— Et comment fait-elle pour retenir le mot de passe de son N-Tech ?

— Elle possède un coffre-fort, dans sa *panic room*, où elle…

— Sa quoi ?

— Sa *panic room*. Une pièce qu'elle a fait transformer en un véritable bunker, où elle se réfugie quand elle va mal, quand elle… traque le Professeur. Bref, à l'intérieur se trouvent des milliers de notes, son PC, un téléphone et surtout, un coffre-fort. Il recèle une liste de mots de passe, qu'elle charge régulièrement et qu'elle apprend ensuite.

— Et comment ouvre-t-elle son coffre ?

— Par un code secret.

— C'est pire que l'histoire de la poule et de l'œuf, ce truc. Le code qui donne accès à d'autres codes. Vous connaissez ces mots de passe ?

— Absolument pas.

— Pourquoi, elle ne vous fait pas confiance ?

— Ce n'est pas une question de confiance, il s'agit là de sa vie, de son intimité. Si cela était possible, me donneriez-vous la clé pour lire à l'intérieur de vos pensées ? Accéder à vos secrets intimes, à vos fantasmes ?

Lucie serra les lèvres. Frédéric reprit avec un sourire :

— Un silence… Hmm… Je remarque que vous retenez beaucoup de choses en vous, des trésors que vous ne voulez pas révéler… Cela fait partie de l'équilibre de chacun. Il me semble donc logique que Manon se protège, y compris vis-à-vis de son propre frère.

— Et pourtant, à une certaine époque, elle vous avait autorisé à « inscrire » un nouveau message sur son corps. Ce « Rejoins les fous, proche des Moines ». Il s'agissait là aussi de son intimité. À l'hôpital, je ne vous ai vus que quelque temps ensemble, mais j'ai senti qu'elle éprouvait une certaine méfiance à votre égard. Qu'est-ce qui a pu changer depuis ?

Frédéric inspira longuement.

— Rien du tout. Manon n'est plus capable de ressentir une confiance sincère. Il suffit que je me mette en colère contre elle pour qu'elle inscrive instantanément dans son N-Tech : « Ne plus faire confiance à Frédéric », ou alors : « Frédéric me veut du mal. »

Lucie ne releva aucun tremblement, nul fléchissement dans sa voix. Il continua :

— Manon doit tout noter, ce qu'elle aime, et surtout ce qu'elle n'aime pas. L'année dernière, nous sommes allés à une exposition de Diriguen, un peintre contemporain. Eh bien, vous pourriez lire dans son appareil : « Je déteste Diriguen. » Elle le déteste, mais ne sait pas qu'elle le déteste, et si elle n'inscrit rien, elle retournera à cette exposition, une, deux, dix fois, et affrontera la même déception. Vous comprenez ? Et encore, même s'il lui vient à l'idée de consulter son N-Tech, elle devra penser à regarder dans le répertoire approprié, sans savoir si cette information s'y trouve ou non. C'est un gros problème du N-Tech : on ignore ce qu'on y stocke, et pourquoi on l'a stocké. Un peu comme si vous vous faisiez une croix quelque part sur le corps pour vous souvenir de rapporter un livre à un ami et que chez vous, le soir, vous deviez non seulement avoir le réflexe de retrouver la croix, mais, en plus, savoir ce qu'elle signifie ! En définitive, cette croix risque fort d'être totalement inutile.

Il haussa les épaules avant d'ajouter :

— Manon s'est rendue totalement dépendante de son petit appareil. Elle n'éprouve que des sentiments artificiels, qu'elle se fabrique elle-même par des notes absurdes au bas d'un cliché. Elle est véritablement devenue une esclave de la technologie.

— Comme nous tous, soupira Lucie.

Elle se rappela la phrase notée dans le N-Tech, sous la photo de Turin : « Ne plus jamais travailler avec ce pervers. » Et la manière dont Manon l'avait cernée, elle, sur une simple impression : « Solidité. Passion. Rigueur. » Juste trois mots. Un bien médiocre résumé, complètement impersonnel, de son caractère.

— Parlez-moi donc de ce message, pour le moins intrigant, que vous avez incisé sur son ventre : « Rejoins les fous, proche des Moines. »

Frédéric s'enfonça profondément dans son fauteuil, la tête rejetée vers l'arrière. C'était décidément un très bel homme.

— Une histoire ahurissante. Cela s'est passé au début de MemoryNode, en 2005. Manon apprenait tout juste à utiliser le N-Tech, elle se servait alors principalement de son PC et des Post-it qu'elle colle encore aujourd'hui sur les murs de son bureau. Vous vous rappelez, le terrible orage que nous avons affronté à cette époque ? Un peu comme hier, avec ces toitures arrachées ?

— Oui, bien sûr, je m'en souviens. À Dunkerque, ma mère m'a raconté que des bateaux du port avaient été retournés par le vent, et qu'un éclair avait même percuté le beffroi.

— Il s'est produit un phénomène identique ici. La foudre est venue frapper l'antenne, sur le toit. Une boule de feu est rentrée et a tourné plus d'une minute, saccageant tout sur son passage.

Il se leva et fouilla dans un tiroir pour récupérer une vieille édition de *La Voix du Nord*. L'épisode y était décrit précisément, avec les photos de l'intérieur de sa maison ravagée.

— Nous n'avions jamais vu cela de notre vie ! Tout a failli brûler, les fenêtres ont explosé. La pluie, le vent se sont engouffrés partout. Les appareils électriques de tout le voisinage ont grillé ! Dieu merci, les pompiers ont évité la catastrophe de justesse.

Lucie fit une moue circonspecte avant de déduire :

— Et évidemment, l'ordinateur de Manon a cramé.

— Pire que cela. Les trois quarts des feuilles de son bureau se sont envolées dans l'orage ou ont brûlé. Le reste était trempé, irrécupérable. Quand j'ai pénétré chez elle, j'ai retrouvé ma sœur dans un coin, toute tremblante, un bout de papier chiffonné dans la main. Il y était écrit : « Rejoins les fous, proche des Moines. » Elle était recroquevillée, en transe, comme si elle protégeait un trésor. Vous auriez vu son état ! Elle tenait un scalpel et s'apprêtait une nouvelle fois à s'estropier.

Elle avait découvert des éléments en rapport avec le Professeur, j'en suis certain. Cette phrase, j'ai compris que rien ne l'empêcherait de la noter, alors, quand elle m'a demandé de l'inscrire pour elle, je... l'ai aidée... Je l'ai mutilée moi-même... Proprement...

— Vous auriez pu lui arracher le papier et le scalpel des mains, et faire qu'elle oublie en la distrayant !

— En effet. Mais j'ai simplement respecté sa volonté. Manon était peut-être sur une piste qui la rapprochait du Professeur. Il fallait que ce message existe, pour elle, à un endroit sûr...

— C'est dingue, votre histoire... J'avoue avoir du mal à y croire.

— C'est pourtant la vérité. Pourquoi vous mentirais-je ? Cela n'aurait aucun sens. Je ferais tout pour ma sœur. Et pour attraper le salaud qui a tué Karine et toutes ces victimes innocentes.

Lucie referma l'édition de *La Voix* et la lui rendit. Elle sentait l'accent de la sincérité dans ses paroles et dut admettre qu'il la touchait. Que savait-elle finalement de sa douleur ? Perdre une sœur, une mère, et se retrouver avec une deuxième sœur incapable de s'extraire du présent...

Elle désigna l'écran de veille de l'ordinateur où dansait une courbe complexe.

— Vous aussi, vous avez étudié les mathématiques, je me trompe ?

Il se resservit une rasade de whisky.

— Comme tout le monde dans la famille. Ma sœur y a laissé sa jeunesse. Quant à moi, j'ai en effet pratiqué cette discipline plus de quatre années après le bac, avec passion, plus que de raison, au point de négliger les autres matières, de me focaliser uniquement sur cette science de la rigueur, de l'excellence. Or, vous savez, pour être un bon mouton, pour « réussir », il vaut mieux être moyen partout, même dans des disciplines qui vous passent par-dessus la tête. Vous devez suivre des rails fixés par d'autres.

Il resta silencieux quelques secondes, comme rattrapé par son passé, avant de continuer :

— Avec mes réticences à l'égard des autres matières et du système éducatif lui-même, qui me répugnait au-delà de tout, j'ai été...

— Viré ?

— Écarté, dirons-nous. Viré est un terme un peu... péjoratif, qui pourrait heurter mon orgueil.

— Le résultat est identique.

Frédéric encaissa la remarque.

— Il n'empêche que je suis aujourd'hui ce que je suis, même sans diplôme. Je dois vous avouer mon amertume envers le système français, mais passons, c'est un autre débat. Et puis, tout compte fait, on ne dirige pas une entreprise avec des équations. J'ai laissé tomber les maths, je les ai... oubliées...

Lucie sentit la vibration du regret derrière ses mots.

— J'admire énormément Manon pour... sa carrière. J'aurais aimé approcher, caresser les mathématiques si longtemps, si puissamment, comme elle l'a fait. Mais c'est maintenant du passé. Tout est enterré. C'est comme ça.

— Et votre sœur aînée, Karine ? Vous l'admiriez autant que Manon ?

— Je ne vous cache pas que nous avions des différends quant aux grandes orientations de notre entreprise. Il n'est pas facile de partager le pouvoir. Karine était une véritable veuve noire, assoiffée d'ambition.

Elle n'hésitait pas à écraser du talon ceux qui se dressaient sur son chemin.

— À vous entendre, vous ne la portiez pas dans votre cœur.

— Pas vraiment, non. J'ai horreur qu'on me dicte ma conduite, qu'on oriente mes choix.

Il agita son verre et observa les ondulations ambrées jouer sur les parois.

— Je détestais Karine, je ne l'ai jamais caché à personne. Et pourtant, sa mort a été une terrible épreuve, pour nous tous. Quoi que vous puissiez en penser, j'en ai beaucoup souffert.

Il répondait du tac au tac et semblait se livrer totalement, avec franchise. Lucie en profita et poursuivit sur la même voie. Elle testait ses limites.

— Et donc, à sa mort, vous récupérez ses parts et devenez propriétaire à cent pour cent de la société familiale, je présume ? Cela devait représenter une belle somme d'argent.

— En effet. Cela m'a permis de tout arrêter pour m'occuper de Manon, acheter cette demeure, avant de créer une nouvelle entreprise à la sueur de mon front. Cela pose-t-il un problème ?

— Absolument pas...

Lucie aurait aimé pouvoir répondre plus fermement. Elle se rendit compte à quel point il l'impressionnait. Il fallait se ressaisir, ne pas se laisser hypnotiser.

— Ah, autre chose ! Concernant le déroulement des événements d'hier...

— Écoutez, je...

— Quand vous avez quitté Manon, le matin, à 9 h 10, vous êtes allé directement travailler ?

— Oui, je vous l'ai déjà dit à l'hôpital. Je suis

arrivé au bureau vers 9 h 30. Votre Turin m'a posé exactement la même question. Rassurez-moi, vous ne me soupçonnez quand même pas d'avoir enlevé ma propre sœur ?

— Non, non, c'est juste que mes collègues épluchent systématiquement les emplois du temps des proches des victimes.

— Ah bon.

— Ensuite, aux dires de vos employés, vous vous êtes absenté à… 11 h 50, pour réapparaître à 14 h 10… Correct ?

— Correct. Je suis parti déjeuner et j'ai fait mes courses, comme toujours le mardi midi. C'est le jour de la semaine où l'on trouve le moins de monde dans les grandes surfaces. Puis j'ai eu un long entretien téléphonique, depuis ma voiture, avec le directeur commercial d'Air France. Cela a duré plus d'une demi-heure. Vous pourrez vérifier.

— Pourquoi depuis votre voiture ?

— Parce que je m'y trouvais quand il m'a appelé, voilà tout !

— Où avez-vous déjeuné ?

— Au centre commercial V2. Un sandwich.

— Sandwich, d'accord. Vos courses, vous les avez payées comment ?

— En liquide.

— Décidément… Donc personne ne peut attester de votre présence là-bas ?

Frédéric regarda sa montre et se leva, l'air légèrement agacé.

— Excusez-moi, lieutenant, mais là, je vais devoir y aller.

— Je n'ai pas terminé.

— Écoutez… Je rentre demain soir, je connais un excellent restaurant à la frontière belge. On y mange un potchevlesh d'une rare qualité. Nous discuterons de Manon et vous me demanderez ce que vous voulez. Je vous raconterai tout sur les courses que j'ai faites, l'endroit exact où j'ai acheté mon sandwich et la place de parking où s'est tenue ma discussion. Cela vous va ?

Lucie ne put dissimuler l'étincelle qui brilla dans ses pupilles. Elle se redressa, tout en répondant :

— Vous n'y allez pas par quatre chemins, vous. Pour le dîner, cela risque de poser problème, j'ai des jumelles de quatre ans et…

— Ne prenez pas le prétexte de vos filles pour vous dérober. Vous avez réussi à vous arranger la nuit dernière, non ? Allez, laissez-vous aller un peu, Lucie.

Lucie, il l'avait appelée Lucie…

— J'attends votre coup de fil. Car je suppose que vous connaissez mon numéro de portable, non ?

— Il s'agit de mon boulot, rétorqua-t-elle dans un discret éclat de gaieté.

— Ah… Votre boulot…

Il la raccompagna jusqu'à la porte. Une fois dans le couloir, Lucie désigna une échelle posée le long du mur et demanda :

— Vos travaux, vous les avez commencés il y a longtemps ?

Frédéric passa la tête dans l'embrasure, surpris.

— Il y a à peu près six mois. Pourquoi ?

— Non… Comme ça… À bientôt…

— À demain…

En remontant les étroites ruelles, Lucie ne put chasser de son esprit ce regard volcanique, ces effluves envoûtants, cette présence forte et rassurante. Un rendez-vous… Dans un restaurant… Avec un type beau comme un diable.

Incroyable.

Curieusement, au même moment, elle songeait aussi à Manon. Son visage. Ses intonations de voix. Ses mystérieuses scarifications.

Frédéric… Se focaliser sur Frédéric. Un homme mûr et intelligent.

Il manquait peu de chose pour qu'elle fût aux anges. Juste quelques petits détails à vérifier.

D'abord les travaux, entamés dans l'appartement depuis six mois. Date approximative à laquelle l'ammonite avait été décrochée de sa falaise. Retrouver le burin pour identifier l'assassin, avait dit Pierre Bolowski. Un assassin de la région, et proche de Manon. Un assassin fortiche en mathématiques. Comme Frédéric. Simple coïncidence ? Oui, assurément.

Ensuite, son emploi du temps. Frédéric était le dernier à avoir vu Manon, à 9 h 10, prétendait-il. Mais cela aurait pu être plus tôt. Une, deux ou trois heures auparavant, par exemple, délai qui lui aurait permis d'emmener Manon vers Raismes avant d'aller tranquillement travailler. Autre point : il s'était absenté assez longuement le midi. Lucie vérifierait le coup de fil avec le directeur commercial, mais, avec une parfaite organisation, Frédéric aurait très bien pu avoir le temps de tuer Dubreuil et de revenir au bureau. Le seul hic était que, d'après ses collaborateurs, Frédéric n'avait plus quitté son entreprise jusqu'à 1 heure du matin. Dans ce cas, comment libérer Manon aux alentours de 21 heures ? Ou alors… Avait-il trouvé un système pour qu'elle se libère toute seule ? L'avait-il endormie avec une quelconque substance afin qu'elle se réveille vers cette heure-là ? Non, impossible... Les analyses toxicologiques n'avaient rien révélé. Pas de drogues dans le sang...

Lucie se moqua de ses propres soupçons. Frédéric avait répliqué sans ciller à ses offensives. En plus il disposait d'un alibi en béton pour le meurtre de sa sœur Karine – la conférence aux États-Unis – et il n'avait en rien le profil du Professeur. Un être asocial, frustré, itinérant, avec un fort sentiment d'infériorité, d'après Turin. Frédéric était tout l'opposé. Un peu présomptueux, même.

Bien sûr, il était gaucher, mais Vandenbusche aussi, comme des millions d'autres individus. D'ailleurs, il l'avait dit lui-même : Pourquoi enlever sa propre sœur ? Pour attirer l'attention sur lui ? Cela ne rimait à rien.

En regagnant son véhicule, Lucie s'en voulut de posséder ce caractère tenace des gens du Nord. Parce que sa conscience lui ordonnait de retourner vérifier, pour le burin... Pour en avoir le cœur net.

Bientôt, le beau Frédéric s'absenterait. Il suffirait alors de revenir dans l'impasse et de crocheter la serrure des appartements en travaux.

Juste jeter un œil à l'intérieur. Et se rendre, le lendemain, au rendez-vous galant l'esprit tranquille. Son premier rancard avec un homme, depuis son arrivée à Lille. Une traversée du désert de trois interminables années.

Chapitre vingt-cinq

De retour chez elle ce soir-là, Lucie croisa un groupe d'étudiants de sa résidence, avachis dans l'escalier. Elle les salua en passant. Aucune réponse. Regards fuyants, dos tournés, murmures incompréhensibles. La flic s'immobilisa devant sa porte, la tête légèrement inclinée dans leur direction.

— Un problème ?

— Non, m'dame. Tout roule…

Au moment de pénétrer dans son appartement, elle crut bien percevoir un « ssssorccccièrrrre », comme un souffle surgi des murs eux-mêmes, ricochant sur les parois. La jeune femme se retourna brusquement.

— Qui a dit ça ?

Ils parurent surpris.

— Quoi donc, m'dame ?

— *Qui a dit ça ?*

Ils la regardèrent sans un mot, l'air de ne pas comprendre. Devenait-elle dingue ? Déjà que son physique volait en éclats, si à présent elle se mettait à entendre des voix… Elle rentra en silence, le front baissé.

Son chez-elle. Des pièces confinées. Pas de jardin ni de balcon, du brut de béton. Fini les dunes de l'autre côté de la fenêtre, comme à la belle époque. Juste une longue traînée d'asphalte, mortellement ennuyeuse. Tout semblait si monotone sans les petites. Heureusement, elles étaient là pour illuminer sa vie. Le bonheur de les voir grandir comblait les vides dans son cœur.

Une fois ses clés jetées sur la table basse, un réflexe quotidien l'attira vers son écran. Meet4Love. Un message ! Un certain Nathanaël, nouvel inconnu électronique. Belle plume. Il se décrivait comme tendre, attentionné – ils l'étaient tous –, et élevait un fils de six ans dont il avait joint la photo à la place de la sienne. Enfin un point original. L'enfant était vraiment trognon. Brun, les mystères de l'Orient au fond des yeux. Le père dégageait-il ce même charme ? À creuser, pourquoi pas ?

Elle mit l'e-mail de côté et partit dans sa chambre enfiler des vêtements plus adaptés au monde des ombres. Pantalon côtelé et sous-pull noirs. Maud ne tarderait pas à arriver avec les petites. Par téléphone, elles s'étaient accordées sur un nouveau plan. La jeune nourrice l'aiderait à coucher les filles puis elle resterait dîner et les garderait encore le temps d'un aller-retour éclair dans l'impasse du Vacher. Une promenade discrète. Hors de question d'informer la hiérarchie. Fracturer un appartement sans mandat pourrait lui coûter sa carrière. Et bien plus…

Elle s'affaissa sur le lit, épuisée, la tête entre les mains. Encore une journée éprouvante, glauque plutôt. Autopsie, clichés de cadavres, discussions de flics et promesses de nuits tumultueuses… Ses doigts effleurèrent les thrillers rangés sous le lit. Elle s'empara de l'un d'eux, *Conscience animale*. N'y avait-il pas mieux à lire pour une maman de deux enfants ? Des couleurs plus gaies à imaginer ? Pourquoi toujours chercher le sang, l'horreur, les descriptions sordides ?

Sentir ces ténèbres en elle. Pire qu'une maladie. Elle en souffrait tellement.

Lucie projeta le livre sur le côté. Non, elle n'avait rien à voir avec eux ! Ces fous sillonnant les routes isolées et les forêts, en quête de prochaines victimes. Ces hommes venus sur Terre pour nuire, détruire, tuer. Elle était différente ! Si différente ! Et pourtant...

Tant de déchirements à cause de... cette armoire. Son contenu.

La Chimère, dévorante, étourdissante, dévastatrice.

Voilà où sa curiosité d'enfant l'avait conduite. Conséquences ? Vie d'adolescente gâchée. Avant la vie sentimentale. Avant la vie tout court. Si seulement tout pouvait s'effacer. Taper sur le cerveau, à un endroit précis – hippocampes, amygdales cérébrales, un truc dans le genre – et tout zapper. Le monde de l'oubli devait être si agréable, parfois. En un sens, Manon avait de la chance. Plus de soucis...

En proie à sa mélancolie, Lucie s'avança vers les vitres teintées. Elle avait perdu Paul à cause de la Chimère. Puis Pierre. Le lieutenant à la chevelure de feu avait prétendu que non, mais... au fond, elle savait que cela avait influencé son départ pour Marseille... Il avait dû la prendre pour une givrée d'avoir conservé le contenu de cette armoire, d'avoir été incapable de s'en débarrasser, malgré les multiples avertissements. Perdrait-elle encore ceux qu'elle rencontrerait ? Pourquoi ne pas brûler ces monstruosités, définitivement ? Couper le cordon, faire le deuil et oublier... Un geste si simple.

Mais non... Les cicatrices ne s'estompent jamais...

Elles restent obsédantes jusqu'à la fin. L'exemple de Manon était là pour le rappeler. D'autant que ses cicatrices à elle se voyaient…

Une nouvelle fois, suivant un rituel immuable, une force intérieure la poussa à réveiller sa douleur.

Elle attrapa son holster et déboutonna la pression de la petite pochette en cuir.

Ses doigts se crispèrent soudain sur la clé.

Elle ne rêvait pas. La pièce métallique avait été placée à l'envers, la tige vers le bas. Or, Lucie la rangeait toujours dans l'autre sens. La tige vers le haut, toujours, toujours…

Quelqu'un l'avait touchée.

Anthony.

Elle se souvint de ses regards furtifs, de la vitesse avec laquelle il s'était volatilisé hors de chez elle, après avoir gardé les jumelles. Puis des chuchotements des étudiants, à l'instant. Ssssorccccièrrrre…

Tout se mit à tourner. Son secret, propagé avec la vitesse d'un feu de brousse.

Elle se rua dans l'escalier, démolie, écœurée. L'étage. Les coups sur le bois. Anthony ouvrit, en caleçon, torse nu. Lucie le poussa à l'intérieur et claqua la porte du talon.

— Tu as fouillé, hein ? Tu as fouillé chez moi ! Tu as ouvert l'armoire de ma chambre !

Elle le bouscula sans ménagement. Il se retrouva plaqué contre une cloison.

— Non… Non, c'est… c'est faux… balbutia-t-il. Je…

— Et tu en as parlé à tout le monde ! Bon sang ! Mais… Qu'est-ce qui t'a pris ?

Anthony se liquéfiait.

— Tu n'avais pas le droit… poursuivit-elle, au bord des larmes. Tu n'avais pas le droit !

— Je… Excusez-moi… Je…

Lucie se laissa tomber sur une chaise, vidée. Puis, quelques secondes plus tard, se releva. Une barre dans le crâne. Au moment de sortir, elle l'affronta une dernière fois :

— Ce n'est pas ce que tu crois… C'est…

Rien ne parvint à sortir de sa bouche.

Elle disparut dans le couloir. Anéantie.

Chapitre vingt-six

— Pâté ou jambon ?

— Pâté.

— Ras-le-bol de glander ici. Ils arrivent quand les autres ?

— Pas avant 2 heures.

— Il est même pas 22 heures… Putain…

Olivier croqua dans son sandwich au jambon et tourna le bouton de l'autoradio sur *France Bleue Nord*. On y parlait des orages de la veille, de ceux à venir par la Bretagne, plus violents encore, des élections présidentielles, et d'un tas d'autres informations qu'il n'écoutait pas. Rien à foutre de ce baratin. Il aurait dû se trouver chez lui avec sa femme et sa fille au lieu de faire le piquet dans cette fichue 306, devant la bâtisse des Moinet.

Il sursauta quand un poing percuta la vitre.

Un type surgi de nulle part frappait au carreau.

— Ex… Excusez-moi !

L'homme haletait et se retournait sans cesse, le front trempé. À cette heure avancée, personne ne traînait plus dans cette rue sombre et peu engageante du Vieux-Lille. Sans vraiment réfléchir, Olivier baissa la vitre et haussa les sourcils. Charlie, son collègue, se pencha par-dessus son épaule, la main sur la ceinture. Mais pas sur le pistolet. Grave erreur.

Un projectile à bout rouge traversa l'habitacle dans un sifflement discret. Charlie fut le premier à le recevoir droit dans la carotide. Olivier n'eut pas le temps de réagir. Aucun cri, nul mouvement de défense. Une aiguille vint se planter dans sa gorge et le plongea immédiatement dans un profond sommeil.

Romain Ardère, reprenant sa respiration, s'épongea le front avec un large mouchoir. Riche idée d'avoir couru quatre ou cinq cents mètres pour paraître à bout de souffle, détourner l'attention des flics et ainsi amoindrir leur vigilance. Il aurait pu les tuer, mais à quoi bon ? Ils ne l'intéressaient pas. La puissance de l'anesthésique entraînerait un léger phénomène d'amnésie. Ils ne se rappelleraient de rien. Tout juste d'avoir été endormis.

Après avoir récupéré précautionneusement les fléchettes, remonté la vitre et fermé les portières, Ardère enfonça son bonnet, retendit ses gants en cuir, réajusta son sac à dos et rangea son pistolet hypodermique dans sa ceinture. Un lampadaire, au loin, arracha furtivement son profil de l'ombre. Il regarda autour de lui. Pas un chien, les volets métalliques étaient tous baissés sur les façades des magasins.

Il s'engagea dans l'impasse du Vacher. Les hauts murs se dressaient en monstres immobiles, le relief des toitures découpait des figures de contes maléfiques. L'obscurité engloutit rapidement son imperméable noir, qui bruissait dans son sillage comme une aile de corbeau. Au fond du boyau, il poussa la porte menant dans le couloir entre les appartements et disparut à l'intérieur, un cran d'arrêt à la main.

Il s'arrêta devant la porte de droite et lut, sous la lueur de sa torche minuscule : « M. M. »

Lentement, il fit pivoter son arme devant lui, l'éclair sur l'acier effilé se refléta dans ses pupilles de rapace.

Un courant d'air s'invita dans le couloir. La caresse froide et osseuse de la Mort.

Il se serait bien chargé de cette garce autrement, mais… il fallait agir dans l'urgence, à l'instinct, sans préparation. Et puis, elle n'entrait pas réellement dans la catégorie de ce qu'il recherchait…

Après un petit détour par l'appartement de Frédéric Moinet, il irait droit au but, ce coup-ci.

Adieu, M. M. *Good bye* Manon Moinet.

Chapitre vingt-sept

Le dîner avec Maud avait tourné à la catastrophe. Lucie n'avait pas réussi à décrocher une seule parole. Elle restait obnubilée par les étudiants, leurs yeux exorbités, leurs murmures. Jusqu'où son secret, cette part d'elle-même qu'elle protégeait depuis si longtemps, allait-il être divulgué ? Comment finirait ce déversement de douleur ?

En s'engageant dans la rue Danel, elle continuait à ressasser les mêmes pensées. Elle ajusta son petit blouson bleu nuit, le regard inquiet.

— Salut les gars, fit-elle en frappant contre l'une des vitres de la 306. Pas trop dif…

Une énorme pulsation gonfla sa carotide.

Aucune réaction à l'intérieur. Elle cogna avec plus de vigueur, le front collé au carreau, et découvrit la pointe de sang au-dessus du col de son collègue.

Les deux mains sur la poignée, les dents serrées, elle tira de toutes ses forces. Sans succès. Elle préféra ne pas briser la vitre. Ne pas alerter l'agresseur, peut-être encore dans les parages.

Elle se retourna. L'impasse. Gueule sombre et

inquiétante. Elle s'y enfonça, ses sens aiguisés, ses muscles en alerte.

Quand elle s'engagea dans le couloir, la crosse du Sig Sauer caressait le creux de sa paume.

Sous le poids du silence, le spectre de ses agressions récentes lui revint en mémoire. Son organisme déversait sa crainte par chaque pore de sa peau. Seule, de nouveau. Un flash sur ses rétines : ses filles. Et s'il lui arrivait malheur, que deviendraient-elles ?

Elle s'en voulut de penser à une chose pareille. Pas maintenant ! Elle était flic, jusqu'au bout des ongles. Elle devait agir.

Derrière elle, la porte d'entrée principale se rabattit dans un soupir.

D'un coup, des cris étouffés. Puis les éclats d'une lutte. Dans l'appartement de Manon.

Lucie se plaqua contre le mur, sur le côté, et tourna la poignée. Fermé. Elle pointa le canon sur la serrure et embrasa le couloir de poudre incandescente.

Des bruits de pas, à l'intérieur. Puis un autre coup de semonce.

Lucie chassa la porte du pied. L'arme contre la joue, elle jeta un coup d'œil dans l'embrasure.

Manon gisait sur le sol du salon, les doigts repliés sur sa gorge, chuchotant inlassablement les mêmes syllabes : « Ber-nou-li ». Son chien la léchait. À côté d'eux, un Beretta, ainsi qu'un cran d'arrêt déployé.

La jeune femme avait réussi à désarmer son assaillant.

Dans un sursaut, Manon se redressa et la braqua instantanément. Les yeux injectés de sang, elle crachait une espèce d'écume blanchâtre. Elle allait tirer.

— Je suis Lucie Henebelle ! hurla le lieutenant en levant les mains. Rappelez-vous ! Lucie ! Lucie !

Le doigt qui tremble sur la détente. Une vibration, une infime vibration pour que la balle jaillisse et transperce le crâne de la flic.

— Lucie Henebelle ! reprit-elle. Lucie Henebelle ! Vous savez ça ! Vous l'avez appris !

Un éclair traversa les pupilles de Manon.

— Lucie Henebelle ? Que se… passe-t-il ? Ma… gorge… On a voulu… On a voulu m'étrangler…

Un souffle humide traversa l'appartement. Suivi d'un claquement de fenêtre au bout du couloir. Lucie se rua vers la porte en disant à Manon :

— Ne touchez pas à ce couteau… Les empreintes ! Je reviens !

L'impasse. Au bout, une silhouette qui s'enfuyait à droite dans la rue.

En une fraction de seconde, toutes les pensées de Lucie quittèrent son cerveau. Elle se précipita, les doigts serrés sur son arme, entièrement mobilisée à coordonner la musique de la traque. Et l'écoulement de son souffle.

Goulets d'étranglement, virages aux angles impossibles. Rue Royale, puis Négrier. Le Vieux-Lille semblait se rétracter sur lui-même, pareil à une araignée infâme. L'ombre tourna encore. Rue Jean Moulin, puis d'Angleterre, artère sinistre flanquée de boutiques aux rideaux d'acier. Lucie gonflait ses poumons d'inspirations précises et régulières. Le cœur suivait, les veines enflaient, les muscles répondaient. Elle gagna en rapidité. Jusqu'à ce que la pointe dans le mollet se remette à hurler.

Elle grimaça mais poursuivit, hargneuse, enragée.

Le bruit des pas devant elle l'enivrait, la gorgeait de courage. Le fuyard perdait du terrain. Encore quelques mètres à peine avant de s'arrêter pour le prendre en joue. Et le blesser.

Impossible de voir à quoi il ressemblait. Juste un imperméable, un bonnet, un sac à dos, des fers de boîtes cognant les pavés.

Autre virage. Au loin, deux ou trois jeunes, plaqués contre un mur. Fracas d'objets qui chutent. Dans l'angle, des poubelles renversées. Lucie eut le réflexe de sauter mais l'atterrissage la foudroya. La brûlure se propagea jusque dans son genou. Et la stoppa net.

Elle hurla, les mains écrasées sur le muscle bombé, le front relevé vers l'homme qui s'évanouissait déjà dans le froid de la nuit lilloise. Elle tenta encore quelques pas, malgré sa jambe en feu. En vain.

— Eh merde ! cria-t-elle dans le vide. Merde, merde, merde !

Elle fit demi-tour, hors d'elle. Encore un échec. Décidément, tout partait en vrille.

Elle regagna l'impasse en boitillant.

Soudain, au niveau du véhicule de police, une hallucination.

Une silhouette, penchée sur la fenêtre de la 306. Même gabarit que l'agresseur.

Lucie se précipita et écrasa son canon sur l'arrière de la chevelure châtain.

— Bouge pas !

L'homme se retourna lentement, les bras levés. Lucie raffermit sa prise autour de la crosse.

— Turin ? C'est pas vrai !

Le lieutenant parisien au perfecto noir… Elle baissa

son Sig. Derrière lui, la vitre de la voiture avait volé en éclats.

— C'est quoi ce bordel ? demanda-t-il d'un ton très dur.

Lucie fronça les sourcils en remarquant la méchante blessure sur sa main gauche.

— Il est plus de 22 heures. Qu'est-ce que vous fichez ici ?

— Et vous ?

Elle observa ses pieds. Des bottes.

— Vous avez le front en sueur, constata-t-elle. Vous avez couru ?

— J'arrive à pinces de l'hôtel. Je me suis farci deux kilomètres... Avec la cigarette... Ça arrange rien...

— Je répète ma question. Qu'est-ce que vous fichez ici ?

— Des trucs à demander à Manon... Sur son frère... Et vous ?

— Moi aussi...

Ils se jaugèrent quelques secondes sans desserrer les dents. Lucie rompit le silence la première. Elle désigna la 306.

— Comment ils vont ?

— Juste endormis, à première vue. J'ai appelé les secours.

— Je viens de poursuivre un type qui a essayé d'étrangler Manon.

Turin écarquilla les yeux. Lucie ne lui laissa pas le temps de répondre. Elle continua :

— Eh oui, un étranglement, même scénario qu'il y a trois ans. Je crois bien que l'agresseur est revenu corriger son erreur.

Elle le considéra d'un air de reproche.

— Vous allez continuer à me dire que le cambriolage de l'époque était une simple coïncidence ? Qu'il n'avait rien à voir avec toute cette histoire ?

Elle lui tourna le dos et s'enfonça dans l'impasse. Il lui emboîta le pas.

— Vous traînez la patte, Henebelle. Un souci ?

— Non, aucun souci ! Et vous, votre main ?

— Rien de grave. Une mauvaise coupure.

Ils pénétrèrent dans le couloir. Puis chez Manon. Personne dans le salon.

— Manon ?

Pas de réponse. Turin posa son index sur ses lèvres et sortit son arme. Il s'aventura en direction de la cuisine. Rien.

Ils s'avancèrent vers le bout du couloir. La porte de métal. La *panic room*.

— Manon ! cria Lucie en tambourinant sur la plaque d'acier.

Silence. Ils foncèrent vers la chambre.

— Où est-elle, nom de Dieu ?

Ce fut dans la salle de bains qu'ils la découvrirent, allongée sur le sol. Immobile.

Le Beretta et le cran d'arrêt entre ses jambes inertes.

Son chemisier taché de sang.

Chapitre vingt-huit

À l'aide d'un mouchoir, Lucie s'empara du flingue, du couteau, et les posa sur le rebord du lavabo. Manon se tenait recroquevillée, une serviette éponge serrée contre la poitrine. Assis sur une chaise, Turin observait la scène.

— Une ambulance et des renforts vont arriver… fit Lucie. Manon, vous allez finir par vous tuer à vous mutiler comme ça ! Qu'avez-vous noté cette fois ? Encore un truc incompréhensible ? Laissez-moi au moins regarder votre blessure. Il faut vous soigner !

— Non, je vous ai dit ! Ne m'approchez pas !

Soudain, elle fixa le lieutenant parisien et demanda dans un élan de panique :

— Hervé ! Qu'est-ce que tu fais ici ? Comment es-tu entré ?

Ses yeux absorbaient chaque détail de son environnement. Les gants de toilette, les brosses, les flacons, alignés dans un ordre qu'il lui semblait connaître. Sa salle de bains, il s'agissait de sa salle de bains ! Son appartement ! Plaquée contre le mur carrelé, elle recentra son attention sur le flic, avant de lancer, l'air mauvais :

— Je ne veux plus jamais te voir ! Plus jamais ! Je n'ai pas été claire la dernière fois ?

— Tu as vraiment une drôle de notion du temps, répondit Turin d'un ton désinvolte. La dernière fois remonte à plus de trois ans... Et c'était à quatre cents bornes d'ici. Ravi de te revoir, moi aussi, même dans des conditions aussi sordides.

Colère, frustration, peur... Manon était à bout de nerfs. Comme chaque fois où elle se retrouvait dans une situation qu'elle ne comprenait pas, qu'elle ne maîtrisait pas. Elle se crispa plus encore en s'adressant à Lucie :

— Et vous, qui êtes-vous ? Sa poule du moment ?

Elle se tira brusquement les cheveux dans un long cri d'impuissance et demanda en hurlant :

— Mais que se passe-t-il ? Dites-moi ! Je vous en prie ! Dites-moi !

Turin se leva et s'approcha d'elle.

— Calme-toi un peu, d'accord ?

Manon respirait à une vitesse effroyable.

— Me calmer ? Me calmer ? Je me retrouve en sang, avec un pistolet et un cran d'arrêt entre les jambes ! Je ne sais même pas quel jour on est, ni ce que je fais assise ici ! Et tu voudrais que je me calme ?

Il tendit le bras dans sa direction, elle se protégea instinctivement derrière sa serviette. Lucie ne put s'empêcher de repenser à Michaël, le Korsakoff. L'épisode avec l'épingle, la mémoire du corps. De toute évidence, Manon se méfiait de lui.

— Elle, c'est Lucie Henebelle, expliqua Turin. Elle est lieutenant de police, elle veut t'aider. Elle enquête avec moi sur...

— Lucie Henebelle ?

Manon sembla reprendre des couleurs.

— Le Professeur ! Mon enlèvement ! La mort de Dubreuil ! Oui, je crois me rappeler ! C'est cela ! Des... Des choses me reviennent...

Turin s'appuya contre le lavabo.

— Quelqu'un vient d'essayer de te tuer. Et ce quelqu'un n'a pas hésité à neutraliser les deux plantons devant chez toi pour pouvoir t'atteindre.

Manon se remit immédiatement à paniquer.

— Frédériiiic !

Lucie s'agenouilla devant elle et lui glissa la main derrière la nuque. Manon observa d'abord un mouvement de repli, une espèce de méfiance réflexe, puis finit par se laisser faire, comme si, au fond d'elle-même, elle connaissait cette chaleur familière.

— Votre frère n'a rien, ne vous inquiétez pas. Il s'est rendu à Paris, bien avant tout ce remue-ménage, pour une réunion demain matin.

La jeune femme ne parvenait pas à s'apaiser. Elle se mit à fouiller du regard autour d'elle.

— Votre N-Tech est dans le salon, poursuivit calmement Lucie, ainsi que votre téléphone portable. Tout a l'air de fonctionner, soyez rassurée.

Manon la considéra avec cet air suppliant que Lucie connaissait par cœur à présent.

— Donnez-le-moi ! S'il vous plaît !

Turin disparut et revint immédiatement avec l'engin. Elle le lui arracha des mains sans même lever la tête, entra son mot de passe en cachette et déclencha la fonction « Enregistrement ».

— Répétez ! Répétez ce qu'il vient de se passer ! S'il vous plaît ! Répétez !

Lucie s'exécuta. Affronter la détresse de cette fille,

sa fragilité, se rappeler la sienne… Elle dut prendre sur elle pour ne pas laisser paraître son émotion. Elle éprouvait l'envie de rentrer, d'étreindre ses gamines, de partager des moments de bonheur avec elles. De brûler ses papiers, ses articles, ses livres. Dans deux jours, son anniversaire… Elle détruirait tout…

Après le rapide résumé de la flic, Turin envoya d'une voix tendue :

— Je me suis renseigné dans l'après-midi. Tu as suivi des cours à l'Union des tireurs de Villeneuve d'Ascq, l'année dernière. Pourquoi ?

Manon ouvrit des yeux de chouette.

— Quoi ? Des cours de tir ?

Turin soupira.

— Et ce Beretta, numéro de série limé ! Explique-toi !

— Moi, un Beretta ? Tu es dingue ? Tu viens de me dire qu'on m'avait agressée ! Ce n'est pas le mien…

Il pointa l'index vers un morceau de cuir qui dépassait de la serviette éponge.

— Le holster, il est venu tout seul contre ton flanc ?

— Je n'y comprends rien ! J'ignorais que je savais m'en servir ! Tu dois me croire ! Vous, madame ! Vous devez me croire aussi !

Turin s'avança, mais Lucie s'interposa et lui chuchota :

— Comment vous savez, pour les cours de tir ?

— Vous pensez que j'ai perdu mon temps ? Ses chèques…

— Ses chèques ? De quel droit avez-vous consulté ses mouvements bancaires ?

— Elle est incapable de nous dire ce qu'il s'est

passé cinq minutes plus tôt, alors il faut bien faire les recherches à sa place.

Il s'écarta et s'approcha de Manon. La dominant de toute sa hauteur, il poursuivit son attaque verbale :

— Tu t'es aussi inscrite dans un club d'autodéfense, voilà six mois. Tu t'y rendais quatre fois par semaine, avant de tout stopper il y a un mois ! Quatre fois par semaine, comme ça, tout d'un coup !

Il s'accroupit pour venir se placer à dix centimètres de son visage.

— Aujourd'hui, tu te fais agresser, et bizarrement tu t'en sors en désarmant ton adversaire. Grâce à tes cours, justement. Tu as même essayé de le buter avec ton flingue. Comme si on t'avait préparée, programmée à anticiper tout ça. Ton délicieux protecteur t'a même fourni une arme ! Que sais-tu qu'on ignore ?

Manon secouait la tête à toute vitesse, au bord des larmes.

— Je ne me souviens pas ! Je ne me souviens pas !

Turin souffla par le nez, excédé.

— Mais tu aurais pu apprendre que tu suivais des cours ! Tu aurais pu en apprendre la raison ! Ces séances doivent bien être notées quelque part dans ton putain d'organiseur !

Manon passa sa main ouverte devant son visage, lentement, serra le poing et le fit pivoter d'un mouvement sec. Elle ressentit alors la force des coups en elle, la maîtrise du combattant. Aussi fou que cela pût paraître, elle savait se battre.

Avec des gestes incroyablement vifs et précis malgré sa nervosité, elle se mit à fouiller dans son N-Tech. Turin et Lucie s'approchèrent plus près encore. Sous leurs yeux, la mathématicienne remonta des semaines en arrière, faisant défiler le détail de chaque journée. Photos, notes écrites, enregistrements audio titrés. Rien, absolument rien ne concernait son entraînement. Juste une infinité de rendez-vous, des remarques en tout genre. Ni cours d'autodéfense, ni leçons de tir. Puis, soudain, dans la fonction « Alarme », cette alerte datée du 1er mars et déclenchée ce midi : « Va voir au-dessus de l'armoire de la chambre. Prends l'arme, et arrange-toi pour ne jamais t'en séparer. Jamais. »

— Alors ? Il est toujours pas à toi ce Beretta ? lança Turin.

— Mais… Mais je n'y comprends absolument rien !

— Quelqu'un a dû manipuler les informations, suggéra Lucie. Et vous manipuler, vous.

— Me manipuler ? Non, impossible ! Strictement impossible ! Je m'en serais rendu compte. Je n'inscris là-dedans que ce dont je suis sûre ! Si on me dit de noter des choses que je n'ai pas pu vérifier, je ne le fais pas !

— Comme lorsque votre frère ou Vandenbusche vous affirment que votre mère a appelé alors que vous avez oublié ?

Manon fronça les sourcils.

— C'est différent. D'abord, j'ai confiance en eux. Et pourquoi me mentiraient-ils sur un sujet aussi simple et sans conséquences ?

— D'accord, répliqua Lucie. Et si on vous forçait à rentrer des informations sous la contrainte ?

— Il faudrait qu'on sache exactement la manière dont je saisis mes données, à quel endroit. Sous la contrainte ? J'inscrirais les infos dans un dossier bidon… Et si vous pensez qu'un autre peut le faire à ma place… Non. Mon N-Tech se verrouille automatiquement dès que je ne l'utilise plus ! Personne ne connaît mon mot de passe, je le change régulièrement !

— En le piochant dans votre coffre-fort, c'est ça ?

— Comment vous…

— Votre frère m'en a parlé.

— Mon système de protection est cent pour cent fiable, vous comprenez ? Je suis extrêmement prudente ! Je le sais !

— Manon… Vous êtes amnésique, vous ne pouvez être sûre de rien…

— Comment osez-vous ? répondit la jeune femme, outrée, avant de hurler à l'intention de Turin :

— Et toi, qu'est-ce que tu fiches ici, chez moi ?

Sans même prendre la peine de répondre, Turin sortit de la salle de bains en faisant signe à Lucie de le suivre.

— Juste une seconde, Manon. Nous sommes à côté. Et cette fois-ci, ne faites pas de bêtises… fit la flic avant de le rejoindre dans la chambre.

— Vous pensez comme moi ? demanda-t-il.

— Le frère ?

Il opina du chef.

— Tout nous ramène à lui… Il peut très bien s'être emparé du N-Tech et y avoir ajouté ou supprimé ce qu'il voulait. Je sais pas moi… pendant un moment d'inattention de sa sœur. Ou alors, comme vous le sous-entendiez, elle lui fait tellement confiance qu'elle prend pour argent comptant tout ce qu'il lui dit.

Il croisa les bras et ajouta :

— L'auteur du message dans la cabane des chasseurs connaissait le passé de Manon, ses habitudes d'adolescente… Et il y a aussi ce trou dans l'emploi du temps de Frédéric Moinet, entre midi et 14 heures, juste au moment où la vieille a été butée… L'heure du déjeuner, je vous l'accorde. N'empêche, ça fait beaucoup.

Lucie acquiesça sans conviction.

— C'est quand même un peu gros… On le suspecte de quoi, au juste ? D'avoir assassiné Dubreuil ? D'être le Professeur ? C'est rigoureusement impossible.

— Pas d'avoir assassiné Dubreuil, ni d'être le Professeur, mais d'être impliqué dans ce merdier, d'une façon ou d'une autre. Manon a été enlevée ici même… Sans résistance… Puis relâchée à peine quelques heures plus tard… On la manipule… Peut-être au point de l'avoir « forcée » à prendre des cours de tir, de *self-defense*, avant de tout effacer de son appareil.

Pour une fois, ils avançaient sur la même longueur d'onde. Lucie prolongea la pensée de Turin :

— Peut-être en prévision de la campagne de pub de N-Tech et MemoryNode. Frédéric savait qu'un jour ou l'autre, Manon s'exposerait médiatiquement, et que le Professeur pourrait réagir de nouveau. Il lui a fourni une arme pour qu'elle puisse se défendre…

Elle marqua une pause, avant de s'objecter à elle-même :

— Ceci dit, ça peut aussi bien être Vandenbusche, ou n'importe qui d'autre. En fait, tous ceux qu'elle a croisés depuis qu'elle utilise cet engin. Des patients de MemoryNode, des commerciaux de N-Tech… Ou bien même vous… Il suffisait de gagner sa confiance…

Le lieutenant parisien ne tint pas compte de la dernière pique. Il s'affaissa sur la table du salon, la tête rentrée dans les épaules.

— Le putain de calvaire recommence… À peine une journée d'enquête, et nous voilà autant largués qu'il y a quatre ans… Manon est le point central de cette affaire, elle l'a toujours été. Et c'est pour cette raison qu'on essaie de l'éliminer.

— Et de la protéger.

— Et de la protéger…

Un bruit derrière eux. Manon se dressait dans l'embrasure de la porte, toute tremblante. Elle écarta le bas de sa serviette éponge.

Sa nouvelle plaie, en lettres de sang.

La mathématicienne indiqua du bout de l'ongle les signes incrustés dans sa peau, à côté de son ancienne cicatrice.

Toujours en miroir, les lettres BERNOULLI.

« Trouver la tombe de Bernoulli. »

— Quand ? Dites-moi quand j'ai écrit cela ! s'écria Manon. Dites-moi !

— Pendant que je coursais votre agresseur, répondit Lucie, interloquée. Quand… Quand je suis entrée chez vous, vous aviez les mains autour de la gor…

Elle s'interrompit net, soudain traversée par un souvenir : d'après Frédéric, Manon avait inscrit « Trouver la tombe d » au cours d'une crise dans sa salle de bains, où elle étouffait, la main sur le cou. Précisément comme aujourd'hui. L'amorce dont avait parlé Vandenbusche, le geste ou la parole capable de solliciter la mémoire du corps, était cet acte d'étranglement.

Chez Frédéric, quelques heures plus tôt, Lucie avait visé juste. En subissant la même agression, Manon venait de revivre le jour du cambriolage. L'ambiance, les odeurs, les sons cachés quelque part dans sa mémoire à long terme… Son agresseur, voilà trois ans, avait dû lui chuchoter un message à l'oreille, peut-être lui avait-il délivré la clé de l'énigme, alors qu'il la privait d'air en lui écrasant la trachée.

— Ça va pas ? fit Turin.

— Si, si, excusez-moi, répondit Lucie.

Elle reprit, s'adressant à Manon :

— … Vous aviez les mains autour de la gorge, et vous murmuriez ce nom, ce Bernoulli…

Manon se mit à tamponner les zébrures pourpres. La voix fiévreuse, elle affirma :

— La réponse se cache à Bâle, en Suisse.

— En Suisse ?

— Sur la tombe de Bernoulli !

Turin et Lucie échangèrent un regard.

— Qui est Bernoulli ?

Manon se dirigea vers une armoire pour y récupérer des vêtements.

— Bernoulli ! Bernoulli ! C'était donc cela !

— Mais qui est-ce ?

— Bernoulli était l'un des plus illustres mathématiciens du XVIIe siècle, contemporain de Leibniz, Boyle ou Hooke ! Il s'est intéressé au calcul infinitésimal et intégral, sans…

— On s'en fiche ! l'interrompit Turin. Va au fait ! Pourquoi Bernoulli ?

La réponse fusa :

— Il a passé la moitié de sa vie à percer un mystère qui est le cœur de toute cette affaire ! Le mystère des spirales !

Elle désigna le nautile tatoué sur son épaule, avant d'ajouter :

— Bon sang de bon sang. C'était là, sur mon corps, depuis des années. Et c'était une évidence.

Chapitre vingt-neuf

— C'est moi qui aurais dû partir là-bas avec elle ! Mince, commandant !

Kashmareck grillait sa cigarette au bout de l'impasse, à proximité d'une ambulance. Les poings solidement plongés dans les poches de son blouson, furieuse, Lucie shoota de la pointe du pied dans un caillou.

— Tu as entendu ce qu'a dit notre médecin ? grogna Kashmareck. Tu as sans doute une tendinite !

— Non, non ! Je vais faire des étirements, je suis sûre que…

— Écoute Henebelle ! Turin et Moinet ont déjà travaillé ensemble par le passé, il connaît son affaire et en plus il a autorité sur toi concernant ce genre de décisions. Alors tu devrais passer à autre chose… Je te rappelle que tu dois te farcir le rapport sur ce qu'il vient de se passer.

Lucie ouvrit grand ses mains devant elle, en signe de désapprobation.

— Mais Manon refusait quasiment de partir avec lui ! Vous savez ce qui est noté dans son N-Tech ? « Ne plus jamais travailler avec ce pervers » ! Ce pervers !

Kashmareck regarda autour de lui, s'assurant que personne n'entendait.

— Je t'interdis de cracher sur un collègue, d'accord ? Moinet est partie de son plein gré, personne ne l'a forcée !

Lucie ne voulait pas en démordre. Elle insista :

— Vandenbusche a clairement signalé le danger si Manon quittait son environnement familier ! Elle pourrait avoir des réactions inattendues !

Elle désigna son arcade sourcilière.

— Rappelez-vous, le coup de bâton qu'elle m'a flanqué chez Dubreuil ! Comment va-t-elle réagir si elle se trouve loin de chez elle, aux côtés d'un type qu'elle déteste ? Vous imaginez le traumatisme ?

— Je vois pas trop le traumatisme, puisqu'elle oublie dans la minute.

— Vous n'avez…

Kashmareck ferma les yeux en soufflant. La jeune flic commençait à l'agacer sérieusement. Il l'interrompit :

— Elle a beau être amnésique, elle n'en est pas moins responsable, et leurs histoires de cœur ne m'intéressent pas, compris ? Turin est un gars réglo. Il a travaillé six ans aux Mœurs et bosse depuis huit ans à la Crim sur des dossiers sérieux. Il vient de la rue, il vit sur le terrain en permanence… Avec lui, loin d'ici, elle est en sécurité. Parenthèse close, OK ?

Lucie eut un petit rire cynique.

— Six années à côtoyer les prostituées. Quand je vois sa façon de regarder les femmes, je comprends. Ce gars n'est pas clair, croyez-moi. Qu'est-ce qu'il fichait ici si tard, à votre avis ?

— Et toi ?

— J'avais besoin de discuter avec Manon. Mais lui...

Le commandant s'attarda sur les deux policiers qu'on embarquait sur des civières. Il reprit finalement :

— Dans six ou sept heures, ils arriveront à Bâle. De toute façon, tu n'as rien raté, on ne résout pas une affaire avec un truc pareil... Une cicatrice vieille de plusieurs années... Je ne vois pas ce qu'il y a à récupérer sur une tombe perdue en Suisse.

— Peut-être qu'il...

— Bon, du concret maintenant ! Parle-moi plutôt de l'agresseur !

Lucie haussa les épaules, vexée par l'attitude de son supérieur.

— Que dire ? J'ai poursuivi une ombre.

— Mais encore ?

— Il courait vite, le dos bien droit, signe d'une certaine jeunesse. Trente, quarante ans maximum. Il me semble qu'il portait un jean avec un long imperméable... Un sac à dos et aussi un bonnet. Taille et corpulence moyennes... Genre Turin. Les fers de ses chaussures claquaient sur les pavés, le type de fer qu'on trouve sous des bottes. Mais... je n'ai rien d'autre... Faudra essayer de voir avec les témoins qu'on pourra retrouver.

Elle marqua une pause, avant de reprendre :

— En tout cas une chose est certaine, on n'utilise plus Manon comme l'objet d'un rituel ou l'élément d'une mise en scène, comme c'était le cas dans la cabane des chasseurs, mais on cherche bien à l'éliminer.

— Qui ça, « on » ?

Des gyrophares teintèrent les murs de l'impasse de

reflets bleutés. L'ambulance démarra et disparut rapidement dans les ruelles du Vieux-Lille.

— Je sais pas, mais je suis sûre qu'il ne s'agit pas du Professeur. Et là-dessus, Turin est d'accord avec moi. On en a parlé avant l'arrivée des secours.

— Précise, s'il te plaît…

— L'agresseur a endormi les collègues au pistolet hypodermique, il aurait très bien pu agir de même avec Manon pour ensuite préparer son rituel, stimuler ses fantasmes. Mais là ? Il entre et essaie directement de la tuer en l'étranglant. Il était venu l'exécuter à la va-vite, comme par le passé.

— Le passé ? Tu vois un lien avec le cambriolage de l'époque ?

— Ça me paraît être une sérieuse hypothèse. Quoi qu'il en soit, s'il s'était agi du Professeur, pourquoi ne l'aurait-il pas éliminée dans la cabane de chasseurs ? Notre tordu de maths ne se serait pas exposé de la sorte, ici, dans cette impasse, avec des flics en faction. Trop, bien trop risqué pour un individu si méticuleux, si calculateur.

Kashmareck réajusta le col de son blouson bleu nuit « Police nationale ».

— Alors tu crois qu'on a en face de nous deux personnes différentes ?

— C'est clair. D'un côté, le Professeur, monstre de vice et de perversité, infligeant la souffrance absolue à ses victimes selon un cérémonial millimétré, programmé des semaines à l'avance. Le ravisseur de Manon, le meurtrier de Dubreuil. De l'autre, un individu qui a peur de ce qu'elle pourrait découvrir. Probablement le même individu qui l'a déjà agressée à Caen pour la même raison. Et qui se croyait hors de danger parce que Manon avait perdu la mémoire et qu'elle était donc, à ses yeux, comme morte.

— L'homme aux bottes se serait réveillé parce que le Professeur est de retour ? Parce que l'affaire est sous les projecteurs ? Et que Manon se voit propulsée au centre de tout ce micmac ?

— Exactement, c'est le mot, « réveillé ». Imaginez-le tranquillement installé chez lui à regarder la télé ou à lire le journal. Il découvre l'info sur le Professeur, l'assassinat de Dubreuil et l'enlèvement de Manon... Avec en plus le visage de Manon placardé sur tous les murs de France... Il commence à douter, à prendre terriblement peur. Et si Manon avait retrouvé ses capacités ? Et si elle pouvait maintenant se souvenir d'un détail le mettant en danger, lui ? Ou aider la police, comme à l'époque ? Tout simplement, il se met à craindre qu'on remette le nez dans cette vieille affaire, et qu'on découvre enfin ce qui nous avait échappé alors.

— Mais quel rapport avec le Professeur ?

— Ça, c'est la grosse inconnue. Cet homme est peut-être l'élément que Turin et ses équipes n'ont jamais réussi à dénicher.

Lucie avait une terrible envie de se masser le mollet. Son muscle lui brûlait horriblement. Elle garda cependant un air détaché. Elle devait rester sur le coup, à tout prix.

— Ce qu'il se passe autour de Manon, de sa mémoire, est vraiment bizarre. Depuis quelques mois, elle suit des cours de tir et d'autodéfense, de manière intensive. Ce qui lui a évité de se faire égorger, ce soir. Nous avons fouillé dans son organiseur, rien ne concerne ces activités, le néant !

— Effacé ?

— Vraisemblablement. Par contre on a retrouvé un message concernant le Beretta, programmé il y a près de deux mois et qui s'est déclenché ce midi. Il lui disait d'aller le chercher au-dessus de son armoire et de ne jamais s'en séparer.

— C'est quoi ce bordel, encore ?

— Quelqu'un a déposé le flingue à cet endroit, lui a fait prendre des cours de tir, et a programmé ce message, sûrement pour la protéger. Son N-Tech a été trafiqué, j'en suis persuadée.

— Son frère ?

Lucie se pinça les lèvres, dubitative.

— D'instinct, on pense tous à lui, bien évidemment, mais en réfléchissant... je suis pas si sûre.

— Je crois quand même qu'il va falloir cravacher Frédéric Moinet plus sérieusement, dit Kashmareck.

Lucie acquiesça.

— Cette affaire prend vraiment des proportions démentes. D'abord, le Professeur... Ensuite un autre type, ce faux cambrioleur d'il y a trois ans, qui cherche aujourd'hui à tuer Manon... Puis un troisième individu, qui manipule son N-Tech et dirige son existence...

Le commandant l'interrompit :

— Moi, j'ai une autre hypothèse, pas plus stupide que toutes les autres. Le Professeur, OK avec toi. L'agresseur de Manon, OK avec toi. Mais pour le N-Tech... Est-ce qu'il serait pas possible que notre mathématicienne simule parfois son amnésie ? Qu'elle prétende ne pas se souvenir, alors que sa mémoire fonctionne ? Qu'elle n'ait pas besoin de tout noter pour se rappeler ? Qu'elle nous bluffe, en quelque sorte ?

Lucie secoua la tête, catégorique.

— Vandenbusche est formel, rien ne se fixe dans sa mémoire sans un pénible apprentissage. Les IRM et une batterie de tests neuropsychologiques prouvent un réel déficit. Ces tests sont fiables à cent pour cent.

— On a déjà vu des gens suffisamment habiles pour tromper les tests consciemment, voire inconsciemment.

— Peut-être, mais certainement pas les IRM. Et puis j'ai bien vu le comportement de Manon. La première nuit, quand elle errait dans Lille, puis à Hem, et au lac de Rœux. Et même ce soir, dans sa salle de bains ! Ses yeux ne mentaient pas, elle me voyait bel et bien pour la première fois à chaque rencontre !

Sous l'effet d'une soudaine bourrasque, les boucles blondes de Lucie ondulèrent devant le bleu de ses yeux.

— Tout compte fait, l'homme aux bottes a tout raté, enchaîna-t-elle en boutonnant son blouson jusqu'au cou. En étranglant Manon voilà trois ans, il lui a probablement révélé une information en relation avec la tombe de Bernoulli, peut-être lui a-t-il livré par orgueil la clé de toute cette énigme… Et aujourd'hui, il a réveillé involontairement la mémoire de son corps. Contrairement à vous, je pense que ce déplacement en Suisse n'est pas inutile. Que sur la tombe de ce mathématicien nous apparaîtra un élément déterminant pour l'enquête. Un secret préservé jusqu'à aujourd'hui…

— Peut-être, oui, espérons…

— Bon, je vais rentrer chez moi maintenant, fit Lucie, je veux être d'attaque demain. Ah ! Un dernier truc. Vous avez lu le rapport du paléontologue ?

— Oui. Intéressant.

— Deux des appartements de Frédéric Moinet sont en travaux. Peut-être y aurait-il un burin à y ramasser…

Même si… je sais que ça peut pas être lui, c'est impossible.

— Et pourtant, tu me demandes de vérifier.

Lucie lui répondit par un sourire. Puis elle le salua avant de s'éloigner.

— Au fait… demanda Kashmareck.

Il se racla la gorge.

— … le médecin… Ta prise de sang…

Elle se retourna.

— C'est bon. Négatif. Pour l'instant… Parce qu'il faudra faire un nouveau dépistage dans six mois…

Chapitre trente

Les paupières baissées, un casque sur les oreilles, Manon écoutait inlassablement les conversations enregistrées dans la journée. Lucie Henebelle, la flic aux boucles blondes, venue la rencontrer à Swynghedauw pour lui parler du Professeur... Turin, de nouveau sur l'affaire... Sa récente agression, dans l'appartement... Cette cicatrice incomplète, dont elle avait si longtemps cherché la signification... La tombe de Bernoulli... Elle se rapprochait de la solution, elle le sentait.

Manon ouvrit soudain les yeux.

Elle s'affola. Une voiture inconnue ! Turin, à ses côtés ! Que se passait-il ? Sa main se porta immédiatement sur la poignée de la porte, mais la feuille A4 scotchée dans l'angle du pare-brise interrompit son geste. Son écriture :

« Direction la cathédrale de Bâle, pour la tombe de Bernoulli.

Tu redouteras ma rage – *Eadem mutata resurgo*.

Il est normal que tu te trouves dans cette voiture avec Turin. Il s'occupe de l'affaire. Ne réponds pas à ses questions. Bernoulli. Juste Bernoulli... »

— C'est au moins la dixième fois que tu attrapes

cette putain de poignée de portière, cracha le lieutenant parisien sans quitter la route des yeux. J'ai verrouillé, pour éviter que tu fasses une connerie. T'es pire qu'un gosse.

Il vida sa canette de Coca, qu'il écrasa d'une seule main et jeta par la fenêtre.

— Pourquoi je m'acharne à te le répéter ? Dans une minute, tu auras oublié, et il faudra tout recommencer. Je ne sais pas comment tu supportes ton état. Ou si, je sais. Tu ne le supportes pas, mais même ça, tu l'oublies.

Un panneau vert « Bruxelles-Luxembourg-Namur ». Il s'engagea sur l'autoroute E411, puis observa sa passagère du coin de l'œil. Les traits d'ange d'abord, la poitrine ensuite, dont les formes bombées arrondissaient son pull.

— Je croyais être guéri de toi, confia-t-il dans un souffle. Je croyais t'avoir oubliée. Du moins, j'ai essayé, j'ai vraiment essayé. Mais… Manon… Te revoir… Tout se réveille… C'est quand même un hasard formidable, non ? Je veux dire là, nous deux, arpentant le bitume, comme à la vieille époque. Au temps où nos journées étaient pleines de rebondissements.

Manon tourna la tête vers la vitre passager, la gorge nouée. Comment avait-elle pu accepter de partir seule avec lui ? Pourquoi n'était-ce pas cette Lucie Henebelle qui l'accompagnait ? Elle effleura discrètement le métal de son téléphone portable dans sa poche. Un malaise grandissant lui serrait le cœur.

— Quand tu m'as abandonné, tu m'as rendu fou, poursuivit-il. Tu…

Elle se tourna vers lui, incapable de contenir le feu de sa colère.

— Abandonné ? Mais de quoi tu parles ? Je n'ai jamais éprouvé le moindre sentiment pour toi, j'ai toujours été claire ! C'est toi qui ne me lâchais pas, qui me harcelais ! À l'époque, j'aurais dû porter plainte ! J'aurais dû raconter que le grand lieutenant Turin n'était qu'un pervers, un voleur de sous-vêtements et un client régulier des prostituées !

Il ricana.

— Mais tu ne l'as pas fait, parce que je continuais à te fournir des informations sur le Professeur. Tu étais pire qu'une droguée. Donnant-donnant, tu te rappelles ?

— Donnant-donnant, répéta-t-elle. Échange de bons procédés.

Elle le regarda fixement.

— Tu t'es fait soigner ?

— Je vais bien, merci de te soucier de ma santé sexuelle.

— Ta maladie des femmes se guérit, tu sais... Tu aurais dû...

Elle vit ses mâchoires se contracter.

— Garde tes leçons pour toi. Les psys, c'est pas mon truc. Ni aujourd'hui, ni jamais. Ne parle plus de ça, t'as compris ?

Manon sentit un tressaillement sous sa peau. Elle avait oublié à quel point ce type était volcanique. Et dangereux.

— Aujourd'hui, les compteurs sont remis à zéro, rétorqua-t-elle sèchement. Ne t'avise surtout pas de me toucher ou je déballe tout. Contente-toi de regarder la route, et emmène-nous là-bas. D'accord ?

Il reprit un ton conciliant, et même étonnamment calme.

— En tout cas, je vois que tu as sérieusement progressé. On pourrait presque te croire normale...

— Je suis normale !

— Si on veut... Au fait, j'ai aperçu ce poster de toi, cette publicité pour les N-Tech...

— Des photos de moi ? Où ça ?

— Tu dois avoir plein d'admirateurs, des tas de gens qui veulent te rencontrer. Tu as bien réussi ta reconversion, loin des mathématiques.

Elle le considéra avec mépris. Décidément, en quatre ans, rien n'avait changé.

— Ma reconversion ? Sais-tu seulement à quoi ressemble mon quotidien ? Sans MemoryNode, je ne suis plus rien ! Mes voisins pensent que je suis folle ou que je me fiche d'eux parce que je ne les reconnais pas ! On me prend pour un être creux, vide, alors que... que tout est encore en moi ! Je bouillonne, Hervé ! Je bouillonne de vie ! Mais que faire, moi qui ne peux même plus ouvrir le gaz sans prendre le risque de faire exploser mon appartement ? Je ne sais jamais ce qu'il se passe autour de moi ! Quel jour sommes-nous ? Matin, soir ? Quel mois ? Est-ce que j'ai déjà mangé, ou ramasse le courrier ? Voilà mes éternelles obsessions. Je n'ai plus d'envies, voyager ou acheter de jolies choses ne me sert à rien. Je vis dans une boîte hermétique ! C'est cela que tu appelles une reconversion réussie ?

Il tenta de lui caresser le visage, mais elle le repoussa vivement. Il retint son bras pour ne pas la cogner.

— Puisque tu t'es enfin décidée à me parler, lui

envoya-t-il, tu pourrais peut-être m'expliquer ce qu'on va foutre en Suisse ?

Elle pointa la feuille A4.

— « *Eadem mutata resurgo.* » « Changée en moi-même, je renais. »

— Me voilà super avancé.

— Si tu pouvais rester agréable, cela faciliter ait les choses. « *Eadem mutata resurgo* » est une citation très connue dans les communautés mathématiques, inscrite sur la tombe de Jacques Bernoulli. Elle concerne les spirales.

— Encore ces fichues spirales ?

— Qu'on leur fasse subir une rotation, qu'on les agrandisse ou qu'on les rapetisse, elles restent toujours identiques à elles-mêmes, elles renaissent à l'infini. C'est le sens de « *Eadem mutata resurgo* ». Ces figures parfaites ont fasciné le mathématicien suisse jusqu'à sa mort, il leur a même consacré un traité, *Spira mirabilis*.

— C'est bien beau tout ça. Et alors ?

— Et alors ? Rappelle-toi le message, inscrit dans la maison hantée de Hem !

— Parce que tu te rappelles maintenant, toi ?

— J'ai appris, je…

— Je n'y étais pas dans ta maison, je te signale.

— « Si tu aimes l'air, tu redouteras ma rage ». « Tu redouteras ma rage » est l'anagramme exacte de « *Eadem mutata resurgo* », sauf qu'il faut changer l'un des « r » en un « m ». « Si tu *m* l'r ». D'une manière ou d'une autre, même sans cet… étranglement, le Professeur savait que je résoudrais cette énigme. Il cherche à nous conduire là-bas. Il a quelque chose à nous montrer.

Turin émit un sifflement d'admiration.

— Décidément, tu m'en boucheras toujours un coin. T'es une nana prodigieuse.

Il réfléchit un temps, se remémorant sa conversation avec Henebelle. L'hypothèse du Professeur d'un côté, de l'agresseur de l'autre, avec le protecteur, au centre. Trois individus qui se tiraient apparemment dans les pattes.

— Mais... quel serait l'intérêt pour le Professeur de nous emmener là-bas ? Pourquoi il se mettrait volontairement en danger en nous aidant quatre ans plus tard ?

— Je l'ignore. Mais en tout cas, il n'agit certainement pas pour notre bien ou notre confort. Le message dit bien : « tu redouteras ma rage ». Cherche-t-il à nous entraîner dans l'un de ses pièges ? À nous mener vers une autre victime ?

Manon bâilla et plaqua l'arrière de son crâne contre l'appuie-tête.

— Et maintenant, si tu permets... Je ne sais pas depuis quand je n'ai pas dormi, mais je suis fatiguée. Et quand je suis fatiguée, je dors.

— Parlons encore un peu... Tu ne veux pas connaître ma vie de ces quatre dernières années ? Savoir comment j'ai évolué dans ma carrière ?

— Tu peux parler des heures et des heures, je ne noterai rien. Je me fiche royalement de ta vie.

De nouveau les écouteurs, les conversations enregistrées. Turin serra le poing. Cette garce se foutait de sa gueule.

Les rayonnements orangés des lampadaires explosaient sur le pare-brise en étoiles diffuses. Les bandes blanches défilaient sous les roues. Soudain, à droite, un panneau.

Une aire de repos, à dix kilomètres.

Turin s'attarda sur le visage de Manon. Tout remontait à la surface. L'objet de ses rêves les plus secrets, de sa douleur, de ses obsessions nocturnes se tenait là, à ses côtés. Il se mit à l'imaginer nue, la poitrine offerte, oscillant contre lui.

Un torrent brûlant se déversait dans ses artères. Oui, il était malade. Malade des femmes, de la baise, des putes. Malade de Manon. Du sexe. Toujours plus. Il avait voulu se guérir, ou tout au moins freiner ses élans en intégrant la Crim. S'éloigner de la tentation qui plane sur les flics des Mœurs. Travailler sans cesse, affronter le pire, jusqu'à ne plus distinguer la nuit du jour. Mais tout cela n'avait servi à rien. Les pulsions enflaient, là, en lui, toujours plus violentes.

Il la contempla encore, sans se lasser. Il pouvait la posséder si facilement. Maintenant, sur cette aire d'autoroute. Aller jusqu'au bout, sans aucun risque. Pourquoi se priver ? Il n'y aurait pas une âme. Ou peut-être un ou deux voyageurs qui, d'ici quelques minutes, découvriraient un couple enlacé dans une voiture. Entités anonymes qui repartiraient vers nulle part, sans chercher à comprendre.

Le changement de direction éveilla Manon. Turin, à sa gauche… La peur… Le geste vers la poignée… La feuille A4, qui freine son mouvement et la rassure. Ainsi, ils allaient en Suisse… à Bâle. Bernoulli. Elle ôta son casque.

— Qu'est-ce que tu fais ? Depuis combien de temps roule-t-on ?

— Deux heures. Pause pipi, si tu veux.

— Ça va aller…

Dans un ronflement tranquille, le véhicule dépassa une station-service qui paraissait flotter dans l'air, tel le vaisseau de lumière de *Rencontre du troisième type*. Ils s'avancèrent vers le parking destiné aux véhicules légers.

Manon fronça les sourcils.

— Les toilettes sont de l'autre côté, me semble-t-il.

— Pas besoin, un arbre me suffira. Si ça te tente, il y a des biscuits dans le coffre, fit Turin en enfilant son cuir. J'arrive…

Manon se frotta les mains l'une contre l'autre et regarda longuement autour d'elle à travers les vitres. Le parking était presque désert, seuls quelques camions au loin. Un décor sordide. Elle se mit à frissonner.

Le coffre se rabattit violemment. La jeune amnésique sursauta. Panique instantanée.

La main sur la poignée, la feuille A4. Direction Bâle, avec Turin. Turin ? Pourquoi lui ?

Elle jeta un œil dans le rétroviseur. Personne. Elle défit sa ceinture de sécurité et se retourna. Le bitume, les camions immobiles sur la gauche, la masse noire des arbres sur la droite, et deux ou trois points lumineux s'éloignant sur l'asphalte.

Où était Hervé Turin ?

— Hervé ? se surprit-elle à crier, soudain en proie à des bouffées d'angoisse.

Peut-être parti aux toilettes, ou en train de fumer une cigarette. Sûrement même.

Elle voulut allumer la radio pour se rassurer, mais l'appareil n'émit aucun son. Pas de clé sur le contact. Cela était-il normal ? Pourquoi se trouvait-elle seule dans une voiture inconnue, en pleine nuit ? Où s'était-elle encore échouée ? Comment ? Pourquoi ?

Tout se mit à tourner. Elle plaqua ses mains sur ses oreilles.

Au moment où elle se décida à ouvrir la portière, à courir en direction des camions, le lieutenant réapparut, le perfecto sous le bras, et pénétra dans l'habitacle.

— Qu'est-ce que je fiche ici ? grogna Manon. Tu aurais dû me laisser un mot ! Je croyais que... Ne recommence plus jamais !

Il ébouriffa ses cheveux noirs. Manon aperçut une lueur malsaine dans ses yeux.

— Je pourrais recommencer dans cinq minutes, si je voulais. Puis dans dix. Sortir me cacher, t'observer, comme à l'instant, et revenir t'effrayer. M'amuser avec toi.

— M'observer ? Qu'est-ce que...

— Je pourrais rester ici des plombes, et te dire que nous venons d'arriver, chaque fois. Je pourrais te raconter les pires saloperies. Te traiter de sale pute, par exemple, ou alors...

Il fouilla dans sa poche et agita un morceau de dentelle noire.

— Te forcer à bouffer ta propre petite culotte, mais...

D'un geste très vif, il claqua son poing sur le tableau de bord.

— Bouh ! hurla-t-il en cachant le sous-vêtement.

Manon bondit sur son siège, haletante.

— Qu'est... Qu'est-ce qu'il se passe ? Que fait-on ici ?

— Pipi. Tu ne te souviens pas ?

Elle se retourna dans tous les sens. Pourquoi son cœur battait-il si vite ? Et cette suée, partout sur son corps ?

— Où sommes-nous ?

Il se mit à lui caresser la cuisse. Elle lui attrapa fermement le poignet.

— À quoi tu joues ? N'essaie même pas !

— Tu ne peux pas savoir ce que je ressens. C'est… pire que la gangrène. Ce besoin de… posséder la chair des femmes. Tu sais, je crois qu'il manquait peu de chose pour que je bascule de l'autre côté. Du côté sombre…

Il dégagea sa main et lui agrippa la nuque.

— La limite est tellement fragile. Je comprends si bien ces enfoirés que je traque… Je me sens si proche d'eux, parfois…

— Lâche-moi !

La crainte filtrait dans le vibrato de sa voix. Elle, seule avec un obsédé qui avait déjà tenté de la violer. Cela lui paraissait hier.

Tout recommençait. Le monstre Turin se réveillait. La face noire de l'être.

Sans qu'il puisse réagir, elle lui envoya un coup de coude en pleine figure et se jeta sur la portière.

Tous ses sens se braquèrent sur un seul objectif : la fuite.

Brusquement, sa main se figea sur la poignée.

Ses veines saillirent sur ses bras, ses globes oculaires se révulsèrent tandis que ses muscles se contractaient avec une tension inimaginable.

Une forte lumière bleue. Des crépitements électriques.

Elle voulut hurler. Mais pas un cri ne parvint à franchir ses lèvres.

Malgré ses efforts, elle se sentit subitement incapable de remuer le petit doigt. Sa langue pendait légèrement entre ses dents. Impossible de la rentrer dans la bouche.

Paralysée.

Mais consciente.

De nouveau le noir, l'isolement.

— Le dernier Taser, murmura Turin en essuyant le sang qui coulait de son nez. 50 000 volts pour une paralysie d'un bon quart d'heure. Ni traces, ni séquelles physiques. Pas mal comme joujou, non ?

Aucun mouvement du côté des camions. Pas de lumière, pas un bruit, rien.

Il sortit, réapparut côté passager et allongea Manon sur la banquette arrière.

— Tu m'as fait mal, sale pute. Tu m'as vraiment fait mal !

Il alla ensuite récupérer une trousse de secours dans le coffre et se colla un pansement sur le nez. Puis il revint se coucher sur Manon, verrouilla les portières, et lui ôta son pull, avant de plonger sa langue dans la bouche immobile de la jeune femme.

Manon ne put même pas fermer les yeux.

— Je ne vais pas te pénétrer, lui chuchota-t-il en lui léchant le lobe de l'oreille, mais juste faire un truc entre les seins. Me déverser sur toi…

Il déboutonna sa braguette, lentement, semblable au bourreau préparant son office.

— Puis je te rhabillerai, te remettrai devant, et je quitterai cette aire tranquillement. Tu ne te souviendras de rien.

Une larme coula sur la joue de Manon et vint mourir sur la banquette. Le tissu l'absorba, comme si elle n'avait jamais existé. Bientôt, rien n'aurait existé. Turin allait posséder sa chair, engloutir cette partie intime de son esprit qu'on protège jusqu'à la mort, et qui a le pouvoir de briser l'être au moment où elle se brise elle-même. La définition amère d'un viol.

Deux minutes durant lesquelles Manon prendrait la mesure de chaque geste, de chaque frottement. Elle oublierait, certes, mais rien ne pourrait empêcher que l'enfer du moment n'ait existé.

— Je sais où tu habites maintenant, et j'ai le prétexte du Professeur pour rentrer chez toi aussi souvent que je le souhaite. Quel fantastique coup du sort...

Il lui retira son chemisier, son pantalon, puis dégrafa son soutien-gorge, qu'il attrapa avec les dents. Il caressa ses seins avant d'y plonger son visage en feu et se mit à lui sucer les tétons. Puis, lentement, sa langue effleura les scarifications.

— Tu n'as jamais voulu de moi, ma puce... Tu t'es bien foutue de ma gueule à l'époque. Mais à partir d'aujourd'hui, tu seras le plus parfait des objets sexuels. Le chemin de ma guérison.

Chapitre trente et un

La monotonie de la nuit, avant que Bâle ne se dévoile sous leurs yeux. 7 heures à peine sur l'horloge du tableau de bord, mais les longs boulevards rectilignes se gorgeaient déjà de véhicules. La Suisse se réveillait sous les nuages.

Très vite, les hauts buildings de la périphérie et les routes bordées de concessionnaires automobiles firent place à des bâtiments d'une autre époque. Près du coude formé par le Rhin qui coupait la ville en deux, le quartier médiéval, avec ses églises et ses ruelles étriquées, abritait les boutiques de luxe. Les marques prestigieuses derrière les vitrines – Breitling, Bulgari, Cartier, Chopard – rappelaient qu'à chaque printemps se tenait à Bâle le salon mondial de l'horlogerie et de la bijouterie.

Turin se gara à proximité du fleuve – le pont à franchir indiqué par le GPS se trouvait en travaux –, Manon récupéra son sac à dos dans le coffre, puis ils embarquèrent sur le bac en direction du Petit-Bâle.

Quelques minutes plus tard, ils se dirigeaient à pied vers la colline où se dressait la cathédrale. Manon regrettait de n'être jamais venue dans cette ville, ni même en Suisse, d'ailleurs. Les mathématiques, les colloques, les groupes de travail sur les systèmes d'équations différentielles l'avaient plutôt portée vers l'Amérique ou l'Angleterre.

Dans le Vieux-Bâle, on entendait encore le raclement des épées sur la pierre, les longues allocutions de Nietzsche ou Burckhardt, ou le claquement du bâton pastoral du prince-évêque. Tout en pressant le pas, Manon se plaisait à détailler chacune des façades, dont l'image s'évanouirait pourtant en elle avec la légèreté d'un songe. Elle aurait tant aimé s'y être promenée avant « l'accident »…

— C'est là, dit-elle en relisant pour la énième fois ses notes. La Münsterplatz.

Turin palpa la blessure sur son nez. Cette garce l'avait quand même sérieusement amoché.

— D'après le plan, le cloître se trouve derrière la cathédrale, maugréa-t-il. On se dépêche, il va bientôt flotter. À croire que ce putain d'orage nous traque, c'est pas possible !

Manon tenait sa feuille A4 devant elle et prenait une photo de temps en temps avec son N-Tech. Elle considéra le pansement sur le visage de Turin. Puis sa main bandée. D'un geste rapide, elle photographia le lieutenant sans qu'il s'en aperçoive.

Au fur et à mesure qu'ils avançaient, son cœur battait plus fort dans sa poitrine. Ses paumes se mirent à suer lorsqu'ils s'engagèrent sur la gauche de l'édifice. Que se passait-il ? Pourquoi ces alertes en elle ? Elle inspecta autour d'elle, soudain angoissée. Ses yeux avaient-ils croisé un individu qu'elle connaissait ?

— Y se passe quoi, là ? l'interrogea Turin. Tu cherches quelqu'un ?

— Non...

Le flic s'arrêta, puis se retourna. Des passants allaient et venaient, le front baissé. Nul ne semblait se soucier de la présence des deux Français. Ils étaient partis précipitamment de Lille. Comment aurait-on pu...

Sur les terrasses du Pfalz, derrière la cathédrale, s'étendaient au loin les premiers coteaux des Vosges. Avec le Rhin en contrebas, même sous ce ciel écrasant, la beauté de la nature se faisait éclatante. Pour le geste, Manon tira une photo. Cliché inutile qui s'amoncellerait au-dessus des milliers d'autre.

Turin la regarda faire. Cette escapade, aux côtés de l'objet de tous ses désirs, lui faisait du bien. Il se sentait comme revenu quatre années en arrière. Ils auraient pu former un couple épanoui, s'évader pour un week-end en amoureux, profiter des grands hôtels et des bières suisses-allemandes. Pourquoi l'avait-elle sans cesse repoussé, lui qui avait sacrifié ses nuits à pourchasser le meurtrier de sa sœur ?

Cette salope n'avait jamais voulu coucher. Et son refus lui coûterait cher.

Une faim insatiable de sexe grondait en lui. Dans la voiture, il aurait dû aller plus loin. Prolonger l'acte, jusqu'au petit matin. Explorer chaque recoin de ce parchemin de chair. Il avait déshabillé Manon, l'avait touchée, baisée, et elle ne s'en souvenait même pas. Son pouvoir sur elle était total. Mais il avait fallu bâcler. Ne pas prendre trop de retard, ne pas attirer l'attention. La prudence, le chantage, le sang-froid, les relations lui avaient toujours permis d'éviter les problèmes.

Ils contournèrent l'édifice. Les portes en chêne,

massives, étaient ouvertes, comme une invitation au recueillement. Le sacristain, chauve et râblé, veillait derrière un bureau, à gauche de l'entrée. Il leva rapidement la tête avant de se replonger dans sa lecture.

Manon boutonna le col de son manteau en peau. Le froid des lourdes pierres de taille la pénétrait. À travers les voûtes d'une hauteur prodigieuse soufflait un air humide et glacial. La lente et inquiétante respiration des ténèbres.

Elle se dirigea lentement vers le cloître. Dans les bas-côtés s'alignaient les tombeaux des plus illustres familles bâloises. Il se dégageait de cette immobilité, de ces blocs gigantesques, quelque chose de spirituel. Et aussi de maléfique.

Turin progressait de son côté. Il passa devant le tombeau d'Érasme de Rotterdam sans même s'en apercevoir. Il suivait Manon du coin de l'œil.

Un léger bruit de pas derrière lui troubla son attention. Il se retourna subitement, les sens aux aguets.

Rien, juste les colonnes, les nefs sombres... Dix mètres devant lui, Manon effleurait du bout des doigts la pierre usée. Des lueurs de cierges vacillaient sur ses rétines, sa bouche un peu ouverte absorbait chaque vibration, comme si sa présence ici était un aboutissement. Que ressentait-elle ?

— T'as quelque chose ? lança-t-il en sortant discrètement un petit instrument de sa poche.

Sa voix se répercuta contre les parois. Des rais de lumière inclinés isolaient des diamants de poussière.

— Pas encore, répliqua-t-elle. Pas encore.

Elle obliqua dans un renfoncement et disparut. Turin continuait à avancer lentement, l'œil dans le miroir circulaire de son ustensile.

Au pied de la troisième colonne, derrière lui, dépassait la pointe d'une chaussure.

On le suivait.

Comment avait-on pu les tracer jusqu'ici ?

Le Professeur... Les avait-il attendus, tapi dans les boyaux de la ville ?

Il profita de la protection d'un épais pilier pour sortir son arme de service.

— Je l'ai ! s'écria Manon. L'épitaphe de Bernoulli !

— J'arrive, répliqua Turin en essayant de garder un ton naturel. Juste une petite chose à vérifier...

Il se décala sur la gauche et se dirigea calmement vers un escalier latéral qu'il grimpa en accélérant, avant de se volatiliser sur la droite.

Quelques instants plus tard, une silhouette, le dos courbé, escaladait silencieusement les marches en pierre.

À l'étage, le canon d'un Sig Sauer s'écrasa sur sa tempe.

— À terre ! cria Turin. Dépêche-toi !

L'homme se recroquevilla, les mains autour du crâne.

— Ne me faites pas de mal ! gémit-il.

Du genou, le lieutenant lui écrasa la joue sur le sol.

— Bouge d'un millimètre, et je te troue ! Pourquoi tu me suis ?

— Je... Je suis le gardien de la cathédrale... Je vous ai vus entrer et...

Le type avec le livre, songea Turin.

Il releva son arme, l'enfonça dans son holster et prit un ton plus conciliant :

— Vous m'avez vu entrer, et... ? s'intéressa-t-il en tendant le bras pour l'aider.

Le gardien se redressa seul, pas très rassuré, tandis que l'officier sortait sa carte de police.

— La police française ? Mais pourquoi ?

— C'est moi qui pose les questions. Pourquoi vous m'avez suivi ?

Le sacristain regroupa ses mains devant lui et entre-croisa ses doigts.

— Je voulais comprendre ce que vous veniez encore faire ici, à Bâle.

— Comment ça, encore ? Je n'ai jamais fichu les pieds en Suisse de ma vie !

— Vous non. Mais la dame, en bas, oui, répondit le gardien en faisant un signe du pouce par-dessus son épaule.

Turin sentit l'adrénaline se déverser dans son orga-nisme. Il se rappela ces drôles de sensations éprouvées par Manon, sur la Münsterplatz. Les réminiscences d'un précédent voyage en Suisse ?

— Qu'est-ce que c'est que ce bordel ? Vous vous trompez !

— Non, j'en suis absolument sûr ! On n'oublie pas une histoire pareille. Cette nuit-là, j'ai même dû appeler la police.

Turin fit un geste rapide de la main pour inciter le sacristain à poursuivre. Ce dernier expliqua :

— Jusqu'aux derniers jours de l'été, la cathédrale reste ouverte jusqu'à minuit. Ils sont entrés très tard, aux alentours de 22 heures. Ils croyaient être seuls, ils ne m'avaient pas vu.

— Ils ? Qui ça, ils ?

— Cette femme, et puis un homme. Ici, la nuit, la luminosité est faible, mais j'ai gardé de bons yeux. Celui qui l'accompagnait lui ressemblait comme deux gouttes d'eau. Même regard, mêmes traits caractéristiques. Son frère, je suppose.

Frédéric Moinet... Cette fois, c'était sûr...

— Quand ? Quand sont-ils venus ?

Le gardien se gratta le menton d'un air dubitatif.

— C'était... l'année dernière... En septembre je crois, je ne sais plus exactement.

Turin prit des notes sur un bout de papier. Entre ses doigts, la feuille tremblait. Trop d'éléments nouveaux, après un vide long de quatre années.

— Et... Vous avez parlé de la police... Pourquoi ?

— Parfois, des visiteurs viennent la nuit. Pour prier, s'imprégner de l'ambiance religieuse ou simplement respirer le frais. Ces deux-là, ils sont restés très, très longtemps. Alors, ça m'a intrigué. Un moment, j'ai même cru qu'ils étaient partis sans que je m'en rende compte, mais... j'ai entendu des bruits de voix qui provenaient du fond du cloître, alors je... je me suis avancé discrètement. Ils... Ils s'étaient glissés dans une petite pièce latérale. Il n'y avait pas de lumière, hormis celle de leur lampe de poche. Et c'est là que j'ai vu... le sang.

Le lieutenant se raidit légèrement.

— Le sang ?

— À mon arrivée, l'homme était penché sur elle. Il... tenait un bistouri, ainsi que des pansements. Et il était en train de... de la charcuter !

— Sur le bassin, c'est ça ?

Le sacristain écarquilla les yeux.

— Comment savez-vous ?

— Ne cherchez pas. Continuez, s'il vous plaît.

L'officier de police s'approcha de la rambarde en pierre et jeta un œil dans la cour rectangulaire du bas. Il ne parvenait pas à voir Manon. Des ombres fantomatiques provoquées par la procession des nuages dansaient sur les parois du cloître.

— Cette scène était vraiment surréaliste, expliqua le gardien. La femme était surexcitée, elle tenait une carte routière de la France dépliée entre les jambes, et n'arrêtait pas de parler de moines. Oui, c'est cela. Des moines. J'ai voulu intervenir, parce qu'elle... elle essayait de repousser l'individu. Il l'immobilisait ! Il l'immobilisait pour lui amocher le ventre !

Hervé Turin n'en pouvait plus. Il aurait aimé tenir Frédéric Moinet sous la main, là, maintenant. Et lui faire cracher la vérité, jusqu'à sa dernière dent.

Le sacristain désigna son front.

— Puis, d'un coup, quand je me suis approché, l'homme m'a cogné avec sa torche et ils ont pris la fuite, main dans la main.

Turin resta perplexe, limite abasourdi. Moinet n'avait pas hésité à frapper le sacristain. Parlait-on bien du même homme ? Qu'est-ce qui pouvait bien justifier un acte pareil ? Jusqu'à quel point avait-il manipulé sa sœur ?

— Mais... continua le gardien, dans leur précipitation, ils ont laissé tomber un morceau de papier. Un papier avec la reproduction exacte de la spirale située sur la tombe de Bernoulli. La spirale et... ces croix bizarres... Je n'ai plus le papier, malheureusem...

— Quelles croix bizarres ?

— Sept croix, en plein sur la spirale, qui ont été gravées par des délinquants, je suppose, voilà cinq ou six ans. Pourquoi ? Allez savoir. Les gens n'ont plus de respect pour rien.

— Sept croix, depuis cinq-six ans ? Vous êtes sûr ?

— Absolument.

— C'est pas vrai ! Je dois voir ça !

Sans plus réfléchir, Turin se rua dans l'escalier, puis se précipita sur la gauche.

Un choc dans sa poitrine.

Le renfoncement où se trouvait Manon… Vide…

Elle avait disparu.

— Manon !

Pas de réponse. Juste l'écho de son propre désespoir. Il courut vers l'entrée, le souffle court, les mains moites.

La Münsterplatz, qu'il balaya d'un regard fiévreux. Quelques silhouettes pressées. Les premières gouttes de pluie explosant sur le pavé. Aucune trace de Manon ni à droite, ni à gauche, ni en face.

— C'est pas possible ! Merde !

Il retourna à l'intérieur et se dirigea précipitamment jusqu'à la sculpture ovoïde de métal noir, ornée d'un globe terrestre, de feuilles de vigne, d'emblèmes et d'inscriptions latines. Vers le bas se déroulait une spirale, autour de laquelle se déployaient les lettres du fameux : « *Eadem mutata resurgo.* » Changée en moi-même, je renais.

Le sacristain pénétra dans le renfoncement. Il s'approcha et désigna la forme mathématique du bout de son ongle.

— C'est encore cette spirale qu'elle est venue recopier aujourd'hui, je présume. Regardez, les croix sont là…

Hervé Turin s'appuya contre le mur, désespéré.

Sur la plaque, six croix se succédaient sur le serpentin et une septième était inscrite au bout de la spirale.

Sept meurtres commis par le Professeur. Six rapprochés, et un dernier plus éloigné. Y avait-il un lien ? N'y avait-il que cela à lire ? Tout ce voyage pour des gravures sur une spirale ?

Pourquoi Frédéric Moinet avait-il agi de la sorte ? Pourquoi tant de violence ? Quel secret cherchait-il à dissimuler, à sa sœur, aux autres ?

Aujourd'hui, pourquoi le Professeur les guidait-il ici ? Qui était l'agresseur de Manon ? Qui était son protecteur ?

Après avoir pris une photo avec son appareil numérique, Turin se mit à ausculter chaque forme, chaque terme de l'épitaphe. Du latin : « *C. S. Iacobus Bernoulli, mathematicus incomparabilis, acad. basil.* », etc.

Il se retourna vers le gardien, l'air soucieux.

— Ces moines dont elle parlait, ça vous suggère quelque chose ? Parce que, cette fameuse nuit, son frère lui a gravé sur le ventre : « Rejoins les fous, proche des Moines. »

— Non, cette phrase ne me dit absolument rien. Je ne comprends pas ce que des moines peuvent avoir à faire avec cette spirale, ni avec de quelconques fous. Je crois plutôt qu'il faudrait chercher un lien avec la carte de France qu'elle tenait entre les jambes, mais je serais bien incapable de dire lequel. Peut-être cherchait-elle un endroit particulier ? Un endroit en rapport avec la spirale de Bernoulli ?

— Oui mais quel rapport, bon sang ? Et quel endroit ?

— Ah, ça...

— Putain de mathématiques de merde !

Hervé Turin s'en voulut d'avoir laissé Manon seule.

Dans son état, elle était pire qu'un gamin qu'on abandonne à proximité d'une chaudière à gaz.

Cette crétine s'était évanouie dans les profondeurs de Bâle.

Seule, sans mémoire, et peut-être avec la solution de l'énigme.

De toute évidence, le Professeur lui avait tendu un piège.

Et elle allait se jeter dans la gueule du loup.

Chapitre trente-deux

— Lieutenant Turin ?

— Oui.

— Henebelle à l'appareil. J'ai essayé de joindre Manon, mais elle a dû éteindre son portable. Je venais aux nouvelles.

Lucie s'engagea dans la cuisine, le téléphone calé entre l'oreille et l'épaule. Elle sortit les bols du micro-ondes, les plaça devant Clara et Juliette, déjà habillées, et tira un paquet de céréales de l'étagère.

— On a eu un petit... problème ici, avoua Turin entre deux respirations.

Lucie s'immobilisa, les biberons sales de la veille dans les mains. Quelque chose, dans la voix de Turin, laissait présager le pire.

— Quel genre de problème ?

— C'est Manon... Elle a... disparu.

Lucie lâcha brusquement les biberons dans l'évier et crispa ses doigts autour du portable.

— Qu'est-ce que vous me racontez ?

Au bout de la ligne, la voix du flic, rauque, saccadée, caractéristique d'une gorge goudronnée.

— Juste un moment... d'inattention. Elle est pire

qu'un gosse. Je fonce... en direction de la gare, on ne sait jamais. Écoutez... il faut à tout prix mettre la main sur... Frédéric Moinet.

— Frédéric Moinet ? Qu'avez-vous découvert ?

— Manon et lui sont déjà venus sur la tombe de Bernoulli.

La nouvelle fit à Lucie l'effet d'un coup de poing sur la tempe.

— Bon sang Turin ! Vous êtes sûr ?

— C'est là qu'il l'a scarifiée... Le message concernant les moines... en septembre dernier... dans la cathédrale.

Juliette profita de l'inattention de sa mère pour bombarder le bol de Clara de corn flakes. Lucie les laissa se débrouiller et se précipita hors de la cuisine, une main sur l'oreille.

— Incroyable ! Il a prétendu que ça s'était passé ici, dans son appartement ! Avec une histoire démente de boule de feu ! J'ai vu les journaux !

— Il vous a roulée dans la farine. C'est un putain de menteur... C'est lui qui manipule sa sœur... Il manipule... tout le monde.

— Mais...

— Écoutez-moi attentivement ! La spirale de Bernoulli comporte sept croix, des croix qui auraient été gravées... voilà cinq ans environ, par le Professeur en personne, je pense...

— Des croix qui représenteraient les meurtres ? Les six meurtres passés et celui de Dubreuil ?

— Peut-être... La première fois où Manon est venue ici, elle a dû comprendre la signification de ces signes, et... je sais, c'est dingue, mais je suis persuadé que face à sa découverte elle a voulu sur-le-champ l'inscrire dans sa chair. Elle avait sûrement des soupçons… La peur qu'on efface les données de son N-Tech, ou qu'on lui… vole ses notes écrites… Ça devait être une information primordiale… Et je crois que… le frère l'en a empêchée… Ou, plutôt, il a… comment dire…

— Trafiqué le message !

— Exactement… Le sacristain qui gardait la cathédrale a affirmé que Frédéric agissait contre la volonté de Manon… Cet enfoiré n'a d'ailleurs pas non plus hésité à cogner le pauvre gars…

Tout s'éclaira dans l'esprit de Lucie.

— Et c'est pour cette raison que Manon ne comprend pas cette phrase ! Il fallait qu'elle reparte de Bâle avec quelque chose, une piste, alors… il l'a charcutée pour lui donner le sentiment qu'elle avait accompli sa mission ! Il l'a trompée ! Il nous a tous trompés !

— Vous avez sans doute raison. Mais je crois qu'aujourd'hui… Manon a de nouveau pigé le sens de ces croix… Et qu'elle est partie se fourrer directement dans les embrouilles…

— C'est pas vrai !

— Il y a un autre truc curieux…

— Quoi encore ?

— Cette phrase… inscrite dans la maison de Hem. « Si tu aimes l'air, tu redouteras ma rage »… Je crois que Manon en a compris le sens. « Tu redouteras ma rage » est l'anagramme presque exacte de « *Eadem mutata resurgo* », « Changée en moi-même, je renais », l'épitaphe gravée sur la tombe de Bernoulli. Ce qui implique que… le Professeur voulait la conduire à Bâle…

Lucie se posa la main sur le front et la retira aussitôt à cause de son arcade sourcilière douloureuse.

— Mince ! Y a rien de logique là-dedans !

— En effet... Si on suit notre idée, alors ça signifie que le Professeur aide Manon, et que le frère brouille les pistes. Dites-moi... le type que vous avez poursuivi dans le Vieux-Lille... Il pouvait s'agir de Frédéric Moinet ?

Lucie répliqua immédiatement :

— Non, non... il était bien plus petit. Comme vous. Enfin, je crois... Il faisait très sombre...

Elle jeta un œil sur sa montre. Bientôt 8 heures du matin. Plus qu'un quart d'heure avant le départ pour la maternelle.

À l'autre bout du fil, coups de klaxon et fracas de pluie.

— Je vous laisse ! hurla Turin. On se tient au courant... Mais... retrouvez le frère... avant qu'il ne soit trop tard.

— Attendez ! Vous n'avez pas tenté de comprendre ? Ces croix ? La spirale ? Donnez-moi un indice !

— Le sacristain disait que Manon tenait une carte routière de France entre les jambes, cette nuit-là. Je pense qu'aujourd'hui elle a de nouveau repéré l'endroit où elle voulait se rendre... Et elle est probablement partie y rejoindre le pourri qui cherche à l'éliminer... Trouvez le frère !

Il raccrocha.

Lucie resta figée, secouée, le portable à la main.

Frédéric Moinet, son profil Meet4Love idéal, s'était moqué d'elle en beauté. Elle se rappelait encore sa voix calme et tranquille, ses mots en apparence si sincères...

Trahir sa propre sœur, la tromper, des années durant.

Aller même jusqu'à la mutiler pour l'éloigner de la vérité… Pourquoi ?

La flic essaya une nouvelle fois le numéro de Manon. Elle abandonna un message sur le répondeur : « Ici Lucie Henebelle, le lieutenant de police qui vous aide dans cette enquête. Ma photo se trouve dans votre N-Tech. Rappelez-moi le plus vite possible, je vous en prie ! C'est très urgent ! »

Les filles piaillaient dans la cuisine. L'un des deux bols venait de se déverser sur la table.

— Juliette ! Bon sang !

— C'est pas moi ! C'est Clara !

— C'est toujours ta sœur ! Et c'est elle aussi qui tient des céréales dans sa main ?

Lucie s'empara du pack de lait et en versa dans un mug propre.

— Eh bien, tu boiras ton lait froid ! Tu ne connais pas ta chance d'avoir une sœur ! Je veux que tu arrêtes de la diriger, de l'accuser ! D'accord ?

— D'accord maman.

— Dépêchez-vous, on va encore se mettre en retard ! On part dans cinq minutes !

Les petites s'écrasèrent et obéirent instantanément. Après un rapide coup d'éponge, Lucie vérifia le contenu des sacs d'école, les plaça devant la porte d'entrée, avec les deux blousons, et resta là quelques secondes, coupée du monde, à réfléchir.

La première fois, en s'emparant du couteau, Frédéric n'avait pas cherché à protéger sa sœur de l'automutilation ou du suicide, il avait en fait voulu l'empêcher d'inscrire « Bernoulli » sur son corps, pour éviter qu'elle n'aille en Suisse.

Cependant, d'une manière ou d'une autre, Manon

était parvenue à remonter la piste jusqu'à Bâle. Peut-être à la suite d'une autre crise d'étranglement. Alors, face à sa détermination, sa hargne, Frédéric s'était rendu compte qu'il n'était plus possible de l'empêcher d'agir et il avait décidé de l'accompagner pour la surveiller.

Et là, après la découverte de la spirale avec ses croix, elle avait probablement compris quelque chose d'important qu'elle avait voulu marquer dans sa chair. Frédéric avait alors essayé de maîtriser la situation, il lui avait pris le scalpel des mains pour transformer le message. « Rejoins les fous, proche des Moines » : une formule assez intrigante pour détourner sa sœur de la tombe de Bernoulli et assez floue pour qu'elle ne puisse pas en saisir le sens.

Mais la mémoire du corps, l'étranglement l'avaient de nouveau conduite à Bâle. Et, apparemment, elle avait compris pour la seconde fois.

Frédéric Moinet avait voulu contrôler le destin de sa sœur. Lui faire ignorer la mort de sa propre mère. La ramener à Lille. Vivre dans l'appartement juste à côté, pour mieux la surveiller, la manipuler. Rentrer et sortir de chez elle au gré de ses envies. Trafiquer les données de son N-Tech. Effacer, ajouter, modifier. Tout mettre en œuvre pour la protéger. Et, aussi, l'empêcher d'approcher la vérité. Manon avait sans doute senti cela, sans réellement le savoir. D'où la raison de la *panic room* et du coffre-fort avec les codes secrets.

En tout cas, cette vérité effrayait Frédéric. Une vérité que le Professeur cherchait à exposer en aidant Manon. Ou en se servant d'elle.

Incompréhensible. Et plus incompréhensible encore

si on tenait compte de l'homme aux bottes, ce cambrioleur de retour trois années plus tard...

Une seule certitude dans cette histoire : la mathématicienne amnésique, où qu'elle se cache, se trouvait en très grand danger.

Et en était parfaitement inconsciente.

Chapitre trente-trois

La commission rogatoire pour perquisitionner l'appartement de Frédéric Moinet n'avait pas tardé. D'après la direction générale d'Air France, un rendez-vous avait bien été fixé avec la société Esteria, mais Frédéric Moinet ne s'y était pas rendu. Il n'avait pas non plus séjourné dans la chambre d'hôtel qu'il avait réservée et ne répondait pas sur son portable. Depuis 21 heures la veille, il s'était purement et simplement volatilisé.

Dans l'appartement du jeune chef d'entreprise, Lucie s'approcha de l'expert en informatique affairé devant l'ordinateur. L'homme paraissait préoccupé. Il fit claquer ses gants en latex et repositionna le boîtier de l'unité centrale.

— Plus de disque dur. Il a été arraché. Impossible de faire parler cette machine.

Lucie bâilla discrètement.

— Et il n'y a pas de sauvegardes ? Sur des clés USB ou des DVD ?

L'expert ouvrit plusieurs tiroirs, la mine déconfite.

— Regardez. Tout a été raflé. Je vais voir auprès de son fournisseur d'accès Internet si on peut récupérer ses e-mails. Ça ne posera en tout cas aucun problème pour ceux qu'il n'a pas encore lus et qui sont, de ce fait, sur le serveur SMTP. Mais on arrive un peu tard, semble-t-il.

Le commandant Kashmareck s'avança. Il avait avalé le dossier Professeur toute la nuit, incapable de trouver le sommeil.

— D'après notre serrurier, la porte avait été forcée, expliqua-t-il en se passant vigoureusement les mains sur les joues. Du travail propre et discret. Un type qui s'y connaît.

— De toute évidence l'individu qui a essayé d'éliminer Manon, répliqua Lucie. Il a dû venir ici faire le ménage avant de s'occuper de la sœur. Pourquoi ? Que pouvait bien cacher Frédéric Moinet ?

Kashmareck se crispa. Un technicien du LPS relevait des empreintes à proximité de l'ordinateur, d'autres flics fouillaient tiroirs et armoires.

— On a intérêt à éclaircir ce merdier avant qu'on nous tombe dessus. Cette histoire commence à faire grincer des dents dans la hiérarchie.

— Si Turin n'avait pas foiré en perdant Manon, on n'en serait pas là. Vous avez remonté l'incident à Paris, j'espère ?

— Pas encore.

— Mais pourquoi ? Il a fait une bourde ! Il était responsable de Manon !

Il la fixa durement.

— T'en mêle pas, d'accord ?

Lucie soutint l'orage de son regard, sans ciller.

— Le Parigot a des relations, c'est ça ?

— N'oublie pas que tu t'adresses à ton supérieur hiérarchique, alors ferme-la !

Kashmareck enchaîna immédiatement sur un autre sujet. Un don, chez lui.

— Bon ! Concentrons-nous plutôt sur l'enquête au lieu de perdre notre temps ! Qu'avons-nous précisément ? *Primo*, un gars, probablement le faux cambrioleur d'il y a trois ans, qui s'introduit chez le frère et tente à nouveau d'étrangler la sœur, évaporée dans la nature. *Secundo*, le frère, menteur, manipulateur, qui dissimule des informations primordiales pour notre affaire, lui aussi injoignable. Et *tertio*, cerise sur le gâteau, un taré qui donne des coquilles de nautiles à manger à ses victimes, de retour ici, chez nous, après quatre années de veille.

Kashmareck se mit à énumérer en dépliant ses doigts un à un :

— L'agresseur, le frère, le Professeur. Sans oublier la sœur, volatilisée. Et qui a hérité de ce fantastique quarté gagnant ? Moi, brillant et passionné commandant de la brigade criminelle de Lille !

— Même si on a l'impression d'un sac de nœuds, je suis persuadée que tout va se délier brusquement. C'est trop… bouillant.

— Tu parles ! Tout va nous exploser à la figure, oui ! Si le frère et Manon disparaissent définitivement, on retourne à la case départ. Et on se retrouve tous au placard.

Le major Greux apparut à l'entrée, le téléphone portable à la main. Derrière lui, des policiers en uniforme circulaient dans le couloir.

— J'ai deux infos importantes à vous communiquer !

Il s'intercala entre Lucie et le commandant.

— La première : on vient de dénicher quatre burins

dans les apparts en travaux. L'un d'entre eux semble correspondre à celui décrit par le paléontomachin. Trois centimètres de large environ, l'extrémité coïncide parfaitement avec la trace sur le morceau d'ammonite. On va l'amener au labo pour comparer les défauts.

La nouvelle laissa Lucie sans voix. Kashmareck se mit à arpenter la pièce de long en large avant d'exposer son raisonnement :

— Supposons une fraction de seconde, je dis bien supposons, que Frédéric Moinet soit le Professeur. Comment aurait-il pu tuer sa sœur Karine alors qu'il se trouvait aux États-Unis avec Manon ? Nous avons vérifié de nouveau tout cela, ses alibis sont irréfutables, y compris pour d'autres victimes du Professeur. Physiquement, ça ne peut pas être lui ! Mais allons au-delà des lois de la physique, et considérons qu'il soit dix fois meilleur que David Copperfield. Pourquoi revenir quatre années plus tard tuer une vieille sadique et enlever sa propre sœur, sachant que cela attirerait forcément l'attention sur lui ? Pourquoi kidnapper cette sœur qu'il cherche à protéger en la contraignant à suivre des cours de tir ou de *self-defense* ? Ça n'a absolument aucun sens !

Lucie fit claquer ses doigts.

— Ou alors, peut-être que quelqu'un d'autre voulait braquer les projecteurs sur Frédéric Moinet…

— Qui ?

— Le Professeur en personne, qui cherche à nous montrer quelque chose. Quelque chose que le troisième larron, le faux cambrioleur, veut à tout prix dissimuler. Rappelons-nous que le Professeur a enlevé Manon, qu'il pouvait la tuer, et pourtant, il ne lui a pas fait de mal, ne l'a pas violée. Et aujourd'hui, il l'aiguille vers Bâle, piste que le frère cache depuis le début. Le Professeur, le cambrioleur et le frère sont liés par... un chaînon manquant. Et ce chaînon manquant, c'est la mémoire de Manon. Je ne vois pas d'autre explication.

Kashmareck s'appuya sur une chaise, sans rien répondre. Greux se racla la gorge. Le commandant lui fit un signe du menton pour l'inciter à parler.

— L'autre info nous vient du graphologue qui analysait ces décimales de π, dans la maison hantée de Hem. Un truc vraiment louche, mais qui pourrait concorder avec vos dires. Enfin, d'après ce que j'ai compris.

Kashmareck poussa un long soupir.

— Vas-y, annonce.

Le major sortit un papier de sa poche.

— Deux mille quatre cent quatre décimales de π ont été peintes sur les murs du hall. Au passage, deux mille quatre cent quatre, c'est 24/04, date de la mort de Dubreuil, mais passons sur ce détail. Le graphologue avait d'abord affirmé que nous avions affaire à un gaucher, vous vous rappelez ?

— Exact...

— Mais il a découvert, dans la séquence, des séries de chiffres peintes de la main droite. Ça s'est reproduit neuf fois exactement, à des endroits différents et éloignés. Chaque fois, six ou sept chiffres consécutifs...

Lucie et le commandant échangèrent un regard intrigué. Ils prononcèrent en même temps la même question :

— Et alors ?

— On a fait l'essai. En trempant un pinceau de taille identique dans la peinture, on réussit à tracer six ou sept chiffres, justement, avant d'avoir à le plonger de nouveau dans le pot. Le graphologue est maintenant certain à cent pour cent qu'en réalité, notre homme est droitier ou ambidextre. Les chiffres inscrits de la main droite sont plus naturels. Il pense qu'à plusieurs reprises, le Professeur a dû « oublier » de peindre avec sa main gauche et ne s'en est aperçu qu'en trempant de nouveau son pinceau.

Lucie se tira les cheveux vers l'arrière et lança :

— Et donc… Le Professeur a voulu se faire passer pour un gaucher. Encore une fois, il a voulu nous rapprocher de Frédéric Moinet !

Elle ne tenait plus en place.

— Je vais peut-être pousser le vice un peu loin, ajouta-t-elle mais… pourrait-on imaginer que le Professeur soit venu déposer le burin ici, pour qu'un nouvel élément accuse Moinet ?

— Tu le vois venir piquer ce burin, décrocher son ammonite et le remettre à sa place ? intervint Kashmareck. Et, en plus, deviner que notre paléontologue nous aiguillerait vers cette piste ? Allons Henebelle ! Sois quand même un peu cohérente !

Lucie triturait maintenant ses boucles blondes.

— J'ai pire à proposer… Et si c'était le Professeur qui avait « forcé » Manon à suivre des cours ? Et s'il avait manipulé son N-Tech pour qu'elle puisse se protéger du cambrioleur et remonter vers la vérité ?

— Mais tu délires !

— N'empêche que c'est une hypothèse qui se tient. Peut-être approche-t-il Manon comme bon lui semble. Il suffit que sa photo se trouve dans le N-Tech. Et même… S'il avait accès à la machine, à l'heure qu'il est, il peut très bien l'avoir effacée… Il éprouve sans doute le besoin de nous parler. Pour se mettre en lumière, pour briller. Ou nous montrer à quel point nous sommes stupides. On a déjà traité des dossiers tordus, mais je dois dire que celui-là détient sans aucun doute la Palme d'or.

Le portable de Lucie vibra. Numéro inconnu. Elle s'excusa et s'éloigna au fond de la pièce.

À l'autre bout de la ligne, une voix féminine :

— Ne prononcez surtout pas mon nom, et répondez par oui ou par non. Vous vous nommez bien Lucie Henebelle ?

Lucie connaissait cette intonation. Ses joues s'empourprèrent sur-le-champ.

— Oui.

Un silence, puis :

— Vous êtes seule ?

— Non.

— Arrangez-vous pour l'être. La moindre entourloupe, et je raccroche. Je vous laisse dix secondes. Allez !

— Un instant…

Lucie fit comprendre au commandant qu'il s'agissait d'un appel personnel et sortit dans l'impasse.

— Manon ! Dites-moi si vous allez bien !

— Je vais bien. Vous avez promis de m'aider, vous vous rappelez, n'est-ce pas ?

— Oui, je me rappelle.

Le raclement du métal, le deux-temps modéré d'une masse fendant l'air. Pas de doute, Manon se trouvait dans un train.

— J'ai inscrit dans mon N-Tech que je pouvais vous faire confiance. Dites-moi que je ne me trompe pas. Dites-le-moi.

— Vous ne vous trompez pas.

— Vous pouvez noter ? demanda Manon.

— Deux secondes...

— Dépêchez-vous !

Lucie sortit son carnet de la poche de son caban. Elle tremblait jusqu'à la dernière phalange.

— Je... Je vous écoute.

— Très bien. Soyez attentive, parce que je ne répéterai pas. Vous allez vous rendre dans un village qui s'appelle Trégastel, sur la côte nord de la Bretagne. Une fois là-bas, vous vous dirigerez vers la plage et chercherez un gigantesque rocher en forme de tête de mort. Il est assez avancé dans la mer, vous l'atteindrez en marchant sur d'autres rochers. Il faudra aller tout au bout. Un conseil, enfilez des chaussures antidérapantes. Vous...

— Laissez-moi le temps d'écrire !

— Dépêchez-vous ! Dépêchez-vous !

— Bretagne... Trégastel... La plage... Rocher en forme de tête de mort... C'est bon.

— De Lille, vous aurez à peu près sept heures de route, en roulant à bonne allure. Trouvez un prétexte auprès de votre hiérarchie et filez vers la Bretagne. Vous m'y attendrez à 20 heures. J'ai votre photo, c'est vous que je veux voir, et uniquement vous. Si je m'aperçois que vous n'êtes pas venue seule, ou qu'on vous a suivie, je détruirai sur-le-champ les nouvelles informations que j'ai collectées, et tout s'évanouira. Ai-je été suffisamment claire ?

— Mais pourquoi ? Mes collègues pourraient vous aider !

Manon se mit à chuchoter :

— Non ! Je ne veux pas qu'on m'empêche d'agir,

ni qu'on me pose des questions. Je veux la peau du Professeur. Le tuer de mes propres mains.

— Vous vous rendez compte de ce que vous me demandez ? Je ne peux pas !

— 20 heures. Ne soyez pas en retard. Si vous manquez notre rendez-vous, ou si je me rends compte que vous me jouez un mauvais tour, je m'aventurerai seule là-bas. Dans... les ténèbres...

— Ne faites pas ça ! Ce serait du suicide !

— Alors rejoignez-moi. Mon avenir, ma vie dépendent de vous. De vous seule. Et rapportez-moi mon Beretta, je sais que c'est la police qui l'a, c'est enregistré dans mon N-Tech. Ne l'oubliez pas.

Elle raccrocha.

Lucie sentit son estomac se resserrer. « Mon Dieu, Manon, qu'est-ce que tu me fais faire ? » se dit-elle en se massant les tempes.

Pour aider Manon, elle devait aller à l'encontre de toutes ses convictions. Mentir à ses supérieurs. Tromper ses filles.

Elle se retourna et vit Kashmareck devant l'entrée de la maison. Il s'approcha, le front soucieux, cigarette aux lèvres.

— Tu n'as pas l'air dans ton assiette. Blanche comme un cachet d'aspirine. Mauvaise nouvelle ?

Lucie ne prit pas le temps de réfléchir et improvisa :

— C'est... ma mère... Elle... est à l'hôpital... Un... accident de voiture...

— Merde ! Et c'est grave ?

Lucie était au bord des larmes. Pas besoin de simuler, son comportement la répugnait.

— Les médecins ne savent pas encore...

Elle sortit un mouchoir et se frotta le coin de l'œil.

— Je dois partir sur Dunkerque... Tout de suite...

Kashmareck lui posa la main sur l'épaule.

— Ce n'est pas le meilleur moment pour moi, tu sais ?

Il la secoua, la forçant à se ressaisir. Il l'avait rarement vue dans un tel état.

— Tu ne te laisses pas abattre, OK ? Vas-y. On va essayer de se débrouiller sans toi.

— Merci commandant.

— Tiens-moi au courant. Et profite de ton passage à l'hôpital pour faire soigner ce fichu mollet.

Lucie acquiesça et s'éloigna d'un pas pressé, boitillant légèrement.

Qu'avait-elle fait ? Quelle frontière avait-elle franchie ? Elle, lieutenant assermenté de la police judiciaire ? Elle, censée combattre le crime ?

Et si ça se passait mal ? Si le sang coulait ? La justice ne la raterait pas. La taule, direct.

Elle se convainquit d'avoir fait le bon choix, alors qu'elle s'enfonçait avec sa vieille Ford dans les artères de Lille. Il fallait passer chercher les jumelles à l'école, remonter les déposer chez sa mère à Dunkerque, avant de foncer vers les côtes déchiquetées de la Bretagne. Abandonner les petites, une fois encore.

Quand donc les éduquerait-elle comme une mère « normale » ? Ce métier finirait par la briser, elle aussi. Comme il avait démoli tant de familles et de couples. Lucie risquait sa place, sa carrière, peut-être même sa vie. Mais Manon lui accordait sa confiance. Sans oublier sa promesse...

Manon, ses filles... Ses filles, Manon...

Elle freina brusquement à un feu rouge, évitant de justesse la collision.

Demain, c'était son anniversaire. Trente-trois ans. Où le fêterait-elle ? Dans quel endroit sordide ?

Trop tard. Sa décision était prise. À présent, il fallait aller au bout. Vers une destination inconnue et assurément dangereuse.

Les ténèbres, avait chuchoté Manon.

Elle mit la radio à fond et s'efforça de ne plus songer aux conséquences de son acte.

Pas avant d'avoir déposé les petites.

Les seuls êtres capables de lui faire tout abandonner.

Chapitre trente-quatre

Ce fut au niveau de Saint-Brieuc que se déroula le front de la dépression. Une puissante spirale noire happant la clarté du jour à une vitesse prodigieuse. Des bulletins d'alerte météo avaient été lancés dans toute la France : des précipitations historiques, accompagnées de vents effroyables, allaient balayer le pays d'ouest en est. Du jamais vu.

Lucie se frotta les paupières. La fatigue, la route, la pluie et les soucis se mélangeaient en un amer bouillon. Elle considéra de nouveau la photo de ses filles, sur son porte-clés. Clara et Juliette. Son unique réussite, en définitive, dans cette fichue vie de flic. Dire qu'à cet instant précis, elle aurait dû se trouver à leurs côtés, passer ses doigts dans leurs chevelures et les cajoler, au lieu d'aller s'enfoncer dans ces histoires.

Un jour, il faudrait que tout cela cesse. Pour elles, pour qu'elles grandissent heureuses et équilibrées, et non pas privées de leur mère retrouvée morte au détour d'une rue sans nom. Mais elle ne savait rien faire d'autre. Traquer le crime, c'était sa vie.

Sous la lumière blanche d'un éclair lointain, elle jura fermement de brûler les livres, les témoignages, les documents horribles, les DVD, le contenu de son armoire secrète. Agir dès son retour à l'appartement, sans se poser de questions, sans réfléchir. Embraser la Chimère.

Et arrêter Meet4Love. Pourquoi absolument chercher quelqu'un ? Pour souffrir encore ? Les hommes n'étaient que fausseté et mensonges. Frédéric Moinet en était l'exemple le plus flagrant.

Elle quitta la D767 en direction de Lannion. Personne sur les routes. Les Bretons semblaient s'être calfeutrés derrière leurs lourdes façades en pierre, en prévision de la tempête à venir.

Presque 19 heures, déjà. Plus qu'une heure avant le rendez-vous.

Elle pénétra enfin dans Trégastel avec le sentiment étrange qu'un malheur était sur le point de se produire. Pourtant, il devait être agréable de se promener dans ce village côtier en plein été, profiter des baignades, de l'air iodé, des marchés typiques, avec leurs kouign-amanns et leur cidre brut. Mais là… la station balnéaire fichait plutôt le cafard. Et la trouille.

Lucie se gara face à la mer. Dehors, des trombes d'eau lui fouettèrent le visage. Heureusement, elle s'était habillée en conséquence, une tenue imperméable kaki qui la couvrait des rangers à la tête.

La jeune femme descendit sur la plage et se dirigea vers un amas chaotique de roches. Le front baissé, la lampe torche à la ceinture et le Sig Sauer sous l'aisselle, elle remonta un sentier enfoui au cœur des immenses blocs de granit rose. Les longues houles déchaînées se déroulaient sous ses yeux en nappes maléfiques. Au loin se dressait une masse gigantesque, la tête de mort.

La nuit allait bientôt tomber. Il ne s'agissait pas de traîner.

Parvenue au bout du sentier, transie, secouée par les bourrasques, Lucie s'engagea sur les rochers. Elle glissa plusieurs fois. Autour d'elle, les vagues s'écrasaient sur la pierre, libérant des gerbes blanchâtres dans un fracas assourdissant. Le moindre faux pas, et c'était la chute, la déchirure des chairs, puis la noyade.

Au bout, avait dit Manon. Aller tout au bout. Lucie poursuivit sa progression, le mollet en feu. Elle crut bien, à de multiples reprises, y laisser sa peau, mais finit par atteindre le bloc d'une hauteur immense et creusé de deux cavités pareilles à des yeux. Sa forme rappelait celle d'un crâne, un crâne et équilibre sur un autre rocher titanesque. Lucie se réfugia sous cet ensemble étonnant et s'assit enfin, les deux mains autour de son muscle douloureux.

Et la mer, qui continuait à grogner, affamée, rageuse.

20 h 10. Malgré son pull en laine, sa polaire, son K-way, elle tremblait de froid. Le vent et les embruns lui cinglaient la figure. Et si Manon ne venait pas ? Et s'il lui était arrivé malheur ? « Ne soyez pas en retard », avait-elle prévenu.

Lucie observa la nature ensorcelante autour d'elle, peu à peu gagnée par l'obscurité. Dans cinq minutes, il faudrait absolument repartir vers la côte. Traverser ces écueils dans le noir relevait du suicide.

Au milieu du vacarme, la flic perçut des claquements sur sa gauche. Une silhouette ruisselante se détacha dans la pénombre.

— Manon !

Lucie se releva. Elle sentit soudain une chaleur

envahir l'ensemble de son corps. Manon se dressait là, face à elle. Enfin…

La mathématicienne jeta un œil sur son N-Tech, protégé par une housse hermétique suspendue à son cou, avant de s'approcher. Le rétroéclairage illumina ses traits éprouvés d'un halo fluorescent.

— Merci d'être venue, fit-elle en reprenant sa respiration. Je ne pensais pas que les éléments se déchaîneraient comme ça contre nous. Mais au moins… je suis certaine que vous êtes seule…

Sans réfléchir, Lucie l'enlaça et la serra contre elle de toutes ses forces. Elle sentit la main de Manon dans son dos répondre à son étreinte.

— Manon… J'ai eu si peur pour vous…

Elles s'abritèrent et la jeune amnésique considéra une nouvelle fois son organiseur.

— Rendez-moi mon Beretta.

— Désolée, impossible de le récupérer, il s'agit d'une pièce à conviction.

— Je vous avais prévenue !

— Je ne pouvais pas, vous devez me croire !

Manon tira sur les sangles de son petit sac à dos et se pinça les lèvres.

— Bon… Je… Je pensais que nous pourrions prendre la mer ce soir, mais… pas un seul marin n'a accepté avec une météo pareille…

— Prendre la mer ? Mais…

Manon posa son index sur la bouche de Lucie.

— Chut ! Je vous raconterai tout quand nous serons au sec… L'un de mes amis nous a prêté sa maison de vacances, là où je passais la majeure partie de mes étés, autrefois. C'est à Trébeurden, à quelques kilomètres d'ici. Un marin, Erwan Malgorn, nous embarque demain, à 6 h 30, à partir de Perros-Guirec. Qu'il pleuve ou qu'il vente, il le fera, il nous conduira là-bas… même si l'endroit où nous allons est interdit.

— Interdit ?

Manon fixa Lucie et son visage s'adoucit.

— En route… Nous avons toutes deux besoin d'un bon bain chaud et de repos…

Elle embrassa soudain Lucie sur la joue.

— Je sais que nous nous connaissons, Lucie. Même si je n'en garde qu'un souvenir artificiel, je sais que nous nous connaissons. Et je crois… non, je suis certaine, que vous êtes quelqu'un de bien. Parce que vous vous trouvez ici, au milieu de nulle part, avec moi…

Chapitre trente-cinq

Frédéric Moinet quitta le véhicule immatriculé dans le Maine-et-Loire et courut en direction d'une poissonnerie, son imperméable au-dessus de la tête. À l'intérieur du magasin, le propriétaire était occupé à baisser les grilles. Frédéric tambourina sur la vitrine.

— Attendez !

Le commerçant haussa les sourcils et désigna une pancarte.

— 20 h 20 ! On est fermés depuis une heure !

— Juste une minute, je vous en prie ! fit Frédéric d'un ton nerveux avant de se retourner.

Le poissonnier aperçut une ombre immobile qui se tenait plus loin, appuyée contre une voiture. Un autre gars qui attendait sous un parapluie et qui faisait jaillir la flamme de son briquet de façon compulsive. Ça sentait le coup fourré. Le commerçant ne lâcha pas le bouton de fermeture des grilles et dit, la gorge serrée :

— Fi… Fichez le camp !

Frédéric regarda rapidement autour de lui et sortit un revolver de la poche de sa veste. Il plaqua le canon contre la vitrine, tandis que sa cravate volait dans le vent.

— Ouvre ou je tire ! C'est pas une vitre qui m'em-
pêchera de te trouer la cervelle !

Le poissonnier leva les mains. Le mouvement de la
grille s'interrompit à mi-descente.

— Je t'ai pas dit de lever les mains, je t'ai demandé
d'ouvrir ! Tu le fais exprès ou quoi ? C'est la dernière
fois !

Tétanisé, le commerçant inversa le mécanisme puis
déverrouilla la porte. Frédéric s'avança dans la boutique. Ses doigts tremblaient autour de la crosse.

— Je... Je n'ai pas d'argent... fit le propriétaire.
Je vous en prie... Il n'y a rien à voler ici.

Les traits de Frédéric trahissaient une grande fatigue
et, en même temps, une tension extrême. Les cheveux
en bataille, sa chemise pendant hors de son pantalon,
il n'était plus que l'ombre de lui-même.

— Si ! affirma-t-il. Il y a exactement ce qu'il me
faut dans votre poissonnerie.

Il pointa les étals du doigt. Le commerçant se
retourna, surpris.

— Des poissons ? Ne me dites pas que vous... me
braquez pour me voler des poissons ?

— Je ne vais pas vous les voler, mais les acheter.
Et ce ne sont pas des poissons que je veux...

— Quoi alors ?

— Des calamars.

— Des calamars ?

Frédéric soupira en baissant son arme.

— Oui, des calamars ! Des putain de calamars !
Alors tu vas me les servir avant que je m'énerve
sérieusement, d'accord ?

L'homme se dirigea vers les étals, abasourdi. Ce

type l'avait contraint à ouvrir, avait pointé un flingue sur lui pour acheter des calamars.

— Combien vous en voulez ?

— Tout ! Mettez-moi tout ce que vous pouvez.

Le poissonnier écarquilla les yeux.

— Mais il y en a au moins quinze kilos !

— Eh bien dans ce cas, mettez-moi les quinze kilos ! J'ai été suffisamment clair, non ?

— Très clair...

L'homme fourra les mollusques dans plusieurs sacs plastique. Une odeur de sel, d'algues, de tout ce que la mer pouvait charrier, envahit l'espace.

Frédéric s'empara des sacs et fit demi-tour.

— J'ai laissé cent euros sur votre comptoir, je pense que cela suffira. Merci pour le service, Perros-Guirec est une chouette ville.

Et il disparut sous le déluge, aussi vite qu'il était arrivé.

Chapitre trente-six

La maison aux pierres centenaires n'était pas chauffée. Le propriétaire des lieux avait caché les clés sous un pot de granit, comme au temps où Manon venait y passer ses vacances. C'était une bâtisse de plain-pied d'une dizaine de pièces, aménagée en appartements, aux volets attaqués par les rudes pluies de l'Ouest. Un endroit magique, d'où l'on dominait les déchirures de la côte.

Grelottant sous une couverture, Lucie massait son mollet pour tenter d'apaiser sa douleur. Manon s'empara de quelques feuilles et d'un marqueur qu'elle sortit de son sac à dos.

— Je vais devoir noter et afficher sur ces murs des choses qui risquent de vous paraître bizarres, mais... si je ne le fais pas, je pourrais...

— Péter les plombs, un câble, une durite ?

Lucie désigna son front.

— Ou me frapper à coups de batte jusqu'à ce que mort s'ensuive ?

Manon s'approcha et palpa délicatement l'arcade sourcilière suturée.

— Oh ! Ne me dites pas que...

— Si, si, c'est bien vous. Mais ça va, ne vous inquiétez pas.

Les doigts de Manon étaient chauds, ses gestes d'une tendresse enfantine. Elle avança ses lèvres à quelques centimètres de celles de Lucie.

— Vous êtes sûre ?

— Pas de soucis...

Lucie détourna imperceptiblement la tête, un peu gênée, et demanda :

— Et maintenant, vous pouvez bien m'expliquer pourquoi nous sommes ici ?

— Deux minutes. Deux minutes, OK ?

Après avoir noté sur des feuilles le récit de ses heures passées, après avoir affiché partout que Lucie l'accompagnait pour l'aider, Manon s'empara d'une bouteille de Martini dans un bar en forme de tonneau, traça au marqueur un trait indiquant le niveau d'alcool et remplit deux verres.

— Le trait, c'est pour quoi ? questionna Lucie.

— À votre avis ?

— Éviter que vous vidiez la bouteille sans vous en rendre compte ?

— Eh oui, voilà à quoi j'en suis réduite...

— N'empêche, vous savez très bien vous débrouiller. Revenir de Bâle toute seule et avancer si loin dans une enquête criminelle sans aucune aide... Je dois admettre que le docteur Vandenbusche est un excellent professeur, et vous la meilleure des élèves.

— Vous le connaissez ?

— Un peu, oui.

Manon abandonna sur la moquette les quelques punaises rouges qu'elle tenait encore dans sa main blessée.

— Cela doit faire deux ans qu'il me soigne, et je ne sais même pas à quoi il ressemble. J'entends parfois le son de sa voix, au fond de ma tête. Je l'imagine la cinquantaine, grisonnant, un peu trapu. Mais très propre sur lui, et distingué. Je me trompe ?

— Non, vous voyez juste. Comme souvent.

Manon tendit le verre à Lucie et s'installa dans une banquette.

— Vous êtes une très jolie femme, Lucie. Un peu… comment dire… sévère dans votre manière de vous habiller ou d'observer, mais très mignonne.

— Je… Que répondre ? Je vous remercie…

La flic changea de sujet, mal à l'aise.

— Que fait-on ici, au fin fond de la Bretagne ?

La jeune amnésique relut pour la dixième fois de la soirée les informations mémorisées dans son N-Tech.

— Je ne vous l'ai pas encore dit ?

— Non.

— Absolument rien ?

— Absolument rien. De peur peut-être que… que je continue sans vous. Mais je ne vous abandonnerai pas. Ma promesse… Vous vous rappelez ?

— Je me rappelle. Quoi que vous en pensiez, je me souviens de… certaines choses de vous. Comme si… C'est assez curieux. C'est différent de la vision que j'ai des autres personnes…

Manon se releva et s'empara d'une carte routière.

— Revenons à nos moutons. Avant mon… accident, j'ai observé des cartes de France des nuits et des nuits. Je cherchais à percer le cheminement logique suivi par le Professeur. Comment choisissait-il ses victimes, selon quels critères ? Pas socioprofessionnels, ils étaient extrêmement variés. Ni physiques, puisqu'il s'en prenait à des hommes, des femmes, des jeunes, des moins jeunes, indifféremment. Alors je me suis demandé : pourquoi ces victimes-là, si éloignées géographiquement les unes des autres ? Pourquoi se donner tant de mal, alors qu'il suffisait de frapper dans un même département ou dans une même région ?

— Pour qu'on ne puisse pas cerner ses habitudes, son environnement. Il s'agit d'un itinérant. Il sélectionne peut-être ces agglomérations au hasard, tout simplement, comme certains tueurs en série américains qui sévissent sur plusieurs États. Des suspects zéro.

Manon secoua la tête avec détermination.

— Non ! Le hasard n'a pas sa place dans cette histoire, pas pour un esprit aussi rigide que celui du Professeur. Songez à la spirale, à l'élaboration des scènes de crime mettant en jeu les lois les plus strictes des mathématiques. Avec... Turin, nous n'avons jamais trouvé de relation entre ces personnes, alors, j'ai cherché s'il pouvait en exister une entre les lieux qu'il choisissait. Quelque chose de... géographique.

Elle dessina un triangle dans l'air avec son index.

— Rappelez-vous, le triangle équilatéral, entre Hem, Rœux et Raismes. Une figure géométrique parfaite, nouveau signe de sa maîtrise. À l'époque, nous avons échoué. Quand vous regardez les villes des six premiers meurtres, elles semblent disposées complètement au hasard dans l'espace, rien ne les relie entre elles. Pas de pentacle, de carré, ni la moindre figure cabalistique...

Lucie avala une gorgée de son Martini.

— En effet... Juste des points sur une carte, semble-t-il.

— Jusqu'à ce que je découvre les croix, sur la spirale de Bernoulli. Les sept croix.

— Vous pensez que… Elles représenteraient les villes des sept assassinats ?

— Oui et non…

Manon s'excitait de plus en plus.

— Les six premières croix représentent bien les villes des six premiers meurtres. Mais Rœux n'appartient pas à la spirale. Elle est totalement en dehors.

Elle engloutit son verre d'un trait, déplia la carte devant elle, et vint s'asseoir en tailleur sur la moquette. Lucie l'imita.

— Regardez, regardez ! Cela m'a fait tilt face à la spirale de Bernoulli. Rappelez-vous : « *Eadem mutata resurgo* », « Changée en moi-même, je renais ». Il… Il suffisait juste de reproduire cette spirale sur une carte de France et de l'agrandir, pareille à elle-même, jusqu'à… jusqu'à ce que la courbe passe sur les villes des assassinats ! Les croix correspondent parfaitement ! Regardez !

Un éclair traversa ses grands yeux bleus.

— Bernoulli était la clé ! Sans cette clé, impossible de déceler le rapport entre ces lieux !

Lucie fixait la spirale dessinée sur la carte qui chevauchait les points gris des agglomérations. Son ongle suivit la courbe, jusqu'à la septième et dernière croix perdue dans la mer, ici, en Bretagne. Elle recouvrait des petits points clairs représentant des îles.

Rœux se trouvait complètement en dehors de la figure, tout là-haut, au nord. Pourquoi ?

La mathématicienne se servit un nouveau Martini et remplit le verre de Lucie. Elle commençait déjà à sentir les effets de l'alcool. Elle regarda son interlocutrice dans les yeux et souleva légèrement son pull, puis son chemisier.

— « Rejoins les fous, proche des Moines. » Tu te rappelles, Lucie ?

La jeune flic s'étonna de la soudaine proximité de Manon. Combien de temps cela allait-il durer ? Quelques minutes, quelques secondes ? Quand se remettrait-elle à la vouvoyer ? Il suffisait juste d'une distraction, avait expliqué Vandenbusche, un coup de tonnerre, la chute d'un objet, un cri, et cette complicité naissante s'évanouirait. Ne resterait alors entre elles que la froideur de l'enquête. Et la terreur d'une femme découvrant une inconnue dans la même pièce qu'elle.

— Lucie ?

— Je me souviens, oui... « Rejoins les fous, proche des Moines. »

Manon pointa Perros-Guirec sur la carte, puis fit lentement glisser son doigt vers le haut.

— La septième croix que tu vois ici indique l'emplacement de sept îles, situées au large de Perros-Guirec. L'une d'elles s'appelle...

— L'île aux Moines ! compléta Lucie en plissant les paupières.

— Exactement ! Et il y a une autre île, proche de l'île aux Moines, Rouzic, sur laquelle il est formellement interdit de se rendre. Une terre de rochers et de falaises qui abrite la seule colonie de fous de Bassan de France. Plus de dix-sept mille couples y nidifient chaque année, de janvier à septembre. Un véritable rempart de plumes et de becs, qui fait ressembler l'île à une gigantesque boule de coton.

Lucie frissonnait. Elle se frotta les épaules.

— Rejoins les fous... Les fous de Bassan... C'est donc là où nous devons nous rendre, sur Rouzic, proche des Moines... Votre frère vous a sous-estimée en inscrivant ce message...

— Pardon ?

— Non, rien... Je pensais tout haut. Et vous savez ce que nous allons chercher là-bas ?

— Malheureusement, non. Je n'en ai aucune idée. Il n'y a rien d'autre que des oiseaux sur cette île.

Soudain nostalgique, Manon se mit à raconter, alors que ses yeux se perdaient sur les motifs de la tapisserie :

— Je connais bien l'endroit. Adolescents, nous venions en vacances dans cette maison. J'ai toujours aimé la Bretagne. Sa beauté sauvage, son atmosphère féerique... J'ai beau être une scientifique, je suis pourtant très intriguée par les contes celtes, l'ambiance ésotérique, où tout ne s'explique pas par la rigueur d'une démonstration.

— Moi aussi, approuva Lucie. Je crois en effet que... que certaines manifestations ne s'expliquent pas...

Manon termina son verre et continua :

— Avec mon frère et des amis du coin qui avaient un bateau, nous allions en cachette sur l'île Rouzic. Frédéric et moi, on a toujours aimé braver les interdits, être différents des autres...

Elle se racla la gorge.

— Je suis différente des autres, Lucie.

— Je sais.

— Je ne te parle pas de mon handicap... Mais de... de ce que je ressens... À l'égard des hommes, par exemple... Je ne suis pas homo mais... je ne sais pas... ils ne m'attirent pas.

Il y eut un court silence, avant que Manon poursuive :

— Parce que j'ai des sentiments, tu sais ? Je ne suis pas juste une machine. Moi aussi j'ai des envies, des besoins, des goûts particuliers... J'aime les glaces, le thé à la menthe, les promenades à cheval... J'aime porter de beaux vêtements, me parfumer, comme n'importe quelle autre femme.

— Je sais Manon. Je commence à te connaître.

Une douleur sourde brillait dans les yeux de la jeune amnésique.

— Parfois, quand je vois comment les autres me regardent, je me sens tellement inutile... C'était déjà comme ça avec mon métier. On imagine toujours les mathématiciens comme des calculateurs acharnés, des individus asociaux qui brassent du vent... Pourtant c'est absolument faux ! Ils s'interrogent sur des structures, des théories, des configurations qui peuvent changer le mode de pensée ! Il suffit de se souvenir qu'au Moyen Âge, c'était la religion qui définissait le cadre de la réalité ! Quand les savants ont réussi à expliquer l'origine d'un éclair ou d'une comète, tout a changé, ces événements sont devenus scientifiques et on s'est rendu compte, en définitive, que la science faisait avancer l'humanité. Crois-moi, toutes les branches des mathématiques, si abstraites soient-elles, trouvent toujours une application très concrète dans le monde réel.

Ses prunelles s'embrasèrent.

— Le seizième problème de Hilbert par exemple, sur lequel je travaillais, l'un de ces fameux problèmes du millénaire, permettrait de comprendre, s'il était résolu, le comportement d'un écosystème proies-prédateurs.

Que se passerait-il si on laissait sur une île des moutons et des loups en nombre égal, Lucie ?

— Eh bien... Je suppose que les loups mangeraient les moutons ?

— Et ces derniers se feraient moins nombreux. Et, de ce fait ?

— À mon avis, la pénurie de proies entraînerait une diminution du nombre de prédateurs, qui mourraient affamés ou se dévoreraient entre eux.

— Tout à fait. Et cette diminution impliquerait par conséquent un nouvel accroissement du nombre de proies, qui, de nouveau, permettrait le développement des prédateurs, et ainsi de suite. Mais après, au bout d'un an, dix ans, mille ans ?

Lucie haussa les épaules, intriguée. Manon termina son explication.

— La résolution d'un tel système d'équations différentielles permettrait de comprendre l'évolution démographique des espèces dans le temps, ou l'extinction de certaines d'entre elles. Alors tu vois... Je ne suis pas juste... un objet inutile...

Lucie aurait aimé lui prendre la main, la caresser, la réconforter, mais elle se contenta de dire :

— Manon. Je sais à quel point les gens sont intolérants et superficiels. Ils... se limitent à juger sur les apparences, sans chercher à voir plus loin. Pourtant, chaque histoire sur cette Terre mérite d'être vécue. Et racontée...

— Alors raconte-moi la tienne. Celle qui te donne ce regard si déterminé et te force à te cacher derrière des tenues de mec, alors que... tu me parais si tendre... si attentionnée.

Lucie fixa ses pieds.

— À quoi bon Manon ? Dans une minute, tu ne te souviendras de rien.

Manon se recula brusquement et s'immobilisa. Les larmes lui vinrent aux yeux.

— Comment oses-tu ?

— Manon, je…

— En te parlant, j'avais oublié mon amnésie ! Cela n'a duré que peu de temps, mais je l'avais oubliée ! J'avais… une conversation normale, des émotions, je me sentais bien ! Oui, j'aurais oublié ton histoire, et alors ? Je t'aurais écoutée, au moins ! J'aurais partagé des secrets avec toi, même un court instant ! Qui sait ? Parler t'aurait peut-être soulagée ? Tu… Tu as tout gâché ! Je te l'ai dit, je ne suis pas qu'une machine ! Mais apparemment, tout ceci t'échappe !

Folle de rage, elle se leva et donna un coup de poing dans le mur.

Alors, elle se mit à observer autour d'elle. Les papiers accrochés, les Post-it. « Lucie, le lieutenant aux boucles blondes, m'accompagne pour m'aider. » Puis elle regarda ses mains. Pourquoi tremblaient-elles ? Pourquoi ces sentiments violents, au plus profond de son cœur ? Elle se retourna, l'air grave. Une femme, assise sur le sol, la fixait étrangement. La femme aux boucles blondes.

— Que s'est-il passé ? Pourquoi suis-je en colère ? C'était contre vous ?

Elle vit la carte sur la moquette, la spirale de Bernoulli. Elle reconnut la maison de son adolescence. La Bretagne. Qu'est-ce qu'elle faisait là ?

Lucie se releva, déconcertée.

— Oui, tu étais en rage contre moi. Mais c'est sans importance à présent…

— On se… tutoie ? Dites-moi ? Pourquoi sommes-nous ici ?

— Nous devrions aller nous coucher. La journée de demain risque d'être éprouvante. Le rendez-vous avec Erwan Malgorn est à 6 h 30… Direction l'île Rouzic…

— Erwan ? Qu'est-ce qu'il vient faire dans cette histoire ? Et comment vous savez tout ça ? Pourquoi nous rendons-nous là-bas ?

Lucie vint lui saisir le bras.

— Fais-moi confiance, se contenta-t-elle de répondre. Essaie de prendre les choses comme elles viennent, tu reliras tes notes plus tard. Mais pour l'heure, par pitié, allons nous coucher. Si tu veux bien, je vais dormir à tes côtés, comme ça je pourrai veiller sur toi. Ça me paraît plus prudent.

La jeune mathématicienne la dévisagea longuement avant d'acquiescer :

— D'accord… Merci… Merci beaucoup…

À peine Manon avait-elle allumé dans la chambre que Lucie vint s'écraser sur le lit. Elle resta là quelques secondes, sans bouger, le temps pour Manon d'ouvrir les volets et d'aérer la pièce. Puis Lucie se redressa et jeta un rapide coup d'œil sur une aquarelle accrochée au mur. Soudain, elle fronça les sourcils et s'approcha. Juste à côté… une punaise rouge plantée dans la tapisserie épinglait un minuscule morceau de papier arraché. Une punaise semblable à celles que Manon venait d'utiliser pour fixer ses mémos.

— Depuis quand tu n'es plus venue dans cette maison ? demanda Lucie.

— Depuis l'adolescence. Pourquoi ?

— Et après ton agression ? Après ta perte de mémoire, tu penses que tu as pu revenir ?

— Cela m'étonnerait beaucoup. Pour quelle raison l'aurais-je fait ?

— Pour tes vacances ?

— Mes vacances ? Mais à quoi ça me servirait de prendre des vacances ?

Lucie ôta son pull, sceptique. De toute évidence, Manon était déjà revenue ici. Et elle ne s'en rappelait pas...

Manon s'assit sur le matelas.

— Une fois tout ceci terminé, je crois... je crois que je retournerai habiter à Caen, auprès de ma mère. J'ai besoin d'une présence féminine. Vous comprenez ?

Lucie ne sut que répondre. Sa pauvre mère reposait six pieds sous terre depuis tellement longtemps...

Manon se déshabilla en face d'elle sans éprouver la moindre gêne. Elle sentait qu'elle pouvait accorder sa confiance à la jeune flic, avec, toujours, cette impression tenace de la connaître, sans vraiment l'avoir déjà vue. En enlevant son pantalon, elle releva une petite tache sur le côté de sa culotte. Elle fronça les sourcils et se tourna vers Lucie.

— Dites-moi ! Comment sommes-nous arrivées ici ? En Bretagne ?

Lucie soupira. Toujours la même rengaine.

— Je viens de Lille en voiture, et tu arrives de Bâle, en train je suppose.

— Bâle, Bâle. Bernoulli. Je suis allée là-bas seule ? Vous n'êtes pas venue avec moi ?

— Non, c'est Hervé Turin qui t'a accompagnée.

Manon devint blême, paniquée.

— Impossible ! Je ne serais jamais partie avec lui ! C'est faux !

— Et pourtant, crois-moi, tu l'as fait... Il t'a

convaincue en te parlant du Professeur, en prétendant être le seul à pouvoir te guider. Et tu as mordu à l'hameçon.

Manon se jeta sur son N-Tech, consulta les derniers événements, déclencha les monologues et bilans enregistrés depuis la veille. Lucie s'avança vers elle.

— Manon... Ne t'inquiète pas... Ça va aller...

— Non, non, ça ne va pas ! Il s'est produit quelque chose ! Cette tache ! Cette tache sur ma culotte ! C'est du sperme !

La jeune amnésique gardait les yeux rivés sur son petit écran. Des photos défilèrent. Bâle, le Rhin, la cathédrale, Turin.

— Attends ! s'exclama soudain Lucie.

Elle s'approcha de l'appareil.

— Le pansement, sur son nez...

— Quoi le pansement ? demanda Manon.

— Il ne l'avait pas en partant de Lille...

Elles échangèrent un lourd regard. La blessure au nez, la tache sur le sous-vêtement de Manon. Turin aurait pu si facilement abuser d'elle. Lucie revit alors la main du flic abîmée, ce morceau de chair arraché quand ils avaient découvert les collègues endormis. Que fichait Turin aux abords de l'impasse du Vacher à la nuit tombée ?

Elle tendit le bras pour caresser les cheveux de la jeune femme. Mais Manon la repoussa, se leva, hors d'elle, terrorisée, et se mit à longer les parois, à cogner, avec une régularité mesurée, tandis que ses ongles s'enfonçaient dans sa chair, tant elle serrait les poings. Et elle continua ainsi jusqu'à ce que ses traits se détendent, que la colère s'éloigne pour laisser place à l'étonnement de se retrouver ici, en Bretagne.

Toujours les mêmes gestes. Le N-Tech, la lecture des informations.

Lucie resta perplexe. Manon venait d'oublier tout l'épisode.

Volontairement. Pourquoi ? Pour éviter d'affronter la violence d'un viol ?

La flic se rapprocha de la mathématicienne et, d'un geste timide, lui ôta sa petite culotte. Il fallait la récupérer, la porter au laboratoire d'analyse. Savoir si Turin avait franchi la limite.

Manon la laissa faire. Sans réfléchir, elle embrassa Lucie sur la bouche. Elle ne ressentit ni dégoût, ni colère contre elle-même. Juste de la tendresse. Et une simple envie.

— Désolée... Je...

— Ne le sois pas, dit Lucie.

Elle tira Manon vers le lit et la glissa sous les draps.

— Il faut que tu dormes, chuchota-t-elle. Demain, une grosse journée nous attend. Je serai à tes côtés quand tu te réveilleras.

Manon se sentit bien. Vivre le présent. Ne pas chercher à affronter le passé ou le futur. Pas ce soir.

— Ce baiser, euh...

— Lucie, je m'appelle Lucie...

— Lucie... Il m'a fait du bien... Cela fait longtemps que je n'ai pas ressenti une telle douceur... Même si je ne me rappelle plus, il y a des choses que je sais...

Lucie s'éloigna sans répondre, rangea le sous-vêtement dans la poche de son sac et fixa son reflet sur la fenêtre de la chambre. Elle resta là, longuement, sans bouger.

Que lui arrivait-il ? Était-ce bien son image sur la vitre ?

— Tu crois que je devrais avoir un enfant ?
demanda soudain Manon.

— Pardon ?

Manon regardait le plafond.

— Un enfant… Sa naissance… Je m'en souvien-
drais forcément… Cela… Cela ouvrirait peut-être une
porte… Une porte vers l'avenir…

— Peut-être Manon… Peut-être…

Sans plus un bruit, Lucie éteignit la lumière et resta
debout dans la chambre.

Elle fixa Manon dans l'obscurité. C'était sûr, cet
enfoiré de Turin l'avait violée !

Combien étaient-ils à abuser d'elle ainsi ?

Elle en voulut à la planète entière. Ce monde était
vraiment un monde de crasse. Ses jumelles lui manquèrent terriblement.

Le cœur lourd, elle se faufila sous les draps et se serra
contre ce corps qui l'attendait. Les lèvres de Manon
vinrent cueillir les siennes. Une nouvelle fois, elle ne
chercha pas à les éviter. Cela faisait si longtemps…

Elles disparurent toutes deux sous les draps. La
chaleur des caresses. La folie de l'instant. L'échange
forgeant définitivement la promesse d'un demi-tour
impossible. À partir de maintenant, c'était à deux. À
deux jusqu'au bout…

Une heure plus tard, à l'extérieur, de l'autre côté de
la fenêtre, une ombre s'avança secrètement. Et plaqua
son front sur la vitre, un briquet à la main.

La flic était assise dans un fauteuil à proximité de
son arme.

Il allait falloir trouver un autre moyen…

Chapitre trente-sept

— Manon ? Tu dors ? C'est Lucie. Lucie Henebelle.
— Lucie Henebelle ?

Le bruit des respirations au creux du lit. L'obscurité.
Dehors, le vent dans les branches.

— Chut... Nous sommes en Bretagne, nous appro-
chons du Professeur, des spirales.

— Les spi...

— Ne bouge pas. Ne pose pas de questions, je
t'en prie. Fais-moi confiance. Tu sais que tu peux
m'accorder la confiance ? Tu le sais ?

Manon s'agita, prête à jaillir hors du lit. Mais elle
retrouva rapidement son calme. Lucie Henebelle...

— Oui... Oui, je le sais. Enfin, je crois. Lucie
Henebelle. On se connaît, Lucie. On enquête à deux,
c'est cela ?

— Écoute, j'ai... j'ai juste besoin de te parler. Je
ne parle jamais à personne. Et j'ai mal Manon, j'ai
mal tout au fond de moi.

— Lucie, je... On est dans un lit... En Bretagne ?
Comment se...

— Chut... Il y a quelques heures, tu m'as dit que...
que tu voulais entendre mon histoire.

Manon se rapprocha.

— Si je vous l'ai dit, c'est que j'étais sincère. Je...

— Tutoie-moi Manon. Tutoie-moi comme tout à l'heure, s'il te plaît.

— Je t'écoute.

Lucie chercha ses mots avant de se lancer :

— Depuis dix-sept ans, je n'ai jamais raconté mon histoire à personne. Ou plutôt si, mais ceux à qui je l'ai fait sont partis loin de moi... Ce que je vais te confier n'est pas très... rationnel...

— Vas-y, parle. N'hésite pas.

— Tout a commencé quand j'avais seize ans. Je venais d'entrer au lycée Jean Bart, à Dunkerque. Je me suis mise à avoir des maux de crâne, de plus en plus fréquents. Au début, je supportais, je la jouais discrète, parce que... parce que je ne voulais surtout pas aller à l'hôpital. Mon... Mon père est mort d'un cancer du poumon, et j'ai pu voir toutes les étapes par lesquelles il est passé... La chimio, les traitements... Je ne supportais pas la vue du sang, je détestais cette atmosphère... morbide... C'était à en vomir... Tant de choses ont changé depuis...

Lucie soupira avant de poursuivre :

— À cause de ces douleurs dans ma tête, je ne sortais plus avec mes copines, je restais enfermée chez moi. J'étais même devenue incapable de suivre un cours. Ça a peut-être duré... quatre ou cinq mois, sans que personne ne s'aperçoive de rien.

— Jusqu'à ce que ta mère s'en rende compte, je suppose. N'est-ce pas ?

— Oui... Et là, j'ai dû faire tous les examens. Scanners, radios, prises de sang... Ils ont finalement détecté une anomalie sous mon crâne, plaquée contre la dure-mère, juste à côté de mon cerveau. Et très mal placée.

— Une tumeur ?

Lucie se recroquevilla sur elle-même.

— Quand on m'a annoncé qu'on allait m'ouvrir la tête pour tenter d'extraire cette… cette chose, je… je me suis mise à hurler. D'où venait cette horreur ? Comment avait-elle réussi à se loger là, au plus profond de mon être ? Pourquoi une telle injustice, pourquoi moi ? J'ai voulu savoir, mais on ne répondait jamais à mes questions, comme si… on cherchait à me cacher la vérité.

Elle serra les draps dans ses mains. Doucement, Manon vint se blottir contre elle.

— Et donc… Tu t'es fait opérer quand même ?

— Avais-je le choix ? On m'a rasé les cheveux, mes beaux cheveux blonds, l'opération a duré plus de quatre heures, parce que cette saloperie s'était logée dans un endroit critique, au niveau de la ligne médiane de l'os frontal… Quand je me suis réveillée, quand j'ai demandé de quoi il s'agissait, on m'a répondu qu'on ne savait pas, que… la « chose » était partie pour analyse au laboratoire médical de Dunkerque. Mais, dans les yeux de ma mère, j'ai lu qu'elle savait…

— Et que savait-elle ?

— Elle n'a pas voulu me le dire. Elle a toujours été surprotectrice, elle voulait me couver. Alors, j'ai contacté mon parrain…

— Ton parrain ?

— Il se trouve qu'à l'époque il bossait dans le labo médical comme stagiaire. Je l'ai appelé et je l'ai supplié de me dire ce qu'ils avaient reçu… Un kyste, une tumeur ? Aujourd'hui, plus que tout au monde, je souhaiterais ne jamais avoir su. Ça a parfois du bon de ne pas savoir.

— Cela dépend des cas...

— Un soir où il était de garde au labo, quelques semaines après mon opération, il m'a fait entrer en cachette. J'avais dit à ma mère que j'allais au cinéma... Il risquait sa place, mais il l'a fait, pour moi... Et là, j'ai découvert l'endroit le plus... traumatisant qu'il m'ait été donné de voir... On est descendus dans une espèce de sous-sol, il y avait... des niches semblables à des nids d'abeilles, avec... des choses hideuses... dans des bocaux étiquetés. Des kystes, de la matière visqueuse, des morceaux de chair... Je me rappelle le plafond, de plus en plus bas, la fraîcheur sur mon visage, l'odeur des produits conservateurs et le vrombissement des congélateurs... Quand Luc a ouvert l'un d'entre eux, j'ai vu un bocal, avec une grosse étiquette sur laquelle était inscrite mon...

— Ton nom ?

— Mon numéro de sécu... Celui qui nous identifie tous, dès la naissance, comme tu disais dans la maison hantée de Hem... Mon morceau de π à moi...

Lucie fit glisser ses mains sur ses joues. Elle transpirait.

— Tu sais Manon, un embryon produit plusieurs milliers de cellules toutes les secondes. Et par une magie qu'on est aujourd'hui incapable d'expliquer, il existe des cellules dites cellules-souches totipotentes, capables de se transformer en n'importe quel type de cellule. Au bout de quelques jours, ces cellules-souches commencent peu à peu à se différencier et à se spécialiser, en utilisant les mêmes gènes de manière différente. Les cellules cardiaques se mettent à pulser d'elles-mêmes, toutes en même temps. Et là, la vie explose dans le ventre maternel.

— Où veux-tu en venir ? J'ai du mal à te suivre... Dis-moi vite Lucie. Dis-moi vite...

— Aujourd'hui, cette nuit, c'est... mon anniversaire... Trente-trois ans que je suis sortie du ventre de ma mère... Et il y a de cela quatre ans, j'ai donné naissance à deux jumelles, Cl...

— Clara et Juliette... J'ai appris...

Lucie éprouva une soudaine envie de pleurer, mais elle se contrôla. Il fallait parler, parler encore, se libérer de toute cette crasse en elle.

— Connais-tu ce qu'on appelle le « baiser des jumeaux » ?

— Non. Lucie... Je perds le fil. Dépêche-toi.

— Des spécialistes parviennent à connaître le comportement intra-utérin des jumeaux, grâce à des échographies et aux derniers procédés technologiques permettant de filmer dans le corps humain. Ils ont constaté que, dès le troisième mois, les jumeaux se touchent, avec leurs bras et leurs jambes, puis entrent en contact par la bouche au cinquième mois. Cet instant émouvant est appelé le « baiser des jumeaux ».

— Je ne savais rien de tout ça. C'est stupéfiant.

— C'est stupéfiant, oui. Certains chercheurs sont persuadés que ces comportements fœtaux ont un effet sur tout le développement postnatal de l'enfant. Que ces premiers instants, ces tout premiers gestes et réactions le suivent, le soutiennent ou le harcèlent jusqu'à sa mort.

— Mais... On ne peut pas se souvenir de ce baiser, des événements avant la naissance !

— Je suis au contraire persuadée que tout ce qui

s'est passé dans l'utérus maternel est profondément ancré en nous, comme… comme ces cicatrices que tu portes sur toi, qui t'accompagneront jusqu'au dernier jour. Pourquoi ton corps se souvient parfois ? Pourquoi les bébés, juste après leur naissance, réagissent à la voix de leur maman ?

Manon ne conservait qu'une vague idée du début de la conversation, mais ce n'était pas important. Là, dans le noir, elle se sentait apaisée. Celle qu'elle osa appeler mentalement son amie voulait lui avouer un secret. Une « chose », sous son crâne.

— Continue, Lucie. Je t'écoute, crois-moi, je t'écoute.

— Des… Des deux jumeaux, il en est très souvent un qui prend le dessus sur l'autre.

— La théorie du jumeau dominant.

— Ce n'est pas une théorie, il ne s'agit pas de mathématiques cette fois. Chez les jumeaux, il est fréquent que l'un des deux naisse plus gros parce que, déjà dans l'utérus, il s'accapare plus de nourriture et occupe plus de place… Dans cet endroit, certainement un des plus mystérieux qu'on connaisse, les instincts de prédation existent. Tu parlais de l'écosystème proies-prédateurs chez les animaux… Mais c'est déjà la même chose dans le ventre maternel.

Lucie inspira.

— Je cache une petite armoire dans mon appartement, une armoire aux vitres teintées qui contient… mon histoire. Qui fait que je ne peux plus m'empêcher d'assister aux autopsies… que je cherche, Manon, que je cherche…

— De quoi tu parles ? Qu'est-ce que tu cherches ?

— La réponse au pourquoi…

— Mais Lucie... Qu'est-ce que tu racontes ? Cela ne veut rien dire !

— Je... Je ne sais plus. Je suis une Chimère Manon... Une Chimère...

— Une Chimère ? Le monstre mythologique ?

— Pire que ça...

Du bout des doigts, Manon caressait les boucles de Lucie.

— Dis-moi ce qu'on trouve dans ton armoire.

— Il y a d'abord deux échographies. Sur la première, des sœurs jumelles, âgées de quatorze semaines.

— Clara et Juliette. Et sur la deuxième échographie ?

— Je...

Lucie se redressa brusquement, ses sens en alerte.

— Tu as entendu ? chuchota-t-elle.

— Entendu quoi ?

— Des bruits, à la porte !

La flic sauta hors du lit, enfila rapidement son pantalon, son tee-shirt, ses rangers, et s'empara de son Sig Sauer sans un bruit.

— Reste là...

Elle se faufila dans le noir en direction de l'entrée.

D'un coup, un gros boom sur la porte, puis le gravier qui crisse, des bruits de pas... On courait.

Elle se précipita dehors, dans le froid, les deux mains sur son arme. Ses muscles se crispèrent.

Une ombre disparut au-dessus de la barrière du jardin.

— Pas cette fois, sale enfoiré...

Lucie se rua vers l'obstacle, soigna son atterrissage et se lança à sa poursuite à grandes foulées.

Le sol boueux atténuait les vibrations dans le mollet. Le muscle gorgé de sang tenait. Pour l'instant.

Dérapant à plusieurs reprises, l'ombre s'enfonça sur la gauche dans un sous-bois.

Très vite, Lucie parvint à gagner du terrain. L'homme, devant elle, chuta encore. Sa poitrine se levait et s'abaissait. Il se retourna en crachant des nuages de buée dans l'air glacial. Puis il essaya de se redresser à l'aide d'une grosse racine.

— Tu bouges et je tire ! hurla Lucie en le braquant, une dizaine de mètres en retrait. J'te jure que je vais le faire ! Un seul pas ! Ose faire un seul pas !

Le fuyard se figea, à quatre pattes, pareil à un loup acculé.

— Non ! Non ! s'écria-t-il. Ne me faites pas de mal !

Lucie inclina la tête et s'approcha avec prudence. Cette silhouette frêle. Cette voix aiguë. Était-il possible que…

— Tourne-toi !

Face à elle, les traits déconfits d'un adolescent. Seize, dix-sept ans maximum. Lucie ne relâcha pas son attention.

— Qu'est-ce que tu es venu faire à la porte ? Pourquoi tu cherchais à entrer ?

— Je… Je ne cherchais pas à entrer ! On… On m'a juste dit de… de faire du bruit ! Rien de plus ! Juste faire du bruit et me tirer !

— Qu'est-ce que tu racontes ?

Le jeune garçon se mit à pleurer.

— C'est… C'est la vérité ! Un homme est venu me parler… près du port. Il m'a donné du fric en me demandant de venir ici à 1 heure, et de faire du bruit ! Il... Il puait le calamar !

Lucie eut soudain l'impression que ses forces allaient l'abandonner.

Piégée.

Elle fouilla ses poches. Pas de menottes.

— Tu restes là ! Parce que sinon, je te retrouverai !

Elle savait qu'elle ne le reverrait jamais. Mais c'était lui ou Manon.

Sans plus réfléchir, elle fonça en direction de la maison. Le sous-bois. La mer de boue. La barrière. Le gravier de l'allée.

La porte d'entrée battait contre le mur.

À l'intérieur, des traces de boue sur la moquette. Des empreintes qui n'étaient pas les siennes.

La chambre était vide.

Le N-Tech gisait sur le sol, l'écran brisé...

Chapitre trente-huit

— Erwan ? Erwan Malgorn ?

Dans les lueurs de l'aube, l'homme patientait sur le port, vêtu d'une veste imperméable rouge et d'un pantalon de pêche jaune. Lucie avait imaginé un vieux loup de mer à l'épaisse barbe grasse et au visage buriné, mais il n'en était rien. Erwan, les traits fins, deux longues pattes noires sur les joues et la coiffure soignée, devait avoir une trentaine d'années. Pêcheur nouvelle génération.

— Où se trouve Manon ? s'inquiéta-t-il en regardant avec méfiance par-dessus l'épaule de Lucie.

Des cernes sous les yeux, les lèvres crevassées par l'air marin, la flic contracta ses poings sous son K-way.

— Je ne sais pas. C'est moi qui irai là-bas.

Les mâchoires serrées, Erwan se frotta les mains l'une contre l'autre. Au loin, le jour s'épaississait à peine, d'un rouge de lave virant au noir au-dessus des eaux.

— Elle m'a parlé d'une femme blonde aux cheveux bouclés ! cria-t-il pour couvrir une violente bourrasque. Au cas où elle ne viendrait pas !

Lucie baissa puis remit sa capuche.

— Femme blonde aux cheveux bouclés ! répéta-t-elle.

— Dans ce cas, ne perdons pas de temps ! Le chalutier est amarré le long du quai, à une centaine de mètres.

Il remonta le col de sa veste.

— La mer est mauvaise mais navigable. J'espère que vous ne serez pas malade.

— On verra bien !

Sans plus un mot, ils s'engagèrent sur la jetée, courbés contre le vent. Dans le port, les bateaux tanguaient dans un mouvement désordonné. Les drisses fouettaient les mâts et les coques de métal s'écrasaient sur la surface de l'eau. Au large, la mer était littéralement déchaînée.

Erwan monta à bord de son bateau puis aida Lucie à le rejoindre.

— Rouzic est à quelques miles, nous l'atteindrons d'ici un quart d'heure ! dit-il en lui plaquant un gilet de sauvetage contre la poitrine.

— Vous savez quelle taille fait l'île à peu près ?

— C'est tout petit ! Et y a que dalle là-bas ! Juste des falaises et des oiseaux ! Dites ! Qu'est-ce que vous allez y faire ?

— J'en sais rien !

— Vous n'avez pas l'air de savoir grand-chose !

Ils se réfugièrent dans la cabine. Erwan déclencha les témoins lumineux, activa l'écran radar, puis tourna une clé.

Le moteur se mit à gronder, libérant une épaisse fumée noire. Les carreaux tremblaient, la lumière du plafonnier vacillait. Partout ça vibrait, dessous, dessus. Lucie se sentit envahie par une étrange sensation de puissance. Une énergie invisible la propulsait vers l'avant, le large, les ténèbres. Le bateau de pêche s'engagea dans le chenal, dépassa deux bouées clignotantes puis se jeta dans les vagues avant de s'évanouir à l'horizon.

Lucie s'installa sur un rebord en métal. Elle se recroquevilla, la tête entre les mains, épuisée. Des larmes se mirent à couler lentement sur son visage. Son cœur s'embrasait chaque fois qu'elle imaginait le sourire rayonnant de Manon, ses yeux avides de connaissance. La jeune femme avait surgi si brusquement dans sa vie… Elle essaya de refréner ses pensées, de ne pas se répéter qu'elle ne reverrait peut-être plus jamais son amante d'une nuit, sa confidente, celle devenue, en définitive, une amie rare…

Elle essuya maladroitement ses joues. Et elle ? Elle, lieutenant de police ? Qu'allait-elle devenir ?

Avant de rejoindre Erwan, elle s'était convaincue de cacher à ses supérieurs toute trace de ses retrouvailles avec la jeune amnésique et, surtout, de sa nouvelle disparition. Elle avait décroché les punaises et les feuilles dans chacune des pièces de la maison, avait plié avec soin les vêtements de Manon et avait rangé le tout dans le coffre de sa Ford. Quant à la clé de la porte d'entrée, elle l'avait simplement replacée, sous son pot de granit, à l'extérieur.

Personne n'était jamais venu dans cette maison bretonne, ce soir-là. Ni elle, ni Manon.

Lucie ne voulait pas perdre son boulot. Elle ne le pouvait pas, question de survie. Ce job qu'elle aimait plus que tout au monde. Ce job qu'elle détestait.

Qui détenait Manon ? Le Professeur ? L'homme

aux bottes ? Le protecteur ? Où était-elle retenue ? Où retrouverait-on son cadavre ?

La flic promena ses doigts tremblants sur le N-Tech à l'écran brisé, essaya encore de l'allumer, sans succès.

— Attention ! hurla Erwan.

Lucie fut projetée au sol dans un fracas assourdissant. Elle s'agrippa à une poignée, chancelante, tandis qu'Erwan, les mains fermement serrées sur le gouvernail, maintenait le cap. Des vagues s'écrasaient dans l'axe, rabattant cruellement leurs étaux mortels sur l'étrave du bateau.

— On s'est pris une déferlante ! cria le pêcheur. J'vous avais avertie que ça secouerait ! Ça va ?

— Si on veut… répondit Lucie en ramassant l'organiseur éclaté en deux morceaux.

— On arrive ! fit Erwan.

Sur la surface verte de l'écran radar se dessinaient sept masses immobiles, qui se matérialisèrent bientôt devant eux, apparaissant puis s'évanouissant derrière les renflements liquides. Le chalutier obliqua vers l'ouest, le moteur changea de régime à l'approche des premiers écueils. Erwan manœuvrait avec des gestes précis, les yeux braqués sur l'écran, alors qu'un puissant projecteur déchirait un cône minuscule dans l'obscurité.

— Je vais m'approcher au maximum d'une plage de galets, là où ça remue le moins ! Faudra mettre le pneumatique à flots et ramer ! Vous y arriverez ?

— J'y arriverai !

Il la considéra d'un air affligé.

— Encore une fois, je crois que c'est du suicide ! Si ça se passait mal, je…

— Vous ne m'auriez jamais vue, je sais !

Erwan tourna le gouvernail, le navire vira dangereusement et s'approcha de la côte.

— Je ne peux pas rester, rappela le marin. Rendez-vous sur cette même plage dans trois heures. Je reviendrai vous chercher. Soyez là, parce que je ne vous attendrai pas.

Erwan coupa les moteurs et se précipita hors de la cabine pour décrocher l'ancre. Lucie le suivit en titubant.

— Montez dans le canot ! ordonna-t-il en lui collant une rame dans les mains. Je vais le descendre ! Vite ! Les vagues vont vous porter à terre, mais ne cessez jamais de ramer ! Ou elles vous écraseront comme un insecte !

Lucie lança un regard apeuré vers le rivage. Elle serra la rame contre sa poitrine. La plage l'attendait à cinquante mètres. Cinquante mètres… Elle finit par embarquer.

Où m'entraînes-tu, Manon, dans quel enfer ? pensa-t-elle tandis que le canot pneumatique frappait la surface de l'eau.

— Dites ! hurla-t-elle soudain. Manon ! Est-ce qu'elle est déjà venue vous voir ? Ces derniers mois ?

— Quoi ? s'écria Erwan en activant la manivelle du treuil pour remonter les chaînes.

— …anon ! …nue… voir…

— Je comprends rien ! Ramez ! Ramez jusqu'à la côte sans jamais vous arrêter !

Et la frêle embarcation se laissa emporter par les flots.

La flic s'épuisa dans sa lutte contre les éléments. Les embruns glacés lui fouettaient le visage. Partout autour d'elle les masses liquides s'entrecroisaient, se fracassaient, s'épousaient en gerbes monstrueuses. Elle était sur le point de craquer quand, enfin, un dernier rouleau vint projeter le canot sur les galets. Étourdie, Lucie se redressa et tira le bateau pneumatique hors de l'eau dans un effort désespéré. Elle s'écroula de fatigue, le dos contre le sol, les bras en croix, alors qu'au loin le projecteur du chalutier disparaissait peu à peu.

Seule, au cœur de l'enfer.

Elle resta ainsi de longues minutes sans bouger, avant d'ouvrir de nouveau les yeux.

Alors ils apparurent, perchés sur les roches, pareils à des flocons improbables.

Des milliers d'oiseaux. Fresque infâme d'yeux braqués dans sa direction. Ils lui glacèrent le sang.

Et maintenant ? Que faire ? Où chercher ? Et surtout, *que* chercher ? Une croix sur une spirale ?

Face à cette nature hostile, aux éléments déchaînés, aux falaises déchiquetées, elle se rendit compte de la stupidité de cette équipée. Qu'espérait-elle découvrir en ces terres désolées ?

Joyeux anniversaire Lucie, songea-t-elle en se relevant.

Les doigts gourds, elle fouilla dans sa poche et en sortit le N-Tech en miettes, gorgé d'eau, de sel, de sable. Dans un hurlement de rage, elle le jeta aussi loin qu'elle le put.

Personne ne saurait jamais qu'elle, Lucie Henebelle, était venue en Bretagne. Même pas la pauvre amnésique, si on la retrouvait vivante.

Préserver son métier. Pour ses filles. Elle s'en voulait terriblement.

Trois heures… Trois heures devant elle, avant de reprendre la route vers Dunkerque, récupérer les jumelles, et continuer à faire semblant.

Elle n'y parviendrait jamais. Qu'était-elle devenue ? Quel monstre ?

Tout brûler en rentrant. La Chimère. Elle devait le faire, impérativement.

Frigorifiée, plantée là avec son gilet de sauvetage orange, elle se décida à marcher. Il fallait faire le tour de l'île, chercher en attendant le retour d'Erwan. Trois heures…

Elle avança, escalada des rochers, traversa des criques de galets, craignant à chaque instant de se faire attaquer par les fous de Bassan… Mais les hordes de plumes restaient figées, impassibles. Pourquoi ces oiseaux traversaient-ils les frontières pour se rendre spécialement ici ? Quelle force mystérieuse les motivait ?

Les pierres étaient glissantes, les obstacles nombreux, néanmoins Lucie progressait. Laborieusement, mais elle progressait. Elle s'arrêta soudain. Face à elle, dans un renfoncement abrité, il lui sembla apercevoir des inscriptions sur les parois. Elle s'avança avec prudence.

Elle n'avait pas rêvé. Il s'agissait bien de marques dans la roche.

Des chiffres, des lettres.

Elle lut et ressentit un coup terrible dans la poitrine. Incapable de tenir sur ses jambes, elle s'effondra à genoux.

Elle venait de comprendre.

Toute cette aventure n'avait été qu'une vaste mascarade. La tombe de Bernoulli, les spirales, la septième croix…

Elle lut de nouveau, abasourdie. Le premier message indiquait :

« 4/6/2006. Ai tourné des heures et des heures. Rien. Il n'y a absolument rien. MM »

Et le second :

« 18/10/2006. Me retrouve encore ici. Désespoir. Je brasse du vent. MM »

Manon Moinet, MM, s'était déjà aventurée deux fois sur l'île, à quatre mois d'écart, et s'apprêtait à s'y rendre une troisième fois.

Elle tournait en rond.

La jeune amnésique avait cru progresser, se rapprocher du Professeur, mais avait en fait reproduit un même scénario : les crises d'étranglement qui éveillent la mémoire du corps et révèlent la signification de la cicatrice, l'itinéraire vers Bâle et la tombe de Bernoulli, la spirale avec les croix sur la carte de France, et enfin, Rouzic, point de chute vers le néant.

Mais pourquoi Manon n'avait-elle pas noté ses avancées, ses échecs, dans son N-Tech ni ailleurs ? Pourquoi ne savait-elle pas pour Bernoulli, ou l'île Rouzic ? Pourquoi repartait-elle chaque fois de zéro ?

Elle avait forcément dû prendre des notes. Mais son « protecteur » avait effacé les informations avant qu'elle ne les mémorise. Sans doute n'avait-il pas pu l'empêcher de venir ici, alors il avait supprimé sa mémoire chaque fois. Quoi de plus facile ?

Toujours la même question : le frère ?

Lucie se releva, puis ramassa un coquillage qu'elle éclata contre la paroi. Encore une saloperie de coquille en spirale. Les spirales, les spirales, dans le ciel, sur Terre. Partout, comme une malédiction.

Hors d'elle, elle reprit sa marche. Manon avait beau tourner en rond, si le frère ou un mystérieux individu avait agi ainsi, c'est qu'il voulait cacher quelque chose. Cette île dissimulait réellement un secret.

Elle réussirait là où Manon avait échoué. Aller au bout. Tenir sa promesse.

Mais après une nouvelle heure de recherche, elle sentit son courage lui échapper. Rien, rien, rien ! Embruns, rochers, vagues ! Elle aussi brassait du vent. Elle était sur le point de rebrousser chemin quand, à l'extrémité d'une plage de galets, elle releva un phénomène étrange.

Les oiseaux.

Ils plongeaient par centaines au pied de la falaise, volaient dans tous les sens, mêlant leurs cris stridents en un concert insupportable.

Quelque chose les attirait.

Lucie se rapprocha pour comprendre. Les fous de Bassan disparaissaient dans une grotte aux trois quarts immergée. Une cavité qui semblait s'enfoncer loin sous la roche. Une entrée facilement accessible avec une embarcation légère, un Zodiac par exemple, mais probablement impraticable à marée haute.

Peut-être un banc de poissons, songea Lucie. Oui, simplement des poissons.

D'un coup, elle s'immobilisa.

Un fou de Bassan venait de passer juste sous son nez.

Avec un œil dans le bec.

Un œil humain, suspendu au bout de son nerf optique.

Manon.

Lucie se plaqua contre un rocher et se mit hurler. Cris désespérés. Elle était seule, et bien seule dans le chaos de ces espaces infinis.

Ce n'était pas possible. Un mauvais rêve. Juste un mauvais rêve…

Elle s'avança au-dessus de la grotte et se pencha. Les eaux étaient sombres, bleu-noir, profondes. Les vagues éclataient plus loin, laissant la crique dans un calme relatif.

Plus le temps d'aller chercher son canot. Il fallait un brin de folie pour faire ce qu'elle allait faire. Une folie enfantine, une folie de flic, une folie de tête brûlée. Elle fit un pas en direction du vide, un autre. Ses paupières se baissèrent lentement. Elle embrassa mentalement ses petites, de toutes ses forces, et, les bras le long des hanches, elle sauta.

Le choc. Le froid. Le poids mort de son corps qui l'entraîne vers les abysses.

Son gilet de sauvetage la tira vers la surface. Quand elle respira enfin, haletante, régurgitant l'eau salée, elle sut qu'elle était vivante. Elle se laissa entraîner par le courant en direction de la grotte.

Soudain, une pensée terrible lui traversa l'esprit et si la marée montait ? Comment s'échapperait-elle de ce trou à rats ?

Alors, elle céda à la panique. Elle, qui pourtant était une bonne nageuse, tenta de combattre le cours naturel de l'eau en agitant ses bras dans tous les sens. Trop tard, elle pénétrait déjà dans la grande gueule sombre.

Les fous de Bassan volaient à ses côtés, ignoble escorte pour une destination sans retour.

Lucie extirpa sa torche étanche d'une poche. Dans le faisceau de sa lampe, elle vit le boyau se séparer en trois galeries lugubres. Elle prit la même direction que les oiseaux, qui tous disparaissaient vers la gauche. Plus loin, la galerie se divisait en d'autres tunnels. L'endroit explosait en un véritable labyrinthe. L'eau était froide, mais supportable. Pourtant, Lucie sentait ses muscles se tétaniser un à un. Bientôt, elle ne tiendrait plus. D'autres ramifications encore, un dédale qui risquait de la garder prisonnière à jamais.

Elle s'accrocha à une anfractuosité de la paroi et regarda derrière elle. Il fallait faire demi-tour. La pierre était lisse, repartir en se cramponnant à la roche s'avérait impossible. Et même si elle parvenait à l'entrée, là où la mer tout entière s'engouffrait, le flux la fracasserait sur les rochers.

Désespérément, elle se mit à nager contre le courant, en sanglots. Ne pas mourir. Ses filles…

Mais très vite elle perdit du terrain, des papillons imaginaires se mirent à danser dans son champ de vision. Premiers symptômes de l'hypothermie. Bientôt suivraient des pertes de conscience partielles. Avant l'évanouissement total. Lucie battit des mains, ses ongles glissèrent sur la roche, sans trouver d'aspérités auxquelles s'accrocher. La terreur l'envahit. Elle avala des gorgées et des gorgées d'eau salée.

D'un coup, il lui sembla percevoir un vacillement lumineux dans les épaisseurs opaques. Il ne s'agissait pas d'une hallucination, elle en était certaine. Là, au cœur des ténèbres, c'était bien de la lumière.

Elle vit alors un oiseau qui filait dans l'autre sens, vers la sortie, un calamar dans son bec empourpré.

Le courant la rejeta enfin contre un rebord large et plat où elle grimpa difficilement, dérapant et buvant encore la tasse. Les lèvres bleues, elle se redressa, dégoulinante, anéantie. Marcher, il fallait absolument marcher pour ne pas geler sur place. Elle se dirigea vers l'endroit où les fous de Bassan se regroupaient.

Là, elle porta sa main devant sa bouche.

Devant elle, un corps.

Un corps entouré de bougies qui finissaient de se consumer. Un corps qu'elle peinait à reconnaître.

Elle fit encore quelques pas, l'estomac retourné. C'était bien lui. Frédéric Moinet.

Il avait été suspendu au bout d'une corde, les poignets attachés dans le dos.

Le poitrail ouvert et débordant de calamars.

Lucie chancela. Le bronzage de Moinet avait intégralement disparu. Même un cadavre ne pouvait être aussi blanc.

Il avait été littéralement… dépigmenté…

Inlassablement, des oiseaux fondaient sur lui et arrachaient des petits morceaux de chair à coups de bec incisifs.

Ils étaient en train de le dépecer.

Lucie détourna la tête. Elle mit quelque temps à retrouver ses esprits.

Elle s'avança en boitillant, complètement ahurie. Les parois qui l'encerclaient étaient recouvertes de formules mathématiques, d'équations, de chiffres peints en rouge et en partie brûlés. Des centaines et des centaines de démonstrations incompréhensibles. Pire, bien pire que dans la maison hantée de Hem. L'aire de jeu d'un sacré malade mental.

Dans un recoin, Lucie aperçut un monticule de calamars. Au-dessus, un par un, des oiseaux semblaient sortir de la roche. Elle s'approcha, prudente, et leva la tête. Un rai lumineux, très lointain, très faible, perçait la paroi : la lumière du jour. Un long goulot naturel, mesurant peut-être vingt ou trente mètres de long et à peine quelques centimètres de large, reliait cette grotte à l'extérieur. Et les calamars entassés à ses pieds paraissaient provenir de là-haut.

Alors, Lucie comprit qu'en utilisant les calamars et les fous de Bassan, il y avait moyen d'arriver au cœur du dédale. En effet, les oiseaux pouvaient se laisser glisser dans le goulot, attirés par la forte odeur, mais ne parvenaient pas à remonter dans l'autre sens. Pour ressortir, ils devaient donc nécessairement trouver leur voie dans le labyrinthe, alertant d'autres oiseaux qui s'introduisaient par la côte et faisaient le chemin inverse. Une sorte de fil d'Ariane menant à la nourriture, qu'il suffisait dès lors de suivre.

Comment pouvait-on avoir inventé un système aussi tordu ?

La flic regarda de nouveau en direction du cadavre de Frédéric. Elle osa affronter le visage inerte. L'œil restant avait totalement blanchi, l'iris était transparent, pareil à celui d'un albinos. Dépigmentation, là encore.

Lucie se laissa choir, brisée. Voilà six ans, le Mal avait dû prendre naissance ici, dans les ténèbres. Avant de se repaître des vies de pauvres innocents. Pourquoi, pourquoi, pourquoi ?

Elle sortit son Sig Sauer et tira plusieurs coups de feu en l'air, provoquant une volée de plumes.

— Fichez-lui la paix, putain de piafs ! Fichez-lui la paix ! Je vous en prie…

Alors Lucie plaqua ses mains sur ses oreilles. Encore une fois, elle hurla à en vomir ses tripes.

Le cauchemar n'était pas terminé.

Derrière Frédéric. Sur une pierre parfaitement plate…

Des scalps. Six scalps carbonisés, placés sur des têtes de mannequins en plastique rétractées sur elles-mêmes sous l'effet d'une flamme.

Le Professeur était venu pour effacer les preuves. Se débarrasser de ses trophées. Ce qui expliquait également pourquoi les équations sur les parois étaient en partie brûlées.

Lucie resta là de longues minutes, pétrifiée. Autour d'elle, les oiseaux continuaient à attaquer la carcasse qu'elle s'était résignée à ne plus défendre. Bientôt, les calamars manqueraient, les fous de Bassan disparaîtraient, et il deviendrait donc vraiment impossible de sortir. Alors elle se releva, titubante, et se dirigea vers la surface liquide, qui paraissait plus froide encore. Jamais… Jamais elle n'y parviendrait… C'était fichu. Pourtant, il fallait essayer, combattre, affronter l'adversité comme elle l'avait toujours fait. Elle ne pouvait pas crever ici, dans les sous-sols du monde.

La jeune femme se glissa dans l'eau glaciale et, devancée par une nuée d'oiseaux, se mit à nager. Mais très vite elle se sentit gagnée par l'épuisement. Seule la rage lui donnait l'énergie de poursuivre. À peine avançait-elle d'un mètre qu'elle reculait de deux. Sans son gilet, dernière bouée l'accrochant au monde des vivants, elle aurait déjà sombré.

C'était à présent une question de secondes. Elle partirait dans le sommeil, sans souffrance… Mais avec tellement de regrets.

Elle bataillait, puis se laissait dériver, tentait désespérément de reprendre son souffle, bataillait de nouveau…

Elle allait enfin rejoindre un boyau plus large quand, soudain, une masse noire surgit devant elle.

Une barque, qui venait droit à sa rencontre et allait la percuter de plein fouet.

Il revenait...

Chapitre trente-neuf

Lucie s'effondra sur le sol, transie. Elle toussait à s'en arracher les poumons. À côté d'elle, Hervé Turin peinait à remonter sa barque sur le bord, sidéré par le spectacle qui s'offrait à lui : le cadavre de Frédéric Moinet au poitrail béant et à la blancheur de nacre, ces becs à l'assaut des chairs, ces chevelures carbonisées… Un décor que même le plus tordu des romanciers n'aurait pu imaginer.

— Bordel de bordel de bordel ! Henebelle ! Qu'est-ce que ça veut dire ?

Lucie claquait des dents, complètement tétanisée. Elle s'enroula sur elle-même, tremblante, crispée, incapable de parler. Turin lui balança son perfecto. Elle le regarda avec mépris, même si elle était forcée d'admettre qu'il lui avait sauvé la vie. Entre deux quintes de toux, la flic parvint enfin à prononcer :

— Je… Je suis arrivée trop tard… Il… était dé… déjà dans cet état. Co… Comment vous avez pu… arriver… jusqu'ici ?

— Et vous ? Vous, avec votre putain de tendinite ! Vous, censée vous trouver à l'hôpital auprès de votre mère ! Mon cul ! Vous vous êtes bien foutue de notre gueule ! C'est Manon qui vous a appelée, c'est ça ? Moi, j'ai fait comme elle, j'ai tout simplement appliqué la spirale de Bernoulli sur une carte ! J'ai roulé de Bâle jusqu'ici et j'ai croisé votre marin sur le port ! Il m'a pas fallu longtemps pour le faire craquer. C'est lui qui m'a amené ici et qui a repéré ce truc bizarre avec les oiseaux. Il nous attend devant l'entrée de la grotte sur son chalutier. Et maintenant, où est Manon ?

— Je crois que… le Professeur la retient…

Dans une rage aveugle, Turin frappa du plat de la main contre la roche. Puis il se dirigea vers le corps, aux orbites oculaires totalement déchiquetées. Frédéric Moinet… Peut-être le seul détenteur de la clé de l'énigme.

Il observa les équations mathématiques noircies, ces signes posés sur la pierre, par centaines, par milliers. Racines carrées, polynômes, variables complexes. Mais qu'avait-on cherché à démontrer ? Et, surtout, à brûler ?

Lucie se débarrassa avec difficulté de son gilet et de son K-way, ôta son pull de laine, posa le perfecto sur ses épaules et se frotta énergiquement les bras. Turin piocha une cigarette dans son paquet mais la rangea aussitôt. Ne pas fumer ici. Pas avant l'arrivée des experts de la scientifique. Il aperçut alors le tas de calamars.

— Putain ! C'est quoi ça ? On est dans un cauchemar, c'est pas possible !

Le flic attrapa un oiseau par le cou au moment où ce dernier pointait le bec hors du goulot au-dessus des encornets. L'animal émit un long cri rauque. Turin se tourna vers la jeune femme et la menaça :

— Je vais pas vous rater ! Regardez-moi ce fiasco !

Vous avez menti à vos supérieurs, transgressé toutes les lois, en plus vous avez perdu Manon ! Vous êtes grillée !

Le fou de Bassan se débattait avec ardeur, jouant de toute sa puissance. Les mâchoires serrées, Turin le propulsa devant lui. Difficilement, l'oiseau finit par se redresser sur l'eau. L'une de ses ailes s'était brisée dans la lutte.

— Pourquoi vous voulez ma peau ? demanda Lucie dans un souffle. Vous… Vous êtes la pire des ordures !

— Les femmes ne devraient pas travailler dans la police ! Toutes des garces ! Vous vous croyez tout permis, alors que vous n'êtes que des boulets !

Il ricana.

— Vous vous en tirerez pas, Henebelle. Pas cette fois. Dites bye-bye à votre insigne…

Sous l'effet de la colère, Lucie sentit qu'elle reprenait des forces. Elle le regarda fixement et répondit avec une soudaine fermeté dans la voix :

— On va sortir d'ici… Vous allez contacter les collègues du SRPJ de Brest et leur demander de venir dans cette grotte avec un légiste et une équipe de scène de crime… Et vous allez aussi trouver un mathématicien.

— Je sais ce que j'ai à faire, ne vous souciez pas de ça. Ne vous souciez *plus* de ça.

— On doit comprendre la signification de ce baratin. Il faut réfléchir à ce qu'il s'est passé… Comment Frédéric Moinet et le Professeur ont pu se retrouver dans cet endroit.

Turin eut un petit rire cynique.

— « On » ? Vous n'avez toujours pas pigé ? Vous n'êtes plus dans le coup ! Ni maintenant ni jamais !

— Vous raconterez aussi à Kashmareck que vous m'avez appelée sur mon portable et que je vous ai rejoint en Bretagne... dans la nuit... pour vous assister. Vous allez me couvrir.

— Vous couvrir ? Vous vous foutez de ma gueule ?

— Vous direz que... ni vous, ni moi n'avons vu Manon depuis Bâle... Que nous ne savons pas où elle se trouve...

Turin inspira.

— Pauvre fille.

Lucie ne se laissa pas démonter. Elle continua calmement :

— Votre nez...

— Quoi mon nez ?

— Ce pansement... Vous avez... reçu un coup ?

Le flic promena son index sur le sparadrap.

— Qu'est-ce que ça peut vous foutre ?

Lucie le dévisagea avant d'envoyer :

— La pauvre fille, comme vous dites, elle a gardé une petite culotte appartenant à Manon, sur laquelle on aperçoit du... du sperme. Et cette culotte est quelque part, bien en sécurité.

— Quoi ?

— Je pense que ce sperme est le vôtre. Vous avez profité de sa faiblesse, vous l'avez violée, espèce de fumier !

Turin mit du temps à répondre. De toute évidence, il encaissait le coup.

— Vous êtes une tarée !

— Peut-être... Nous verrons bien les résultats des analyses ADN. Et je crois qu'en fouillant un peu dans votre passé aux Mœurs, on dénichera des choses intéressantes...

— Sale petite garce...

Lucie se releva, dégoûtée par ce monstre, par elle-même. Elle avait franchi un point de non-retour dès son arrivée en Bretagne.

— Je veux la culotte... cracha le Parisien.

Il aurait dû la laisser se noyer. Même lui enfoncer la tête sous l'eau, pour aider un peu.

— Vous allez d'abord appeler Kashmareck pour lui expliquer exactement ma version des faits... À ce moment-là, je vous la donnerai... Pas avant.

— Vous êtes prête à tout pour aller au bout, hein ?

— Comme vous. Nous sommes tous deux des prédateurs.

Chapitre quarante

Il fait chaud. À crever.

Je vis, je suis en vie. Je m'appelle Manon Moinet, experte en mathématiques appliquées et je suis en vie !

Combien de temps ? Depuis combien de temps suis-je là-dedans ? Je n'ai pas faim, juste soif. J'ai les lèvres sèches, ma gorge me fait mal, ça me brûle dans tout l'intérieur… J'ai probablement dû hurler. Et cela n'a servi à rien.

Il fait chaud. Chaud à crever. Ma peau dégouline de sueur. Nous sommes… en été, non… au printemps. Avril. Ou peut-être mai. Pourquoi ai-je si chaud alors ? Mon Dieu ! On m'a déshabillée, je suis nue ! Où suis-je ?

Je ne sais pas, je ne sais pas ! Lucie Henebelle… Un flic. Le Professeur. Un enlèvement. Le mien ! C'est ça ! Le Professeur ! Le Professeur me retient !

Vite, vite, réfléchir. Vite.

Il faut que je me calme.

Le noir, partout. Mes bras sur mes cuisses, impossible de les bouger. Me relever. Aïe ! Du bois, non, du métal. Dessus, dessous, sur les côtés. Un cercueil ! Je suis dans un cercueil ! Quelle horreur ! Sous combien de tonnes de terre ?

J'ai les yeux en feu, la gorge en lambeaux. Je ne peux même plus crier.

Me débattre, me retourner. Serrer les poings et frapper. Des aspérités sur les parois. Des trous, des centaines de petits trous. Pour me laisser respirer ? Non, non, je ne suis pas dans un cercueil. Il s'agit d'autre chose.

Lucie ! Lucie, aidez-moi ! Je vous en supplie ! Manon ! Je m'appelle Manon Moinet et je suis en vie !

Si ça se trouve on ne me recherche même pas. A-t-on seulement signalé ma disparition ?

Un sifflement. Et maintenant de la lumière, une lueur bleue, on dirait que ça vient d'en dessous. Qu'est-ce qu'il se passe ? Qu'est-ce que c'est que ce truc au-dessus de mon front, sur la tôle ? On dirait de la graisse et... des ongles ? Des bouts d'ongles collés contre la tôle. Carbonisés... D'autres ont déjà dû être enfermés ici. Ça y est, tout s'embrouille en moi... Je sens que... que je vais partir... Le bleu vire au jaune. Ça brûle ! Ça brûle sous moi !

Le noir à nouveau.

Il fait chaud. À crever.

Je vis, je suis en vie. Je m'appelle Manon Moinet, experte en mathématiques appliquées et je suis en vie !

Chapitre quarante et un

Jamais les équipes de police de Brest n'avaient tant peiné à investir une scène de crime. Il avait fallu affronter la mer démontée, puis transporter le matériel – halogènes à batterie, crimescope, kits de prélèvement, pistolets à sceller – en ramant dans les galeries sur plusieurs centaines de mètres avec pour seul repère les ondes du portable que Turin avait laissé allumé près du cadavre.

Un peu plus tôt, sur le quai du port de Perros-Guirec, après s'être changée, Lucie avait remis à Turin la culotte de Manon. Ce salaud avait fait jaillir la flamme de son briquet et, sous le regard haineux de sa collègue, y avait mis le feu. Un sourire malsain, plein de méchanceté et de sadisme, avait alors tordu les traits de son visage.

Tel était le prix de son silence. Lucie venait de pactiser avec le diable.

Puis, après un bon café et quelques biscuits, il avait fallu revenir ici, dans ces tunnels immergés, aux côtés d'un type qui la dégoûtait, sur qui elle avait envie de cracher.

Un seul objectif lui permettait de tenir. Sauver Manon. Sauver Manon. Sauver Manon.

Les fous de Bassan avaient définitivement déserté les lieux. La jeune flic se tenait à présent à proximité des scalps carbonisés en compagnie du commissaire Menez, personnage aux traits rugueux et à la longue moustache. Durant le trajet, Turin avait longuement expliqué la situation à l'officier breton, qu'il avait déjà croisé par le passé. Face à eux, le légiste considérait le corps suspendu. Chacun des policiers intervenant sur la scène de crime grimaçait devant le spectacle de cet homme éventré et devenu aussi blanc qu'un sac de plâtre.

— Le Professeur, vous dites ? fit Menez d'un ton sceptique en se retournant vers Turin.

Sans dégoût apparent, il renifla le cadavre et plissa le nez.

— Non, non, je ne crois pas qu'il s'agisse là de l'œuvre du Professeur.

Turin écarquilla les yeux.

— Pardon ? demanda-t-il en haussant la voix. Et qu'est-ce qu'on fout ici, à votre avis ?

Le Parisien fit un mouvement du bras, rouge de colère.

— Regardez autour de vous, merde ! On est dans une grotte où chaque centimètre carré est couvert de formules mathématiques ! Les scalps arrachés aux six victimes sont là, derrière vous ! Qu'est-ce que c'est tout ça, si c'est pas son territoire ? Et que dire de Moinet ? Il est raide, je vous signale ! Qui l'a assassiné aussi cruellement, s'il ne s'agit pas du Professeur ? Qui lui a bourré le buffet de calamars ? Le boulanger du coin ?

Menez garda un calme déconcertant.

— Comment expliquez-vous sa dépigmentation partielle ? répliqua-t-il simplement.

— Sa dépigmentation ?

— Oui, sa dépigmentation. Toutes ces taches blanches sur sa peau.

— Et ses yeux… ajouta Lucie. Quand je suis arrivée, l'un d'eux était encore épargné… Et l'iris était quasiment transparent… Comme celui d'un albinos.

— Merde, j'avais complètement zappé ! s'exclama Turin. Vous voulez dire que…

Menez acquiesça.

— Je vois que ça vous revient en mémoire. Cette odeur caractéristique, sur sa peau. L'assassin l'a frottée avec plusieurs composés chimiques, qu'il a aussi probablement versés dans les yeux. Ces produits sont, j'en mettrais ma main à couper, un savant mélange de…

— De phénol et d'acide fluorhydrique, l'interrompit Turin. On n'oublie pas des trucs pareils…

Menez acquiesça de nouveau et s'adressa à Lucie :

— Le phénol possède cette particularité de dépigmenter la peau. On l'utilise, très dilué, pour le *peeling*, une technique de rajeunissement cutané. Mais là, il a été employé avec des concentrations beaucoup plus fortes, dans un tout autre dessein. Un dessein immonde.

Il désigna une des taches blanches au niveau du cou.

— Avec l'acide fluorhydrique, le phénol pénètre la peau sans l'abîmer, se glisse dans les couches profondes du derme et le détruit, provoquant des brûlures insoutenables. Une torture terriblement efficace, comme si on vous rabotait de l'intérieur avec du papier de verre. Avec le lieutenant Turin, nous nous sommes déjà rencontrés à ce sujet, voilà quelques années. Je travaillais sur Nantes, avant que… le dossier Chasseur ne soit traité par un autre collègue. Turin traquait le Professeur, et je traquais le Chasseur de rousses. Il était venu me voir afin de vérifier que l'un ne pouvait être l'autre. Ce que nous avions formellement exclu.

— Exact… marmonna Turin. Le Chasseur de rousses…

Le commissaire breton lut la surprise dans les yeux de Lucie.

— Eh oui, le Chasseur, cher lieutenant. Ces brûlures chimiques font partie des réjouissances qu'il inflige à certaines de ses victimes. J'avoue être autant dérouté que vous, mais cet homme suspendu au bout de sa corde n'est pas passé entre les mains de votre Professeur…

— Mais…

Lucie et Turin échangèrent un regard dépité. Ils cherchaient le Professeur, et c'est le Chasseur qu'ils trouvaient.

La jeune flic s'attarda sur les équations carbonisées. Les mathématiques, encore et toujours… Si seulement Manon pouvait être là !

— Quand est-ce qu'arrive le mathématicien ? demanda-t-elle en se tournant vers Menez.

— Sous peu, avec une autre navette.

— Commissaire, expliquez-moi comment le Chasseur fonctionne réellement. Les détails de son mode opératoire, ses habitudes, ses victimes…

Menez s'approcha des scalps en prenant garde à ne pas gêner le travail des techniciens occupés à sceller des échantillons – cheveux, cendres, poils – dans des sacs hermétiques.

— Les victimes sont toujours des jeunes femmes

célibataires, rousses, mignonnes, qui habitent aux alentours de Nantes. On les retrouve, quelques jours après leur enlèvement, sur la côte Atlantique, entre Saint-Nazaire et La Rochelle, violées *post mortem*, couvertes de brûlures. D'après les légistes, tout y passe : le feu, les cigarettes, les liquides bouillants, l'électricité, les produits corrosifs... Il choisit chaque fois des supplices qui lui permettent de faire durer... Comment dire...

— Sa jouissance...

— Oui, sa jouissance. Il s'arrange pour qu'elles restent en vie afin de pouvoir recommencer ses tortures, jour après jour. Nous pensons par ailleurs que certaines des victimes ont tenté de se suicider... Elles s'étaient lacéré les veines des poignets avec les moyens du bord... leurs propres ongles...

D'un hochement de tête, à la demande du légiste, le commissaire ordonna qu'on décroche le cadavre.

— Il a des connaissances évidentes en chimie mais malheureusement pour nous, cette piste n'a rien donné car on se procure assez facilement les composés qu'il emploie, dans les laboratoires scolaires, les instituts pharmaceutiques...

Il grimaça, puis ajouta :

— Et le séjour des corps dans l'océan ne nous aide pas non plus. Leur immersion efface toutes les traces – ADN, cheveux ou squames de peau – qu'aurait pu abandonner l'assassin. Sinon, le légiste a aussi chaque fois noté un truc bizarre : une concentration sanguine très élevée dans le cerveau, et très faible dans les membres inférieurs. Ce qui semble indiquer que ces femmes sont mortes à l'envers... La tête vers le bas, si vous voulez...

Turin s'énerva d'un coup.

— Mais putain ! On est quand même bien chez le Professeur ici ! Et je ne peux pas imaginer une seule seconde que lui et le Chasseur soient une même personne ! Tout nous prouve le contraire ! Les études menées par les spécialistes, les modes opératoires, le profil des victimes, les lieux ! On n'aurait pas pu se gourer à ce point !

— Et pourtant, intervint Lucie avant de se tourner vers Menez, sans la moindre considération pour son homologue parisien, Karine Marquette s'est fait violer *post mortem* alors que le Professeur n'avait auparavant jamais violé personne. Elle n'était pas rousse, c'est vrai, mais elle correspondait quand même à la catégorie recherchée par le Chasseur : jeune, dynamique, jolie, célibataire. Après ce meurtre, le Professeur a arrêté toute activité, un acte contre nature chez les tueurs en série, et le Chasseur a pris le relais dans les mois qui ont suivi. Et aujourd'hui, de nouveau, le Professeur... A-t-on affaire à deux individus distincts qui se connaissent et se réunissent ici ? Ou à une seule et même personne qui agirait selon deux protocoles différents suivant ses motivations ?

— C'est complètement con ! dit Turin.

Ignorant la remarque, Lucie se mit à observer les équations sur les parois.

— On dirait qu'il n'a pas eu le temps de tout brûler. Peut-être la peur de se retrouver coincé ici, avec la marée montante, ou la crainte de se faire prendre... Regardez... Il a probablement supprimé les éléments essentiels, afin, je ne sais pas, qu'on... qu'on ne comprenne pas. Ces équations lui font peur... Elles doivent signifier quelque chose, ouvrir une piste capable de le compromettre.

— Mais pourquoi il se serait amusé à les inscrire dans ce cas ? demanda Menez.

— Sûrement un moyen pour lui d'exprimer sa domination. Sur les autres, sur le monde, sur nous. Rappelez-vous les croix sur la spirale de Bernoulli. La carte des meurtres, exposée au grand jour, sans que personne n'en saisisse le sens. Peut-il exister plus grande satisfaction que de se moquer de cette façon de ses poursuivants ? Et de prouver qu'il est le maître du jeu ? Il jouit de ce qu'il a fait ! Il en est fier ! À chaque minute, à chaque seconde, il revit ses crimes ! Et il n'y a aucune explication rationnelle à ça !

— C'est bon, Henebelle, c'est bon ! grogna Turin en levant les bras devant lui. Pas besoin de nous faire votre cinéma ni de vous mettre dans un état pareil !

Lucie chevaucha une flaque et effleura la roche sur sa droite. D'autres équations, aux trois quarts brûlées. Elle dut subitement s'asseoir, prise d'un vertige. Manque de sommeil, de nourriture.

— Vous allez tenir ? lui demanda Menez.

— Oui, oui, ça va… mentit-elle. C'est juste que cette enquête est en train de me mettre sur les rotules…

Turin s'éloigna d'un pas nerveux. Sa voix résonna contre les parois quand il cria :

— Mais qu'est-ce que Moinet vient encore foutre là-dedans ? Il ne peut pas être le Professeur, il n'était physiquement pas présent au moment du meurtre de sa sœur ! Ni le Chasseur, puisqu'il vient de se faire buter par le Chasseur ! Mais on est dans une foire ou quoi ?

Lucie se massait les tempes. Elle répondit :

— Il n'est peut-être ni l'un ni l'autre, mais on a toujours vu son spectre dès qu'on s'approchait un peu trop près de cette affaire. Il a trompé Manon depuis le début. Il l'a empêchée de fouiller le passé, il ne voulait pas qu'elle remonte jusqu'au Professeur. Il savait pour la tombe de Bernoulli, à Bâle, et jamais il n'a rien dit... Et puis... il y a ce burin, dans l'un de ses appartements, qui a probablement servi à décrocher l'ammonite ingurgitée par Dubreuil... Sans oublier qu'il n'était pas au bureau, quand la vieille sadique a été tuée...

Elle tourna la tête en direction du cadavre et ajouta :

— Et maintenant, le voilà ici, à proximité des scalps, dans une caverne couverte d'inscriptions mathématiques... Ces inscriptions qu'on a cherché à brûler, à dissimuler... Qui a fait ça ? Le Chasseur ? Le Professeur ? Ce fichu cambrioleur ? Frédéric Moinet ? Les quatre ? Dans tous les cas, il est évident que Frédéric, ainsi que le ou les meurtriers, se connaissaient, qu'ils partageaient des secrets, ou tout au moins le secret de cette grotte. Qui a enlevé Manon ? Qui a voulu l'étrangler ? Qui a volé le disque dur dans l'appartement de Frédéric ? Tout est lié...

Elle pointa l'index vers les parois.

— Ce que je vais dire n'aurait absolument aucun sens en d'autres circonstances, mais ces équations sont peut-être ce fameux maillon qui nous manque depuis le début...

Ils entendirent une barque qui arrivait derrière eux. Des policiers en uniforme encadraient un type recroquevillé, au visage creusé par les jeux d'ombre et de lumière. Il portait un imperméable dont le col montait par-dessus sa barbe grisonnante. Le commissaire Menez s'approcha et l'aida à sortir de l'embarcation.

— Merci de vous être déplacé si tôt et avec de telles conditions météo, dit le flic.

Il se positionna devant lui et expliqua :

— Tentez de faire abstraction de… ce qu'il s'est passé ici. Ne cherchez pas à comprendre la raison de ce carnage et concentrez-vous juste sur ce qu'il reste des formules épargnées par les flammes… Essayez de… nous expliquer ce qu'elles signifient.

Pascal Hawk, la quarantaine, acquiesça, l'air grave, les lèvres pincées. Se focaliser sur sa tâche, uniquement. Ne pas penser à… cette chose, couchée sur le sol, et ouverte de part en part… Ne plus voir le sang… Les parois, juste les parois…

— Il ne reste pas grand-chose d'intact, déclara-t-il après un coup d'œil circulaire.

— Essayez quand même. On nous a dit que… vous étiez l'un des meilleurs mathématiciens du coin.

Hawk sortit un carnet et un stylo de la poche de son imperméable et se mit à l'ouvrage.

Pendant de longues minutes, il partit dans son monde. Il se penchait, se relevait, prenait des notes, partait à droite, puis à gauche, revenait sur ses pas… Ses doigts effleuraient la pierre, caressaient les myriades de chiffres comme des trésors précieux.

— C'est absolument prodigieux, répétait-il. Sublime…

Soudain, alors qu'il se retournait pour étudier la fin d'une série d'équations, il se retrouva nez à nez avec la dépouille de Frédéric. Voyant sa détresse, Menez se précipita, le prit par l'épaule et l'entraîna plus loin.

— Qu'on me couvre ce corps, merde ! s'écria le commissaire.

Il regarda le mathématicien.

— Ça va aller ?

— Pas… Pas vraiment, non… Ce… C'est lui qui a rédigé cette démonstration ?

— Non. Enfin, j'en sais rien…

D'un coup, Lucie se leva et observa attentivement le délire mathématique. Pas les formules pour elles-mêmes, mais la manière dont elles avaient été tracées.

— C'est bien possible, lança-t-elle. Oui, c'est bien possible qu'il ait écrit tout ça ! Il est gaucher, et l'écriture des gauchers… penche toujours à l'opposé de celle des droitiers… Regardez !

— Moinet n'est pas le seul gaucher au monde… répliqua Turin. Et puis, il lui aurait fallu un temps fou pour écrire tout ce bordel ! Et pas juste quelques heures…

— Qui vous dit qu'il a fait ça récemment ?

Un silence, avant que le mathématicien reprenne :

— Seigneur… Comment peut-on en arriver à de tels extrêmes ?

— C'est ce que nous cherchons à comprendre, fit le policier brestois. Alors, je vous en prie, aidez-nous. Dites-moi ce qu'il y a de si prodigieux dans ce micmac.

— Tout ce travail est remarquable. Une seule et même démonstration qui débute… là-bas, tout en haut, et qui se poursuit…

Il décrivit un grand arc de cercle avec son index.

— … jusqu'à l'opposé… S'il fallait retranscrire cela sur un cahier, il y en aurait pour des dizaines et des dizaines de pages.

Hawk se recula un peu, pour appréhender l'œuvre dans son ensemble.

— Malgré les passages brûlés… certains signes ne trompent pas. Le plus dommage, c'est que ce raisonnement… est totalement faux…

Menez inclina la tête.

— Faux ? Comment ça, faux ?

— Il n'y est pas arrivé... Oh, il y avait de l'idée, une sacrée bonne idée, même ! Il est passé par les formes quadratiques binaires à coefficients, mais il a échoué.

— Les formes quadra machin, on s'en tapè ! s'insurgea Turin. On veut juste savoir ce que cette merde signifie !

Le mathématicien tira sur sa barbe d'un geste précieux, considérant Turin d'un air pour le moins méprisant.

— Savez-vous au moins ce qu'est une conjecture ?

— Non, expliquez-moi parce que là, j'ai plus trop la tête à réfléchir !

— Une conjecture est une affirmation mathématique que l'on n'a jamais réussi à démontrer de façon formelle, mais dont on n'a jamais réussi à prouver non plus qu'elle était fausse. Vous avez face à vous une tentative de démonstration de la conjecture de Fermat, un problème mathématique très ardu qui a fait chauffer les esprits pendant près de trois cent cinquante ans. Des génies comme Euler, Gauss ou Kummer s'y sont cassé les dents. Pour faire réellement très simple, en prenant un cas particulier à trois dimensions, cette conjecture affirme qu'on ne peut pas partager un cube en deux autres cubes plus petits.

Il s'approcha de la paroi et désigna une équation.

— La formule originelle : $x^n + y^n = z^n$. Magnifique... Vous avez raison, toute cette démonstration n'a pas pu être rédigée en une seule fois, ou en quelques heures. Cela a dû prendre des mois, voire des années de travail et de réflexion, même si c'était une voie sans issue. Je pense que votre… type venait ici régulièrement, afin d'y inscrire ses différentes avancées… Et c'était un as en mathématiques.

Hawk se tourna vers Lucie.

— Mais pourquoi il venait précisément *ici*, dans un lieu si glauque ? Ça, je me le demande. Je sais qu'on est censés apprécier l'isolement, nous, les scientifiques, mais là… C'est quand même un véritable parcours du combattant pour accéder à cette caverne !

— Manon m'a confié avoir souvent visité l'île avec son frère quand elle était plus jeune, reprit Lucie en s'adressant à ses collègues. Il y a fort à parier que Frédéric a découvert l'endroit à l'époque, sûrement par hasard, et qu'il a alors mis en place le stratagème des fous de Bassan et des calamars… Il a certainement cherché à se constituer un univers intime, un endroit à lui…

Menez et Hawk acquiescèrent, tandis que Turin gardait une raideur de statue.

— Le fait que… l'accès soit très compliqué ne rend l'aventure que plus excitante, continua la jeune flic. Elle la transforme en une expérience unique… Peut-être Frédéric ne venait-il pas seul ici. Un peu à la façon de… du *Cercle des poètes disparus*… Vous vous souvenez de ce film ? Ces jeunes qui se réunissaient dans une caverne pour débattre sur la poésie, le monde, la société ? Ils se sentaient… exaltés, au-delà du commun des mortels. Peut-être Frédéric venait-il ici avec celui ou ceux qui ont tué tous ces gens… Peut-être le Chasseur et le Professeur se sont-ils construits en cet endroit même.

— *Le cercle des poètes disparus*… fit le mathématicien. Vous avez fichtrement raison, mademoiselle. Vous… Vous ne pouviez pas choisir meilleure image !

— C'est-à-dire ?

— Votre… cadavre… Ce Frédéric. Quel âge avait-il ?

— Aux alentours de trente-cinq ans. Pourquoi ?

Hawk garda le silence quelques secondes, avant d'annoncer :

— Aujourd'hui, la conjecture de Fermat n'en est plus une. Elle a été démontrée par Wiles, un mathématicien anglais, et s'est par conséquent transformée en théorème.

— Et alors ?

— Et alors ? La démonstration de la conjecture a été faite en 1994 ! Ce qui signifie que ces équations ont été inscrites là avant la résolution du théorème de Fermat-Wiles ! Que votre ou vos hommes venaient déjà ici voilà plus de treize ans ! Alors qu'ils étaient probablement étudiants !

Chapitre quarante-deux

Assise sur un des sièges à l'intérieur du W26, la vedette de police, Lucie tentait désespérément de remettre de l'ordre dans ses idées. Mais elle sentait qu'elle ne parvenait plus à se concentrer. Elle était épuisée. Peu à peu, elle se laissa simplement envahir par le spectacle des éléments qui continuaient à se déchaîner autour du bateau. Au loin, elle aperçut enfin la côte, qui se confondait avec le ciel et les vagues en une même tonalité gris-noir.

Titubant, nauséeux, Turin s'approcha d'elle et lui tendit son téléphone portable.

— Kashmareck veut vous parler.

Lucie se leva et alla s'agenouiller dans un coin, calant son dos contre les parois.

— Oui ?

— Henebelle ! Je n'arrive pas à te joindre sur ton portable !

— Je l'ai oublié dans ma voiture, sur le port... On vient de quitter la scène de...

— Je sais, Turin m'a expliqué ! C'est fou !

— Écoutez commandant, il faut agir très vite ! Manon est... Je crois que Manon est vraiment en danger ! Depuis son départ de Bâle, elle est injoignable ! Peut-être que le Chasseur la retient ! Ou… le Professeur ! Ou… je sais plus…

— OK, je lance tout de suite les recherches sur Frédéric Moinet. Nous saurons bientôt quelle école il a fréquentée. Il faudra foncer là-bas, essayer d'obtenir des pistes le plus rapidement possible. C'est peut-être dans cette école que lui et le Professeur se sont connus. Ici, on va coordonner des actions avec les brigades de Nantes, Brest et Paris, tenter de recouper les infos des dossiers Chasseur et Professeur, voir comment… l'un peut être l'autre, ou connaître l'autre. On avance Henebelle ! À petits pas, mais on avance !

— Il faut plus que des petits pas !

Quelques grésillements dans l'appareil. Lucie comprit que Kashmareck était en train de bouger.

— Nous nous trouvons chez Manon, dit-il. Nos experts ont réussi à ouvrir sa *panic room*, et on est en train de fouiller son PC, ses paquets de notes… Il y en a pour des journées à tout déchiffrer, avec ces formules, ces textes en latin ! C'est dingue, il traîne sous son bureau des dizaines de vieux cahiers où elle inscrivait chacune de ses actions avant de se mettre à utiliser le N-Tech. Un tas de trucs insignifiants qui retrace chaque heure, chaque minute de sa vie. Une volonté démente de tout répertorier, seconde après seconde. C'est très mal écrit, et en tout petit, on va en chier… En gros, rien, absolument rien ne parle de ses recherches sur le Professeur, de ses avancées. Mais là aussi, je crois que notre manipulateur est intervenu. Parce que tiens-toi bien… certaines pages sont carrément arrachées ! Il n'a rien laissé au hasard !

— Et dans son ordinateur, vous avez trouvé quelque chose ?

Un court silence à l'autre bout du fil.

— Écoute Henebelle, si j'ai voulu te parler, c'est que… enfin… il y a deux points essentiels… qui te concernent ! Je sais qu'avec les pépins de ta mère, c'est pas trop le moment…

Lucie fronça les sourcils. Le commandant paraissait hésitant. Le ton de sa voix était très différent que d'habitude.

— Je… Je vous écoute ! répondit-elle avec appréhension.

Il se racla la gorge.

— Dans l'ordi… teur de Ma… On vient de dé… vrir qu… chose de… ment étrange…

Lucie plaqua le téléphone contre son oreille.

— Je vous entends vraiment très mal !

Deux secondes d'attente avant que les interférences sur la ligne s'estompent.

— Là, ça va mieux ? s'écria Kashmareck.

— Oui, c'est bon !

— Notre expert a cassé la protection d'un répertoire caché, abandonné au fin fond du PC de Manon ! Et… Et on y a découvert des photos de toi !

Lucie se recroquevilla un peu plus sur elle-même.

— Des photos de moi ?

— Oui, des instants volés. Toi devant le bâtiment de la brigade ! Toi devant ton appartement ! Toi avec l'une de tes jumelles dans les bras ! Toi en train de courir à la Citadelle ! Bref, toi partout !

— Bon sang… Mais… De quand datent ces clichés ?

— C'est là où ça devient vraiment bizarre. D'après

les indications sur le disque dur, la plus récente remonte à six mois !

— Quoi ?

— Tu as bien entendu ! Six mois ! Au moment où Manon prenait ses cours d'autodéfense, où on lui a refilé le fameux Beretta au numéro de série limé, elle s'est aussi intéressée à toi !

Lucie plaqua sa main sur son front. Sa tête lui semblait peser des tonnes.

— Allô ? fit Kashmareck.

— Je... Je suis là. J'essaie juste de comprendre.

— Ce n'est pas tout. On a aussi retrouvé des photocopies de différents articles sur toi, du temps de ton enquête sur la « chambre des morts ». Bref, cette femme te suivait, savait qui tu étais et connaissait ton adresse bien avant que tout ceci commence !

— Mais... À quoi ça rime ?

— Je l'ignore. Je suis aussi paumé que toi. Mais j'ai repensé à un truc... Le premier soir...

— Quoi, le premier soir ?

— Manon s'était réfugiée dans une résidence d'étudiants juste à côté de ton appart... Comme par hasard ! Tu ne crois pas que... qu'elle l'a fait exprès ? S'échouer là, pour que ce soit toi ? Toi et personne d'autre qui s'occupe de l'affaire ?

— Non, non ! Je... Je vois encore son regard ! Je vous garantis qu'elle ne me connaissait pas !

— T'es sûre ?

— Je... Mince, je sais plus ! Mais elle était tellement terrorisée, tellement perdue...

— Comment expliques-tu les photos, alors ?

— Je... Je n'en sais rien... Ça me paraît complètement fou. Ou alors, c'est... ce manipulateur qui les

a mises dans son PC. C'est lui qui dirige sa vie...
Mais... Pourquoi moi ? Pourquoi, bon sang ?

— Le manipulateur ? Ouais, c'est peut-être une
option. En tout cas, ce qui est sûr, c'est que tu joues un
rôle plus important que tu ne le pensais dans cette histoire... Visiblement, tu y étais liée avant même qu'elle
ne commence... Attends une seconde Henebelle !

Lucie perçut d'autres voix dans l'écouteur, entendit
le commandant donner des ordres d'une voix ferme.
Puis il revint vers elle.

— Henebelle ?

— Oui commandant.

— Malheureusement pour toi, c'est pas fini !

— Quoi encore ?

— Y a un autre truc. Cette fois totalement en dehors
du dossier. Enfin, je suppose.

Lucie sentit soudain tout son organisme se contracter.

— Je vous écoute... Après ce que je viens de traverser, je vois pas vraiment ce qui peut m'arriver de
pire...

— J'ai eu un appel de la sûreté urbaine. Ils ont reçu
la plainte d'une concierge, de *ta* concierge !

— Que s'est-il passé, encore ?

— Ton appartement a été forcé.

Lucie encaissa le coup.

— Un... Un cambrioleur ? bafouilla-t-elle.

— Du travail de débutant, contrairement à chez
Frédéric Moinet. Apparemment, il n'y a pas de dégâts.
Ta télé, ton ordinateur, ta chaîne hi-fi, tout était là.
Pas de bordel, pas de tiroirs retournés...

— Vous... Vous voulez dire que... les collègues
sont venus chez moi ?

— Oui, enfin les gars du 88. Et on a fait changer ta serrure. Tu pourras récupérer la clé auprès de ta concierge.

Elle resta muette, incapable de décrocher un mot. Kashmareck poursuivit :

— Ah, juste un détail… C'est dans ta chambre… Une petite armoire avec la vitre brisée…

Lucie se sentit vaciller. Kashmareck, toute la brigade devaient savoir.

— Comm… andant… Il ne faut pas… Je… Il faut que… je vous explique… Ça n'est pas ce…

— J'entends plus bien ! Je vais te laisser ! Mais sache juste que l'armoire était vide. J'espère que… tu n'avais pas des choses trop importantes là-dedans ! Allô ? Allô ?

Le téléphone gisait sur le sol.

Lucie était partie vomir sur le pont…

Chapitre quarante-trois

La vieille Ford était lancée sur la nationale, sous la pluie, au maximum de sa vitesse, un petit cent trente kilomètres-heure. Direction l'Institut des Hautes Études Scientifiques de Brest, l'IHESB. Là où, selon le dernier coup de fil de la brigade, Frédéric Moinet avait étudié après le baccalauréat, voilà plus de quinze ans. La seule piste concrète, pour le moment, en attendant les remontées des analyses de la police scientifique dans la grotte, ainsi que l'autopsie du corps de Frédéric.

Tout vibrait dans l'habitacle, le volant, les sièges, le rétroviseur, mais la voiture tenait bon. Lucie crispa sa main droite sur le caoutchouc du levier de vitesse. Si elle retrouvait Manon vivante, comment parviendrait-elle à lui annoncer que son frère, celui qui malgré tout l'avait soutenue, aidée à se reconstruire, venait de mourir, brûlé par des produits chimiques et transpercé de coups de bec ? Comment Manon réagirait-elle ? Est-ce qu'elle allait tout enregistrer dans son N-Tech ? Tout apprendre par cœur ? Ou choisirait-elle de rejeter ce décès, comme elle l'avait fait avec celui de sa mère ?

Trop de suppositions. Pour l'heure, Manon était

aux mains d'un psychopathe et il fallait la retrouver. Absolument.

Les gouttes continuaient à s'abattre sur la carrosserie. Lucie regarda sa montre. À cette heure, dans sa puissante berline, Turin devait déjà être loin devant. La flic se remit à penser à ces photos d'elle, retrouvées dans l'ordinateur de Manon. Un véritable choc. Et toujours les mêmes questions : qui les avait prises ? Et pourquoi ? Comment avait-elle pu se trouver mêlée à une histoire qui n'avait alors même pas commencé ?

Comment tout ceci allait-il se terminer ? L'enquête, cette traque macabre et surtout, surtout, ce qui venait de se produire, dans son appartement, cette mise à nu de son inconscient... La Chimère, entre des mains étrangères. La Chimère, forcée de se réveiller...

Le coup venait assurément de l'un des étudiants. Un locataire voisin, mis au courant du contenu de son armoire par Anthony. Ces salauds se couvriraient les uns les autres. Difficile de retrouver le coupable. Et puis, à quoi bon ? Le mal était fait...

Dans un soudain accès de rage, elle se mit à hurler, à tambouriner contre son volant. La Ford fit alors un léger écart qui s'amplifia par un effet d'aquaplaning. Une violente montée d'adrénaline lui fit reprendre ses esprits. Elle parvint à contrôler son véhicule. Il s'en était fallu de peu pour que...

Quelques minutes et quelques kilomètres plus loin, elle ne put s'empêcher de revenir à ses pensées. La Chimère... Ces étudiants lui avaient sans doute volé son secret pour le photographier et l'offrir aux yeux de tous sur Internet. Oui, à coup sûr ! Et tout se propagerait comme un feu de paille. Chacun saurait et plus jamais on ne la regarderait comme avant. Qu'allait-on imaginer ? Qu'elle était cinglée ? Obsédée ? Sadique ? Voire… une meurtrière ? Qu'elle était semblable à ceux qu'elle traquait ?

Et Clara ? Et Juliette ? Que penseraient-elles de leur mère quand arriverait le moment des pourquoi ?

Ses yeux s'embuèrent.

De retour dans le Nord, il allait falloir prendre les devants. Tout déballer aux étudiants.

Avant qu'ils ne détruisent sa vie.

Chapitre quarante-quatre

L'IHESB était un complexe impressionnant. Un entrelacs de bâtiments hypercontemporains posés sur une immense pelouse tondue à l'anglaise, au milieu des pins, à une dizaine de kilomètres à l'est de Brest. Rien autour. Ni entreprises, ni commerces, ni habitations. Une sorte de monastère moderne, tout en ruptures géométriques, une pépinière à cerveaux d'où avaient germé certains des meilleurs scientifiques de ces dernières années. Enfin... D'après la plaquette publicitaire.

Lucie pénétra dans le hall d'entrée. Sur le mur de gauche étaient affichés des encarts annonçant les prochaines conférences : quanta et objets étendus, isomorphisme entre les tours de Lubin-Tate et de Drinfeld, théorie des cordes... Sur celui de droite, une galerie de portraits. Des étudiants, le front haut, le menton relevé. La même attitude hautaine qui l'avait frappée chez Frédéric, lors de leur première rencontre. Lui aussi avait été de ceux-là.

La jeune flic se présenta à l'accueil et apprit de la bouche d'une secrétaire que Turin, fort élégamment, ne l'avait pas attendue et s'entretenait déjà avec le directeur de l'établissement depuis cinq bonnes minutes dans la salle des archives. Selon ses indications, il fallait ressortir, contourner l'amphithéâtre central, puis marcher sur une cinquantaine de mètres pour les rejoindre. Sympathique vu les conditions météo.

À peine quelques instants plus tard, Lucie poussait une lourde porte en verre fumé. Les deux hommes discutaient au fond d'un long couloir, également orné de portraits de scientifiques, mais beaucoup plus âgés. Sous chaque nom, une distinction : médaille d'or du CNRS, Einstein Medal, Wolf Prize, et la très célèbre médaille Fields, l'équivalent du prix Nobel pour les mathématiques.

Alexandre Gonthendic se retourna, plusieurs feuillets à la main. Costume trois-pièces impeccable et moustache grise, c'était un vieil homme à la silhouette fine et distinguée.

— Ma collègue ! envoya Turin d'un ton méprisant.

Le directeur la salua avec courtoisie avant de demander :

— Ainsi, vous enquêtez sur l'un de mes ancien élèves ?

— Exactement.

— À la demande de monsieur Turin, je viens juste de mettre la main sur l'une des photographies de classe de Frédéric Moinet. Elle date de 1995, Frédéric était alors en quatrième année. C'est la plus récente que nous possédions de lui et de ses camarades... Quant à son dossier scolaire... je devrais vous le retrouver assez facilement dans l'Ovale, notre salle d'archives à proprement parler, la mémoire de notre institut. Nous y conservons le parcours de chacun de nos élèves, et ce depuis plus de cinquante ans.

Lucie s'approcha pour regarder le cliché. De toute évidence, le photographe avait voulu lui imprimer un caractère austère et grave car pas un des étudiants ne desserrait les lèvres. Un souvenir à l'image de cet endroit, glacial et impersonnel.

— Vous me disiez que Moinet n'est pas allé au bout de ses études ? demanda Turin en faisant rouler la pierre de son briquet.

— En effet. Je me souviens très bien de Frédéric. C'était un élève différent des autres. Son départ fut un énorme regret pour le corps professoral. Il était doué d'une intelligence remarquable, mais capable du meilleur comme du pire.

— C'est-à-dire ?

Alexandre Gonthendic se recula légèrement et considéra ses deux interlocuteurs en caressant délicatement sa moustache.

— Nous œuvrons dans des domaines scientifiques où les sautes d'humeur doivent être bannies. Nos diplômés sont fréquemment conduits à travailler sur des sujets extrêmement sensibles : la chimie, le nucléaire, l'électronique... Dans ces conditions, vous comprendrez aisément que nous ne pouvons nous permettre de diplômer des bâtons de nitroglycérine, aussi efficaces soient-ils.

Il désigna les portraits accrochés aux murs.

— Tous les hommes que vous voyez là vouent leur vie entière à la science. Ils donneraient tout pour elle, mais ils œuvrent dans l'ombre. Qui connaît le dernier mathématicien distingué par la médaille Fields ? Qui sait qu'aujourd'hui, les fondements mêmes de la mécanique classique sont sur le point d'être renversés, et que cela remettrait en cause l'ensemble de nos certitudes sur le monde qui nous entoure ? L'univers, les quanta, l'énergie ? Qui se soucie de ces « détails » en dehors de nous ? Frédéric était incapable de supporter ce manque de reconnaissance. Il voulait accéder à la lumière, il voulait briller. C'était une personnalité très expansive et dont… comment dire… la discrétion et l'humilité n'étaient pas les qualités premières.

Lucie commençait à comprendre. Elle demanda :

— Et donc… il s'est mis à rejeter l'enseignement de votre école ?

Le vieil homme acquiesça avec un sourire un peu triste.

— Exactement. L'excellence en mathématiques, en physique et en chimie est une condition nécessaire mais pas suffisante pour obtenir notre diplôme. Nos élèves doivent se plier aux règles fixées par l'institution, suivre l'ensemble des cours et donc s'intéresser également à d'autres matières qui ne sont pas directement scientifiques. Plus… culturelles et politiques, si vous voulez. Ce qui n'a jamais été le cas de Moinet. Il ne voulait pas être « apprivoisé », selon ses propres termes. Mais… j'ai cru comprendre qu'il s'était dirigé dans une autre voie en prenant la direction d'une entreprise avec sa sœur, et qu'il s'en était plutôt bien sorti. Je me trompe ?

— Disons que vos infos datent un peu, fit Turin. Et que la réalité n'est plus tout à fait celle-là.

— Et aujourd'hui, il a des soucis avec la police… Vous refusez toujours de m'expliquer lesquels ?

— Désolé, chacun son job.

Gonthendic n'apprécia que moyennement la repartie. Il demanda d'un ton sec :

— Soit… Que cherchez-vous, précisément ?

Turin répliqua sur-le-champ :

— Nous voulons savoir si Frédéric Moinet était le genre de gars à se pointer dans une grotte à quatre-vingts bornes d'ici, sur l'île Rouzic, pour y inscrire sur les parois une démonstration pourrie du théorème de Fermat.

Le directeur répondit, sans paraître réellement surpris :

— Démontrer la conjecture de Fermat représentait, à l'époque, un vrai défi pour les mathématiciens. Je crois que tous nos étudiants ont dû un jour ou l'autre se prêter à l'exercice. Dans nos locaux ou ailleurs. Alors une grotte… Pourquoi pas ? Il s'agit d'un lieu propice à ce genre de réflexions. Andrew Wiles, le génie qui a prouvé la validité de la conjecture, s'est bien enfermé sept années durant dans un secret absolu, de manière à n'être déconcentré par personne…

— La résolution de ce type de problème est toujours le résultat d'un travail solitaire ? demanda Lucie.

— C'est-à-dire ?

— Vous parliez d'Andrew Wiles et de son enfermement. Mais serait-il pertinent d'imaginer que Frédéric Moinet ait élaboré la démonstration dans cette grotte avec d'autres étudiants ?

— Oui, bien sûr ! Et je dirais même qu'en l'occurrence, le travail en collaboration était une règle générale. Est-ce que vous vous représentez les efforts nécessaires à ce type de recherche ? Je suppose que non ?

— Vous supposez bien.

— Ils sont immenses. Alors l'idée de mettre ses forces en commun vient tout naturellement. Et, si j'ose dire, plus naturellement encore chez nos étudiants. Vous savez, ils sont isolés ici pendant toute la durée de leur cursus et vivent ensemble vingt-quatre heures sur vingt-quatre, au cœur des formules et des théorèmes... Et bien évidemment, il se noue au sein de chaque promotion des relations très fortes... des liens que l'on ne trouve nulle part ailleurs.

— On peut parler d'amitié ?

— Bien entendu. Même si l'esprit de compétition demeure toujours présent.

— Et... vous pensez que vous pourriez vous souvenir des élèves avec qui Frédéric s'était lié ?

Gonthendic hocha la tête et pointa son index en direction du cliché.

— C'est très subtil mais je crois que ce que vous cherchez se cache ici...

Turin vint se coller contre Lucie, qui le repoussa d'un geste brusque. Le directeur fit semblant de n'avoir rien vu et sortit une loupe d'un tiroir qu'il vint placer au-dessus de la photo. Au troisième rang à gauche se tenait un étudiant aux cheveux bruns, au torse bombé et au regard déterminé : Frédéric Moinet. Il y avait quelque chose de Manon en lui. Lucie se sentit parcourue par un frisson lorsque ses yeux plongèrent dans ceux incroyablement froids du jeune homme.

— Regardez attentivement la broche qu'il porte sur le col de sa veste, fit Gonthendic.

Lucie plissa les yeux.

— C'est étrange, constata-t-elle. On dirait une...

Alors, elle se souvint. Sur la chemise Yves Saint Laurent, quand Moinet s'apprêtait à prendre le TGV...

— Une toile d'araignée ?

— Oui, dit le vieil homme. Une toile d'araignée en

étain, fabriquée par l'un de ses camarades, dans notre laboratoire de chimie.

— Et ? Qu'est-ce que ça signifie ?

— Nous ne l'avons jamais réellement su… Frédéric refusait de nous le dire, mais j'ai ma petite idée là-dessus… Les araignées sont des animaux qui ne s'apprivoisent pas. On ne peut pas les élever, ni les faire vivre en groupe. Sinon, elles se dévorent ou s'entre-tuent… Comme elles, Frédéric ne voulait pas qu'on l'apprivoise… Et c'est ce qui a causé son échec…

Brusquement, Lucie serra le poing. Ça lui apparaissait maintenant comme une évidence.

— Oui, oui, bien sûr, répondit-elle, mais… bon sang… j'avais déjà vu cette broche chez Moinet. Comment j'ai pu ne pas percuter ! Une toile d'araignée ! Un objet mathématique parfait. En forme de…

— De spirale ! compléta Turin. Une putain de spirale ! Faites voir cette photo !

— Deux minutes ! répliqua Lucie en se retournant.

Elle se mit à scruter chacun des étudiants sur le cliché. Coiffures irréprochables, regards fiers, tenues sombres.

Soudain, elle fit trois pas vers l'arrière.

Livide, elle plaqua lentement ses paumes ouvertes sur son visage et secoua la tête.

La photo glissa entre ses doigts et se laissa porter par l'air, avant d'atterrir sur le sol.

À droite de Frédéric, un autre col avec une broche… Au premier rang, un autre encore… Et derrière… Et à côté…

Chapitre quarante-cinq

Forcés de combattre ensemble malgré le dégoût qu'ils éprouvaient l'un pour l'autre, Lucie Henebelle et Hervé Turin se tenaient assis côte à côte dans la salle des archives, autour d'une grande table en bois. L'Ovale était une pièce impressionnante par son volume et la pureté de sa forme en ellipse. Partout sur les murs s'alignaient des milliers de thèses, de livres et de revues scientifiques. Au plafond, un étonnant vitrail abstrait projetait sur les étagères d'innombrables touches de lumière multicolores. Bleus profonds, verts incisifs, rouges incandescents.

La photo de la promotion de 1995 reposait sur la table, à côté d'une pile de dossiers scolaires poussiéreux. Sur le cliché, six visages masculins, entourés au stylo-bille noir. À gauche, celui de Frédéric Moinet.

— C'est incroyable, dit Turin, avachi sur sa chaise, les deux coudes sur la table. « Incompatibilité avec l'esprit de l'école », « Manque de rigueur », « Indiscipline », c'est la même chose sur chaque bulletin. Et tous virés la même année alors qu'ils faisaient partie des plus balèzes en maths, physique, chimie…

Lucie se prit la tête dans les mains.

— Ils ont dû très mal supporter leur échec, fit-elle. Se retrouver sans aucun diplôme après tant d'années d'études, avec pour seul bagage leur savoir théorique... Les portes les plus prestigieuses qui se referment juste devant leur nez, leurs rêves brisés... Comment se reconvertir quand on a la tête pleine d'ambition et farcie de connaissances absolument inexploitables professionnellement ? Comment redevenir simple cadre, ou banquier, ou prof de maths, quand on s'est imaginé être le roi du monde ?

Turin tenait une liste sous ses yeux. En face de chacun des six noms correspondait une adresse que lui avait transmise la brigade.

— J'en reviens pas, je les ai tous déjà croisés quand j'enquêtais sur l'entourage des victimes du Professeur... Putain... Tout était là, et j'ai rien capté.

Il désigna un type blond, le visage fermé, les cheveux plaqués sur le crâne.

— Lui par exemple, c'est Olivier Quetier... Il habite aujourd'hui Rodez, une des villes de la spirale, où Caroline Turdent, vendeuse dans un magasin de prêt-à-porter, s'est fait buter. Au départ, c'était la meuf de Quetier. Mais un soir où elle le croyait parti en déplacement, il l'a surprise au pieu avec un autre mec. Ils se sont séparés. Sept mois plus tard, on la retrouvait morte, labourée de l'intérieur par des éclats de nautiles...

Il s'arrêta un instant avant d'ajouter :

— Je me rappelle de ma rencontre avec Olivier Quetier. Un type réservé, extrêmement hautain, alors cadre sup dans une boîte de conseil financier. Un suspect idéal, évidemment, sauf qu'il créchait à Madrid la semaine de l'assassinat. Avec un alibi pareil, nous avons immédiatement laissé tomber, sans même prendre la peine de fouiller dans son passé. Pourquoi on l'aurait fait ? On avait d'un côté un crime ritualisé à dominante sadique, ce qui semblait exclure toute vengeance personnelle, et de l'autre un type à mille kilomètres de là au moment du meurtre.

Lucie fixait la photo, immobile, écrasée par les révélations de Turin. Le Parisien désigna un autre visage.

— Grégory Poissard, aujourd'hui prof dans une école privée à Limoges, spécialisé en physique quantique.

— Limoges... Pas très loin de Poitiers où un des meurtres a été commis.

— Exact. Là où Jean-Paul Grunfeld a rendu l'âme...

— C'est complètement fou, murmura Lucie. Je n'arrive toujours pas à réaliser.

— Les deux bossaient dans la même école et selon leurs collègues, ils ne pouvaient pas se blairer. Ils se haïssaient même. On m'a raconté une histoire où il était question de restructuration de l'établissement, et donc de suppression de l'un des deux postes. Bref, Poissard avait le cul sur un siège éjectable.

— Et je parie qu'il avait un alibi en béton à la mort de Grunfeld ?

— Il skiait dans les Alpes, au milieu de dizaines de témoins. Physiquement, il ne pouvait pas être l'auteur du crime.

Lucie soupira.

— Tout comme Frédéric qui séjournait aux États-Unis lors du décès de sa sœur. Sa sœur, qu'il détestait. Sa sœur, qui tenait les rênes de leur société familiale. Sa sœur, qui essayait de le guider, de le dominer...

Turin approuva d'un mouvement de la tête. Les

couleurs des vitraux se reflétaient maintenant sur son profil anguleux.

— Nous cherchions à l'époque un homme, célibataire, pervers, sans attaches, paraissant frapper au hasard et reproduisant toujours la même mise en scène sanglante. Un de ces putain de tueurs en série comme on n'en trouve que dans les bouquins.

— En fait, un tueur... presque trop attendu, trop scolaire. Ce qui vous a éloignés de certains individus comme Poissard ou Frédéric Moinet. Vous avez creusé dans la mauvaise direction...

Turin serra les mâchoires. Il se voyait encore interroger ces suspects. Il avait été si proche d'eux, et pourtant si loin de la vérité. Il interrompit la jeune flic :

— Vous auriez été meilleure que nous, peut-être ?

Lucie réfléchit avant de répondre :

— Non, je ne crois pas. Il faut bien l'avouer, le système était infaillible. Le Professeur qui n'était pas une seule personne mais ces six personnes en même temps...

Elle considéra de nouveau la photo, les broches en forme de toile d'araignée, et continua :

— Ils ont cherché à commettre le crime parfait, aussi implacable qu'une démonstration mathématique. Ils ont créé le Professeur de toutes pièces, à partir de documentation, de recherches sur nos techniques, sur le comportement de ce genre de psychopathe. Avec toute leur intelligence, leur rigueur, leur confiance absolue les uns envers les autres, ils ont bâti un être inhumain, un assassin sans pitié, obéissant à un mode opératoire hallucinant qui porte leur signature commune : la spirale... Nous avons tous plongé, alors que l'ensemble de « l'œuvre » du Professeur n'était qu'un gigantesque scénario, un plan destiné à nous tromper, à désorienter les psychologues !

Elle se leva de sa chaise et appuya ses deux mains sur la table.

— Frédéric Moinet a « choisi » sa sœur et l'un de ces salopards l'a tuée à sa place ! Était-ce une question d'argent ? Un jeu pour prouver son emprise sur le monde, sur nous ? Un châtiment infligé à la société ? Ou se l'est-il payée simplement parce qu'il la vomissait ?

Elle se tourna vers Turin.

— Et lui, qui a-t-il assassiné en contrepartie ? Quelle part du contrat a-t-il respectée ?

— Ça j'en sais rien, mais ce qui me paraît clair c'est que chacun d'entre eux préparait le terrain pour qu'un autre agisse. Le commanditaire connaissait les habitudes, les horaires, les lieux de la future victime, qu'il côtoyait chaque jour. Petite amie, sœur, voisin, collègue... Il mettait en place le crime puis disparaissait, pendant qu'un autre, l'un de ses putain de complices, tuait. Et ils se relayaient comme ça, à quelques mois d'écart. C'était carrément... imparable...

Son poing s'abattit sur le cliché.

— Je les imagine parfaitement se réunir sur cette île après tant d'années, comme au temps de leurs études. Verser de nouveau des calamars dans le goulot naturel, suivre les fous de Bassan pour s'orienter dans le dédale... Et discuter pendant des heures de leurs échecs, de leurs reconversions, des individus qu'ils haïssaient, tout en se remémorant leur période de gloire, quand Moinet pissait cette démonstration sous leurs yeux, quand ils se prenaient pour des dieux. C'est peut-être dans cette grotte de merde que l'idée a germé... Se venger, se débarrasser d'une personne gênante, reprendre ce que la société leur devait, de la manière la plus violente qui soit : en arrachant une vie.

Lucie approuva d'un hochement de tête. Il poursuivit :

— Ces jeunes matheux devaient tous être au courant de l'existence de la spirale sur la tombe de Bernoulli. Alors, ils ont eu une idée de dingue : faire coïncider la spirale avec les lieux de leurs crimes. Je ne suis pas mathématicien, mais ça ne doit pas être trop compliqué de faire passer une spirale par trois ou quatre points définis. Rappelez-vous : « *Eadem mutata resurgo* », on peut faire grossir ou rapetisser n'importe quelle spirale...

Turin considéra la carte de France étalée devant lui, la liste des adresses, et les endroits où les cadavres avaient été retrouvés.

— Je suis persuadé que ces putain de fanatiques sont allés jusqu'à Bâle pour graver les croix des futurs meurtres sur la tombe. Regardez sur la carte... Ils partent de l'île Rouzic, leur lieu culte, puis... Caen, Lyon, Rodez, là où trois d'entre eux habitent. On a nos quatre points... Ils tracent la spirale de Bernoulli passant par ces endroits, mais il se trouve que celle-ci ne coupe pas les villes des trois autres complices, alors... Comment faire pour aller au bout de leur délire ? Pour que tout coïncide parfaitement ?

— Forcer les victimes à se déplacer, pour qu'elles viennent « mourir » sur la spirale.

— Exactement ! Trois des six victimes n'ont pas été assassinées là où elles résident, mais dans la ville la plus proche appartenant à la spirale ! Grunfeld a été buté à Poitiers, Taillerand au Mans alors qu'il vivait à Angers, et Julie Fernando à Vincennes, alors qu'elle habitait Beauvais. Facile, pour un frère, un mari ou un « ami », de forcer la future victime à se rendre à un endroit particulier, alors que soi-même on se tire ailleurs, loin du lieu du crime, pour s'assurer le meilleur des alibis.

Lucie suivait parfaitement le raisonnement de Turin. Elle admirait ses qualités de flic mais ressentait un profond malaise à devoir continuer à travailler avec lui. Sans cesse, elle repensait à cette culotte tachée de sperme, à la manière dont la flamme l'avait dévorée devant le sourire sadique du Parisien. Ce type était aussi malade que ceux qu'il traquait.

— C'est dément d'en arriver jusque-là, lâcha-t-elle. Tout ça pour défier le hasard, aller au bout de convictions complètement stupides. C'est comme cette idée de cacher la spirale dans leurs meurtres avec les coquilles de nautiles… Laisser, en quelque sorte, leur vraie signature. La seule chose non simulée. Leur erreur.

Tout s'éclaircissait progressivement dans sa tête.

— Peu à peu, ils ont dû se prendre à leur propre jeu, leur barbarie. Souvenez-vous de ces scalps que le Professeur emportait : dans le cadre de son rituel. Ils ont choisi de les conserver dans cette grotte, comme des trophées. Indirectement ils sont devenus le monstre qu'ils avaient eux-mêmes créé.

Elle s'éloigna de la table en silence et fit quelques pas avant de reprendre :

— Tout pourrait se tenir. Imaginez un peu. Ces types sont tellement frappés qu'aujourd'hui, tant d'années plus tard, ils décident de reprendre du service. Pourquoi ? Parce qu'ils n'ont jamais été attrapés, parce qu'ils se sentent surpuissants, intouchables. Parce qu'ils adorent jouer et qu'ils vomissent la société qui les a construits puis rejetés. Sauf que Frédéric Moinet n'est pas d'accord. Pour lui, tout est terminé. Il a une belle situation, une sœur qu'il aime et qu'il veut maintenant protéger. De ce fait, il refuse. Alors, comment lui mettre la pression ? Comment le forcer à participer à ce pari fou ?

— En enlevant sa sœur, pour lui faire peur. Lui montrer qu'ils peuvent l'atteindre, n'importe quand, n'importe où. Ce qui expliquerait pourquoi ils ont relâché Manon si vite. Juste de l'intimidation.

Lucie ne cessait de regarder sa montre. Manon, quelque part…

— Exactement ! Et Frédéric voulait la protéger de ces menaces. Cela expliquerait alors ces mystérieux cours d'autodéfense dans le N-Tech, et aussi le Beretta ! Il la protégeait, tout en l'empêchant de découvrir la vérité. Vérité qui le compromettrait lui-même au plus haut point. D'où l'effacement des données dans l'organiseur et les cahiers. Plus de Bernoulli, plus de Bretagne. En définitive, il dirigeait sa sœur comme un animal de cirque. Il la faisait tourner en rond. Sauf qu'elle a quand même réussi à échapper à son contrôle… Quand elle s'est rendue à deux reprises sur l'île Rouzic par exemple.

Turin glissa ses mains sous son menton :

— Pas mal votre hypothèse. Mais il y a quand même quelques incohérences.

— Lesquelles ?

— La présence du burin chez Frédéric, par exemple…

— Non, non, c'est pas forcément une incohérence !

Frédéric a peut-être hésité. Il a très bien pu accepter de tuer Dubreuil au début, avant de se rétracter. Alors, quelqu'un d'autre a poursuivi l'ouvrage. Cet inconnu a tracé les décimales de π dans la maison hantée de Hem, puis il a tué à sa place, pour montrer l'exemple, pour le motiver... Mais Frédéric, toujours réfractaire, a menacé de tout déballer, quitte à plonger lui aussi. Si bien qu'ils l'ont tué...

— Ouais, ça se tient... Mais j'avoue avoir du mal à piger comment un cadre sup, un chef de projets, un professeur ou même un directeur, comme Frédéric Moinet, ont pu agir de la sorte. Je veux dire... Vous seriez capable de le faire, vous ? Poser une énigme, empoisonner une victime qui vous supplie de l'épargner, et la... scalper ?

Lucie s'était rapprochée de nouveau de la table. Elle dit :

— On est parfois prêt à tout pour arriver à ses fins. La colère, la rage, la douleur sont des motivations suffisantes. Et vous le savez. Tout est une question de frontière. Une frontière que vous aussi, vous avez franchie. À Bâle...

Elle s'empara du cliché d'un geste sévère.

— Dans son processus de mise à mort, l'un des six a réellement pris goût à la domination, la torture, l'acte de tuer ! Il a croqué dans le fruit défendu, a franchi la limite et n'a pas pu revenir en arrière ! Le salaud qui a assassiné puis, emporté par ses pulsions, a violé Karine Marquette *post mortem*, est le Chasseur ! Et il se trouve parmi ces enfoirés ! On doit le retrouver ! Maintenant !

— Kashmareck, Menez, les différents SRPJ se préparent à intervenir, dit Turin. On dispose des adresses précises, on sait où les cinq travaillent. Tout n'est plus qu'une question d'heures. On va faire d'une pierre deux coups. Le Chasseur et le Professeur.

Lucie se mordit la lèvre inférieure. Il était peut-être déjà trop tard.

— Pourtant, le Chasseur agit aux alentours de Nantes, et aucun n'habite Nantes...

Elle prit dans ses mains la liste des six noms.

— Olivier Quetier, cadre supérieur à Rodez... Grégory Poissard, professeur de physique à Limoges... Laurent Delafarge, chef de projet chez Altos Semiconductor, à Beauvais... Grégoire Michel, directeur d'un pôle recherche sur Lyon... Et finalement Romain Ardère, patron d'une petite entreprise de pyrotechnie, à Angers.

Turin rejoignit de son pouce jauni Angers et Nantes.

— Angers n'est même pas à cent kilomètres de Nantes.

— Et on retrouvait les victimes du Chasseur dans l'océan, sur la côte atlantique, entre Saint-Nazaire et La Rochelle. Ça concorde parfaitement.

— D'autant plus que les artificiers manipulent très souvent des produits chimiques...

Lucie écrasa son index sur le visage de Romain Ardère, puis elle fouilla avec précipitation dans son dossier scolaire.

— On y est ! Ardère avait choisi une spécialisation en chimie organique, il passait la majeure partie de son temps dans le laboratoire expérimental de l'institut ! C'est lui qui fabriquait les broches en étain ! Et...

Elle feuilleta rapidement les pages.

— Vous devinerez jamais !

— Quoi ?

— Il a été surpris en train de faire des expérimentations sur des animaux, dans le labo ! La raison de son renvoi ! Ardère était subjugué par la force destructrice du feu, des substances corrosives…

— Jacques Taillerand, cinquième victime du Professeur, a été le producteur des spectacles d'Ardère avant de décider de ne plus travailler avec lui, de l'abandonner…

— Et donc, Ardère se met à le haïr. Jusqu'à le faire tuer !

— On les tient enfin !

Turin saisit son portable et composa nerveusement le numéro de la brigade parisienne. Lucie enfila son blouson et fonça vers la sortie.

— Vous allez où encore ? grogna Turin.

— À Angers ! Je veux être auprès de Manon quand on la retrouvera !

— Je serais vous, je me ferais pas trop d'illusions. Quand on voit la manière dont le frère a été massacré… Notre homme est en colère. Très en colère…

Chapitre quarante-six

Manon émergea lentement d'un douloureux sommeil, une odeur âcre dans les narines. Un relent de produit d'hôpital… peut-être de l'éther. Elle sentait des pulsations violentes battre sous son crâne. Le sang y circulait, lourd et épais. Un chiffon infect enfoncé dans sa bouche lui donnait envie de vomir à chaque appel d'air. Sa trachée était aussi rêche qu'un gant de crin. Elle voulut repousser le tissu répugnant avec sa langue mais n'y parvint pas.

Des sangles entravaient ses quatre membres. Elle était nue, plaquée contre une énorme cible sur pied, l'un de ces horribles articles de cirque sur lesquels on lance des poignards. Impossible de bouger, ses mouvements arrachaient tout juste une légère plainte au cuir des liens. Du fin fond de son désespoir, elle se voyait réduite à un grand X immobile.

La pièce tout entière était un véritable capharnaüm dédié au spectacle. Murs recouverts de fausses toiles d'araignée, masques de Halloween et de Pierrot suspendus sur des miroirs déformants, malles débordant de costumes colorés. Autour, entassés sur le sol, des cartons remplis de briquets, d'allumettes, de pétards, de mortiers, de fusées, de feux d'artifice. Et, juste devant Manon, alignés sur des étagères, des tubes à essai, des fioles à moitié vides, des bocaux étiquetés : soude, phénol, acide nitrique, acide chlorhydrique, acide fluorhydrique.

La jeune femme tenta de hurler. À peine le son de sa voix traversa-t-il le bâillon qu'un projecteur puissant vint lui éclabousser les rétines. Elle plissa les paupières, tétanisée. La brûlure oculaire était insupportable. Alors, elle se sentit pivoter sur elle-même. Son cri cessa dans l'instant, tandis que le sang affluait dans son cerveau, qui semblait se comprimer sous la boîte crânienne.

Puis la cible retrouva sa position initiale et la lampe s'éteignit, laissant place à la lumière diffuse d'une ampoule rouge.

Malgré la douleur, Manon parvint à s'accrocher à une dernière pensée : surtout, ne plus hurler, ni remuer. Car le moindre cri, la moindre impulsion déclenchaient un projecteur et un tour de roue.

Ne plus crier, ne plus crier, ne plus crier.

Des bruits de pas, quelque part. Au fond de la pièce.

Manon crut percevoir une forme monstrueuse se promener derrière les rangées de bocaux. Une silhouette qui avançait vers elle.

Soudain, elle vit un visage, des yeux, horriblement déformés par les verres convexes, les verres concaves, les liquides colorés des récipients.

— Nous y voilà, Manon…

Une voix grave, dure.

Le visage apparut alors nettement, en contrechamp. Qui était cet homme ?

En fait de monstre, elle ne découvrit qu'un type

à l'air banal, assez jeune, nez droit, bouche fine et cernes de mauvais dormeur. Une physionomie qui ne lui disait absolument rien.

L'homme s'avança encore, posa ses doigts sur la gorge de Manon, et pressa lentement. La mathématicienne sentit sa respiration se bloquer. Ses joues s'empourprèrent, les afflux sanguins attaquèrent ses pommettes avant de venir enflammer ses prunelles. Sa vue se brouilla. En une fraction de seconde, des images se bousculèrent dans son esprit. Elle se revit suffoquer sur le carrelage, dans sa maison de Caen, se rappela l'haleine imprégnée de rhum, la langue venue lui lécher l'oreille, et ces chuchotements : « *Eadem mutata resurgo, eadem mutata resurgo, eadem mutata resurgo.* »

Il se tenait là, face à elle. L'incarnation du Mal. Le Professeur.

— Comme c'est curieux… constata Romain Ardère en relâchant la pression. C'est dans tes yeux que tout se passe, là, maintenant… Tu ne te souviens de rien sauf de ce jour-là, n'est-ce pas ? Tu te rappelles le jour où je t'ai étranglée, où je t'ai volé la mémoire… Et le phénomène s'est reproduit chez toi, il y a deux jours, quand tu as sorti ce flingue de nulle part.

Il lui caressa le visage.

— C'était il y a si longtemps… Plus de trois ans… Tu avais trouvé la spirale, tu étais devenue bien trop dangereuse pour nous. Trop acharnée. Alors, nous nous sommes réunis et nous avons décidé. Il fallait t'éliminer… Simuler un cambriolage, un truc à la mode dans ton quartier… Nous avons échoué, mais ce n'était pas bien grave, puisque tu étais quasiment devenue un légume. Du coup, tu as pu rester en vie, nous avons laissé tomber.

Manon détourna la tête, les mâchoires serrées. Ardère lui attrapa le menton et la força à le regarder, puis il glissa ses doigts sur le bâillon.

— Ne crie pas s'il te plaît, conseilla-t-il en ôtant le morceau d'étoffe. Sinon, je devrai te faire mal... Oh ! Suis-je bête ! C'est vrai que dans une minute, tu auras oublié mes ordres même si tu te concentres au-delà du raisonnable... Alors, dans tous les cas, je crois que je vais te faire mal.

Manon toussa à s'en déchirer les poumons. Elle n'entendait pas, elle n'entendait plus. Ce visage ! Ce visage ! Et sa gorge, qui lui brûlait comme si elle avait avalé une torche !

— Le... Le Professeur... réussit-elle à articuler. Vous êtes... le Professeur...

Il ricana.

— Le Professeur, le Chasseur... Quelle importance ? Appelle-moi comme tu veux.

Manon se cambra et hurla de toutes ses forces. La lumière blanche du projecteur vint aveugler ses grands yeux bleus. Le cuir des sangles pénétra ses poignets.

Rotation. Coulée de lave dans la tête. Retour à la position initiale.

Un homme, dans son champ de vision. Un inconnu.

— Ainsi, tu as réellement perdu toute notion de ce qui vient de se passer, dit-il. Amusant... On dirait qu'à chaque tour de roue, tu renais, identique à toi-même. *Eadem mutata resurgo*, tu te rappelles, Manon ? Serais-tu toi-même une spirale ?

Il effleura la poitrine nue de la jeune femme et suivit du bout des doigts la crête des scarifications.

— Nous qui pensions que tu pouvais représenter à nouveau une menace, que tu avais retrouvé l'ensemble de tes facultés... J'y ai vraiment cru quand je t'ai revue dans le métro. J'ai même eu peur que tu puisses identifier ce cambrioleur d'il y a trois ans, que... tu interrompes ma brillante existence ! Ça aurait été dommage, non ?

Manon chercha à faire abstraction de la situation. Elle focalisa toute son attention sur la conversation. Il fallait savoir. Savoir une minute, mais savoir quand même.

Savoir avant d'oublier.

— Vous... Vous étiez plusieurs !

Deux yeux d'un froid clinique la dévisagèrent. Le Chasseur s'empara d'un bocal de phénol, derrière lui, et le fit rouler entre ses paumes ouvertes.

— Tu sais, je vais vraiment m'amuser avec toi, ça va être...

Il palpa le sexe de Manon, les yeux mi-clos.

— ... particulier. Je t'ai teinté les cheveux, il y a quelques heures, et tu ne t'en souviens même pas.

Il se délecta de la réaction de surprise de la jeune amnésique.

— Eh oui, te voilà rousse à présent, il n'y a que ces putes qui m'excitent... Sûrement à cause de cette couleur d'ambre, si proche de celle d'une flamme... Tu ne te rappelles pas non plus de ton petit séjour dans mon vieux four à pain. Ces jeux amusants, avec les brûleurs, la chaleur... Tu y es pourtant restée toute la nuit, couverte de capteurs me permettant de relever certaines de tes données biologiques ! Ton cœur, ta tension, tes sécrétions ! Tu t'es même uriné dessus, il a fallu te nettoyer ! Vilaine fille !

Manon secoua la tête, en pleurs.

— Non… Vous mentez…

— Oh non, je ne te mens pas ! Tu sais, les autres femmes, à ce stade, me supplient. Elles seraient prêtes à tout pour que je les épargne. Mais toi… Tu es… prisonnière de l'instant. Tu ne te demandes même pas où tu te trouves. Dans quelle ville ? Es-tu encore en France ? Est-ce qu'on te recherche ? Quand vas-tu mourir ? Et comment va ton frère ? Ce charmant Frédéric ?

— Frédéric ? Comment vous…

— Tiens… Voilà qui va être encore très intéressant…

Ardère sortit une photo de la poche de son jean et la planta sous le nez de Manon.

— Il faisait partie de « Nous » ! Ton frère ! Ton propre frère représentait un sixième du Professeur ! Il a tué la première victime ! François Duval ! C'est lui qui a lancé la machine ! Et qui a ordonné l'exécution de ta sœur !

Manon détourna le regard et poussa un cri déchirant, à la limite de l'évanouissement. Sur le cliché, Frédéric pendouillait au bout d'une corde, le poitrail rempli de calamars.

Flash dans les rétines. Tour de roue. Montée de sang. Elle se sentit partir, puis revenir. Un homme, dans son champ de vision, qui recouvrait ses mains de plusieurs paires de gants en latex.

— Ce sont les cinq autres qui ont libéré tout ça… cette étincelle enfouie en moi. En agissant, en voyant que je pouvais ôter la vie, ça a… Je ne sais pas comment te l'expliquer. C'est pire qu'une maladie, Manon, ce besoin de… voir la chair se rétracter sous l'effet d'une flamme, de renifler l'odeur de peau cramée ! Tu ne peux pas imaginer… As-tu déjà brûlé des insectes, puis des animaux plus gros ? T'est-il arrivé de prendre ton pied devant un appartement qui part en fumée ? J'ai suivi des études dans cet unique but : approcher le feu, l'apprivoiser grâce à la chimie, la thermodynamique, la mécanique des fluides. Comprendre comment il fonctionnait. Le maîtriser. C'est là-bas, à l'institut, que j'ai rencontré les autres. On se réunissait dans une grotte, pour défier le monde, pour… discuter d'autre chose… De choses interdites.

Il releva son pull, dévoilant un torse piqueté de cratères noirâtres.

— Après l'exécution de mon contrat, ils n'ont jamais su que j'étais devenu le « Chasseur ». Pour eux, je reste ce pauvre patron d'une entreprise de pyrotechnie, qui encapsule les mathématiques, la chimie et les lois de la gravité dans de stupides fusées. Mais tu sais, ils ne valent guère mieux. Nous nous prenions pour les meilleurs, mais nous n'étions rien. Juste de pauvres étudiants, virés sans scrupules, comme de vulgaires merdes !

— Vous…

— Ces brûlures, sur mon torse, je me les suis faites tout seul, voilà très longtemps. Je crois que… j'aurais fini par me détruire si… si le Chasseur ne s'était pas réveillé. Si je n'avais pas pu reporter cette violence sur les autres… J'en étais arrivé à l'envie de manger du feu ! Bouffer toute cette poudre, et m'embraser la gorge ! Tu imagines ?

— Vous… Vous êtes malade… Je vais vous…

— Me tuer, peut-être ? Tu en as toujours rêvé, n'est-ce pas ?

Il dévissa d'un geste lent le couvercle du bocal. Manon s'était mise à gémir. Elle se mordait la langue pour ne plus hurler.

— Il y a tout de même une bizarrerie, Manon, quelque chose de vraiment troublant qui m'inquiète un peu. Nous pensions que ton frère avait voulu nous jouer un sale tour en tuant la vieille peau, dans ta région. Qu'il avait voulu… nous enfoncer… Peut-être soupçonnait-il que l'un d'entre nous avait cherché à te tuer, voilà trois ans. Peut-être ne supportait-il plus ce secret… Peut-être avait-il décidé de… de faire éclater la vérité, quitte à y rester, lui aussi…

Il plia méticuleusement une compresse en quatre et y versa du phénol. Une odeur de légume pourri envahit la pièce.

— Je… Je n'y comprends rien… dit Manon entre deux sanglots. Pitié… Ne me faites pas de mal…

— Mais le plus étrange, continua Ardère sans l'écouter, c'est que même au moment où je lui entaillais la poitrine, quand ma lame écartait sa chair, il continuait à nier. Il a nié jusque dans son dernier souffle.

Il reposa le bocal et s'avança, la compresse au creux de la main. Manon tournait la tête à droite, à gauche, et secouait convulsivement son corps, tirant sur les liens de toutes ses forces.

— Je crois que je me suis trompé, en définitive, confia-t-il en parcourant du bout de l'index les mystérieuses cicatrices. Ce n'est pas Frédéric qui t'a enlevée, qui a réveillé le Professeur. Mais l'un des quatre autres, même s'ils ont juré le contraire. Qui aurait intérêt à ramener un monstre du passé ? À remettre cela sur le tapis, au risque de tous nous compromettre ? Un traître se dissimule dans le groupe. Quand je me serai occupé de toi, je réglerai quelques comptes.

— Mon frère... Qu'avez-vous fait à mon frère...

Ardère verrouilla le système de rotation de la cible et débrancha le projecteur.

— Je suis impatient de voir comment tu vas réagir à ce type de douleur. Vas-tu oublier la raison pour laquelle tu gémis ?

Il lui engouffra le chiffon dans la bouche.

— Ça va être... jouissif. Et interminable !

Il approcha la compresse du visage de Manon, avant de soudain s'interrompre.

Un énorme fracas au-dessus d'eux.

Des bruits, des pas. Au rez-de-chaussée. Des cris. « Police ! »

Sans réfléchir, Ardère se rua sur la porte et la cadenassa.

En revenant précipitamment vers Manon, il renversa le bocal de phénol. Le produit se répandit sur son pied.

— Sale petite pute ! cria-t-il, les globes oculaires exorbités.

Il attrapa sa cheville en hurlant puis ses doigts se rétractèrent sur la chair de ses joues, qui se mirent à saigner.

Dans un geste de rage folle, il s'empara d'une bonbonne de soude et la propulsa sur le haut de la cible. Le verre se fracassa, libérant une substance liquide qui se mit à couler dans le dos de Manon. La jeune femme s'arqua à s'en rompre les vertèbres.

Des pas résonnèrent dans les escaliers. Une détonation violente explosa la poignée de la porte.

Le Chasseur se retourna et fonça vers une étagère qu'il fit basculer devant l'entrée. Dans un vacarme impressionnant, les récipients éclatèrent sur le sol. Une épaisse fumée blanche emplit l'espace. Un flic s'effondra, les jambes touchées par des jets acides.

Quand le brouillard se dissipa, laissant derrière lui des yeux larmoyants et un concert de toux, une dizaine de pistolets vinrent braquer l'individu assis dans un coin.

Il avait saisi une fusée autopropulsée et se l'était fourrée dans la bouche.

Le « calisson d'étoiles ».

La pierre de son briquet crépita une dernière fois.

Chapitre quarante-sept

Jamais la pluie qui s'abattait sur les champs alentour ne laverait les drames sordides perpétrés des années plus tôt. Lucie regroupa ses mains au-dessus de son volant dans un grand souffle libérateur.

Tout était terminé.

Assise à côté d'elle, Manon considérait depuis leur départ la feuille de papier posée sur ses genoux. Sa tête lui faisait affreusement mal, ses yeux lui brûlaient. Elle essuya les perles qui roulaient sur ses joues et dit en gémissant :

— Non, pas Frédéric... Pas mon frère... Dites-moi que ce n'est qu'un mauvais rêve...

Lucie lui lança un regard où se mêlaient la lassitude et la compassion, la peine et le dégoût. Elle reprit une nouvelle fois :

— J'aimerais bien, Manon. J'aimerais tellement. Mais... il a fait partie du Professeur, de ceux qui ont commis le pire. Il va falloir vivre avec. Je suis sincèrement désolée...

Manon observa ses mains, ses longues mains tremblantes, qu'elle ne contrôlait plus, ses mains qui voulaient arracher, frapper, détruire.

— Non… Non… Non… répétait-elle.

Après une longue hésitation, elle baissa les paupières, inspira amplement et chiffonna le résumé des événements de ces dernières heures, cette escalade de démence absolue.

— Qu'est-ce que tu fabriques ? s'étonna Lucie, qui avait mis un temps considérable pour tout rédiger.

Manon ouvrit la fenêtre et, dans un geste de désespoir, lâcha la boule de papier dans le vent.

— Mais Manon ! Pourquoi ? Pourquoi ?

— Pas Frédéric… Pas lui…

Elle agrippa ses cheveux et se mit à hurler :

— Comment voulez-vous que j'apprenne une chose pareille ? Que mon propre frère a… a fait assassiner ma sœur ? Que lui-même a tué ? Qu'on lui a ouvert la poitrine ? C'est… C'est au-delà de mes forces ! Personne ! Aucun être humain ne peut vivre ce que je vis ! J'aimais mon frère ! Et il m'aimait !

Lucie garda le silence.

— Mais dites quelque chose ! s'écria Manon, hors d'elle. Dites quelque chose !

La jeune flic sentit les larmes inonder ses yeux.

— Que veux-tu que je te dise ? Que tu as raison ? Que tu as tort ? Je… Bon sang Manon, je ne suis pas Dieu !

Aux larmes s'ajoutait à présent le ton de la révolte.

— Ce n'est pas moi qui vais bâtir ton existence ! Qui vais te guider dans tes décisions ! D'un côté, tu as le choix d'ignorer ! Il suffit que tu notes quelques mots, qui peuvent tout changer. Apprendre que le Professeur était un assassin de la pire espèce, un déséquilibré, mort en se suicidant ! Que cette histoire s'est bien terminée, comme dans un bon film ! Qu'importe ! Tu aurais la conscience tellement tranquille !

Elle reprit son souffle avant de continuer :

— Mais de l'autre, tu as enfin la possibilité de connaître la vérité, de comprendre pourquoi ta sœur et tous ces pauvres innocents ont été assassinés. C'était ton but, non ? Voilà plus de trois ans que tu t'éreintes dans cette traque ! MemoryNode, tes cicatrices, tes recherches, tes nuits blanches ! J'ai failli y rester pour toi ! Me noyer, laisser derrière moi deux orphelines ! Tu imagines ?

— Je...

— Et aujourd'hui, tu peux connaître la vraie vérité, pas *ta* vérité, et tu la refuses ? C'est toi-même qui disais que les souvenirs font ce que nous sommes, nous donnent une raison de vivre ! Qui seras-tu Manon, si tu te fabriques un faux passé ?

Manon tenta de refouler ses sanglots. Tout se bousculait en elle, à une vitesse prodigieuse.

— Je... Je vis peut-être déjà avec un... un passé qui n'est pas le mien, bafouilla-t-elle, que je me suis fabriqué pour... que tout aille bien... J'évolue peut-être... dans une bulle... Tout ceci, ce qui gravite autour de moi n'a peut-être jamais existé. Je ne sais pas... Je ne sais plus...

Cette fois, Lucie ne rompit plus le silence. Le lent anesthésique de l'oubli allait de nouveau envelopper la jeune mathématicienne, la détacherait de la réelle valeur des choses. Elle n'en garderait aucun traumatisme, pas la moindre trace mnésique. Juste une sensation de vide, une impression somme toute tranquillisante. Qu'allait-elle devenir ? À qui se raccrocherait-elle, sans le soutien de son frère ? Continuerait-elle à traquer le Professeur, à tourner en rond, à vivre une histoire sans fin ?

Lucie éprouva la brutale envie de tout casser dans ce monde tellement déséquilibré.

Dans le faisceau des phares se dessina le contour d'un panneau routier.

« Caen, 129 km. »

— J'aimerais que vous m'accordiez une faveur, demanda Manon. Je voudrais faire un saut à Caen. J'ai besoin de voir ma mère…

Elle regarda Lucie.

— J'ai mal au crâne… Pourquoi j'ai pleuré ? Qu'est-ce que cela signifie ? Et vous ? Vos yeux en larmes ? Pourquoi ?

La flic soupira et s'essuya les yeux.

— C'est une longue histoire… Je te la raconterai plus tard…

Manon se mit à fouiller dans ses poches, la boîte à gants, les rangements latéraux.

— Mon N-Tech ! Où est-il ?

— Cassé… Il est cassé…

— Cassé ? Mais…

— Fais-moi confiance, dit Lucie avec tendresse. Tu sais que tu peux me faire confiance, tu sais ça ?

— Je… Oui, je sais… Alors, pour ma mère ? Elle nous préparera quelque chose, avant qu'on reprenne tranquillement la route ! Et puis, vous avez l'air franchement fatiguée. Je conduirai sur la fin du trajet.

— C'est que… Je suis… Je suis vraiment pressée de rentrer… Mes jumelles m'attendent…

— Ah, vos jumelles ! Oui, je sais. Vos petites filles…

Lucie avait envie d'exploser, de crier que Marie

Moinet croupissait sous terre, que sa maison avait été vendue. Que Manon aurait dû apprendre la mort de sa mère, malgré la souffrance, les efforts nécessaires pour le faire. Qu'on ne peut pas garder que le meilleur. Car c'est le pire qui régule une vie, qui forge l'existence et rend les êtres forts.

— Je comprends… fit Manon. Ce n'est pas grave… Je reviendrai avec Frédéric. Ça doit faire longtemps qu'on n'est pas allés lui rendre visite.

Et elle continua à poser des questions, et Lucie à répondre sans entrain. Manon ne se rappelait même plus de l'arrivée de Turin sur l'enquête, de leur route commune vers Bâle, moins encore qu'il avait profité d'elle. Tout était perdu, évanoui quelque part. Un jour, d'autres Turin débarqueraient dans sa vie… Et tout recommencerait… La spirale…

Sans trop savoir pourquoi, Lucie songea au jeune Michaël, frappé du syndrome de Korsakoff, dont la seule place restait, en définitive, l'hôpital psychiatrique. Là où il vivrait en sécurité, avait confié Vandenbusche. Manon, malgré son intelligence et toute sa volonté, finirait-elle un jour dans ce genre d'établissement, parmi les schizophrènes et les suicidaires ?

Abattue, démontée, Lucie décrocha néanmoins son téléphone qui vibrait sur le tableau de bord.

C'était Kashmareck.

Les quatre autres avaient été arrêtés.

C'en était fini du Professeur, pour toujours.

Et Manon constatait, en s'observant dans le rétroviseur central :

— C'est bizarre, cette coloration rousse… J'ai vraiment de drôles de goûts, parfois…

Chapitre quarante-huit

À Dunkerque, Clara et Juliette se ruèrent dans les bras de leur mère. Lucie, épuisée après une nuit blanche au volant, les serra contre elle, émue. Il s'en était fallu de si peu pour qu'elle se noie dans la grotte.

En début d'après-midi, sur le trajet du retour, les filles ne cessèrent de parler, de raconter les petites choses de leur vie. Lucie les écouta, leur répondit, mais alors que Lille se rapprochait, elle ne put s'empêcher de replonger progressivement dans ses pensées. Obsédée par la Chimère, elle redoutait de retrouver son appartement.

À peine s'était-elle garée devant chez elle qu'elle aperçut des étudiants en train de fumer sous le porche de l'entrée. Elle prit ses jumelles, une dans chaque bras, et avança dans le hall, la tête baissée. Rentrer, se cloîtrer, le plus vite possible. Ne pas avoir à affronter leurs regards. Pas maintenant. Tout tournait tellement en elle. Elle ne se rendit même pas compte de la présence d'Anthony dans le groupe.

Sans un mot, Lucie récupéra la nouvelle clé auprès de la concierge et s'enferma à double tour.

La vue du verre brisé, dans sa chambre, lui porta un

coup supplémentaire au moral. Elle se précipita vers sa petite armoire, comme si, au fond d'elle-même, elle espérait un miracle.

Mais le meuble était bel et bien vide.

La jeune femme s'écroula sur son lit, tandis que Clara et Juliette retrouvaient leur chambre, leurs jouets, leur univers ludique. Si heureuses dans leur cocon.

Soudain, on frappa à la porte. Juste un coup. Lucie tourna lentement la tête, puis se leva, un mouchoir à la main. Elle ouvrit pour ne découvrir que le vide du couloir, s'avança, rejoignit les étudiants dans le hall, parmi lesquels elle reconnut Anthony, et demanda :

— Vous n'avez vu personne sortir ? Là, maintenant ?

Elle obtint le silence pour seule réponse. Après un échange de regards, l'un des garçons osa enfin :

— Non, personne n'est sorti...

Lucie serra ses deux poings.

— Vous allez me harceler comme ça longtemps ?

— Vous harceler ? Mais qui vous harcèle ici ? Ça ne va pas, madame ?

Elle partit à reculons, sans comprendre. Alors, ce coup sur la porte ? Juste un jouet qui tombe ? Une farce de ses filles ? Probable.

Dans sa cuisine, elle se versa un grand verre de jus d'orange qu'elle ne réussit même pas à avaler. Trop nauséeuse. Tout à l'heure, elle irait chercher Manon à l'hôpital et la raccompagnerait chez elle, impasse du Vacher. Tout promettait d'être vraiment compliqué. La mort de Frédéric... son implication dans les meurtres du Professeur... Les arrestations en série... Cette folie...

Mais Lucie faisait confiance à Vandenbusche. Il

saurait prendre les bonnes décisions quant à l'avenir de sa patiente… La liberté, ou alors…

Ce soir également, Lucie obtiendrait les dernières conclusions de l'enquête. Savoir qui, parmi les quatre interpellés, avait enlevé Manon et tué Dubreuil. À moins qu'il ne s'agisse d'Ardère ou en définitive de Frédéric. Dans ce cas, le « pourquoi » resterait sans doute en suspens pour toujours.

Lucie inspira. Aux autres de trouver les réponses à présent. Son rôle s'arrêtait là.

D'un mouvement lent, elle fit tourner le jus d'orange sur lui-même, puis regarda longuement dans le vide. Tout à coup, elle posa avec fermeté le verre sur la table, se leva, se rassit, se leva de nouveau.

Une fois dans le hall, elle appela :

— Anthony ?

L'étudiant releva la tête.

— Oui ?

— Viens, s'il te plaît.

— Pourquoi ?

— Viens, dépêche-toi !

Il chercha un soutien dans les yeux de ses amis, qui détournèrent le regard. Alors il s'approcha, la démarche hésitante.

— Madame, écoutez… On a vu les policiers, chez vous. On sait que votre porte a été forcée, mais ce n'est pas moi qui…

— Peu importe si c'est toi ou un autre. Je veux juste te parler.

Le jeune homme suivit Lucie dans l'appartement. La vue des gamines dans leur chambre le rassura. Rester seul avec cette folle… Pas question…

Direction la cuisine. La flic ferma la porte donnant sur le salon.

— Vous pouvez pas laisser ouvert ?

— Assieds-toi…

Anthony obéit, les mains moites. Lucie s'installa sur une chaise en face de lui.

— Je sais que l'un de vous a volé le contenu de mon armoire. Que vous êtes tous au courant.

Anthony répéta, en baissant les yeux :

— Ce n'est pas moi qui…

— Peut-être, peut-être pas, qu'est-ce que ça change ?

La voix tremblante de Lucie fit place à un interminable silence. Anthony ne savait plus où se mettre. La jeune femme finit par reprendre :

— Je… Je ne veux pas que vous racontiez des bêtises. Alors, je vais te dire la vérité, que tu rapporteras aux autres. Je peux compter sur toi ?

Anthony acquiesça. D'un geste rapide du bras, il essuya la sueur sur son front.

Le silence, de nouveau. Lucie peinait à commencer son récit. Rouvrir la cicatrice, des années plus tard… Laisser affleurer son passé, sans fermer les barrières, sans rien refouler…

— Dans cette armoire se trouvaient deux échographies. Tu les as bien vues… Je me trompe ?

— Euh… J'ai vu celle de vos jumelles, mais…

— Ce n'étaient pas mes filles. Ces échographies me viennent de ma mère…

Anthony eut un léger recul de surprise.

— Votre mère ? Vous voulez dire que…

— L'une des deux jumelles, c'est moi… J'avais trois mois et je mesurais moins de dix centimètres… Et sur la seconde échographie, j'ai cinq mois… Mes membres avaient grossi. Tu as dû voir les petites mains, les doigts... la masse sombre du crâne, les os de la colonne vertébrale.

— Oui, oui, mais... c'est pas moi, je vous jure... Et puis j'y comprends plus rien. On croyait que c'était un troisième enfant sur l'autre échographie... Un enfant qui...

— Que j'aurais découpé en morceaux par exemple, et conservé dans un bocal, c'est ça ?

— Non, c'est pas ça... Mais il n'y a qu'un bébé sur cette échographie ! Où se trouve votre...

Anthony ne termina pas sa phrase, soudain frappé par l'évidence.

Lucie le regarda droit dans les yeux.

— Eh oui Anthony, entre le troisième et le cinquième mois ma jumelle avait disparu. Je l'avais purement et simplement... absorbée. J'ai dévoré ma sœur...

Elle se prit la tête dans les mains, incapable de continuer de parler. Elle revit la chambre d'hôpital, se rappela ces bandages, autour de son crâne, les visages des médecins, les sons, les couleurs, les odeurs écœurantes... Puissance de la mémoire... Manon avait tellement de chance, parfois, de pouvoir choisir.

Péniblement, elle chuchota enfin :

— Dans le petit récipient, il y a... une mèche de cheveux, deux ongles et... et trois dents, qui baignent dans un liquide verdâtre. Je les ai mélangés à du formol... On avait retrouvé tout ça sous mon crâne, à l'intérieur d'une excroissance, ce que les médecins appellent un kyste dermoïde intra-cérébral.

Anthony se sentait de plus en plus mal à l'aise. D'un geste hésitant, il plongea la main dans la poche de son jean.

— Euh... J'ai du mal à vous suivre... Vous voulez un Kleenex ?

— Non. Écoute-moi Anthony... Quand... Quand j'ai découvert la vérité, j'ai fait toutes les recherches possibles et imaginables... La majeure partie des kystes dermoïdes se forment très tôt, au stade embryonnaire... Ce qu'il se passe, c'est que... l'ectoderme, un feuillet externe de l'embryon dont, plus tard, dérivent divers éléments comme la peau, les cheveux, les dents, se trouve enfermé à l'intérieur d'autres tissus... Mais cet enfermement n'empêche pas l'ectoderme d'évoluer... Et cela entraîne l'accumulation de substances impossibles à évacuer. Elles constituent ce fameux kyste dermoïde... Généralement, il se développe dans l'utérus... Mais en ce qui me concerne, il... il a grandi sous la boîte crânienne... Les douleurs sont apparues à l'âge de la puberté. J'avais seize ans au moment de mon opération.

— C'est horrible ce que vous racontez... Des ongles, des dents, là, dans la tête ?

Lucie détourna le regard.

— Le pire, c'est que mon cas ne correspond pas vraiment à la définition traditionnelle du kyste dermoïde... La matière organique que l'on a sortie de mon crâne n'était pas la mienne... La vérité, c'est qu'une partie de ma jumelle avait continué à grandir, à se développer en moi, alors que je l'avais avalée...

— Ce n'est pas possible !

— Si, c'est possible... J'ai fait des tests ADN de ce kyste, il y a des années. Les dents, les ongles, les cheveux...

Elle inspira.

— Cet ADN n'était pas le mien… Je suis ce que la science appelle une Chimère, Anthony. Une Chimère… Je suis responsable de la mort de ma propre sœur.

L'étudiant ne savait plus comment réagir. Cette histoire était une abomination. Il dit cependant :

— Vous savez, quand j'ai vu votre bocal, j'ai cru que… Je sais pas… Que vous aviez fait des trucs bizarres, genre magie noire, ou vaudou. Que vous aviez tué l'un de vos propres enfants, et gardé les restes… Un peu comme le drame de ces bébés congelés. Mais là… vous n'étiez même pas née, c'est pas de votre faute ! C'était juste un accident !

Lucie esquissa un petit sourire triste. Elle se leva et dit :

— En tout cas, toi et les autres, vous devez me rendre ce qui m'appartient… Il est temps que je coupe le cordon. Que je me sépare de ma jumelle. Pour toujours…

Anthony se leva à son tour et recula de sa démarche maladroite vers la porte de la cuisine, sans quitter la jeune femme des yeux. Il resta là quelques secondes, avant de s'enfuir, les épaules baissées.

Dix minutes plus tard, Lucie ramassait une boîte fermée devant sa porte d'entrée.

Les squatteurs, dans le hall, avaient tous disparu.

Elle s'isola dans la salle de bains et posa le carton sur le bord du lavabo. Avec une douleur infinie, elle sortit alors les échographies et le bocal, ces traces venues hanter ses nuits depuis l'adolescence et qui l'avaient transformée en un être solitaire et incompris.

Elle avait tant à donner, à partager. Tellement d'amour. Et elle n'avait jamais pu. À cause de ça.

Les yeux en larmes, la jeune flic tourna le robinet, hésita une dernière fois, et fit basculer le contenu du récipient qui glissa contre l'émail avant de disparaître définitivement.

La Chimère venait de mourir.

L'avenir s'ouvrait, enfin…

Épilogue

Manon avait retrouvé son appartement sans aucune émotion particulière. Tout s'était résumé à une simple série de gestes minutieux dictés par la mémoire procédurale. Enfoncer la clé dans la serrure, la tourner, entrer, et la poser à son emplacement, dans une coupelle, à proximité du téléphone. Finalement, rien pour elle ne semblait vraiment différencier ce jour d'un autre, sauf peut-être la perte de son N-Tech. Selon la jolie flic aux boucles blondes qui l'accompagnait, il était cassé.

La jeune amnésique relisait à présent les consignes notées sur une des feuilles de papier qu'elle ne lâchait pas des mains depuis son retour chez elle.

« Faire confiance au lieutenant de police Lucie Henebelle, ouvrir la *panic room*, saisir la combinaison du coffre, récupérer les mots de passe, allumer l'ordinateur, se connecter au serveur de MemoryNode et charger la sauvegarde sur le nouveau N-Tech. »

— Vous voyez, dit-elle fièrement à Lucie en se dirigeant vers la lourde porte de métal. Impossible de me voler la mémoire. J'ai été extrêmement prudente.

Elle pianota sur le digicode et se retourna. Face au regard étonné de Lucie, elle expliqua :

— J'avais appris quelques numéros par cœur avant mon accident. Alors dès que je vois qu'il faut taper un code, je les essaie. Vous savez, je ne laisse personne pénétrer ici.

— Après ce que nous venons de vivre toutes les deux, je vais me permettre d'entrer quand même.

Sans comprendre à quoi Lucie faisait référence, Manon la laissa néanmoins passer devant elle. Les deux femmes s'engagèrent dans la caverne hermétique couverte de papiers, d'articles, de clichés…

Rapidement, Lucie se perdit dans les formules mathématiques, les déductions alambiquées, les faits historiques, les indications personnelles… Autant d'idées qui, l'espace de quelques minutes, avaient habité Manon avant de venir tapisser ces murs.

Avec calme, dégoût aussi, la flic se dirigea vers les photos des victimes et se mit à les décrocher une à une.

Manon se précipita sur elle et la repoussa violemment.

— Que faites-vous ? Ne touchez pas à ça !

Dans un long soupir de résignation, Lucie répondit :

— Regarde tes notes… Tout est terminé… Le Professeur n'existe plus…

Manon se plongea nerveusement dans ses feuilles et redécouvrit les phrases qu'elle avait elle-même inscrites de sa petite écriture fine.

« … Romain Ardère, directeur d'une société de pyrotechnie, a été abattu par une équipe de police que j'accompagnais. Il est mort sous mes yeux… »

Suivaient des pages et des pages d'un récit hallucinant qui racontait dans le détail comment Manon avait d'abord découvert la tombe de Bernoulli, puis la grotte de l'île Rouzic et les scalps carbonisés des victimes. Comment elle avait alors prévenu Lucie Henebelle qui, grâce à des cheveux et des poils retrouvés sur place, avait pu faire analyser l'ADN de l'assassin et remonter sans problème jusqu'à lui, Ardère étant évidemment fiché dans le FNAEG[1].

Une version digne d'un épisode des *Experts*.

Manon avait passé sa matinée à rédiger ces fausses explications à partir des données obtenues par le professeur Vandenbusche auprès de la police. Quand Lucie était venue chercher la jeune amnésique à l'hôpital, le neurologue lui avait expliqué qu'il approuvait sa patiente. Selon lui, elle avait « choisi sa vérité », et si elle pouvait, grâce à cela, vivre heureuse malgré la part sombre de son histoire, c'était le plus important.

Manon releva la tête et expira longuement.

— Il faut absolument que je mémorise cela ! Je vais tout enregistrer, tout apprendre par cœur ! C'est terminé Lucie ! Grâce à vous ! Je me sens tellement… Je ne sais pas, c'est inexplicable. J'ai le sentiment d'une grande paix intérieure. Ma sœur a enfin obtenu vengeance…

Elle attrapa la main de Lucie et la serra très fort. Un signe de gratitude que la flic accepta à contrecœur.

Manon avait refusé d'affronter la réalité et décidé de vivre dans une bulle, dans un monde à des années-lumière de la crasse terrestre. Alors, toujours sur le papier, Frédéric était parti précipitamment travailler en Australie, dans une entreprise internationale qui fabriquait des puces RFID, il garderait un pied-à-terre à

---

1. Fichier national automatisé des empreintes génétiques.

Lille, et leur mère avait décidé de le rejoindre pour y couler une retraite tranquille. Tous deux allaient s'installer dans la baie de Port Phillip. Un conte de fées. On aurait presque dit la fin d'un roman.

Et tellement d'autres mensonges… Mais se mentir à soi-même sans en avoir conscience, était-ce toujours un mensonge ?

Combien de temps tiendrait-elle ainsi ? Qui enverrait des réponses à ses courriers vers l'Australie ? Qui continuerait à remplir les trous pour que tout se passe bien ? Pour qu'elle ne finisse pas dans un hôpital psychiatrique, comme Michaël ? Qui ? Vandenbusche ? Au fond, pouvait-on lui donner tort ? De quel droit s'autoriser à juger ? Manon conservait le souvenir de la chaleur de sa mère, de son frère. Elle ne vivait plus qu'au travers de ces seules perles de bonheur. C'étaient les derniers éléments qui la raccrochaient réellement à la vie. Alors, pourquoi les détruire par l'annonce d'un décès ? Pourquoi les rendre douloureux ?

Après tout, personne ne pouvait se mettre à sa place.

Peu à peu, elle allait retrouver ses habitudes, à nouveau tourner dans son bocal de poisson rouge. Donner à manger à Myrthe, ranger ses vêtements dans des casiers, poser son peigne à droite de sa brosse à dents, aller à Swynghedauw faire des siestes, en suivant les grosses flèches grises dans les couloirs de l'hôpital. Et, peut-être, s'inventer un autre objectif, pour combler le vide de cette traque qui n'existait plus. Chercher une autre motivation. Se donner l'impression d'être utile…

Manon se dirigea vers son coffre-fort, qu'elle ouvrit sans problème.

— Je possédais déjà ce coffre longtemps avant mon amnésie. J'y stockais des documents confidentiels. Cette combinaison-là, elle est toujours restée en moi, comme mon passé. À l'intérieur, on trouve une dizaine de mots de passe qui me servent à verrouiller mon N-Tech et à accéder au site de MemoryNode.

Manon s'installa devant son ordinateur, déjà relié par un câble USB au nouveau N-Tech que Vandenbusche lui avait donné le matin à l'hôpital. Elle ouvrit un navigateur Internet et se connecta à un serveur distant.

— L'une des premières choses qu'on apprend à Swynghedauw ! Accéder au serveur de MemoryNode ! Il contient la dernière sauvegarde du N-Tech.

— Je sais. Ton neurologue m'a expliqué. Tu vas pouvoir récupérer ta mémoire dans ton nouvel engin. Et... y ajouter les derniers événements, le *happy end*... Ta mère et ton frère en Australie, le Professeur abattu...

Sur l'écran, une longue liste de dossiers apparut, avec différentes dates.

— Plusieurs sauvegardes ? s'intéressa Lucie en s'approchant.

Manon fronça les sourcils.

— Étonnant, en effet. Je pensais qu'il n'y en avait qu'une seule. Que chaque sauvegarde écrasait la précédente. Il faut dire que je n'utilisais jamais l'application dans ce sens, celui de la récupération de données. Enfin, je crois. J'en sais rien, en fait.

— Des dizaines de sauvegardes... Depuis janvier 2006... Donc quasiment depuis le début de MemoryNode...

Manon téléchargea la dernière sauvegarde d'avril 2007 sur son PC. Elle saisit ensuite un autre code de sa liste servant à ouvrir le dossier et à décrypter son contenu. En quelques secondes, les données s'affichèrent : photos, notes, sons.

— Je n'ai quasiment rien perdu ! se félicita-t-elle en synchronisant son N-Tech. La sauvegarde date du 24 ! Une chance, non ? Avec mes observations écrites, il y a moyen de tout réparer ! Clore définitivement l'affaire Professeur. Ah ! Lucie… Je me sens si bien…

Lucie resta interloquée. Si des données avaient été effacées du N-Tech, l'avaient-elles été des sauvegardes précédentes ? Personne ne pouvait être au courant pour ce système, hormis Vandenbusche… En fouillant suffisamment loin dans le passé, ne pouvait-on pas retrouver l'origine des cours d'autodéfense, des cours de tir ? L'histoire de ce Beretta ?

Pour la période de juin 2006, un seul dossier, daté du 25. La flic pointa son doigt sur l'écran.

— Dis, Manon, tu peux télécharger ce dossier ? J'aimerais bien voir en particulier tes notes du 4 juin.

— Pourquoi ? La monotonie de mon existence vous intéresse ?

— Le 4 juin 2006, tu gravais un message sur un rocher de l'île Rouzic… « 4/6/2006. Ai tourné des heures et des heures. Rien. Il n'y a absolument rien. MM » Je veux comprendre ce qu'il s'est passé…

— L'île Rouzic ? Qu'est-ce que vous… Qu'est-ce que tu racontes ?

— Fais-moi confiance… S'il te plaît…

Manon s'exécuta… pour constater qu'elle se trouvait effectivement en Bretagne la journée du 4.

Elle plissa les paupières et dit :

— Tu vois l'icône, là ? Il y a un enregistrement audio de dix-huit minutes.

— Ouvre-le, demanda Lucie.

Elles se mirent toutes les deux à écouter. Manon

racontait avoir dormi dans la maison de Trébeurden, seule, avant qu'Erwan Malgorn ne la dépose sur l'île…

« … Six heures que je tourne sur Rouzic… La spirale de Bernoulli n'a mené nulle part… L'image de l'île est fidèle à mon souvenir, quand je venais avec Frédéric… Côte déchiquetée, falaises impraticables… Rien à découvrir ici, strictement rien… La nuit tombe… Rentrer à Trébeurden, puis chercher encore demain… Il faut impérativement trouver quelque chose… Primordial… C'est primordial… »

L'air inquiet, Manon se retourna vers Lucie et demanda :

— Qu'est-ce que cela signifie ?

— Je l'ignore.

Le lieutenant de police fit glisser la souris sur les jours suivants : courts enregistrements, notes, rendez-vous, clichés inutiles… Rien d'anormal.

Puis, le dernier jour, le 25 juin 2006, trois semaines après l'aventure sur l'île Rouzic, de nouveau un enregistrement plus long : « J'ai beau fouiller et fouiller. Reprendre toutes mes déductions. Plus rien n'avance. Cul-de-sac. Tout ne peut quand même pas s'interrompre ainsi ! Les spirales, mes cicatrices, Bâle, Bernoulli. Je ne trouve pas la faille, l'erreur du Professeur. Et pourtant, elle se cache là, sous mon nez. J'ai fait fausse route, forcément. Le Professeur m'échappe… Je dois tout reprendre à zéro… La traque doit continuer, à tout prix. »

Lucie fronça les sourcils.

— Juillet… Installe-moi une sauvegarde de juillet !

— Je vais essayer… Mais franchement, je ne te suis pas…

Manon cliqua sur une autre icône et lança le décryptage.

— D'accord, commenta la flic, d'accord... Chaque dossier reprend l'intégralité du N-Tech, depuis le début. En juillet on doit donc retrouver les données de janvier à juillet 2006...

Dans cette nouvelle sauvegarde, elle se déplaça sur le mois de juin. Au 4, précisément...

Plus rien. On ne parlait plus de l'île Rouzic, ni de Trébeurden, ni de spirales. Même chose pour les jours d'après. Rien sur l'état d'anxiété de Manon, ni sur son désespoir.

Tout avait été effacé entre juin et juillet.

Lucie sentit sa gorge se serrer, une horrible intuition venait de l'envahir. Quelque chose d'inimaginable.

Elle demanda à Manon de télécharger depuis le serveur toutes les sauvegardes sur le disque dur. Cela prit plus d'une demi-heure. Assise dans un fauteuil, la jeune amnésique finit par s'endormir d'épuisement.

Alors, Lucie se mit à fouiller dans les fichiers.

Et elle comprit. Le monde lui sembla s'écrouler autour d'elle. Ce qu'elle venait de lire lui paraissait inconcevable.

Son intuition avait malheureusement été la bonne.

Elle leva des yeux tristes vers Manon et lança :

— Mon Dieu... C'est toi... C'est toi qui as tout effacé...

Manon se réveilla soudain. Brusque panique avant de voir sur ses feuilles : « Faire confiance au lieutenant de police Lucie Henebelle... » et le descriptif de la jeune flic.

— Comment ? Effacé quoi ?

— Tu te forçais à repartir de zéro chaque fois que

tu étais bloquée… Tu voulais te donner l'illusion de continuer à avancer, de t'approcher du Professeur… Pour te sentir vivante, tu ne pouvais pas t'arrêter. Tu n'avais que… que cet objectif… Le retrouver…

Lucie cliqua sur une sauvegarde d'octobre 2006 et déclencha un enregistrement. On y entendait clairement la voix de Manon :

« 18 octobre 2006… Vide… Je me sens vide et inutile. Abattue. Abattue est plutôt le terme. Envie de parler, de hurler, de partager. Mais il n'y a personne. Juste cette île. Ce rocher. Et mon N-Tech. Alors je raconte. Je raconte tout ce qui me pèse sur le cœur, pour que tout ceci reste. Mon Dieu… Je suis déjà venue ici… Le 4 juin, il y a quatre mois ! C'est gravé là, en face de moi. Mon écriture. J'ai les doigts posés sur les lettres en ce moment même et il s'agit bien de mon écriture. Ce n'est pas possible… J'ai déjà foulé ces plages, ces galets, escaladé ces rochers. Une note écrite ce matin sur mon N-Tech dit qu'Erwan Malgorn s'est souvenu de m'avoir déjà amenée ici. C'était bien en juin dernier. Juin 2006, comment est-ce envisageable ? Il n'y a rien dans mon N-Tech ! Rien non plus avant juin qui parle de Bâle, de la tombe de Bernoulli, de la spirale ! Je réfléchis… Quelqu'un a tout effacé… Forcément… Et j'ai peur de ce que j'ai pu faire… Parce que ce quelqu'un, j'ai l'intime conviction que c'est moi… Je me sens capable d'avoir agi ainsi… Alors maintenant que faire ? Rentrer ? Rentrer et tout abandonner ? »

Manon paraissait hypnotisée par le son de sa propre voix. Lucie cliqua sur d'autres onglets.

— Dans les notes précédentes, tu racontes que tu t'es rendue à Bâle avec ton frère. Je te cite : « Frédéric m'a aidée à me scarifier dans le cloître, à côté de la tombe de Bernoulli. Mais ni lui ni moi ne comprenons le sens du message sur mon ventre. À quoi cela rime-t-il ? » Malgré cette interrogation, tu as fini par comprendre qu'il fallait superposer la spirale à une carte de France. Frédéric n'a rien pu faire pour t'en empêcher. Alors, tu as décidé de te rendre seule en Bretagne. Tu as écrit : « Je ne veux pas impliquer Frédéric dans cette histoire plus qu'il ne l'est déjà. J'irai là-bas en cachette. »

D'un geste paniqué, Manon leva son chemisier, y lut le nom du mathématicien suisse et s'écria :

— Arrêtez vos bêtises ! Vous délirez !

— Je n'invente rien Manon, tout est inscrit noir sur blanc dans tes vieilles sauvegardes. Dans les notes suivantes, après ton second échec sur l'île Rouzic, on te sent dépressive. De nouveau, tu t'aperçois que tu n'arrives plus à progresser, que tu tournes en rond, que tu n'y parviendras jamais sans aide. Cela t'obsède, jour et nuit. Et c'est là que… sur Internet, tu tombes sur de vieux articles qui racontent mon enquête sur la « chambre des morts »…

Manon écoutait sans bouger, écrasée par le poids de ces révélations. Lucie poursuivit :

— Tu apprends que j'habite Lille, que je suis lieutenant de police à la brigade criminelle, que la psychologie des tueurs en série me fascine… Du pain bénit pour toi. Je suis celle qu'il te faut pour t'assister, t'aider à traquer le Professeur. Une femme… Une femme parce que tu ne fais plus confiance aux hommes, tu te sens trop vulnérable… De nouveau, tu supprimes tout concernant Bernoulli, Rouzic, et tu prends une autre voie. Une voie bien plus sombre. Tu vas commencer par me suivre, me photographier à mon insu. Et c'est là que tu vas mettre en place ton idée diabolique !

— Non, non. Ce n'est pas possible…

— Tu le sais, n'est-ce pas ? Tu sais au fond de toi que tu étais prête à tout pour arriver à tes fins. Tu ne t'en rappelles pas, mais tu le sais ! Puisque tu l'as fait !

— Fait quoi, bon sang ?

Lucie regarda Manon droit dans les yeux. Tout paraissait soudain si cohérent. Si logique, en définitive. Elle continua :

— Si tu n'arrives pas à aller au Professeur, alors il suffit que le Professeur vienne à toi… Il suffit de réveiller la police, de relancer l'affaire grâce à un bon pigeon ! Moi, en l'occurrence !

— Vous… Vous dites n'importe quoi ! Comment osez-vous ?

— Regarde ce que j'ai retrouvé ! Un mémo qui décrit avec une précision chirurgicale l'ébauche de ton scénario ! Et des descriptions comme celles-là, il y en a des tonnes et des tonnes, qui s'affinent au fur et à mesure qu'on s'approche de l'acte ultime : le meurtre de Dubreuil et cette simulation d'enlèvement ! Tu veux voir comment tout a germé dans ta propre tête ? Comment tu t'y es prise pour contourner ton amnésie, et même pour l'utiliser comme une force ?

Affolée, tremblante, Manon fit un pas en arrière.

— Allons-y ! s'exclama Lucie. Je sais que tu vas oublier, mais je veux que tu saches ! C'est si facile d'oublier ! De ne garder que le meilleur ! D'avoir la conscience tranquille !

Elle se mit à lire :

— « … Première étape : trouver une arme. Dénicher le bon contact, grâce à Internet. Une fois en possession du revolver, le cacher au-dessus de l'armoire de la chambre, et déclencher une alerte dans le N-Tech à la date du 25 avril 2007. Car c'est là que tout s'accélérera, au lendemain de l'acte… Comme j'aurai oublié la raison de la présence de ce revolver, je devrai impérativement le garder sur moi en permanence. Cette arme me permettra de me défendre s'il remonte jusqu'à moi. Et je pourrai le surprendre, le regarder dans les yeux, et lui fourrer le canon dans la bouche.

Deuxième étape : s'inscrire à des cours de tir et d'autodéfense. Même raison : pouvoir me défendre.

Troisième étape : le problème du nautile. La piste pourrait être remontée si je m'en procurais un dans un magasin de pêche. Hors de question, également, de partir à l'étranger. Reste la solution du cap Blanc-Nez. On y décroche des ammonites très facilement. L'identification de la spirale par le légiste ne devrait pas poser de problème. La police fera alors le rapprochement entre nautile et ammonite et le fait qu'il s'agisse du Professeur ne laissera plus aucun doute.

Quatrième étape : apprendre tout ce qui existe aujourd'hui en matière de police scientifique. Chaque jour. Afin d'éviter les erreurs.

Cinquième étape : la strychnine. Se la procurer assez tôt. De nuit. Les vieux hangars des fermes en regorgent encore.

Sixième étape : l'organisation de la « chose ». Inventer une énigme mathématique suffisamment corsée pour que personne, sauf moi, ne comprenne. Je deviendrai ainsi un élément essentiel, incontournable, de l'enquête. On aura besoin de moi. Dieu merci la vieille sadique est encore vivante. Alors ce sera elle. Sans hésitation. Elle mérite de mourir. Elle le mérite, elle le mérite vraiment. Je dois me persuader de cela Toujours. Je penserai aux enfants martyrisés quand il faudra affronter son regard.

... Reste à savoir de quelle façon j'entrerai dans l'enquête sans que cela paraisse suspect... Atteindre cette Lucie Henebelle. Et m'arranger pour qu'elle ne puisse plus me lâcher. Me rendre indispensable. »

Lucie était ébranlée. Elle releva lentement le front.

— Plus on avance dans les notes, fit-elle, plus on voit à quel point tu peaufines ton plan. Le moindre détail est organisé, analysé, disséqué... Question préméditation, on doit battre des records... Le pire c'est que tu as réussi à faire tout ça sans rien apprendre, sans rien mémoriser. Simplement avec des alarmes et des rappels que tu lisais chaque fois.

— Non, non. Je n'ai pas fait une chose pareille. Vous... Tu dis n'importe quoi !

Manon se mit à tourner dans la pièce comme un lion en cage, faisant crisser ses ongles contre les murs.

— C'est ça ! cria Lucie. Cherche à fuir, à oublier comme tu l'as déjà fait tant de fois ! Mais je ne vais pas m'arrêter ! J'irai au bout ! Tu te rappelles, la maison hantée de Hem ? Ces décimales ? Eh bien, c'est toi qui les as peintes ! Écoute bien ce que tu as écrit : « Je peindrai de la main gauche afin qu'on ne puisse pas identifier mon écriture. » Mais plusieurs fois tu as oublié, alors tu as noté quelques décimales de la main droite... Ces chiffres se trouvent dans ta machine, il y en a des pages et des pages ! Combien de temps y as-tu passé ?

Lucie se leva brusquement et continua :

— Tu suis purement et simplement les instructions laissées dans ton organiseur, comme s'il s'agissait d'une notice, sans savoir où ceci va te conduire. Tu te fais confiance, voilà tout… Tu te rends à tes cours de tir, d'autodéfense. Tu achètes régulièrement des allumettes par petites quantités. Tu vas au cap Blanc-Nez pour y décrocher l'ammonite avec un burin ramassé dans l'un des appartements de Frédéric. Tu progresses avec MemoryNode, qui te rend plus forte, plus autonome, et tu parviens même à devenir l'égérie de N-Tech. Ce qui sera pour toi un atout supplémentaire. Tout s'enchaîne à la perfection. Bien évidemment, tu agis dans le secret. Ni ton frère ni Vandenbusche ne connaissent tes plans. Ton système de mots de passe est très efficace, et personne, sauf toi, n'a accès à tes informations. Tu vas plusieurs fois à Rœux, endroit que tu connaissais dans ton enfance, tu pars aussi repérer la cabane de chasseurs à Raismes cinq, dix fois, pour t'assurer que personne ne la squatte. La veille de ton pseudo-enlèvement, tu peins cette fameuse énigme : « Ramène la clé. Retourne fâcher les Autres. Et trouve dans les allumettes ce que nous sommes. Avant 4 h 00 », tu déposes de la corde sur place, ainsi que les milliers d'allumettes.

— Arrêtez ! Arrêtez de raconter n'importe quoi !

— Je ne dis pas n'importe quoi ! Tu veux lire ? Tu veux lire toi-même ce que tu as noté ? Approche ! Affronte la vérité !

Manon se plaqua contre le mur, les larmes aux yeux.

— Non ! Non !

— Dans la dernière sauvegarde que tu as effectuée avant le crime, tu détailles clairement chaque heure, chaque minute de ton projet infernal. Le matin, tu t'es rendue au lac Bleu, tu t'es garée « à côté des six arbres disposés en cercle », tu es passée par les fourrés, tu as enfilé des gants, un bonnet, tu as frappé à la porte, sachant que Dubreuil ouvrirait sans difficulté à une jeune femme d'apparence inoffensive. Puis tu as agi comme le Professeur… Une imitation parfaite. Dans ton N-Tech, il n'y a rien qui décrive tes gestes. Avais-tu des instructions sous le nez quand tu tuais la vieille ? Ou alors, y es-tu allée à l'intuition ? Qu'as-tu ressenti durant la mise à mort ? De la colère, tant cette sadique te dégoûtait ? Combien de fois m'as-tu confié qu'elle méritait son sort ?

— Taisez-vous ! Je n'en peux plus. Je ne comprends rien à ce que vous dites !

— Tu ne comprends pas, ou tu fais semblant ? Toutes ces consignes, c'est moi qui les invente ? « Nettoyer le sol à la Javel. » « Vérifier dehors avant de sortir. » « Fermer la porte. » « Rejoindre la voiture. » « Rentrer à l'appartement. » Un véritable mode d'emploi !

Lucie était rouge de colère. Elle contrôla sa respiration et poursuivit :

— Et donc, te voici de retour chez toi. Dubreuil est morte, et nous sommes en fin de matinée, aux alentours de midi… Ton frère ne m'avait pas menti. Il t'avait bien vue à 9 h 10, juste avant que tu t'apprêtes à commettre ton crime.

— Mon frère ? Pourquoi vous parlez de Frédéric ?

— Arrive maintenant le passage délicat. Le moment où tu décides de tout effacer. Midi, donc. Tu viens de tuer Dubreuil et de rentrer chez toi. Dans ton N-Tech, il est noté que tu dois inscrire sur une feuille toutes les actions futures à effectuer. Le papier, en quelque sorte, deviendra le miroir de ton N-Tech, le temps que tu passes à la dernière phase de ta machination. Une fois que tu as recopié tout ce qui t'intéressait, tu sup-primes méticuleusement les données compromettantes de l'organiseur, toutes les traces de la préparation de ton crime. Cours d'autodéfense, Beretta, ammonite, spirale de Bernoulli, les infos me concernant… Bref, tu vas encore décider de repartir de zéro, mais avec un atout de taille : les forces de police à tes côtés, cette campagne de pub, et tout le reste… Tu ne commets qu'une seule erreur : alors que tu penses écraser ta précédente sauvegarde et donc effacer également toute trace sur le serveur de MemoryNode, tu ne fais en réalité qu'en ajouter une de plus à toutes celles qui t'accablent.

Chacune des étapes du plan machiavélique de Manon apparaissait maintenant aux yeux de la flic dans toute sa clarté.

— Ensuite, tu abandonnes le N-Tech près de ton ordinateur, et, à partir de ce moment-là, tu suis uni-quement les instructions de ta feuille. Sur cette feuille, il est indiqué que tu dois rester habillée avec ton sur-vêtement et tes baskets, sortir sans te faire remarquer, chose facile dans ton impasse, prendre le bus jusqu'à Valenciennes, puis aller à pied jusqu'à Raismes, en pas-sant par des sentiers pédestres, afin de t'épuiser… pour que tout paraisse plus vrai. Le docteur des urgences avait remarqué tes pieds gonflés, tes ampoules… Je n'ai pas pensé à creuser ce détail, mais j'aurais dû ! Car la cabane était très proche de l'endroit où une voiture t'a recueillie ! Et ce n'est pas ton errance dans Lille qui pouvait t'amocher les pieds de la sorte !

Des coups sur le mur. Manon qui frappait du poing.

— Tu peux chercher à perdre la mémoire, fit Lucie, mais ça ne changera rien à la réalité.

Elle poursuivit, imperturbable :

— Avant d'arriver dans l'abri des chasseurs, tu t'entailles la main avec un caillou tranchant. Tu inscris : « Pr de retour », puis tu te débarrasses du caillou. Une fois dans la cabane, usée, à bout de souffle, la paume en sang, tu te frottes les poignets et les chevilles avec la corde, tu ressors et tu rejoins la route. On connaît la suite. Le type qui te recueille, puis te ramène sur Lille. Ta marche dans les rues de la ville, avant que tu te débarrasses de ta feuille et que tu t'échoues dans la résidence étudiante, juste à côté de chez moi... Je cite : « Tu arracheras, puis jetteras la feuille au moment d'atteindre la résidence. *Fais-toi confiance...* » C'était ça, Manon, cette impression que tu avais de me connaître, sans savoir pourquoi !

Lucie éteignit l'écran de l'ordinateur et souffla longuement.

— Et pourtant, malgré tout ce que tu as fait, malgré... ton crime, je crois que tu as été honnête avec moi... Tu t'es laissé prendre par ta propre mise en scène... Tu as vraiment cru à ton enlèvement par le Professeur... Tu as réellement tourné en rond... Tu t'es scarifiée, tu t'es fait agresser et kidnapper par Ardère... Tu as failli mourir.

La flic ne parvenait plus à juger du bien et du mal. Tout s'embrouillait en elle.

— Et tu as réussi... Par ton acharnement. Par ta volonté de tout reprendre chaque fois depuis le début... Tu as continué à traquer le Professeur, à combattre tes propres fantômes... Là où nous avons échoué, tu as réussi... Tu as trouvé le Professeur... Et le Chasseur... Tu as rendu justice à toutes ces familles... Manon... Que vas-tu devenir ? À peine comprendras-tu ce qui est arrivé que tu auras déjà oublié… Comment te juger, Manon ? Comment t'imaginer à ton procès, ignorant la raison de ta présence sur le banc des accusés ? Comment t'imaginer derrière les barreaux d'une prison, dans cet environnement hostile, te demandant sans cesse ce que tu fais là ?

À présent, Lucie laissait parler son cœur, oubliant pour un temps son insigne de flic.

— Tu savais que le visage de Dubreuil s'effacerait de ta mémoire quelques minutes à peine après le meurtre. Tu as choisi un monstre, tu n'as pas tué une innocente… Dubreuil a torturé… Elle a torturé ses trois enfants qui auraient pu être mes filles. Mérite-t-elle que tu paies pour elle ? Je… Je ne crois pas… Tu as besoin d'une nouvelle vie… Laisser le passé derrière toi. Couper le cordon, comme je viens de le faire avec la Chimère… Et je pense que je serai là pour t'aider…

Le N-Tech se mit à sonner trois fois d'affilée, deux longues et une courte. Manon leva l'index.

— Ah ! Myrthe ! L'heure de son repas ! Vous m'attendez ici ?

Et alors que Manon s'éloignait, Lucie alluma de nouveau l'écran.

Lentement, elle sélectionna les dossiers un à un sur le serveur externe.

Et enfonça la touche « Suppr ».

— Personne ne saura jamais, Manon. Ce secret t'appartient… Ce secret nous appartient…

NOTE AU LECTEUR

Deux des victimes du Professeur ont été confrontées au problème d'Einstein. Il s'agit d'un exercice de logique qui ne demande aucune connaissance mathématique particulière, juste une certaine forme d'acharnement.

En voici l'énoncé :

« Il y a cinq maisons de couleurs différentes, toutes sur une rangée.

Dans chaque maison vit une personne de nationalité différente.

Chacune de ces cinq personnes boit une boisson, fume une marque de cigarettes et élève un animal.

Personne n'a le même animal, ni ne fume les mêmes cigarettes, ni ne boit la même boisson.

L'Anglais vit dans la maison rouge.

Le Suédois a un chien.

Le Danois boit du thé.

La maison verte est à gauche de la maison blanche.

Le propriétaire de la maison verte boit du café.

Celui qui fume des Pall Mall a un oiseau.

Celui de la maison jaune fume des Dunhill.

Celui de la maison du centre boit du lait.

Le Norvégien vit dans la première maison.

Celui qui fume des Blend vit à côté du propriétaire du chat.

Celui qui a un cheval vit à côté de celui qui fume des Dunhill.

Celui qui fume des Blue Master boit de la bière.

L'Allemand fume des Prince.

Le Norvégien vit à côté de la maison bleue.

Celui qui fume des Blend a un voisin qui boit de l'eau.

Qui possède le poisson ? »

Vous pourrez également vous amuser à vérifier que jamais dans ce roman le *soleil* n'éclaire le ciel, livré aux ténèbres tout au long de ces pages. Et parmi la centaine de milliers de mots qui en constituent la trame, jamais vous ne verrez apparaître *plaisir, joie* ou *espoir*.

Parce qu'ils ne se prêtaient pas à une telle histoire. Ou peut-être parce que je me suis laissé prendre aux jeux douloureux du Professeur, allant jusqu'à en inventer un moi-même...

Faites de nouvelles rencontres sur pocket.fr

- Toute l'actualité des auteurs : rencontres, dédicaces, conférences...
- Les dernières parutions
- Des 1ers chapitres à télécharger
- Des jeux-concours sur les différentes collections du catalogue pour gagner des livres et des places de cinéma

Découvrez
des milliers de
livres numériques chez

12-21

→ *www.12-21editions.fr*

12-21 est l'éditeur numérique de Pocket

Composition et mise en pages
Nord Compo à Villeneuve-d'Ascq

Imprimé en Espagne par
Liberdúplex
à Sant Llorenç d'Hortons (Barcelone)
en octobre 2020

POCKET - 92, avenue de France - 75013 Paris

Dépôt légal : octobre 2014
S25268/05